Golon · Angélique und der König

Anne Golon

Angélique und der König

Roman

Einmalige Sonderausgabe Anne Golon in 14 Bänden
Lizenzausgabe 1990 für
Schuler Verlag GmbH, 8153 Herrsching
Originaltitel: Angélique et le roi
Übersetzer: Günther Vulpius
© 1959 by Opera Mundi, Paris
Alle deutschsprachigen Rechte
Blanvalet Verlag GmbH, München 1976
ISBN 3-7796-5296-X

Meinen Leserinnen und Lesern,

Angelique, eine schillernde, sagenumwobene Frau unserer Zeit. Ein historisch-abenteuerliches Epos, das 30 Jahre im Leben einer Frau umfaßt, niedergeschrieben von einer Frau.
Angelique, eine faszinierende Persönlichkeit, mit der sich Frauen wie Männer in unserer heutigen Zeit identifizieren können, wie mit einem Freund, der ihr Leben teilt.
Angelique – sie bezaubert uns nicht nur mit ihrer Schönheit. Sie zieht uns in ihren Bann mit ihrer inneren Freiheit, mit ihrem Lebenshunger, mit ihrem Aufbegehren,mit ihrem Humor.
Sie stärkt uns mit ihrer Warmherzigkeit. Intuitiv und mutig, wie sie ist, stellt sie sich den materiellen und moralischen Prüfungen, die das Leben ihr auferlegt, aber auch um ihre Liebe zu dem Mann, von dem sie getrennt ist.
Sie weicht den täglichen Auseinandersetzungen zwischen Mann und Frau, zwischen Frau und Kirche, zwischen dem freien Menschen und der politischen Macht nicht aus.
Diese Themen durchkreuzen jede einzelne Folge der Saga und ziehen so den Leser unwiderstehlich in das Geschehen hinein.
Die reiche Vielfalt der Handlungselemente, die diese 6900 Seiten bestimmen, verbindet vielseitige Lesarten:
– Sie bietet Spannung, die uns nicht mehr losläßt.
– Sie fasziniert durch die historische Detail-Treue und Genauigkeit des Handlungsablaufs.
– Sie führt uns ein in mystische Welten.
– Sie hält uns gefangen mit dem epischen Atem, der sich durch all diese Seiten zieht, und das Leben eines vergangenen Jahrhunderts wiedererstehen läßt, das uns wie in einem Spiegel unser eigenes Schicksal erkennen läßt.
– Sie zeigt uns eine bewundernswerte Tatkraft und Entschlossenheit, die Schwierigkeiten des Lebens zu meistern und Angst und Haß zu überwinden.
– Sie schenkt uns eine ganz neue empfindsame Sicht der Liebe:

Einer Liebe wie das Meer. Unendlich, immer wiederkehrend.
Das Geheimnis des Gefühls.
Das Geheimnis der Sinnlichkeit.
Das Geheimnis des Liebens.
Angelique ist die Frau der Vergangenheit wie der Gegenwart. Sie ist uns so nahe, in unseren Hoffnungen wie in unseren Ängsten, daß wir nicht umhinkönnen, während wir sie durch die Seiten begleiten, uns die ewige Frage zu stellen:

Wo sind unsere Träume geblieben?
Wo ist unsere Liebe geblieben?

Versailles, im April 1990

Erster Teil

Der Hof

Erstes Kapitel

Angélique fand keinen Schlaf, der Gedanke an die frohen Aussichten ließ sie nicht los, und sie kam sich vor wie ein kleines Mädchen am Abend vor dem Weihnachtstag. Zum zweitenmal richtete sie sich auf und schlug Feuer, um die Kerze anzuzünden und die beiden neben ihrem Bett auf Sesseln ausgebreiteten Kleider zu betrachten, die sie morgen für die Jagd des Königs und den darauffolgenden Ball anziehen wollte. Sie war recht zufrieden mit ihrem Jagdkostüm. Sie hatte den Schneider angewiesen, der Jacke aus perlgrauem Samt einen männlichen Schnitt zu geben, der reizvoll mit ihren zarten Formen kontrastieren würde. Den breitrandigen weißen Filzhut zierten lange, schneeige Straußenfedern. Am besten jedoch gefiel Angélique die Halsbinde, eine neue modische Errungenschaft, durch die sie Aufsehen zu erregen und die Neugier der Damen des Hofs zu reizen hoffte. Es war eine große Schleife aus gestärktem, zierlich mit winzigen Perlen besticktem Leinen, das mehrmals um den Hals geschlungen und dann schmetterlingsartig verknüpft wurde. Gestern erst war sie auf diesen Gedanken gekommen. Lange hatte sie vor ihrem Spiegel gezögert, mindestens zehn der schönsten Binden ausprobiert, die der Krämer der „Goldenen Truhe" ihr geschickt hatte, und war schließlich darauf verfallen, das Band „auf Reiterart" zu knüpfen, jedoch breiter als das der Männer. Sie fand, der steife Kragen der Reitjacke passe schlecht zum Gesicht der Frau. Erst dieser wolkige weiße Tupfen unter dem Kinn gab dem Kostüm das gebührende weibliche Gepräge.

Angélique streckte sich wieder aus und versuchte einzuschlafen. Sie dachte daran zu läuten, um sich einen Eisenkrauttee bringen zu lassen. Ein paar Stunden wenigstens mußte sie schlafen, denn der morgige Tag versprach anstrengend zu werden. Gegen Mittag würde man sich im Wald von Fausse-Repose zur Jagd treffen. Angélique mußte wie alle Geladenen des Königs, die von Paris kamen, am frühen Morgen aufbrechen, um sich zur festgesetzten Zeit mit den aus Versailles kommenden Equipagen am Ochsenkreuz zu treffen. An diesem in der Mitte des Waldes gelegenen Ort befanden sich Stallungen, zu denen die Privilegierten ihre Reitpferde vorausschickten. Auf diese Weise waren die Tiere ausgeruht, wenn die Jagd begann. Auch Angélique hatte ihre kostbare Stute Ceres, einen spanischen Vollblüter, für den sie tausend Pistolen bezahlt hatte, von zwei Lakaien dorthin bringen lassen.

Abermals richtete sie sich auf und machte Licht. Wirklich, das Ballkleid war ungemein gelungen. Aus feuerrotem Atlas mit einem „aurorafarbenen" Mantel und einem mit zarten, perlmutterglänzenden Blumen bestickten Brusteinsatz. Als Schmuck hatte sie rosa Perlen gewählt. In Traubenform als Ohrgehänge, in dreifachen Ketten für .Hals und Schultern, zu einem halbmondförmigen Diadem gefaßt für das Haar. Sie hatte sie bei einem Juwelier erworben, für den sie eine Vorliebe empfand, weil er ihr von den warmen Meeren erzählte, aus denen diese Perlen kamen, den langen Transaktionen, den schwierigen Expertisen und den weiten Reisen, die sie zurücklegten, in seidenen Säckchen verborgen, die durch die Hände arabischer, griechischer oder venezianischer Händler gingen. Jener Geschäftsmann verfünffachte ihren Wert kraft der ihm eigenen Kunst, jeder Perle die Gloriole der Einmaligkeit zu verleihen und den Eindruck zu erwecken, als sei sie aus dem Garten der Götter geraubt worden. Obwohl sie ein Vermögen ausgegeben hatte, um in ihren Besitz zu gelangen, verspürte Angélique keineswegs jene Gewissensbisse, die allzu unüberlegte Erwerbungen erzeugen. Beglückt betrachtete sie diesen Schatz, der in seinem Kästchen aus weißem Samt auf dem Nachttisch lag.

Es gelüstete sie nach allen köstlichen und wertvollen Dingen, die das Leben zu bieten hatte. Dieser Hunger nach Besitz war die Reaktion auf die Jahre des Elends, die sie durchgemacht hatte. Wunderbarerweise war es nicht zu spät für sie. Noch konnte sie sich mit dem schönsten Geschmeide schmücken, konnte sie die prächtigsten Kleider tragen, sich mit Möbeln, Wandteppichen, Nippsachen umgeben, die von den Händen angesehener Handwerker hergestellt worden waren.

Sie staunte zuweilen und dankte insgeheim dem Himmel, daß sie nicht für immer gebrochen aus ihren Prüfungen hervorgegangen war. Im Gegenteil, ihr Geist blieb jugendlich und ihre Begeisterungsfähigkeit ungemindert.

Sie besaß mehr Erfahrung als die Mehrzahl der jungen Frauen ihres Alters, und sie war weniger ernüchtert. Ihr Leben war durchsetzt mit kleinen Freuden und voller Wunder gleich dem der Kinder. Konnte man mit vollem Genuß in ein Stück frischen Brotes beißen, wenn man den Hunger nicht kennengelernt hatte? Und hatte man nicht Anlaß, sich für die glücklichste Frau der Welt zu halten, wenn man einmal barfuß durch die Straßen von Paris gewandert war?

Abermals blies sie die Kerze aus, und während sie sich wohlig zwischen den nach Iris duftenden Laken ausstreckte, dachte sie: „Wie schön ist es doch, reich zu sein und schön und jung . . .!"

Sie setzte nicht hinzu: „Und begehrenswert . . .", denn das brachte ihr Philippe in Erinnerung, und ihre Freude erlosch, als habe sich eine Wolke über sie gelegt.

Wieviel Verachtung bezeigte er ihr gegenüber! Sie vergegenwärtigte sich die beiden seit ihrer Wiederverheiratung mit dem Marquis du Plessis-Bellière vergangenen Monate und die beispiellose Situation, in die sie durch eigene Schuld geraten war. Da der Hof am Tage nach ihrem Empfang in Versailles nach Saint-Germain zurückgekehrt war, hatte Angélique ihrerseits wieder nach Paris reisen müssen. Logischerweise wäre ihr Platz im Palais ihres Gatten im Faubourg Saint-Antoine gewesen, doch als sie sich nach langem Zögern dorthin begab, hatte sie vor verschlossener Tür gestanden. Der zur Rede gestellte Pförtner hatte ihr erklärt, sein Herr befinde sich bei Hof, und er habe, was ihre Person betreffe, keinerlei Anweisungen. So war die junge Frau genötigt gewesen, wieder in ihr Hôtel du Beautreillis zu ziehen. Hier lebte sie seitdem in Erwartung einer neuerlichen Einladung des Königs, die ihr erlauben würde, am Hof die ihr zukommende Stellung einzunehmen. Doch nichts war in dieser Hinsicht geschehen, und sie machte sich bereits ernstliche Sorgen deswegen. Bis eines Tages Madame de Montespan, die sie bei Ninon traf, zu ihr sagte:

„Was ist mit Euch, meine Liebe, habt Ihr den Verstand verloren? Das ist nun die dritte Einladung des Königs, der Ihr nicht Folge leistet.

Einmal hattet Ihr Wechselfieber, ein andermal Blähungen, oder ein Pickel auf der Nase tat Eurer Schönheit Abbruch, so daß Ihr Euch nicht zu zeigen wagtet. Das sind unvorteilhafte Ausreden, die der König nicht schätzt, weil er eine Abneigung gegen kranke Menschen hat. Ihr werdet ihm lästig werden."

Auf solche Weise hatte Angélique erfahren, daß Philippe, vom König aufgefordert, sie zu verschiedenen Festen mitzubringen, nicht nur sie nicht verständigt, sondern sie obendrein in den Augen des Herrschers lächerlich gemacht hatte.

„Jedenfalls kann ich Euch verraten", hatte Madame de Montespan hinzugefügt, „daß ich mit eigenen Ohren gehört habe, wie der König dem Marquis du Plessis sagte, er wünsche, daß Ihr an der Jagd am Mittwoch teilnähmt. ‚Und seht zu, daß ihre Gesundheit Madame du Plessis-Bellière nicht wiederum veranlaßt, Unsere Aufmerksamkeit zu mißachten', hat er übellaunig hinzugesetzt, ‚andernfalls werde Ich ihr persönlich den schriftlichen Rat erteilen, in ihre Provinz zurückzukehren.' Kurz, Ihr seid dicht vor der Ungnade."

Niedergeschmettert erst, dann wütend, hatte Angélique beschlossen, sich zum Treffpunkt der Jagd zu begeben und Philippe vor die vollendete Tatsache zu stellen. Und wenn der König ihr Fragen stellte – nun, sie würde die Wahrheit sagen. Im Angesicht des Königs würde Philippe sich beugen müssen. In aller Heimlichkeit hatte sie die beiden Kleider anfertigen lassen, die Stute vorausgeschickt und ihre Reise mit der Kutsche in der Morgendämmerung vorbereitet. Eine Morgendämmerung, die bald anbrechen würde, ohne daß sie ein Auge zugetan hatte. Sie zwang sich, die Lider zu schließen, an nichts mehr zu denken, und ganz sacht versank sie in Schlaf.

Plötzlich zuckte ihr unter der Steppdecke zu einer Kugel eingerollter Affenpinscher Arius zusammen, dann richtete er sich jäh auf und begann zu kläffen. Angélique packte ihn, zog ihn näher zu sich heran und gebot ihm zu schweigen. Das Tierchen knurrte zitternd weiter, blieb eine Weile ruhig liegen, dann sprang es von neuem mit wütendem Gekläff auf. „Was ist denn, Arius?" fragte die junge Frau ärgerlich. „Was hast du? Hörst du Mäuse?"

Sie hielt ihm das Maul zu und horchte gespannt, um herauszufinden, was den Pinscher dermaßen in Erregung versetzte. Ein kaum vernehmbares Geräusch drang zu ihr, das sie nicht sofort zu definieren vermochte. Es war, als glitte ein harter Gegenstand über eine glatte Fläche. Arius knurrte.

„Ruhig, Arius, ruhig!"

So war es ihr also nicht vergönnt, zu schlafen! Mit einem Male sah Angélique hinter ihren geschlossenen Lidern, aus tief vergrabener Erinnerung auftauchend, die dunklen Hände, die schmutzigen, rauhen Hände der Diebe von Paris, die sich im undurchdringlichen Dunkel der Nacht auf die Fensterscheiben legen und mit dem unsichtbaren Diamanten über sie hinweggleiten.

Jäh richtete sie sich auf. Ja, das war es. Das Geräusch kam aus der Richtung des Fensters. Die Diebe . . .!

Ihr Herz klopfte so heftig, daß sie nur noch seine dumpfen, überstürzten Schläge hörte. Arius machte sich los und kläffte von neuem. Sie erwischte ihn wieder und erstickte ihn fast bei dem Versuch, ihn am Bellen zu hindern. Als sie abermals horchte, kam es ihr vor, als sei jemand im Zimmer. Sie hörte das Fenster schlagen. „Sie" waren hereingekommen.

„Wer ist da?" schrie sie, mehr tot als lebendig.

Niemand antwortete, aber leise Schritte näherten sich dem Alkoven.

„Meine Perlen!" dachte sie.

Sie tastete nach ihnen auf dem Nachttisch und raffte eine Handvoll zusammen. Gleich darauf fiel eine schwere Decke über sie. Kräftige Arme umfaßten und lähmten sie, während man versuchte, sie mit einem Strick zu fesseln.

Sie wand sich wie ein Aal, schließlich gelang es ihr, sich zu befreien, und als sie zu Atem gekommen war, schrie sie:

„Zu Hilfe! Zu Hil . . ."

Zwei kräftige Daumen drückten auf ihre Kehle, erstickten ihren Schrei. Sie röchelte. Es war ihr, als zuckten rote Blitze vor ihren Augen. Das hysterische Gekläff des Pinschers kam aus immer weiterer Ferne . . .

„Ich werde sterben", dachte sie, „erdrosselt von einem Einbrecher!
. . . Ach, wie unsinnig ist das! . . . Philippe! . . . Philippe . . . !"
Und alles erlosch.

Als sie wieder zur Besinnung kam, spürte die junge Frau, daß etwas
ihren Fingern entglitt und auf die Fliesen rollte.

„Meine Perlen!"

Erschöpft beugte sie sich über den Rand der Matratze, auf der sie lag,
und ihr Blick fiel auf die dreifache Halskette. Sie mußte sie krampfhaft
festgehalten haben, während man sie entführt und an diesen unbekannten Ort gebracht hatte. Mit verstörten Augen sah Angélique sich
im Raume um. Sie befand sich in einer Art Zelle, in der die durch ein
vergittertes Spitzbogenfenster hereindringende Morgendämmerung gegen das gelbliche Licht einer in einer Nische stehenden Öllampe an-
kämpfte. Die Einrichtung bestand aus einem rohen Tisch, einem Schemel
mit drei Füßen und einem primitiven Bett, das aus einem Holzrahmen
und einer Roßhaarmatratze verfertigt war.

„Wo bin ich? In wessen Händen? Was hat man mit mir vor?"

Man hatte ihr die Perlen nicht gestohlen. Ihre Fesseln waren gelöst,
doch die Decke lag noch über ihr. Angélique beugte sich hinab, hob
die Kette auf und legte sie mechanisch um ihren Hals. Dann besann
sie sich eines Bessern, nahm sie wieder ab und schob sie unter das
grobe Kissen.

Draußen begann eine silberhell klingende Glocke zu läuten. Eine
andere antwortete ihr. Angéliques Blick blieb auf einem an der ge-
weißten Wand hängenden kleinen Kreuz aus schwarzem Holz haften,
das mit einem Buchsbaumzweig geziert war.

„Ein Kloster! Ich bin in einem Kloster . . . !"

Durch die Mauern vernahm sie das ferne Echo einer Orgel und
Kirchenlieder psalmodierende Stimmen.

Was bedeutete das alles? Sie lag eine Weile kraftlos da, wirre Gedanken schossen ihr durch den Kopf, und sie wollte sich einreden, dies
sei nur ein wüster Traum, aus dem sie bald erwachen werde.

Dann ließen im Flur widerhallende Schritte sie hochfahren. Männerschritte. Ihr Entführer vielleicht? Sie würde volle Aufklärung von ihm fordern. Sie kannte sich aus und fürchtete die Gauner nicht. Notfalls würde sie ihm zu verstehen geben, daß der König der Rotwelschen, Cul-de-Bois, ihr Freund sei.

Die Schritte hielten vor der Tür an. Ein Schlüssel drehte sich im Schloß, und eine hohe Gestalt wurde im Türrahmen sichtbar. Einen Augenblick lang war Angélique so verblüfft, daß sie ihren Augen nicht traute.

„Philippe!"

Auf alles andere war sie eher gefaßt gewesen als auf das Erscheinen ihres Gatten, der in den zwei Monaten, die sie nun schon in Paris war, kein einziges Mal geruht hatte, sie — wenn auch nur aus Höflichkeit — aufzusuchen und sich zu erinnern, daß er eine Frau hatte.

„Philippe!" wiederholte sie. „Ach, Philippe, welch ein Glück! Ihr kommt mir zu Hilfe?"

Aber der eisige Ausdruck seines Gesichts lähmte ihre freudige Erregung.

Er stand in der Tür, prächtig anzusehen in seinen weißen Stulpenstiefeln, seinem mausgrauen, silberverbrämten Wildlederrock. Auf den Kragen aus venezianischen Spitzen fielen, sorgfältig geordnet, die Locken seiner blonden Perücke. Sein grauer Samthut war mit weißen Federn verziert.

„Wie fühlt Ihr Euch, Madame?" fragte er. „Ich hoffe, Ihr seid bei guter Gesundheit."

Er sprach nicht anders, als sei er ihr in einer Gesellschaft begegnet.

„Ich . . . ich weiß nicht, was mir widerfahren ist, Philippe", stammelte sie in größter Verwirrung. „Ich bin in meinem Schlafzimmer überfallen worden . . . Man hat mich fortgeschleppt und hierhergebracht. Könnt Ihr mir sagen, wer der Schurke ist, der diese Schandtat vollbracht hat?"

„Mit Vergnügen: La Violette, mein Kammerdiener. Auf meinen Befehl", setzte er verbindlich hinzu.

Angélique sprang auf. In ihrem Nachthemd aus rosa Seide, mit bloßen Füßen lief sie über die kalten Fliesen zum Fenster und klammerte sich

15

ans Eisengitter. Die Sonne erhob sich über dem schönen Sommertag, an dem der König und sein Hofstaat im Wald von Fausse-Repose den Hirsch jagen wollten. Doch Madame du Plessis-Bellière würde auch diesmal nicht dabeisein.

Empört wandte sie sich um.

„Das habt Ihr nur getan, um mich daran zu hindern, an der Jagd des Königs teilzunehmen!"

„Wie klug Ihr seid!"

„Seid Ihr Euch nicht klar darüber, daß Seine Majestät mir diese Unhöflichkeit nie verzeihen, daß sie mich in die Provinz zurückschicken wird?"

„Genau das ist mein Ziel."

„Oh! Ihr seid ein . . . teuflischer Mensch!"

„Wirklich? Nun, Ihr seid nicht die erste Frau, die mir dieses reizende Kompliment macht."

Philippe lachte. Der Zorn seiner Frau schien ihm so viel Spaß zu bereiten, daß er seine Schweigsamkeit darüber vergaß.

„Gar nicht so teuflisch, wenn man's recht bedenkt", fuhr er fort. „Ich lasse Euch immerhin im Kloster einschließen, damit Ihr Euch durch Gebet und Kasteiung läutern könnt. Selbst Gott wird nichts daran auszusetzen haben."

„Und wie lange soll ich eingesperrt bleiben?"

„Das wird sich finden. Ein paar Tage zum mindesten."

„Ich . . . ich hasse Euch, Philippe."

Seine Lippen verzogen sich zu einem höhnischen Lachen und entblößten dabei die weißen, vollkommenen Zähne.

„Ihr reagiert wundervoll. Es macht Spaß, Euch Unannehmlichkeiten zu bereiten."

„Unannehmlichkeiten! . . . Ihr nennt das eine Unannehmlichkeit? Überfall! . . . Entführung! Dabei wart Ihr es, nach dem ich um Hilfe rief, als jener Schurke versuchte, mich zu erwürgen . . ."

Philippes Lachen erstarb. Er runzelte die Stirn und trat auf sie zu, um die blauen Male an ihrem Hals zu untersuchen.

„Sackerment! Der Bursche hat ganz hübsch zugepackt. Aber ich kann mir denken, daß Ihr es ihm nicht leicht gemacht habt, und er gehört zu denen, die sich an ihre Weisungen halten. Ich hatte ihn ermahnt, keinesfalls die Aufmerksamkeit Eurer Leute zu erregen. Immerhin werde ich ihm das nächste Mal weniger Gewalttätigkeit anempfehlen."

„Ihr habt ein ,nächstes Mal' im Sinn?"

„Solange Ihr nicht mürbe seid, ja. Solange Ihr starrköpfig bleibt, mir unverschämte Antworten gebt und versucht, Euch mir zu widersetzen. Ich bin Hofjägermeister des Königs. Ich verstehe mich darauf, blutgierige Hunde zu zähmen. Immer lecken sie mir am Ende die Hände."

„Lieber würde ich sterben", sagte Angélique heftig. „Ihr werdet mich eher töten."

„Ich ziehe es vor, Euch in die Knie zu zwingen."

Er tauchte seinen eisigen Blick in den ihren, und beklommen wandte sie schließlich die Augen ab. Das Duell, in dem sie einander gegenüberstanden, versprach hart zu werden.

Sie ließ nicht locker:

„Ich glaube, Ihr seid zu ehrgeizig, Monsieur. Ich bin neugierig zu erfahren, was Ihr vorhabt, um dieses Ziel zu erreichen."

„Oh, an Mitteln fehlt es mir nicht", versetzte er mit spöttischer Miene. „Euch einsperren, beispielsweise. Was meint Ihr dazu, wenn ich Euren Aufenthalt hier ein wenig verlängerte? Ich könnte Euch auch von Euren Söhnen trennen."

„Das werdet Ihr nicht tun."

„Warum nicht? Ich könnte Euch auch die Nahrung entziehen, Euch auf schmale Kost setzen, Euch zwingen, Euer Brot von mir zu erbetteln . . ."

„Ihr redet Unsinn, mein Lieber. Mein Vermögen gehört mir."

„Das sind Dinge, die sich regeln lassen. Ihr seid meine Frau. Ein Ehemann hat alle Befugnisse. Ich bin gerieben genug, eines Tages einen Weg zu finden, Euer Geld auf meinen Namen überschreiben zu lassen."

„Ich werde mich dagegen zur Wehr setzen."

„Wer wird Euch anhören? Ihr habt es verstanden, Euch bis jetzt die Nachsicht des Königs zu erhalten, das gebe ich zu. Aber nach Eurem heutigen Pech fürchte ich sehr, daß Ihr nicht mehr auf sie rechnen könnt. Womit ich mich verabschiede und Euch Euren Meditationen überlasse, denn ich darf den Aufbruch der Meute nicht versäumen. Habt Ihr mir noch etwas zu sagen?"

„Nur daß ich Euch aus ganzer Seele verabscheue!"

„Das ist noch gar nichts. Eines Tages werdet Ihr den Tod anflehen, Euch von mir zu befreien."

„Was gewinnt Ihr dabei?"

„Das Vergnügen der Rache. Ihr habt mich bis aufs Blut gedemütigt, aber auch ich werde Euch, zur Verzweiflung getrieben, weinen und um Gnade betteln sehen."

Angélique hob die Schultern.

„Welche Aussichten! Warum nicht gleich die Folterkammer, das glühende Eisen unter den Fußsohlen, das hölzerne Pferd, gebrochene Gliedmaßen . . .?"

„Nein . . . So weit gedenke ich nicht zu gehen, da ich in gewissem Sinne Gefallen an der Schönheit Eures Körpers finde."

„Wirklich? Man sollte es nicht meinen. Ihr bekundet es gar selten."

Philippe, bereits an der Tür, wandte sich mit halbgeschlossenen Augen um.

„Solltet Ihr Euch etwa darüber beklagen, meine Liebe? Welch erfreuliche Überraschung! Findet Ihr, daß ich am Altar Eurer Reize nicht genügend Opfergaben niedergelegt habe? Gibt es denn nicht Liebhaber genug, die Euch Huldigungen darbringen, daß Ihr die des Ehemanns fordert? Ich hatte doch den Eindruck, daß Ihr Euch nicht ohne Widerstreben in die Pflichten der Hochzeitsnacht fügtet, aber vielleicht habe ich mich getäuscht . . ."

„Laßt mich, Philippe", sagte Angélique beklommen, da sie ihn auf sich zukommen sah. Sie fühlte sich bloß und wehrlos in ihrem dünnen Nachtgewand.

„Je länger ich Euch anschaue, desto weniger habe ich Lust, Euch zu lassen", sagte er und preßte sie an sich.

Sie erschauerte, und ein maßloses Bedürfnis, in nervöses Schluchzen auszubrechen, schnürte ihr die Kehle zusammen.

„Laßt mich. Ich flehe Euch an, laßt mich."

„Ich genieße es, Euch flehen zu hören." Wie einen Strohhalm hob er sie hoch und ließ sie rücklings auf die klösterliche Liegestatt fallen.

„Philippe, habt Ihr daran gedacht, daß wir in einem Kloster sind?"

„Nun, und? Bildet Ihr Euch ein, Ihr könntet Euch nach zwei Stunden Aufenthalts in diesem frommen Asyl auf das Gelübde der Keuschheit berufen?"

„Ihr seid der niedrigste Mensch, den ich kenne!"

„Euer Liebesvokabular gehört nicht eben zu den zärtlichsten", sagte er, während er seinen Degen abschnallte. „Es würde Euch zum Nutzen gereichen, wenn Ihr den Salon der schönen Ninon häufiger besuchtet. Keine langen Umstände, Madame. Ihr habt mich glücklicherweise daran erinnert, daß ich Euch gegenüber Pflichten zu erfüllen habe, und ich werde sie erfüllen."

Angélique schloß die Augen. Sie hatte allen Widerstand aufgegeben, weil sie aus Erfahrung wußte, was er sie kosten konnte. Passiv und mit Abscheu duldete sie die peinliche Umklammerung, die sie gleichsam als eine Bestrafung empfand. Sie brauchte es nur, so dachte sie, den unglücklich verheirateten Frauen nachzutun – und weiß Gott, sie waren Legion –, die sich in das Unabänderliche fügen, an ihre Liebhaber denken oder den Rosenkranz beten, während sie die Huldigungen des dickwanstigen Fünfzigers empfangen, an die der Wille eines eigennützigen Vaters sie gefesselt hat. Freilich traf das im Falle Philippes nicht ganz zu. Er war weder ein Fünfziger noch dickwanstig, und sie war es, sie selbst, die ihn hatte heiraten wollen. Sie mochte es heute noch so sehr bereuen – es war zu spät. Sie mußte lernen, den Herrn und Meister anzuerkennen, den sie sich geschaffen hatte. Einen Rohling, für den die Frau nur ein Gegenstand war, der ihm zur körperlichen Befriedigung verhalf. Aber es war ein handfester, geschmeidiger Rohling, und in seinen Armen fiel es schwer, die Gedanken schweifen zu lassen oder Gebete herzusagen. Er vollzog den Liebesakt als Krieger, der sich von seiner Begierde treiben läßt und in der Gespanntheit und im Ungestüm der Kampfnächte verlernt hat, dem Gefühl einen Platz einzuräumen.

Indessen machte er in dem Augenblick, da er von ihr abließ, eine kleine Bewegung, die sie hinterher geträumt zu haben glaubte: Er legte seine Hand auf den zurückgebogenen Hals der jungen Frau, auf die Stelle, wo die groben Finger des Dieners bläuliche Spuren hinterlassen hatten, und ließ sie flüchtig darauf ruhen wie in einer unmerklichen Liebkosung.

Doch schon war er aufgestanden und warf einen kalten, spöttischen Blick auf sie.

„Nun, meine Schöne, Ihr seid gefügiger geworden, wie mir scheint. Ich habe es Euch ja gesagt. Bald werdet Ihr Euch vollends unterwerfen. Inzwischen wünsche ich Euch einen angenehmen Aufenthalt zwischen diesen dicken Mauern. Die Nonnen haben Anweisung, Euch zu essen zu geben, Euch aber keinen Schritt nach draußen machen zu lassen. Damit Ihr es wißt: sie erfreuen sich als Gefangenenwärterinnen eines vorzüglichen Rufs. Ihr seid nicht die einzige Zwangspensionärin dieses Klosters. Viel Vergnügen, Madame! Es mag sein, daß Ihr heute abend die Hörner der Königlichen Jagd vorbeiziehen hört. Ich werde zu Euren Ehren eine Fanfare blasen lassen."

Mit einem höhnischen Gelächter ging er hinaus. Sein Lachen war unausstehlich. Er kannte nur das Lachen der Rache.

In ihre grobe Decke gehüllt, blieb Angélique lange Zeit regungslos liegen. Sie fühlte sich müde und mutlos. Nach den Schrecknissen der Nacht und den Aufregungen der Auseinandersetzung hatte sie sich erschöpft in die Forderungen ihres Gatten gefügt. Er hatte ihr Gewalt angetan, und nun hatte sie keine Kraft mehr; ihr Körper verfiel in einen Zustand der Erschlaffung, der an Wohlbehagen grenzte. Ein jäher Brechreiz stieg in ihrer Kehle hoch, und während der Schweiß an ihren Schläfen perlte, kämpfte sie eine Weile gegen die Übelkeit an.

Nachdem sie auf ihr Lager zurückgesunken war, fühlte sie sich niedergeschlagener denn je. Diese Unpäßlichkeit bestärkte sie in dem Verdacht, den sie schon seit einem Monat hegte und immer wieder von sich gewiesen hatte. Doch nun gab es keinen Zweifel mehr. Die schreckliche Hochzeitsnacht, die sie auf Plessis-Bellière durchgemacht hatte und an die sie nicht denken konnte, ohne vor Scham zu erröten, hatte Folgen gezeitigt. Sie war schwanger! Sie erwartete ein Kind von Philippe, von jenem Manne, der sie haßte und der geschworen hatte, sich an ihr zu rächen und sie bis aufs Blut zu peinigen.

Eine Zeitlang fühlte Angélique sich niedergedrückt und war versucht, sich gehen zu lassen und den Kampf aufzugeben. Schlafbedürfnis überkam sie. Schlafen! Hinterher würde sie alles mit anderen Augen betrachten. Aber es war nicht der geeignete Moment dafür. Danach wäre es zu spät. Sie hätte den Zorn des Königs erregt und wäre für immer aus Versailles, ja sogar aus Paris verbannt.

Sie raffte sich auf, lief zur schweren, hölzernen Tür und hämmerte mit ihren Fäusten auf sie ein:

„Macht auf! Laßt mich hinaus!"

Die Sonne flutete nun in die Zelle. Zu dieser Stunde sammelten sich die Wagen des Königs im Ehrenhof, die Kutschen der geladenen Pariser fuhren durch die Porte Saint-Honoré. Einzig Angélique würde sich am Treffpunkt nicht einfinden.

„Ich muß unbedingt dabeisein! Wenn ich mir die Gunst des Königs verscherze, bin ich verloren. Der König allein kann Philippe in Schach halten. Hat er nicht gesagt, ich würde von hier aus die Jagdhörner hören? Also bin ich in einem Kloster in der Umgebung von Versailles? Ach, ich muß unter allen Umständen hier herauskommen!"

Aber das Umherirren in der Zelle brachte keine Lösung. Endlich vernahm sie das Geräusch schwerer Holzschuhe im Flur. In neuerwachender Hoffnung blieb Angélique stehen, dann streckte sie sich geschwind auf der Lagerstätte aus und zwang sich zu einer möglichst sanften Miene. Ein mächtiger Schlüssel drehte sich im Schloß, und eine Frau trat ein. Es war keine Nonne, sondern eine Magd in einer großen Haube aus Perkal und einem Barchentgewand, die ein Servierbrett trug.

Sie brummte ein grobes „Guten Tag" und begann, auf dem Tisch zu verteilen, was das Brett enthielt. Es schien dürftig zu sein. Ein Krug mit Wasser, ein Napf, dem der leise Geruch nach Linsen mit Speck entstieg, ein rundes Brot.

Angélique beobachtete die Magd aufmerksam. Dies war vielleicht die einzige Berührung mit der Außenwelt, die sie den ganzen Tag über haben würde. Sie mußte die Gelegenheit nutzen. Das Mädchen schien keine der plumpen Bäuerinnen zu sein, die üblicherweise in den Klöstern die niederen Arbeiten verrichten. Beinahe hübsch war sie, mit großen schwarzen, feurigen Augen und einer Art, sich in den Hüften zu wiegen, die deutlich verriet, was sie früher getan haben mochte. Angéliques auf Erfahrung gegründeter Verdacht wurde durch die Flüche bestärkt, die der Magd entfuhren, als sie aus Unachtsamkeit den Löffel vom Tablett fallen ließ. Sie gehörte ganz offensichtlich zu den Vasallinnen Seiner Majestät des Großen Coesre, des Königs der Unterwelt von Paris.

„Servus, Schwester", flüsterte Angélique.

Das Mädchen fuhr herum und riß die Augen auf, als sie Angélique das Erkennungszeichen der Gaunerzunft von Paris machen sah.

„Na, so was!" rief sie aus, als sie sich von ihrer Verblüffung erholt hatte. „Na, so was! Darauf war ich nicht gefaßt . . . Man hat mir gesagt, du seist eine richtige Marquise. Da hast du dich also auch von diesen Erzlumpen des Ordens vom Heiligen Sakrament schnappen lassen? Pech gehabt, was? Seitdem die Kerle auf einen aufpassen, kann man nicht mehr in Ruhe seinem Gewerbe nachgehen!"

Sie ließ sich auf dem Rand des Lagers der Gefangenen nieder und verknüpfte ihr grauleinenes Halstuch über ihrem herausfordernden Busen.

„Sechs Monate bin ich schon in diesem Kasten. Macht keinen Spaß, kannst du mir glauben. Feine Sache, dich hier zu haben. Das wird mir ein bißchen Abwechslung bringen. In welchem Stadtteil hast du gearbeitet?"

„In keinem bestimmten."

„Und wer ist dein Beschützer?"

„Cul-de-Bois."

„Der Große Coesre! Verdammt noch eins, da bist du ja fein raus! Allerhand für eine Neue. Du bist doch bestimmt eine Neue. Hab' dich nie gesehen. Wie nennst du dich?"

„Die Schöne Angèle."

„Und ich Die Sonntag. Ja, den Namen hat man mir wegen meiner

Spezialität gegeben. Ich hab' immer nur sonntags gearbeitet. Ein Einfall, der mir mal so gekommen ist, weil ich's gern anders machen wollte als die übrigen, und ein guter Einfall, kannst du mir glauben. Ich hab's mir bequem gemacht, mein Geschäft. Immer nur vor den Kirchen hab' ich mich herumgetrieben. Die, die sich beim Reingehen noch nicht ganz schlüssig waren, hatten ja Zeit, drüber nachzudenken, während sie beteten. Ein hübsches Mädchen nach einer ordentlichen Messe, warum nicht? Das brachte mir hinterher mehr Kunden ein, als ich verkraften konnte. Aber das Gezeter der Zierpuppen und Betschwestern hättest du hören sollen! Sie taten, als versäumte ganz Paris meinetwegen die Messe! Sie haben sich auch allerhand Mühe gegeben, mich festnehmen zu lassen! Bis zum Parlament sind sie gegangen. Ein Pack, diese Betschwestern. Hierher haben sie mich verfrachtet, zu den Augustinerinnen von Bellevue. Jetzt bin ich an der Reihe, Gebete zu leiern. Und du, wie ist es dir passiert?"

„Durch einen Gönner, der mich ganz für sich haben wollte. Ich hab' ihn an der Nase herumgeführt, ihn tüchtig was ausspucken lassen und ihm dann den Laufpaß gegeben. Er hat sich nicht mehr blicken lassen. Aber aus Rache hat er mich ins Kloster geschickt, bis ich mir's anders überlege."

„Es gibt wirklich gemeine Menschen", seufzte die Sonntag und blickte anklagend zum Himmel auf. „Klar, daß dein Freund ein Geizkragen ist. Ich hab' gehört, wie er mit der Mutter Oberin den Preis für deinen Aufenthalt hier ausgehandelt hat. Zwanzig Écus, nicht mehr, genau wie für mich. Soviel zahlt der Orden vom Heiligen Sakrament, damit man mich hinter Schloß und Riegel hält. Für den Preis kriegst du nur Erbsen und Saubohnen."

„So ein Schuft!" rief Angélique aus, zutiefst empört über diese Enthüllung. Ließ sich etwas Abscheulicheres vorstellen als Philippe, der sich nicht scheute, so lange zu feilschen, bis er sie zum Tarif eines Freudenmädchens untergebracht hatte!

Sie packte die Sonntag beim Handgelenk.

„Hör zu! Du mußt mich hier herausschaffen. Ich hab' einen Gedanken. Du wirst mir dein Kleid leihen und mir sagen, wie ich gehen muß, um eine Tür zu finden, die ins Freie führt."

Die andere sträubte sich:

„Als ob das so einfach wäre! Wie kann ich dir helfen rauszukommen, wenn ich selber nicht auskneifen konnte?"

„Das ist nicht dasselbe. Dich kennen die Nonnen. Sie wären sofort hinter dir her. Mich hat noch keine aus der Nähe gesehen, außer der Mutter Oberin. Selbst wenn sie mir auf den Gängen begegnen sollten, könnte ich ihnen irgend etwas erzählen."

„Das stimmt", gab die Sonntag zu. „Du bist wie eine Wurst verschnürt angekommen. Es war noch stockdunkel. Man hat dich gleich hier heraufgebracht."

„Siehst du! Ich habe alle Aussicht, es zu schaffen. Rasch, gib mir deinen Rock."

„Gemach, Marquise", brummte das Mädchen mit böse funkelnden Augen. „,Alles für mich, nichts für die andern', das ist dein Motto, wie mir scheint. Und was kommt dabei für die arme Sonntag heraus, die hinter ihren Gittern von aller Welt vergessen ist? Nichts wie Scherereien, jawohl, und vielleicht ein noch schlimmeres Kerkerloch."

„Und dies", sagte Angélique, die rasch mit der Hand unter das Kopfpolster fuhr und die Perlenkette zutage förderte.

Angesichts des rosafarbenen Gerieselts war die Sonntag so perplex, daß sie nur einen langen, bewundernden Pfiff von sich zu geben vermochte.

„Ist das Zeug auch nicht falsch, Schwester?" hauchte sie schließlich fassungslos.

„Nein. Probier nur. Da, nimm sie. Sie gehört dir, wenn du mir hilfst."

„Ist das dein Ernst?"

„Ehrenwort. Mit dem da kannst du dich an dem Tag, an dem du rauskommst, wie eine Prinzessin einrichten."

Die Sonntag ließ den fürstlichen Schmuck von einer Hand in die andere gleiten.

„Nun, hast du dich entschieden?"

„Einverstanden. Aber ich hab' eine bessere Idee als du. Wart mal. Ich komm' gleich wieder."

Sie ließ die Halskette in die Gründe ihres Rockes gleiten und ging hinaus. Ihre Abwesenheit zog sich endlos in die Länge. Endlich kam

sie atemlos zurück, ein Bündel Kleider im einen Arm, eine Kupferkanne am andern.

„Die Mutter Yvonne, dieses widerliche Frauenzimmer, hat mich aufgehalten. Uff! Ich hab's geschafft, sie zum Teufel zu schicken. Wir
müssen uns beeilen, weil die Kühe bald gemolken sind. Um diese Zeit
holen die Frauen die Milch im Gutshof des Klosters ab. Du ziehst
dieses Kuhmagdzeug an, nimmst Kanne und Kopfpolster, steigst die
Leiter des Taubenschlags runter, die ich dir zeigen werde, und wenn
du im Hof bist, mischst du dich unter die andern und siehst zu, daß
du deine Milchkanne auf dem Kopf gut im Gleichgewicht hältst."

Der Plan der Sonntag ließ sich ohne Zwischenfall ausführen. Kaum
eine Viertelstunde später wanderte Madame du Plessis-Bellière in kurzem, rot und weiß gestreiftem Rock, die Büste in ein schwarzes Mieder
gezwängt, in der einen Hand ihre viel zu großen Schuhe, mit der
andern den Griff der gefährlich schwankenden Kupferkanne festhal-
tend, auf der staubigen Landstraße gen Paris, das weit hinten im Tal
zu erkennen war.

Sie war eben noch rechtzeitig im Gutshof angekommen, wo Laien-
schwestern, nachdem sie die Kühe gemolken hatten, die Milch an
Frauen ausgaben, denen es oblag, sie nach Paris oder in seine Vororte
zu tragen.

Die aufsichtführende alte Nonne hatte sich zwar gewundert, woher
die Nachzüglerin kam, doch Angélique hatte eine möglichst einfältige
Miene aufgesetzt und alle Fragen in ihrem Poitou-Dialekt beantwortet, und da sie hartnäckig ein paar großzügig von der Sonntag vor-
gestreckte Sous hinhielt, hatte man sie trotzdem bedient und weggehen
lassen.

Nun hieß es, sich beeilen. Sie befand sich auf halbem Weg zwischen
Versailles und Paris. Nach einigem Überlegen hatte sie gefunden, daß
es Unsinn wäre, direkt nach Versailles zu gehen. In dieser Magdklei-
dung konnte sie sich vor dem König und seinem Hof ohnehin nicht
sehen lassen!

Es war also besser, nach Paris zurückzukehren, sich umzuziehen und mit ihrer Kutsche im Galopp quer durch den Wald zur Jagdgesellschaft zu stoßen.

Angélique ging rasch, aber sie hatte das Gefühl, nicht vorwärtszukommen. Ihre bloßen Füße stießen sich an den scharfen Kieselsteinen, und als sie die plumpen Schuhe anzog, verlor sie sie wieder und stolperte. Dazu drohte die Milch überzuschwappen, und das Polster verschob sich.

Endlich wurde sie vom Karren eines nach Paris fahrenden Kupferwarenhändlers eingeholt.

„Könntet Ihr mich aufladen, Freund?" fragte sie.

„Mit Vergnügen, schönes Kind. Für einen kleinen Schmatz fahr' ich Euch bis Notre-Dame."

„Daraus wird nichts. Meine Küsse spar' ich mir für meinen Verlobten auf. Aber ich geb' Euch gern diese Kanne Milch für Eure Knirpse."

„Es gilt! Das ist ein unverhoffter Fang. Steigt nur auf, ebenso hübsches wie artiges Mädchen."

Das Pferd trabte wacker. Um zehn Uhr war Paris erreicht. Der Kupferwarenhändler setzte sie auf dem Seinequai ab, und Angélique lief wie der Wind zu ihrem Hause, wo der Pförtner fast auf den Rücken fiel, als er seine als Vorstadtmagd verkleidete Herrin erkannte.

Seit dem Morgen hatten sich die Dienstboten über die mysteriösen Vorgänge im Hause die Köpfe zerbrochen. Zu dem Entsetzen über die Feststellung, daß ihre Herrin spurlos verschwunden war, hatte sich die Verblüffung gesellt, als der Kammerdiener des Marquis du Plessis-Bellière, ein hochgewachsener, ausnehmend unverschämter und arroganter Bursche, erschienen war, um alle Pferde und Kutschen des Hôtel du Beautreillis zu requirieren.

„Alle meine Pferde? Alle meine Kutschen?" wiederholte Angélique, starr vor Bestürzung.

„Jawohl, Madame", bestätigte der herbeigeeilte Haushofmeister Roger.

Er senkte den Blick, ebenso verlegen, seine Herrin in Mieder und weißer Haube zu sehen, als stände sie völlig nackt vor ihm.

Angélique ließ sich nicht entmutigen:

„Nun, dann werde ich eben eine Freundin um Hilfe bitten müssen. Javotte, Thérèse, beeilt Euch. Ich brauche ein Bad. Legt mir mein Jagdkostüm zurecht. Und man soll mir ein Frühstück heraufbringen mit einer Flasche guten Weins."

Der helle Klang einer Turmuhr, die Mittag schlug, ließ sie auffahren.

„Weiß der Himmel", dachte sie, „welche Ausrede Philippe erfunden hat, um Seiner Majestät meine Abwesenheit zu erklären! Daß ich Medizin genommen habe, daß ich im Bett liege und mich vor Schmerzen winde ... Er ist durchaus dazu imstande, dieser Unmensch! Und nun werde ich ohne meinen Wagen, ohne meine Pferde womöglich erst bei Sonnenuntergang dort sein? Verwünschter Philippe!"

Zweites Kapitel

„Verwünschter Philippe!" wiederholte Angélique. Am Fenstervorhang sich festklammernd, betrachtete sie sorgenvoll den ausgefahrenen Weg, über den die klapprige Kutsche holperte.

Der Wald wurde immer dichter. Die Wurzeln der riesigen Eichen zogen sich wie dicke braune Schlangen durch den Morast bis in die Mitte der Straße. Aber konnte man diese schlammige Schlucht, die wie gepflügt aussah, überhaupt Straße nennen? Offensichtlich hatten erst vor kurzem unzählige Wagen und Reiter sie benutzt.

„Nie werden wir ankommen", seufzte die junge Frau, zu der neben ihr sitzenden Léonide de Parajonc gewandt.

Die alte Preziöse schob mit dem Fächer ihre Perücke zurecht, die bei einem jähen Stoß des Wagens verrutscht war, und erwiderte vergnügt:

„Überwerft Euch nicht mit dem gesunden Menschenverstand, meine Teure. Irgendwie kommt man schließlich immer an."

„Es fragt sich nur, in was für einer Kutsche und nach wie langer Zeit", gab Angélique zurück, deren Nerven bis zum Zerreißen gespannt waren. „Und wenn es der Zweck der Fahrt ist, zur königlichen Jagd zu stoßen, an der man schon seit sechs Stunden teilnehmen sollte, und die Gefahr besteht, zu Fuß anzukommen, um eben noch das ‚Sammeln' blasen zu hören, hat man allen Grund, wütend zu werden. Wenn dem König meine Abwesenheit aufgefallen ist, wird er mir diese neuerliche Ungehörigkeit nie verzeihen."

Sie hatte sich schon im Geist am Treffpunkt der Ehrengäste in ihrem rabenschwarzen Sechsergespann ankommen sehen, mit ihren drei Lakaien in der neuen blau-gelben Livree, dem Kutscher und dem Vorreiter in roten Schaftstiefeln und mit federverzierten Filzhüten. Man würde einander zuflüstern: ‚Wem gehört diese prächtige Equipage? – Der Marquise du Plessis-Bellière. Man bekommt sie nicht oft zu sehen. Ihr Gatte versteckt sie. Er soll eifersüchtig sein wie ein Türke ... Aber es heißt, der König interessiere sich für sie ...'

Mit größter Sorgfalt hatte sie sich auf diesen entscheidenden Tag vorbereitet. Sie war fest entschlossen gewesen, sich nicht mehr beiseite schieben zu lassen. Hatte sie erst einmal am Hofe Fuß gefaßt, mochte Philippe sich noch so bemühen, sie von dort zu vertreiben. Sie würde sich aufdrängen, sich festklammern, um ihren Platz ringen wie die andern, diese Parasiten und Ehrgeizlinge. Schluß mit Schüchternheit und Zurückhaltung!

Mademoiselle de Parajonc kicherte maliziös hinter ihrem Fächer.

„Ohne Hellseherin zu sein, kann ich Eure Gedanken lesen. Ich kenne Eure kriegerische Miene. Welche Festung gedenkt Ihr zu erobern? Den König selbst ... oder Euren Gatten?"

Angélique zuckte die Schultern.

„Den König? Er ist bereits versehen und wohlbehütet. Eine legitime Frau: die Königin, eine langjährige Mätresse: Mademoiselle de La Vallière, und dazu all die andern. Was meinen Ehemann betrifft – warum sollte ich mich mit einer Festung befassen, die sich bereits ergeben hat?"

Die alte Jungfer gluckste. „Dafür befaßt sich dieser charmante Marquis weiterhin auf eine höchst seltsame Art mit Euch!"

Sie fuhr sich genießerisch mit der Zunge über die trockenen Lippen. „Erzählt mir doch noch ein bißchen, Liebste. Das ist eine der amüsantesten Geschichten, die ich je gehört habe. Ist es denn wirklich wahr? Kein Pferd mehr in Euren Ställen heute früh, als Ihr nach Versailles fahren wolltet? Und die Hälfte Eurer Lakaien verschwunden. Monsieur du Plessis muß Euren Leuten gegenüber freigebig gewesen sein ... Und Ihr hattet nichts geahnt, nichts gehört ...? Ihr seid früher hellhöriger gewesen, meine Liebe!"

Ein heftiger Stoß schüttelte die Insassen der Kutsche. Javotte, die kleine Zofe, die auf dem unbequemen Klappsitz ihrer Herrin gegenübersaß, wurde nach vorn geschleudert und zerdrückte die Schleife aus Goldstoff, mit der Angélique ihre Reitpeitsche am Gürtel befestigt hatte. Die Schleife löste sich auf, und Angélique ohrfeigte das Mädchen in ihrer Verärgerung, worauf die Kleine heulend ihren Platz wieder einnahm.

Am liebsten wäre Angélique mit Léonide de Parajonc ebenso verfahren. Sie wußte, daß diese sich angesichts ihres Verdrusses ins Fäustchen lachte. Aber sie hatte sich in ihrer Verzweiflung über Philippes unqualifizierbaren Streich ja selbst an die alte Preziöse gewandt, an die Nachbarin und Halbvertraute ihrer Kümmernisse, weil ihr nichts anderes übriggeblieben war, als sich deren Kutsche auszuborgen. Madame de Sévigné war auf dem Land. Ninon de Lenclos hätte ihr sicherlich ausgeholfen, aber ihr Ruf als große Kurtisane schloß sie vom Hofe aus, und ihre Kutsche wäre allzu leicht erkannt worden. Was Angéliques sonstige Pariser Bekannten betraf, so waren jene Damen heute ebenfalls in Versailles oder sie waren es nicht, und im letzteren Falle durfte man von ihrem neidischen Groll nichts erhoffen. Blieb nur Mademoiselle de Parajonc.

Doch Angélique hatte, fiebernd vor Ungeduld, warten müssen, bis die höchst aufgeregte alte Jungfer ihr schönstes, grotesk unmodernes Staatskleid angelegt, die Dienerin die Haare ihrer schönsten Perücke entwirrt, der Kutscher seine Livree gesäubert und den Lack des schäbigen Gefährts aufpoliert hatte.

Endlich hatte man sich auf den Weg gemacht. Und auf was für einen Weg ...!

„Dieser Weg! Dieser Weg!" stöhnte sie und bemühte sich immer wieder, eine Lichtung im engen Tunnel der mächtig aufragenden Bäume zu entdecken.

„Es hat keinen Sinn, Euch in Ungeduld zu verzehren", sagte Mademoiselle de Parajonc schulmeisterlich. „Ihr verderbt Euch nur den Teint. Und das wäre schade. Diese Straße ist nun mal nicht anders. Diesbezüglich müßt Ihr Euch an den König halten, da es ihm beliebt, uns in einer solchen Gegend durch den Schlamm patschen zu lassen. Früher sollen hier nur Ochsenherden durchgezogen sein, die aus der Normandie kamen. Unser König Ludwig XIII. hochselig kam zwar auch zur Jagd hierher, aber er wäre nicht auf den Gedanken verfallen, die ganze Blüte seines Hofs mitzuschleppen. Ludwig der Ehrbare war ein schlichter und vernünftiger Mensch."

Sie wurde durch ein Krachen unterbrochen, dem fürchterliche Stöße folgten, während die Kutsche sich zur Seite neigte und die drei Reisenden in dem engen Gehäuse übereinanderpurzelten.

Angélique lag zuunterst und dachte verzweifelt an ihr schönes Amazonengewand, das durch die doppelte Last Mademoiselle de Parajoncs und Javottes gefährdet wurde.

Dennoch wagte sie kaum eine Bewegung, um sich zu befreien, denn die Fensterscheibe war zerbrochen, und sie lief Gefahr, sich zu schneiden und womöglich noch mit Blut zu beschmieren – das hätte gerade noch gefehlt!

Der obere Wagenschlag tat sich auf, und der kleine Lakai Flipot beugte sein Spitzbubengesicht über sie.

„Alle Knochen heil, Marquise?" keuchte er.

Angélique war nicht in der Verfassung, ihn zu einer korrekteren Ausdrucksweise zu ermahnen.

„Und die alte Bastei? Hat sie standgehalten?"

„Sie hat standgehalten", erwiderte Léonide, die nichts so sehr liebte wie aufregende Abenteuer, einigermaßen munter. „Gib mir deine Hand, Frechdachs, und hilf mir heraus."

Flipot hievte sie unter Aufbietung aller Kräfte hoch. Dank der Unterstützung des Kutschers, dem es gelungen war, die Pferde zu beruhigen und auszuspannen, standen die beiden Frauen und die kleine Zofe bald wieder auf ihren Beinen. Nicht einmal eine Schramme hatten sie abbekommen, aber die Situation blieb nichtsdestoweniger kläglich und verzweifelt.

Angélique versagte es sich, in Verwünschungen auszubrechen. Wozu hätte ihr Zorn auch geführt? Ohnehin war alles aus. Der König würde ihr neuerliches Ausbleiben nicht verzeihen. Sollte sie ihm schreiben oder sich ihm zu Füßen werfen? Und was als Grund anführen? Einen Unfall? Schließlich war es die Wahrheit, aber sie würde zu sehr nach einer lahmen Ausrede klingen, da man sich in solchen Fällen meistens auf dergleichen berief.

Sie setzte sich auf einen Baumstumpf und versank so tief in bittere Gedanken, daß sie das Nahen einer kleinen Reitergruppe nicht bemerkte.

„Da kommen Leute", sagte Flipot mit gedämpfter Stimme.

In der Stille war das Hufklappern der im Schritt näher kommenden Pferde nun deutlich zu hören. Dann flüsterte Mademoiselle de Parajonc: „Herr des Himmels, das sind Räuber! Wir sind verloren!"

Im Dämmerlicht des Hohlwegs machten die Ankömmlinge tatsächlich keinen vertrauenerweckenden Eindruck. Es waren große, braungebrannte, dunkeläugige Männer mit schwarzen Schnurrbärten und kleinen Kinnbärtchen, die allmählich außer Mode kamen und denen in der Ile-de-France zu begegnen man nicht mehr gewohnt war. Sie waren in eine Art Uniform von verschossenem Blau mit schadhaften Stickereien gekleidet. Die Federn ihrer verwaschenen Filzhüte waren dürftig. Immerhin trugen fast alle Degen. An der Spitze hielten zwei Burschen reich verzierte, wenn auch zerschlissene und durchlöcherte Banner. Banner, die ganz zweifellos den heißen Wind der Schlachten kennengelernt hatten.

Ein paar Trabanten, die zu Fuß gingen und Piken und Musketen trugen, zogen teilnahmslos an der umgestürzten Kutsche vorbei. Doch der erste Reiter, offenbar der Anführer, verhielt vor der Gruppe, die die beiden Frauen und ihre Bediensteten bildeten.

„Sapperment, ihr schönen Frauenzimmer, der Gott Merkur, der die Reisenden beschützt, scheint euch schmählich im Stich gelassen zu haben."

Im Gegensatz zu seinen Genossen wirkte er einigermaßen wohlgenährt. Doch die schlotternden Falten seines Rocks bewiesen, daß er früher einmal noch weit fülliger gewesen sein mußte. Als er seinen Hut lüftete, zeigte sich ein lustiges, sonnengebräuntes Gesicht.

Der singende Tonfall seiner Stimme schaltete jeden Zweifel an seiner Herkunft aus.

Angélique lächelte ihm freundlich zu und erwiderte im gleichen Ton:

„Monseigneur, Ihr seid Gaskogner! Hab' ich nicht recht?"

„Man kann Euch nichts verheimlichen, o schönste der Gottheiten dieses Waldes! Womit können wir uns Euch nützlich erweisen?"

Er beugte sich ein wenig zu ihr herab, um sie zu betrachten, und dabei war ihr, als zucke er zusammen. Plötzlich wurde ihr klar, daß sie diesem Manne irgendwo schon einmal begegnet war. Aber wo? Sie wollte später darüber nachdenken.

Ganz von ihrem gegenwärtigen Problem erfüllt, sagte sie in lebhaftem Ton:

„Monsieur, Ihr könntet uns einen ganz großen Gefallen erweisen. Wir wollten zur Jagd des Königs stoßen, aber wir hatten einen Unfall. Es ist nicht möglich, diese alte Kutsche sofort wieder in Ordnung zu bringen. Aber wenn einige von Euch meine Begleiterin und mich sowie die Zofe hinten aufsitzen ließen und uns zum Ochsenkreuz bringen würden, wären wir Euch sehr verpflichtet."

„Zum Ochsenkreuz? Dorthin wollen wir selber. Potztausend, das trifft sich gut!"

Die Reiter, die die drei Frauen auf ihre Pferde gehoben hatten, brauchten bis zum Sammelplatz nicht mehr als eine Viertelstunde.

In der Lichtung zu Füßen des Hügels von Fausse-Repose drängten sich die Equipagen und Pferde. Kutscher und Lakaien verkürzten sich die Wartezeit bis zur Rückkehr ihrer Herren durch Würfelspiele, oder sie tranken im bescheidenen Waldwirtshaus, das noch nie so gute Geschäfte gemacht hatte.

Angélique entdeckte ihren Stallknecht im Schatten eines Vordachs. Sie sprang ab und rief:

„Janicou, bringt mir Ceres!"

Der Mann lief zu den Ställen.

Ein paar Sekunden später saß Angélique im Sattel. Sie lenkte das Tier langsam aus dem Gewühl, dann gab sie ihm die Sporen und jagte dem Walde zu.

Ceres war ein edles, rassiges Tier von leuchtender goldbrauner Farbe, die ihm den Namen der Göttin des Sommers eingebracht hatte. Angélique liebte es um seiner ungewöhnlichen Schönheit willen. Vom Pfad weg trieb sie es ins Unterholz, um auf den Gipfel eines Hügels zu gelangen. Die Stute glitt auf dem dicken Laubteppich aus, fing sich jedoch sofort wieder und erklomm rasch den Abhang. Auch auf der runden Hügelkuppe versperrten die Baumkronen die Aussicht. Angélique konnte nichts erkennen. Sie lauschte. Das ferne Gebell der Meute drang aus östlicher Richtung zu ihr, danach der Ruf eines Horns, den andere im Chor aufnahmen.

Die Jagd war noch in vollem Gange. Sie berührte den Hals des Pferdes mit der Gerte und beugte sich vor. „Komm, Ceres, wir müssen uns sputen. Vielleicht gelingt es uns noch, unsere Ehre zu retten."

Von neuem versetzte sie das Tier in Galopp und folgte dem Hügelkamm, schlängelte sich zwischen knorrigen alten Bäumen hindurch, deren Wurzelböden mit braunem Moos bedeckt waren. Die Tiefe und Ursprünglichkeit des Waldes erinnerten sie an den von Niort – auch dies war ein seit undenklichen Zeiten unberührt gebliebenes Stück Natur, in dem sie höchstens einmal ein vereinzelter Jäger oder Wilderer herumtrieb, die Armbrust über der Schulter, oder auch ein Unterschlupf suchender Wegelagerer. Erst Ludwig XIII. und der junge Ludwig XIV. hatten die alten druidischen Eichen aus ihrem jahrhundertelangen Schlaf gerissen. Der lebendige Hauch seines glanzvollen Hofs drang durch den stagnierenden Dunst, und das Parfüm der Damen vermischte sich mit dem kräftigen Geruch der Blätter und Pilze.

Das Gebell kam näher. Dem verfolgten Hirsch mußte es gelungen sein, den Fluß zu durchqueren. Er gab sich nicht besiegt, so hart ihn auch die Hunde bedrängten. Von neuem ertönten die Hörner und rissen die Jagd mit sich fort. Angélique ritt langsam weiter, dann verhielt sie wieder. Das Geräusch der galoppierenden Pferde näherte sich. Sie verließ das schützende Dach der Bäume. Unter ihr öffnete sich ein sanftes, grünbewachsenes Tal, an dessen Ende die Tümpel eines Moors glitzerten. Rings umher richtete der Wald seine finstere Schranke auf, aber auf der andern Seite war der von langen Streifenwolken durchzogene Himmel zu erblicken, von dem eine bleiche Sonne sanft herabstrahlte. Die nahende Dämmerung hüllte die Landschaft schon in Dunst, verwischte das tiefe Grün und Blau, mit dem der Sommer die Bäume schmückte. Zahllose vom Hügel herabsickernde Rinnsale bewahrten dem Tälchen seine Frische.

Jäh verstärkte sich das Gebell der Meute, und ein in langen Sätzen dahinschießendes braunes Etwas wurde am Waldrand sichtbar. Es war der Hirsch, ein noch sehr junges Tier mit kaum gegabeltem Geweih. Einem weißen und fuchsroten Strome gleich, jagte die Masse der Hunde hinter ihm her. Dann brach ein Pferd aus dem Gebüsch hervor, auf dem eine Amazone in roter Reitjacke saß. Fast zu gleicher Zeit galoppierten aus allen Richtungen Reiter den Abhang hinunter, und von einem Augenblick zum andern war das idyllische Tälchen von einem barbarischen Lärm erfüllt, in dem sich das hartnäckige Bellen der Hunde, das Wiehern der Pferde, die Rufe der Jäger und das Geschmetter der Hörner, die das Halali bliesen, vermischten. Vor dem düsteren Hintergrund des Waldes boten die farbenfreudigen Gewänder der vornehmen Herren und Damen einen prächtigen Anblick, zumal die letzten Sonnenstrahlen die Stickereien, Degengehänge und Federbüsche eben noch einmal aufleuchten ließen.

Dem Hirsch war es indes mit letzter Anstrengung gelungen, den höllischen Kreis zu durchbrechen. Eine Lücke nutzend, jagte er abermals dem schützenden Dickicht zu. Rufe der Enttäuschung wurden laut. Die schmutzbedeckten Hunde sammelten sich und nahmen die Verfolgung wieder auf.

Angélique gab Ceres sanft die Sporen und ritt ihrerseits den Hügel hinunter. Der Augenblick schien ihr günstig, sich unter die Menge zu mischen.

„Es lohnt nicht, nachzusetzen", ließ sich hinter ihr eine Stimme vernehmen. „Dem Tier bleiben nur noch ein paar Augenblicke. Überquert Ihr die Niederung, beschmutzt Ihr Euch unnütz bis über die Augen. Wenn ich Euch also raten darf, schöne Unbekannte, dann bleibt hier. Ich möchte wetten, daß die Knechte diese Lichtung nutzen, um die Hunde wieder zu koppeln. Und wir werden uns frisch und glatt dem König präsentieren können ..."

Angélique wandte sich um. Sie kannte den Edelmann nicht, der da ein paar Schritte von ihr entfernt aufgetaucht war. Er hatte ein angenehmes Gesicht unter einer vollen, gepuderten Perücke und war äußerst sorgfältig gekleidet. Zur Begrüßung lüftete er seinen federbesetzten Hut.

„Der Teufel soll mich holen, wenn ich Euch je begegnet bin, Madame. Wär' ich's, hätte ich Euer Gesicht nicht vergessen."

„Bei Hofe vielleicht?"

„Bei Hofe!" protestierte er entrüstet. „Dort lebe ich ja, Madame, *dort lebe ich!* Ich hätte Euch bemerken müssen! Nein, Madame, versucht nicht, mich zu täuschen. Ihr seid nie bei Hofe gewesen."

„Doch, Monsieur."

Nach kurzem Schweigen setzte sie hinzu:

„Einmal ..."

Er mußte lachen.

„Einmal? Wie reizend!"

Seine Brauen zogen sich zusammen, während er überlegte.

„Wann denn? Beim letzten Ball? Nein, ausgeschlossen. Und selbst ...
Es ist undenkbar, aber ich möchte wetten, daß Ihr heute früh nicht
beim Treffpunkt Fausse-Repose wart."

„Ihr scheint hier alle Welt zu kennen ..."

„Alle Welt? Allerdings! Man muß sich der Menschen erinnern, damit
sie sich an einen erinnern: ein Prinzip, das ich seit meiner frühesten
Jugend zu verfolgen versuche. Mein Gedächtnis ist nicht zu schlagen!"

„Nun, so möchte ich gern wissen, wer jene Amazone in Rot ist, die so
dicht hinter den Hunden folgte. Sie reitet wunderbar, so schnell wie
ein Mann."

„Da fragt Ihr den Richtigen", sagte er lachend. „Es ist Mademoiselle
de La Vallière."

„Die Favoritin?"

„Nun ja, die Favoritin!" bestätigte er in einem selbstgefälligen Ton,
den sie sich nicht gleich zu erklären vermochte.

„Ich habe sie nicht für eine so vollendete Jägerin gehalten."

„Sie ist mit dem Pferd verwachsen. In ihrer Kindheit ritt sie die
hitzigsten Pferde ohne Sattel. Wie ein Pfeil schoß sie im Galopp davon."

Angélique warf ihm einen betroffenen Blick zu.

„Ihr scheint Mademoiselle de La Vallière recht genau zu kennen."

„Sie ist meine Schwester."

„Oh!" rief sie fassungslos. „Ihr seid ..."

„Der Marquis de La Vallière, Euch zu dienen, schöne Unbekannte."
Er zog erneut seinen Hut und fuhr ihr spöttisch mit den Spitzen der
weißen Federn über die Nase.

Sie wich leicht ärgerlich aus, trieb ihr Pferd an und ritt zur Talsohle
hinunter. Der Nebel war dichter geworden und verhüllte die Lachen
des Moors. Der Marquis de La Vallière folgte ihr.

„Horcht, was habe ich Euch gesagt?" rief er. „Man bläst nicht weit
von hier zum Sammeln. Die Jagd ist zu Ende. Monsieur du Plessis-
Bellière hat wohl schon sein großes Messer ergriffen und dem Hirsch fein
säuberlich die Kehle durchgeschnitten. Habt Ihr je diesem Edelmann
bei der Ausübung seines Amtes als Oberjägermeister zugeschaut? Ein
lohnendes Schauspiel, kann ich Euch sagen. Er ist so schön, so elegant,

so parfümiert, daß man ihn kaum für fähig hält, sich auch nur eines Federmessers zu bedienen. Doch er handhabt einen Hirschfänger, als sei er in die Schule der Schinder gegangen."

„Philippe war schon in seiner Jugend berühmt für das Abstechen der Wölfe, auf die er ganz allein im Wald von Nieul Jagd machte", sagte Angélique mit naivem Stolz. „Die Leute dort nannten ihn ,Fariboul Loupas', was ungefähr ,der kleine Wölfeschinder' bedeutet."

„Ich stelle meinerseits fest, daß Ihr mit Monsieur du Plessis recht intim zu sein scheint."

„Er ist mein Mann."

„Beim heiligen Hubert, das Ding gefällt mir!"

Er lachte schallend. Er lachte gern, aus Vergnügen und aus Berechnung. Ein zum Scherzen geneigter Höfling ist überall willkommen. Er mochte sein Lachen ebenso sorgfältig einstudiert haben wie ein Schauspieler des Hôtel de Bourgogne.

Doch hielt er plötzlich inne und fragte besorgt:

„Ihr seid also die Marquise du Plessis-Bellière? Ich habe von Euch reden hören. Habt Ihr ... Himmel, habt Ihr nicht das Mißfallen des Königs erregt?"

Beinahe entsetzt starrte er sie an, dann glitt sein Blick seitwärts.

„Oh, da ist Seine Majestät!" rief er aus, kehrte ihr wortlos den Rükken und galoppierte zu einer Gruppe hinüber, die eben in der Lichtung auftauchte. Zwischen den Höflingen erkannte Angélique alsbald den König. In seinem Rock aus braunem Tuch, dessen Knopflöcher und Taschenklappen sehr sparsam mit Gold bestickt waren, und seinen mächtigen schwarzen, mit ihren Schäften bis zu den Hüften reichenden Reitstiefeln war er ebenso schlicht wie ein Landjunker gekleidet.

Doch seine Haltung war unverwechselbar. Seine edlen Gesten, in die er viel Grazie, Beherrschtheit und Unbekümmertheit zu legen verstand, verliehen seiner Erscheinung ein wahrhaft königliches Gepräge.

Neben ihm ritt die Amazone im roten Kostüm. Von der Erregung der Jagd noch belebt, war das ein wenig magere und nicht eben hübsche Gesicht der Favoritin rosig überhaucht. Angélique fand sie allzu zart, und insgeheim regte sich Mitleid in ihr. Ohne sich klar darüber zu sein, woher dieses Gefühl rührte, schien ihr, als sei Mademoiselle

37

de La Vallière, obschon zu höchsten Ehren aufgestiegen, nicht fähig, sich gegen die Intrigen des Hofs zur Wehr zu setzen.

Doch im nächsten Augenblick war jeder Gedanke an die Favoritin wie weggewischt. Von der Einmündung eines schmalen Waldpfades her sprengte Philippe in die Lichtung, parierte sein Pferd vor dem König und nahm aus dessen Händen den Stab mit der Wildschweinklaue entgegen: Die Jagd war zu Ende.

Angéliques Herz krampfte sich angesichts seiner Schönheit vor Zorn und Bedauern zusammen. Wie würde er reagieren, wenn er sie entdeckte, die er ein paar Stunden zuvor jammernd in einem Kloster zurückgelassen hatte? Angélique straffte sich mit einer entschlossenen Bewegung. Sie kannte ihn zur Genüge, um zu wissen, daß er im Angesicht des Königs keinen Skandal riskieren würde. Aber danach . . .?

Der König hatte sich wieder in Bewegung gesetzt, und sein starrer, undurchdringlicher Blick blieb nun auf ihr haften und schien sie trotzdem nicht zu sehen. Angélique senkte den Kopf nicht, während er vor ihr sein Pferd verhielt. Sie sagte sich, daß sie stets ihre Angst überwunden habe und daß sie heute am allerwenigsten die Fassung verlieren werde. Sie hielt dem Blick des Königs stand, dann lächelte sie ungezwungen.

Die Wangen des Monarchen röteten sich.

„Aber . . . ist das nicht Madame du Plessis-Bellière?" fragte er hoheitsvoll.

„Euer Majestät geruht, sich meiner zu erinnern?"

„Gewiß, und sehr viel mehr, als Ihr Euch Unsrer zu erinnern scheint", erwiderte Ludwig XIV., indem er seine Umgebung zu Zeugen einer solchen Naivität und Undankbarkeit aufrief. „Ist Eure Gesundheit endlich wiederhergestellt, Madame?"

„Ich danke Euer Majestät, aber ich habe mich immer der besten Gesundheit erfreut."

„Wie kommt es dann, daß Ihr dreimal meine Einladungen ignoriert habt?"

„Sire, verzeiht mir, aber sie sind mir nie übermittelt worden."

„Ihr setzt mich in Erstaunen, Madame. Ich habe persönlich Monsieur du Plessis von meinem Wunsche in Kenntnis gesetzt, Euch bei den

Hoffesten zu sehen. Ich bezweifle, daß er so zerstreut gewesen sein könnte, es zu vergessen."

„Sire, vielleicht hat mein Gatte gemeint, eine junge Frau habe beim Stickrahmen in ihrem Heim zu bleiben und dürfe sich nicht durch den Anblick der Wunder des Hofs ablenken lassen."

In einer einzigen Bewegung wandten sich alle Federhüte im Verein mit dem des Königs zu Philippe um, der statuenhaft wie die Personifizierung ohnmächtiger, kalter Wut auf seinem Schimmel saß. Der König ahnte, wie die Sache sich verhielt. Er war ein Mann von Geist, und er beherrschte die Kunst, die peinlichsten Situationen taktvoll zu meistern. Er brach in Gelächter aus.

„Oh, Marquis, wie ist das möglich! Sollte Eure Eifersucht so groß sein, daß Ihr vor keinem Mittel zurückschreckt, um uns den Anblick des bezaubernden Schatzes vorzuenthalten, dessen Besitzer Ihr seid? Ich verzeihe Euch für diesmal, aber ich verurteile Euch dazu, gute Miene zum Erfolg Madame du Plessis' zu machen. Was Euch betrifft, Madame, möchte ich Euch nicht gar zu weit auf den Weg ehelichen Ungehorsams treiben, indem ich Euch dazu beglückwünsche, den Entscheidungen eines allzu selbstherrlichen Gatten zuwidergehandelt zu haben. Aber Euer Unabhängigkeitsstreben gefällt mir. Nehmt also rückhaltlos an dem teil, was Ihr die Wunder des Hofes nennt. Ich verbürge mich dafür, daß Monsieur du Plessis Euch nicht tadeln wird."

Philippe, den Hut in der Hand, verneigte sich in fast übertriebener Unterwürfigkeit. Ringsum sah Angélique nur noch bemühtes Lächeln auf den maskenhaften Gesichtern, die drei Sekunden zuvor nichts als lüsterne Neugier ausgedrückt hatten, bereit, sie in tausend Stücke zu zerreißen.

„Meinen Glückwunsch!" lächelte Madame de Montespan. „Ihr versteht es, Euch in unmögliche Situationen zu bringen, aber auch, sie zu meistern. Aus dem Gesicht des Königs glaubte ich schließen zu können, daß Ihr die ganze Meute auf Euren Fersen haben würdet. Doch im nächsten Augenblick wirktet Ihr wie ein wagemutiges Opfer, das tausend Hindernisse und sogar die Mauern eines Gefängnisses überwunden hat, um, koste es, was es wolle, der Einladung Seiner Majestät Folge zu leisten."

„Ihr wißt gar nicht, wie recht Ihr habt!"

„Oh, erzählt mir doch!"

„Vielleicht . . . ein andermal."

Angélique beendete die Unterhaltung, indem sie ihr Pferd in Galopp versetzte. Durch einen Hohlweg wälzte sich der Zug der Reiter, Knechte und Hunde den Hügel von Fausse-Repose hinab, während in ihrem Rücken die Hörner bliesen, um die Nachzügler zu leiten. Bald tauchte vor ihnen der von Kutschen versperrte Kreuzweg auf.

Am Waldrand wartete der Trupp zerlumpter Soldaten, dessen Anführer Angélique und Mademoiselle de Parajonc Beistand geleistet hatte. Als der König mit seinem Gefolge erschien, begannen ein Querpfeifenspieler und ein Trommler einen Militärmarsch zu spielen. Hinter ihnen setzten sich die beiden Bannerträger, dann der Anführer in Bewegung, dem seine Offiziere und die kleine Truppe folgten.

„Großer Gott", sagte eine Frauenstimme, „was sind das für Vogelscheuchen, die sich in solchem Aufzug vor dem König zu zeigen wagen?"

„Dankt dem Himmel, daß Ihr in den letzten Jahren mit diesen Vogelscheuchen nicht in allzu nahe Berührung gekommen seid", antwortete lachend ein junger Edelmann mit kräftiger Gesichtsfarbe. „Es sind die Aufständischen aus dem Languedoc!"

Angélique traf es wie ein Blitz. Der Name! Der Name, über den sie grübelte, seitdem sie im Halbdunkel des Untergehölzes das vernarbte Gesicht des gaskonischen Edelmannes erkannt hatte, fiel ihr plötzlich ein: „Andijos!"

Es war Bernard d'Andijos, der Edelmann aus Toulouse, der immer vergnügte Schmarotzer, der seinen gesättigten Wanst von einem Fest zum andern spazierengetragen hatte. Derselbe, der danach durch das Languedoc galoppiert war, die Fackel einer der schrecklichsten Provinzrevolten jener Zeit schwingend . . .!

Aus ihrer Erinnerung tauchte die Gestalt jenes anderen Gefährten glücklicher Tage auf, des jungen Cerbaland, der im schmutzigen Früh-

40

rot eines trüben Morgens halb betrunken seinen Degen gezogen und gerufen hatte:

„Mordieu! Ihr kennt die Gaskogner nicht, Madame. Hört zu, ihr alle: Ich ziehe in den Krieg gegen den König!"

War auch er da, Cerbaland, unter diesen aus längst vergangener Zeit aufgetauchten Schemen, einer Zeit, die Angélique unendlich fern schien, obwohl kaum sieben Jahre verstrichen waren seit der widerrechtlichen Verurteilung des Grafen Peyrac, die den Ursprung all dieser Mißhelligkeiten gebildet hatte?

„Die Aufständischen aus dem Languedoc?" wiederholte neben ihr die ein wenig erschrockene Stimme der jungen Frau. „Ist es nicht gefährlich, sie so nah an den König herankommen zu lassen?"

„Nein, beruhigt Euch", erwiderte der Edelmann mit der gesunden Gesichtsfarbe, der kein anderer war als der junge Louvois, der Kriegsminister. „Diese Herren kommen, um sich zu unterwerfen. Nach sechs Jahren des Räuberns, Plünderns und Scharmützelns mit den königlichen Truppen kann man hoffen, daß unsere schöne südöstliche Provinz endlich in den Schoß der Krone zurückkehren wird. Immerhin bedurfte es eines persönlichen Feldzuges Seiner Majestät, um Andijos von der Nutzlosigkeit seiner Rebellion zu überzeugen. Unser Herrscher hat ihm das Leben und das Vergessen seiner Vergehen zugesichert. Als Gegenleistung soll er seinen Einfluß auf die Ratsherrn der großen Städte des Südens geltend machen und sie zur Ruhe ermahnen. Ich möchte wetten, daß Seine Majestät künftighin keine treueren Untertanen haben wird."

„Trotzdem jagen sie mir Angst ein!" sagte die zarte, kleine Frau erschauernd.

Der König war indessen vom Pferd gestiegen, und Andijos, bis auf wenige Schritte vor ihm angelangt, tat desgleichen. Seine verblichene Kleidung, seine abgetragenen Stiefel, sein von einer frischen Narbe durchfurchtes Gesicht – alles an ihm stand in schroffem Gegensatz zu der glänzenden Gesellschaft, auf die er zuschritt.

Er war das Abbild des Besiegten, dem nichts als die Ehre bleibt, denn er hielt den Kopf hoch erhoben, und sein Blick wich dem des Königs nicht aus.

Unmittelbar vor dem Monarchen angekommen, zog er jäh den Degen aus der Scheide. Durch die Menge der Höflinge ging eine Bewegung, als wollten sie dazwischentreten. Doch der Toulousaner, der seine Waffe gegen den Boden gestemmt hatte, zerbrach sie mit einem kräftigen Stoß und warf die beiden Hälften Ludwig XIV. vor die Füße. Darauf trat er noch einen Schritt näher, kniete nieder und berührte das Bein des Königs mit den Lippen.

„Was vorbei ist, ist vorbei, mein lieber Marquis", sagte dieser, während er seine Hand auf die Schulter des Rebellen legte; eine Geste, die beinahe freundschaftlich war. „Jeder Mensch begeht einmal einen Irrtum, und die Könige haben die Befugnis zu verzeihen. Als meine rebellischen Untertanen sich erkühnten, die Waffe gegen mich zu erheben, haben sie vielleicht weniger meinen Unwillen erregt als diejenigen meiner nächsten Umgebung, die mir Ehrfurcht und Ergebung bezeigten, während ich wußte, daß sie mich zur gleichen Zeit verrieten. Ich liebe das freimütige Handeln. Darum erhebt Euch, Marquis. Ich bedauere nur, daß Ihr Euren kampferprobten Degen zerbrochen habt. Ihr zwingt mich, Euch einen neuen zu schenken, denn ich ernenne Euch zum Obersten und vertraue Euch vier Dragonerkompanien an. Und nun lade ich Euch nach Versailles ein."

„Eure Majestät erweist mir eine große Ehre", erwiderte der biedere Andijos, dessen Stimme vor Rührung bebte, „aber ich bin nicht imstande, mich an Eurer Seite zu zeigen. Meine Uniform . . ."

„Darauf kommt es nicht an! Ich liebe Uniformen, die nach Krieg und Pulver riechen. Die Eure ist ruhmreich. Ich werde sie Euch neu verleihen. Ihr werdet bei den nächsten Festen den gleichen blauen Rock mit roten Umschlägen tragen, aber er wird mit Gold bestickt und nicht von Kugeln durchlöchert sein. Das bringt mich übrigens auf eine Idee . . . Ihr sollt wissen, Ihr Herren", fuhr Ludwig XIV., zu seinen Vertrauten gewandt, fort, „daß ich schon seit langem plane, eine Kleidung für diejenigen zu schaffen, die sich meiner besonderen Wertschätzung erfreuen. Was meint Ihr dazu? Der Orden der blauen Röcke . . .? Monsieur Andijos würde sein erster Ritter sein."

Während die Höflinge seinem Einfall applaudierten, stellte Bernard d'Andijos die drei ranghöchsten Offiziere seiner Truppe vor.

42

„Ich habe Anweisung gegeben, daß Eure Kompanie heute abend herzlich empfangen und aufs beste bewirtet wird", sagte der König. „Monsieur de Montausier, nehmt Euch all dieser tüchtigen Leute an."

Danach eilte jedermann zu seiner Kutsche. Die Nacht brach herein, und der König hatte es eilig, nach Versailles zurückzukehren.

Angélique, die Ceres am Zügel hielt, wußte nicht, wozu sie sich entschließen sollte. Sie war noch völlig benommen von dem Schock, den das Auftauchen d'Andijos' und der Rebellenschar aus dem Languedoc in ihr ausgelöst hatte. Die Stimme des Königs, die zu ihr gedrungen war – eine sehr schöne Stimme, die trotz ihrer Jugendlichkeit zuweilen etwas Väterliches hatte –, sie hatte sich wie Balsam auf ihr verängstigtes und schmerzendes Herz gelegt. Manche seiner Worte glaubte sie auf sich beziehen zu können.

Ob sie sich d'Andijos zu erkennen geben, ob sie ihn anreden sollte? Was konnten sie einander sagen? Ein Name würde zwischen ihnen stehen. Ein Name, den sie nicht auszusprechen wagen würden. Der große, dunkle Schatten des Hingerichteten würde über ihnen schweben und das strahlende Licht der Festlampen löschen . . .

Doch es war schon zu spät. Als sie sich zum Gehen wandte, begegnete sie d'Andijos' Blick. Der Toulousaner hatte sich eben von Monsieur de Montausier verabschiedet. Im Nachtwind flackerten die unruhigen Flammen der Fackeln auf, und in ihrem Schein erkannte er sie.

Er trat auf sie zu. Angéliques Mund verzog sich zu einem bitteren Lächeln.

„Auch du, Brutus?" murmelte sie.

„Ihr seid es also doch, Madame", sagte er mit bewegter Stimme. „Vorhin im Wald zögerte ich. Ich traute meinen Augen nicht. Ihr hier . . . am Hof . . . Ihr, Madame?"

„Wie Ihr selbst, Monsieur d'Andijos."

„Man kämpft", murmelte Andijos, „man schlägt zu, man tötet . . . Es ist wie ein Feuer, das einen verzehrt . . . Am Ende wird die Auflehnung zur Gewohnheit . . . Man kann der Feuersbrunst nicht mehr

Einhalt gebieten. Und eines Tages weiß man nicht mehr, warum man haßt, noch warum man sich schlägt ... Der König ist gekommen!"

Ein sechsjähriger erbarmungsloser, verzweifelter Kleinkrieg hatte sein fröhliches, kindliches Gemüt verbittert. Sechs Jahre lang hatte er das Leben des Schnapphahns geführt, des verfolgten Wildes in jenem dürren Landstrich des Südens, wo das vergossene Blut allzu rasch trocknet und schwarz wird.

In die Sanddünen des Landes gedrängt, ans Meer zurückgeworfen, hatten seine Parteigänger und er diesen gütigen König kommen sehen, diesen untadeligen jungen König, der da sagte: „Meine Kinder ..."

„Dieser König ist ein großer König", sagte Andijos mit fester Stimme. „Es ist keine Schande, ihm zu dienen."

„Ihr sprecht goldene Worte, Verehrtester", bestätigte hinter ihnen die Stimme des Marquis de Lauzun.

Während er die eine Hand auf Angéliques Schulter, die andere auf diejenige d'Andijos' legte, schob er sein immer lächelndes, immer spöttisches Gesicht zwischen sie.

„Erkennt Ihr mich?"

„Wie sollte ich nicht!" raunzte Andijos. „Wir haben gemeinsam unsere ersten Streiche verübt. Und danach noch manche andere. Als wir uns das letztemal sahen ..."

„... waren wir drei im Louvre, wenn ich mich recht entsinne", murmelte Péguillin.

„Und Ihr kreuztet den Degen mit Monsieur, dem Bruder des Königs ..."

„Der eben den Versuch gemacht hatte, die hier gegenwärtige Dame umzubringen."

„Mit der Hilfe seines lieben Freundes, des Chevalier de Lorraine."

„Meine Heldentat hat mir die Bastille eingebracht", bemerkte Lauzun.

„Mich hat sie vogelfrei gemacht."

„Und Ihr, Angélique, mein Engel, was hat Euch das Schicksal nach jenem denkwürdigen Abend beschert?"

Sie schauten sie fragend an, aber sie antwortete nicht, und sie begriffen ihr Schweigen.

Der Marquis d'Andijos stieß einen Seufzer aus.

„Ich hätte wahrhaftig nicht gedacht, daß wir uns eines Tages so wiedersehen würden."

„Ist es nicht besser, sich so wiederzusehen als überhaupt nicht?" meinte der lebenskluge Péguillin. „Das Rad dreht sich. Monsieur, der Bruder des Königs, steht dort drüben und stützt sich wie eh und je zärtlich auf den Arm seines Favoriten. Wir andern aber, wir sind noch durchaus lebendig . . . und jeder an seinem Platz, wie mir scheint. Das Vergangene ruhe in Frieden, wie Seine Majestät so schön gesagt hat. Doch Vorsicht, mein Schäfchen! Wir wollen uns in acht nehmen, auf daß das Auge des Herrn sich nicht auf unser Grüppchen richte, bereit, in ihr die Keimzelle einer auf die Macht zielenden Kabale zu erblicken. Vorsicht! Ich liebe Euch, aber ich fliehe Euch . . ."

Einen Finger auf die Lippen legend, wie ein Diener in der Komödie, so verließ er sie.

Eine Kutsche fuhr an Angélique vorbei.

„Was macht Ihr da?" rief Madame de Montespan aus dem Fenster. „Wo ist Eure Equipage?"

„Offen gestanden, ich habe keine. Mein Wagen ist in einen Graben gestürzt."

„So steigt bei mir ein."

Während Andijos grüßte, stieg Angélique in die Kutsche. Ein Stück weiter luden sie Mademoiselle de Parajonc und Javotte auf, und gemeinsam rollten sie Versailles zu.

Drittes Kapitel

Es wurde nicht getanzt, weil die Kapelle des Königs noch nicht aus Saint-Germain herübergekommen war. Doch ringsum im großen Saal des Erdgeschosses bliesen breitschultrige muntere Burschen die Trompete. Die martialischen Fanfaren sollten den Wetteifer der Mägen anregen. Tafeldiener zogen vorbei, die mit Näschereien, wohlriechenden Essenzen und Früchten gefüllte Schalen aus feinem Silber trugen. Auf vier großen, mit damastenen Decken belegten Tafeln hatte man bereits Schüsseln aufgereiht, die teils durch vergoldete Deckelhauben geschützt, teils auf metallenen, mit Glut gefüllten Becken warmgehalten wurden; wieder andere boten den begehrlichen Blicken der hungrigen Jäger Rebhühner in Gelee, Fasan mit Gemüsen, Rehbraten, Tauben auf Kardinalsart und Reisbratlinge mit Schinken dar. In der Mitte eines jeden Tisches stand eine große Schale mit Herbstfrüchten, die jeweils von acht mit Feigen und Melonen beladenen Strohtellern umgeben war.

Angélique, die für gastronomische Dinge ein geübtes Auge hatte, zählte acht Vorgerichte und eine Unmenge verschiedener Salate in den Lücken zwischen den Bratenschüsseln. Sie bestaunte die schönen, mit Mispelwasser parfümierten Tischtücher, die kunstvoll gefalteten Servietten. Und all das nannte sich einen „einfachen" Imbiß!

Der König setzte sich allein mit der Königin, Madame und Monsieur zu Tisch. Der Fürst Condé, die Serviette über der Schulter, bestand darauf, sie zu bedienen, was Monsieur de Bouillon, der dieses Amt für gewöhnlich ausübte, zutiefst entrüstete. Im Hinblick auf die hohe Verwandtschaft des Fürsten wagte er jedoch seinem Unmut nicht allzu deutlich Ausdruck zu geben.

Von diesem Zwischenfall abgesehen, gab sich jedermann mit Wohlbehagen den unzähligen Genüssen hin. Auch Angélique tat sich an einer gebratenen Wachtel und einigen Salaten gütlich, die der Marquis de La Vallière ihr zuvorkommend reichte. Nachdem ihre Neugier und ihre Gelüste gestillt waren, fiel ihr wieder Mademoiselle de Parajonc ein, die sie im Vorhof in der feuchten Nachtluft hatte sitzen lassen. Für ihre alte Freundin Überreste der königlichen Tafel zu stibitzen, schickte sich natürlich ganz und gar nicht; dennoch tat sie es mit größter Geschicklichkeit. Ein mit Mandeln gespicktes Kuchenbrot und zwei schöne Birnen in den weiten Falten ihres Kleides verbergend, schlich sie hinaus.

Nach wenigen Schritten schon wurde sie von Flipot angerufen. Er trug ihren Mantel, einen schweren Umhang aus Atlas und Samt, der in Léonides Kutsche liegengeblieben war.

„Da bist du ja! Konnte der Wagen repariert werden?"

„Ja, prosit! Der hat ausgedient. Als wir sahen, der Kutscher und ich, daß es dunkel wurde, sind wir zur Landstraße gepilgert und haben uns von Küfern, die nach Versailles fuhren, bis hierher mitnehmen lassen."

„Bist du Mademoiselle de Parajonc begegnet?"

„Dort drunten", sagte er und deutete nach der dunklen Niederung des Vorhofs, durch die sich Laternen bewegten. „Sie redete mit einem andern Eurer Frauenzimmer aus Paris, und ich hab' gehört, wie die ihr sagte, sie könne sie in ihrer Mietskutsche mitnehmen."

„Das beruhigt mich. Arme Léonide! Ich werde ihr eine neue Equipage schenken müssen."

Um ganz sicher zu gehen, ließ sie sich von Flipot durch das unwahrscheinliche Gewirr von Fahrzeugen, Pferden und Sänften zu der Stelle führen, wo er Mademoiselle de Parajonc beobachtet hatte. Sie sah sie von weitem und erkannte in „dem andern Frauenzimmer aus Paris" die junge Madame Scarron, eine mittellose und ehrsame Witwe, die häufig als Bittstellerin an den Hof kam, in der Hoffnung, eines Tages eine Beschäftigung oder ein bescheidenes Amt zu erhalten, das sie endlich aus ihrer ewigen Misere befreien würde.

Gerade stiegen die beiden in eine bereits überfüllte öffentliche Kutsche, in der hauptsächlich einfache Leute, zumeist ebenfalls Bittsteller, saßen. Unverrichteterdinge kehrten sie von ihrem Ausflug nach Versailles zurück, denn der König hatte bekanntgeben lassen, daß er die Bittschriften erst morgen nach der Messe in Empfang nehmen werde. Bevor Angélique die Kutsche erreichen konnte, fuhr sie davon.

Sie legte ihren Mantel um die Schultern, dann gab sie dem kleinen Lakaien das Brot und die Früchte, die sie mitgebracht hatte.

„Es ist verflucht prächtig hier, Marquise", flüsterte der Junge mit glänzenden Augen. „Die Küfer haben uns vor den Küchen abgesetzt. Den ‚Mund des Königs' nennen sie das. ‚Mund des lieben Gottes' müßte es heißen. Im Paradies kann's nicht schöner sein. Warm ist es dort, und riechen tut's von all dem Federvieh auf den Spießen, daß einem das Wasser im Mund zusammenläuft. Bis zu den Knien watet man in Federn ... Und all die Köche, die ihre Saucen rühren mit Spitzenmanschetten bis zu den Fingern, den Degen an der Seite, das große Band von ich weiß nicht was über dem Bauch ... Kannst du dir Meister Bourgeaud so ausstaffiert vorstellen?"

Wäre Angélique nicht Gast des Königs gewesen, hätte sie sich gar zu gern von ihrem kleinen Bedienten hinüberführen lassen, um ihrerseits den beschriebenen Anblick zu genießen. Wenn man zum rechten Seitenflügel hinübersah, in dessen Erdgeschoß die Küchen untergebracht waren, vermittelte schon der riesige Feuerschein der Herde und Kohlenbecken, der noch die Büsche und Bäume am Rande der südlichen Gärten aus der Dunkelheit hob, eine Vorstellung des malerischen Treibens dort drüben.

„Ich habe dort auch Javotte gesehen", sagte Flipot. „Sie ging hinauf, um die Gemächer der Frau Marquise zu richten."

„Meine Gemächer?" rief Angélique überrascht.

Sie hatte sich noch nicht überlegt, wie sie hier wohl die Nacht verbringen würde.

„Scheint da droben zu sein."

Mit seinen ewig gestikulierenden mageren Armen deutete Flipot zum tiefschwarzen Himmel, von dem sich der Dachstock des Palastes nur durch Reihen beleuchteter Fenster abhob.

„Hat's der Herr Marquis Euch nicht gezeigt?" fragte der kleine Lakai erstaunt.

„Ich weiß nicht einmal, wo der Herr Marquis sich aufhält", erwiderte sie trocken.

„Dieser Ludrian . . .", begann Flipot, der seine eigenen Ansichten über die Art hatte, in der sich der Gatte seiner Herrin ihr gegenüber benahm.

In den unteren Stockwerken gab es keine Unterkunftsmöglichkeiten für die Hofgesellschaft. Von den königlichen Gemächern abgesehen, befanden sich hier riesige Empfangsräume, die noch nicht fertig eingerichtet waren. Hingegen wies der Dachstock zahlreiche, durch rohe Scheidewände abgeteilte und normalerweise für die Dienerschaft bestimmte Kammern auf. Doch an diesem Abend waren selbst die vornehmsten Edelleute froh, hier ein Unterkommen zu finden. Geschäftig stolperten die Gäste in den engen Gängen über Truhen und Koffer auf der Suche nach den für sie bestimmten ‚Löchern'. Quartiermeister in blauer Uniform schrieben mit Kreide die letzten Namen der Zimmerinhaber an die Türen.

Angélique wurde von Flipot angerufen:

„Pst! Hier, Marquise!"

Er fügte geringschätzig hinzu:

„Sie ist nicht groß, Eure Bude. Eine Schande, daß man im Palast des Königs so untergebracht wird!"

Javotte war da, mit hochroten Wangen und verlegener Miene.

Als sie das Zimmer betrat, entdeckte Angélique den Anlaß ihrer Verlegenheit: La Violette, den ersten Kammerdiener ihres Gatten.

Das einzig Bescheidene an dem stämmigen Burschen war sein Name: Das Veilchen. Er war ein Riese, keck wie ein Soldat, gewitzt wie ein Pariser, obwohl er aus dem Poitou stammte, und rotblond wie ein Engländer, unter denen er Vorfahren haben mochte, die im 14. und 15. Jahrhundert Aquitanien besetzt hatten. Obwohl er wie ein Holzfäller wirkte, fühlte er sich in seiner Bedienstetenrolle zu Hause und war im übrigen geschwätzig und stets über alles informiert.

Doch sein Redestrom versiegte jäh, als er Angélique entdeckte, und er starrte sie mit offenem Mund wie ein Gespenst an. War das dieselbe Frau, die er vor ein paar Stunden wie eine Wurst eingewickelt den guten Schwestern des Klosters der Augustinerinnen von Bellevue übergeben hatte . . .?

„Ja, ich bin's, Halunke von einem Kammerdiener!" fuhr Angélique ihn zornig an. „Scher dich hinaus, Elender, der du um ein Haar die Frau deines Herrn erwürgt hättest!"

„Maâme . . . Maâme", stammelte La Violette, der in seiner Verwirrung in den Dialekt seiner bäuerlichen Herkunft verfiel, „es ist nicht meine Schuld. Der Herr Marquis hat . . ."

„Hinaus, habe ich gesagt!"

Sie wies zur Tür und begann ihn mit allen Schimpfworten zu überschütten, die ihr in der Sprache ihrer Kindheit zu Gebote standen. Das war zuviel für La Violette. Zitternd, mit hängenden Schultern schob er sich an ihr vorbei zur Tür. Auf der Schwelle prallte er gegen den Marquis.

„Was geht hier vor?"

Angélique war der Situation gewachsen.

„Guten Abend, Philippe", sagte sie.

Er streifte sie mit einem kalten Blick. Doch plötzlich sah sie, wie in seine Augen ein Ausdruck der Verblüffung, dann des Entsetzens und schließlich geradezu der Verzweiflung trat.

Sie wandte sich unwillkürlich um, überzeugt, zumindest den Teufel hinter sich zu erblicken. Doch sah sie nur den Türflügel, auf den einer der blauen Quartiermacher den Namen des Marquis geschrieben hatte.

„Das also verdanke ich Euch!" explodierte er und schlug mit der Faust gegen die Tür. „Diesen Affront verdanke ich Euch . . . den Verlust der Achtung, die Ungnade des Königs!"

„Ich verstehe nicht . . .", murmelte sie verwirrt.

„Seht Ihr denn nicht, was auf dieser Tür geschrieben steht?"

„Freilich . . . Euer Name."

„Ja, mein Name! Genau das! Mein Name. Nichts weiter."

„Aber was soll denn sonst draufstehen?"

„Was ich seit Jahren an allen Orten gelesen habe, zu denen ich den König begleitete, und was heute dank Eurer Dummheit, Eurer Unverschämtheit, Eurer . . . Einfältigkeit weggelassen worden ist. Das *Für* . . . Das *Für!*"

„Das Für . . .? Wieso?"

„*Für* den Herrn Marquis du Plessis-Bellière", stieß Philippe, bleich vor Zorn und Schmerz, zwischen den Zähnen hervor. „*Für* . . . die spezielle Einladung Seiner Majestät. Das Wort, durch das der König seine freundschaftliche Gesinnung bekundet, als heiße er einen persönlich an der Schwelle dieses Zimmers willkommen."

Die Geste, mit der er auf den engen Mansardenraum wies, weckte Angéliques Sinn für Humor.

„Macht Ihr nicht ein wenig zuviel Aufhebens von Eurem *Für*", fragte sie, sich mühsam das Lachen verbeißend. „Einer der Quartiermacher wird sich versehen haben, Philippe. Seine Majestät zeigt doch bei jeder Gelegenheit, welches Maß an Wertschätzung sie Euch entgegenbringt. Ihr seid es, der heute den Leuchter tragen darf, wenn sich der König zur Ruhe begibt."

„Eben nicht", sagte er schroff, „und gerade das ist der Beweis, daß der König mit mir unzufrieden ist. Dieses Ehrenamt ist vor wenigen Augenblicken Monsieur de Bouillon übergeben worden."

Der Stimmaufwand des jungen Mannes hatte die Bewohner der Nachbarzimmer in den Gang gelockt.

„Eure Frau hat recht, Marquis", sagte vermittelnd der Herzog von Gramont. „Ihr macht Euch unnütze Sorgen. Seine Majestät hat sich persönlich die Mühe genommen, Euch davon in Kenntnis zu setzen, daß sie Euch nur deshalb gebeten hat, auf den ‚Leuchter‘ zu verzichten, weil sie dem Herzog von Bouillon über die Eigenmächtigkeit des Fürsten bei der Abendmahlzeit hinweghelfen wollte."

„Aber das *Für*! Warum kein *Für*?" schrie Philippe und traktierte die Tür abermals mit einem wütenden Faustschlag. „Dieses Frauenzimmer ist schuld daran, daß ich in der Gunst des Königs sinke!"

„Und was habe ich mit Eurem verwünschten *Für* zu schaffen?" rief Angélique, ihrerseits vom Zorn überwältigt.

„Ihr verdrießt den König durch Euer verspätetes Kommen zu seinen Einladungen, durch Euer unschickliches Erscheinen . . ."

Angélique konnte sich vor Empörung nicht mehr halten:

„Ihr wagt mir das vorzuwerfen? Dabei wart Ihr es, der . . ."

„Genug", sagte Philippe kalt.

51

Er hob die Hand und schlug zu.

Der jungen Frau flimmerte es vor den Augen. Sie fühlte, daß ihre Wange brannte.

„Aber, aber, Marquis!" sagte der Herzog von Gramont. „Werdet nicht brutal!"

Angélique hatte das Gefühl, noch nie eine solche Kränkung erlitten zu haben. Geohrfeigt! Vor den Augen ihrer Dienstboten und der Höflinge, im Verlauf einer abscheulichen Eheszene . . .

Mit schamrotem Gesicht schickte sie Javotte und Flipot hinaus und folgte ihnen auf dem Fuße.

„So ist's recht", sagte Philippe. „Schlaft von mir aus, wo und mit wem Ihr wollt."

„Seid nicht taktlos, Marquis", mischte sich der Herzog von Gramont abermals ein.

„Monseigneur, jeder ist Herr in seinem Hause", erwiderte der jähzornige Edelmann und warf ihm die Tür vor der Nase zu.

Angélique bahnte sich einen Weg durch die Neugierigen und bemühte sich, weder ihre geheuchelt mitleidigen Bemerkungen zu hören noch ihrem ironischen Lächeln zu begegnen. Aus einer der nächsten Türen streckte sich ein Arm und hielt sie fest.

„Madame", sagte der Marquis de La Vallière, „es gibt keine Frau in Versailles, die nicht glücklich wäre, von ihrem Ehemann eine solche Erlaubnis zu bekommen, wie sie Euch der Eurige eben gegeben hat. Nehmt also diesen Grobian beim Wort und bedient Euch meiner Gastfreundschaft."

Angewidert riß sie sich los.

Viertes Kapitel

Sie wollte so rasch wie möglich hinaus. Während sie die breite Marmortreppe hinunterstieg, traten ihr Tränen der Scham und des Zorns in die Augen.

„Er ist ein Dummkopf, ein erbärmlicher Wicht, der den großen Herrn spielt . . . Ein Dummkopf! Ein Dummkopf!"

Aber er war ein gefährlicher Dummkopf, und sie selbst hatte die Ketten geschmiedet, die sie an ihn banden, sie hatte ihm schreckliche Rechte gegeben: die des Ehemannes über seine Frau. Entschlossen, sich an ihr zu rächen, würde er kein Erbarmen kennen. Sie ahnte, mit welcher heimtückischen Hartnäckigkeit, mit welcher Wollust er sein Ziel verfolgen würde, sie zu unterjochen, zu erniedrigen. Sie kannte nur eine verwundbare Stelle an ihm: das starke Gefühl, das er dem König entgegenbrachte, und das weder Furcht war noch Liebe, sondern unbedingte Treue, unauslöschliche Ergebenheit. Dieses Gefühl mußte sie sich zunutze machen. Den König zum Verbündeten gewinnen, ein dauerndes Amt am Hof von ihm erlangen, das Philippe zwingen würde, sich ihren Verpflichtungen zu beugen, ihn ganz allmählich vor die Entscheidung stellen würde, entweder das Mißfallen des Königs zu erregen oder darauf zu verzichten, seine Frau zu quälen. Und wo blieb bei alledem das Glück? Jenes Glück, von dem sie, trotz allem, zaghaft geträumt hatte, als in jener Nacht, in der Stille des Waldes von Nieul, über den weißen Türmchen des kleinen Renaissanceschlosses der Vollmond aufgegangen war, um ihre Hochzeitsnacht zu feiern . . .? Bittere Niederlage! Bittere Erinnerung! An seiner Seite war alles fehlgeschlagen.

Sie zweifelte an ihren Reizen und an ihrer Schönheit. Wenn eine Frau sich nicht geliebt fühlt, fühlt sie sich nicht mehr liebenswert. Würde sie den Kampf weiterführen können, auf den sie sich eingelassen hatte? Sie kannte ihre eigenen Schwächen. Sie bestanden darin, daß sie ihn liebte und daß sie ihm Unrecht zugefügt hatte. Getrieben von ihrem unbeugsamen Ehrgeiz, ihrem eisernen Willen, die Widrigkeiten zu überwinden, hatte sie ihn bezwungen, in die Enge getrieben, indem sie

ihm keinen anderen Ausweg gelassen hatte als sie zu heiraten oder
aber seinen und seines Vaters Namen beim König in Verruf gebracht
zu sehen. Er hatte das erstere vorgezogen, aber er würde es ihr nie
verzeihen. Durch ihre Schuld war die Quelle vergiftet worden, über
die sie beide sich hätten beugen können, und vor der Hand, die sie ihm
hätte reichen können, grauste ihm.

Mutlos und bekümmert betrachtete Angélique ihre schmalen, zart-
gliedrigen und doch kräftigen Hände.

„Welche Flecken vermögt Ihr nicht von ihnen zu tilgen, bezaubernde
Lady Macbeth?" fragte neben ihr die Stimme des Marquis de Lauzun.
„Wo ist das Blut Eures Verbrechens? . . . Aber sie sind ja eisig, meine
Liebe. Was tut Ihr auch in diesem zugigen Treppenhaus?"

„Ich weiß es nicht."

„Vereinsamt? Mit solch schönen Augen? Das ist eine Sünde. Kommt
doch zu mir."

Eine Gruppe junger Frauen kam ihnen entgegen, unter ihnen Madame
de Montespan.

„Monsieur de Lauzun, wir haben Euch gesucht. Habt Mitleid mit
uns."

„Wahrlich ein Mitleid, das sich ja leicht in meinem Herzen wecken
läßt! Womit kann ich Euch dienen, meine Damen?"

„Verschafft uns ein Nachtquartier. Unser angestammtes Zimmer ist
von den Malern völlig demoliert worden. Wie es scheint, will man
Jupiter und Merkur in ihm unterbringen . . . an der Decke. Vorläufig
verjagen uns die beiden Götter."

Lauzun lachte noch über den Scherz, als ihn der Marquis de La Vallière im Vorbeigehen mahnte, nicht zum „Hemd" zu spät zu kommen.
Der König begab sich in sein Schlafzimmer, und die Edelleute waren
verpflichtet, dem „petit coucher" beizuwohnen, bei dem der erste Kammerdiener das Nachthemd dem Großkämmerer übergab, der es sodann
Seiner Majestät weiterreichte.

Péguillin ließ mit einer Entschuldigung die Damen stehen, nicht ohne

54

ihnen zuvor versichert zu haben, er werde ihnen trotzdem Gastfreundschaft gewähren – in seinem Zimmer, das „irgendwo da droben" läge.

Die vier jungen Frauen stiegen daher, von Javotte gefolgt, in den
Dachstock hinauf, wo sie nach langem Suchen an einer niedrigen, kleinen Tür schließlich die ehrenvolle Inschrift „Für den Marquis Péguillin
de Lauzun" entdeckten.

„Glücklicher Péguillin!" seufzte Madame de Montespan. „Er kann
noch so viele Dummheiten machen – und bleibt trotzdem des Königs
Günstling. Dabei hat er eine so unvorteilhafte Figur und ein aus-
gesprochenes Durchschnittsgesicht."

„Aber er gleicht diese Mängel durch zwei gewichtige Vorzüge aus",
bemerkte Madame du Roure. „Er besitzt sehr viel Geist und ein gewisses Etwas, das bewirkt, daß keine Frau, die sich einmal mit ihm
eingelassen hat, ihn um eines andern willen freiwillig verläßt."

Das war zweifellos auch die Ansicht der jungen Madame de Roquelaure, die man in recht mangelhafter Bekleidung im Zimmer antraf;
ihre Zofe streifte ihr gerade ein mit hauchzarten Spitzen besetztes
Leinenhemd über, das keinen der Reize der Schönen verschleierte.
Nach einem Augenblick der Verlegenheit faßte sie sich und meinte
höchst liebenswürdig, wenn Monsieur de Lauzun bereit sei, einige
seiner Freundinnen bei sich unterschlüpfen zu lassen, wäre es unrecht
von ihr, es ihm übelzunehmen. Das sei doch das mindeste, was man
bei einer so ungewöhnlichen Gelegenheit wie einem Aufenthalt in Versailles füreinander tun müsse.

Die Kammer hatte nur ein Dachfenster, das nach dem Wald hinaus-
ging. Das mit Vorhängen ausgestattete Bett, das die Diener eben aufgeschlagen hatten, füllte sie fast völlig aus. Als alle eingetreten waren,
blieb kaum Platz genug, um sich zu bewegen. Glücklicherweise war
der Raum dank seiner Kleinheit warm, und das Feuer im Kamin flak-
kerte munter. Athénaïs de Montespan und ihre Begleiterinnen ließen
sich in ihren weiten Röcken auf die Fliesen nieder und hielten ihre
hübschen Füße an die Flamme.

„Wie wäre es, wenn wir uns im Kaminfeuer Krusteln backen würden?" schlug Athénaïs vor.

Die Zofe wurde in die Küche geschickt und kam mit einem Küchenjungen in weißer Mütze zurück, der einen Korb mit rohem Teig und eine lange, zweizinkige Gabel trug und sich alsbald an die Arbeit machte.

Während sie aßen, erschien Monsieur de Lauzun und begab sich mit Madame de Roquelaure zu Bett. Nachdem sie die Vorhänge hinter sich zugezogen hatten, kümmerte sich niemand mehr um sie.

Mit den Fingerspitzen ergriff Angélique das heiße Gebäck und knabberte es melancholisch, während sie an Philippe dachte. Wie konnte sie ihn zur Vernunft bringen, wie ihn besiegen oder zumindest sich seiner Rachsucht entziehen und ihn daran hindern, das so mühsam Errungene zu zerstören? Ein Amt bei Hofe – das war die einzige Lösung. Sie fragte Madame de Montespan, wie man dazu gelangen könne.

„Meine Gute, was denkt Ihr Euch!" rief Athénaïs aus. „Eine freie Stelle bei Hof? Ebensogut könnte man eine Nadel in einem Heuhaufen suchen. Alle Welt liegt auf der Lauer, und nicht einmal für Gold kann man eine bekommen."

„Dennoch habt Ihr die einer Hofdame der Königin erworben."

„Der König hat mich selbst dazu bestimmt. Ich habe ihn oft zum Lachen gebracht, wenn er bei Mademoiselle de La Vallière erschien. Seine Majestät meinte, ich würde die Königin zerstreuen. Es lag ihm dermaßen viel daran, daß er so zuvorkommend war, etwas zu der Summe beizusteuern, die aufzubringen mir recht schwergefallen wäre. Aber man bedarf der Protektion – und die des Königs ist nicht übel!"

„Es wird viel über die Aufmerksamkeiten geredet, die der König Euch erweist", bemerkte Angélique.

Die Gefühle, die Madame de Montespan in ihr auslöste, waren zwiespältig. Sie beneidete sie zwar nicht um ihre Schönheit, die ihrer eigenen ähnlich war – beide waren sie rassige Vertreterinnen derselben Landschaft, des Poitou –, aber doch um ihr strahlendes Wesen und die Unbekümmertheit, mit der sie die gewagtesten Dinge äußerte. Alles, was zweideutig war an ihren Einfällen, wurde durch ihre köstliche Ausdrucksweise gemildert, so daß man sich wunderte, nicht darüber schokkiert zu sein. Diese besondere Wortgewandtheit, dank deren Ungezwungenheit und Anmut man eine geradezu zynisch zu nennende Unterhaltung hinnahm, wenn nicht gar bewunderte, war ein Familientalent: man nannte sie allgemein die Mortemart-Sprache.

Auch in sonstiger Hinsicht war die Familie Mortemart de Rochechouart bemerkenswert. Einstmals hatte Eduard von England eine seiner Töchter einem Seigneur de Mortemart zur Frau gegeben. Und die Pateneltern des derzeitigen Herzogs von Vivonne, des Bruders Madame de Montespans, waren der König und die Königinmutter. Doch hatte das nicht gehindert, daß Athénaïs fast mittellos in Paris angekommen war, ohne andere Güter als eine alte Kutsche, und daß sie seit ihrer Heirat aus einer mißlichen finanziellen Situation in die andere geriet. Die junge Frau, sehr stolz und sensibler als man vermuten konnte, hatte so manches Mal Tränen darüber vergossen.

Angélique kannte die demütigenden Probleme, mit denen Athénaïs sich herumschlug, und seitdem sie über ihre häuslichen Verhältnisse Bescheid wußte, hatte sie unzählige Male Gelegenheit gehabt, die drängenden Gläubiger zu beschwichtigen, indem sie eine Summe lieh, die sie niemals wiedersehen würde und für die man ihr nicht einmal dankte. Was Angélique nicht hinderte, ein gewisses Vergnügen dabei zu empfinden, sich das Ehepaar Montespan zu verpflichten. Manchmal wunderte sie sich über diese seltsame Freundschaft, denn sie gestand sich ein, daß Athénaïs im Grunde wenig sympathisch war und daß die Klugheit ihr eigentlich hätte gebieten müssen, sich von der jungen Frau fernzuhalten, deren Vitalität sie immer wieder anzog.

Angéliques Anspielung auf die Gunst des Königs bewirkte, daß Madame de Montespans Gesicht sich aufhellte.

„Die Königin steht vor der Niederkunft, Mademoiselle de La Vallière ist seit kurzem in anderen Umständen – kurz und gut, der Augenblick scheint günstig, das Interesse des Königs zu wecken", meinte sie mit ihrem strahlenden, immer ein ganz klein wenig boshaften Lächeln. „O Angélique, zu welchen Worten, zu welchen Gedanken verleitet Ihr mich! Ich wäre unglücklich und müßte mich schämen, wenn der König mich zu seiner Mätresse machen wollte. Ich würde nicht mehr wagen, der Königin vor die Augen zu treten, die eine herzensgute Frau ist."

Angélique war von der Ehrlichkeit ihrer sittlichen Entrüstung nicht völlig überzeugt.

„Entsinnt Ihr Euch jenes Besuchs", sagte sie lachend, „den wir gemeinsam mit Françoise Scarron der Wahrsagerin Mauvoisin machten? Wenn ich mich nicht irre, wolltet Ihr damals schon wissen, ob es Euch gelingen werde, die Liebe des Königs zu gewinnen . . ."

„Kinderpossen!" erklärte die Marquise mit einer Handbewegung, die andeuten sollte, wie wenig ernst sie ihre Launen von damals nahm. „Im übrigen war ich um diese Zeit noch nicht im Dienst der Königin und suchte nach Möglichkeiten, bei Hofe anzukommen. Die Mauvoisin hat uns nur Albernheiten erzählt . . ."

„Daß wir alle drei vom König geliebt werden würden!"

„Selbst Françoise Scarron!"

„Wenn mein Gedächtnis mich nicht trügt, sollte ihre Zukunft sogar noch glänzender sein. Die Mauvoisin sagte ihr voraus, daß sie den König heiraten werde!"

Sie lachten aus vollem Herzen.

„Um auf Eure Frage zurückzukommen", sagte Athénaïs, „ich möchte Euch gerne behilflich sein, meine Liebe. Vielleicht könnte ich Euch wenigstens bei der Königin vorstellen."

„Tut das", sagte Angélique freudig. „Und ich verspreche Euch, daß ich in meiner Schatulle das Nötige finden werde, um Eure Gläubiger ein weiteres Mal zu besänftigen."

Die Marquise de Montespan war beglückt und verbarg es nicht.

„Einverstanden. Ihr seid ein Engel . . . Ihr würdet sogar ein Erzengel sein, wenn Ihr mir darüber hinaus einen Papagei verschaffen könntet. Ja, einen jener großen Vögel von den Antillen, mit denen Ihr handelt . . . Ihr wißt doch, die mit den roten und grünen Federn . . . Oh, es wäre zu schön!"

Fünftes Kapitel

Im Morgendämmern gähnte und streckte sich Madame de Montespan. Sie hatte unausgesetzt über dies und jenes mit Angélique geschwatzt, da der enge Raum es ihnen nicht erlaubte, sich auszustrecken, um ein wenig zu ruhen. Der Küchenjunge schnarchte an den Kamin gelehnt. Madame d'Orignys und Madame de Roure waren verschwunden.

Hinter den Vorhängen des großen Bettes rührte es sich ebenfalls. Zwei schlaftrunkene Körper dehnten sich in den Kissen, auch hier wurde gegähnt, dann war zärtliches Geflüster zu vernehmen.

„Ich glaube, ich muß hinuntergehen", sagte Athénaïs. „Die Königin wird nach ihren Hofdamen rufen. Ich möchte als eine der ersten da sein, um sie zur Messe zu begleiten. Stellt Euch am Wege dorthin auf. Aber ich muß Euch zuvor die günstigen Stellen zeigen, damit Ihr unter allen Umständen Ihre Majestäten seht und womöglich von ihnen gesehen werdet. Es ist nicht leicht, die richtige Stelle zu finden. Kommt mit mir hinunter. Ich werde Euch auch ein kleines, an die Gemächer der Königin anstoßendes Waschkabinett zeigen, das die Hofdamen benutzen dürfen, um sich das Haar zu ordnen. Habt Ihr außer Eurem Jagdkostüm noch andere Kleider dabei?"

„Ja, in einer Lade. Aber ich muß sie erst durch meinen kleinen Lakaien bei meinem Manne abholen lassen."

„Zieht etwas Einfaches für den Vormittag an. Der König empfängt nach der Messe die Bittsteller, danach arbeitet er mit seinen Ministern. Aber heute abend gibt es, soviel ich weiß, eine Komödie und ein kleines Ballett. Ihr könnt Eure schönsten Juwelen auspacken. Kommt jetzt."

Außerhalb des Zimmers war es eisig kalt und feucht, doch unbekümmert um die Zugluft, die über ihre schönen bloßen Schultern strich, stieg Madame de Montespan die Treppe hinunter.

„Friert Ihr nicht?" fragte Angélique fröstelnd.

Die Marquise machte eine wegwerfende Geste. Sie besaß den Gleichmut der Höflinge, die es gewohnt sind, die schlimmsten Unbequemlichkeiten zu ertragen, Kälte wie Hitze, in Sälen, die allen Winden offenstehen oder in denen sie in der Glut Tausender von Kerzen ersticken, das endlose Herumstehen, die durchwachten Nächte, das Gewicht der mit Goldstickereien und Juwelen überladenen Kleider.

Angélique hatte aus den Jahren der Not die Kälteempfindlichkeit der Unterernährten zurückbehalten. Sie kam kaum je ohne Mantel aus und hatte sich mit einer Fülle von ihnen versehen. Der, den sie trug, bestand aus blaugrünen, zu ihren Augen passenden Samt- und Atlasstreifen, die einander abwechselten. Die Kapuze, die sie über ihr Gesicht ziehen konnte, wenn sie nicht erkannt sein wollte, war mit venezianischer Spitze geziert.

Am Eingang zum Bankettsaal blieb Madame de Montespan stehen. Außer den Türwächtern, die mit ihren Hellebarden und gestärkten Halskrausen regungslos wie Statuen dastanden, schien in dem weitläufigen Palast noch niemand wach zu sein. Das aufsteigende Tageslicht begann kaum erst mit dem Dunkel der Salons zu verschmelzen. Galerie und Flure wirkten in der Finsternis wie riesige, traumhafte Grotten, in denen man das Blinken des Goldes und der Spiegel ahnte. Die meisten Leuchter waren erloschen.

„Ich verlasse Euch", flüsterte die Hofdame der Königin in Anpassung an die ungewöhnliche Stille des Ortes. „Dort drüben ist das kleine Boudoir, in das Ihr Euch unterdessen setzen könnt. Die Höflinge, die dem Lever des Königs beiwohnen müssen, werden binnen kurzem hier erscheinen. Seine Majestät ist ein Frühaufsteher. Wir sehen uns bald."

Sie entfernte sich, und Angélique öffnete die unter einem Wandteppich verborgene Tür, die ihr gezeigt worden war.

„Oh, Verzeihung!" murmelte sie und schloß die Tür sofort wieder.

Sie hätte sich sagen müssen, daß ein Schlupfwinkel, und sei er noch

so klein, nur auf galante Weise besetzt sein konnte, wenn er ein Ruhebett enthielt.

„Sieh einer an", sagte sie zu sich, „ich hätte nicht gedacht, daß Madame de Soubise einen so schönen Busen hat. Sie verbirgt ihr Liebes-
leben und ihre Reize."

Ihr Partner war natürlich nicht Monsieur de Soubise gewesen. Auch
das hätte sie sich denken können. In Versailles war man in solchen
Dingen großzügig; nur eheliche Verlustierungen hätte man als spieß-
bürgerlich und geradezu schockierend empfunden.

Angélique blieb nichts anderes übrig, als durch die verödeten Säle zu
irren.

Sie hielt im ersten inne. Es war der Ionische Saal, nach den zwölf
Säulen benannt, die das Gesims stützten. Es war nun hell genug geworden, daß sie die anmutigen weißen Voluten erkennen konnte, während die Decke mit ihren tiefen Kassetten aus Gold und Ebenholz noch
im Dunkel gehüllt blieb. Das Kristall der Kronleuchter tauchte aus ihm
hervor, an unsichtbaren Schnüren hängende feenhafte Stalaktiten. An
der Wand reflektierten drei Spiegel das allmählich eindringende Tageslicht.

Die junge Frau lehnte sich an die Marmorverkleidung und blickte ins
Freie. Auch der Park tauchte nun aus der Finsternis auf. Die schatten-
lose, mit feinem Sand bestreute Terrasse zu Füßen des Schlosses wirkte
in ihrer Glätte wie ein Meeresstrand. Weiter drunten hüllten Nebel-
schwaden die hohen, zu strengen Formen gestutzten Hagebuchenhecken ein, deren Architektur eine Art Geisterstadt mit weißen und
bläulichen Mauern bildete, hinter denen das Geheimnis der vollkommenen Gärten mit ihren kunstvollen Blumenbosketts und grünschwar-
zen, von Schwänen lautlos durchzogenen Wasserflächen verborgen
lag.

Wenn die Sonne aufging, würde man hier und dort diese Gewässer
glitzern sehen: die beiden Bassins der Terrasse, das der Latona, das
einem silbernen Diskus gleichende des Apollon, dann das goldene
Kreuz des Großen Kanals, an den andere stehende Gewässer grenzten,
die der großen Moore, Domäne der Enten und Bleßhühner, die sich
bis zum Horizont erstreckten.

„Worüber sinnt Ihr, Marquise?"

Es war eine Flüsterstimme, deren Besitzer unsichtbar blieb. Angélique blickte sich vergeblich suchend um. So verwirrend es war – nur die Statue ihr gegenüber konnte das Wort an sie gerichtet haben.

„Worüber sinnt Ihr, Marquise?"

„Wer spricht denn?"

„Ich, Apoll, der Gott der Schönheit, dem zu dieser frühen Stunde Gesellschaft zu leisten Ihr die Liebenswürdigkeit habt."

Unwillkürlich mußte Angélique lächeln.

„Es ist hübsch kühl, nicht wahr?" fuhr die Stimme fort. „Ihr habt immerhin einen Mantel, aber ich, ich bin völlig nackt. Es ist nicht angenehm, einen Körper aus Marmor zu haben, müßt Ihr wissen."

Angélique spähte hinter die Statue, aber auch dort entdeckte sie nichts. Nur ein am Sockel liegendes buntes Kleiderbündel erregte ihre Aufmerksamkeit. Sie beugte sich nieder, berührte es und fuhr erschrocken zusammen, denn das Bündel vollführte einen Bocksprung, und in einer Pirouette landete ein drolliger Gnom vor ihr, der nun die Kapuze herabzog, mit der er sein Gesicht verborgen hatte.

„Barcarole!" rief Angélique aus.

„Euch zu dienen, Marquise der Engel."

Der Zwerg verneigte sich zu einer tiefen Reverenz. Er war nicht größer als ein siebenjähriges Kind. Angesichts der Mißförmigkeit des auf Stummelbeinen ruhenden untersetzten kleinen Körpers übersah man die Schönheit seines intelligenten Gesichts. Auf dem Kopf saß ihm ein mit Medaillen und Glöckchen besetzter Hut aus karmesinfarbener Atlasseide. Wams und Überrock waren aus dem gleichen Gewebe, halb karmesinfarben, halb schwarz, doch ohne Glöckchen und Zierat. Er trug Spitzenmanschetten und einen winzigen Degen.

Angélique war ihm lange nicht begegnet. Sie fand, daß er wie ein Edelmann aussehe, und sagte es ihm.

„Nicht wahr?" meinte Barcarole befriedigt. „Von der Größe abgesehen, kann ich's, glaub' ich, mit jedem der schönen Herren aufnehmen, die hier herumstolzieren. Ach, wenn unsere gute Königin mir die paar Glöckchen abnähme, die ich noch an meinem Hut trage, würde sie mir viel Freude machen. Aber sie behauptet, in Spanien trügen die

62

Narren immer Glöckchen, und sie würde noch trauriger sein, wenn sie dieses kleine Geläute nicht mehr um sich habe. Übrigens werden wir noch um ein weiteres Privileg nachsuchen."

„Um welches?"

„Die Perücke", sagte Barcarole und rollte mit den Augen.

Angélique mußte lachen.

„Ich glaube, Ihr werdet eingebildet, Monsieur Barcarole."

„Ich bemühe mich, aufzusteigen, mir einen Platz in der großen Welt zu erringen", sagte der Zwerg selbstgefällig.

Doch in seinem Blick, dem Blick eines reifen Mannes, glomm ein melancholischer, ironischer Funke.

„Ich freue mich sehr, dich wiederzusehen, Barcarole. Laß uns ein wenig plaudern."

„Seid Ihr nicht um Euren guten Ruf besorgt? Man wird über uns lästern. Wenn Euer Gatte mich zum Duell fordert ...?"

„Du hast einen Degen."

„Allerdings. Einem tapferen Herzen ist nichts unmöglich. Ich werde Euch also den Hof machen, schöne Marquise. Aber schauen wir dabei durchs Fenster. Dann werden die Leute denken, wir bewundern die Gärten, und vermuten keine leidenschaftlichen Liebeserklärungen", sagte Barcarole.

Er trippelte zum Fenster und preßte seine Nase an eine der Scheiben, wie die Kinder es tun.

„Wie findet Ihr es hier? Hübsch, nicht wahr? Marquise der Engel, du, eine große Dame, du verleugnest also deine Freundschaft mit dem Narren der Königin nicht?"

Neben ihm blickte Angélique gleichfalls über die Gärten. Sie legte ihre Hand auf die Schulter des kleinen Mannes.

„Die Erinnerungen, die uns verbinden, gehören nicht zu denen, die man verleugnet, Barcarole."

Und leiser fügte sie hinzu:

„Selbst wenn man wollte, man könnte es nicht ..."

Die Sonne löste allmählich den Dunst auf. Der Tag versprach klar zu werden. Einer jener Sommertage, die ebenso mild und leuchtend sind wie ein Frühlingstag. Vom Nebel befreit, fanden die Hagebuchenhecken wieder zu ihrer grünen Färbung, die Bassins zu ihrer bläulichen Transparenz, die Blumen zu ihren lebhaften Tönen. Gärtner erschienen mit Schubkarren und Rechen. Es waren ihrer viele, und sie wirkten winzig auf der riesigen Esplanade.

„Zuweilen", sagte Barcarole mit gedämpfter Stimme, „ist unsere Königin besorgt. Sie hat mich während des ganzen Tages nicht gesehen. Wo mag ihr Lieblingsnarr geblieben sein? Er ist in Paris, mit Verlaub, Euer Majestät. Um einer andern Majestät seine Ergebenheit zu bezeugen, die zu vernachlässigen keiner ihrer Untertanen sich erlauben würde, dem Großen Coesre Cul-de-Bois, König der Rotwelschen. Oh, der Untertanen unserer Art, Marquise der Engel, gibt es nicht viele! Solche, die in der Lage sind, volle Börsen in die Schale zu werfen, groß wie Melonen. Ich glaube, Cul-de-Bois hat mich gern."

„Auch mich hat er gern", murmelte Angélique und vergegenwärtigte sich das grob geprägte, eindrucksvolle Gesicht des beinlosen Krüppels, der über die heimlichen Wege Bescheid wußte, die die schöne Marquise du Plessis-Bellière, maskiert und verkleidet, in die finsterste Gegend des Faubourg Saint-Denis führten. Und allwöchentlich trugen Bediente ihres Hauses – ehemalige Angehörige der Bettlerzunft – Körbe mit erlesenen Weinen, Geflügel und Braten in seine verschwiegene Residenz.

„Du brauchst nichts zu befürchten, Marquise der Engel", flüsterte Barcarole. „Wir andern wissen das Geheimnis zu bewahren. Und vergiß nicht, daß du nie allein dastehen wirst, in keiner Gefahr, auch hier nicht."

Er wandte sich in den Raum und umschloß mit einer ausholenden Bewegung seiner kleinen Arme die prächtige Szenerie.

„Hier! Im Palast des Königs ... wo jedermann einsamer und gefährdeter ist als an jedem anderen Ort der Erde ..."

Sechstes Kapitel

Der König erhob sich, und die erste Gruppe hielt ihren Einzug: die Prinzen von Geblüt. Während sie sich verneigten, verließ der König sein Bett. Der Großkämmerer legte ihm den Schlafrock um, der ihm zuvor vom ersten Kammerdiener gereicht worden war. Seine Majestät hatte das Recht, sich selbst die Kniehosen anzuziehen, dann stürzte einer der Großwürdenträger hinzu, um die Strumpfbänder zu befestigen.

Da das Darreichen des Hemdes das Privileg des ersten Hofkavaliers war, hatte man zu warten, bis dieser erschien.

Stolz schritt er an der Spitze der zweiten Gruppe einher, die sich aus Mitgliedern des hohen Adels und besonders berufenen Standesherrn zusammensetzte.

Nachdem der König sein Hemd empfangen hatte, half ihm der erste Kammerdiener in den rechten, der erste Garderobier in den linken Ärmel.

Die dritte Gruppe, aus Herzögen und Pairs bestehend, drängte sich unter beglücktem Gemurmel und unzähligen Verbeugungen herein, so daß sich die bestickten Röcke wie ein Blumenfeld unter einem Gewittersturm neigten.

Währenddessen befestigte der Vorsteher der Kleiderkammer die Halsbinde. Das war sein Vorrecht. Doch der „Cravatier" fand sie schlecht geknüpft, machte sich an ihr zu schaffen und band sie schließlich neu. Dies wiederum war dessen Privileg. Vorausgesetzt, daß er sich zuvor vergewissert hatte, ob kein höherer Beamter der Kammer anwesend sei.

Die vierte Gruppe, die der Staatssekretäre, die fünfte, die der Botschafter, die sechste in Veilchenblau und Purpurrot, die der Kardinäle und Bischöfe, füllten allmählich das Schlafgemach des Königs, der auf den ersten Blick einen jeden erkannte und die Fehlenden bei sich registrierte.

Er stellte Fragen, ließ sich über den Hofklatsch informieren und lachte über eine witzige Antwort. Und die Heiligen des Versailler Paradieses genossen es, daß ihnen der Anblick des Königs im Schlafrock vergönnt war, zumal wenn sie an die gewöhnlichen Sterblichen dachten, denen die vergoldeten Türen verschlossen blieben.

Der Marquis du Plessis-Bellière gehörte der zweiten Gruppe an.

Angélique wartete, bis sie ganz sicher sein konnte, daß er das königliche Schlafgemach betreten hatte. Dann eilte sie ins obere Stockwerk hinauf und hatte alle Mühe, sich in dem Labyrinth der Gänge zurechtzufinden, in dem wie am Abend zuvor namenloses Durcheinander herrschte.

Als sie Philippes Kammer betrat, polierte der Sieur La Violette eben die Degen seines Herrn und summte munter ein Lied dazu. Beflissen erbot er sich, die Frau Marquise zu schnüren, doch Angélique wies ihn kurzerhand hinaus. Sie zog sich, so gut es ging, ohne Hilfe an, weil sie nicht die Zeit hatte, sich auf die Suche nach Javotte oder einer anderen Zofe zu machen. Dann lief sie von neuem hinunter und kam gerade noch zurecht, um die Königin mit ihrem kleinen Gefolge vorbeiziehen zu sehen. Trotz des Puders, mit dem Maria-Theresia ihr Puppengesicht hatte bedecken lassen, war ihre gerötete Nase nicht zu übersehen. Sie hatte die ganze Nacht mit Weinen verbracht. Der König war nicht gekommen, nicht einmal ein Viertelstündchen, wie sie ihren Hofdamen bekümmert anvertraute, und das war eine gar seltene Unterlassungssünde, denn Ludwig XIV. ließ es sich stets angelegen sein, den Schein zu wahren, indem er regelmäßig, wenn auch nur für „ein Viertelstündchen", ins Ehebett schlüpfte. Meistens um zu schlafen, aber immerhin, er kam. Diesmal war es gewiß wieder diese La Vallière gewesen, die ihn am Tag zuvor bei der Jagd in den Wäldern als Amazone von neuem berückt hatte.

Der Zug der Königin begegnete dem der La Vallière, die sich gleichfalls zur Kapelle begab. Maria-Theresia beachtete sie nicht. Höchst würdevoll schritt sie vorbei, nur ihre spanische Lippe bebte vor unterdrückten Schluchzern und Schmähungen.

Die Favoritin erwies ihr demütig ihre Reverenz. Als sie sich wieder aufrichtete, nahm Angélique den gehetzten Ausdruck ihrer sehr sanften blauen Augen wahr. Im Pomp und Glanz von Versailles war sie nicht mehr Jägerin, sondern umstellte Hindin. Angélique fand ihr Urteil bestätigt: die Favoritin hatte ihren Höhepunkt überschritten. Sie würde bald in der Gunst des Königs sinken, wenn es nicht überhaupt schon so weit war! Maria-Theresia hatte unrecht, sie zu fürchten. Es gab in ihrer nächsten Umgebung Rivalinnen, die schon auf ihre Stunde warteten und sehr viel gefährlicher waren.

Wenig später kehrte der König aus der Kapelle zurück und begab sich in die Gärten. Man hatte ihn davon in Kenntnis gesetzt, daß einige Skrofelkranke aus den nächstgelegenen Dörfern sich in der Hoffnung hinter dem Gitter versammelt hatten, daß ihnen die wunderwirkende Berührung des Monarchen zuteil werde. Der König konnte es ihnen nicht verweigern. Es waren ihrer nicht viele, und so würde die Zeremonie nicht viel Zeit in Anspruch nehmen. Danach wollte er die Gesuche der Bittsteller entgegennehmen.

Eine Hand legte sich auf Angéliques Schulter und ließ sie zusammenzucken. Sie sah eine dunkel gekleidete Gestalt vor sich, die sie im ersten Augenblick nicht unterzubringen wußte.

Eine rauhe, tiefe, gebieterische Stimme drang an ihr Ohr:

„Ihr müßt mir sofort eine Unterredung in einer dringenden Angelegenheit gewähren, Madame."

„In welcher Angelegenheit, Monsieur?" fragte Angélique verwirrt.

Ohne zu antworten, drängte er sie in einen Winkel der Galerie. Und nun erkannte sie in ihm Monsieur Colbert, den neuen Oberintendanten der Finanzen, Mitglied des Staatsrats.

Inzwischen hatte ihm ein Beamter, der ihm gefolgt war, eine mit Aktenstücken prall gefüllte Tasche aus schwarzem Samt ausgehändigt. Er entnahm ihr ein gelbes Blatt.

„Ihr wißt, Madame", begann er, „daß ich weder Hofmann noch Edelmann bin, sondern Tuchhändler. Nun, als wir das letztemal miteinander zu tun hatten, erfuhr ich, daß Ihr Euch, obwohl von Adel, mit

67

Handelsgeschäften befaßt ... Ich wende mich also an Euch als ein Mitglied der Kaufmannszunft, um Euch um einen Rat zu bitten ..."

Er bemühte sich, seinen Worten einen scherzhaften Ton zu geben, aber es fiel ihm sichtlich schwer.

Angélique war empört. Wann würden diese Leute endlich aufhören, ihr ihre Schokolade vorzuwerfen?

Sie preßte die Lippen zusammen. Doch als sie Colbert ansah, bemerkte sie, daß auf seiner Stirn trotz der Kälte Schweißperlen standen. Seine Perücke hatte sich ein wenig verschoben, und er war so schlecht rasiert, daß er seinen Barbier heute morgen mehr zur Eile angetrieben haben mußte, als für dessen Sorgfalt gut war.

Die junge Frau ließ ihre Voreingenommenheit fallen. Sollte sie etwa die Hochnäsige spielen? Sehr gelassen sagte sie:

„Ich betreibe tatsächlich Handelsgeschäfte, aber mit den Euren verglichen, Herr Minister, sind sie von sehr geringer Bedeutung. Wie kann ich mich Euch nützlich erweisen?"

„Ich weiß es noch nicht, Madame. Entscheidet selbst. Ich habe Euren Namen als Hauptaktionär auf einer Liste der Ostindischen Gesellschaft gefunden. Was mich dabei stutzig gemacht hat, ist die mir wohlbekannte Tatsache, daß Ihr dem Adel angehört. Euer Fall ist daher von ganz besonderer Art, und da man mir inzwischen gesagt hat, daß Eure Geschäfte gut gehen, dachte ich, Ihr könntet mir über gewisse Einzelheiten Aufschluß geben, die mir bezüglich dieser Gesellschaft unbekannt geblieben sind ..."

„Ihr wißt ebensogut wie ich, Herr Minister, daß diese Gesellschaft mit Amerika Geschäfte machte und daß ihre Aktien heute keinen Sol mehr wert sind!"

„Ich rede nicht vom Wert der Aktien, die tatsächlich nicht mehr notiert werden, sondern vom tatsächlichen Gewinn, den Euch dieser Handel trotzdem eingebracht haben muß, während andere dabei Geld verloren haben."

„Mein einziger tatsächlicher Gewinn besteht darin, daß ich gelernt habe, wie man es nicht machen darf, und ich habe diese Lehre sehr teuer bezahlt. Denn meine Geschäfte sind von Tagedieben betrieben worden. Sie glaubten, ohne persönlichen Einsatz märchenhafte Gewinne erzielen zu können, während sich in Wirklichkeit in jenen fernen Ländern nur durch zähe Arbeit etwas erreichen läßt."

Das von Runzeln durchfurchte, von Schlaflosigkeit gezeichnete Gesicht Monsieur Colberts hellte sich in einem Lächeln auf, das in seine Augen drang, ohne die Lippen zu entspannen.

„Sollte das, was Ihr mir da offenbart, gar meine eigene Devise sein: ‚Arbeit vermag alles'?"

„‚... und der Wille ist es, der alles, was man tun muß, zu einem Vergnügen macht'", zitierte Angélique geläufig mit erhobenem Finger. „‚Und die Hingabe ist es, die Freude schenkt.'"

Das Lächeln hellte das unangenehme Gesicht des Ministers nun vollends auf und ließ es fast anziehend erscheinen.

„Ihr kennt sogar diesen Satz aus meinem Bericht über die besagte Übersee-Schiffahrtsgesellschaft", sagte er erstaunt. „Ich möchte wissen, ob es unter den ehrenwerten Aktionären der Gesellschaft viele gibt, die sich die Mühe gemacht haben, diesen Satz zu lesen."

„Es hat mich interessiert zu erfahren, wie die Macht, die Ihr vertretet, darüber denkt. Die Sache war an sich lebensfähig und logisch."

„Dann glaubt Ihr also, daß ein solches Unternehmen florieren könnte und müßte?" fragte der Minister lebhaft. Doch schon im nächsten Augenblick fand er zu einem sachlichen, gleichförmigen Ton zurück, in dem er die geheimen Aktiva Madame du Plessis-Bellières, alias Madame Morens' aufzuzählen begann:

„Volles Besitzrecht am Sechshundert-Tonnen-Schiff Saint Jean-Baptiste, das mit zwölf Kanonen ausgerüstet ist und Euch Kakao, Pfeffer, Gewürze und wertvolles Holz von Martinique und Sankt Domingo bringt ..."

„Richtig", bestätigte Angélique. „Ich mußte ja meinen Schokoladehandel in Gang halten."

„Ihr habt den Piraten Guinan als Kapitän eingesetzt?"

„Allerdings."

„Und dieses Schiff schickt Ihr nach Amerika. Weshalb nicht nach Indien?" erkundigte sich Colbert unvermittelt.

„Nach Indien? Ich habe wohl daran gedacht. Aber ein einzelnes Schiff hat der berberischen Seeräuber wegen keine Aussicht, unbehelligt das

69

Kap Verde zu umfahren. Wenn es nicht auf der Hinfahrt gekapert wird, dann bestimmt auf dem Rückweg. Und ich habe nicht die Mittel, mehrere zu kaufen."

„Aber wie schaffen es dann die Fahrzeuge der Holländisch-Indischen und der Britisch-Indischen Gesellschaften, die doch glänzende Geschäfte machen?"

„Sie fahren in Gruppen. Es sind richtige Flotten mit zwanzig bis dreißig Fahrzeugen von hoher Tonnage, die von den Haag oder Liverpool aus in See gehen. Und sie machen nie mehr als zwei Fahrten im Jahr."

„Warum verhalten die Franzosen sich dann nicht ebenso?"

„Wenn Ihr es nicht wißt, Herr Minister, wie soll ich es dann wissen? Frage des Charakters vielleicht? Oder des Geldes? Kann ich mir allein eine eigene Flotte leisten? Auch müßten die französischen Fahrzeuge einen Verpflegungs-Stützpunkt haben, der die lange Strecke nach Ostindien sozusagen halbiert."

„Auf der Ile Dauphine* beispielsweise?"

„Auf der Ile Dauphine, ja, aber unter der Voraussetzung, daß weder Militärs noch Edelleute mit der obersten Leitung eines solchen Unternehmens betraut werden."

„Wer sonst?"

„Ganz einfach solche, die darin geübt sind, an neuen Ufern zu landen, Handel zu treiben und zu rechnen. Ich meine die Kaufleute", erwiderte Angélique mit Nachdruck, und plötzlich mußte sie lachen.

„Madame, wir sprechen über ernste Dinge", protestierte Monsieur Colbert ärgerlich.

„Vergebt mir, aber ich stellte mir eben einen artigen Edelmann wie den Marquis de La Vallière in solcher Rolle bei den Wilden vor."

„Wollt Ihr den Mut jenes Edelmannes in Zweifel setzen, Madame? Ich weiß, daß er ihn im Dienste des Königs bereits bewiesen hat."

„Das ist keine Frage des Muts. Wie würde der Herr Marquis sich beispielsweise verhalten, wenn er an einem Strand landete und eine Schar splitterfasernackter Wilder auf sich zulaufen sähe? Er würde mindestens der Hälfte den Hals abschneiden und die andern zu Sklaven machen."

* Das heutige Madagaskar

„Sklaven sind eine unentbehrliche Ware, die sehr viel einbringt."

„Das leugne ich nicht. Aber wenn es sich darum handelt, in einem Lande Handelsniederlassungen einzurichten und Wurzeln zu schlagen, dann ist eine solche Methode nicht angebracht. Das ist das mindeste, was man sagen kann, und es erklärt das Fehlschlagen der Expeditionen und das klägliche Ende der Franzosen, die an Ort und Stelle zurückgelassen werden."

Monsieur Colbert warf ihr einen bewundernden Blick zu.

„Teufel noch eins, das hätte ich nicht erwartet!"

Er fuhr sich nachdenklich über das schlecht rasierte Kinn.

„Ich habe in diesen zehn Minuten mehr gelernt als in vielen über Berichten durchwachten Nächten."

„Herr Minister, meine Ansicht bedarf der Bestätigung. Ich höre die Beschwerden der Kaufleute und Seefahrer, aber . . ."

„Dieses Echo darf man nicht überhören. Ich danke Euch, Madame. Ihr würdet mich verpflichten, wenn Ihr die Güte hättet, im Vorzimmer noch eine halbe Stunde auf mich zu warten."

Angélique betrat das Vorzimmer, wo der Marquis de La Vallière ihr schadenfroh mitteilte, Louvois habe nach ihr gefragt und sei dann frühstücken gegangen.

Sie unterdrückte eine ärgerliche Bewegung. Welches Pech! Sie wartete so sehnlich auf diese Unterredung mit dem jungen Kriegsminister, um eine Stelle bei Hofe zu erbitten, und nun hatte sie infolge der unvermuteten Begegnung mit Colbert die Gelegenheit verpaßt. Dabei drängte die Zeit. Wer mochte wissen, welch abscheuliche Einfälle Philippe noch haben würde? Wenn sie ihm allzu offen Widerstand leistete, wäre er fähig, sie einsperren zu lassen. Ehemänner hatten unumschränkte Gewalt über ihre Frauen. Sie mußte sich hier festsetzen, bevor es zu spät war . . .

Fast hätte Angélique vor Zorn aufgestampft, und ihre Mutlosigkeit nahm nur noch mehr zu, als ein Hofbeamter verkündete, Seine Majestät verschiebe die Audienz auf den folgenden Tag, und jedermann könne gehen. Doch als sie sich zum Ausgang wandte, sprach sie der Sekretär Monsieur Colberts an:

„Darf ich die Frau Marquise bitten, mir zu folgen. Sie wird erwartet."

Siebentes Kapitel

Der Raum, in den Angélique geführt wurde, hatte beträchtliche Ausmaße, war aber weniger geräumig als ein Salon. Nur die sehr hohe Decke, die sich auf das blauweiße Firmament einer olympischen Landschaft öffnete, gab ihm beängstigende Proportionen. Das Dunkelblau der schweren seidenen Fenstervorhänge stimmte mit dem der Bezüge der hochlehnigen Sessel wie auch der drei Schemel überein, die aufgereiht an der Wand standen. Das Täfelwerk war, wie überall in Versailles, mit zierlichen Stukkaturen geschmückt, die Früchte, Weinranken, Girlanden darstellten und in frischer Vergoldung glänzten. Der Zusammenklang des Goldes mit dem dunklen Blau verlieh dem Ganzen ein zugleich ernstes und prächtiges Gepräge.

Angélique empfand es auf den ersten Blick: dies war ein für einen Mann geschaffener Raum.

Monsieur Colbert kehrte ihr, als sie eintrat, den Rücken zu. Im Hintergrund befand sich ein aus einer einzigen schweren, schwarzen Marmorplatte gefertigter Tisch mit Löwenfüßen aus vergoldeter Bronze.

Auf der andern Seite des Tischs saß der König.

Angélique stockte der Atem . . .

„Ah, da ist mein Auskunftsbeamter", sagte der Minister, während er sich umwandte. „Ich bitte Euch, Madame, tretet näher und wollet Seiner Majestät Eure Erfahrungen als . . . nun ja, als Schiffseigner bei der Indischen Gesellschaft mitteilen, die so ungemein gut die Aspekte der Frage beleuchten."

Ludwig XIV. war mit der ritterlichen Höflichkeit, die er jeder Frau, selbst der schlichtesten gegenüber an den Tag legte, aufgestanden, um sie zu begrüßen. Angélique wurde sich bewußt, daß sie in ihrer Verblüffung sogar den Hofknicks vergessen hatte, und verneigte sich tief, wobei sie innerlich Monsieur Colbert verfluchte.

„Ich weiß, daß Ihr nicht die Gewohnheit habt zu scherzen, Monsieur Colbert", sagte der König, „aber ich war nicht darauf gefaßt, daß sich jener Auskunftsbeamte und Wortführer der Schiffahrttreibenden, den Ihr mir ankündigtet, als eine der Damen des Hofs entpuppen würde."

„Madame du Plessis-Bellière ist nichtsdestoweniger eine gewichtige Aktionärin der Gesellschaft", erwiderte Colbert trocken. „Sie hat ein Schiff in der Absicht ausgerüstet, mit Indien Handel zu treiben, mußte jedoch darauf verzichten. Statt dessen hat sie ihre Bemühungen auf Amerika gerichtet. Die Gründe dieses Verzichts wird sie Euch nun darlegen."

„Offen gesagt, Herr Minister", erwiderte Angélique verlegen, „bedaure ich, daß Ihr meinen Worten Wert beigemessen habt. Ich habe Kapitalien in den Seehandel gesteckt, das ist richtig. Der Intendant, der diese Kapitalien verwaltet, beklagt sich zuweilen bei mir über die Schwierigkeiten seines Amts, aber letzten Endes fühle ich mich auf dem Gebiet des Seehandels ebensowenig beschlagen, wie ich's auf dem der Landwirtschaft war, als meine Bauern mir gelegentlich einer schlechten Ernte ihr Leid klagten."

Monsieur Colberts Gesicht verfärbte sich vor Ärger.

„Hört endlich auf, Euch dumm zu stellen!" rief er barsch. „Vorhin habt Ihr Euch mir gegenüber auf die bestimmteste Weise geäußert, und jetzt versteckt Ihr Euch. Verwirrt Euch etwa die Gegenwart Seiner Majestät?"

Angélique errötete wie ein Schulmädchen und warf einen Blick auf den König, der sich wieder gesetzt hatte.

Verlegen sagte sie: „Ich weiß, daß Euer Majestät exzentrische Menschen nicht schätzt. Und als exzentrisch muß man, wie mir scheint, eine Dame der Hofgesellschaft bezeichnen, die sich mit Handel und mit Schiffen befaßt. Ich befürchtete . . ."

„Ihr habt weder zu befürchten, mir zu mißfallen, noch zu versuchen, mir zu Gefallen zu reden, indem Ihr die Wahrheit verkehrt", unterbrach sie der König ernst. „Wenn Monsieur Colbert findet, daß Eure Auskünfte mich aufklären können, so habt Ihr Euch nicht darum zu kümmern, ob ich sie gut oder schlecht aufnehme. Redet also, Madame, und seid einzig darauf bedacht, meinen Interessen zu dienen."

Er forderte sie nicht auf, Platz zu nehmen, um anzudeuten, daß er sie in der gleichen Eigenschaft wie seine Mitarbeiter empfing, die sich ohne Rücksicht auf ihr Alter oder ihre Stellung in seiner Anwesenheit nie setzen durften, es sei denn, er forderte sie ausdrücklich dazu auf.

„Euer Schiff hat also darauf verzichtet, mit Ostindien Handel zu treiben, obwohl Ihr den Wunsch hattet, es dorthin zu schicken, und obwohl Ihr Euch davon Gewinn verspracht. Die meisten Reeder haben ebenso gehandelt, das muß man zugeben. Unklar sind mir die Gründe dieses Verzichts . . ."

Angélique verbreitete sich zunächst über die Gefahr, die die an der portugiesischen und afrikanischen Küste kreuzenden Berber darstellten, deren einziges Gewerbe seit Jahrhunderten darin bestand, die einzeln segelnden Schiffe auszuplündern.

„Übertreibt Ihr die Verluste nicht, die durch diese Piraten entstehen, Madame? Mir sind zahlreiche Berichte von Indienreisen zu Ohren gekommen, die einzeln fahrende Schiffe durchgeführt haben, auch solche, die weniger bewaffnet waren als das Eurige. Sie sind ruhmreich von ihren Unternehmungen zurückgekehrt, ohne daß sie, von Stürmen abgesehen, über ernsthafte Zwischenfälle zu klagen hatten. Was andere zuwege bringen – wieso behauptet Ihr, daß Euer Schiff es nicht kann?" fragte der König.

„Weil es ein Handelsschiff ist, Sire. Vergleicht die Tonnagezahlen, und Ihr werdet hinter das Geheimnis kommen. Die Mehrzahl der Fahrzeuge, von denen man Euch berichtet hat, sind Passagierschiffe, auch wenn sie sich Handelsschiffe nennen. Sie wissen, daß man den berberischen Galeeren nur durch Schnelligkeit entrinnen kann. Sie verlassen den Hafen mit nahezu leerem Schiffsrumpf und kehren ebenso zurück. Bei der Handelsmarine liegen die Dinge jedoch ganz anders. Ein mit Waren bis zum Bord beladenes Fahrzeug von hoher Tonnage ist nicht

74

in der Lage, vor den raschen algerischen oder marokkanischen Galeeren zu flüchten. Es läßt sich einem von Ameisen angegriffenen Mistkäfer vergleichen. Die Kanonen schießen häufig zu weit, und der Besatzung bleibt nur die Möglichkeit, im Augenblick des Enterns die Oberhand zu gewinnen. Auf solche Weise ist mein Fahrzeug zweimal dank dem Mut der Matrosen der Plünderung entgangen. Natürlich nicht ohne blutige Kämpfe. Der eine spielte sich im Golf von Biscaya ab, der andere vor der Insel Gorea. Die Hälfte der Matrosen wurde getötet oder verwundet. Ich habe es aufgegeben . . ."

Monsieur Colberts bewegliches Mienenspiel drückte zugleich Bewunderung und Befriedigung aus. Selten hatte man ihm das Problem so klar dargelegt.

Der König blieb nachdenklich.

„Es ist also eine Frage der Eskortierung?" sagte er schließlich.

„Genau das. Die Engländer und Holländer sind uns in dieser Hinsicht voraus."

„Ich schätze diese Leute nicht sonderlich, aber es wäre töricht von uns, nicht das Gute der Methoden unserer Feinde zu übernehmen. Ihr werdet das in die Wege leiten, Colbert. Gemeinsame Abfahrt großer Handelsschiffe, von Kriegsschiffen begleitet . . ."

Sein Blick streifte Angéliques zweifelnde Miene.

„Paßt Euch etwas nicht an diesem Programm, Madame?"

Der ironische Ton war nicht zu überhören. Dem König fiel es sichtlich schwer, auf diesem Gebiet die Lehren einer so hübschen Frau ernst zu nehmen. Angélique verbarg indessen ihre Meinung nicht.

„Monsieur Colbert dürfte sich an gewissen Schwierigkeiten stoßen, Sire. Die Charakteranlagen der Franzosen widerstreben gemeinschaftlichen Reisen. Jeder möchte seine Geschäfte auf eigene Weise betreiben. Die einen werden in einem Augenblick bereit sein, in See zu stechen, in dem den andern das Geld zur Ausrüstung fehlt. Vergeblich haben sich bereits große Reeder bemüht, gemeinsam segelnde Kauffahrteiflotten zu bilden."

Ludwig XIV. beugte sich vor und stützte sich dabei mit der Hand auf die marmorne Tischplatte.

„Diesmal werden sie auf Befehl des Königs handeln", sagte er.

75

Sein Ton blieb unverändert. Doch Angélique betrachtete diese Hand, die starken Willen und ebensolches Machtbewußtsein verriet.

Monsieur Colbert griff nach einem Schriftstück.

„Hier ist eine möglicherweise nicht ganz zuverlässige Mitteilung, Madame. Ich habe mir berichten lassen, daß Ihr vor zwei Jahren, als die militärische Expedition Monsieur de Montevergues nach der Dauphine-Insel in See stach, um deren Schutz für eine Fahrt nach Indien nachgesucht habt."

„Eure Information entspricht den Tatsachen, Herr Minister, aber es konnte keine Übereinkunft erzielt werden, und ich habe es nicht bedauert."

„Weshalb nicht?"

„Ich wäre in ein Unternehmen verwickelt worden, dessen Mißlingen im voraus feststand."

Des Königs Gesicht verdüsterte sich.

„Ist Euch nicht bekannt, daß dieses Unternehmen ausdrücklich zu dem Zweck von mir befohlen worden war, die Indische Gesellschaft durch Errichtung eines Stützpunktes auf der Dauphine-Insel zu fördern?"

„Der Gedanke war vorzüglich, Sire, und seine Verwirklichung ist unumgänglich. Aber die Fahrzeuge, die in See stachen, waren in kläglichem Zustand, und die Männer, die sie befehligten, träumten nur von unsinnigen Eroberungen, ohne zu wissen, daß Fort-Dauphine, wo sie landen sollten, kein Eden ist, daß man mindestens achtzig Kilometer ins Innere der Insel vorstoßen muß, um Trinkwasser zu finden, daß die Eingeborenen äußerst feindselig sind. Kurzum, diese beherzten, aber allzu unbedachten Edelleute haben sich selbst die unglückselige Situation zuzuschreiben, in der sie sich gegenwärtig befinden."

Des Königs Blick war eisig geworden; angesichts des lastenden Schweigens geriet Angélique in Unruhe. Was hatte sie denn gesagt? Sie hatte der Aufforderung des Königs gemäß in voller Offenheit gesprochen.

„Wie kommt es, Madame", begann dieser endlich, „daß Ihr über die tatsächlich unglückselige, um nicht zu sagen aussichtslose Lage des Monsieur de Montevergue auf der Dauphine-Insel orientiert seid? Sein erster Offizier ist vor vier Tagen in Bordeaux an Land gegangen.

Er meldete sich heute früh in Versailles. Es war ihm aufgetragen worden, keiner Menschenseele Mitteilungen zu machen, bevor er mich gesehen hatte. Ich habe ihn sofort empfangen, und er hat soeben mein Kabinett verlassen."

„Sire, die erwähnten Schwierigkeiten sind für die Seeleute kein Geheimnis. Im Verlauf der beiden letzten Jahre haben fremde Fahrzeuge, die den Hafen der Dauphine-Insel anliefen, zuweilen vom Skorbut heimgesuchte oder von den Eingeborenen verwundete Angehörige der Expedition an Bord genommen, die in die Heimat zurückgebracht zu werden wünschten."

Ludwig streifte Colbert mit einem kalten Blick.

„Monsieur de Montevergue hat nicht weniger als zwei Jahre gebraucht, um mir die ersten Nachrichten zu schicken, obwohl er doch wußte, wie ungeduldig ich auf sie wartete."

„Zwei Jahre! Das wäre ja noch schöner, wenn ich so lange auf Nachricht über das Schicksal meines Schiffes warten müßte!" warf Angélique, vom Thema gepackt, ein.

„Potztausend!" rief der König, der eine spontane Regung nicht unterdrücken konnte. „Wollt Ihr etwa behaupten, Madame, Eure Postverbindung sei besser organisiert als die des Königs von Frankreich?"

„In gewisser Hinsicht schon, Sire. Euer Majestät kann nur direkt verkehren. Und zwei Jahre sind nicht zuviel für den Hin- und Rückweg eines Schiffes. Die Kaufleute wissen sich da zu helfen. So habe ich einen Vertrag mit einer holländischen Schiffahrtsgesellschaft abgeschlossen; wenn eines ihrer Fahrzeuge das meinige kreuzt, übernimmt es die Briefe."

„Immer diese Holländer!" sagte der König verstimmt. „Die französischen Reeder scheinen ihrer Bequemlichkeit zuliebe ein Geschäftsgebaren normal zu finden, das dem Verrat am Königreich ziemlich nahe kommt."

„Verrat! Das Wort ist ein bißchen stark, Sire. Befinden wir uns im Krieg mit den Niederlanden?"

„Das allerdings nicht. Aber da ist eine Sache, die mich mehr beunruhigt, als ich zu sagen vermag, Monsieur Colbert. Daß Frankreich, ausgerechnet Frankreich, auf dem Gebiet der Seefahrt diesen Herings-

77

verkäufern unterlegen ist. Schließlich hatte die französische Marine zu Zeiten meines Großvaters, Heinrichs IV., einen glänzenden Ruf. Damals war ihr Prestige so groß, daß Engländer, Holländer, ja sogar Venezianer die französische Flagge benutzten, wenn sie durchs Mittelmeer fuhren, um der Sicherheit willen, die sie ihnen gewährte."

„Eure Marine zählte damals über tausend Einheiten allein im Mittelmeer", bemerkte Colbert.

„Und heute?"

„Fünfzig Schiffe mit je vierundzwanzig bis hundertzwanzig Kanonen, ein paar Fregatten, Branderschiffe, Fleutschiffe und zwölf Galeeren."

Betroffen lehnte sich der König zurück. Er versank in Nachdenken, sein Blick ging ins Leere. Sein Kopf mit dem üppigen braunen Haar – er trug keine Perücke – hob sich vom Blau der Rücklehne ab, die mit einer goldenen Krone zwischen Lilien bestickt war.

„Ich brauche Euch nicht nach den Gründen zu fragen, die uns in diese unerfreuliche Lage gebracht haben", sagte er endlich. „Ich kenne sie nur zu genau. Wir haben noch längst nicht alle Übel beseitigt, die so viele Jahre der Mißwirtschaft erzeugt haben. Ich war noch sehr jung, als ich mein Augenmerk auf die verschiedenen Gebiete des Staatslebens zu richten begann. Und die Feststellung hat mich tief beeindruckt, daß es keines gab, das nicht meines sofortigen Eingreifens bedurft hätte. Überall herrschte Unordnung. Ich nahm mir vor, mich vor Ungeduld zu hüten und mich zunächst an die dringendsten Aufgaben zu machen. Die Jahre sind vergangen. Viele ungebärdige Ströme beginnen in ihr Bett zurückzukehren. Dies ist der Augenblick, uns mit der Marine zu befassen, Monsieur Colbert."

„Ich werde es tun, Sire, und mit um so größerem Eifer, als der Aufschwung des Handels davon abhängt."

Der König hatte sich erhoben.

Der Minister verneigte sich und war im Begriff, rückwärtsgehend den Raum zu verlassen, wobei er alle drei Schritte stehenblieb, um sich neuerlich zu verbeugen.

„Eins noch, Monsieur Colbert", hielt der König ihn auf. „Verübelt mir nicht, was ich Euch sagen werde, und betrachtet es als Zeichen des Interesses und der Freundschaft, die ich für Euch empfinde. Aber im

Hinblick auf das hohe Amt, das Ihr bekleidet, würde ich mich freuen, wenn Ihr etwas mehr auf Euer Äußeres achten wolltet."

Der Minister griff sich verlegen an das unrasierte Kinn.

„Euer Majestät wolle mir verzeihen und berücksichtigen, wie wenig Zeit mir neben derjenigen bleibt, die ich dem Staatsdienst widme. Ich habe einen Teil der Nacht über diesem Bericht des Monsieur de Montevergue verbracht. Da ich überdies erst am Morgen erfuhr, daß Euer Majestät sich noch in Versailles befindet, mußte ich meine Wohnung in aller Eile verlassen."

„Ich weiß, daß allein Eure Ergebenheit daran schuld ist, Monsieur Colbert, und ich bin weit davon entfernt, Euch dazu veranlassen zu wollen, daß Ihr Euch aus anderen Gründen mit Spitzen und Bändern befaßt als um die Zahl der Manufakturen zu vergrößern. Indes, wenn wir hinsichtlich unserer eigenen Person bescheiden sein müssen, so müssen wir doch stolz sein auf den Platz, den wir einnehmen. Die Ehre des Throns und sein Nimbus können in den Augen der Welt durch das allzu unscheinbare Auftreten derjenigen Einbuße erleiden, die ihn umgeben. Das Wissen um die Dinge genügt nicht, man muß auch etwas aus sich zu machen verstehen. Ich bitte Euch, laßt es Euch gesagt sein, und . . . sprecht mit Madame Colbert darüber."

Das Lächeln des Königs milderte, was seine Bemerkung an Verletzendem haben konnte. Der Minister verneigte sich abermals und zog sich zurück. Angélique, die müde zu werden und Hunger zu verspüren begann, schickte sich an, ihm zu folgen, doch der König hielt sie zurück.

„Wollet bleiben, Madame."

Er blickte Angélique prüfend an.

„Werdet Ihr morgen zu meiner Jagd kommen?"

„Sire, es ist meine feste Absicht."

„Ich werde mit dem Marquis reden, auf daß er Euch in diesem lobenswerten Entschluß bestärke."

Sie unterdrückte einen Seufzer der Erleichterung, und ihr Gesicht hellte sich auf.

„Unter diesen Umständen bin ich sicher, Sire, an ihr teilnehmen zu können."

Mittlerweile hatte der erste Staatssekretär, der Herzog von Charoste, den Raum betreten.

„Geruhen Euer Majestät an der Großen Tafel teilzunehmen oder allein zu speisen?"

„Da die Große Tafel vorgesehen ist, wollen wir die Maulaffen nicht enttäuschen, die nach Versailles gereist sind, um ihren König speisen zu sehen. Gehen wir."

Angélique machte ihre Reverenz und wiederholte sie, als der König an der Tür des Kabinetts angelangt war.

Dort wandte sich Ludwig noch einmal um:

„Ich meine, Ihr hättet Söhne? Sind sie schon zu etwas nütze?"

„Sire, sie sind sehr jung – sieben und acht Jahre."

„Also im gleichen Alter wie der Dauphin. Er wird bald der Aufsicht der Frauen entzogen und einem Hofmeister anvertraut werden. Ich möchte ihm zu gleicher Zeit Spielgefährten beigeben, die ihn ein wenig aufmuntern. Bringt uns Eure Söhne."

Unter den neidischen Blicken der versammelten Höflinge verneigte sich Angélique ein drittes Mal.

Achtes Kapitel

Der König speiste.

Eine Armee von Dienern hatte unter Aufsicht ihrer „Offiziere" den Tisch gedeckt und der Etikette gemäß die Stühle verteilt, und der Hofmarschall hatte nach erfolgter Inspektion die Türen des Saals den Mitgliedern der Hofgesellschaft geöffnet, die darauf erpicht waren, der Mahlzeit Seiner Majestät beizuwohnen. Sie hatten sich in vorher festgelegter Reihenfolge aufgestellt, während sich im Vorzimmer und auf den Gängen das Publikum drängte, das am Tisch seines Königs vorbeidefilieren durfte: Bürgerinnen und Bürger von Paris, kleine Angestellte, Handwerker, Arbeiter, Frauen aus dem Volk – ein jeder begierig, von dem Schauspiel so viel in sich aufzunehmen, wie er nur konnte. Und allesamt waren sie von der Pracht des Kristalls und des goldenen Service weniger geblendet als vom Anblick des Königs von Frankreich, der da in all seiner Herrlichkeit speiste.

Der König sprach wenig, aber er hatte für alles ein Auge. Angélique beobachtete, wie er sich zu wiederholten Malen leicht erhob, um eine eintretende Dame der Hofgesellschaft zu grüßen, während der Hofmarschall eilends einen Schemel bringen ließ. Für andere Damen gab es weder Begrüßung noch Schemel. Das waren die „nicht sitzenden" Damen, die Mehrzahl. Angélique gehörte zu ihnen, und allmählich begann sie ihre Beine nicht mehr zu spüren.

Madame de Choisy, die neben ihr stand, flüsterte ihr zu:

„Ich habe gehört, was der König vorhin über Eure Söhne sagte. Meine Liebe, Ihr habt wirklich Glück! Überlegt es Euch nicht lange. Eure Söhne werden es weit bringen, wenn Ihr sie so daran gewöhnt, nur mit Leuten von Stand zu verkehren. Sie werden sich frühzeitig ein hohes Maß von Dienstfertigkeit aneignen und ihr ganzes Leben lang jene weltmännische Lebensart behalten, die den Erfolg bei Hofe verbürgt. Seht Euch meinen Sohn, den Abbé, an. Ich habe ihn seit frühester Jugend in diesem Sinne erzogen. Er ist noch keine zwanzig, und er hat sich bereits so durchzusetzen vermocht, daß er nahe daran ist, die Bischofswürde zu bekommen."

Doch im Augenblick war es Angélique weniger um die Zukunft Florimonds und Cantors zu tun als vielmehr darum, etwas zwischen die Zähne zu bekommen und sich während des Nachmittags irgendwo, wo sich eine Möglichkeit dazu bot, von den Strapazen der durchwachten Nacht und des Vormittags zu erholen.

Mit einem Lächeln verabschiedete sie sich daher von Madame de Choisy und verließ unauffällig den Bankettsaal. Erst bei der für den Abend angesagten Komödie würde sie wieder in Erscheinung treten müssen, um ihre Pläne zu fördern.

Als sie abends die große Galerie im Erdgeschoß betrat, in der die Bühne aufgeschlagen worden war, hatten der König und die Königin bereits Platz genommen. Beim Anblick Maria Theresias mußte Angélique daran denken, wie sie die Infantin am Abend ihrer Hochzeit mit dem König in Saint Jean de Luz gesehen hatte. Wo waren die weißblonden, seidigen Haare geblieben, die schweren spanischen, über dem längst aus der Mode gekommenen Hüftwulst sich bauschenden Röcke? Die Monarchin war jetzt auf französische Art frisiert und gekleidet, doch dieser Stil paßte nicht zu ihrer rundlichen Figur. Ihr zarter Teint, dessen Blässe die düsteren Madrider Paläste bewahrt hatten, war unrein geworden, mancherlei Enttäuschungen an der Seite des Königs hatten Spuren in ihrem Gesicht hinterlassen, aber die natürliche Majestät dieser armen, kleinen, so unvorteilhaft aussehenden Person war noch immer verblüffend.

Die strenge Etikette verbot Angélique, sich zu setzen. Sie stand so weit hinten, daß sie kaum zu erkennen vermochte, was sich auf der Bühne abspielte.

„Was meint Ihr zu der Lektion, die Monsieur Molière uns erteilt?" flüsterte da plötzlich eine Stimme an ihrem Ohr. „Ist sie nicht höchst lehrreich?"

Die Stimme klang so liebenswürdig, daß Angélique zu träumen glaubte, als sie Philippe erkannte, der in einem Gewand aus silberdurchwirktem rosafarbenem Atlas, das zu tragen, ohne lächerlich zu wirken, nur er sich leisten konnte, neben ihr stand. Er lächelte. Angélique gab sich Mühe, ungezwungen zu antworten:

„Monsieur Molières Lektion ist bestimmt höchst kurios, aber ich muß gestehen, daß ich von hier aus nicht viel mitbekomme."

„Das ist sehr schade. Laßt mich Euch helfen, ein paar Reihen weiter nach vorn zu gelangen."

Er faßte sie um die Hüfte und zog sie mit sich. Da jedermann wußte, in welcher Gunst Philippe beim König stand, machte man ihnen bereitwillig Platz. Überdies gewährte ihm sein Rang als Marschall mancherlei Vorrechte. So durfte er mit seiner Kutsche in den Hof des Louvre fahren und sich im Angesicht des Königs setzen. Seine Frau indessen genoß diese Rechte nicht.

Mühelos fanden sie rechts von der Bühne Platz. Freilich mußten sie stehen, aber man verstand ausgezeichnet.

„Hier sind wir richtig", sagte Philippe. „Wir sehen, was auf der Bühne vorgeht, und der König sieht uns. Vorzüglich."

Er hatte seine Hand nicht von Angéliques Taille genommen; nun neigte er sein Gesicht näher zu ihrem, und sie spürte, wie seine seidige Perücke ihre Wange streifte.

„Müßt Ihr mich unbedingt so eng an Euch pressen?" fragte sie leise in sachlichem Ton, da sie nach einigem Überlegen das ungewohnte Verhalten ihres Gatten höchst verdächtig fand.

„Unbedingt. Euer Boshaftigkeit hat es für angebracht gehalten, den König mit in ihr Spiel zu ziehen. Ich möchte nicht, daß er an meinem guten Willen zweifelt. Sein Wunsch ist mir Befehl."

„Ah! Deshalb also?" sagte sie und wandte ihm ihr Gesicht zu.

„Deshalb... Starrt mir nur noch ein paar Sekunden so ins Gesicht. Niemand wird mehr daran zweifeln, daß Monsieur und Madame du Plessis-Bellière sich wieder ausgesöhnt haben."

„Ist das so wichtig?"

„Der König wünscht es."

„Oh! Ihr seid..."

„Verhaltet Euch ruhig."

Sein Arm war zu einem wahren Eisenring geworden, während sein Ton gemessen blieb.

„Ihr erstickt mich, Rohling, der Ihr seid!"

„Das würde mir das größte Vergnügen bereiten. Nur Geduld, vielleicht findet sich auch dazu Gelegenheit. Nur ist dies weder der Tag noch die Stunde. Seht, da gibt Arnolphe Agnes die elf Regeln des Ehestands zu lesen. Paßt genau auf, Madame, ich bitte Euch."

Das Stück, das man da agierte, war noch nicht öffentlich aufgeführt worden. Der König hatte das Vorrecht, es als erster zu sehen. Auf der Bühne übergab Arnolphe, im Begriff zu heiraten, eben seiner zukünftigen Frau ein dickes Buch:

„Ich habe hier ein Schriftstück von Gewicht,
drin steht, was einer Frau zu tun gebühre.

Der's schrieb, ist sicher eine fromme Haut;
drum bild es deine einzige Lektüre.
Da nimm und lies ein Stückchen laut."

Molière spielte die Rolle des Arnolphe. Sein kluges Gesicht verstand die kleinlichen und argwöhnischen Gefühle eines ein wenig beschränkten Spießbürgers überzeugend widerzuspiegeln.

Die Frau des Komödianten, Armande Béjart, war als Agnes eine junge, recht unwissende und törichte Schöne, ebenfalls am richtigen Platz.

Mit frischer und fügsamer Stimme las sie:

„Wurdest ehrsam du erwählt
und mit einem Mann vermählt,
merke dir zu jeder Zeit
trotz der Zeiten Schlechtigkeit,
daß der Mann genommen dich
nicht für andere, nur für sich."

„Ich werde Euch erklären, was das heißt", bemerkte Arnolphe. „Für jetzt jedoch genügt es, nur zu lesen."

„Hab auf deinen Putz nur acht,
wenn's dem Manne Freude macht;
denn es soll vorhanden sein
deine Schönheit ihm allein;
schlag es deshalb in den Wind,
wenn dich sonst wer häßlich find't."

Angélique hörte zerstreut zu. Sie liebte das Theater sehr, aber es verwirrte sie, Philippe so dicht neben sich zu spüren.

„Wenn es doch wahr sein könnte", dachte sie, „daß er mich so umfangen hielte, ohne Groll und ohne unserer Zwistigkeiten zu gedenken."

Es drängte sie, sich ihm zuzuwenden und ihm zuzuflüstern:

„Hören wir doch auf, uns wie schmollende und zänkische Kinder zu benehmen . . . Es gibt so manches zwischen uns, das uns bestimmen könnte, uns zu vertragen und vielleicht sogar zu lieben. Ich spüre es, und ich glaube es. Du warst mein großer Vetter, den ich bewunderte und von dem ich träumte, als ich noch ein kleines Mädchen war."

Sie musterte ihn verstohlen aus den Augenwinkeln und wunderte sich, daß ihre innere Erregung sich diesem wohlgestalteten, trotz der preziösen äußerlichen Aufmachung so männlichen Körper nicht mitteilte. Es mochten noch so viele haarsträubende Klatschgeschichten über den Marquis du Plessis im Umlauf sein – er war weder ein kleiner Monsieur d'Orléans noch ein Chevalier de Lorraine: Er war der Gott Mars, der Gott des Krieges, hart, unversöhnlich und kalt wie Marmor.

Seine Laster trug er zur Schau wie einen Schmuck, bewußt und vielleicht mit heimlichem Überdruß. Doch wo verbarg sich die menschliche Wärme dieses Mannes, der der elementarsten Regungen unfähig zu sein schien?

Monsieur Molière hatte bei seinem Unterricht der „Schule der Frauen" nur an die Männer gemeinhin gedacht, an die, die, ob Bürger oder Edelmann, toben, wenn sie betrogen werden, die sich um ein Paar schöner Augen willen lächerlich machen und sich verfärben, wenn eine hübsche Frau sich allzu schmachtend an sie lehnt. Doch bei Philippe würde die Psychologie des großen Komödianten versagen. Wie konnte man ihm beikommen . . .?

Auf der Bühne hatte Arnolphe soeben entdeckt, daß Agnes ihn nicht nur nicht liebte, sondern überdies noch für den blonden Horace entflammt war.

Er brach in Verwünschungen aus:

> „Mit Mühe kann ich meine Hand noch zügeln,
> für diese frechen Reden dir zu dienen.
> Wenn mich dein kalter Spott erbost und quält,
> wär's eine Wohltat mir, dich durchzuprügeln."

Molière war herrlich in seiner komischen und doch so menschlichen Wut. Man wußte, daß der Komödiant eifersüchtig war und daß die Koketterie der allzu reizvollen Béjart ihn rasend machte.

> „Ach, Lieb' ist unergründlich, und wie schwächlich
> stehn doch wir Männer da vor diesen Katzen!
> Wir wissen, daß sie falsch sind und gebrechlich,
> fortwährend Launen haben oder schwatzen;
> ihr Herz ist schwach, ihr Geist von Gift geschwollen,
> ihr Wille matt, ihr Denken zu bequem,
> ihr Handeln treulos, und trotz alledem
> tun wir am Ende, was die Luder wollen."

Eine Woge der Heiterkeit stieg von den Reihen der Zuschauer auf.
„Die Toren!" sagte Philippe mit gedämpfter Stimme. „Sie lachen, und dennoch gibt es keinen unter ihnen, der nicht bereit wäre, ‚diesen Ludern' zuliebe alles zu tun."
„Sie haben eben Blut in den Adern", gab Angélique zurück.
„Und ein Herz voller Dummheiten!"

> „Nun mag denn Friede sein. Aus eignem Trieb
> verzeih' ich dir, du kleines Ungeheuer;
> ersieh daraus mein Liebesfeuer,
> und zur Vergeltung hab auch du mich lieb.
> Hör diesen tiefen Liebesseufzer an!
> Schau diesen Blick voll schmachtender Begier,
> schau meinen Wuchs und laß den dummen Jungen;
> mit Zauberkünsten hat er dich bezwungen,
> und zehnmal glücklicher wirst du mit mir.
> Begehrst du Schmuck und Kleider wie Prinzessen,
> du sollst sie haben auf mein Wort;
> ich schwöre dich zu hätscheln immerfort,
> mit dir zu schnäbeln, ja, dich aufzuessen,
> und leben sollst du ganz, wie dir's gefällt.
> mehr sag' ich nicht, denn alles liegt darin."

„Ach", seufzte er, zum Publikum gewandt, „wie weit die Leidenschaft doch treiben kann!"

Doch Agnes schüttelte den Kopf und setzte eine trotzige Miene auf.

„All dies geht mir nicht nah.
Horace hat nicht so viele Worte nötig."

„Ach, dieser Trotz bringt mich noch um vor Wut!" tobte Arnolphe.

„Zu viel! Ein solcher Trotz war noch nicht da!
Nun, blöde Gans, sollst du mich kennenlernen:
Du wirst noch heut dich aus der Stadt entfernen
und daß du mich so weit getrieben hast,
bereu'n, wenn Klostermauern dich umfangen."

Die Zuschauer brachen in schallendes Gelächter aus.

„Das Ende gefällt mir recht gut", murmelte Philippe. „Ein dicht vergittertes Kerkerloch in einem dicht verschlossenen Kloster für die Un-belehrbaren. Was meint Ihr dazu, Madame?"

„Dieser Molière ist ein geschickter Mann", meinte er nach einer Weile, während sie sich mit den andern in den Ballsaal begaben. „Er weiß, daß er in erster Linie für den König und den Hof schreibt. Folglich bringt er Bürger und kleine Leute auf die Bühne. Aber da er den ewigen Menschen beschreibt, erkennt sich gleichwohl jeder wieder, ohne sich getroffen zu fühlen."

„Eigentlich ist Philippe gar nicht so dumm", dachte Angélique überrascht.

Er hatte ihren Arm genommen, eine Vertraulichkeit, die sie mit einiger Besorgnis erfüllte.

„Ihr braucht nicht zu befürchten, daß ich Euch versenge", bemerkte er spöttisch. „Es ist ausgemacht, daß ich Euch in der Öffentlichkeit keinen Schaden zufüge. Das ist ein Jagdprinzip. Die Dressur muß unter vier Augen erfolgen. Ziehen wir einmal Bilanz! Erste Partie. Ihr gewinnt den ersten Gang, indem Ihr mich zwingt, Euch zu heiraten. Ich gewinne den zweiten, indem ich Euch eine verdiente kleine Züchtigung auferlege. Der entscheidende fällt zu Euren Gunsten aus, da Ihr trotz meines Verbots in Versailles erscheint und dort aufgenommen werdet. Ich beuge mich, und wir beginnen die zweite Partie. Ich gewinne den ersten Gang, indem ich Euch einsperre, Ihr den zweiten, indem Ihr entwischt. Übrigens wäre ich neugierig zu erfahren, wie. Kurz, wir sind bei dem entscheidenden angelangt. Zu wessen Gunsten wird er diesmal ausgehen?"

„Das Schicksal wird darüber bestimmen."

„Und die Güte unserer Waffen. Möglich, daß Ihr wiederum siegt. Eure Chancen sind groß. Aber Vorsicht! Eins kann ich Euch versichern: letzten Endes werde ich der Gewinner des Turniers sein. Ich stehe im Ruf, hartnäckig meine Pläne zu verfolgen und meine Stellung bis aufs Blut zu verteidigen. Um wieviel wettet Ihr, daß Ihr auf meine Veranlassung hin eines Tages in einem Provinzkloster hinter Schloß und Riegel am Spinnrad sitzen werdet, ohne Hoffnung, jemals wieder herauszukommen?"

„Um wieviel wettet Ihr, daß Ihr eines Tages unsterblich in mich verliebt sein werdet?"

Philippe erstarrte und atmete tief, als raube ihm allein dieser Gedanke die Fassung.

„Nun denn, wetten wir, da Ihr es vorgeschlagen habt", fuhr Angélique lachend fort. „Wenn Ihr gewinnt, überlasse ich Euch mein ganzes Vermögen, meine Geschäfte, meine Schiffe. Was hätte ich denn auch davon, da ich doch eingesperrt, verunstaltet, zum Skelett abgemagert, unter Martern schwachsinnig geworden wäre?"

„Ihr lacht", murmelte er, ohne sie aus dem Auge zu lassen. „Ihr lacht", wiederholte er drohend.

„Warum nicht? Man kann nicht ewig weinen."

Doch plötzlich traten ihr die Tränen in die Augen, und als sie zu ihm aufsah, entdeckte er am Ansatz ihres schlanken Halses, unter der Perlenkette, die sie sich ausgeliehen hatte, um sie zu verbergen, die blauen Flecke, die sie ihm verdankte.

„Wenn ich gewinne, Philippe", flüsterte sie, „dann werde ich Euch bitten, mir jenes goldene Schmuckstück zu schenken, das Eure Familie seit den fernen Zeiten der ersten Könige besitzt und das jeder Erstgeborene seiner Verlobten um den Hals legen muß. Ich entsinne mich nicht mehr genau der Legende, die mit dieser Kette verknüpft ist, aber ich weiß, daß man sich in unserer Heimat erzählte, sie habe die zauberische Kraft, den Frauen der Familie du Plessis-Bellière die Gabe der Beherztheit zu verleihen. Was mich betrifft, so habt Ihr die Tradition mißachtet."

„Ihr bedurftet ihrer nicht", gab Philippe brüsk zurück. Und ohne ein weiteres Wort ließ er sie stehen und verschwand in der Menge.

Neuntes Kapitel

Angélique fuhr mit einer Mietkutsche von Versailles nach Paris zurück.

So viele Gedanken gingen ihr durch den Kopf, daß ihr die Fahrt kurz vorkam. Sie konnte sich schwer vorstellen, daß kaum drei Tage vergangen waren. Dieses neue Leben am Hof erregte und beunruhigte sie im höchsten Maße, aber es bezauberte sie auch. Noch war sie außerstande, seine verwickelten Fäden zu entwirren. Der Prunk und die Lustbarkeiten hatten sie diesmal weniger bezwungen als das sprudelnde gleich einem Ballett geregelte und gleich einem Vulkan explosive Dasein dieser abgeschlossenen Welt.

Freilich kehrte sie fürs erste unverrichteterdinge zurück, denn sie hatte ihr Ziel, einen kleinen Posten bei Hofe zu finden, noch nicht erreicht.

Sie hatte Louvois nicht sprechen können und sich schließlich auch nicht mehr darum bemüht, weil sie sich im unklaren war, wen sie um Vermittlung bitten sollte: Colbert, den Marquis de La Vallière, Brienne oder gar die Grande Mademoiselle. Sie mußte sich das alles genau überlegen und Pläne schmieden... Es war so verteufelt kompliziert! Die Stille ihres Hauses in der Rue du Beautreillis würde ihr wohltun. Sie fühlte sich völlig lahm, zumal in den Knien – die Auswirkung unzähliger Hofknickse. Das Dasein der Hofleute mußte, wenn zu nichts anderem, so doch mindestens dazu führen, daß sie bis ins hohe Alter gelenkig blieben. Ihr jedenfalls fehlte vorläufig die Übung.

„Ein heißes Bad, ein kleines Abendessen und dann ins Bett", dachte sie. „Philippe wird mich nicht von heute auf morgen ins Kloster sperren. Und wer weiß – vielleicht hält ihn die Zurechtweisung des Königs eine Weile in Schach."

Ihr Optimismus gewann bereits wieder die Oberhand. Sie betrachtete im gemächlichen Dahinrollen der Kutsche Paris und fand es im Licht des frühen Abends recht grau, verglichen mit den vergoldeten Fernsichten von Versailles, aber doch erholsam.

Die beiden Flügel des zum großen Eingangshof ihres Hauses führenden Portals standen sperrangelweit offen, und sie nahm sich, als die Mietskutsche vor der Loge des Pförtners hielt, vor, diesem wegen seiner Nachlässigkeit gehörig die Meinung zu sagen. Flipot lief herzu, um seiner Herrin die Mantelschleppe zu halten.

Doch schon auf der Stufe blieb Angélique ob des Anblicks, der sich ihr bot, wie erstarrt stehen. Der Hof, den sie drei Tage zuvor noch leerer als sonst zurückgelassen hatte, war nun von einer Ansammlung von Kaleschen, Mietskutschen und Sänften angefüllt, ja sogar drei Staatskarossen befanden sich darunter, die zwar, gab man der Wahrheit die Ehre, ein wenig schäbig, aber deshalb nicht weniger hinderlich waren.

„Sieht so aus, Marquise", murrte Flipot entrüstet, „als sei die ganze Stadt bei Euch abgestiegen ... als ob sie Eure Bude, mit Verlaub gesagt, für'n öffentliches Wirtshaus hielten."

Mit hochrotem Kopf bahnte sich Madame du Plessis mühsam einen Weg durch die bunte Menge der Kutscher und der Diener von offensichtlich minderem Rang, denn die meisten trugen weder Livree noch Insignien, und keiner erkannte jetzt die Herrin des Hauses.

Einer von ihnen, ein Bursche mit roter Nase, der penetrant nach Wein roch, machte ihr nur schimpfend Platz.

„Drängle nicht, Schätzchen, kommst ohnehin zu früh! Da hat's noch andere Leute, und feinere als dich, die seit dem frühen Morgen warten."

Flipot suchte dem Unverschämten beizubringen, daß es die Hausherrin sei, mit der er rede. Doch der andere ließ sich nicht aus der Ruhe bringen:

„Mach mir nichts weis. Die Hausherrin hier ist eine millionenschwere große Dame, der der König nicht von den Fersen weicht, wie man sich erzählt. Sie würde nicht in einem so alten Kasten hier angeschaukelt kommen, noch dazu mit so einem Windhund wie du hintendrauf."

Angélique schob den Burschen energisch beiseite und drängte sich weiter, vom Gejohle des Bedientenpacks verfolgt.

Ihre wachsende Unruhe verbergend, betrat sie die Vorhalle, die von ihr völlig unbekannten Menschen erfüllt war.

„Thérèse! Marion!" rief sie.

Keiner ihrer Dienstboten erschien. Doch dämpften ihre Rufe den Lärm der Eindringlinge ein wenig.

Einer von ihnen in prächtiger, mit Bändern geschmückter Livree stürzte auf sie zu, um alsbald in eine tiefe, höfische Verbeugung zu versinken, an der kein Fürst etwas auszusetzen gehabt hätte.

„Frau Marquise wollen gütigst verzeihen, daß ich mir die außerordentliche Freiheit herausgenommen habe . . .", begann er erblassend, während er fieberhaft in den Schößen seines Überrocks nach etwas suchte. „Ach, endlich!" seufzte er erleichtert und zog eine mit einer prächtigen Schleife zugebundene Pergamentrolle hervor, um dann fortzufahren:

„Ich bin der Sieur Carmin, der erste Kammerdiener der La Vallière, und komme, um Euch ein Bittgesuch zu übermitteln, das das Privileg für Mietwagen zwischen Paris und Marseille betrifft . . ."

Beim Anblick des in Schönschrift geschriebenen Gesuchs geriet der ganze Haufe der sonntäglich herausgeputzten Bedürftigen in Bewegung. Ein kleiner Greis, dessen spärliches Kinnbärtchen sich verzweifelte Mühe gab, mit der Kinnzierde König Heinrichs IV. zu konkurrieren, schob sich unter Aufbietung unvermuteter Kräfte vor.

„Madame du Plessis-Bellière, mich müßt Ihr vor allen andern anhören, ich beschwöre Euch, denn ich komme einer wissenschaftlichen

Entdeckung wegen, die streng geheim ist, weswegen ich Euch unter vier Augen sprechen muß."

„Monsieur, ich kenne Euch nicht, und es hat auch keinen Sinn, Euch kennenzulernen. Wendet Euch an Monsieur Colbert. Er interessiert sich für die Gelehrten."

Sie drängte sich zu einem der Räume des Erdgeschosses durch, der ihr als Arbeitskabinett diente, und seufzte erleichtert auf, als es ihr gelungen war, die Tür wieder hinter sich zu schließen.

Dann erst bemerkte sie, daß der Greis mit dem Knebelbart die Gelegenheit genutzt hatte, mit hereinzuschlüpfen.

„Erbarmen!" stöhnte sie. „Ich habe Kopfschmerzen. Und auch die Wissenschaft wird mir nicht helfen können. Da, nehmt diese Börse, aber geht!"

Das Männchen schien das Geld zu übersehen, das sie ihm entgegenstreckte; statt dessen trat es auf sie zu und schob ihr gebieterisch etwas in den Mund, das sie in ihrer Verblüffung sogleich schluckte.

„Fürchtet nichts, Madame! Das sind Kügelchen gegen die hartnäckigsten Kopfschmerzen, deren Geheimnis ich aus dem Orient mitgebracht habe, denn ich bin Savary, Drogist und Apotheker und außerdem alter Orientkaufmann."

„Kaufmann, Ihr?" verwunderte sich Angélique, während sie die schmächtige Gestalt des alten Mannes musterte. Sie hätte ihn am liebsten zum Teufel geschickt, aber ihr fehlte die Kraft dazu.

„Meine Bitte wird Euch höchst absonderlich erscheinen", fuhr der Apotheker fort, „unbescheiden und geradezu lächerlich. Gleichwohl! Ich setze alle meine Hoffnungen auf Euch. Um mich kurz zu fassen: Seine Majestät wird in ein paar Tagen einen ungewöhnlichen Botschafter empfangen, von dessen Besuch sie noch nichts weiß. Es handelt sich um den Gesandten Seiner Majestät Nasreddin Schahinschah von Persien, der mit dem König von Frankreich einen gegenseitigen Beistands- und Freundschaftspakt aushandeln will."

„Und Ihr seid ein Geheimagent des Schahs von Persien?" fragte sie spöttisch.

Das Gesicht des alten Herrn gab einer Bekümmernis Ausdruck, durch die es dem eines unglücklichen Säuglings zu ähneln begann.

Seufzend fuhr er fort:

„Ach, wie gern wäre ich es geworden! Bin ich doch geeigneter dazu als mancher andere. Persisch, Türkisch, Arabisch und Hebräisch sind Sprachen, die ich in Wort und Schrift beherrsche. Ich bin fünfzehn Jahre lang Sklave gewesen, zuerst beim Sultan in Konstantinopel, danach in Ägypten, und als ich gerade vom Sultan von Marokko gekauft werden sollte, der von meinen medizinischen Kenntnissen gehört hatte, gelang es einem meiner Verwandten, mich durch Vermittlung der Barmherzigen Brüder auszulösen. Doch darum geht es nicht. Woran mir liegt, ist, daß es Euch im Interesse des Königs wie auch im Eurigen und dem der Wissenschaft gelänge, Euch eine kleine Probe eines überaus seltenen Produkts zu verschaffen, das der Botschafter von Persien bestimmt unserem Monarchen mitbringen wird. Es handelt sich um eine mineralische Flüssigkeit, die ich in Ermangelung eines allgemein gültigen Ausdrucks ‚Mumia‘ nennen will. Die Perser besitzen sie in reinem Zustand, während ich selbst nur Proben bekommen konnte, die ägyptischen Mumien entnommen waren, zu deren Einbalsamierung sie diente.“

„Und dieses eklige Zeug ließt Ihr mich vorhin schlucken?“ rief Angélique aus.

„Fühlt Ihr Euch nicht wohler?“

Verblüfft stellte sie fest, daß ihre Migräne verschwunden war.

„Ihr seid ein Zauberer!“ bemerkte sie, unwillkürlich lächelnd.

„Allenfalls ein Forscher, Madame. Und wenn Ihr mir eine Probe jener Essenz verschaffen könntet, würde ich Euch segnen, denn das würde die Bemühungen fördern, denen ich mein ganzes Leben geweiht habe. Nie habe ich einen Tropfen davon bekommen können. Ich habe sie nur in einem Fläschchen gesehen, das von drei Mamelucken bewacht war. Gesehen und gerochen, denn es stinkt auf zehn Meilen im Umkreis. Ein ebenso fürchterlicher wie köstlicher Geruch. Er erinnert an Aas und Moschus . . . Er ist wunderbar!“ schwärmte er.

Der Verdacht stieg in ihr auf, sie könnte es mit einem Verrückten zu tun haben. „Vor allem ihm nicht widersprechen“, sagte sie sich und versuchte, ihren Besucher loszuwerden, indem sie ihn auf sanfte Art zur Tür drängte. Dabei versprach sie, ihr möglichstes zu tun, obwohl

93

sie zweifelte, daß ihr ein solch kostbares Geschenk zugänglich sein werde.

„Ihr vermöget alles!" versicherte Savary beschwörend. „Ihr müßt nur unbedingt anwesend sein, wenn der Botschafter seine Gabe überreicht. Und sollten etwa die Umgebung des Königs und vor allem seine unwissenden Ärzte den Wert jenes Gegenstandes mißachten und den Frevel begehen, ihn wegzuwerfen – versprecht mir, daß Ihr dann auch den kleinsten Tropfen aufsammeln werdet. Ach, rettet mir vor allem meine mineralische Mumia!"

Angélique versprach alles, was er wollte.

„Dank! Dank! Tausend Dank, o schöne Dame! Ihr laßt mich aufs neue hoffen."

Mit erstaunlicher Geschmeidigkeit sank er vor ihr auf die Knie und berührte mehrmals den Teppich mit seiner kahlen, pergamentenen Stirn.

Dann erhob er sich wieder und entschuldigte sich wegen dieser orientalischen Gewohnheit, die er seit seiner langen Gefangenschaft bei den Mohammedanern beibehalten habe.

Angélique erneuerte ihr Versprechen und drängte ihn dabei unmerklich dem Ausgang zu. Doch konnte sie sich nicht enthalten, ihn noch an der Tür zu fragen, was wohl diese plötzliche Invasion von Bittstellern veranlaßt habe.

Er habe, erwiderte Savary, bei Angéliques Anblick sofort gewußt, daß sie dazu geschaffen sei, wo immer sie erscheine, den ersten Platz einzunehmen. „Man weiß sehr wohl, daß Euer Glück beim König im Wachsen ist", fuhr er fort. „Die ganze Stadt spricht davon. Vor allem kommt Euch aber die schwindende Gunst Madame de La Vallières zugute."

„Die schwindende Gunst? Ich glaubte sie auf dem Höhepunkt."

„Sie ist es, Madame. Ein Gelehrter wie ich kann jedoch allein auf Grund dieses Faktums schließen, daß ihr Sinken unweigerlich nahe ist, da einer Kurvenspitze, einem ‚Maximum', um mit Descartes zu reden, zwangsläufig ein ‚Minimum' genannter Nullpunkt entspricht. Aber neben dieser sozusagen mathematischen Offenbarung sehe ich noch andere, natürliche und von instinktiver Art, Phänomene, die bewirken, daß die Ratten das sinkende Schiff verlassen. Jeder, der mit Madame de La Vallière zu tun hatte, ja sogar ihr erster Kammerdiener, hat sie im Stich gelassen und ist zu Euch gekommen. Das bedeutet, daß in dem im Gange befindlichen Wettrennen, wer die nächste Favoritin Seiner Majestät sein wird, Ihr die günstigsten Aussichten habt."

„Unsinn!" sagte Angélique achselzuckend. „Meister Savary, Ihr habt zuviel Phantasie für Euer Alter."

„Ihr werdet's schon sehen. Wartet nur ab!" meinte der kleine Greis, dessen Augen hinter den Gläsern seines Lorgnons listig funkelten.

Allein geblieben, stellte Angélique fest, daß sich etwas im Hause verändert hatte. Es war plötzlich vollkommen still geworden.

Sie läutete, weil sie das Vorzimmer nicht zu betreten wagte. Nach einer Weile trat Roger, ihr Haushofmeister, ein.

„Madame, Euer Abendbrot ist aufgetragen."

„Es wird auch Zeit! Aber wo sind all die Bittsteller geblieben?"

„Ich habe das Gerücht in Umlauf gesetzt, Ihr wäret heimlich wieder nach Saint-Germain aufgebrochen. Darauf haben diese Dummköpfe sofort das Haus verlassen, um Euch nachzueilen. Frau Marquise wollen mir verzeihen, aber wir wußten heute morgen nicht, wie wir dem Ansturm Einhalt gebieten sollten."

„Ihr habt es zu wissen, Maître Roger, andernfalls werde ich mich Eurer Dienste begeben."

Der junge Haushofmeister verbeugte sich tief und versicherte, in Zukunft werde er alle Besucher sorgfältig prüfen.

Gleich am nächsten Morgen ließ sie sich an ihrem Sekretär nieder und verfaßte ein Schreiben an ihren Vater im Poitou, in dem sie ihm auftrug, so bald wie möglich ihre beiden Söhne Florimond und Cantor, die seit einigen Monaten bei ihm lebten, samt deren Betreuern nach Paris zu befördern. Als sie danach läutete, um den Laufburschen kommen zu lassen, machte sie der Haushofmeister darauf aufmerksam, daß der Mann wie übrigens auch das sonstige Stallpersonal vor ein paar Tagen zusammen mit den Pferden verschwunden sei. Die Frau Marquise wisse ja, daß sich in den Ställen weder Pferde noch Fahrzeuge befänden, abgesehen von zwei Sänften, die vermutlich übersehen worden waren.

Angélique hatte alle Mühe, sich vor dem Untergebenen zu beherrschen. Sie wies Roger an, die Halunken, falls sie sich wieder einstellten, mit Stockhieben davonzujagen und ihnen ihren letzten Lohn vorzuenthalten. Worauf Maître Roger bemerkte, es bestünden wenig Aussichten, daß sie sich wieder meldeten, denn sie seien bereits in den Dienst des Herrn Marquis du Plessis-Bellière getreten. Im übrigen, fügte er hinzu, hätten die meisten dieser Burschen nichts Arglistiges darin erblickt, daß sie die Pferde und Wagen der Frau Marquise in die Stallungen des Herrn Marquis überführen sollten.

„Hier habt Ihr nur mir zu gehorchen!" sagte Angélique.

Wieder gefaßt, wies sie Maître Roger an, sich so rasch wie möglich zur Place de Grève zu verfügen, wo man Knechte dingen konnte. Alsdann zum Markt von Saint-Denis wegen der Pferde. Ein Vierergespann und zwei Renner zum Auswechseln würden genügen. Schließlich war der Wagner zu bestellen, der ihr bereits Kutschen geliefert hatte. Es war zwar hinausgeworfenes Geld, und von Philippes Seite aus war es Diebstahl, nicht mehr und nicht weniger, aber sie würde ihn deswegen weder bei der Polizei noch bei Gericht anzeigen können. Nein, es gab keinen anderen Ausweg als den, sich ins Unvermeidliche zu fügen. Und das war genau die Haltung, die ihrem Temperament am meisten widerstrebte.

„Und der Brief, den Frau Marquise ins Poitou schicken wollten?" erkundigte sich der Haushofmeister.

„Laßt ihn mit der öffentlichen Post befördern."

„Die Post geht nur mittwochs ab."

„Dann muß der Brief eben solange warten."

Um ihre Nerven zu beruhigen, ließ sie sich in einer der zurückgebliebenen Sänften nach dem Quai de la Mégisserie bringen, wo sie ihr Lager für die Vögel von den Antillen hielt. Dort wählte sie einen Papagei aus, der wie ein Seeräuber fluchte, ein Umstand, der die Ohren der schönen Athénaïs gewiß nicht beleidigen würde, im Gegenteil.

Angélique fügte ihm einen Negerknaben bei, der in den Farben des Vogels gekleidet war: orangefarbener Turban, grüner Überrock, rote Hose, rote, goldbestickte Strümpfe. Mit den schwarzen Lackstiefeln, die ebenso glänzten wie sein Frätzchen, glich das Negerlein aufs Haar jenen venezianischen Leuchterträgern aus bemaltem Holz, die allmählich in Mode kamen.

Es war ein fürstliches Geschenk. Angélique war überzeugt, daß Madame de Montespan es zu schätzen wissen und der Aufwand sich lohnen würde. Während törichte Leute auf trügerische Anzeichen hin unbedingt die zukünftige Favoritin in ihr sehen wollten, würde sie wohl die einzige sein, die die richtige Person hofierte. Sie mußte lachen bei dem Gedanken, wie dumm und blind doch die Menschheit war.

Zehntes Kapitel

Beim ersten Schnee, der in jenem Jahre verfrüht fiel, machte sich der ganze Hof nach Fontainebleau auf. Die Bauern der Umgegend hatten ihren Grundherrn, den König von Frankreich, ersucht, ihnen bei der Ausrottung der Wölfe Beistand zu leisten, die ihnen großen Schaden zufügten.

In einer langen Kolonne zogen die Kutschen und Gepäckwagen, die Reiter und Läufer unter dem grauen Himmel durch die makellos weiße Landschaft. Acht Tage wollte man bleiben, um den Wolf zu jagen, was Bälle, Theateraufführungen und jene reizvollen, „Medianoche" genannten, mitternächtlichen Imbisse nicht ausschließen würde.

Als es dunkel wurde, zündete man die Harzfackeln an den Wagenschlägen an, und in einem Geriesel feuriger Tropfen erreichte man

97

Fontainebleau, die einstige Residenz der französischen Könige des vierzehnten Jahrhunderts, aus der Franz I. eines der Juwele der Renaissance gemacht hatte, bevor er Karl V. in ihr empfing.

Die Grande Mademoiselle, der es Vergnügen bereitete, den Cicerone zu spielen, führte Angélique durch den königlichen Palast. Sie zeigte ihr das chinesische Theater, die Galerie Heinrichs II. und das Gemach, in dem zehn Jahre zuvor die Königin Christine von Schweden ihren Günstling Monaldeschi hatte ermorden lassen. Mademoiselle hatte die absonderliche Herrscherin des Nordens bei deren Aufenthalt in Frankreich recht genau kennengelernt.

„Sie kleidete sich auf eine Weise, daß sie eher einem hübschen jungen Manne glich. Keine einzige Frau befand sich in ihrem Gefolge. Ein Kammerdiener zog sie an, brachte sie zu Bett und stillte, mit Verlaub gesagt, ihre Bedürfnisse, wenn gerade keiner ihrer Günstlinge zur Verfügung stand. Als sie unseren jungen König, der damals noch schüchtern war, zum ersten Male sah, fragte sie ihn in Anwesenheit der Königin-Mutter frank und frei, ob er Mätressen habe. Der Kardinal Mazarin mühte sich, dem Gespräch schnellstens eine andere Wendung zu geben, und das Gesicht des Königs war genauso rot wie die Robe des Kardinals. Heute wäre er nicht so verlegen . . ."

Philippe blieb in den ersten Tagen nach der Ankunft in Fontainebleau unsichtbar. Er war mit den Vorbereitungen für die Jagd beschäftigt. Immer wieder erzählte man sich, wie die Bauern von den Raubtieren in Angst und Schrecken gehalten wurden. Sogar aus den Ställen waren Schafe weggeschleppt worden. Ein zehnjähriges Kind hatten sie angefallen und gewürgt. Ein ganz besonders gefährliches Rudel schien von einem mächtigen männlichen Tier geleitet zu werden, „groß wie ein Kalb", versicherten die Dorfbewohner, die es in der Nähe der Höfe hatten herumstreichen sehen. Seine Verwegenheit war unvorstellbar. Es schnupperte und kratzte des Abends an den Türen der Hütten, in denen die Kinder sich vor Angst heulend an ihre Mütter drängten. Sobald es dämmerte, verbarrikadierte sich jedermann.

Die Jagd bekam sofort einen ungestümen und unerbittlichen Charakter. In großer Zahl hatten sich die Bauern mit Mistgabeln und Spießen bewaffnet eingefunden. Sie mischten sich unter die Piqueure und halfen ihnen, die Hunde führen. Niemand blieb zurück.

Auch die Edelmänner und die Amazonen kannten die Wölfe. Kaum einer, der nicht in seiner Kindheit den gruseligen Erzählungen von ihren Missetaten gelauscht hatte, und es war der gleiche überkommene Haß gegen das blutrünstige Raubtier, diese wahre Geißel des Landes, der Adlige und Bauern in das unwegsame Dickicht trieb. Gegen Abend lagen bereits sechs Kadaver aufgereiht im Schnee.

Und noch immer riefen über dem rotbraunen Gezweig der Bäume, den jäh abfallenden schwarzen Hängen, den Plattformen aus bröckelndem Sandstein, den von Eiszapfen gesäumten Vorsprüngen unaufhörlich die Signale der Hörner.

Angélique war auf eine kleine Lichtung gestoßen, einen makellos weißen, wie auf dem Grunde eines moosigen Brunnens von einem steilen Felssturz geschützten Schneefleck. Die Hornrufe hallten hier auf harmonische und eindrucksvolle Weise wider. Sie hielt inne und lauschte, von fernen, melancholisch stimmenden Erinnerungen überkommen. Der Wald! Wie lange war sie nicht mehr im Wald gewesen! Die feuchte, nach fauligem Holz und welkem Laub duftende Luft fegte mit einem Schlag die im lärmenden, übelriechenden Paris verlebten Jahre hinweg, und sie fühlte sich in den Wald von Nieul versetzt, der ihr die ersten Freuden beschert hatte. Ihr Blick glitt über die rostbraun und purpurrot getönten Kronen der Bäume, die der Herbst noch nicht entblättert hatte. Der schmelzende Schnee belebte die Färbung des Laubs und verlieh ihm unter dem streichelnden Licht einer blassen Sonne kostbaren Glanz. Im Dämmerlicht des Unterholzes entdeckte Angélique die roten Perlen eines Stechpalmenstrauchs. Sie erinnerte sich, daß sie in Monteloup um die Weihnachtszeit ganze Arme voll davon gepflückt hatten. Wie lange war das her! Vermochte ein schlichter Stechpalmenzweig Bindeglied zu sein zwischen der heutigen Angélique du Plessis-Bellière und der einstigen Angélique de Sancé?

„Das Leben trennt uns nie von uns selbst", sagte sie sich freudig erregt, als habe sie ein Glücksversprechen empfangen.

Vielleicht war das kindlich empfunden, aber sie hatte sich noch nicht der jungmädchenhaften Regungen begeben, die die Mitgift aller Frauen sind. Ihnen freien Lauf zu lassen, war ein Luxus, den sie sich jetzt leisten konnte.

Sie glitt von Ceres' Rücken, und nachdem sie den Zügel um einen Nußbaumast geschlungen hatte, lief sie zu dem Stechpalmenstrauch. Zwischen den Utensilien, die sie wie jede vornehme Dame am Gürtel trug, fand sie ein Federmesserchen, mit dem sie mühevoll ein paar Zweige abschnitt.

Dabei wurde sie sich nicht bewußt, daß Hörnerschall und Jagdlärm sich mählich entfernten, wie ihr auch zunächst die Unruhe ihres Pferdes nicht auffiel, das nervös an seinem Zügel zerrte. Sie bemerkte die Erregung des Tieres erst, als Ceres sich mit verängstigtem Wiehern losriß und gestreckten Laufs an ihr vorbeigaloppierte.

„Ceres!" rief Angélique. „Ceres!"

Und sah im gleichen Augenblick, was die Flucht ihrer Stute veranlaßt hatte: auf der anderen Seite der Lichtung schob sich lautlos ein dunkler Schatten durch das Gebüsch.

„Der Wolf", dachte sie.

Er war es, der Schrecken der Gegend, ein riesiges Tier, grau und rostbraun wie der Wald, mit schon zum Sprung gespanntem Rücken und gesträubtem Fell.

Der Wolf verhielt regungslos, die phosphoreszierenden Augen auf Angélique gerichtet, deren Erstarrung sich in einem gellenden Schrei löste.

Das Raubtier zuckte zusammen und wich zurück, dann begann es, seine Reißzähne bleckend, sich aufs neue zu nähern. Jeden Augenblick würde es wieder zum Sprung ansetzen.

Die junge Frau sah sich um. Der Felssturz hinter ihr bot die einzige Rettungsmöglichkeit, falls es ihr gelang, sich weit genug hinaufzuziehen ...

Sekunden später hatte sie einen schmalen Vorsprung erreicht, von dem aus es kein Weiterkommen gab, da ihre Fingernägel an der glatten Oberfläche des Felsens keinen Halt mehr fanden.

Der Wolf hatte sie mit einem Sprung zu erreichen versucht, doch nur den Saum ihres Kleides zu fassen bekommen. Er war zurückgeprallt und belauerte sie nun mit blutunterlaufenen Augen. Angéliques Schuhe glitten auf dem nassen Gestein aus. Abermals schrie sie aus Leibeskräften. Ihr Herz klopfte so heftig, daß sie nur noch seine dumpfen, unregelmäßigen Schläge vernahm. Keuchend stieß sie die Worte eines Gebets hervor. „Herr, mein Gott! Laß nicht zu, daß ich auf solch unsinnige Weise sterbe! Hilf mir . . .!"

Dann wandte sie den Kopf, weil sie ein Pferd im Galopp durchs Unterholz brechen hörte. In einer Wolke stäubenden Schnees kam es jäh zum Stehen. Sein Reiter sprang ab.

Wie in einem Traum sah Angélique Philippe in einem weißledernen, mit Silberstickereien durchwirkten Leibrock. Der Pelzbesatz an Kragen und Ärmeln war von der gleichen blonden Farbe wie seine Perücke.

Noch während er vom Pferd gesprungen war, hatte er seine Handschuhe heruntergerissen. In der Rechten hielt er ein spitzes Jagdmesser mit silbernem Griff.

Der Wolf hatte sich dem neuen Gegner zugewandt. Philippe war ihm bis auf wenige Schritte nahe gekommen, als ihn die Bestie mit aufgerissenem Rachen ansprang.

Blitzartig stieß der junge Mann den linken Arm nach vorn. Seine Hand schloß sich wie eine Zange um den Hals des Tiers. Mit der andern schlitzte er ihm in einer einzigen Bewegung den Bauch von unten nach oben auf. Bluttriefend bäumte sich der Wolf mit schrecklichem Röcheln, dann erlahmte sein Widerstand. Philippe schleuderte den zuckenden Körper zur Seite, während von allen Seiten Piqueure und Reiter auf der Lichtung zusammenströmten. Die Knechte hielten die rasende Meute von dem Kadaver zurück.

In der allgemeinen Verwirrung war Angélique zunächst unbemerkt geblieben. Sie war vom Felsen herabgeglitten, hatte ihre zerschundenen Hände gereinigt und ihren Hut aufgehoben.

Einer der Piqueure führte ihr Ceres zu. Es war ein alter, im Dienste des Weidwerks ergrauter Mann von ungezwungenem Wesen. Er war Philippes Spuren gefolgt und hatte das Ende des Kampfes mit angesehen.

„Ihr habt uns einen schönen Schrecken eingejagt, Frau Marquise!"

101

sagte er. „Wir wußten, daß sich der Wolf in dieser Gegend herumtrieb. Und als wir Euer Pferd mit leeren Steigbügeln zurückkehren sahen und Euer Schreien hörten – auf Piqueurehre, Madame, zum erstenmal in meinem Leben hab' ich den Oberjägermeister leichenblaß werden sehen!"

Erst bei dem nachfolgenden Fest traf Angélique wieder mit Philippe zusammen. Vergeblich hatte sie ihn seit dem Augenblick gesucht, in dem er ihr, bevor er blutbespritzt wieder in den Sattel gestiegen war, einen zornigen Blick zugeworfen hatte. Ganz offensichtlich war er drauf und dran gewesen, ihr ein paar Ohrfeigen zu verabfolgen. Nichtsdestoweniger fand sie, eine Frau schulde dem Manne, der ihr das Leben gerettet hatte, zumindest einige Dankesworte.

„Philippe", sagte sie, als sie zwischen zwei Tischen der Großen Tafel seiner habhaft geworden war, „ich bin Euch sehr dankbar ... Ohne Euch wäre es um mich geschehen gewesen."

Der Edelmann nahm sich die Zeit, das Glas, das er in der Hand hielt, auf das Tablett eines vorübergehenden Dieners zu stellen, dann packte er Angélique brutal beim Handgelenk.

„Wenn man von der Parforcejagd nichts versteht, bleibt man daheim bei seinem Stickrahmen", sagte er zornig mit gedämpfter Stimme. „Ihr bringt mich fortgesetzt in unmögliche Situationen. Ihr seid nichts andres als eine plumpe Bäuerin, eine ungeschliffene Kaufmannsfrau. Eines Tages wird es mir schon gelingen, Euch vom Hof zu verjagen und loszuwerden!"

„Weshalb habt Ihr das nicht Meister Isegrim besorgen lassen, der doch so darauf erpicht war?"

„Es war meine Aufgabe, den Wolf zu töten, Euer Schicksal kümmerte mich wenig. Lacht nicht, Ihr macht mich rasend. Ihr seid wie alle Frauen, die sich für unbesiegbar halten und sich einbilden, jedermann opfere freudig sein Leben für sie. Doch bei mir habt Ihr kein Glück. Eines Tages wird Euch aufgehen, falls Ihr es noch immer nicht gemerkt habt, daß auch ich ein Wolf bin."

„Ich möchte es gern bezweifeln, Philippe."

„Ich werde es Euch zu beweisen wissen", versetzte er mit einem kühlen Lächeln, das in seinem Blick das gefährliche Glitzern vergangener böser Stunden entzündete.

Er nahm ihre Hand mit einer schmeichelnden Bewegung, durch die sie sich nicht täuschen ließ, und führte sie an seine Lippen.

„Was Ihr am Tage unserer Hochzeit zwischen uns gesät habt, Madame", murmelte er, „Haß, Groll, Rachsucht – wird niemals erlöschen. Laßt es Euch gesagt sein."

Das zarte Handgelenk lag an seinen Lippen. Plötzlich biß er wütend hinein.

Angélique mußte ihre ganze Selbstbeherrschung aufbieten, um nicht vor Schmerz aufzuschreien. Zurückweichend trat sie mit ihrem Absatz auf den Fuß Madames, die sich eben erhob und nun ihrerseits aufschrie.

„Euer Hoheit wollen mir verzeihen", stammelte Angélique.

„Meine Liebe, Ihr seid reichlich ungeschickt...."

Philippe bekräftigte in vorwurfsvollem Ton:

„Wirklich, achtet ein wenig auf Eure Bewegungen, Madame. Der Wein bekommt Euch nicht."

Seine Augen funkelten in boshafter Ironie. Er verneigte sich tief vor der Prinzessin, dann verließ er die Damen, um dem König zu folgen, der sich in die Salons begab.

Angélique nahm ihr Taschentuch und legte es auf die Bißwunde. Der jähe Schmerz hatte ihr Übelkeit verursacht. Benommen schlüpfte sie zwischen den Gruppen hindurch und gelangte in ein Vorzimmer, wo es kühler war.

Sie ließ sich auf das erste beste Sofa in einer der Fensternischen sinken. Behutsam wickelte sie das Taschentuch ab und betrachtete ihr blauangelaufenes Handgelenk; Tropfen dunklen Blutes bildeten sich auf ihm. Mit welchem Jähzorn er zugebissen hatte! Und seine Scheinheiligkeit danach! „Achtet ein wenig auf Eure Bewegungen. Der Wein

103

bekommt Euch nicht." Man würde das Gerücht verbreiten, Madame du Plessis sei so betrunken gewesen, daß sie die Schwägerin des Königs belästigt habe ...

Sie hörte Schritte und drückte sich tiefer in ihren Sitz. Doch der Marquis de Lauzun hatte sie schon erkannt.

„Aber, aber", sagte er im Näherkommen. „Wieder einmal allein! ... Und immer allein! ... Bei Hofe! ... Und schön wie der Tag! ... Und – Gipfel der Unschicklichkeit – in diesen von Liebespaaren bevorzugten Winkel geflüchtet, der so diskret und verborgen ist, daß man ihm den Beinamen Kabinett der Venus gegeben hat! Allein! ... Ihr mißachtet die elementarsten Regeln der guten Sitten, um nicht zu sagen die Naturgesetze schlechthin."

Er setzte sich neben sie und nahm den strengen Ausdruck eines Vaters an, der im Begriff ist, seine Tochter auszuschelten.

„Was ist mit Euch, mein Kind? Vergeßt Ihr, daß der Himmel Euch mit den unerhörtesten Reizen ausgestattet hat? ... Wollt Ihr die Götter kränken ... Aber was sehe ich? ... Angélique, mein Herz, das ist doch nicht möglich!"

Er faßte mit einem Finger unter ihr Kinn und zwang sie, den Kopf zu heben.

„Ihr weint? Um eines Mannes willen ...?"

Sie nickte, während sie von Schluchzern geschüttelt wurde.

„Nein, so was", sagte Lauzun, „das ist kein Verstoß mehr, das ist ein Verbrechen. Eure hauptsächlichste Aufgabe sollte darin bestehen, die andern weinen zu machen ... Kindchen, hier gibt es keinen einzigen Mann, der es wert wäre, daß man um seinetwillen Tränen vergießt. Von mir abgesehen, natürlich. Aber ich wage nicht zu hoffen ..."

Angélique zwang sich ein Lächeln ab. Mühsam flüsterte sie:

„Ach, mein Kummer ist nicht schlimm! Es kommt durch die Aufregung ... Weil ich Schmerzen habe."

„Schmerzen? Wo?"

Sie zeigte ihm ihr Handgelenk.

„Ich möchte wissen, welcher Schurke Euch so mißhandelt hat!" rief Péguillin empört aus. „Nennt ihn mir, Madame, und ich werde ihn zur Rechenschaft ziehen."

„Entrüstet Euch nicht, Péguillin. Er hat leider alle Rechte über mich."

„Wollt Ihr damit sagen, daß es sich um den schönen Marquis, Euren Gatten, handelt?"

Angélique antwortete nicht und begann von neuem zu weinen.

„Nun ja, was kann man auch Besseres von einem Ehemann erwarten", versetzte Péguillin mit dem Ausdruck des Ekels. „Das paßt genau zur Art dessen, den Ihr Euch erwählt habt. Aber warum besteht Ihr dann darauf, mit ihm umzugehen?"

Angélique erstickte fast an ihren Tränen.

„Kommt, kommt!" fuhr Péguillin sanfter fort, „Ihr dürft Euch nicht so grämen. Wegen eines Mannes! Und noch dazu wegen eines Ehemanns! Entweder seid Ihr altmodisch, mein Liebchen, oder krank oder ... Im übrigen gefallt Ihr mir schon seit einer guten Weile nicht. Ich wollte immer einmal mit Euch darüber reden ... Aber vorher solltet Ihr Euch schneuzen."

Mit einem blütenweißen Schnupftuch, das er aus einer seiner Taschen zog, wischte er ihr liebevoll über Wangen und Augen. Dicht neben sich sah sie seinen strahlenden, spöttischen Blick, dessen maliziöses Funkeln der ganze Hof einschließlich des Monarchen zu fürchten gelernt hatte. Sein lockerer Lebenswandel zeichnete sich bereits durch ein Fältchen in seinen sarkastischen Mundwinkeln ab. Doch sein ganzes Wesen strahlte noch immer Vitalität und heitere Zufriedenheit aus. Er war aus dem Süden, ein Gaskogner, heiß wie die Sonne und lebhaft wie die Forelle, die man in den Gießbächen der Pyrenäen angelt.

Sie seufzte leise und blickte ihn freundschaftlich an.

Er lächelte.

„Geht es besser?"

„Ich glaube, ja."

„Wir werden das schon in Ordnung bringen", murmelte er.

Sie saßen abgesondert vom Hin und Her der Galerie, durch die unausgesetzt Hofleute und Diener gingen. Man mußte drei Stufen hinaufsteigen, um in diese Nische zu gelangen, die fast völlig von dem Ruhebett ausgefüllt wurde, dessen Lehnen zudem gegen neugierige Blicke Schutz boten.

„Ihr sagt, daß dieser stille Winkel, in dem wir uns befinden, das

Kabinett der Venus heißt?" erkundigte sich Angélique mit noch unsicherer Stimme.

„Man erzählt sich, daß allzu ungeduldige Liebespaare zuweilen hierherkommen, um der liebenswerten Göttin zu opfern. Angélique, habt Ihr Euch ihr gegenüber nicht einen Vorwurf zu machen?"

„Der Göttin der Liebe gegenüber? . . . Péguillin, eher müßte ich ihr vorwerfen, daß sie sich in bezug auf mich als vergeßlich erweist."

Péguillin riß die Augen auf.

„Ihr wollt doch nicht etwa sagen, Euer Gatte sei für Eure Reize so unempfindlich, daß nicht wenigstens er sich in Euren Gemächern einstellt?"

Angélique entfuhr ein leiser, schmerzlicher Seufzer.

„Doch, so ist es", flüsterte sie.

„Und was meint Euer Liebhaber dazu?"

„Ich habe keinen."

„Was?" Lauzun fuhr hoch. „Also, sagen wir . . . mehr oder minder flüchtige Bekanntschaften? Oder wagt Ihr etwa zu behaupten, Ihr hättet keine?"

„Ich wage es, denn es ist die Wahrheit."

„Unfaßbar!" murmelte Péguillin und schnitt eine Grimasse, als breche er unter einer tragischen Nachricht zusammen. „Angélique, Ihr verdient Prügel."

„Wieso?" begehrte sie auf. „Ist es denn meine Schuld?"

„Ganz und gar ist es Eure Schuld. Wenn man Eure Haut, Eure Augen, Eure Figur hat, ist man selbst verantwortlich für einen solchen Skandal. Ihr seid ein Ungeheuer, ein unausstehliches und unheimliches Geschöpf!"

Er beugte sich zu ihr und klopfte mit einem Finger an ihre Schläfe.

„Was ist da drinnen in Eurem bösen, kleinen Kopf? Berechnungen, Pläne, gefährliche Gespinste komplizierter Geschäfte, die sogar Monsieur Colbert verblüffen? Die würdigen Biedermänner ziehen ihr Käppchen vor Euch, und die betörten Jungen wissen nicht, wie sie ihre letzten Sols vor Euren raffgierigen Händen schützen sollen. Und dabei ein Engelsgesicht, Augen, in deren Licht man ertrinkt, Lippen, bei deren Anblick man das unwiderstehliche Bedürfnis empfindet, sie wundzuküssen! Eure Grausamkeit grenzt an Raffinement.Ihr versteht es, Euch zurechtzumachen, daß Ihr wie das Abbild einer Göttin wirkt ... und für wen, frage ich Euch?"

Lauzuns Heftigkeit verwirrte Angélique.

„Was wollt Ihr?" sagte sie unsicher. „Ich habe soviel zu tun ..."

„Was, zum Teufel, kann eine Frau anderes zu tun haben, als zu lieben? Genau besehen, seid Ihr eine Egoistin, die sich in einen selbsterrichteten Turm eingeschlossen hat, um sich vor dem Leben zu schützen."

Angélique war verblüfft. Sie hätte dem oberflächlichen Höfling ein solches Maß an Scharfblick nicht zugetraut.

„Es ist so, und es ist auch wieder nicht so, Lauzun. Wer kann mich begreifen? Ihr seid nicht in der Hölle gewesen ..."

Von Müdigkeit übermannt, ließ sie den Kopf zurücksinken und schloß die Augen. Eben noch hatte sie geglüht, doch jetzt war ihr, als sei das Blut in ihren Adern erstarrt. Sie verspürte das Bedürfnis, Péguillin um Hilfe zu bitten, doch zu gleicher Zeit sagte ihr die Vernunft, daß dieser Retter sie in neue Gefahren bringen könnte, und sie hielt es für besser, das schlüpfrige Gelände zu verlassen. Sie richtete sich auf und fragte in heiterem Ton:

„Übrigens, Péguillin, Ihr habt mir nicht gesagt, ob Ihr endlich die Ernennung zum Großmeister erreicht habt."

„Nein", erwiderte Péguillin ruhig.

„Was heißt nein?"

„Nein, Ihr habt mich schon ein paarmal getäuscht, aber diesmal gehe ich nicht in die Falle. Ich nagle Euch fest, und wenn Ihr Euch noch so windet. Mir ist jetzt nicht um meine Ernennung zum Großmeister zu tun, sondern darum zu erfahren, weshalb Euer Frauenleben sich in Euren harten, kleinen Schädel geflüchtet hat – und nicht dahinein", setzte er hinzu, indem er seine Hand dreist auf die Brust der jungen Frau legte.

„Péguillin!" protestierte sie und stand auf.

Aber er griff geschwind nach ihr, und während er sie in seinen rechten Arm nahm, griff er mit der Linken unter ihre Knie, so daß sie das Gleichgewicht verlor und halbausgestreckt auf den Diwan sank.

107

„Schweigt und verhaltet Euch ruhig", befahl er, indem er wie ein Schulmeister den Zeigefinger hob. „Laßt die Fakultät den Fall untersuchen. Ich halte ihn für ernst, aber nicht hoffnungslos. Kommt, zählt mir ohne lange Umstände die Namen der Kavaliere auf, die Euch umwerben und denen der bloße Gedanke an Euch den Schlaf raubt."

„Mein Gott . . . glaubt Ihr denn, es gibt deren so viele?"

„Ich untersage Euch, angesichts meiner Frage Verwunderung zu heucheln."

„Aber ich versichere Euch, daß ich nicht weiß, auf wen Ihr anspielt."

„Solltet Ihr etwa nicht bemerkt haben, daß der Marquis de La Vallière wie ein wildgewordener Schmetterling herumflattert, wenn Ihr erscheint, daß Vivonne, der so stolze Bruder der Montespan, ins Stammeln gerät, daß Brienne geistreichelt? Und dann sind da noch die Herren de Saint-Aignan und Roquelaure, nicht zu vergessen der Sanguiniker Louvois, dem nichts übrigbleibt, als sich schröpfen zu lassen, wenn er zehn Minuten mit Euch geplaudert hat . . ."

Sie lachte belustigt auf.

„Ich verbiete Euch, zu lachen", sagte Péguillin unwillig. „Wenn Ihr all dies nicht bemerkt habt, bedeutet das, daß es noch schlimmer um Euch steht, als ich dachte. Spürt Ihr denn nicht die Feuersbrunst, die Flammen rings um Euch? Bei Beelzebub, Ihr habt eine Salamanderhaut . . ."

Mit dem Zeigefinger strich er über ihren Hals.

„Man möchte es freilich nicht meinen."

„Und Ihr, Monsieur de Lauzun, zählt Ihr Euch nicht zu den Entflammten?"

„O nein, ich nicht", protestierte er lebhaft. „O nein, nie würde ich das wagen! Ich hätte zuviel Angst."

„Vor mir?"

Die Augen des Marquis verschleierten sich.

„Vor Euch . . . und vor allem, was um Euch ist. Eure Vergangenheit, Eure Zukunft, Euer Mysterium."

Angélique warf ihm einen prüfenden Blick zu. Dann erschauerte sie und barg ihr Gesicht an seinem blauen Überrock. „Péguillin!"

Péguillin, der Leichtlebige, war ein alter Freund. Er war mit ihrer

weit zurückliegenden Tragödie verknüpft. In allen Stadien ihres er-
eignisreichen Lebens hatte sie ihn einer Marionette gleich auftauchen
sehen. Er erschien, verschwand, erschien von neuem.

Auch heute abend war er da, ewig der Gleiche.

„Nein, nein, nein", wiederholte er. „Ich mag mich nicht in Gefahr
begeben. Ich scheue die Wirren des Herzens. Erwartet nicht, daß ich
Euch den Hof mache."

„So, und was macht Ihr augenblicklich?"

„Ich spreche Euch Trost zu, das ist nicht dasselbe."

Sein Finger glitt über den sammetweichen Hals hinab und folgte dem
Schwung der Kette, deren rosig schimmernde Perlen sich von der weißen Haut abhoben.

„Man hat Euch viel Ungutes angetan", flüsterte er zärtlich, „und Ihr
seid heute abend sehr bekümmert." Doch schon im nächsten Augenblick fuhr er ungeduldig auf: „Mordieu, macht Euch nicht so steif wie
ein Degen. Man könnte wahrhaftig meinen, Euch habe noch nie eine
Männerhand berührt! Ich habe verteufelte Lust, Euch eine kleine Lektion zu erteilen ..."

Er beugte sich über sie. Sie versuchte abermals, sich ihm zu entziehen,
aber er hielt sie fest.

„Ihr habt uns lange genug hingehalten, kleine Frau! Die Stunde der
Rache hat geschlagen. Übrigens verspüre ich unbändige Lust, Euch zu
liebkosen, und ich glaube, daß Ihr es sehr nötig habt."

Er begann sie auf die Lider, auf die Schläfen zu küssen. Dann streiften seine Lippen schmeichelnd Angéliques Mundwinkel.

Sie erschauerte. Jäh erwachte ein animalisches Begehren in ihr. Mit
ihm verband sich etwas wie eine leicht perverse Neugier bei dem Gedanken, nun durch praktische Erfahrung die Talente des berühmten
Don Juan des Hofs kennenlernen zu können.

Péguillin war es, der recht hatte. Philippe zählte nicht. Sie wußte, daß
sie nicht ewig am Rande würde leben können, allein, in ihren schönen
Kleidern, mit ihren kostbaren Juwelen. Sie wollte sich zwischen die
andern mischen und es ihnen gleichtun, mitgerissen vom Strom der
Intrigen, der Kompromittierungen und Ehebrüche. Es war ein kräftiger, vergifteter und köstlicher Trank.

Sie mußte aus dem Kelch trinken, um nicht zu verdursten.

Sie stieß einen tiefen Seufzer aus. Unter den männlich-wollüstigen Liebkosungen fand sie ihre Unbekümmertheit wieder. Und als die Lippen des Marquis de Lauzun sich auf die ihren preßten, erwiderte sie seinen Kuß, zuerst zögernd, dann immer leidenschaftlicher.

Der Schein der Kerzenleuchter und Pechfackeln, die von einer Prozession feierlich einherschreitender Diener gebracht und an den Wänden der Galerie verteilt wurden, veranlaßte sie, sich voneinander zu lösen. Angélique konnte kaum begreifen, daß es bereits Nacht geworden war.

In nächster Nähe der Nische stellte ein Bedienter einen sechsarmigen Leuchter auf eine Konsole.

„He, Freund", flüsterte Péguillin, sich über die Armlehne des Ruhebetts beugend, „stell deine Laterne ein bißchen weiter weg."

„Das kann ich nicht, Monsieur. Ich würde mir den Tadel des Herrn Oberbeleuchters zuziehen, der für diese Galerie verantwortlich ist."

„Dann blase wenigstens drei Kerzen aus", erwiderte der Marquis und warf ihm ein Goldstück zu.

Er wandte sich wieder zurück und nahm die junge Frau von neuem in die Arme. Das Warten hatte ihrer beider Erregung gesteigert. Angélique stöhnte und biß ungestüm in die moirierte Achseltroddel des blauen Rockes. Péguillin lachte leise.

„Gemach, kleine Wölfin ... Ihr sollt zufriedengestellt werden. Aber dies ist ein unruhiger Ort – laßt mich die Sache dirigieren."

Sie gehorchte ihm, keuchend und fügsam. Der goldene Schleier wollüstigen Vergessens senkte sich über ihre Gewissenspein. Sie war nur noch brennender Körper, nach dem einzigen Genuß gierend und des Ortes nicht achtend, an dem sie sich befand, ja nicht einmal des geübten Partners, der sie erschauern machte ...

Angélique löste sich von der Schulter, an die sie sich geschmiegt hatte, und zog in einer jähen Bewegung die Spitzen ihres Mieders über der entblößten Brust zusammen.

Wenige Schritte entfernt stand, von der erleuchteten Galerie sich silhouettenhaft abhebend, eine regungslose Gestalt. Jeglicher Zweifel verbot sich von selbst: Philippe!

Péguillin de Lauzun verfügte über reiche Erfahrung in derlei Situationen. Rasch ordnete er seine Kleidung, stand auf und verneigte sich.

„Monsieur, nennt mir Eure Sekundanten. Ich stehe zu Eurer Verfügung . . ."

„Und meine Frau steht jedermann zur Verfügung", erwiderte Philippe gelassen. „Ich bitte Euch, Marquis, Ihr braucht niemanden zu bemühen."

Er verbeugte sich mindestens ebenso tief wie Péguillin und entfernte sich stolzen Schrittes, den Marquis de Lauzun wie versteinert zurücklassend.

„Zum Teufel!" fluchte Péguillin. „Einem solchen Ehemann bin ich noch nie begegnet."

Seinen Degen ziehend, sprang er die drei Stufen der Estrade hinunter und stürzte dem Oberjägermeister nach.

Er erreichte ihn auf der Schwelle des Saals der Diana, als eben der König, gefolgt von den Damen seiner Familie, aus seinem Kabinett trat.

„Monsieur", schrie Péguillin mit seiner Trompetenstimme, „Euer verächtliches Verhalten ist eine Beleidigung. Ich werde sie nicht hinnehmen. Euer Degen soll mir dafür einstehen."

Philippe maß seinen gestikulierenden Rivalen mit einem hochmütig-kühlen Blick.

„Mein Degen gehört dem König, Monsieur. Ich habe mich noch nie für eine Dirne geschlagen."

Rasend vor Wut brüllte Lauzun:

„Aber ich habe Euch zum Hahnrei gemacht, Monsieur! Und ich verlange, daß Ihr Genugtuung von mir fordert."

Elftes Kapitel

Völlig benommen richtete sich Angélique in ihrem Bett auf. Es begann eben erst zu tagen.

Sie fuhr sich mit den Fingern durch ihr wirres Haar. Die Kopfhaut tat ihr weh, und ihre Hand war geschwollen. Gedankenlos betrachtete sie die Wunde an ihrem Handgelenk. Und plötzlich kehrte ihr die Erinnerung zurück: Philippe!

Sie sprang aus dem Bett und schlüpfte taumelnd in ihre Pantoffeln. So rasch wie möglich mußte sie in Erfahrung bringen, was aus Philippe und Lauzun geworden war. Ob es dem König gelungen war, sie zu überreden, sich nicht zu schlagen? Und wenn sie sich schlugen, welches Los erwartete den Überlebenden? Festnahme, Gefängnis, Ungnade . . .?

Von welcher Seite sie die Sache auch betrachtete, sie sah nur eine grauenhafte und ausweglose Situation.

Ein Skandal! Ein fürchterlicher Skandal!

Die Scham überwältigte sie, als sie sich vergegenwärtigte, was in Fontainebleau geschehen war.

Sie sah Philippe und Péguillin vor den Augen des Königs die Degen ziehen, sah die Herren de Gesvres, de Créqui und de Montausier zwischen sie treten, sah, wie Montausier den kochenden Gaskogner festhielt, und spürte aller Augen auf sich gerichtet, die mit gerötetem Gesicht wie erstarrt in ihrem prächtigen rosafarbenen, verräterisch unordentlichen Kleide dastand.

Unter Aufbietung ihrer ganzen Willenskraft hatte sie es dennoch vermocht, sich dem König zu nähern, sich vor ihm wie auch vor der Königin zu verneigen und hochaufgerichtet durch ein Spalier entrüsteter Blicke, spöttischen Getuschels, verhaltenen Gelächters und am Ende in einer so tiefen und beängstigenden Stille der Tür zuzuschreiten, daß sie am liebsten mit beiden Händen ihren Rock gerafft hätte und hinausgerannt wäre . . .

Aber sie hatte bis zuletzt dieser Versuchung standgehalten und den Raum verlassen, ohne ihre Schritte zu beschleunigen. Dann allerdings war sie mehr tot als lebendig auf eine Bank in einem verlassenen und mangelhaft beleuchteten Flur gesunken.

Kurz darauf hatte Madame de Choisy sich dort zu ihr gesellt. Ihre sittliche Entrüstung mühsam verbergend, hatte die würdige Dame die Marquise du Plessis-Bellière davon in Kenntnis gesetzt, daß Seine Majestät im Begriff sei, Monsieur de Lauzun unter vier Augen die Epistel zu lesen, daß Monsieur d'Orléans sich des gekränkten Ehemannes angenommen habe und daß man hoffe, der unerfreuliche Streit werde keine weiteren Folgen nach sich ziehen. Madame du Plessis werde indes begreifen, daß ihre Anwesenheit bei Hofe unerwünscht geworden sei, und sie, Madame de Choisy, sei vom König beauftragt, ihr zu bedeuten, sie möge Fontainebleau stehenden Fußes verlassen.

Angélique hatte den Urteilsspruch geradezu mit Erleichterung aufgenommen. Sie hatte sich in ihre Kutsche gesetzt und war die ganze Nacht durchgefahren, dem Gemurre des Kutschers und der Lakaien zum Trotz, die Angst hatten, beim Durchqueren des Waldes von Räubern überfallen zu werden.

„Ich bin schon ein rechter Pechvogel!" sagte sie sich, während sie mit bitteren Gefühlen im hohen Standspiegel ihres Ankleidekabinetts ihr Spiegelbild betrachtete, das nur zu deutlich ihre Erschöpfung verriet. „Jeden Tag und jede Nacht betrügen bei Hofe unzählige Frauen ihre Männer mit der größten Unbekümmertheit der Welt, aber wenn ich's einmal tue, fällt gleich das Feuer des Himmels auf die Erde herab."

Angélique war den Tränen nah. Sie läutete nach Javotte und Thérèse, die gähnend und verschlafen erschienen, und ließ sich von ihnen beim Ankleiden helfen.

Dann schickte sie nach Flipot und trug ihm auf, zum Palais des Marquis du Plessis in der Rue Saint Antoine zu laufen und möglichst genaue Nachrichten mitzubringen.

Sie war mit dem Ankleiden nahezu fertig, als das Geräusch einer langsam in den Hof ihres Hauses einfahrenden Kutsche sie erschrocken aufhorchen ließ. Weshalb kam man um sechs Uhr morgens zu ihr?

Und wer . . .? Auf leisen Sohlen lief sie ins Treppenhaus, stieg mit zögernden Schritten ein paar Stufen hinunter und beugte sich über das Geländer.

Im Vorsaal erblickte sie Philippe in Begleitung La Violettes, der zwei Degen trug, und des Hausgeistlichen des Marquis.

Philippe schien ihre Schritte gehört zu haben, denn er sah zu ihr auf.

„Ich habe soeben Monsieur de Lauzun getötet", sagte er.

Angélique klammerte sich an das Treppengeländer, um nicht zu fallen. Philippe! Er lebte!

Rasch lief sie hinunter und bemerkte im Näherkommen, daß die Hemdbrust und das Wams ihres Mannes blutbefleckt waren. Zum erstenmal trug er seinen Mantel nachlässig, denn er hielt seinen rechten Arm mit der andern Hand.

„Ihr seid verletzt!" rief sie entsetzt. „Ist es schlimm? O Philippe, ich muß Euch verbinden! Kommt, ich bitte Euch!"

Sie führte ihn in ihr Schlafzimmer; offenbar war er zu benommen, um sich zu widersetzen.

Er ließ sich in einen Sessel sinken und schloß die Augen. Sein Gesicht war weiß wie seine Halskrause.

Mit zitternden Händen suchte Angélique nach ihrem Nähkasten, entnahm ihm eine Schere, und während sie den blutverkrusteten Stoff aufzuschneiden begann, befahl sie den Mägden, Wasser, Scharpie, Puder, Salben und Branntwein zu holen.

„Trinkt das", sagte sie, nachdem Philippe wieder ein wenig zu sich gekommen war.

Die Wunde schien nicht schlimm zu sein. Eine lange Schmarre zog sich von der rechten Schulter bis zur linken Brust, aber nur die Haut war aufgeritzt. Angélique wusch sie aus und bestrich sie mit Senf und Krebspulver.

Philippe ließ sich die Behandlung gefallen, ohne auch nur das Gesicht zu verziehen. Er schien tief in Nachdenken versunken.

„Ich bin neugierig, wie man das Problem der Etikette lösen wird", sagte er schließlich.

„Welcher Etikette?"

„Bei der Verhaftung. Grundsätzlich hat der Hauptmann der Königlichen Leibgarde die Verhaftung von Duellanten vorzunehmen. Doch der derzeitige Hauptmann der Garde ist kein anderer als der Marquis de Lauzun. Also? Er kann sich schließlich nicht selbst verhaften, nicht wahr?"

„Er kann es um so weniger, als er tot ist", bemerkte Angélique unwillig.

„Er? . . . Er hat nicht die kleinste Schramme!"

Die junge Frau starrte ihn sprachlos an.

„Aber Ihr habt mir doch eben gesagt . . .", begann sie.

„Ich wollte wissen, ob Ihr in Ohnmacht fallt."

„Um eines Péguillin de Lauzun willen falle ich nicht in Ohnmacht . . . Gewiß, ich war bestürzt . . . Dann seid Ihr also unterlegen?"

„Einer mußte sich opfern, um zu verhüten, daß aus einer Albernheit ein Unglück entsteht. Ich wollte die zwanzigjährige Soldatenfreundschaft mit Péguillin nicht zerschlagen um einer . . . Bagatelle willen."

Er wurde bleich, sein Blick verschleierte sich.

„Der König nennt Euch doch . . . Bagatellchen."

Aufs neue traten Tränen in Angéliques Augen. Sie legte ihre Hand auf seine Stirn. Wie schwach er wirkte, er, der für gewöhnlich so hart war!

„O Philippe!" flüsterte sie. „Welche Wirrnis! Und Ihr habt mir eben erst das Leben gerettet! . . . Ach, warum haben die Dinge nicht einen anderen Verlauf genommen? Ich wäre so froh gewesen, Euch lieben zu dürfen."

Der Marquis gebot mit einer befehlenden Geste Schweigen.

„Ich glaube, da sind sie", sagte er.

Auf der Marmortreppe war das Klirren von Sporen und Säbeln zu hören.

Dann ging die Tür auf, und das verstörte Gesicht des Grafen Cavois wurde sichtbar.

„Cavois!" sagte Philippe. „Du kommst, um mich zu verhaften?"

Der Graf nickte bekümmert.

„Eine gute Wahl. Du bist Oberst der Musketiere, und nach dem Hauptmann der Königlichen Garde kommt tatsächlich dir dieses Amt zu. Was wird aus Péguillin?"

115

„Er ist bereits in der Bastille."

Philippe richtete sich mühsam auf.

„Aha. Madame, seid so gütig, mir mein Wams um die Schultern zu legen."

Doch bei dem Wort Bastille hatte sich ein Schwindelgefühl Angéliques bemächtigt. Alles fing von neuem an . . .! Wieder entriß man ihr den Gatten, um ihn in der Bastille einzukerkern. Wieder griff eine Macht in ihr Schicksal ein, deren unheimliches, unerschütterliches Sinnbild die düsteren Wälle und Türme jener Festung waren.

„Ich beschwöre Euch, Monsieur de Cavois", murmelte sie· heiser, „nicht in die Bastille!"

Cavois hob höflich die Schultern.

„Madame, ich bedaure es unendlich, aber so lautet der Befehl des Königs. Ihr wißt wohl, daß Monsieur du Plessis sich strafbar gemacht hat, indem er sich dem strengen Verbot zum Trotz duellierte. Indes sorgt Euch nicht. Er wird gut behandelt, gut verpflegt werden, und sein Kammerdiener hat die Erlaubnis bekommen, ihn zu begleiten."

Er reichte Philippe den Arm, um ihn zu stützen.

Angélique schrie auf wie ein verwundetes Tier:

„Nicht in die Bastille! Sperrt ihn ein, wo Ihr wollt, aber nicht in die Bastille!"

Schon auf dem Weg zur Tür, wandten sie sich mit dem gleichen verständnislos-ärgerlichen Blick nach ihr um.

„Wo soll er mich denn einsperren?" sagte Philippe zornig. „Etwa beim Pöbel im Châtelet?"

Alles begann von neuem. Das Warten, das Schweigen, die Unmöglichkeit, zu handeln, die unausweichliche Katastrophe. Sie sah sich abermals taumelnd den Weg des Leidens gehen, und schon packte sie die Angst wie in jenen Alpträumen, in denen man dem Unheil vergeblich zu entrinnen sucht und Blei an den Füßen zu haben glaubt. Ein paar Stunden lang war ihr, als müsse sie den Verstand verlieren.

Ihre Zofen, die über die völlig ungewohnte Apathie ihrer Herrin betroffen waren, rieten ihr schließlich, Mademoiselle de Lenclos aufzusuchen, und setzten sie fast mit Gewalt in ihre Sänfte.

Es war ein guter Rat. Einzig Ninon mit ihrem ausgeglichenen Wesen, ihrer Erfahrung, ihrem gesunden Menschenverstand, ihrer Warmherzigkeit vermochte Angélique anzuhören, ohne sie für eine Närrin zu halten oder sich sittlich zu entrüsten.

Sie wiegte die junge Frau in ihren Armen, nannte sie „mein süßes Herz", und als Angéliques Beklommenheit ein wenig nachzulassen schien, versuchte sie ihr klarzumachen, wie bedeutungslos der Zwischenfall sei. Es gab so viele Beispiele, die es bewiesen. Es passierte ja jeden Tag, daß Ehemänner sich duellierten, um ihre gekränkte Ehre reinzuwaschen.

„Aber – die Bastille!"

Der verhaßte Name zeichnete sich in roten Lettern vor Angéliques Augen ab.

„Die Bastille! Man kommt aus ihr auch wieder heraus, Liebste."

„Ja, um auf den Scheiterhaufen geschleppt zu werden!"

„Ich weiß nicht, worauf Ihr anspielt. Vermutlich ist ein böses Ereignis in Eurem Gedächtnis haftengeblieben und trübt Euch den Blick. Wenn Ihr erst wieder ein wenig zur Besinnung gekommen seid, werdet Ihr meine Ansicht teilen. Könnt Ihr mir einen unserer hitzköpfigen Edelmänner nennen, der nicht eine Zeitlang dort gesessen und einen übermütigen Streich oder eine Disziplinlosigkeit abgebüßt hätte. Lauzun selbst kommt ja zum dritten, wenn nicht gar vierten Male dorthin. Und sein Beispiel beweist klar, daß man aus der Bastille auch wieder herauskommt, zuweilen sogar mit vermehrtem Ansehen. Billigt dem König die Zeit und das Recht zu, das undisziplinierte Völkchen bei Hofe zur Räson zu bringen. Er wird der erste sein, der wieder aufatmet, wenn er diesen Querkopf Lauzun und seinen Oberjägermeister wieder um sich sieht . . ."

Durch solches Zureden gelang es ihr, Angélique so weit zu beruhigen, daß sie schließlich ihre Angst als lächerlich und unbegründet empfand.

Ninon empfahl ihr, nichts zu unternehmen, bevor sich die Wogen geglättet hätten:

„Ein Skandal jagt den andern! Der Hof leistet in dieser Hinsicht

Erstaunliches! Geduld. Ich wette, daß sich in längstens acht Tagen der Hofklatsch mit einem andern Fall befassen wird."

Auf ihr Anraten faßte Angélique auch den Entschluß, sich für kurze Zeit in das Kloster der Karmeliterinnen zurückzuziehen, wo ihre jüngere Schwester Marie-Agnès Novize war. Es schien ihr die beste Lösung, sich den sensationslüsternen Damen des Hofes zu entziehen und trotzdem in der Nähe zu bleiben.

Unter ihrer Nonnenhaube, mit ihren grünen Augen und dem schmalen, listig lächelnden Gesicht glich die junge Marie-Agnès de Sancé einem jener durch ihre Anmut ein wenig beunruhigenden Engel, die den Besucher an den Portalen der alten Kathedralen begrüßen. Angélique wunderte sich, daß sie auf dem Entschluß beharrte, den Schleier zu nehmen, obwohl sie kaum einundzwanzig war. Ein Leben der Kasteiung und der Gebete schien mit dem Temperament ihrer jüngeren Schwester, von der man bereits im Alter von zwölf Jahren gesagt hatte, sie habe den Teufel im Leib, und deren kurze Karriere als Hofdame der Königin eine ununterbrochene Kette flüchtiger und lockerer Abenteuer gewesen war, gar wenig in Einklang zu stehen. Angélique bewahrte den Eindruck, daß Marie-Agnès auf dem Gebiet der Liebe sehr viel mehr Erfahrung hatte als sie. Das schien auch die Ansicht der jungen Nonne zu sein, die, nachdem sie sich ihre Beichte angehört hatte, mit nachsichtiger Grimasse seufzte:

„Wie jung du noch bist! Warum läßt du dir wegen einer so alltäglichen Geschichte graue Haare wachsen?"

„Alltäglich? Ich habe dir eben erklärt, daß ich meinen Mann betrogen habe. Das ist eine Sünde, oder etwa nicht?"

„Nichts ist alltäglicher als die Sünde. Nur die Tugend ist etwas Seltenes. So selten in unseren Tagen, daß sie geradezu absonderlich wird."

„Ich begreife einfach nicht, wie es dazu kommen konnte. Ich wollte nicht, aber . . ."

„Hör mal", sagte Marie-Agnès in jenem schneidenden Ton, der eine Familieneigentümlichkeit war, „entweder man will diese Dinge oder man will sie nicht. Und wenn man sie nicht will, dann darf man eben nicht bei Hofe leben."

Vielleicht erklärte das auch, dachte Angélique, warum sie mit der Welt gebrochen hatte.

Die Stille der frommen Stätte regte Angélique zu Gedanken der Buße an, doch der Besuch Madame de Montespans führte sie aus ihren himmelwärts gerichteten Betrachtungen nur allzu bald wieder zu den verwickelten irdischen Problemen zurück.

„Ich weiß nicht, ob es klug ist, mich einzumischen", sagte die schöne Athénaïs zu ihr, „aber letzten Endes halte ich es doch für angebracht, Euch aufzuklären. Handelt, wie Ihr wollt, und zieht mich vor allem nicht mit hinein. Solignac hat die Duellgeschichte in die Hand genommen. Das bedeutet, daß die Sache Eures Gatten schlecht steht."

„Der Marquis de Solignac? Wie kommt er dazu, sich einzumischen?"

„Wie immer als selbsternannter Verteidiger Gottes und seiner geheiligten Rechte. Er hat es sich in den Kopf gesetzt, daß das Duell einer der Angelpunkte der Häresie und des Atheismus sei, und drängt nun den König, sich gegen Lauzun und Euren Gatten streng zu zeigen, um, wie er sagt, ‚ein Exempel zu statuieren'. Seinen Reden nach müßte man einen Scheiterhaufen errichten."

Da sie Angélique erbleichen sah, versetzte ihr die unbesonnene Marquise einen freundschaftlichen Schlag mit dem Fächer.

„Es war nur ein Scherz. Aber seht Euch vor! Dieser hitzige Frömmler ist durchaus in der Lage, zumindest längere Haft, krasse Ungnade und was weiß ich noch durchzusetzen. Der König leiht ihm ein williges Ohr, zumal ihn Lauzun allzuoft verärgert hat. Gegen das Duellieren hat er im Grunde nichts einzuwenden. Aber Gesetz ist eben Gesetz. An Eurer Stelle würde ich versuchen, mich ins Mittel zu legen, solange noch Zeit dazu ist und der König keine Entscheidung getroffen hat ..."

Noch in der nämlichen Stunde verließ Angélique den frommen Ort.

Zwölftes Kapitel

Durch den strömenden Regen blickte Angélique eine Weile unschlüssig über den verödeten Schloßhof von Saint-Germain. Man hatte ihr eben erklärt, der Hof sei nach Versailles übergesiedelt. Sie war nahe daran, ihr Vorhaben aufzugeben. Doch sie nahm sich zusammen.

„Nach Versailles", rief sie dem Kutscher zu.

Durch die triefenden Scheiben betrachtete die junge Frau die vorbeiziehenden, in grauen Nebel gehüllten entlaubten Bäume des Waldes. Regen, Kälte, Morast! Trübseliger Winter. Und man sehnte sich nach den Schneefällen, die das Weihnachtsfest bringen würden.

Sie spürte ihre eisigen Füße nicht. Hin und wieder trat ein entschlossener Zug in ihr blasses Gesicht, und in ihren Augen blitzte auf, was Mademoiselle de Parajonc ihren kämpferischen Blick nannte.

. Sie vergegenwärtigte sich ihr Gespräch mit dem Marquis de Solignac. Auf ihr Ersuchen hin hatte er geruht, ihr ein Zusammentreffen zu gewähren. Nicht bei sich, noch weniger bei ihr, sondern unter viel Geheimnistuerei in einem eiskalten, kleinen Sprechzimmer des Cölestinerklosters.

Fern vom Glanz des Hofs, wo sein hoher Wuchs und seine monumentale Perücke ihm einen gewissen Adel verliehen, war ihr der Oberkämmerer der Königin als ein verschlagener und undefinierbar fragwürdiger Mensch erschienen.

Offenbar fand er bei allem einen Vorwand, sich zu entrüsten, denn er hatte Angélique zu verstehen gegeben, daß ihre Kleidung für eine solch ernste Unterredung der Bescheidenheit ermangele.

„Glaubt Ihr Euch noch unter den Kronleuchtern des Hofs, Madame, und haltet Ihr mich für einen jener Stutzer, die beim Anblick Eurer Reize wie ein Schmetterling entbrennen? Ich weiß nicht, aus welchem Grunde Ihr mich sprechen wolltet, aber angesichts der traurigen Situation, in die Euch Eure Leichtfertigkeit versetzt hat, solltet Ihr wenigstens soviel Schamgefühl aufbringen, die unheilvollen Reize zu verschleiern, die die Verantwortung für ein großes Unglück tragen."

Der Überraschungen war damit noch nicht genug. Monsieur de Solignac hatte sie danach mit halb zugekniffenen Augen gefragt, ob sie jeden Freitag faste, ob sie Almosen austeile und ob sie „Tartüffe" gesehen habe und wie oft.

„Tartüffe" war eine Komödie von Molière, die die Frömmler übel aufgenommen hatten. Da sich Angélique zu der Zeit, als die Komödie vor dem König aufgeführt worden war, nicht am Hofe befunden hatte, war sie ihr entgangen.

Die Macht unterschätzend, die der Orden vom Heiligen Sakrament darstellte, redete sich Angélique in Zorn. Der Ton der Unterhaltung wurde giftig und schneidend.

„Wehe dem oder derjenigen, die Skandal hervorruft!" schloß der Marquis unerbittlich.

Angélique verließ ihn als restlos Besiegte. Ihr Zorn ersetzte den fehlenden Mut, und sie beschloß, unverzüglich zum König zu gehen.

Die Nacht verbrachte sie in einer Herberge in der Umgebung von Versailles. Zu früher Stunde begab sie sich ins Schloß und wartete im Saal der Bittsteller, nachdem sie dem vergoldeten Schiff auf dem marmornen Kamin ihre Reverenz erwiesen hatte, das die Person des Königs vertrat. Zur Stunde der Bittschriften fand sich unter den verzierten Decken von Versailles die übliche Anzahl pensionsloser alter Militärs, Witwen und heruntergekommener Adliger ein, armselige Wracks, die, vom Schicksal und den Mitmenschen verlassen, sich an die Allmacht des Königs wandten. Madame Scarron, die nicht weit entfernt in ihrem abgetragenen Umhang wartete, war geradezu deren Prototyp.

Angélique wollte nicht von ihr erkannt werden und behielt deshalb den kleinen Schleier ihrer Kapuze über dem Gesicht.

Als der König vorüberkam, verharrte sie in kniender Stellung und beschränkte sich darauf, ihm die vorbereitete Bittschrift zu überreichen, in der Madame du Plessis-Bellière Seine Majestät untertänigst bat, ihr eine Unterredung zu gewähren.

Sie stellte mit Genugtuung fest, daß der König, nachdem er einen Blick auf die Bittschrift geworfen hatte, diese in der Hand behielt, anstatt sie, wie üblich, Monsieur de Gesvres zu übergeben.

Gleichwohl war es der letztere, der, kaum daß sich die Menge ein wenig zerstreut hatte, zu der verschleierten Gestalt trat und sie gedämpft bat, ihm zu folgen. Kurz darauf öffnete sich vor ihr die Tür zum Kabinett des Königs.

Angélique war nicht darauf gefaßt gewesen, so rasch Gehör zu finden. Mit unruhig klopfendem Herzen tat sie ein paar Schritte in den Raum hinein und ließ sich abermals in die Knie sinken, sobald sich die Tür wieder geschlossen hatte.

„Steht auf, Madame", ließ sich die Stimme des Königs vernehmen, „und tretet näher."

Die Stimme klang nicht böse.

Die junge Frau gehorchte und wagte, vor dem Schreibtisch angelangt, ihren Schleier zu lüften.

Es war sehr dunkel. Der Himmel hatte sich mit schweren Wolken bezogen, und jenseits der Scheiben peitschte der Regen den Sand der Terrassen. Trotz des Halbdunkels konnte sie auf dem Gesicht Ludwigs XIV. die Andeutung eines Lächelns erkennen. Er sagte in freundlichem Ton:

„Es betrübt mich, daß eine meiner Damen sich zu solcher Heimlichkeit verpflichtet fühlt, wenn sie mich sprechen möchte. Konntet Ihr Euch nicht offen zeigen und anmelden? Ihr seid die Frau eines Marschalls."

„Sire, ich bin dermaßen in Verlegenheit, daß . . ."

„Schön, das läßt sich hören. Ich betrachte Eure Verlegenheit als Entschuldigung. Es wäre klüger gewesen, Ihr hättet neulich abends Fontainebleau nicht so überstürzt verlassen. Diese Flucht vertrug sich nicht mit der Würde, die Ihr im Verlauf des peinlichen Zwischenfalls an den Tag gelegt habt."

Angélique unterdrückte eine Bewegung der Überraschung. Sie war schon im Begriff, den Monarchen darauf hinzuweisen, daß sie sich auf seinen, durch Madame de Choisy übermittelten Befehl entfernt hatte. Aber er schnitt ihr abermals das Wort ab.

„Lassen wir das. Was ist der Anlaß Eures Besuchs?"

„Sire, die Bastille . . ."

Sie hielt inne, da ihr bereits das Aussprechen dieses Wortes den Atem

benahm. Ihr Satz, das fühlte sie, war schlecht begonnen. Sie verwirrte
sich und verkrampfte die Hände.

„Damit wir uns gleich richtig verstehen", sagte der König freundlich,
„für wen wollt Ihr Euch verwenden? Für Monsieur de Lauzun oder
für Monsieur du Plessis?"

„Sire", rief Angélique lebhaft aus, „das Schicksal meines Gatten ist
meine einzige Sorge!"

„Ach, wäre sie es doch immer gewesen, Madame! Wenn ich dem
glauben darf, was man mir erzählt, habt Ihr Schicksal und Ehre des
Marquis für eine, wenn vielleicht auch noch so kurze Weile in den
Hintergrund Eurer Gedanken verwiesen."

„Das ist richtig, Sire."

„Ihr bereut es?"

„Ich bereue es, Sire. Von ganzem Herzen."

Während sie seinen durchdringenden Blick auf sich ruhen fühlte, fiel
ihr wieder ein, was sie über die Neugier des Monarchen in bezug auf
das Privatleben seiner Untertanen hatte sagen hören. Auch darüber,
daß sich diese Neugier mit absoluter Diskretion verband. Er *wußte*,
redete aber nicht. Mehr noch: er gebot den andern Schweigen.

Angéliques Blick kehrte von diesem ernsten, vom fahlen Licht model-
lierten, ihr zugewandten Gesicht zu den beiden kraftvollen, regungslos
auf der schwarzen Tischplatte ruhenden Händen zurück – wahrhaft
königlichen Händen.

„Was für ein Wetter!" sagte er plötzlich, während er seinen Sessel
zurückschob, um aufzustehen. „Man müßte eigentlich die Leuchter anzünden, obwohl es Mittag ist. Ich kann kaum Euer Gesicht erkennen.
Kommt zum Fenster, damit ich Euch betrachte."

Sie folgte ihm gehorsam, und als sie in der Nische des Fensters standen, an dem der Regen herabrann, fuhr er fort:

„Es fällt mir schwer zu glauben, daß Monsieur du Plessis den Reizen
seiner Frau wie dem Gebrauch, den sie von ihnen macht, so gleichgültig
gegenübersteht. Es muß an Euch liegen, Madame. Warum wohnt Ihr
nicht im Hauses Eures Gatten?"

„Monsieur du Plessis hat mich nie dazu aufgefordert", erwiderte
Angélique.

123

„Merkwürdige Manieren! Kommt, Bagatellchen, erzählt mir doch, was sich in Fontainebleau zugetragen hat."

„Ich weiß, daß mein Verhalten unentschuldbar ist, aber mein Gatte hatte mich schwer beleidigt . . . in aller Öffentlichkeit."

Sie sah unwillkürlich auf ihr Handgelenk hinunter, das noch aufschlußreiche Spuren der Kränkung trug. Der König ergriff die Hand, betrachtete sie, sagte jedoch nichts.

„Ich hatte mich in einen abgeschiedenen Winkel gesetzt. Ich war tief unglücklich. Monsieur de Lauzun kam vorüber . . ."

Sie erzählte, wie Lauzun sich bemüht hatte, sie zu trösten, zuerst mit Worten, dann auf konkretere Weise.

„Es ist ungemein schwer, den Angriffen Monsieur de Lauzuns zu widerstehen, Sire. Er ist sehr raffiniert. Man mag noch so sehr gewillt sein, sich zu entrüsten oder sich zu wehren – unversehens befindet man sich trotzdem in einer unmöglichen Situation, der man sich nicht entziehen kann, ohne die größte Verwirrung anzurichten."

„Aha! So also geht er vor . . ."

„Monsieur de Lauzun hat soviel Erfahrung. Er ist durchtrieben, skrupellos, aber im Grunde doch ein herzensguter Mensch. Nun, Euer Majestät kennt ihn ja besser als ich."

„Hm!" machte der König verschmitzt. „Es kommt darauf an, in welchem Sinn Ihr es meint, Madame."

„Ihr seid bezaubernd, wenn Ihr errötet", fuhr er fort. „Ihr besteht aus höchst reizvollen Gegensätzen. Ihr seid schüchtern und forsch, heiter und ernst . . . Kürzlich besuchte ich die bereits eingerichteten Gewächshäuser, um die Blumen zu sehen, die man dort untergestellt hat. Zwischen den Tuberosen bemerkte ich eine Blume, die die Farbenharmonie störte. Die Gärtner wollten sie herausreißen. Es sei ein wilder Schößling, erklärten sie. Sie war jedoch ebenso leuchtend wie die übrigen, und dennoch anders. An diese Blume werde ich erinnert, wenn ich Euch unter meinen Damen sehe . . . Und jetzt bin ich unsicher geworden und möchte meinen, daß das Unrecht auf seiten Monsieur du Plessis' liegt . . ."

Der Monarch zog die Augenbrauen zusammen, und sein eben noch so heiteres Gesicht verfinsterte sich.

„Daß er für brutal gilt, hat mir immer mißfallen. Ich wünsche an meinem Hof keine Edelleute, die bei Fremden den Eindruck erwecken könnten, daß die französischen Umgangsformen plump oder gar barbarisch seien. Die Höflichkeit Frauen gegenüber gilt mir als ein für den guten Ruf unseres Landes unentbehrliches Erfordernis. Stimmt es, daß Euer Gatte Euch schlägt, sogar in aller Öffentlichkeit?"

„Nein!" behauptete Angélique störrisch.

Der König sah sie nachdenklich an.

„Nun, wie dem auch sei, ich glaube, dem schönen Philippe wird ausgiebige Gelegenheit zum Nachdenken zwischen den Mauern der Bastille ganz guttun."

„Sire, ich bin gekommen, um Euch zu bitten, ihn freizugeben. Befreit ihn aus der Bastille, Sire, ich beschwöre Euch!"

„Ihr liebt ihn also? Und dabei hatte ich den Eindruck, daß Euch Eure Ehe mehr bittere Erinnerungen als beglückendes Zusammensein beschert habe. Ihr kennt einander wenig, wie man mir sagt?"

„Wenig, aber seit langem. Er war mein großer Vetter ... als wir Kinder waren..."

Sie sah ihn vor sich mit seinen blonden Locken über dem Spitzenkragen, in jenem himmelblauen Gewand, das er getragen hatte, als er zum erstenmal auf Schloß Sancé erschienen war.

Sie lächelte, den Blick zum Fenster gewandt. Der Regen hatte aufgehört. Ein Sonnenstrahl drang zwischen zwei Wolken hervor und ließ die marmornen Fliesen aufleuchten, über die eben eine von vier Rappen gezogene Kutsche fuhr.

Ein Abglanz des Lichtstrahls glitt über Angéliques Gesicht.

„Damals schon weigerte er sich, mich zu küssen", seufzte sie, „und er fächelte vor Abscheu mit seinem Spitzentaschentuch, wenn wir uns ihm näherten, meine kleinen Schwestern und ich."

Sie mußte lachen.

Der König musterte sie prüfend. Er wußte, daß sie schön war, aber zum erstenmal sah er sie aus solcher Nähe. Er sah den seidigen Glanz ihrer Haut, die flaumige Frische ihrer Wangen, die fleischige Fülle ihrer Lippen. Er spürte ihren Duft, als sie mit anmutiger Bewegung eine blonde Haarsträhne von ihrer Schläfe strich. Sie strahlte eine ungemein warme Lebendigkeit aus. Jäh umfing er sie und neigte sich über ihren lächelnden Mund. Er berührte die Lippen, fand die Zähne, die ebenmäßig waren und hart wie kleine Perlen . . .

Angéliques Verblüffung war so groß, daß sie, den Kopf unter dem Druck des Kusses zurückgebeugt, keinen Widerstand leistete, bis die Wärme dieses Mundes sie durchdrang und sie erschauern ließ. Dann verkrampften sich ihre beiden Hände in die Schultern des Königs.

Er trat einen Schritt zurück und sagte ruhig und lächelnd:

„Habt keine Angst. Ich wollte, um den Schiedsrichter spielen zu können, nur feststellen, ob Ihr etwa gefühlskalt oder widerspenstig seid und dadurch die legitime Leidenschaftlichkeit Eures Gatten lähmt."

Doch Angélique ließ sich durch diese Entschuldigung nicht täuschen. Sie hatte genügend Erfahrung, um zu spüren, daß der König einem unwiderstehlichen Verlangen erlegen war.

„Ich glaube, Euer Majestät betreibt die Untersuchung dieser Angelegenheit mit größerer Gewissenhaftigkeit, als sie es verdient", sagte sie lächelnd.

„Wirklich?"

„Wirklich."

Der König ließ sich wieder hinter seinem Arbeitstisch nieder. Auch er lächelte und wirkte nicht verstimmt.

„Wenn schon! Ich bedaure es nicht, die Sache zu weit getrieben zu haben. Mein Urteil steht jetzt fest. Monsieur du Plessis ist ein größerer Tor, als ich glaubte. Er hat sein Mißgeschick hundertmal verdient, und ich werde ihm das höchstpersönlich zu verstehen geben. Ich hoffe, er wird diesmal meiner Ansicht Rechnung tragen. Außerdem will ich ihn zur Strafe für eine Weile zur Armee in die Picardie schicken. Aber weint nicht mehr, Bagatellchen. Ihr sollt Euren großen Vetter bald wiederhaben."

Drunten im Marmorhof stieg in diesem Augenblick Monsieur de Solignac, der Großkämmerer der Königin, aus seiner orangegelben Kutsche.

Dreizehntes Kapitel

Angélique kam mit heißem Kopf heim. Diesmal fand sie im Hof ihres Hauses eine bereits ausgespannte Postkutsche vor, von der eine Unmenge Gepäck abgeladen wurde.

Auf den Stufen der Freitreppe erwarteten sie Hand in Hand zwei rotbackige Jungen.

Angélique fiel aus allen Wolken.

„Florimond! Cantor!"

Sie hatte den an ihren Vater gerichteten Brief vollkommen vergessen. Aber würde nach den Vorfällen der letzten Woche ihre Anwesenheit bei Hofe überhaupt noch erwünscht sein?

Die Wiedersehensfreude gewann schließlich die Oberhand über ihre Besorgnisse. Beglückt küßte sie ihre Söhne und staunte über Cantors Statur, der mit seinen sieben Jahren ebenso groß wie sein älterer Bruder war. Abgesehen von ihrem üppigen Haar, das bei Florimond schwarz, bei Cantor hellbraun war, ähnelten sich die beiden in keiner Hinsicht. Florimond war ein Kind des Südens mit warmem, lebhaftem Blick. Cantors grüne Augen glichen der Angelikapflanze, die im gedämpften Licht der Sümpfe des Poitou leuchtet. Ihre Klarheit hatte etwas Undurchdringliches; sie gaben nichts preis.

Als Barbe, die Magd, die sie aufgezogen hatte, auf der Bildfläche erschien, entspannte sich die Atmosphäre vollends. Sie war selig, wieder in Paris zu sein. Es habe ihr davor gegraust, so meinte sie, noch einmal einen Winter in einem Provinzschloß zwischen schwerfälligen Bauern und zwei Lausejungen zu verbringen, die nicht mehr zu bändigen seien. Der Herr Baron, ihr Großvater, lasse ihnen in allem und jedem ihren Willen, und die alte Amme sei auch nicht besser. Es sei höchste Zeit, daß sie unter die Fuchtel eines strengen Lehrmeisters kämen, der ihnen das Alphabet beibringe, ohne von der Zuchtrute allzu sparsamen Gebrauch zu machen.

„Sie werden an den Hof gehen", vertraute ihr Angélique mit gedämpfter Stimme an, „und Spielkameraden des Dauphin sein."

127

Barbe bekam runde Augen. Sie schlug die Hände zusammen und betrachtete ihre beiden Lümmel mit wachsendem Respekt.

„Da müßte man ihnen aber erst Manieren beibringen, damit sie wissen, wie man den Degen und die Hutfeder trägt und daß man die Fragen der Damen nicht mit einem Schweinegrunzen beantwortet . . ."

Die vollkommene und rasche Erziehung der beiden zukünftigen Hofkavaliere stellte tatsächlich ein Problem dar. Madame de Choisy erbot sich, es lösen zu helfen. Schon am nächsten Morgen erschien sie in Begleitung eines kleinen, schmächtigen Abbé, der in seinem langen Rock wie ein Mädchen wirkte und unter den Löckchen seiner gepuderten Perücke Rehaugen aufschlug, im Hôtel du Beautreillis. Sie stellte ihn als Mitglied der jüngeren Linie der Lesdiguières aus der Gegend von Chartres vor, was bedeutete, daß er einer angesehenen, aber wenig begüterten Familie angehörte. Seine Eltern, mit denen sie weitläufig verwandt war, hatten Madame de Choisy gebeten, den jungen Maurice zu fördern.

Ihrer Meinung nach konnte sie nichts Besseres tun, als Madame du Plessis-Bellière zu empfehlen, ihm die Erziehung ihrer beiden Söhne anzuvertrauen.

Er selbst hatte eine gute Ausbildung erfahren und war Page beim Erzbischof von Sens gewesen.

Madame de Choisy fügte hinzu, es müsse ihm ein Hofmeister, ein Tanzmeister, ein Stallmeister und ein Fechtmeister beigesellt werden. Sie habe auch dafür drei junge Männer an der Hand: einen gewissen Racan aus dem Hause de Bueil, der die Rechte studiert habe, aber zu arm sei, um ein Advokatenpatent zu kaufen; einen Enkel des Marquis de Lesbourg, der als Tanzmeister bestens geeignet sei, und den Angehörigen einer reichen Familie, der es sich in den Kopf gesetzt hatte, Fechtlehrer zu werden, und deshalb seines Erbes verlustig gegangen sei. Er kenne sich im Gebrauch aller Waffen aus und werde den Knaben die Kunst des Ringelstechens beibringen und was sonst immer man wolle. Kurz, er sei ein trefflicher Spaßvogel und werde Malbrant

Schwertstreich geheißen. Madame de Choisy empfahl außerdem zwei Demoisellen de Gilandon aus der Gegend von Chambord. Ihre Großmutter stamme aus dem Hause de Joyeuse, ihre Schwester habe den Grafen des Roches geheiratet. Sie seien keineswegs dumm, aber von wenig einnehmendem Äußeren und würden sich mit einem geringen Gehalt begnügen, da sie durch ihren Vater um Hab und Gut gebracht worden seien, als er ihre Mutter bei seiner Rückkehr aus Spanien in anderen Umständen vorgefunden habe.

„Aber was soll ich denn mit diesen Demoisellen?" fragte Angélique.

„Ihr werdet sie in Euer Gefolge aufnehmen. Man sieht Euch immer nur in Begleitung häubchentragender Zofen. Das geziemt sich nicht für eine Dame Eures Ranges."

Sie erklärte Angélique, in einem vornehmen Hause müßten unter der Dienerschaft sämtliche Stände vertreten sein: der Klerus in der Gestalt des Hausgeistlichen und der Lehrmeister, der Adel durch den Kavalier, den Stallmeister und die Pagen, das Bürgertum durch den Intendanten, den Haushofmeister, die Kammerdiener, den Küchenchef, und schließlich das gemeine Volk durch die Lakaien und Mägde, Haus- und Küchenburschen, Post- und Stallknechte.

Madame du Plessis verfüge noch über kein ihrem Ruf und ihrem Rang entsprechendes Gefolge, und sie, Madame de Choisy, verlange nichts anderes, als ihr behilflich zu sein. Sie gab dabei ihrer Hoffnung Ausdruck, daß die junge Marquise genügend Ernsthaftigkeit besitze, um ihre Leute dazu anzuhalten, morgens und abends ihre Gebete zu verrichten und regelmäßig das heilige Abendmahl zu empfangen.

Angélique war noch nicht dahintergekommen, was für eine Rolle Madame de Choisy damals in Fontainebleau gespielt hatte. Hatte sie die Anweisungen des Königs bewußt falsch ausgelegt, oder war sie nur die Überbringerin eines im ersten Impuls gefaßten Entschlusses gewesen, den der Monarch später umgestoßen hatte? Jedenfalls floß sie, während sie damals höchst entrüstet getan hatte, heute von Dienstfertigkeit geradezu über.

In der Angst, sie könnte ihr noch mehr Schützlinge aufdrängen, genehmigte Angélique, der von all den Namen und Fähigkeiten schon leise schwindelte, den ganzen Schwung, einschließlich der Demoisellen.

Im übrigen wurde es höchste Zeit, Florimond und Cantor den für ihre Erziehung vorgesehenen Händen zu übergeben. Sie waren in dem Alter, in dem man auf allem reitet, was sich besteigen läßt. In Ermangelung der Maulesel ihres Großvaters begnügten sie sich vorerst mit dem kostbaren Holzgeländer der großen Treppe, und nachdem die erste Schüchternheit überwunden war, hallte das Hôtel du Beautreillis vom Lärm der Balgereien und Galoppaden wider.

Nach ein paar Tagen solcher häuslichen Unruhe erfuhr Angélique gerüchtweise von Philippes Freilassung. Er stellte sich nicht bei ihr ein. Sie wußte nicht recht, wie sie sich verhalten sollte.

Madame de Montespan redete ihr zu, aufs neue erhobenen Hauptes bei Hofe zu erscheinen.

„Der König hat Euch verziehen", sagte sie. „Jedermann weiß, daß er Euch eine lange Audienz gewährt hat. Er hat Monsieur du Plessis unter vier Augen die Leviten gelesen, aber noch am gleichen Abend hatte Euer Gatte die Ehre, beim Coucher des Königs in Saint-Germain das Hemd zu reichen. Aller Welt ist klargeworden, wie freundschaftlich Seine Majestät ihm und Euch gesinnt ist."

Madame de Choisy bekräftigte diese Worte. Da der König den Wunsch geäußert habe, Madame du Plessis möge ihre Söhne vorstellen, müsse sie dem nachkommen, bevor sich diese erfreuliche Anwandlung wieder verflüchtigt habe.

Madame de Choisy suchte auch Madame de Montausier, die Frau des zukünftigen Hofmeisters des Dauphins und derzeitige Erzieherin der „Kinder Frankreichs", auf und legte mit ihr den Tag der Begegnung fest.

So wurden Florimond und Cantor gelegentlich eines kurzen Aufenthalts in Versailles bei Hofe vorgestellt. Beide waren in erpelblauen Atlas gekleidet und mit der gebührenden Anzahl von Schleifen und Bändern geschmückt. Sie trugen weiße Strümpfe, hohe Absätze und kleine, silberne Zierdegen an der Seite. Auf ihren Krausköpfen saßen runde Hüte aus schwarzem Filz mit roten Federn, die nicht buschig waren, sondern der neuesten, sich eben durchsetzenden Mode gemäß, über den Rand herausragten. Da es kalt war und geschneit hatte, trugen sie schwarze, mit goldenen Litzen besetzte Samtmäntel. Der Abbé de Lesdiguières erklärte, Florimond verstünde auf völlig natürliche Art, ,den Mantel zu tragen', was eine Kunst sei, die einem in die Wiege gelegt werde. Leute niederer Herkunft lernten sie nie.

Der Dauphin war ein dicklicher kleiner Junge, der seinen Mund nie ganz geschlossen hielt, da er leicht „eine schlimme Nase" bekam, wie seine Erzieherin sagte. Mit nur mäßiger Intelligenz begabt, schien er sich bereits im Alter von sechseinhalb Jahren in seiner heiklen Rolle als Sohn Ludwigs XIV. unwohl zu fühlen, eine Haltung, die er sein ganzes Leben hindurch bewahren sollte. Er war als einziges Kind aufgewachsen, da zwei kleine Prinzessinnen gleich nach der Geburt gestorben waren. Eine von ihnen sollte, wie man sich erzählte, schwarz wie eine Mohrin gewesen sein, da die Königin „zuviel Schokolade getrunken hatte, während sie sie erwartete".

Angélique stellte still für sich fest, daß ihre Söhne mehr Anmut und Ungezwungenheit besaßen als der Erbe der Krone. Sie beobachtete sie voller Bewunderung, als sie, mit gebeugtem Knie, den Hut in der Hand, in vollendeter Haltung grüßten und nacheinander vortraten, um die Hand zu küssen, die der Dauphin ihnen scheu entgegenstreckte, während er, Ermutigung heischend, nach Madame de Montausier spähte. Und sie wußte sich vor Stolz nicht zu fassen, als Florimond in natürlichem und liebenswürdigem, aber durchaus respektvollem Ton sagte:

„Monseigneur, Ihr habt da eine gar hübsche Muschel."

Es erwies sich, daß diese Muschel die ganz besondere Gunst des Dauphins besaß, für ihn ein Kleinod ohnegleichen, das er an diesem Morgen erst höchstpersönlich im Sande des Lustgartens gefunden hatte und von dem er sich nicht mehr trennen wollte; er hatte darauf bestanden, daß man es an seinem Gewand zwischen dem Kreuz des heiligen Ludwig und dem des Großadmirals der Flotte befestige – eine Laune, der die Hofdamen schließlich nachgegeben hatten.

Florimonds Bemerkung lenkte das Interesse des Dauphins auf seinen Schatz zurück, den er seinen neuen Freunden zugleich in allen Einzelheiten zeigen wollte. Da er nun seine Schüchternheit überwunden hatte, drängte er sie alsdann, seine Sammlung von Tonfiguren zu bewundern, seine kleine Kanone und seine schönste Trommel, die mit silberglänzender Leinwand bespannt war.

Das erstaunliche Maß an Einfühlungsvermögen, das Florimond an den Tag legte, die gewandte Art, in der er Schmeicheleien anbrachte und mit den Erwachsenen umging, erfüllte seine Erzieher mit Genugtuung. Der kleine Abbé und der Hofmeister Racan warfen einander vielsagende Blicke zu, und Angélique nahm sich hochbefriedigt vor, ihnen am Abend eine Gratifikation von dreißig Ecus zukommen zu lassen.

Mittlerweile fanden sich, wie vereinbart, die Königin, ein Dutzend ihrer Damen und einige Edelleute ein.

Nachdem jedermann seine Reverenz erwiesen hatte, wurde Cantor aufgefordert, vor der Monarchin zu singen.

Da freilich gab es eine kleine Panne in dem sonst so vollkommenen Ablauf der Vorstellung, denn der Knabe begann sein Lieblingslied zu präludieren:

> „Der König läßt die Trommel schlagen,
>   Will seines Hofes Frauen sehn ...“

Der Abbé stürzte herzu und erklärte, die Laute sei verstimmt. Während er an den Stimmschlüsseln des Instruments drehte, sprach er leise auf seinen Zögling ein, der alsbald mit feinstem Anstand ein anderes Lied anstimmte. Der Zwischenfall wurde kaum bemerkt, am wenigsten von der Königin, die als Spanierin von französischen Volksliedern keine Ahnung hatte. Angélique erinnerte sich von ungefähr, daß das erste, im vergangenen Jahrhundert verfaßte Lied von den illegitimen Liebschaften des Königs Heinrich IV. handelte, und sie war dem Abbé dankbar, daß er den Fehlgriff rechtzeitig korrigiert hatte. Sie beschloß bei sich, Madame de Choisy unbedingt noch einmal für die treffliche Auswahl unter deren Rekruten zu danken.

Cantors Stimme ließ sich nur mit der eines Engels vergleichen. Sie war von unsagbarer Reinheit und dennoch kräftig und sicher geführt. Sie war klar und kristallhell, doch fehlte ihr die leicht unbeholfen wirkende Ausdruckslosigkeit der Kinderstimmen.

Die Damen, die sich vorgenommen hatten, dem Wunderkind höflich zuzuhören, gerieten bald außer sich vor Entzücken. Florimond, der anfangs aller Aufmerksamkeit auf sich gezogen hatte, trat in den Hintergrund. Man lobte das gesunde Aussehen des kleinen Sängers, der zwar weniger hübsch war als sein Bruder, dessen Augen jedoch eine ungewöhnliche Tönung hatten und aufglänzten, wenn er sang. Monsieur de Vivonne war am begeistertsten von allen, und seinen überschwenglichen Komplimenten lag keineswegs die Absicht zugrunde, Angélique zu schmeicheln. Wie so manche Lebemänner am Hofe besaß er einige heimliche Talente, von denen er als Amateur und sozusagen nur zum Zeitvertreib Gebrauch machte. Vivonne, der Bruder Madame de Montespans, war Kapitän der Galeeren und Generalleutnant zur See, aber nebenbei dichtete er, komponierte er und spielte er mehrere Instrumente. Wiederholt hatte man ihm das Arrangement der Hofballette anvertraut, und auch auf diesem Gebiet hatte er Vorzügliches geleistet. Nun forderte er Cantor auf, einige seiner Liedchen zu interpretieren, und wählte dafür die am wenigsten schlüpfrigen aus. Man bekam sogar eine kleine Arie für die Weihnachtsmesse zu hören, die von reizender Anmut war und die ganze Versammlung entzückte. Die Königin verlangte, Monsieur Lulli auf der Stelle zu holen.

Der Oberintendant der Hofmusik probte mit seinen Choristen eben in der Kapelle. Er fand sich unwillig ein, aber sein brummiges, gerötetes Gesicht leuchtete allmählich auf, während er dem Knaben zuhörte. Eine solch edle Stimme sei selten, erklärte er danach und wollte nicht glauben, daß Cantor noch nicht einmal acht Jahre alt sei; er habe einen Brustkasten wie ein Elfjähriger. Freilich meldete der Musiker auch seine Bedenken an: die Karriere des kleinen Phänomens könne notwendigerweise nur kurz sein, da seine Stimme zu denen gehöre, die der Stimmwechsel mit ziemlicher Sicherheit zerstöre. Wofern man aus ihr nicht eine Kastratenstimme mache, indem man den Knaben im Alter von zehn oder elf Jahren seiner Mannbarkeit beraube. Solche Stimmen seien überaus gesucht. Die jungen Epheben mit den bartlosen Gesichtern seien die Zierde der fürstlichen Kapellen Europas. Man suche sie sich hauptsächlich unter den Söhnen armer Musiker oder Komödianten aus, die ihren Kindern unter Verzicht auf ein normales, aber der Mittelmäßigkeit geweihtes Leben eine einträgliche Karriere zu sichern suchten.

Angélique protestierte entrüstet. Ihren kraftstrotzenden kleinen Cantor entmannen! Nicht auszudenken! Gottlob war er ein Edelmann, und sein Lebensweg würde nicht durch den Verlust seiner natürlichen Gaben beeinträchtigt werden. Er würde lernen, den Degen im Dienste des Königs zu führen, und eine zahlreiche Nachkommenschaft zeugen.

Danach kam man überein, daß Florimond und Cantor, sobald der Dauphin in männliche Hände käme, den Edelleuten seines Gefolges zugeteilt werden und ihn auf die Reitbahn, ins Ballhaus und sehr bald auch auf die Jagd begleiten sollten.

Vierzehntes Kapitel

Es war jetzt die Jahreszeit, da Paris beim Klang der Violinen und bei ausgelassenem Gelächter allmählich erwachte.

Verstimmt stellte Angélique fest, daß ihr jeder Auftrieb fehlte. Das Kind, das sie unter dem Herzen trug, machte sie in zunehmendem Maße schwerfällig. Wieder einmal war Philippe die Ursache, daß sie bald gezwungen sein würde, sich von der Welt abzusondern. Dazu kam, daß es ihr noch immer nicht gelungen war, eine Stellung bei Hof zu bekommen. Doch in diesem Punkt kam ihr schließlich der Zufall zu Hilfe.

In Saint-Germain, wo jedermann unaufgefordert erscheinen konnte, begegnete sie eines Tages dem alten Apotheker Savary, der einst als Bittsteller zu ihr gekommen war und dem sie in Gedanken den Spitznamen „der Magier" gegeben hatte. Er schien sich inmitten der glänzenden Gesellschaft so wohl zu fühlen wie ein Fisch im Wasser.

Vertraulich zwinkerte er ihr zu.

„Madame, vergeßt nicht die Mumia."

„Wann soll denn Euer Botschafter kommen?"

„Pst! Ich werde es Euch wissen lassen und Euch dann Schritt für Schritt dirigieren. Bis dahin Schweigen, Diskretion!"

Eine junge Frau rauschte in ihrer Nähe vorbei, hielt aber bei Savarys Anblick mit einem entzückten Aufschrei inne und trat rasch heran. Angélique erkannte Mademoiselle de Brienne.

„Monsieur", sagte die Brienne leise und aufgeregt, „ich kenne Euch. Ich weiß, daß Ihr ein Wahrsager seid, so etwas wie ein Hexenmeister. Kann ich ein Geschäft mit Euch machen?"

„Ihr irrt Euch, Madame. Ich stehe zwar in einigem Ansehen in diesem Hause, aber ich bin nur ein bescheidener Gelehrter."

„Ich weiß", beharrte sie, und ihre schönen Augen leuchteten wie Karfunkel, „ich weiß, daß Ihr viel vermögt. Ihr besitzt Liebestränke, die Ihr aus dem Orient mitgebracht habt. Hört zu, Ihr müßt mir unbedingt einen Schemel beim König verschaffen. Nennt mir Euren Preis!"

„Solche Dinge erwirbt man nicht mit Geld."

„Dann werde ich mich Euch mit Leib und Seele schenken. Überlegt es Euch, Monsieur Savary. Für Euch kann das doch nicht schwierig sein. Und ich sehe kein andres Mittel, den König zu bewegen, mir einen Schemel zuzugestehen. Ich muß ihn haben, muß ihn unbedingt haben. Ich bin bereit, alles dafür hinzugeben!"

„Schon gut, schon gut! Ich werde es mir überlegen", sagte der alte Apotheker begütigend, verweigerte jedoch die Börse, die Mademoiselle de Brienne ihm mit aller Gewalt in die Hand drücken wollte.

„In was würde ich da wohl geraten, wenn ich einwilligte?" sagte er zu Angélique, nachdem Mademoiselle de Brienne sich entfernt hatte. „Da seht Ihr wieder einmal, wie sie sind, diese hohlköpfigen Frauenzimmer! Einen Schemel! Einen Schemel im Angesicht des Königs! Das ist es, wonach sie gieren, sobald sie bei Hofe Fuß gefaßt haben."

Während er mißbilligend den Kopf schüttelte, zog er aus seinen Rockschößen ein großes, kariertes Taschentuch hervor und begann die Gläser seines Lorgnons zu reiben.

„Ei, ei, Monsieur Savary, man könnte meinen, Ihr besäßet wirklich die Gabe des Behexens. Die verwöhntesten Schönheiten des Hofs werfen sich Euch zu Füßen . . ."

„Haltet mich nicht für einen Lüstling. Ich bin alles andere als das. Junge Frauen und vor allem junge Mädchen nehmen sich manchmal Keckheiten heraus, die sogar einen alten Seefahrer wie mich in Verlegenheit bringen. Dieses flatterhafte Ding ist noch ehrgeizbesessener als eine Haremsodaliske."

„Habt Ihr je einen Harem kennengelernt?"

„Natürlich. Jene Damen gehörten ja, was meine Drogen betrifft, zu meinen besten Kundinnen. Oh, es war durchaus ungewöhnlich, daß ein Mann, selbst ein grauhaariger, in diese Bezirke eindringen durfte! Drei Eunuchen, den Krummsäbel in der Faust, führten mich mit verbundenen Augen hinein. Einmal sprach mich eine verschleierte Favoritin des ottomanischen Sultans Ibrahim auf französisch an. Es war ein hübsches Mädchen aus La Rochelle, das die Piraten im Alter von sechzehn Jahren geraubt hatten. Aber laßt mich nicht meine Erinnerungen auskramen, Madame. Viel wichtiger ist es, an die Mumia zu denken. Darf ich Euch an Euer Versprechen erinnern, mir Euren Beistand zu leihen?"

„Ich habe es nicht vergessen", lächelte Angélique. „Ich will mein möglichstes tun und werde auch keinen Schemel von Euch dafür verlangen. Aber ich fürchte, Ihr macht Euch Illusionen, was meinen Einfluß betrifft."

Meister Savary sah sie prüfend an.

„Ich bin keineswegs ein Hellseher, wie der kleine Hohlkopf behauptet", meinte er nachdenklich, „aber ich kann Euch trotzdem prophezeien, daß *Ihr* einen Schemel bekommt. Freilich glaube ich nicht, daß Ihr lange irgendwo sitzen werdet, jedenfalls nicht in Versailles und auch nicht vor dem König . . ."

„Sollte ich jemals einen Schemel erhalten, obwohl ich nicht einmal eine Stellung bekommen kann, werde ich gewiß nicht so töricht sein, ihn freiwillig wieder aufzugeben!"

„Madame, ereifert Euch nicht. Im Orient würdet Ihr lernen, daß der
Zorn die Lebenskräfte untergräbt. Und Ihr habt es nötig, Euch all
Eure Kräfte zu erhalten."

„Um auf die Ankunft Eurer Mumia zu lauern?" spöttelte sie.

„Dafür und auch für andere Dinge", erwiderte der alte Mann freundlich.

Bevor sie ihm eine sarkastische Antwort geben konnte, war er geräuschlos hinausgehuscht.

„Offenbar hat er in den fremden Ländern, in denen er seine Drogen
verkaufte, auch gelernt, wie ein Geist aufzutauchen und zu verschwinden", dachte sie. „Aber er ist immerhin amüsant . . ."

Ein Weilchen später fand sie sich mit Mademoiselle de Brienne an ein
und demselben Spieltisch zusammen.

„Was habt Ihr von dem kleinen Apotheker erlangen können?" fragte
das junge Mädchen sie gespannt. „Hat er Euch seine Unterstützung
zugesagt? Er soll es ja noch besser als die Hellseherin Mauvoisin verstehen, aus der Ferne zu beeinflussen."

Angélique beschränkte sich darauf, lächelnd die Karten zu mischen.
Mademoiselle de Brienne war eine hübsche Person, brünett, pikant, ein
wenig exaltiert und vor allem sehr unerzogen. Seit ihrer Kindheit lebte
sie am Hofe, was bedeutete, daß ihr Spatzengehirn mit einer mehr als
fragwürdigen Moral getränkt war. Das Spiel, das Trinken und die
Liebe waren für sie ein ebenso harmloser Zeitvertreib wie das Sticken
und Spitzenklöppeln für die Bürgermädchen. Im Spiel gegen Angélique verlor sie an diesem Tage zehntausend Livres. Bekümmert gestand sie, daß sie sich die Summe nicht sofort verschaffen könne.

„Ich habe Euch ja gesagt, daß dieser verflixte Apotheker Euch Glück
bringen werde", meinte sie und verzog ihr Gesicht wie ein Kind, das
im Begriff ist zu weinen. „Was könnte ich ihm denn versprechen, damit er sich auch meiner annimmt? Da habe ich nun in einer einzigen
Woche annähernd dreißigtausend Livres verloren. Mein Bruder wird
wieder schön schimpfen und behaupten, daß ich ihn ruinierte . . ."

137

Da Angélique nicht gesonnen schien, ihr allzu lange Kredit zu gewähren, schlug sie vor:

„Soll ich Euch mein Amt als Konsul in Kandia abtreten? Ich wollte es ohnehin verkaufen. Es ist vierzigtausend Livres wert."

Bei dem Wort „Amt" hatte Angélique aufgehorcht.

„Konsul?" wiederholte sie.

„Ja."

„In Kandia?"

„Es ist eine Insel oder eine Stadt, glaube ich", belehrte sie Mademoiselle de Brienne.

„Wo liegt sie denn?"

„Ich habe keine Ahnung."

„Aber kann eine Frau denn Konsul sein!"

„Freilich. Ich bin es seit drei Jahren. Es ist ein Amt, das nicht unbedingt den ständigen Aufenthalt an Ort und Stelle erfordert, andererseits aber einen gewissen Rang bei Hofe mit sich bringt, wo zu leben jedweder Konsul, selbst einer im Frauenrock, berechtigt, ja sogar verpflichtet ist. Als ich es kaufte, hoffte ich außerdem auf erhebliche Einkünfte. Leider habe ich mich darin getäuscht. Die beiden Geschäftsführer, die ich dort drunten einsetzte, sind Strolche, die alles in die eigene Tasche streichen und mich zudem noch ihre Repräsentationskosten bezahlen lassen. Eigentlich sollte ich Euch das gar nicht erzählen, da ich Euch doch vorgeschlagen habe, mir das Amt abzukaufen, aber ich bin nun einmal schrecklich dumm. Und vielleicht stellt Ihr es geschickter an. Vierzigtausend Livres, das ist nicht teuer. Mir hilft es aus dem Gröbsten heraus, und ich könnte meine Schulden bezahlen."

„Ich will es mir überlegen", sagte Angélique.

Sie ließ sich bei Monsieur Colbert anmelden und entschuldigte sich zunächst, daß sie ihn belästige. Aber da sie im Begriff sei, das Amt des Konsuls in Kandia zu erwerben, und wisse, daß der Herr Minister die Vergebung dieser Posten beaufsichtige, bäte sie ihn um seine Meinung. Colbert, der hinter seinem Schreibtisch ärgerlich die Stirn kraus gezogen hatte, wurde allmählich zugänglicher. Es geschah selten, daß die flatterhaften Schönen des Hofs die Folgen bedachten, bevor sie sich ein Amt übertragen ließen. Meistens fiel ihm, Colbert, die undankbare Rolle zu, ein wenig Ordnung in die Windbeutelei der Bittgesuche zu bringen und allzu unsinnige Anträge abzulehnen, eine Rolle, die ihm zahlreiche Feinde unter den enttäuschten Bittstellerinnen eintrug.

Angélique merkte, daß ihn das Ansinnen, eine Frau zum französischen Konsul zu ernennen, keineswegs schockierte. Offenbar war es etwas durchaus Alltägliches. Nach seinem Dafürhalten war Kandia, die Hauptstadt Kretas, der beste Sklavenmarkt des Mittelmeers. Es war sogar der einzige Ort, an dem man sich Russen verschaffen konnte, einen kräftigen und anspruchslosen Menschenschlag. Man kaufte sie für hundert bis hundertfünfzig Livres von den Türken, die sie in ihren ununterbrochenen Kämpfen mit Armenien, der Ukraine, Ungarn und Polen gefangennahmen.

„Eine solche Ergänzung wäre in diesem Augenblick nicht zu verachten, da wir unsere Anstrengungen auf die Marine konzentrieren und es darum geht, die Zahl der königlichen Galeeren im Mittelmeer zu erhöhen. Die Mauren, Tunesier und Algerier, die wir bei den Kämpfen mit den Seeräubern gefangennehmen, leisten schlechte Arbeit. Man verwendet sie nur zur Auffüllung der Besatzungen, wenn Mangel herrscht, oder um sie gegen christliche Gefangene in der Berberei auszutauschen. Auch die Strafgefangenen besitzen keinerlei Widerstandskraft. Sie ertragen das Meer nicht und sterben wie die Fliegen. Bis jetzt hat man daher die besten Ruderer unter den Türken und jenen Russen ausgehoben, die in Kandia gehandelt werden. Sie sind ausgezeichnete Seeleute. Ich habe mir sagen lassen, daß eben diese russischen Sklaven den Stamm der Besatzungen auf den englischen Seglern bilden. Die Engländer halten große Stücke auf sie und bezahlen diejenigen gut, die sie ihnen verschaffen können. Aus all diesen Gründen scheint mir Kandia ein recht interessanter Ort zu sein."

„Wie ist die Situation der Franzosen da drunten?" fragte Angélique, die sich trotz so guter Aussichten mit der Vorstellung, Sklavenhändlerin zu werden, nicht recht befreunden konnte.

„Unsere Vertreter sind dort geachtet, wie ich glaube. Die Insel Kreta ist eine venezianische Kolonie. Seit ein paar Jahren haben die Türken es sich in den Kopf gesetzt, sie in Besitz zu nehmen, und die Insel hatte mehrere Angriffe abzuwehren."

„Dann ist es doch gewagt, sein Geld dort anzulegen?"

„Das kommt darauf an. Der Handel einer Nation kann zuweilen aus Kriegen Gewinn ziehen, sofern sie sich aus ihnen heraushält. Frankreich hat günstige Bündnisse, sowohl mit Venedig als auch mit dem Goldenen Horn."

„Mademoiselle de Brienne hat mir nicht verheimlicht, daß dieses Amt ihr so gut wie nichts einbringt. Sie macht ihre Geschäftsführer dafür verantwortlich, die, wie sie sagt, nur zu ihrem eigenen Nutzen arbeiten."

„Das ist sehr wohl möglich. Verschafft mir ihre Namen, dann kann ich Nachforschungen anstellen."

„Also . . . würdet Ihr meine Bewerbung um dieses Amt befürworten, Herr Minister?"

Colbert runzelte die Stirn und schwieg eine Weile. Schließlich sagte er :

„Ja. Jedenfalls wird es an Bedeutung gewinnen, wenn Ihr es bekleidet, Madame, statt Mademoiselle de Brienne oder irgendein beliebiger unseriöser Edelmann. Außerdem stimmt das durchaus mit den Plänen überein, die ich in bezug auf Euch hege."

„Auf mich?" erkundigte sich Angélique überrascht.

Colbert nickte. „Meint Ihr, der König sei gewillt, Fachkenntnisse wie die Eurigen ungenützt zu lassen? Es ist eine der großen Gaben seiner Majestät, alle Möglichkeiten auszuschöpfen. Was Euch betrifft, wollte es dem König lange nicht eingehen, daß eine junge Frau außer ihren Reizen auch noch andere Qualitäten besitzen könnte, beispielsweise praktischen Sinn. Ich habe ihn überredet, Euch nicht allzu rasch ein Hofamt zu übertragen, das irgendeine beschränkte Person bekleiden könnte. Ihr habt Besseres zu tun, als nach der Stelle einer Hofdame der Königin oder dergleichen Firlefanz zu streben. Überlaßt das den jungen Mädchen aus verarmten Adelsfamilien, die nur ihre Verführungskünste besitzen, um ihr Amt zu bezahlen. Euer Vermögen ist riesig und gut angelegt. Das verleiht Euch Macht."

Angéliques Miene verdüsterte sich. Die rauhen Worte des Ministers erzeugten eine leise Bitterkeit in ihr. So war er es also gewesen, der alle ihre Bemühungen vereitelt hatte! Dieser Dickschädel besaß keinen Takt, und der König bewies viel Nachsichtigkeit, indem er ihn um sich ertrug.

„Gewiß, ich habe Geld", sagte sie trocken, „aber bestimmt nicht genug, das Königreich zu retten."

„Wer spricht denn von Geld? Um Arbeit handelt es sich. Nur durch Arbeit werden wir das Land reformieren und ganz allmählich seinen dahingeschwundenen Reichtum wiederherstellen können. Seht, ich war ein einfacher Tuchhändler, und nun bin ich Minister, aber das schmeichelt mir nicht. Doch bin ich stolz darauf, Vorsteher der königlichen Manufakturen zu sein!"

Er schwieg einen Moment, während seine Finger mit dem Federkiel spielten und ein nachdenklicher Glanz in seine sonst nüchtern blickenden Augen trat. Dann fuhr er fort:

„Wir können und wir müssen es besser machen als das Ausland. Aber wir ziehen nicht am gleichen Strang. Auch ich hätte mein Geschäft für mich allein weiterbetreiben und ausdehnen können. Ich habe es vorgezogen, beim Kardinal Mazarin die Staatskunst zu erlernen und danach meinen Handelssinn und mein Organisationstalent in den Dienst des Staates zu stellen. Das stärkt ihn und mich zugleich. Der König selbst hat bereits in früher Jugend das gleiche Prinzip verfolgt. Er ist ebenfalls ein Schüler des Kardinals, doch er übertrifft ihn an Klugheit, weil er das Material kennt, das er bearbeitet. Der Herr Kardinal selig wußte zuwenig über die Franzosen. Er besaß politischen, aber keinen allgemein menschlichen Instinkt. Unser derzeitiger König bringt soviel zuwege wie vier Könige zusammen, aber er hält es für tunlich, sich aus seiner Umgebung möglichst viele Menschen herauszusuchen, die ihm behilflich sein könnten."

Während Colbert sprach, wurde er zunehmend ärgerlicher, und als er verstummte, war sein Gesichtsausdruck so verdrossen, daß Angélique sich nicht enthalten konnte, ihn nach dem Grund zu fragen.

„Weil ich nicht weiß, wie ich dazu komme, Euch all das zu erzählen. Der Teufel soll mich holen, wenn Madame Colbert mich jemals soviel über meine Empfindungen hat schwatzen hören."

Angélique mußte lachen und meinte, gar oft hätten ihr schon als ver-

141

schlossen geltende Männer den Vorwurf gemacht, daß sie ihnen vertrauliche Mitteilungen entlocke.

„Ich sage das ohne jede Boshaftigkeit, Herr Minister, glaubt mir. Ich folge Euren Worten mit leidenschaftlichem Interesse und hoffe, daß diese Teilnahme Euch bestimmen wird, eine Unterhaltung fortzusetzen, mit der mich zu beehren Euer Exzellenz so liebenswürdig ist."

Für einen Moment wirkte Monsieur Colbert wie ein Vogel, der einen zu großen Frosch verschlungen hat. Er verabscheute Schmeicheleien, hinter denen er verdächtige Absichten argwöhnte. Doch als er einen düsteren Blick auf Angélique warf, glaubte er, ihre Aufrichtigkeit zu erkennen.

„Schließlich ist die Gabe, sich für die Gedanken anderer zu interessieren, nicht eben weit verbreitet", meinte er mürrisch.

Sein Lächeln kehrte zurück.

„Macht den Graubärten gegenüber von ihr Gebrauch, Madame. Was die jungen Männer betrifft, so wird Euer Zauber genügen. Und die Frauen werden Eure Eleganz, Eure Vitalität mit Leichtigkeit gewinnen. Kurz, Ihr verfügt über nicht zu verachtende Waffen."

„Und zu welchem Zweck sollte ich dieses ganze Arsenal aufbieten?"

Der Minister nahm sich Zeit zum Überlegen.

„Zunächst einmal sollt Ihr Euch nicht vom Hof entfernen. Ihr werdet in seinem Dienst stehen, ihn überallhin begleiten und bemüht sein, dort so viele Leute so eingehend kennenzulernen wie nur möglich."

Die junge Frau hatte alle Mühe, die tiefe Befriedigung zu verbergen, die ihr diese Aussichten gewährten.

„Diese . . . Arbeit erscheint mir nicht gerade schwierig."

„Alsdann werden wir Euch zu verschiedenen Aufgaben heranziehen, die vor allem den Seehandel, aber auch den Handel schlechthin und seine einzelnen Zweige betreffen, unter anderem die Mode."

„Die Mode?"

„Ich habe die Mode mit einbezogen, um Seine Majestät zu bestimmen, Euch, einer Frau, gewichtigere Kompetenzen zu übertragen. Ich will mich näher erklären. Beispielsweise möchte ich hinter das Geheimnis der venezianischen Stickerei kommen, jener Spitze, von der soviel hergemacht wird und die bisher nicht nachgeahmt werden konnte. Ich habe versucht, ihren Verkauf zu unterbinden, aber jeder Geck läßt sich Kragen und Manschetten damit besetzen, und so fließen jährlich über drei Millionen Livres nach Italien. Einerlei, ob es offen oder auf Schmuggelwegen geschieht, jedenfalls ist es bedauerlich für den französischen Handel. Wir müssen also hinter das Geheimnis dieser Spitze kommen, um hierzulande eine Manufaktur begründen zu können."

„Ich müßte nach Venedig reisen."

„Das glaube ich nicht. In Venedig würdet Ihr Verdacht erregen und nichts herausbekommen. Ich habe aber gute Gründe anzunehmen, daß die Schmuggelagenten hier am Hofe leben. Von ihnen ausgehend, könnte man den Faden zurückverfolgen, zumindest bis zu den Depots, in denen sie sich eindecken. Ich habe zwei Vertreter der Marseiller Kaufmannschaft in Verdacht. Das Geschäft muß ihnen Riesensummen einbringen."

Angélique war nachdenklich geworden.

„Die Tätigkeit, die Ihr von mir verlangt, grenzt an Spionage", warf sie ein.

Monsieur Colbert gab es zu. Er stieß sich nicht an diesem Wort. Spione? . . . Alle Welt bediente sich ihrer.

„Auf diese Weise wird der Handel unter fairen Bedingungen arbeiten können. So wird man auch in nächster Zeit neue Aktien der Ostindischen Gesellschaft ausgeben. Ihr werdet sie am Hofe unterbringen. An Euch wird es sein, Indien in Mode zu bringen, die Geizhälse zu überreden und so fort. Bei Hofe gibt es eine Menge Geld. Es darf nicht vergeudet werden . . . Nun, Ihr seht, daß Ihr unzählige Möglichkeiten haben werdet, Eure Talente zu verwerten. Das Mißliche für uns war, Eurem Amt einen offiziellen Anstrich zu verleihen. Welchen Namen konnte man ihm geben? Euer Konsulat auf Kreta wird uns nun als Fassade und Alibi dienen."

„Seine Erträgnisse sind kümmerlich."

„Stellt Euch nicht dumm! Es ist selbstverständlich, daß Ihr für Eure offiziöse Tätigkeit eine beträchtliche Vergütung erhalten werdet. Wir werden sie für jedes Geschäft einzeln festsetzen. Bringt es Gewinn, so steht Euch ein Anteil zu."

Aus Gewohnheit versuchte sie zu handeln.

„Vierzigtausend Livres sind viel Geld."

„Für Euch ist das eine Bagatelle. Bedenkt, daß die Stelle eines Staatsanwalts hundertfünfundsiebzigtausend Livres kostet und die meines Vorgängers, des Finanzministers, weit über eine Million. Der König hat es aus seiner Tasche bezahlt, weil er mich auf diesem Platz haben wollte. Aber ich fühle mich ihm gegenüber verpflichtet. Deshalb werde ich nicht ruhen, bis ich ihm durch die Prosperität seines Königreichs ein Mehrfaches dieser Summe wiedereingebracht habe."

Er erhob sich; die Unterredung war zu Ende.

Fünfzehntes Kapitel

„Das ist also der Hof", sagte sich Angélique. „Heute abend hier beim Tanz im Palais Royal, zeigt er sich so, wie das naive Volk ihn sich vorstellt: erstrahlend im hellsten Licht, prunkender Schauplatz eines ununterbrochenen Festes."

Hinter der Samtmaske, die ihr Gesicht verbarg, beobachtete sie den Wirbel der tanzenden Paare.

Vor kurzem erst hatte der König mit Madame d'Orléans den Ball eröffnet. In einem Kostüm aus Goldbrokat, das mit tausend in Stickereien gefaßten, glitzernden Diamanten übersät war, auf dem Haupt einen mit Laub und feuerroten Federn gezierten goldenen Helm, stellte er den Jupiter aus dem Ballett „Das olympische Fest" dar. Um morgen dieses Kostüm zu preisen, würde selbst der Dichter Loret nur sagen können:

„So kostbar war des Königs Gewand,
daß eine Provinz darin verschwand."

„Welche Pracht", dachte Angélique. „Das ist der Hof."

Monsieur d'Orléans, der seinen Bruder empfing, mußte der Etikette gemäß bescheidener gekleidet sein. Gleichwohl erkannte man trotz der aus Spitzen bestehenden Maske seine rundliche, tänzelnde, in Seide und Hermelin sich plusternde Gestalt.

Ein Äolus in einem Kostüm aus weißen und rosafarbenen Federn, eine Windmühle auf dem Kopf, forderte Angélique zu einer „Courante" auf. Sie überließ sich dem schnellen Tanz, bei dem die Tänzerin von einem Kavalier zum andern wanderte, berührte funkelnde, beringte Hände, sah vor sich stetig wechselnde Masken, silberne, samtene, Masken aus Spitzen, Masken aus Seide, Masken, in deren Schlitzen gierige, werbende, zärtliche Augen glänzten. Rings um sie ausgelassenes Lachen und über allem der Hauch der Parfüms, der Geruch der Weine und der Duft der Rosen. Das Parkett war mit Blütenblättern besät. Rosen im Dezember . . .

Das war der Hof. Unbeschwerte Fröhlichkeit. Verschwenderische Pracht. Doch sah man genauer hin – welches Erstaunen! Man sah einen verschwiegenen jungen König, der an den Schnüren seiner Marionetten zog. Und beim zweiten genaueren Blick ließen die Marionetten die Masken fallen. Lebendig waren sie, von heißer Leidenschaft verzehrt, von unersättlichem Ehrgeiz beseelt . . .

Die letzte Unterhaltung mit Monsieur Colbert hatte Angélique ungeahnte Perspektiven eröffnet. Beim Gedanken an die Rolle, die er ihr zuteilen wollte, fragte sie sich, ob all diese Masken nicht etwa auch einen geheimen Auftrag verbargen. „Der König ist nicht gewillt, Fachkenntnisse wie die Eurigen ungenutzt zu lassen . . ."

Einstmals hatte Richelieu in eben diesem Palais Royal, das damals Palais-Cardinal geheißen hatte, seinen violetten Rock und seine Verwaltungs- und Machtpläne spazierengeführt. Kein Mensch war hier ein und aus gegangen, der nicht in seinem Dienst gestanden hatte. Sein Spionagenetz war einem riesigen Spinnengewebe gleich gewesen. Er hatte zahllose Frauen beschäftigt. „Diese Geschöpfe haben von Natur aus die Gabe der Verstellung", hatte er gesagt. Verfolgte der König seinerseits nun die gleichen Prinzipien?

Als Angélique die Tanzfläche verließ, übergab ihr ein kleiner Page

145

ein Briefchen. Es war eine Botschaft Monsieur Colberts. „Nehmt zur Kenntnis", schrieb er, „daß Ihr das ständige Hofamt besitzt, um das Ihr Euch bemüht habt, und zwar unter den vereinbarten Bedingungen. Die Urkunde über die Ernennung zum französischen Konsul in Kandia wird Euch morgen zugestellt werden."

Sie faltete den Brief und schob ihn in ihr Täschchen. Ein Lächeln spielte um ihre Mundwinkel. Sie hatte gesiegt.

Zweiter Teil

―

Philippe

Sechzehntes Kapitel

Angélique entkleidete sich gemächlich. Sie hatte die Hilfe ihrer Zofen und der Demoisellen Gillardon abgelehnt. Ihre Gedanken beschäftigten sich mit den letzten Phasen des errungenen Sieges. Heute hatte ihr Verwalter dem Intendanten Mademoiselle de Briennes vierzigtausend Livres in klingender Münze ausgehändigt, und gleichfalls heute hatte sie von Monsieur Colbert im Auftrag des Königs ihre „Ernennung" bekommen. Sie hatte ihr Siegel auf eine beachtliche Menge von Dokumenten gedrückt, mehrere eng beschriebene Seiten mit Sand bestreut und einige weitere „Kleinigkeiten" für Gebühren und anderes bezahlt, was immerhin einen zusätzlichen Betrag von zehntausend Livres ausmachte.

Nichtsdestoweniger war sie höchst befriedigt, wenn auch beim Gedanken an Philippe leise beunruhigt.

Was würde er sagen, wenn er von der Sache erfuhr? Vor kurzem hatte er noch darauf gewettet, daß sie sich bei Hofe nicht würde halten können, und ihr zu verstehen gegeben, daß er alles tun werde, um sie von dort zu entfernen. Aber während seiner Haft in der Bastille und der darauffolgenden Versetzung zur Armee hatte sie in Ruhe ihre Ziele verfolgen können. Sie frohlockte . . . doch nicht ohne Gewissensbisse. Philippe war vor einer Woche aus der Picardie zurückgekehrt. Der König hatte Madame du Plessis-Bellière persönlich davon in Kenntnis gesetzt und dabei durchblicken lassen, daß der Wunsch, ihr einen Gefallen zu erweisen, ihn dazu veranlaßt habe, über ein schweres Vergehen den Mantel des Vergessens zu breiten. Mit dem schweren Vergehen war die Disziplinlosigkeit gemeint, deren sich Philippe durch das Duellieren schuldig gemacht hatte.

Nachdem sie Seiner Majestät für ihre Gnade gedankt hatte, war sie unschlüssig gewesen, was zu tun sich schicke. Wie verhielt sich eine Frau ihrem Manne gegenüber, der ins Gefängnis geworfen worden war, weil sie ihn betrogen hatte? Sie war sich nicht sicher, aber alles ließ vermuten, daß die Haltung ihres Mannes sehr viel klarer sein würde. In aller Öffentlichkeit lächerlich gemacht, vom König getadelt, um seinen Ruf gebracht, würde sich sein Zorn auf sie inzwischen wohl kaum gemildert haben.

Nachdem sie in aller Ehrlichkeit die Vorwürfe bedacht hatte, die Philippe rechtens gegen sie erheben konnte, wurde ihr klar, daß sie sich auf das Schlimmste gefaßt machen mußte. Daher die Eile, mit der sie einen Handel abgeschlossen hatte, der eine Schranke zwischen ihr und dem strengen Urteil ihres Gatten aufrichtete. Nun war es erreicht. Philippe hatte noch immer nichts von sich hören lassen. Er hatte, wie es hieß, dem König seine Aufwartung gemacht und war von ihm herzlich empfangen worden. Danach hatte man ihn in Paris bei Ninon gesehen, und später hatte er den König zweimal zur Jagd begleitet. Heute, während sie bei Monsieur Colbert Schriftstücke unterzeichnet hatte, war er in den Wäldern von Marly gewesen.

Sollte er beschlossen haben, sie in Ruhe zu lassen? Wie gern wäre sie dessen gewiß gewesen! Aber Philippe hatte sie allzuoft grausam wachgerüttelt. War dies nicht eher die Regungslosigkeit des Tigers, der zum Sprung ansetzt? Die junge Frau seufzte.

Gedankenversunken löste sie den Brusteinsatz mit dem seidenen Knoten, legte die Nadeln nacheinander in eine Onyxschale, schlüpfte aus ihrem Mieder und knüpfte die Schnürbänder ihrer drei Röcke auf, die rings um sie in schweren Falten zu Boden fielen.

Mit einem großen Schritt trat sie über den Wall aus Samt und Seide und nahm von einer Sessellehne das feine Leinenhemd, das Javotte bereitgelegt hatte. Dann beugte sie sich nieder, um ihre mit Edelsteinen verzierten seidenen Strumpfbänder zu lösen. Ihre Bewegungen waren ruhig und versonnen. In diesen letzten Wochen hatte sie ihre gewohnte Behendigkeit eingebüßt.

Ihre Armringe abstreifend, ging sie zum Frisiertisch, um sie einzeln in ihre Schmuckkästchen zu legen. Der große ovale Spiegel warf ihr vom sanften Licht der Kerzen vergoldetes Bild zurück. Mit leicht melancholischem Vergnügen prüfte sie die Vollkommenheit ihres Gesichts, über dessen Wangen und Lippen ein frischer Rosenhauch lag. Die Spitzen des Hemdes ließen die jugendlich sich rundenden Schultern hervortreten, die den schlanken Hals stützten.

„Diese venezianische Spitze ist wirklich ein Wunderwerk", dachte
sie. „Monsieur Colbert hat recht, wenn er sie in Frankreich nachah-
men will."

Sie berührte mit den Fingerspitzen das spinnennetzfeine Gewebe.
Durch das durchbrochene, zarte Blumenmuster schimmerte rosig ihre
Haut. Bis auf die Brüste reichte die Spitze hinab und ließ dort zwei
dunklere Blumen erkennen.

Angélique hob ihre bloßen Arme, um den diademförmigen Perlen-
schmuck aus ihrem Haar zu nehmen. Ihre schweren, glänzenden Lok-
ken fielen auf die Schultern herab. Und trotz ihrer fülligen Figur, die
das duftige Linnen ahnen ließ, fand sie sich schön. Sie mußte an die
verfängliche Frage denken, die Lauzun gestellt hatte. „Für wen?"

Wie einen leise ziehenden Schmerz empfand sie die Vereinsamung
ihres zugleich allzu begehrten und verschmähten Körpers.

Mit einem neuerlichen Seufzer wandte sie sich um, griff nach ihrem
Schlafrock aus purpurrotem Taft und hüllte sich sorgsam in ihn ein.

Was sollte sie heute abend tun? Sie war noch nicht müde. An Ninon
de Lenclos schreiben? Oder an Madame de Sévigné, die sie ein wenig
vernachlässigt hatte? Oder einige fällige Abrechnungen erledigen wie
in ihrer Kaufmannszeit?

Männerschritte ließen sich in der Galerie vernehmen, die sporen-
klirrend rasch die Treppe heraufkamen. Vermutlich war es Malbrant,
der Reitlehrer Florimonds und Cantors, Malbrant Schwertstreich genannt, der von einer vergnüglichen Unternehmung heimkehrte.

Doch die Schritte näherten sich.

Angélique wunderte sich, und plötzlich wurde ihr klar, wer da kam.
Sie zuckte zusammen, wollte zur Tür laufen, um den Riegel vorzuschieben.

Es war zu spät. Die Tür flog auf, und auf der Schwelle erschien der
Marquis du Plessis-Bellière.

Er trug noch seinen silbergrauen, mit schwarzem Pelz verbrämten
Jagdrock, den schwarzen, mit einer einzigen weißen Feder geschmück-
ten Hut, schwarze, schmutzbedeckte Schaftstiefel. In den von ebenfalls schwarzen Stulpenhandschuhen geschützten Händen hielt er eine
lange Hundepeitsche.

Einen Moment blieb er mit gespreizten Beinen regungslos auf der Schwelle stehen und nahm das Bild in sich auf, das die blonde, junge Frau vor ihrem Frisiertisch inmitten des Durcheinanders von Kleidungsstücken und Juwelen bot. Dann trat er vollends ein, schloß die Tür, und nun war er es, der mit einer jähen Bewegung den Riegel vorschob.

„Guten Abend, Philippe", sagte Angélique.

Sein Anblick löste ein aus Angst und Freude gemischtes Gefühl in ihr aus, das ihr den Atem benahm.

Er war schön. Sie hatte ganz vergessen, wie schön er war und in welchem Maße er seiner Erscheinung Vollkommenheit zu geben verstand. Er war der schönste Edelmann bei Hofe. Und er gehörte ihr, wie sie es ersehnt hatte, als sie noch als leidenschaftliches kleines Mädchen in den Anblick des schönen Jünglings versunken gewesen war.

„Ihr habt meinen Besuch nicht erwartet, Madame?"

„Freilich habe ich ihn erwartet . . . Ich habe ihn erhofft."

„Es fehlt Euch wahrhaftig nicht an Mut! Hattet Ihr nicht allen Grund, meinen Zorn zu fürchten?"

„Gewiß. Und deshalb dachte ich, je früher diese Aussprache stattfindet, desto besser. Man gewinnt nichts dabei, wenn man den Augenblick hinauszögert, in dem man die bittere Arznei schlucken muß."

Philippes Gesicht verfinsterte sich in rasender Wut.

„Verdammte kleine Heuchlerin! Ehebrecherin! Ihr könnt mir nicht weismachen, daß Ihr Euch danach gesehnt habt, mich zu sehen, während Ihr Euch alle Mühe gabt, mich matt zu setzen. Habe ich nicht soeben erfahren, daß Ihr zwei Hofämter erlangt habt?"

„Ah! . . . Ihr seid im Bilde", sagte sie unsicher.

„Ja, ich bin im Bilde", bellte er, außer sich.

„Und Ihr . . . Ihr scheint darüber nicht erfreut zu sein?"

„Hofftet Ihr etwa, mich zu erfreuen, indem Ihr darauf ausgingt, mich ins Gefängnis zu bringen, um in Ruhe Euer Spinnennetz weben zu können? Und jetzt . . . jetzt glaubt Ihr, mir entwischt zu sein. Aber das letzte Wort ist noch nicht gesprochen. Ihr sollt mir Euren Handel teuer bezahlen. Die Züchtigung, die ich Euch erteilen werde, habt Ihr in den Preis gewiß nicht einkalkuliert!"

Seine Peitsche knallte scharf auf das Parkett. Angélique stieß einen Schrei aus. Ihre Widerstandskraft erlahmte.

Sie flüchtete zum Alkoven und begann zu weinen. Nie würde sie die Kraft aufbringen, eine Wiederholung der Szene auf Schloß Plessis zu ertragen.

„Tut mir nicht weh, Philippe", flehte sie. „Oh, ich beschwöre Euch, tut mir nicht weh . . . Denkt an das Kind."

Der junge Mann erstarrte. Seine Augenlider zogen sich zusammen.

„Das Kind . . .? Welches Kind?"

„Das Kind, das ich unterm Herzen trage . . . Euer Kind!"

Lastende Stille breitete sich zwischen ihnen aus, nur von Angéliques unterdrückten Schluchzern unterbrochen.

Endlich streifte der Marquis behutsam seine Handschuhe ab, legte sie zusammen mit der Peitsche auf den Toilettentisch und näherte sich mit argwöhnischer Miene seiner Frau.

„Zeigt mir das", sagte er.

Er schob die Säume des Frisiermantels auseinander, dann lachte er plötzlich mit zurückgeworfenem Kopf hell auf.

„Meiner Treu! Es ist tatsächlich wahr! Ihr seid schwanger wie eine Kuhmagd!"

Er setzte sich neben sie auf den Bettrand und zog sie zu sich heran.

„Warum habt Ihr das nicht gleich gesagt, dummes, kleines Ding? Ich hätte Euch nicht erschreckt."

Ihre Gedanken verwirrten sich, und ein krampfartiges Schluchzen schüttelte sie.

„Kommt, hört auf zu weinen, hört auf zu weinen", wiederholte er.

Wie seltsam es war, den Kopf an die Schulter Philippes zu lehnen, das Gesicht in seiner blonden, nach Jasmin duftenden Perücke zu bergen und zu spüren, wie seine Hand leise über diesen Leib strich, in dem sich ein neues Leben regte.

„Wann wird es zur Welt kommen?"

„Bald . . . Im Januar."

„Also damals auf Schloß Plessis", fuhr er nach einigem Nachdenken fort. „Ich muß gestehen, daß ich mich darauf freue. Es gefällt mir, daß mein Sohn unter dem Dach seiner Vorfahren gezeugt wurde. Hm!

Man sollte annehmen, daß Gewalttätigkeit und Boshaftigkeit ihn nicht schrecken. Er wird ein Krieger werden, so will ich hoffen. Habt Ihr irgend etwas da, um auf sein Wohl zu trinken?"

Er holte selbst von der Ebenholzkredenz zwei Humpen aus vergoldetem Silber und ein Flakon mit Beaunewein, das jeden Tag für etwaige Besucher bereitgestellt wurde.

„Kommt und trinkt! Wenn es Euch auch nicht behagt, mit mir anzustoßen, so gehört es doch zum guten Ton, daß wir einander zu unserem Werk beglückwünschen. Weshalb schaut Ihr mich mit so törichter Verwunderung an? Weil Ihr mich wieder einmal auf tückische Weise entwaffnet habt? – Nur Geduld, meine Teure. Der Gedanke an meinen Erben bereitet mir so viel Genugtuung, daß ich Euch vorläufig schonen werde. Aber wir werden uns noch einmal sprechen. Der Teufel soll Euch holen, wenn Ihr meine Nachsicht ausnutzt und mir wieder einen Eurer üblen Streiche spielt ... Im Januar, sagt Ihr? Schön. Bis dahin werde ich warten und mich damit begnügen, Euch im Auge zu behalten."

Er trank den Becher in einem Zuge leer, schleuderte ihn zu Boden und rief:

„Es lebe der Stammhalter der Miremont du Plessis de Bellière!"

„Philippe", flüsterte Angélique, „Ihr seid wirklich der wunderlichste, der unergründlichste Mensch, dem ich je begegnet bin. Jeder andere Mann hätte mir nach einem solchen Geständnis ins Gesicht geschrien, ich wolle ihm eine Vaterschaft unterschieben, für die er nicht verantwortlich sei. Ich war überzeugt, Ihr würdet mich beschuldigen, Euch geheiratet zu haben, als ich bereits in anderen Umständen war."

Philippe streifte bedächtig seine Handschuhe über und heftete dabei einen langen, düsteren, fast zornigen Blick auf sie.

„Trotz meiner lückenhaften Bildung kann ich immerhin bis neun zählen", sagte er, „und ich weiß, daß die Natur, wäre das Kind nicht von mir, Euch längst gezwungen hätte, es zur Welt zu bringen. Und zudem traue ich Euch wohl eine ganze Menge zu, aber nicht derlei Niederträchtigkeiten."

„Gleichwohl sind sie bei den Frauen gang und gäbe ... Von Euch, der Ihr sie so verachtet, habe ich Zweifel erwartet."

„Ihr seid keine Frau wie die andern", schloß Philippe in hochmütigem Ton. „Ihr seid *meine* Frau."

Mit großen Schritten ging er hinaus und ließ sie nachdenklich und von einem Gefühl aufgewühlt zurück, das an Hoffnung grenzte.

Siebzehntes Kapitel

An einem grauen Januarmorgen, an dem der glitzernde Schnee unwirklich anmutende Lichtreflexe auf die dunklen Tapeten warf, fühlte Angélique ihre Stunde gekommen. Sie ließ Madame Cordet, die Hebamme des Bezirks Marais, rufen, die ihr von mehreren befreundeten Damen der höchsten Gesellschaft empfohlen worden war. Madame Cordet besaß das nötige Maß an Resolutheit und Biederkeit, um eine anspruchsvolle Kundschaft zufriedenzustellen. Sie wurde von zwei Hilfskräften eskortiert, was ihr einige Gewichtigkeit verlieh. Vor den Kamin ließ sie eine große Tischplatte auf zwei Böcke stellen, an der man, wie sie sagte, „bequemer arbeiten" werde.

Ein Kohlenbecken wurde hereingetragen, um die Zimmertemperatur zu erhöhen. Die Mägde wickelten Scharpiebinden und brachten in kupfernen Wannen Wasser zum Kochen. Madame Cordet streute Kräuter hinein, und der Raum füllte sich mit Wohlgerüchen, so daß man sich in einer von der Sommersonne beschienenen Heidelandschaft glaubte.

Unfähig, in ihrem Bett zu bleiben, ging Angélique hin und her und stellte sich schließlich ans Fenster, um auf die weiße, schneegepolsterte Straße hinunterzusehen. Durch die kleinen, in Blei gefaßten Scheiben waren die verschwimmenden Silhouetten einiger Passanten zu erkennen. Eine schwankende Kutsche bahnte sich mühsam einen Weg, und der Atem der vier Pferde entwich in bläulichen Wolken in die kristallklare Luft. Der Insasse der Kutsche schrie aus dem Fenster. Der Kutscher fluchte. Die Weiber lachten.

Es war der Morgen nach Dreikönig, dem Festtag, den man wie üblich

155

mit riesigen Fladen und vielen Humpen trefflichen roten und weißen Weines begangen hatte. Ganz Paris hatte noch heisere Kehlen vom vielen Schreien.

Auch im Hôtel du Beautreillis hatte man tüchtig gefeiert, wie es sich gehörte, rings um Florimond, den kleinen Bohnenkönig*, der mit einer goldenen Papierkrone gekrönt worden war und sein Glas unter fröhlichen Vivats gehoben hatte.

Heute war jedermann müde und gähnte – also nicht eben der geeignetste Tag, ein Kind zur Welt zu bringen!

Um ihrer Ungeduld Herr zu werden, erkundigte sich Angélique nach häuslichen Kleinigkeiten. Hatte man alle Reste für die Armen zusammengesucht? Ja, vier Körbe voll waren heute früh vor dem Portal an die Krückengänger des Viertels verteilt worden.

Hatte man die Tischtücher eingeweicht, das Geschirr aufgeräumt, Löffel und Gabeln in Kleiewasser gewaschen und die Messer mit Heuasche gescheuert . . .?

Madame Cordet bemühte sich, ihre Patientin zu beruhigen. Was brauche sie sich um solche Kleinigkeiten zu kümmern? Ihr Hausgesinde sei groß genug, so daß sie derlei Sorgen ruhig dem Haushofmeister überlassen könne. Sie habe an anderes zu denken. Aber eben daran wollte Angélique nicht denken.

„Man sollte nicht meinen, daß Ihr Euer drittes Kind erwartet", bemerkte die Hebamme mürrisch. „Ihr macht soviel Theater, als sei es das erste."

Freilich, damals hatte sie weniger Theater gemacht. Sie sah sich im Augenblick von Florimonds Geburt, als junge, verängstigte, aber dennoch keinen Laut von sich gebende Mutter. Damals war sie sehr viel mutiger gewesen. Sie hatte Kraftreserven besessen, die der jungen Tiere, die noch nichts erlebt haben und sich für unbesiegbar halten. Inzwischen waren ihre Nerven schwach geworden.

„Das kommt daher, daß das Kind kräftig ist", seufzte sie. „Die andern waren nicht so kräftig . . ."

„Ach was! Das könnt Ihr mir nicht erzählen. Ich bin Eurem Jüngsten

---

* Bohnenkönig ist derjenige, der am Dreikönigsfest eine Bohne in seinem Stück Kuchen findet.

im Vorzimmer begegnet. Stramm, wie er heute ist, war es für Euch bestimmt auch kein Spaß, als er die Nase herausstreckte."

Cantors Geburt . . . !

Es war ein stinkendes, dunkles und eisiges Loch gewesen, in dem sie die grausigsten Schmerzen erduldet hatte. Doch während sie an das Hôtel-Dieu dachte, in dem so viele kleine Wesen ihren ersten Schrei auf Erden ausstießen, begann sich Angélique ihrer Jeremiaden zu schämen. Das aus fernen Zeiten heraufgestiegene Schreckensbild brachte sie zur Vernunft . . .

Als die Wehen häufiger und stärker wurden, hieß Madame Cordet sie sich auf den Tisch vor dem Feuer legen. Die junge Frau unterdrückte ihr Stöhnen nicht mehr. Es war der heikle und bange Augenblick, in dem die sich lösende Frucht die Wurzeln des Baumes auszureißen scheint, der sie getragen hat. Angéliques Ohren dröhnten unter dem Ansturm der schmerzenden Wogen. Sie glaubte, draußen Lärm zu hören. Eine Tür wurde zugeschlagen. Die Stimme Thérèses ließ sich vernehmen: „Oh, der Herr Marquis!"

Sie begriff erst, als sie Philippe an ihrem Lager stehen sah, in seinem Hofrock mit Degen, seinen rieselnden Spitzenmanschetten, seiner Perücke, seinem Hut mit den weißen Federbüschen, prächtig und seltsam wirkend zwischen den geschäftigen Weibern.

„Philippe! Was tut Ihr hier? Was wollt Ihr? Weshalb kommt Ihr?"

Seine Miene war ironisch und hochmütig. „Heute wird mein Sohn geboren. Stellt Euch vor — die Sache interessiert mich!"

Entrüstung weckte ihre Lebensgeister. Sie stützte sich auf einen Ellbogen.

„Ihr seid gekommen, um mich leiden zu sehen", rief sie empört. „Ihr seid ein Scheusal. Der grausamste, erbärmlichste Mensch, der . . ."

Ein neuerlicher Krampf schnitt ihr das Wort ab. Sie ließ sich zurückfallen und rang nach Atem.

„Nun, nun!" sagte Philippe. „Ihr dürft Euch nicht aufregen."

Er legte eine Hand auf ihre feuchte Stirn und begann, sie sanft zu streicheln, wobei er Worte murmelte, die sie nicht verstand, deren summender Klang sie jedoch beruhigte.

„Ruhig! Ganz ruhig! Es geht ja alles gut! Nur Mut, Schätzchen . . ."

„Es ist das erstemal, daß er mich streichelt", dachte Angélique. „Er findet für mich die gleichen Gesten und Worte wie im Hundezwinger oder im Stall für die Hündin oder Stute, die im Begriff ist zu werfen. Warum nicht? Was bin ich denn in diesem Augenblick anderes als ein bemitleidenswertes Tier . . .? Es wird behauptet, er könne geduldig Stunden damit verbringen, ihnen zuzureden . . . und daß selbst die unzugänglichsten ihm die Hand leckten . . ."

Er war wohl der letzte, von dem sie in diesem Moment Beistand erwartet hätte. Aber dieser Philippe du Plessis-Bellière würde wohl nie aufhören, sie zu verblüffen. Unter seiner Hand entspannte sie sich und gewann neue Kraft. „Bildet er sich ein, ich sei nicht imstande, sein Kind zur Welt zu bringen? Ich will ihm zeigen, wessen ich fähig bin. Ich werde keinen einzigen Schrei ausstoßen!"

„Es ist gut! Es ist gut!" sagte Philippes Stimme. „Du brauchst keine Angst zu haben . . . Und Ihr andern, Ihr faules Weibervolk, stützt sie ein wenig. Was steht Ihr da und gafft . . ."

Er sprach mit den Frauen wie mit den Wärtern des Hundezwingers.

In der halben Bewußtlosigkeit des letzten Augenblicks sah Angélique zu Philippe auf. Ihr verängstigter und gleichsam von rührender Sanftheit verschleierter Blick ließ ihn ahnen, was ihre Hingabe bedeuten würde . . . Diese Frau, die er für arglistig berechnend hielt, in kaltem Ehrgeiz verhärtet – war sie der Schwäche fähig? Dieser Blick wanderte in die Vergangenheit zurück. Es war die Vergangenheit eines kleinen Mädchens in grauem Kleid, das er an der Hand hielt und seinen spöttisch lachenden Freunden vorstellte: „Das ist die Baronesse Trauerkleid."

Philippe preßte die Zähne zusammen. In einer jähen Regung legte er die Hand über diesen Blick. „Hab keine Angst", wiederholte er. „Jetzt brauchst du keine Angst mehr zu haben . . ."

„Es ist ein Knabe", sagte die Hebamme.

Angélique sah, wie Philippe in seinen ausgestreckten Armen ein kleines, rotes, in eine Windel gewickeltes Bündel hielt und ausrief:

„Mein Sohn! Mein Sohn!"

Er lachte.

Man brachte die junge Frau in ihr Bett mit den parfümierten Laken, in dem das Kupferbecken, um es ganz zu wärmen, von Stelle zu Stelle gerückt worden war. Die unwiderstehliche Müdigkeit der Niedergekommenen senkte sich über sie. Sie suchte Philippe mit den Augen. Er beugte sich über die Wiege seines Sohnes.

„Jetzt bin ich nicht mehr interessant", sagte sie sich, während Enttäuschung in ihr aufstieg.

Gleichwohl begleitete sie die Empfindung des Beglücktseins in ihren Schlaf.

Erst als man ihr das Kindchen zum erstenmal in die Arme legte, wurde Angélique sich bewußt, was die Existenz dieses neuen Menschenwesens bedeutete.

Das Neugeborene war hübsch. Man hatte es eng in mit seidener Borte eingefaßte Binden gewickelt, die seine Ärmchen und Beinchen umschlossen und um den Kopf zu einer Kapuze gerollt waren. Nur das runde milchweiße und rosige Gesichtchen blieb frei, in dem sich zwei Augäpfel von unbestimmtem Blau öffneten, die gewiß bald die gleiche durchscheinende Saphirtönung wie die seines Vaters bekommen würden.

Immer wieder erklärten die Amme und die Zofen bewundernd, es sei blond wie ein Küken und rundlich wie ein kleiner Amor.

„Dieses Kind ist aus meinem Schoß hervorgegangen", sagte sich Angélique, „und dennoch ist es nicht der Sohn Joffrey de Peyracs! Ich habe mein Blut, das nur ihm gehört, mit fremdem Blut vermischt."

In ihrer Niedergeschlagenheit sah sie in ihrem Jüngsten die Frucht eines Verrats, dessen sie sich bis dahin nicht bewußt geworden war. Halblaut sagte sie vor sich hin:

„Ich bin nicht mehr deine Frau, Joffrey!"

Hatte sie es nicht so gewollt? Sie begann zu weinen.

„Ich möchte Florimond und Cantor bei mir haben", rief sie schluchzend. „Ach, ich flehe Euch an, holt meine Söhne!"

Sie kamen. Sie traten an ihr Bett, und sie zuckte zusammen, als sie sah, daß beide an diesem Tage zufällig das gleiche Gewand aus schwarzem Samt trugen. Verschieden in ihrem Wesen und doch einander ähnelnd, von gleicher Statur, mit mattem Teint und dichtem Haar, das über den breiten weißen Spitzenkragen fiel, standen sie Hand in Hand vor ihr – eine vertraute Haltung, aus der sie seit frühestem Kindesalter die Kraft zu schöpfen schienen, ihren bedrohten Lebensweg zu gehen.

Sie grüßten und setzten sich höchst gesittet auf zwei Schemel. Der ungewohnte Anblick ihrer unter Decken ausgestreckten Mutter beeindruckte sie.

Angélique nahm sich zusammen, um die Beklommenheit zu überwinden, die ihr die Kehle zuschnürte. Sie wollte sie nicht beunruhigen.

Sie fragte, ob sie ihren neuen Bruder gesehen hätten. Ja, sie hatten ihn gesehen. Was sie zu ihm meinten? Allem Anschein nach meinten sie gar nichts. Nachdem er Cantor fragend angeblickt hatte, versicherte Florimond, das Kindchen sei ein „reizender Cherubim". Die Resultate der vereinten Bemühungen ihrer vier Lehrmeister waren wirklich bemerkenswert. Sicher lag das an der Methode, die zu einem guten Teil aus Schlägen mit Rute und Lineal bestand, mehr aber noch an der Mentalität der beiden Jungen, die sehr früh furchtbaren Entbehrungen ausgesetzt gewesen waren. Weil sie den Hunger, die Kälte und die Angst kennengelernt hatten, schienen sie sich allem anzupassen. Ließ man ihre Zügel schleifen, stürmten sie sofort davon und verwandelten sich in Wilde. Gebot man ihnen, prächtige Kleidung zu tragen, höflich zu grüßen und Komplimente anzubringen, verwandelten sie sich in vollendete kleine Kavaliere.

Zum erstenmal wurde sie dieser angeborenen Schmiegsamkeit ihres Charakters gewahr. „Anpassungsfähig, wie die Armut es lehrt!"

Würde sie Männer aus ihnen machen?

„Cantor, mein Troubadour, wollt Ihr uns nicht etwas singen?"

Der Knabe holte seine Gitarre und präludierte einige Akkorde.

> „Der König läßt die Trommel schlagen,
> will seines Hofes Frauen sehn,
> und die ihm dann zuerst begegnet,
> läßt gleich sein Herz in Flammen stehn."

„Du hast mich geliebt, Joffrey. Und ich betete dich an. Warum hast du mich geliebt? Weil ich schön war...? Du warst so empfänglich für Schönheit... Aber du liebtest mich darüber hinaus! Ich spürte es, als deine festen Arme mich an dich preßten, bis ich stöhnte... Dabei war ich fast noch ein Kind... unberührt. Vielleicht hast du mich deshalb so geliebt..."

> „Marquis", spricht er, „kennst du die Schöne?
> Wer ist sie, sag es mir genau!"
> „Die Dame", gab der Herr zur Antwort,
> „sie ist, Herr König, meine Frau."

„*Meine Frau* ... Neulich abends sagte er diese Worte, der blonde Marquis mit dem undurchdringlichen Blick! Ich bin nicht mehr deine Frau, Joffrey! Er fordert mich für sich. Und deine Liebe rückt mir fern wie eine Barke, die mich an einem eisigen Ufer allein läßt. Nie mehr! Nie mehr ...! Wie schwer ist es, sich sagen zu müssen: nie mehr ... sich einzugestehen, daß du auch für mich zu einem Schatten wirst."

> „Marquis, solch' schöne Frau zu finden,
> glückt leichter dir als mir. Wohlan:
> trittst du zurück von deinen Rechten,
> nehm' ich mich freudig ihrer an."

Philippe ist nicht mehr zu ihr gekommen. Sein Interesse für sie ist geschwunden. Er verschmäht sie – nun, da sie ihr Werk vollendet hat.

Wozu noch hoffen! Sie wird ihn nie begreifen. Was sagte doch Ninon de Lenclos über ihn: „Er ist der Adlige par excellence. Er nimmt es in Fragen der Etikette peinlich genau. Er hat Angst, seinen Seidenstrumpf zu beschmutzen. Aber er hat keine Angst vor dem Tod. Und wenn er dereinst stirbt, wird er einsam sein wie ein Wolf und niemand um Beistand bitten. Er gehört nur dem König und sich selbst."

> „Sire, wenn Ihr nicht mein König wäret,
> dann schlüge jetzt mein Degen los.
> Doch da Ihr über uns regieret,
> Gebührt uns zu gehorchen bloß."

„Der König ... Der allmächtige König, der durch seine prächtigen Gärten wandelt. Der Rauhreif hat die Hagebuchengänge verzaubert. Gefolgt von seinem mit Bändern und Federbüschen gezierten Gefolge, geht er von Boskett zu Boskett. Der Marmor glänzt wie Schnee. Am Ende einer Allee blinken die goldenen Statuen der Ceres, Pomona und Flora und spiegeln sich im stillen Wasser eines runden Bassins. Der König hält einen Stock in der Hand, jener Hand eines jungen Monarchen, die über Schicksale entscheidet, über Leben und Tod .. "

> „Leb wohl, mein Herz, leb wohl mein Lieb,
> du meine Augenweide.
> Da wir dem König untertan,
> laß scheiden uns denn beide."

„Großer Gott! Ist das nicht das Lied, das Cantor kürzlich in Versailles fast vor der Königin gesungen hätte! Welch dummen Streich hätte er da ohne den Abbé de Lesdiguières begangen ...! Ich muß den kleinen Abbé wirklich belohnen!"

> „Die Königin ließ binden
> von schönen Lilien einen Strauß.
> Und der Geruch der Blumen
> löscht' der Marquise Leben aus."

„Arme Königin Maria-Theresja! Sie wäre nicht dazu imstande, ihren Rivalinnen vergiftete Blumensträuße zu schicken, wie es einstens Maria von Medici tat. Sie kann nur weinen und ihre gerötete Nase betupfen. Arme Königin . . .!"

Achtzehntes Kapitel

Madame de Sévigné schrieb an Madame du Plessis-Bellière, um ihr von den Vorgängen am Hofe zu berichten:

„Heute hat der König in Versailles den Ball mit Madame de Montespan eröffnet. Mademoiselle de La Vallière war auch zugegen, aber sie hat nicht getanzt. Von der Königin, die in Saint-Germain geblieben ist, hört man nicht viel . . .“

Die traditionellen Wochenbettbesuche, die sich bis zum ersten Kirchgang der Wöchnerin hinzogen, verliehen dem Hôtel du Beautreillis ungewohnten Glanz.

Die Gunstbezeigungen, mit denen der König und die Königin ihren neuen Untertan in dieser Welt willkommen geheißen hatten, regten alles, was Rang und Namen besaß, dazu an, am Bett der schönen Marquise seine Aufwartung zu machen.

Angélique zeigte stolz das lilienverzierte Kästchen aus blauem Atlas, ein Geschenk der Königin, das eine große Windel aus silberdurchwirktem Linnen und zwei aus scharlachrotem englischem Tuch enthielt, außerdem ein Mäntelchen aus blauem Taft und eine Anzahl reizender Hemdchen aus Cambraileinen, bestickter Häubchen und bunter Lätzchen. Der König hatte zwei vergoldete, juwelenbesetzte Konfektdosen hinzugefügt.

Monsieur de Gesvres, der Hofmarschall, hatte die Geschenke der Majestäten samt hochderen Glückwünschen persönlich der jungen

Mutter überbracht, und so schmeichelhaft diese königlichen Aufmerksamkeiten auch waren, blieben sie doch durchaus im Rahmen der Etikette: die Frau eines Marschalls von Frankreich hatte Anspruch darauf.

Doch mehr war kaum nötig, um dem seit einer Weile verstummten Gerücht neue Nahrung zu geben, daß Madame du Plessis-Bellière das Herz Seiner Majestät „zwischen ihre Fänge" genommen habe. Ganz böse Zungen deuteten sogar an, der stämmige Säugling, der auf einem Kissen aus karmesinrotem Samt zwischen seiner Amme und seiner Wiegefrau thronte, habe das Blut Heinrichs IV. in seinen Adern.

Angélique überhörte solche Andeutungen und zuckte die Schultern. Diese Leute waren verrückt, aber immerhin doch ganz spaßig! Ihr Schlafzimmer wurde nie leer. Sie empfing an ihrem Bettrand wie eine Preziöse.

Viele fast schon vergessene Gesichter tauchten bei dieser Gelegenheit wieder auf. Ihre Schwester Hortense, die Frau des Staatsanwalts, erschien mit ihrer ganzen Brut. Sie fühlte sich von Tag zu Tag erhabener über den Bürgerstand und konnte eine so in Ansehen stehende Verwandte wie ihre Schwester, die Marquise du Plessis-Bellière, nicht ignorieren.

Auch Madame Scarron erschien. Zufällig war sonst niemand anwesend, so daß sie in Ruhe miteinander plaudern konnten.

Die Gesellschaft der jungen Witwe war Angélique angenehm. Von stets ausgeglichenem Wesen, schien sie weder Verleumdung noch Neid, Ironie oder Übellaunigkeit zu kennen. Sie war weder langweilig noch grämlich oder gar streng. Angélique wunderte sich, daß sie ihr nicht die warmen und vertrauensvollen freundschaftlichen Gefühle entgegenbringen konnte, die Ninon de Lenclos' Persönlichkeit in ihr auslöste.

Françoise brachte es zu nichts, da sie nicht bereit war, in dem Kampf, den sie aufgenommen hatte, Tugend und Würde aufzugeben. Von peinlicher Sparsamkeit, gab sie keinen Sol unnütz aus. Trotz ihrer Armut und ihrer Schönheit erlaubte sie sich weder Schulden noch . . . Liebhaber. Sie beschränkte sich darauf, mit unermüdlicher Ausdauer Bittschriften zu überreichen. Den König anbetteln hieß nicht betteln. Es bedeutete, vom Königreich seinen Anteil am Leben, seinen Platz an der Sonne fordern. Bis jetzt hatte man ihn ihr verweigert. Sie war zu arm. Dem Reichen fiel es leichter, noch mehr zu erlangen.

„Ich führe mich nicht gern als Beispiel an", erklärte ihr Françoise, „aber bedenkt, daß ich dem König persönlich oder durch Vermittlung hochgestellter Freunde über achtzehnhundert Gesuche überreicht habe!"

„Was?" rief Angélique aus und richtete sich ungläubig in ihrem Bett auf.

„Und daß ich, abgesehen von ein paar kümmerlichen Ämtern, die mir alsbald wieder genommen wurden, nichts erreichte. Aber ich lasse mich nicht entmutigen. Der Tag wird kommen, an dem der Wert dessen, was ich an Rechtschaffenem und Nützlichem im Dienst Seiner Majestät oder irgendeiner vornehmen Familie zu leisten imstande bin, gewürdigt werden wird. Vielleicht um dessen Seltenheit willen."

„Seid Ihr so sicher, daß Euer System das richtige ist?" fragte Angélique zweifelnd. „Ich habe erzählen hören, Seine Majestät beklage sich, ‚daß es Gesuche von Madame Scarron regne wie Blätter im Herbst' und daß Ihr im Begriff wäret, in seinen Augen eine ebenso unwandelbare Figur zu werden wie die der Wandteppiche von Saint-Germain und Versailles."

Françoise verzog keine Miene.

„Das ist keine schlechte Nachricht. Wenn der König es auch nicht wahrhaben will, imponiert ihm doch nichts so sehr wie Hartnäckigkeit, und um Erfolg zu haben, muß man zunächst die Aufmerksamkeit des Monarchen auf sich lenken. Das ist bereits geschehen, wie Ihr sagt, und daher bin ich überzeugt, daß ich mein Ziel erreichen werde."

In ihren Augen loderte eine Flamme auf. Mit leiserer Stimme fuhr sie fort:

„Ich bin den Schwatzbasen gegenüber sehr mißtrauisch, Angélique, aber Ihr gehört nicht zu ihnen. Wenn Ihr Euch gern und nicht ohne Geist unterhaltet, so häufig deshalb, um von Euch selbst abzulenken und das Kostbarste in Euch zu verbergen. Fahrt fort, auf solche Weise zu schweigen. Das ist die beste Art, sich unter die Menschheit zu mengen und dennoch im Verborgenen zu bleiben. Ich für mein Teil

165

schweige seit Jahren. Aber Euch möchte ich etwas anvertrauen, was ich noch niemand gesagt habe und was Euch meine Ausdauer erklärlich machen wird: Ich bin Gegenstand einer Prophezeiung gewesen."

„Meint Ihr jene albernen Weissagungen, die die Hellseherin Mauvoisin Athénaïs de Montespan, Euch und mir einmal gemacht hat?"

„Nein. Offen gesagt, von der Mauvoisin halte ich nicht viel. Sie fischt mir ihr Wissen zu sehr aus ihrem Weinkrug. Die Prophezeiung, die ich meine, ist mir vor drei Jahren von einem jungen Arbeiter in Versailles gemacht worden. Ihr wißt ja, daß viele einfache Leute, die manuell arbeiten und deren Verstand niemals kultiviert worden ist, die Gabe des zweiten Gesichts besitzen. Es war ein stotternder Maurerlehrling mit einem Klumpfuß. Ich ging über einen Bauplatz in nächster Nähe des Schlosses. Jener junge Mann erhob sich, kam auf mich zu und machte eine tiefe Verbeugung. Seinen Kameraden war es peinlich, aber sie verspotteten ihn nicht, denn sie wußten, daß er ein Hellseher war. Dann sagte er mit erleuchtetem Blick, er begrüße in mir ‚die erste Frau des Königreichs', und an der Stelle, wo wir ständen, sähe er das Schloß von Versailles noch großartiger und riesiger, sähe er Hofleute, die sich, den Hut in der Hand, vor mir verbeugten. Wenn mich die Mutlosigkeit überkommt, denke ich an diese Worte und kehre nach Versailles zurück, dorthin, wo mich das Schicksal erwartet."

Sie lächelte, aber ihre dunklen Augen leuchteten noch immer.

Bei einer anderen hätte Angélique solche Äußerungen nicht ernst genommen, doch aus Madame Scarrons Mund klangen sie eindrucksvoll. Weit davon entfernt, Antipathie zu verspüren, schien ihr die Erhaltung ihrer Freundschaft mit Françoise wichtiger denn je.

„Ihr, die Ihr Euch in so vielen Dingen auskennt", sagte sie, „erklärt mir doch, welche Hindernisse mir bei Hofe im Wege stehen. Lange Zeit hatte ich meinen Mann im Verdacht, gegen mich zu intrigieren..."

„Euer Gatte trägt am wenigsten Schuld daran. Er weiß, was vorgeht, denn er hat große Erfahrung bei Hof, aber keinerlei Lust, einzugreifen. Offen gesagt, Ihr seid zu schön!"

„Wie kann mir das schaden? Und wem außer mir? Es gibt schönere Frauen als mich, Françoise! Schmeichelt mir nicht so töricht."

„Ihr seid auch . . . anders."

„Der König hat mir etwas Ähnliches gesagt", murmelte Angélique nachdenklich.

„Seht Ihr! Ihr gehört nicht nur zu den schönsten Frauen des Hofs, Ihr habt auch die Mittel, Euch bewundernswert zu kleiden, Ihr bezaubert oder amüsiert Eure Umgebung, sobald Ihr den Mund auftut, und außerdem besitzt Ihr jenes unschätzbare Ding, das zu erwerben so viele leichtfertige Schönheiten vergeblich ersehnen . . ."

„Wovon sprecht Ihr?"

„Von der Seele", sagte Madame Scarron.

Die Leidenschaft in ihrem Gesicht war jäh erloschen. Sie blickte auf ihre hübschen Hände hinab, die auf ihren Knien lagen und denen trotz aller Pflege die täglichen Haushaltspflichten anzusehen waren.

„Wie wollt Ihr unter solchen Umständen vermeiden, Euch Legionen von Feinden zu schaffen, sobald Ihr erscheint?" schloß sie in einem Ton der Verzweiflung und brach in Tränen aus.

„Françoise", sagte Angélique beschwörend, „Ihr wollt doch nicht behaupten, daß Ihr um mich oder um meine Seele weint!"

„Nein . . . Ich dachte an mein eigenes Los. Eine Frau zu sein, schön zu sein und eine Seele zu haben – wie bitter ist das! Wieviel Glück ist mir dadurch schon versagt geblieben!"

Ihre Offenherzigkeit überzeugte Angélique vollends davon, daß Madame Scarron nie ihre Feindin sein würde und daß sie trotz ihrer Zurückhaltung verwundbar und nun am Ende ihrer Nervenkraft war. Vielleicht hatte sie die Äußerung des Königs über sie doch tiefer getroffen, als sie es hatte zugeben wollen. Mit inneren Vorwürfen sagte sich Angélique, daß die junge Witwe sich vermutlich seit langem nicht mehr satt gegessen habe. Sie war schon im Begriff zu läuten, um ihr einen Imbiß bringen zu lassen, unterließ es aber aus Furcht, sie zu verletzen.

„Françoise", sagte sie tröstend und nahm ihre Hand, „denkt an die Prophezeiung Eures Maurerlehrlings. Was Ihr für abträglich haltet, ist im Gegenteil ein gewichtiger Trumpf, mit dessen Hilfe Ihr es weiter bringen werdet als manche andere. Schließlich seid Ihr gewandt und habt bereits hohe und einflußreiche Gönner gewonnen. Madame d'Aumont nimmt sich Eurer an, wie ich hörte."

„Die Damen de Richelieu und Lamoignon ebenfalls", ergänzte Madame Scarron, die sich wieder gefaßt hatte. „Drei Jahre besuche ich nun schon regelmäßig ihre Salons."

„Recht steife Salons", meinte Angélique und verzog ihr Gesicht zu einer kleinen spöttischen Grimasse. „Ich fand es dort immer sterbenslangweilig."

„Man langweilt sich, aber man kommt auch langsam vorwärts. Da lauert für Euch die Gefahr, Angélique. Und das ist Euer Irrtum, der gleiche Irrtum, der Mademoiselle de La Vallière ins Verderben stürzt. Seitdem Ihr am Hof verkehrt, habt Ihr noch nicht daran gedacht, Euch mit Euren Feinden zu befassen. Ihr gehört weder der Clique der Königin noch der von Madame oder der Fürsten an. Ihr habt Euch weder auf die Seite der ‚Stützen des Throns' noch auf die der ‚Halbseidenen', der ‚Libertiner' oder der ‚Frömmler' geschlagen."

„Der Frömmler? Glaubt Ihr, sie haben viel zu sagen? Gott scheint mir nicht unbedingt am rechten Platz in dieser seltsamsten aller Welten."

„Er ist es, glaubt mir, nicht als der nachsichtige Allvater, dessen Bild uns in unsern Gebetbüchern erfreut, sondern als der Gott der Gerechtigkeit, der Ruten in den Händen hält."

„Ihr verblüfft mich!"

„Trägt der Geist des Bösen am Hof nicht seine gefährlichste Maske? Nur der Gott der Heerscharen vermag ihn von dort zu vertreiben."

„Also ratet Ihr mir, zwischen Gott und dem Teufel zu wählen?"

„Eben das", bestätigte Madame Scarron sanft.

Sie stand auf, nahm ihren Mantel und ihren schwarzen Fächer, den sie nie aufschlug, um zu verbergen, wie abgenutzt er war. Nachdem sie Angélique auf die Stirn geküßt hatte, ging sie lautlos hinaus.

Neunzehntes Kapitel

„Das ist der richtige Augenblick, um von Gott und vom Teufel zu reden, Madame. Welch schreckliches Unglück!"

Barbe schaute mit hochrotem Gesicht durch die Bettvorhänge. Sie war schon seit einer Weile im Zimmer, hatte Madame Scarron zur Tür begleitet und war nun mit verstörtem Blick zurückgekommen. Da ihr Seufzen und Schluchzen nicht die Aufmerksamkeit ihrer in Nachdenken versunkenen Herrin auf sich zu lenken vermochte, beschloß sie das Wort an sie zu richten:

„Madame, welch schreckliches Unglück!"

„Was ist denn nun schon wieder?"

„Unser Charles-Henri ist verschwunden."

„Welcher Charles-Henri?"

Angélique hatte sich an den Namen ihres Letztgeborenen noch nicht gewöhnt: Charles-Henri-Armand-Marie-Camille de Miremont du Plessis-Bellière.

„Das Baby, meinst du? Die Amme weiß nicht mehr, wo sie es gelassen hat?"

„Die Amme ist auch verschwunden. Desgleichen die ‚Wiegefrau' und die Kleine, die die Binden wickelt. Überhaupt das ganze Personal Monsieur Charles-Henris."

Angélique schlug wortlos ihre Decken zurück und begann sich anzuziehen.

„Madame", greinte Barbe, „Ihr seid wahnwitzig! Eine vornehme Dame, die vor sechs Tagen niedergekommen ist, darf nicht aufstehen "

„Warum bist du dann zu mir gekommen? Vermutlich doch, damit ich etwas unternehme? Vorausgesetzt, daß an diesem Ammenmärchen etwas Wahres ist. Aber ich habe dich sehr im Verdacht, daß du wieder einmal einer gewissen Neigung zum Weinkrug nachgegeben hast. Seitdem der Abbé die Jungen unter seine Obhut genommen hat, bist du nicht mehr aus der Speisekammer herauszukriegen. Der Müßiggang bekommt dir nicht."

Sie mußte sich indes vom Augenschein überzeugen lassen: die gute Barbe war vollkommen nüchtern. Das Zimmer des Babys erwies sich als leer. Seine Wiege, die Lade mit seiner Kleidung und seinen Windeln, seine ersten Spielsachen und sogar das Fläschchen Wermutöl samt der Schnittlauchcreme, mit der die Amme ihm den Nabel einrieb, waren verschwunden.

Die von Barbe zusammengerufenen Dienstboten drängten sich bestürzt vor der Tür.

Angélique stellte ein Verhör an. Seit wann hatte man die Amme mit ihren Gehilfinnen nicht mehr gesehen? Am Vormittag noch war die Kleine in die Küche gekommen, um eine Wanne mit heißem Wasser zu holen. Die drei Betreuerinnen des kleinen Herrn hatten wie üblich ausgiebig zu Mittag gespeist. Danach waren sie nicht mehr in Erscheinung getreten. Es wurde festgestellt, daß während dieser Zeit, in der sich die Dienerschaft ihrer Verdauungsmüdigkeit hinzugeben pflegte, der Portier zu einer Kegelpartie mit den Stallknechten in den an der Hinterfront des Hauses gelegenen Hof gegangen war. Die Pförtnerloge und der Vorderhof waren daher während einer guten Stunde ohne Aufsicht gewesen. Zeit genug, um drei Frauen, von denen eine ein Baby, die andere eine Wiege, die letzte eine Lade mit Wickelzeug unter dem Arm trug, Gelegenheit zum Verschwinden zu geben.

Der Pförtner schwor, die Kegelpartie habe nur eine Viertelstunde gedauert.

„Also hast du mit diesen Schurken unter einer Decke gesteckt", sagte Angélique ihm auf den Kopf zu und stellte ihm eine Tracht Prügel in Aussicht, was noch keinem ihrer Bedienten widerfahren war.

Während die Zeit verstrich, fielen ihr immer grausigere Geschichten von entführten und geopferten Kindern ein. Die Amme war ihr von Madame de Sévigné empfohlen worden, die sie als aufrichtig und willig bezeichnet hatte. Aber konnte man sich auf dieses Dienstbotengesindel verlassen, das mit einem Bein im Haus der Herrschaft und mit dem andern in der Gaunerzunft stand?

Während sie noch die verschiedenen Möglichkeiten erwog, kam Flipot herbeigelaufen und schrie, er wisse alles. Mit dem Spürsinn des ehemaligen „Lehrlings" des Hofs der Wunder hatte er sofort die richtige

Fährte gefunden. Charles-Henri du Plessis-Bellière war ganz einfach samt seinem „Hofstaat" zu seinem Herrn Vater in die Rue du Faubourg Saint-Antoine übergesiedelt.

„Der Herr Marquis hat Anweisung gegeben . . ."

Natürlich! Genauso, wie er kürzlich Anweisung gegeben hatte, ihre Kutschen und Pferde wegzuschaffen und sie selbst bei Nacht und Nebel zu entführen und in ein Kloster einzusperren.

„Verwünschter Philippe!"

Sie konnte nicht heucheln vor diesen Leuten, die sie fünf Minuten vorher noch zutiefst geängstigt gesehen hatten. So ließ sie ihrem Zorn freien Lauf. Und um sie für sich zu gewinnen, sagte sie ihnen, man werde die Gelegenheit nutzen, das unverschämte Bedientenpack des Marquis du Plessis zu verprügeln, das sie als „Diener einer Handelsfrau" behandle, obwohl sie ebenso wie die andern das Recht auf die gemsfarbene und blaue Livree des Hauses hätten und ihre Herrin vom König empfangen und ausgezeichnet werde . . .

Sie hieß einen jeden, sich zu bewaffnen, und vom letzten Küchenjungen bis zum Abbé machten sich alle, mit Stöcken, Hellebarden oder Degen versehen, auf den Weg nach dem Faubourg Saint-Antoine. Angélique ließ sich in ihrer Sänfte tragen.

Es war ein ansehnlicher Haufe, der einiges Aufsehen auf seinem Wege erregte. Die Leute des Stadtviertels, lüstern nach solchen durchaus nicht seltenen Streitigkeiten zwischen den Dienerschaften verschiedener Häuser, folgten dem Zug begeistert.

Der aufgestachelte Volkszorn brandete gegen das schwarze Eichenportal des Hôtels du Plessis. Der Pförtner versuchte durch das vergitterte Fenster seiner Loge zu parlamentieren. Er habe Anweisung vom Herrn Marquis, niemand aufzumachen, erklärte er. Niemand, ohne jede Ausnahme und den ganzen Tag über.

„Öffne deiner Herrin!" brüllte Malbrant Schwertstreich, indem er zwei Feuerwerkskörper schwang, die zur Verblüffung aller aus seinen Rockschößen aufgetaucht waren. „Sonst lege ich, auf Schwertstreichs Ehre, diese beiden ‚Sterne' unter deine Nase und lasse das Hoftor samt deiner Loge in die Luft fliegen."

Racan hatte bereits einen langen Zündstock in Brand gesetzt.

Verängstigt gestand der Pförtner zu, er werde der Frau Marquise unter der Bedingung die Seitentür öffnen, daß das sonstige Lumpenpack draußen bleibe. Auf Angéliques Versprechen hin, daß man nicht gewaltsam eindringen werde, öffnete er die Tür um Spaltbreite, und sie schlüpfte, von den Demoisellen de Gilandon gefolgt, ins Palais. Im oberen Stockwerk fand sie die Ausreißer ohne sonderliche Mühe. Sie ohrfeigte die Amme, bemächtigte sich des Kindchens und war schon dabei, wieder hinunterzugehen, als sich La Violette vor ihr aufpflanzte. Nur über seine Leiche werde der Sohn des Herrn Marquis das Haus seines Vaters verlassen. Das habe er bei allem, was ihm heilig sei, geschworen.

Als Angélique ihn im Dialekt des Poitou, ihrer gemeinsamen Heimat, anfuhr, verlor der anmaßende Bediente die Fassung. Er warf sich vor ihr auf die Knie und beschwor sie mit tränenerstickter Stimme, sich seiner zu erbarmen. Der Herr Marquis habe ihm die schlimmsten Bestrafungen angedroht, falls er zulasse, daß das Kind weggebracht werde. Unter anderem seine sofortige Entlassung. Und das wäre doch unausdenkbar. Seit Jahren sei er beim Herrn Marquis. Sie hätten gemeinsam im Wald von Nieul ihr erstes Eichhörnchen mit der Schleuder gejagt. Er habe ihn auf allen Feldzügen begleitet.

Unterdessen galoppierte ein Lakai in gemsfarbener und blauer Livree über die Straße nach Saint-Germain, in der Hoffnung, den Marquis zu erreichen, bevor seine Diener und die seiner Frau in Paris einander umgebracht hätten.

Man mußte Zeit gewinnen.

Der Hausgeistliche des Marquis erschien, um die beraubte Mutter zur Vernunft zu bringen. Als auch das nichts half, wurde der Intendant der Familie, Monsieur Molines, herbeigerufen.

Angélique hatte nicht gewußt, daß er sich in Paris aufhielt. Als sie seine trotz des weiß gewordenen Haars noch immer aufrechte und straffe Gestalt erkannte, wich ihr Zorn. Mit Molines würde man sich verständigen können.

Der Intendant bat sie, am Kamin Platz zu nehmen. Er beglückwünschte sie zu dem hübschen Kind und gab seiner Freude Ausdruck, daß dem Hause seines Herrn ein Erbe geboren worden sei.

„Aber er will ihn mir wegnehmen!"

„Es ist sein Sohn, Madame. Und glaubt mir, ich habe noch nie erlebt, daß ein Mann seiner Wesensart so unsinnig glücklich ist, einen Sohn zu haben."

„Ihr verteidigt ihn immer", sagte Angélique verärgert. „Ich kann mir schwer vorstellen, daß er über irgend etwas glücklich ist, es sei denn über den Kummer, den er anderen zufügt. Seine Boshaftigkeit übertrifft bei weitem das schon recht düstere Bild, das Ihr mir damals von ihm entworfen habt."

Gleichwohl erklärte sie sich bereit, ihre Leute nach Hause zu schicken und sich bis zur Rückkehr ihres Gatten zu gedulden, unter der Bedingung allerdings, daß Molines als unparteiischer Schiedsrichter fungiere.

Als bei Einbruch der Dunkelheit Philippe mit klirrenden Sporen eintrat, fand er Angélique und den Verwalter in freundschaftlicher Unterhaltung am Kamin.

Zärtlich umfangen, saugte der kleine Charles-Henri gierig an der Mutterbrust. Die flackernden Flammen warfen warme Reflexe auf den weißen, vollen Busen der jungen Frau, und dieses Schauspiel verblüffte den Edelmann so sehr, daß Molines Zeit fand, sich zu erheben und als erster das Wort zu ergreifen. Er berichtete, wie fassungslos Madame du Plessis über das Verschwinden ihres Kindes gewesen sei. Ob Monsieur du Plessis denn nicht wisse, daß es von seiner Mutter gestillt werden müsse? Die Gesundheit des Kindchens sei nicht so blühend, wie sein Aussehen vermuten lasse. Wenn man es der Muttermilch beraube, gefährde man sein Leben. Was Madame du Plessis betreffe – ob der Herr Marquis denn nicht wisse, daß sie Gefahr laufe, das Kindbettfieber zu bekommen? Das sei die mindeste Unannehmlichkeit, die ein jähes Abstillen bewirken werde.

Nun, Philippe wußte von alledem nichts. Solche Überlegungen lagen ihm allzu fern. Er hatte Mühe, hinter seiner ablehnenden Miene ein Gemisch aus Beunruhigung und Skepsis zu verbergen. Aber Molines wußte, was er sagte. Er war Familienvater und Großvater dazu.

Der Marquis machte einen letzten Verteidigungsversuch:

„Es ist mein Sohn, Molines! Ich wünsche, daß er unter meinem Dach bleibt."

„Aber das braucht kein Hindernis zu sein, Herr Marquis. Madame du Plessis wird eben gleichfalls bleiben."

Angélique und Philippe zuckten zusammen und schwiegen eine Weile hartnäckig. Dann tauschten sie einen Blick, wie Kinder, die im Begriff sind, sich wieder zu versöhnen.

„Ich kann meine beiden andern Kinder nicht im Stich lassen", murmelte Angélique.

„Sie werden ebenfalls hierherziehen", versicherte Molines. „Das Palais ist geräumig genug."

Philippe widersprach ihm nicht.

Molines empfahl sich, da seine Mission beendigt war. Philippe begann auf und ab zu gehen und warf gelegentlich einen düsteren Blick auf Angélique, die ihre Aufmerksamkeit auf den Appetit des kleinen Charles-Henri konzentrierte.

Schließlich schob der Marquis einen Schemel heran und setzte sich neben die junge Frau. Angélique sah beunruhigt auf.

„Gesteht es ruhig", sagte Philippe. „Trotz Eurer herausfordernden Miene habt Ihr Angst. Ihr wart vermutlich nicht darauf gefaßt, daß die Dinge eine solche Wendung nehmen würden. Da seid Ihr nun in der Wolfshöhle. Was schaut Ihr mich so argwöhnisch an, wenn ich mich neben Euch niederlasse? Selbst einem Bauern, wenn er nicht gerade ein Rohling ist, macht es Vergnügen, sich an den Kamin zu setzen, um seiner Frau zuzuschauen, wie sie seinen Stammhalter stillt."

„Gewiß, Philippe, aber Ihr seid kein Bauer . . . und Ihr seid ein Rohling."

„Ich stelle mit Befriedigung fest, daß Euer kriegerischer Geist nicht erloschen ist."

Sie wandte ihm in einer warmen Regung ihr Gesicht zu, und der Blick des jungen Mannes glitt von ihrem schlanken Hals zu der weißen Brust hinab, an der das Kind eingeschlafen war.

„Konnte ich denn auf den Gedanken kommen, daß Ihr mir so bald einen so bösen Streich spielen würdet, Philippe? Ihr seid neulich gut zu mir gewesen."

Philippe fuhr zusammen, als habe man ihn beleidigt.

„Ihr irrt Euch", grollte er. „Ich bin nicht gut. Ich habe es nur nicht gern, wenn ein Rassetier durch Komplikationen nach dem Werfen Schaden nimmt. Das ist alles. Es war meine Pflicht, Euch beizustehen. Meine Ansichten über die Gattung Mensch und über die Frauen im besonderen haben sich deshalb nicht geändert."

Angélique lächelte auf das schlummernde Kind hinunter.

„Eure Philosophie ist ein wenig kurzsichtig, Philippe", sagte sie. „Weil Ihr Euch mit den Tieren besser versteht als mit den Menschen, schätzt Ihr diese geringer als jene. Ihr seht in der Frau nur eine Mischung aus Hündin, Wölfin und Kuh."

„Wozu noch die Falschheit der Schlange zu fügen wäre."

„Das Ungeheuer der Apokalypse also."

Sie sahen einander lachend an. Philippe preßte die Lippen zusammen, bemüht, die Regung spontaner Heiterkeit zu unterdrücken.

„Das Ungeheuer der Apokalypse", wiederholte er, indem er Angéliques Gesicht fixierte, das rosig erglühte.

„Meine Philosophie ist nicht schlechter als jede andere", fuhr er nach kurzem Schweigen fort. „Sie bewahrt mich immerhin vor gefährlichen Illusionen ... So wurde ich neulich vor Eurem Bett an eine der ungebärdigsten Hündinnen der Meute erinnert, bei der ich eine ganze Nacht saß, während sie einen Wurf von sieben Welpen zur Welt brachte. Ihr Blick hatte geradezu etwas Menschliches. Sie überließ sich mir mit rührender Selbstverständlichkeit. Zwei Tage danach biß sie einem kleinen Lakaien die Kehle durch, der sich ihren Welpen hatte nähern wollen."

In plötzlicher Neugier fragte er:

„Stimmt es, was man mir sagte, daß Ihr Sprengschüsse vor die Pförtnerloge legen wolltet?"

„Ja."

„Und Ihr hättet den Pförtner in die Luft fliegen lassen, wenn er nicht so nachgiebig gewesen wäre?"

„Ja, das hätte ich getan", sagte Angélique trotzig.

Philippe brach in schallendes Gelächter aus.

„Beim Teufel, der Euch geschaffen hat, Ihr bringt es fertig, mich zu amüsieren. Man kann Euch alle möglichen Fehler vorwerfen, aber nicht den, daß Ihr langweilig seid."

Er legte beide Hände um ihren Hals.

„Manchmal frage ich mich, ob es noch andere Lösungen gibt, als Euch zu erwürgen oder . . ."

Sie schloß die Augen unter dem Druck seiner Hände. „Oder . . .?"

„Ich werde darüber nachdenken", sagte er und ließ sie los. „Aber triumphiert nicht zu früh. Im Augenblick seid Ihr in meiner Gewalt."

Angélique nahm sich Zeit, sich mit ihren Söhnen, deren Betreuern und den wenigen Bediensteten, die sie bei sich zu haben wünschte, unter dem Dach ihres Mannes einzurichten. Das Palais war düster, ihm fehlte die frische Anmut des Hôtels du Beautreillis. Aber sie fand in ihm eine reizende Zimmerflucht im besten modernen Stil. La Violette sagte ihr, dieses Appartement sei früher von der verwitweten Marquise bewohnt worden, der Herr Marquis habe es jedoch vor ein paar Monaten völlig neu tapezieren lassen.

Angélique war verwundert, wagte aber nicht zu fragen, für wen.

Bald darauf veranlaßte sie die Einladung des Königs zu einem großen Ball in Versailles, ihr neues Heim zu verlassen. Für eine vornehme, mit zwei Ämtern betraute Dame des Hofs hatte sie den Familienpflichten mehr als genügend Zeit geopfert. Nun mußte sie sich wieder dem gesellschaftlichen Leben widmen, wie auch Philippe es tat. Seitdem sie bei ihm wohnte, hatte sie ihn noch seltener als vordem gesehen, und da sie merkte, daß sich der Abend am Kamin nicht sobald wiederholen würde, begab sich Angélique wieder auf den Weg nach Versailles.

Abends, als es Zeit für den Ball wurde, hatte sie größte Mühe, einen Winkel zu finden, wo sie sich umziehen konnte. Es war das die ewige Sorge der Damen, die sich nur vorübergehend in Versailles aufhielten. Jedenfalls jener, die noch der Tugend der Schamhaftigkeit huldigten. Für so manche andere war es ein willkommener Vorwand, sich lüsternen Blicken darzubieten.

Angélique fand Zuflucht in einem kleinen Vorzimmer, das zu den Räumen der Königin gehörte. Madame du Roure und sie waren einander behilflich, da ihre Zofen unauffindbar blieben. Auf dem Flur herrschte lebhaftes Kommen und Gehen. Hereinschauende Edelleute warfen ihnen zweideutige Scherzworte zu, einige boten sogar galant ihre Dienste an.

„Laßt uns in Frieden, Ihr Herren", protestierte Madame du Roure. „Wir werden Euretwegen noch zu spät kommen, und Ihr wißt, wie wenig der König das schätzt."

Während ihre Gefährtin in den umliegenden Räumen nach Stecknadeln fahndete, blieb Angélique eine Weile allein und nutzte das, um ihre Seidenstrümpfe zu befestigen. Plötzlich umschlang ein kräftiger Arm ihre Taille und drängte sie auf ein kleines Ruhebett. Ein gieriger Mund heftete sich an ihren Hals.

Sich heftig wehrend, stieß sie einen Schrei aus, und sobald sie sich zu befreien vermochte, versetzte sie dem Unverschämten eine schallende Ohrfeige.

Ein zweites Mal holte sie nicht aus – wie versteinert stand sie vor dem König, der sich die Wange hielt.

„Ich . . . ich wußte nicht, daß Ihr es wart", stammelte sie.

„Ich wußte auch nicht, daß Ihr es wart", meinte er verdrossen, „noch daß Ihr so schöne Beine habt. Warum, zum Teufel, befördert Ihr sie ans Licht, wenn Ihr Euch hinterher ärgert?"

„Wie könnte ich meine Strümpfe überstreifen, ohne meine Beine zu zeigen?"

„Und warum kommt Ihr zu diesem Zweck ins Vorzimmer der Königin, wenn nicht, um Eure Beine zu zeigen?"

„Ganz einfach, weil ich keinen anderen Winkel fand, in dem ich mich hätte zurechtmachen können."

„Wollt Ihr etwa behaupten, Versailles sei nicht groß genug für Eure kostbare Person?"

„Vielleicht. Es ist weitläufig, aber es fehlen ihm Kulissen. Kostbar oder nicht, meine Person muß auf der Bühne bleiben."

„Und das ist alles, was Ihr zur Entschuldigung Eures unqualifizierbaren Benehmens vorzubringen habt?"

„Und das ist alles zur Entschuldigung des Euren, das nicht minder unqualifizierbar ist?"

Angélique richtete sich auf und zupfte nervös an ihren Röcken. Sie war wütend. Doch als sie die reichlich betretene Miene des Monarchen bemerkte, gewann sie ihren Sinn für Humor zurück. Sie mußte lächeln. Des Königs Züge entspannten sich.

„Bagatellchen, ich bin ein Dummkopf!"

„Und ich . . . bin zu schroff."

„Ja, eine wilde Blume! Glaubt mir, wenn ich geahnt hätte, wen ich da vor mir habe, wäre ich nicht so stürmisch gewesen. Aber als ich hereinkam, sah ich nur einen bloßen Nacken und, meiner Treu, zwei bewundernswerte und . . . ungemein anziehende Beine."

Angélique sah ihn von der Seite an – mit der nachsichtigen und vergnügten Miene, mit der eine Frau einem Manne bedeuten will, daß sie ihm nicht übermäßig böse ist, vorausgesetzt, daß er es bei seinen vergangenen Sünden beläßt. Selbst ein König hatte das Recht, sich angesichts dieses Lächelns wie ein Tölpel vorzukommen.

„Verzeiht Ihr mir?"

Sie bot ihm freimütig die Hand, und er küßte sie. Sie hatte es ohne Koketterie getan. Es war eine ehrliche Geste, die dem Streit ein Ende machte. Der König fand, daß sie eine bezaubernde Frau sei.

Als sie kurz danach über den Marmorhof ging, wurde sie von einer Wache angesprochen:

„Ich komme im Auftrag des Hofmarschalls Seiner Majestät, um Euch davon in Kenntnis zu setzen, daß Euer Appartement im oberen Stockwerk des Flügels der Prinzen von Geblüt bereitsteht. Darf ich Euch dorthin begleiten, Madame?"

„Mich? Ihr müßt Euch irren, mein Guter."

Der Mann vergewisserte sich durch einen Blick auf ein Schreibtäfelchen, das er in der Hand hielt.

„Madame du Plessis-Bellière – der Name stimmt. Ich glaubte, die Frau Marquise erkannt zu haben."

„Allerdings."

Verblüfft folgte sie dem Soldaten. Er führte sie an den königlichen Gemächern, sodann an denen der ersten Prinzen von Geblüt vorbei. Am Ende des rechten Flügels hatte eben einer der Fouriere in blauem Rock mit Kreide an eine kleine Tür „Für Madame du Plessis-Bellière" geschrieben.

Angélique wußte nicht, wie ihr wurde. Fast wäre sie den beiden Soldaten vor Freude um den Hals gefallen. Statt dessen gab sie ihnen ein paar Goldstücke:

„Nehmt das und trinkt auf meine Gesundheit."

„Die wünschen wir Euch von Herzen und einen vergnüglichen Aufenthalt dazu", erwiderten sie augenzwinkernd.

Sie bat sie, ihre Lakaien und Zofen zu veranlassen, Reisekoffer und Bett zu bringen, dann nahm sie mit kindlicher Freude von ihrem Appartement Besitz, das aus zwei Räumen und einer Abstellkammer bestand.

Die Nachricht verbreitete sich wie ein Lauffeuer, und als Angélique strahlend an der Schwelle des Ballsaals erschien, fühlte sie sich von Bewunderung und Neid umgeben. Die Ankunft der Königin und ihres Gefolges dämpfte jedoch ihren Enthusiasmus.

Die Monarchin grüßte freundlich jeden, den sie auf ihrem Weg bemerkte, doch angesichts der Marquise du Plessis-Bellière wurde ihre Miene so eisig, daß der jähe Wechsel ihrer Stimmung niemand entging.

„Ihre Majestät die Königin macht Euch ein saures Gesicht", bemerkte der Marquis de Roquelaure. „Angesichts der schwindenden Gunst Mademoiselle des La Vallières hatte sie schon wieder Hoffnung gefaßt, aber nun taucht eine neue, noch verführerischere Rivalin auf."

„Wer denn?"

„Ihr, meine Liebe."

„Ich? Schon wieder dieses dumme Zeug!" seufzte die junge Frau verärgert.

Sie hatte in der Geste des Königs nichts anderes erblickt als das, was

179

sie zweifellos bedeutete: den Wunsch, Verzeihung zu erlangen und als Herr des Hauses einer Unbequemlichkeit abzuhelfen, über die sie sich beklagt hatte. Die Höflinge dagegen sahen darin einen neuerlichen Beweis seiner Liebe zu ihr.

Mißmutig blieb Angélique am Eingang zum Ballsaal stehen.

Der Saal war ringsum mit lebhaft getönten Wandteppichen ausgekleidet. Sechsunddreißig von der gewölbten Decke herabhängende Kronleuchter erhellten ihn mit ihren unzähligen Kerzen. An zwei einander gegenüberliegenden Seiten waren stufenweise erhöhte Bänke aufgestellt worden, auf denen zur Rechten die Damen, zur Linken die Edelleute Platz nahmen. Der König und die Königin hatten eine nur für sie bestimmte Loge inne. Im Hintergrund saßen auf einem von Girlanden aus vergoldetem Laub eingerahmten Podest die Musiker unter der Leitung Monsieur Lullis.

„Die Königin hat wegen Madame du Plessis-Bellière geweint", flüsterte eine heisere Stimme dicht neben ihr. „Man hat ihr gesagt, der König sei im Begriff, die Gemächer seiner neuen Mätresse einzurichten. Sieh dich vor, Marquise!"

Angélique brauchte sich nicht umzuwenden, um festzustellen, woher diese Stimme kam. Ohne sich zu rühren, erwiderte sie:

„Seigneur Barcarole, schenkt solchen Worten keinen Glauben. Der König begehrt mich nicht. Jedenfalls – nicht mehr als jede andere Dame des Hofes."

„Dann sieh dich noch mehr vor, Marquise. Man führt Übles gegen dich im Schilde."

„Wer denn? Weshalb? Was weißt du?"

„Nicht eben viel. Ich weiß nur, daß Madame de Montespan und Madame du Roure zur Voisin gegangen sind, um sich ein Mittel zu beschaffen, die La Vallière zu vergiften."

„Schweig still!" flüsterte sie in jähem Entsetzen.

„Hüte dich vor jenen Weibern. An dem Tag, an dem sie sich einreden, daß du es bist, die man ins Jenseits befördern muß . . ."

Die Violinen stimmten die Introduktion zu einem lebhaften Tanz an. Der König erhob sich, und nachdem er sich vor der Königin verneigt hatte, eröffnete er den Ball mit Madame de Montespan.

Angélique trat in den Saal. Es war Zeit für sie, sich einen Platz zu suchen.

Im Schatten eines Wandbehangs grinste der mit einem neuen Federhut herausgeputzte Gnom ...

Zwanzigstes Kapitel

Der König beschäftigte sich mit Dingen, die den Krieg betrafen. In Fontainebleau wurden Truppen versammelt. Die Damen genossen das Schauspiel der Heerschauen, und der König wiederum genoß es, die Disziplin und die schönen Uniformen der Männer bewundert zu sehen.

La Violette polierte die Rüstung seines Herrn, den stählernen Brustharnisch, der dekorativer war als nötig und den der Marschall unter seinem Spitzenkragen tragen würde. Das mit Stickereien verzierte Zelt allein hatte einen Wert von zweitausend Livres. Fünf Maultiere sollten die Ausrüstung tragen. Die Musketiere der eigenen Kompanie Monsieur du Plessis' waren in gemsfarbene, mit gelbem Büffellederbesatz geschmückte Röcke und Kniehosen aus weißem Leder gekleidet.

Ja, es herrschte ein kriegerischer Geist. „He! König von Frankreich, wann gibst du uns endlich den Krieg, den schönen Krieg!" hatte der an den Seineufern entlangziehende Pöbel gerufen, und das Geschrei war bis zum jungen Monarchen gedrungen, der ja auch im Winde die Verlockung des Ruhmes witterte. Nur der Krieg brachte Ruhm. Erst der Triumph der Waffen schuf die Größe der Monarchen.

Wie ein leuchtendes Phantom tauchte aus sieben faulen Friedensjahren der Krieg empor, von dem sich ein jeder, angefangen beim König, den Fürsten, den Edelleuten bis zum unruhigen Volk der Raufbolde, Stillung seiner Abenteuerlust versprach. Die Bürgerlichen, die Handwerker und Bauern wurden nicht gefragt. Hätten sie widersprochen? Kaum. Für die Nation, die ihn unternimmt, bedeutet der Krieg den Sieg, die Verheißung der Bereicherung, die trügerische Hoffnung, sich von unerträglicher Knechtschaft zu befreien. Sie hatten Vertrauen zu ihrem König. Sie mochten weder die Spanier noch die Engländer, Holländer, Schweden oder Kaiserlichen. Der Augenblick schien gekommen, Europa zu zeigen, daß Frankreich die erste Nation der Welt war und nicht mehr zu gehorchen, sondern seine Befehle zu diktieren gedachte.

Es fehlte an einem Vorwand. Kasuistiker wurden vom König beauftragt, ihn aus der politischen Vergangenheit und Zukunft herauszupressen. Nach langem Bemühen entdeckte man, daß die Königin Maria Theresia, Kind aus der ersten Ehe Philipps IV. von Spanien, ein Erbrecht auf Flandern hatte, das dem Karls II., des Kindes aus zweiter Ehe, vorging. Spanien wandte ein, dieses Recht gründe sich auf ein lediglich für die Provinzen der Niederlande gültiges Gesetz, das die Thronfolge der Kinder zweiter Ehe zugunsten der aus erster ausschloß, und daß Spanien als Herr dieser Provinzen sich nicht danach zu richten brauche. Es erinnerte ferner daran, daß Maria Theresia bei der Eheschließung mit dem König von Frankreich feierlich auf jegliches spanisches Erbe verzichtet habe.

Frankreich erwiderte, infolge des betrüblichen Umstandes, daß Spanien die fünfhunderttausend Ecus, die gemäß dem Pyrenäenvertrag dem König von Frankreich als Mitgift Maria Theresias zuständen, nicht ausgezahlt habe, sei die vorausgegangene Verzichtleistung null und nichtig geworden.

Spanien hinwiederum erklärte, es brauche dieser Forderung nicht nachzukommen, denn die vereinbarte Mitgift für die Tochter Heinrichs IV., die im Jahre 1621 spanische Königin geworden war, sei vom Hof des Louvre ebenso wenig ausgezahlt worden.

An diesem Punkt schob Frankreich weiteren Reminiszenzen der Diplomaten einen Riegel vor und machte sich das Prinzip zu eigen, daß man in der Politik ein kurzes Gedächtnis haben müsse.

Die Armee brach zur Eroberung Flanderns auf, und der Hof schloß sich ihr wie zu einer Vergnügungsreise an.

Es war Frühling. Ein freilich regnerischer Frühling, gleichwohl die

Jahreszeit, die mit den Apfelbäumen die kriegerischen Pläne zum Aufblühen bringt.

Im Gefolge der Truppen befanden sich ebenso viele Kutschen wie Kanonen und Kriegsmaterial.

Ludwig XIV. wünschte, daß die Königin, Erbin der pikardischen Städte, in jedem eroberten Platz sofort als Herrscherin empfangen werden sollte. Durch seinen Prunk wollte er eine Bevölkerung blenden, die seit über einem Jahrhundert an den anmaßenden, aber recht armseligen spanischen Okkupanten gewöhnt war.

Endlich wollte er dem betriebsamen Holland einen entscheidenden Schlag versetzen, dessen Schiffe bis nach Sumatra und Java fuhren, während die kümmerliche französische Flotte auf dem Gebiet des Handels überall ins Hintertreffen geraten war. Um den französischen Werften den nötigen Spielraum zum Bau von Schiffen zu geben, mußte man Holland ruinieren.

Aber dieses letztere Ziel bekannte Ludwig XIV. nicht. Es war ein Geheimnis zwischen Colbert und ihm.

In strömendem Regen rollten Kutschen und Bagagewagen auf Landstraßen dahin, über die kurz zuvor das Fußvolk, die Artillerie und die Kavallerie der Armee gezogen waren. Sie strotzten von Schlamm und Pfützen.

Angélique fuhr in der Kutsche Mademoiselle de Montpensiers. Die Prinzessin hatte ihr aufs neue ihre Freundschaft zugewandt, seitdem Monsieur de Lauzun aus der Bastille entlassen und wieder in Gnaden aufgenommen worden war.

Als an einer Wegkreuzung eine Stockung eintrat, beugte sie sich hinaus und erfuhr, daß die Kutsche der Damen der Königin umgestürzt sei. Am Wegrand entdeckte sie Madame de Montespan und winkte sie heran.

„Steigt bei uns ein. Wir haben Platz."

Die junge Frau näherte sich, von Pfütze zu Pfütze springend, den dritten Rock zum Schutz gegen den Regen über den Kopf geschlagen.

Lachend schlüpfte sie in die Kutsche. „Ich habe noch nie etwas so Komisches wie Monsieur de Lauzun gesehen", erzählte sie, während sie sich neben Angélique niederließ. „Der König hält ihn seit zwei Stunden an seinem Wagenschlag. Seine Perücke ist dermaßen durchnäßt, daß er sie schließlich abgenommen hat."

„Wie schrecklich!" rief Mademoiselle entsetzt. „Er wird sich erkälten."

Sie trieb den Kutscher zur Eile an, so daß es ihr gelang, an der nächsten Biegung den Wagen des Königs zu erreichen. Tatsächlich, Lauzun hockte triefend auf seinem Pferd und sah aus wie ein gerupfter Sperling. Mit pathetischer Stimme legte sich Mademoiselle für ihn ins Mittel:

„Vetter, habt Ihr denn kein Herz im Leibe? Ihr setzt diesen unglücklichen Edelmann der Gefahr aus, sich das Wechselfieber zu holen! Wenn Ihr für Mitleid unzugänglich seid, bedenkt wenigstens, welchen Verlust Ihr durch den Tod eines Eurer tüchtigsten Diener erleiden würdet."

Der König hatte seine Lorgnette aus Ebenholz und Gold vor die Augen gehoben. Angélique folgte interessiert seinem Blick. Sie hielten auf einer leichten Anhöhe, die die braune und nasse pikardische Ebene beherrschte. Eine kleine, von zinnenbewehrten Mauern umschlossene Stadt hob sich vom grauen Himmel ab. Hinter dem Regenschleier wirkte sie tot wie ein Wrack auf dem Meeresgrund.

Der französische Laufgraben umgab sie in unbarmherzigem Kreis. Ein zweiter Graben hinter dem ersten war nahezu vollendet. Im Hintergrund schleuderten auf die Stadt feuernde Kanonen rötliche Blitze in die Dämmerung. Der Wind trug das Geräusch der Detonationen herüber.

Endlich ließ der König seine Lorgnette sinken.

„Ihr seid sehr beredt, Kusine", sagte er bedächtig, „aber Ihr wählt für Eure Expektorationen stets den falschen Augenblick. Ich glaube, die feindliche Besatzung wird sich ergeben."

Er erteilte Lauzun den Befehl, das Feuer einstellen zu lassen, und der Marquis galoppierte davon.

Am Tor der Zitadelle war tatsächlich eine Bewegung zu erkennen.

„Ich sehe die weiße Fahne!" rief die Grande Mademoiselle und klatschte entzückt in die Hände. „In drei Tagen, Sire! Ihr habt diese Stadt in drei Tagen genommen! Ich hatte keine Ahnung, wie aufregend ein Krieg sein kann!"

Während abends im eroberten Städtchen das Freudengeschrei der Einwohner an die Türen des Hauses brandete, in dem die Königin sich einquartiert hatte, trat Monsieur de Lauzun zu Mademoiselle und brachte in wohlgesetzten Worten seine Dankbarkeit für ihre Fürsprache zum Ausdruck. Die Grande Mademoiselle lächelte errötend. Sie bat die Königin, den Spieltisch verlassen zu dürfen, ließ Angélique als Vertretung zurück und drängte Lauzun in eine Fensternische.

Die glänzenden Augen zu ihm erhoben, trank sie begierig seine Worte. Im gedämpften Licht eines auf einer Konsole stehenden Leuchters wirkte sie geradezu jung und hübsch.

„Mein Gott, sie ist ja verliebt!" dachte Angélique gerührt.

Lauzun hatte seine Verführermiene aufgesetzt, ohne jedoch die geziemende Dosis Respekt zu vergessen, die er der Prinzessin schuldig war. Dieser verteufelte Péguillin! In was für ein Abenteuer würde er sich da wieder verstricken, wenn er das Herz einer Enkelin Heinrichs IV. an sich fesselte!

Der Raum war überfüllt, aber still. Es wurde an vier Tischen gespielt. Einzig die monotonen Annoncen der Spieler und das Klingen der aufgehäuften Ecus störten das galante Gemurmel, dem das Spiel vortrefflich Deckung bot.

Auch die Königin schien vergnügt. In ihre Freude, den Perlen ihrer Krone eine weitere Stadt hinzufügen zu können, mischte sich eine intimere Genugtuung. Mademoiselle de La Vallière nahm an der Reise nicht teil. Auf Befehl des Königs war sie in Versailles geblieben. Bevor er ins Feld gezogen war, hatte Ludwig XIV. seiner Mätresse durch einen vom Parlament gebilligten Akt das in der Touraine gelegene Herzogtum Vaujoux geschenkt, ebenso die Baronie Saint-Christophe, zwei in Anbetracht ihrer Erträgnisse und Lehnsrechte gleichermaßen bedeutsame Gebiete ... Und er hatte die Tochter anerkannt, die sie ihm geschenkt hatte, die kleine Marie-Anne, die einmal Mademoiselle de Blois werden sollte.

Doch diese auffallenden Gunstbezeigungen täuschten niemand, nicht einmal die Beschenkte selbst. Es war das Abschiedsgeschenk. Die Königin sah darin eine Rückkehr zur Ordnung, gewissermaßen die Liquidierung der Irrtümer der Vergangenheit. Und als wolle er sie in dieser Überzeugung bestärken, überschüttete sie der König mit Aufmerksamkeiten. Sie war an seiner Seite, wenn man in eine Stadt einzog, und teilte mit ihm die Sorgen und Hoffnungen des Feldzugs. Eine leise Beklemmung freilich preßte der Monarchin das Herz zusammen, als ihr Blick auf das Profil der Marquise du Plessis-Bellière fiel, in die, wie man ihr sagte, der König neuerdings vernarrt sei.

Eine sehr schöne Frau, das ließ sich nicht leugnen. Ihr klarer Blick hatte etwas Ernstes, ihre Bewegungen waren von einer zugleich verhaltenen und unmittelbaren Anmut. Maria Theresia bedauerte das Mißtrauen, das man in ihr geweckt hatte. Diese Dame hatte ihr gefallen. Sie hätte sie gern zu ihren Vertrauten gezählt. Aber Monsieur de Solignac behauptete, sie sei eine leichtfertige und gottlose Frau, und Madame de Montespan sagte ihr nach, sie leide an einer Hautkrankheit, die sie sich in einem zweifelhaften Milieu zugezogen habe, in dem sie aus Lasterhaftigkeit verkehre. Konnte man je dem Anschein trauen? Sie wirkte so gesund und frisch, und ihre Kinder waren so schön! Wenn der König sie zu seiner Mätresse machte – welcher Verdruß! Und welcher Kummer! Würde ihr armes Herz denn nie zur Ruhe kommen?

Angélique ahnte, wie peinigend ihre Gegenwart für die Königin sein mußte, und nutzte die erste Gelegenheit, sich zu entfernen. Das dem Herrscherpaar vom Bürgermeister zur Verfügung gestellte Haus war eng und unbequem. Die Kammerzofen und die vornehmsten Hofkavaliere waren notdürftig in ihm zusammengepfercht, während der Rest des Hofs und die Armee bei der Einwohnerschaft Quartier bezogen hatten. Dank dem guten Empfang war die Bevölkerung Gewalttätigkeiten und Plünderungen entgangen. Man brauchte nicht zu nehmen, da so bereitwillig gegeben wurde. Der Lärm der Lieder und des Gelächters drang gedämpft bis ins Innere des mangelhaft beleuchteten Hauses, in dem es noch nach der pikardischen Torte duftete, jener riesigen, mit Sahne und Eiern überzogenen Lauchpastete, die drei Damen der Stadt auf einer silbernen Platte überreicht hatten.

Zwischen Kisten und Koffern sich hindurchwindend, stieg Angélique die Treppe hinauf. Das Zimmer, das sie zusammen mit Madame de Montespan als Quartier gewählt hatte, befand sich zur Rechten. Die Zimmer des Königs und der Königin lagen zur Linken.

Eine kleine, schmale Gestalt richtete sich unter dem Öllämpchen auf, und ein schwarzes Gesicht mit emailweiß schimmernden Augen zeichnete sich im trüben Licht ab.

„Nein, Médême, nix hereinkommen."

Angélique erkannte den Negerknaben, den sie Madame de Montespan geschenkt hatte.

„Guten Abend, Naaman. Laß mich vorbei."

„Nein, Médême."

„Was gibt's?"

„Jemand . . ."

Hinter der Tür vernahm sie zärtliches Geflüster und schloß auf ein galantes Geheimnis.

„Schon gut. Ich gehe."

Die Zähne des kleinen Ebenholzpagen schimmerten in einem verschmitzten Lächeln.

„Der König, Médême. Der König . . . Pst!"

Nachdenklich stieg Angélique wieder die Treppe hinunter.

Der König . . . und Madame de Montespan . . .

Einundzwanzigstes Kapitel

Am nächsten Morgen ging es weiter nach Amiens.

Nachdem sich Angélique in aller Frühe angekleidet hatte, begab sie sich zur Königin, wie es ihr Amt verlangte. An der Tür fand sie Mademoiselle de Montpensier in größter Aufregung vor.

„Seht Euch an, in welchem Zustand Ihre Majestät sich befindet!"

Maria Theresia war in Tränen aufgelöst. Der Anlaß dazu war den empörten und mitleidigen Bemerkungen der Hofdamen schnell zu entnehmen: Die Herzogin de La Vallière war nach durchreister Nacht in der Morgenfrühe eingetroffen und hatte der Königin ihre Aufwartung machen wollen.

„Die Unverschämte!" rief Madame de Montespan aus. „Gott bewahre mich davor, jemals die Mätresse des Königs zu werden! Und wenn ich schon das Unglück hätte, wäre ich gewiß nicht so schamlos, auch noch der Königin vor Augen zu treten!"

Was bedeutete diese Rückkehr? Hatte der König seine Favoritin kommen lassen? Wie dem auch sein mochte, es war nun höchste Zeit zum Aufbruch geworden.

Während der Fahrt wies die Königin die Offiziere ihrer Eskorte an, jedermann das Überholen ihrer Kutsche zu untersagen, aus Angst, Mademoiselle de La Vallière könnte den König vor ihr erreichen.

Gegen Abend entdeckte der schwerfällig über die ausgefahrene Landstraße schaukelnde Zug der Kutschen die Armee von einer kleinen Anhöhe aus. Mademoiselle de La Vallière sagte sich, daß der König dort drunten zu finden sein mußte. Mit dem Mut der Verzweiflung hieß sie ihren Kutscher, sporstreichs querfeldein zu jagen.

Als die Königin es bemerkte, wollte sie in ihrem Zorn die Kutsche am Weiterfahren hindern lassen. Doch jedermann beschwor sie, sich zu beruhigen und nichts zu unternehmen, und schließlich machte die Ankunft des Königs selbst, der von einem Seitenweg her zur Königin stieß, der tragikomischen Szene ein Ende.

Er war zu Pferd, bis zu den Augen mit Schlamm bespritzt und in glänzender Laune. Er stieg ab und entschuldigte sich, daß er sich wegen des Schmutzes nicht in die Kutsche setzen könne. Nachdem er jedoch eine Weile am Wagenschlag mit der Königin geplaudert hatte, verdüsterte sich seine Miene.

Von Mund zu Mund verbreitete sich die Bestätigung, daß Mademoiselle de La Vallières Erscheinen vom König weder angeordnet noch auch nur gewünscht worden war. Welche Nachricht mochte die schüchtern Liebende dazu bewogen haben, ihre gewohnte Zurückhaltung zu überwinden? Welche Befürchtungen? Welche Gewißheit?

Allein in Versailles zurückgeblieben, mit Ehren und Reichtümern überschüttet, mußte sie sich ihrer Verlassenheit bewußt geworden sein und die Nerven verloren haben. Sie hatte sich in ihre Kutsche gesetzt und war Hals über Kopf nordwärts gefahren, zum erstenmal dem König den Gehorsam verweigernd. Alles, selbst die Ungnade des Königs, war ihr lieber gewesen, als nichts zu wissen, mit verkrampftem Herzen zu hoffen oder sich den, den sie liebte, in den Armen einer andern vorzustellen ...

Zur Abendtafel der nächsten Etappe erschien sie nicht. Das Quartier war fürchterlich: ein Marktflecken, in dem es außer vier Steinhäusern nur Strohhütten gab.

Angélique, die mit den Demoisellen Gilandon und ihren Zofen auf der Suche nach einer Unterkunft herumirrte, begegnete Mademoiselle de Montpensier, die in der gleichen Verlegenheit war wie sie.

„Hier sind wir tatsächlich im Krieg, Kindchen", scherzte sie. „Madame de Montausier schläft auf einer Strohschütte in einem Kämmerchen, die Damen der Königin in einem Speicher auf einem Kornhaufen, und was mich betrifft, so werde ich mich wohl mit einem Kohlenhaufen begnügen müssen."

Endlich fand Angélique eine mit Heu gefüllte Scheune. Sie kletterte die Leiter hinauf bis unters Dach, wo sie ruhiger schlafen würde, während ihre Mädchen unten bleiben sollten. Eine große, am Dachbalken aufgehängte Stallaterne warf ihr rötliches Licht ins Halbdunkel. Auch hier tauchten wieder gespensterhaft das von einem Turban aus dunkelroter und apfelgrüner Seide umrahmte schwarze Gesichtchen und die weißen Augen des Negerknaben Naaman auf.

„Was tust du hier, du Höllenteufelchen?"

„Ich warten auf Médême Montespan. Ich haben ihr Tasche. Médême Montespan auch schlafen hier."

Nach einer Weile erschien die schöne Marquise auch wirklich am oberen Ende der Leiter.

„Eine gute Idee, Angélique, mein ‚grünes Schlafzimmer', wie es in der Soldatensprache heißt, mit mir zu teilen. Wir können eine Partie Piquet spielen, ⌐lls der Schlaf uns meiden sollte."

Sie ließ sich ins Heu fallen, gähnte und streckte sich mit katzenhafter Wollust.

„Fein ist das hier! Welch köstliches Lager! Es erinnert mich an meine Kindheit im Poitou."

„Mich auch", bekannte Angélique.

„Dicht neben unserm Taubenschlag war ein Heuschober. Dort traf ich mich mit meinem kleinen Liebhaber, einem zehnjährigen Hirtenjungen. Wir hörten dem Girren der Tauben zu, während wir uns bei der Hand hielten."

Sie hakte ihr allzu enges Mieder auf. Angélique tat es ihr nach. Nachdem sie sich ihrer obersten Röcke und ihrer Strümpfe entledigt hatten, rollten sie sich wohlig zusammen.

„Vom Hirtenjungen zum König", flüsterte Athénaïs. „Was sagt Ihr zu meinem Schicksal, Liebste?"

Sie richtete sich auf einem Ellbogen auf. Das warme, fast geheimnisvolle Licht der alten Laterne belebte ihre köstliche Hautfarbe, die Weiße ihrer Schultern und ihres Busens.

Sie lachte leise und wie berauscht.

„Vom König geliebt zu werden, welche Wonne!"

„Ihr scheint dieser Liebe plötzlich sehr gewiß zu sein? Vor kurzem habt Ihr noch an ihr gezweifelt."

„Inzwischen habe ich Beweise erhalten . . . Gestern abend ist er bei mir gewesen . . . Oh, ich wußte, daß er kommen, daß es auf dieser Reise geschehen würde! Daß er die La Vallière in Versailles zurückließ, sagte genug. Zum Trost hat er ihr ein paar nette Kleinigkeiten geschenkt."

„Kleinigkeiten? Ein Herzogtum? Eine Baronie?"

„Pah! Sie wird sich sicher davon berauschen lassen und sich einbilden, daß ihre Gunst auf dem Gipfel angelangt sei. Deshalb hat sie sich auch für berechtigt gehalten, hinter dem Hofe herzureisen. Haha! Es ist ihr schlecht bekommen ... Aber ich – ich werde mich nicht mit Lappalien begnügen und mich wie ein Mädchen von der Oper behandeln lassen. Ich bin eine Mortemart!"

„Athénaïs, Ihr sprecht mit einer Selbstgewißheit, die mich erschreckt. Seid Ihr wirklich die Mätresse des Königs geworden?"

„Und ob ich seine Mätresse bin! ... Ach, Angélique, wie spaßig das ist, sich über einen Mann dieses Schlages allmächtig zu fühlen! Ihn erblassen und zittern, ihn flehen zu sehen ... ihn, der sonst so beherrscht ist, so fern und majestätisch! Es stimmt schon, was man sich erzählt. In der Liebe ist er ohne Hemmung – und höchst anspruchsvoll. Aber ich glaube, ihn nicht enttäuscht zu haben."

Sie lachte ausgelassen, während sie sprach, rollte ihren blonden Kopf im Heu und dehnte sich mit schamlos-wollüstigen Bewegungen, die eine noch nahe Szene heraufzubeschwören schienen.

„Nun, dann ist ja alles in Ordnung", meinte sie trocken. „Die Neugierigen werden endlich erfahren, wer die neue Mätresse des Königs ist, und ich bin die lächerlichen Verdächtigungen los, mit denen sie mich belästigen."

Madame de Montespan richtete sich jäh auf.

„O nein, Liebste! Auf keinen Fall. Und vor allem kein Wort! Wir zählen auf Eure Diskretion. Noch ist für mich der Augenblick nicht gekommen, in aller Offenheit meinen Platz einzunehmen. Das würde zu viele Komplikationen erzeugen. Tut mir deshalb den Gefallen, die Rolle weiterzuspielen, die wir Euch zugeteilt haben."

„Welche Rolle? Und wer ist ‚wir'?"

„Nun ... der König und ich."

„Wollt Ihr etwa sagen, daß der König und Ihr übereingekommen seid, das Gerücht auszustreuen, er sei in mich verliebt, um den Verdacht von Eurer Person abzulenken?"

191

Athénaïs beobachtete die junge Frau durch ihre langen halbgesenkten Wimpern. Ihre saphirblauen Augen leuchteten boshaft.

„Natürlich! Es half uns aus der Verlegenheit, versteht Ihr. Meine Situation war heikel. Auf der einen Seite war ich Hofdame der Königin, auf der andern intime Freundin Mademoiselle de La Vallières. Die Aufmerksamkeiten des Königs mir gegenüber hätten sehr bald die Klatschereien auf meinen Namen gelenkt. Man mußte ein Gegenfeuer anzünden. Ich weiß nicht, wieso man von Euch zu reden begann. Der König hat den Gerüchten Glaubwürdigkeit verliehen, indem er Euch mit Wohltaten überhäufte. Infolgedessen behandelt Euch die Königin kalt, und die arme Louise vergeht in Tränen, wenn sie Euch nur sieht. Und niemand denkt mehr an mich. Die Sache hat also den gewünschten Verlauf genommen. Ich weiß, daß Ihr zu klug seid, um nicht von Anfang an begriffen zu haben. Der König ist Euch sehr dankbar dafür . . . Ihr sagt nichts? Seid Ihr etwa böse?"

Angélique gab keine Antwort. Sie fühlte sich in ihrem Innersten verletzt und kam sich törichter vor, als zu sein erlaubt ist. Was nutzte es, daß sie sich den gerissensten Kaufleuten des Königsreichs gegenüber zu behaupten verstand! Gesellschaftlichen Intrigen würde sie dank dem ihr unausrottbaren Rest bäuerischer Naivität nie gewachsen sein.

„Warum solltet Ihr es auch sein?" fuhr Madame de Montespan honigsüß fort. „Das alles ist höchst schmeichelhaft für Euch und hat Euch schon manchen Vorteil eingebracht. Ihr scheint enttäuscht? Nein, ich kann mir nicht vorstellen, daß Ihr die kleine Komödie ernst genommen haben solltet . . . Und dann seid Ihr ja verliebt, wie man hört. In Euren Gatten. Wie komisch . . .! Er ist nicht gerade umgänglich, aber schön. Und es wird behauptet, er lasse sich allmählich von Euch gewinnen . . ."

„Wollen wir Karten spielen?" fragte Angélique nüchtern.

„Gern. Ich habe welche in meinem Beutel. Naaman!"

Der Negerknabe reichte ihr die Reisetasche. Sie spielten ein paar Runden ohne sonderliche Lust. Angélique war geistesabwesend und verlor, was ihre schlechte Laune womöglich noch verstärkte. Madame de Montespan schlief schließlich mit einem Lächeln auf den Lippen ein. Angélique gelang es nicht, ihrem Beispiel zu folgen. Sie war von quälender Unruhe erfüllt, die sich, je mehr die Nacht verstrich, zu

Rachegedanken steigerte. Morgen schon würde Madame de Montespans Name in aller Munde sein. Die schöne Marquise war sehr unklug gewesen, denn Angélique ließ sich von ihren scheinheiligen Worten nicht täuschen. Athénaïs hatte es diebisches Vergnügen bereitet, sie über ihren Triumph und die Rolle aufzuklären, die sie ihr ohne ihr Wissen zugewiesen hatte. Des Rückhalts beim König und seiner leidenschaftlichen Neigung sicher, hatte sie sich das Vergnügen gegönnt, einer Frau aufs übelste mitzuspielen, auf die sie seit langem eifersüchtig war, die sie bisher jedoch aus Berechnung hatte schonen müssen. Jetzt brauchte sie weder sie noch ihr Geld. Sie konnte sie demütigen und sich für die Erfolge rächen, die ihr Madame du Plessis dank ihrer Schönheit und ihres Reichtums streitig gemacht hatte.

„Dumme Person!" dachte Angélique, aber noch mehr als gegen Athénaïs richtete sich ihr Zorn gegen sich selbst.

Vorsichtig raffte sie sich auf, hüllte sich in ihren Mantel und schlich zur Leiter.

Madame de Montespan schlummerte weiter, in ihrem Staat auf dem Heu hingegossen wie eine Göttin auf einer Wolke.

Draußen verhieß die aufsteigende Morgenröte Regen. Von Osten kamen die Klänge der Querpfeifen und Trommeln. Die Regimenter brachen das Lager ab.

Angélique stapfte durch den zähen Schlamm und gelangte zum Hause der Königin, wo sie, wie sie wußte, Mademoiselle de Montpensier finden würde. Im Vorraum entdeckte sie die vor Kälte schlotternde, übernächtige Mademoiselle de La Vallière in Gesellschaft einiger Bedienter und ihrer jungen Schwägerin auf einer Bank. Der jämmerliche Anblick berührte sie so, daß sie unwillkürlich stehenblieb.

„Was macht Ihr hier, Madame? Ihr werdet Euch den Tod holen in dieser Kälte."

Louise de La Vallière hob ihre blauen, im wachsbleichen Gesicht übergroß wirkenden Augen. Sie zuckte zusammen, als sei sie aus einem Traum erwacht.

„Wo ist der König?" fragte sie. „Ich will ihn sehen. Ich gehe nicht eher von hier weg, als bis ich ihn gesehen habe. Wo ist er? Sagt es mir."

„Ich weiß es nicht, Madame."

„Ihr wißt es ganz bestimmt! Ihr wißt es . . ."

In einer Regung des Mitleids ergriff Angélique die mageren, eisigen Hände, die sich ihr entgegenstreckten.

„Ich schwöre Euch, daß ich es nicht weiß. Ich habe den König seit . . . ich weiß nicht, seit wann nicht mehr gesehen, und ich versichere Euch, daß er sich so gut wie gar nicht um mich kümmert. Es ist töricht, in einer solch kalten Nacht hier sitzenzubleiben."

„Das sage ich Louise immerzu", seufzte die kleine Schwägerin. „Sie ist völlig erschöpft, und ich bin's auch. Aber sie ist eigensinnig."

„Habt Ihr denn im Dorf kein Zimmer zugewiesen bekommen?"

„Freilich, aber sie wollte auf den König warten."

„Das ist wirklich zu albern!"

Angélique packte die junge Frau energisch beim Arm und zwang sie aufzustehen. „Zunächst werdet Ihr Euch aufwärmen und ausruhen. Mit solchem Gespenstergesicht könnt Ihr doch dem König nicht unter die Augen treten."

In dem Hause, in dem für die Favoritin eine Unterkunft bereitgestellt worden war, hieß sie die Lakaien ein Feuer anfachen und eine Wärmflasche zwischen die klammen Laken legen; dann bereitete sie einen Kräutertee und brachte Mademoiselle de La Vallière mit resoluter Gelassenheit zu Bett, gegen die diese nicht aufbegehrte. Als sie unter den Decken lag, die Angélique zusätzlich angefordert hatte, wirkte sie ungemein zart. Das Beiwort „abgezehrt", das ein bissiger Pamphletist vor kurzem auf sie angewandt hatte, schien nicht übertrieben. Ihre Knochen traten unter der zarten Haut hervor. Sie war im siebten Monat einer Schwangerschaft, der fünften in sechs Jahren. Sie war erst dreiundzwanzig, hatte einen strahlenden Liebesroman hinter sich und ein tränenreiches Leben vor sich. Noch im Frühjahr hatte Mademoiselle de La Vallière als Amazone einen letzten blendenden Auftritt gehabt. Heute war sie kaum mehr zu erkennen, so gründlich hatte sie sich verändert.

„Dahin also kann die Liebe zu einem Mann eine Frau bringen", sagte sich Angélique, und ihr Zorn erwachte von neuem.

Sie setzte sich ans Bett und nahm die schmächtige Hand der Favoritin, an der die Ringe allzu locker saßen, zwischen ihre kräftigen und festen Hände.

„Ihr seid so gut", flüsterte Louise de La Vallière. „Obwohl man mir sagte, daß der König ..."

„Warum hört Ihr auf das, was man sagt? Ihr macht Euch unnütz Kummer. Ich kann mich gegen die bösen Zungen nicht wehren. Ich bin wie Ihr ..."

Fast hätte sie hinzugefügt: „Genauso töricht wie Ihr. Ich diente ungewollt als Wandschirm." Doch wozu? Warum ihre Eifersucht in eine andere Richtung lenken? Sie würde früh genug einen Verrat entdecken, der sie schmerzlicher berühren würde als alle anderen, da ihre beste Freundin ihn beging.

„Schlaft jetzt", flüsterte sie. „Der König liebt Euch."

Aus Mitgefühl versicherte sie das einzige, was den Schmerz dieses zerrissenen Herzens zu lindern vermochte.

Louise lächelte bitter.

„Er beweist es mir schlecht."

„Wie könnt Ihr das sagen? Hat er Euch nicht eben erst seine Zuneigung durch Titel und Schenkungen bezeigt, die keinen Zweifel daran lassen, daß er Euch wohl will? Ihr seid Herzogin von Vaujoux, und Eure Tochter wird nicht dazu verurteilt sein, im Verborgenen zu leben."

Die Favoritin schüttelte den Kopf. Tränen rannen aus ihren geschlossenen Augen sanft über ihre Wangen. Sie, die stets unter unsagbaren Schmerzen heroisch ihre Schwangerschaften verborgen, der man die Kinder gleich nach der Geburt genommen und die den Tod ihrer drei Söhne nicht hatte beweinen dürfen, die lächelnd auf den Bällen erschienen war, um die Hofgesellschaft irrezuführen, sie hatte man plötzlich durch einen öffentlichen Akt zur Mutter der Tochter des Königs deklariert, ohne sie auch nur zu befragen. Und hieß es nicht, der Marquis de Vardes werde aus seinem Exil zurückgerufen, um sie auf Befehl des Königs zu ehelichen ...?

195

Die Trostesworte, die Ermunterungen, die Ratschläge waren vergeblich. Sie kamen zu spät. Angélique schwieg und hielt nur ihre Hand, bis sie eingeschlafen war.

Als sie zum Hause der Königin zurückkehrte, sah sie Licht im Fenster. Sie mußte an die Situation Maria Theresias denken – auch sie wartete auf den König, kam auf tausend qualvolle Vermutungen und hatte ihn in den Armen der La Vallière geglaubt, während diese im darunterliegenden Stockwerk die halbe Nacht hindurch vor Kälte und vergeblichem Warten vergangen war.

Wozu den Namen der wirklichen Rivalin hinausschreien? Nur um einen weiteren Tropfen Gift in das finstere Gebräu zu schütten?

Madame de Montespan hatte allen Grund, so unbesorgt in ihrem Heunest zu schlafen. Sie wußte – sie hatte es immer gewußt –, daß Madame du Plessis nicht sprechen würde.

Charleroi, Armentières, Saint-Vinoux, Douai, Oudenarde, Courtrai fielen wie Kartenhäuser.

Der König und die Königin von Frankreich wurden unter Baldachinen mit feierlichen Ansprachen der Schöffen empfangen. Danach begaben sie sich durch teppichbelegte Straßen zum Tedeum in eine jener alten Kirchen des Nordens aus steinernem Filigran, deren Turmspitzen den lastenden Himmel zu durchbohren scheinen.

Zwischen zwei Tedeums erschütterte der Krieg in einer kurzen Zukkung den Horizont mit seinen Kanonen- und Musketenschüssen. Die Garnisonen wagten zuweilen blutige Ausfälle. Doch die Spanier waren wenig zahlreich, und vor allem lag Spanien fern. Von jeglichem Nachschub abgeschnitten und unter dem Druck der Einwohner, die nicht gewillt waren, um des Ruhmes der Besatzung willen die Schrecken der Hungersnot zu erdulden, ergaben sie sich.

Der Sommer kam mit Hitze und Trockenheit. Der Rauch der Mörser stieg in kleinen Wölkchen zum klaren Himmel empor.

Mademoiselle de La Vallière war in Compiègne geblieben. Die Königin mit ihren Damen stieß wieder zur Armee. Zu ihrer Verwunderung bemerkten sie bei ihrer Ankunft im Lager ein mit glitzernden Eisbrocken beladenes Fuhrwerk, das von drei finster dreinblickenden Schnapphähnen in geflickten Uniformen und mit kohlrabenschwarzen Schnurrbärten eskortiert wurde. Der sie zu Pferde begleitende Offizier benahm vollends jeglichen Zweifel an ihrer Herkunft. Mit seiner reichgefältelten Halskrause und in seiner stolzen Haltung war er ein echter Hidalgo Seiner Allerkatholischsten Majestät.

Man erklärte den Damen, Monsieur de Brouay, der spanische Gouverneur von Lille, schicke täglich aus Artigkeit oder Anmaßung dem König von Frankreich Eis.

„Bittet ihn", sagte dieser dem Überbringer, „mir noch ein bißchen mehr zu schicken."

„Sire", erwiderte der Kastilianer, „mein General geht sparsam damit um, weil er hofft, die Belagerung werde lange dauern, und befürchtet, Euer Majestät könne eines Tages keins mehr bekommen."

Der alte Herzog von Charost, der neben dem König stand, rief dem Abgesandten beifällig zu:

„Ausgezeichnet! Legt Monsieur de Brouay ans Herz, es nicht dem Gouverneur von Douai gleichzutun, der sich wie ein Schurke ergeben hat."

„Seid Ihr des Teufels, Herr?" sagte der ob solcher Bemerkung verwunderte König. „Ihr ermutigt meine Feinde zum Widerstand?"

„Sire, das ist eine Frage des Familienstolzes", entschuldigte sich der Herzog. „Brouay ist mein Vetter!"

Unterdes nahm das Hofleben im Lager seinen Fortgang.

Die Ebene war mit symmetrisch angeordneten bunten Zelten bedeckt. Das des Königs, geräumiger als alle anderen, bestand aus drei Wohnräumen, einem Schlafraum und zwei Kabinetten, das Ganze mit chinesischer Seide überspannt und mit vergoldeten Möbeln ausgestattet. Lever und Coucher spielten sich genau wie in Versailles ab.

Üppige Mahlzeiten wurden aufgetischt, die man ganz besonders genoß, wenn man der Spanier gedachte, die hinter den düsteren Festungswällen von Lille an Rüben nagen mußten. Bei der französischen Armee lud der König die Damen an seinen Tisch.

Eines Abends fiel sein Blick beim Souper auf Angélique, die in seiner Nähe saß. Die Freude über die jüngsten Siege seiner Truppen und den intimeren, den er höchstpersönlich über Madame de Montespan davongetragen, hatte sein gewohntes Beobachtungsvermögen um einiges geschmälert. Er glaubte die junge Frau zum erstenmal während des Feldzugs zu bemerken und fragte liebenswürdig:

„Ihr habt also die Hauptstadt verlassen, Madame? Was tat sich in Paris, als Ihr abreistet?"

Angélique sah ihm kühl ins Gesicht. „Sire, man ging zur Vesper."

„Ich meine, was es Neues gab?"

„Grüne Erbsen, Sire."

Die Antworten hätten launig gewirkt, wäre ihr Ton nicht ebenso eisig gewesen wie der Blick der schönen Marquise.

Der König erstarrte vor Verblüffung, und da er nicht schlagfertig war, stieg ihm das Blut in die Wangen.

Madame de Montespan rettete wieder einmal die Situation, indem sie in ihr bezauberndes Lachen ausbrach. Sie erklärte, es sei heutzutage Mode, Fragen auf möglichst abstruse und trotzdem bündige Art zu beantworten. In den Pariser Salons und den Schlafgemächern der Preziösen vergnüge man sich mit einem Kreuzfeuer solcher Wortspielereien. Madame du Plessis sei in dieser Hinsicht äußerst gewandt.

Da jedermann das neue Spiel sofort ausprobieren wollte, endete die Mahlzeit in vergnügtester Stimmung.

Am folgenden Morgen war Angélique vor ihrem Spiegel eben dabei, unter den interessierten Blicken einer Kuh ihr Gesicht zu pudern, als der Marschall du Plessis-Bellière sich melden ließ.

Gleich allen Damen von Stand im Lager litt sie nicht ernstlich unter den Unbequemlichkeiten der Reise. Solange sie ihren Frisiertisch irgendwo aufstellen konnte, und sei es in einem Stall, war sie durchaus zufrieden. Der Duft des Reispuders und der Parfüms mischte sich mit dem Geruch des Düngers, doch weder die vornehme Dame im duftigen Unterkleid noch die guten schwarzweißen Kühe, die ihr Gesellschaft leisteten, fühlten sich auch nur im geringsten belästigt.

Javotte hatte den ersten Rock aus rosa und blaßgrün gestreifter Pekingseide gereicht, und Thérèse machte sich mit flinken Händen daran, die Bänder zu knoten.

Als ihr Gatte eintrat, schickte Angélique die Zofen hinaus, dann neigte sie sich angelegentlich zum Spiegel.

Auch Philippes Gesicht erschien im Glas, und es verhieß ein Gewitter.

„Man hat mir böse Gerüchte über Euch zugetragen, Madame. Ich habe es für nötig befunden hierherzukommen, um Euch ins Gebet zu nehmen, wenn nicht gar zu maßregeln."

„Was sind das für Gerüchte?"

„Ihr habt Euch dem König gegenüber launenhaft betragen, als er Euch die Ehre erwies, das Wort an Euch zu richten."

„Weiter nichts?" sagte Angélique, während sie in einem goldverzierten Döschen nach einem passenden Schminkpflästerchen suchte.

„Da sind noch ganz andere Gerüchte über mich im Umlauf, die Euch schon lange hätten in Harnisch bringen müssen. Aber daß Ihr verheiratet seid, fällt Euch nur dann ein, wenn es sich darum handelt, mich die eheliche Zuchtrute spüren zu lassen."

„Habt Ihr dem König unverschämt geantwortet, ja oder nein?"

„Ich hatte meine Gründe", versetzte sie trocken.

„Aber ... Ihr spracht mit dem *König!*"

„König oder nicht, das ändert nichts daran, daß er ein junger Mann ist, der es gelegentlich verdient, zurechtgewiesen zu werden."

Eine Gotteslästerung hätte keine größere Wirkung hervorgerufen. Der Marquis schien vor Zorn förmlich zu bersten.

„Ihr scheint nicht recht bei Trost zu sein!"

Schweigend schritt er ein paarmal auf und ab, dann lehnte er sich an die Futterkrippe und betrachtete Angélique, während er an einem Strohhalm kaute.

„Nun, ich weiß, woran es liegt. Ich habe in Gedanken an meinen Herrn Sohn, den Ihr trugt und nährtet, die Zügel wohl ein wenig zu locker gelassen, und daraus habt Ihr geschlossen, daß Ihr Euch wieder einiges leisten könnt. Es scheint an der Zeit, die Dressur fortzusetzen."

Angélique zuckte die Schultern, doch versagte sie sich eine schroffe Antwort und konzentrierte sich völlig auf ihren Spiegel sowie auf die heikle Operation, an ihrer rechten Schläfe ein Schminkpflästerchen anzubringen.

„Was für eine Züchtigung wähle ich, um Euch beizubringen, wie man sich an der Tafel der Könige benimmt?" fuhr Philippe fort. „Die Verbannung? Hm, Ihr würdet nur wieder am andern Ende des Wegs auftauchen, kaum daß ich Euch den Rücken kehrte. Eine ordentliche Tracht Prügel mit meiner Peitsche, die Ihr ja bereits kennenlerntet? Ich erinnere mich, daß sie Euch ziemlich mürbe machte. Oder aber . . . Ich denke da an gewisse Demütigungen, die Euch noch schmerzlicher zu sein scheinen als die Hanfschmitze, und ich bin recht versucht, sie Euch aufzuerlegen."

„Überanstrengt Eure Phantasie nicht, Philippe. Ihr seid ein allzu gewissenhafter Magister. Wegen dreier hingeworfener Worte . . ."

„. . . die an den König gerichtet waren!"

„Der König ist ein Mensch wie andere auch."

„Das ist eben Euer Irrtum. Der König ist der König. Ihr schuldet ihm Gehorsam, Respekt, Ergebenheit."

„Und was noch? Muß ich ihm das Recht zugestehen, mein Schicksal zu lenken, meinen Ruf zu beflecken, mein Vertrauen zu verhöhnen?"

„Der König ist der Herr. Er hat alle Rechte über Euch."

Angélique wandte sich jäh um und sah Philippe mit funkelnden Augen an.

„Ach nein . . .? Und wenn es dem König in den Sinn käme, mich als Mätresse haben zu wollen? Wie soll ich mich dann verhalten?"

„Euch fügen. Habt Ihr nicht begriffen, daß all die schönen Damen, die Zierden des französischen Hofs, allein dem Vergnügen der Fürsten bestimmt sind?"

„Erlaubt, daß ich Euren Standpunkt als Ehemann mehr als großzügig finde! In Ermangelung jeglicher Zuneigung zu mir sollte sich wenigstens Euer Besitzerinstinkt dagegen sträuben."

„Mein Besitz gehört dem König", sagte Philippe. „Nie im Leben würde ich ihm auch nur das geringste Stück verweigern."

Der jungen Frau entfuhr ein Ausruf des Unwillens. Philippe hatte die Gabe, sie bis ins Innerste zu verletzen. Was für eine Reaktion hatte sie von ihm erhofft? Einen Protest, der Eifersucht verriet? Selbst das war zuviel. Es lag ihm nicht das mindeste an ihr, und er gab es ihr ungeschminkt zu verstehen. Seine flüchtige Anteilnahme vor dem Kamin hatte nur der Frau gegolten, die die Ehre gehabt hatte, seinen Stammhalter zu gebären.

Tief empört wandte sie sich ab, warf die Dose mit den Pflästerchen um, griff mit zornbebender Hand nach einem Kamm, dann nach einem anderen.

Philippe beobachtete sie ironisch, während sich ihre brennende Enttäuschung in einer Flut bitterer Worte entlud:

„Natürlich, ich vergaß. Eine Frau ist für Euch nur ein Gegenstand, ein Stück des Mobiliars. Eben noch gut genug, Kinder in die Welt zu setzen. Weniger als eine Stute, weniger als ein Knecht. Man kauft, man verkauft sie, man legt Ehre ein mit ihrer Ehre, man wirft sie beiseite, wenn sie aufgehört hat, von Nutzen zu sein. Das ist es, was eine Frau für Männer Eurer Art bedeutet. Höchstenfalls ein Stück Kuchen, eine Schüssel Ragoût, worauf sie sich stürzen, wenn sie ausgehungert sind."

„Hübsches Bild", bemerkte Philippe, „dessen Richtigkeit ich nicht leugne. Mit Euren glühenden Wangen und in Eurer leichten Bekleidung erscheint Ihr mir höchst appetitanregend, das muß ich gestehen. Auf mein Wort, ich beginne Hunger zu verspüren."

Mit schnellen Schritten trat er zu ihr und legte seine Hände besitzergreifend auf die runden Schultern der jungen Frau. Angélique wand sich aus seinem Griff und schnürte hastig ihr Mieder zu.

„Macht Euch keine Hoffnungen, mein Lieber", sagte sie kühl.

Mit einer wütenden Bewegung öffnete Philippe das Mieder wieder.

„Habe ich denn gefragt, ob es Euch paßt?" grollte er höhnisch. „Habt

201

Ihr denn noch nicht begriffen, daß Ihr mir gehört? Haha! Da also drückt Euch der Schuh! Die stolze Marquise möchte noch immer zuvorkommend behandelt werden!"

Ungestüm zog er ihr das Mieder herunter, zerriß ihr Hemd und griff mit der Brutalität eines Söldners nach ihren Brüsten.

„Ihr vergeßt wohl, woher Ihr kommt, Frau Marquise? Früher wart Ihr nichts anderes als eine kleine Bauerndirne mit Triefnase und lehmverschmierten Füßen. Ich sehe Euch noch im fadenscheinigen Rock, mit in die Augen hängenden Haaren. Und trotzdem schon voller Überheblichkeit."

Er hob ihr Gesicht, um es dicht vor dem seinen zu haben, und preßte ihre Schläfen so fest zusammen, daß sie das Gefühl hatte, ihre Knochen müßten brechen.

„So was kommt aus einem alten, baufälligen Schloß und erlaubt sich, dem König gegenüber einen frechen Ton anzuschlagen...! Dieser Stall, das ist der passende Rahmen für Euch, Mademoiselle de Monteloup. Ich werde Eure ländlichen Erinnerungen auffrischen."

„Laßt mich!" schrie Angélique und versuchte, ihn zu schlagen. Doch sie schlug sich an seinem Harnisch die Handgelenke wund und rieb sich stöhnend die schmerzenden Finger. Lachend umschlang Philippe die sich Sträubende.

„So, kleines Hirtenmädchen, Rotznäschen, nun laßt Euch aufschürzen, ohne lange Geschichten zu machen."

Er packte sie derb und trug sie zu einem Heuhaufen in einem dunklen Winkel der Scheune.

„Laßt mich!" schrie Angélique. „Laßt mich los!"

„Schweigt still! Ihr hetzt die ganze Garnison auf uns."

„Um so besser. Dann sieht man, wie Ihr mich behandelt."

„Ein hübscher Skandal! Madame du Plessis von ihrem Gatten vergewaltigt."

„Ich hasse Euch!"

Sie erstickte fast im Heu, in das sie immer tiefer einsank. Indes gelang es ihr, die Hand, die sie festhielt, blutig zu beißen.

„Verdammtes Frauenzimmer!"

Er schlug sie mehrmals auf den Mund.

Dann zwängte er ihre Arme hinter ihren Rücken, so daß sie sie nicht mehr bewegen konnte.

„Guter Gott", keuchte er, halb lachend, „noch nie habe ich es mit einem solchen Tollkopf zu tun gehabt. Ein ganzes Regiment würde nicht genügen, um Euch ruhig zu halten."

Angélique verließen die Kräfte. Es würde genauso werden wie früher. Sie würde das demütigende Inbesitznehmen dulden müssen, die tierische Unterjochung, die er ihr auferlegte und gegen die sich ihr Stolz aufbäumte. Und ihre Liebe – die schüchterne Liebe, die sie Philippe entgegenbrachte und die nicht sterben, die sie nicht eingestehen wollte.

„Philippe!"

Er kam zu seinem Ziel. Es war nicht das erstemal, daß er im Dunkel einer Scheune einen derartigen Kampf bestand. Er wußte, wie man seine Beute festhält und gebraucht, während sie keuchend, zuckend unter ihm lag.

Es herrschte tiefe Finsternis. Winzige goldene Punkte tanzten in ihm, Staubpartikelchen, die ein durch auseinanderklaffende Bretter einfallender schmaler Sonnenstrahl gefangenhielt.

„Philippe!"

Er hörte sie rufen. Ihre Stimme hatte einen überraschenden Klang. Sei es aus Erschöpfung, sei es aus einer durch den Duft des Heus hervorgerufenen Berauschtheit – plötzlich ergab sich Angélique. Sie war des Zornigseins müde. Sie nahm die Liebe und die Umschlingung dieses Mannes hin, der nicht anders als grausam sein konnte. Es war ja Philippe, der, den sie schon in der Monteloup-Zeit geliebt hatte. Was machte es da aus, daß sie bis aufs Blut gequält wurde. Es geschah ja durch ihn . . .

In diesem Gedanken, der sie aus ihrer Erstarrung löste, fügte sie sich in die Rolle des Weibes, das dem Manne zu Willen ist. Sie war sein Opfer, sein Eigentum. Er hatte das Recht, von ihr Gebrauch zu machen, wie es ihm beliebte.

Obwohl er in diesem Augenblick im Zustand höchster Gespanntheit war, spürte Philippe ihre unerwartete Nachgiebigkeit. Fürchtete er, sie verletzt zu haben? Er beherrschte ein wenig sein blindes Verlangen und suchte zu erraten, was das Dunkel verbarg und welche neue Bedeutung dieses Schweigen haben mochte. Er spürte ihren leichten Atem an seiner Wange, erzitterte, und in einer jähen, ungewohnten seelischen Erschütterung drängte er sich an sie, schwach wie ein Kind.

Er fluchte ein paarmal, um sich Haltung zu geben.

Als er sich von ihr löste, wußte er nicht, daß er nahe daran gewesen war, sie an den Rand der Lust zu führen.

Verstohlen belauerte er sie im Halbdunkel, vermutend, daß sie ihre Kleidung ordnete, und jede ihrer Bewegungen wehte ihm ihren warmen weiblichen Duft zu. Ihre Ergebung kam ihm verdächtig vor.

„Meine Huldigung mißfällt Euch sehr, wie mir schien. Aber seid Euch bewußt, daß ich sie Euch als Bestrafung darbringe."

Sie ließ einen Augenblick verstreichen, bevor sie mit sanfter, verschleierter Stimme antwortete:

„Es könnte eine Belohnung sein."

Philippe sprang auf wie vor einer unversehens auftauchenden Gefahr. Er fühlte sich ungewohnt schwach. Am liebsten hätte er sich von neuem neben Angélique im warmen Heu ausgestreckt, um ganz still und vertraulich mit ihr zu plaudern: eine ungekannte Versuchung, die ihn unwillig machte. Doch die Worte der Abwehr erstarben auf seinen Lippen.

Mit leerem Kopf verließ der Marschall du Plessis die Scheune – im deprimierenden Gefühl, daß ihm auch diesmal nicht das letzte Wort geblieben war.

Zweiundzwanzigstes Kapitel

Ein heißer Julinachmittag lastete über Versailles. Um Kühlung zu finden, hatte Angélique in Gesellschaft der Damen de Ludre und de Choisy einen Spaziergang durch die Wasserpergola unternommen. Im Schatten ihrer Bäume und unter den Wasserstrahlen, die zu beiden Seiten hinter einem Rasenstreifen hervorschossen und sich zu glitzernden Bögen vereinigten, so daß ein luftiges, sprühendes Gewölbe entstand, ging es sich überaus angenehm.

Die Damen begegneten Monsieur de Vivonne, der sie höflich grüßte und sich dann an Angélique wandte:

„Ich hatte ohnehin vor, mit Euch zu reden, Madame. Um es kurz zu machen: ich möchte Euren Sohn Cantor in meine Dienste nehmen."

„Cantor! Wie kann Euch ein so kleiner Junge von Nutzen sein?"

Lächelnd erwiderte Monsieur de Vivonne: „Warum möchte man einen melodischen Vogel neben sich haben? Dieser Knabe hat mich bezaubert. Er besitzt eine wundervolle Stimme und spielt mehrere Instrumente wahrhaft vollendet. Ich möchte ihn auf meine Expedition mitnehmen, um auch weiterhin Verse dichten und seine Engelsstimme nutzen zu können."

„Eure Expedition?" fragte Angélique.

„Wißt Ihr nicht, daß mich der König zum Flottenadmiral ernannt hat und gegen die Türken schickt, die Kandia im Mittelmeer belagern?" erwiderte Monsieur de Vivonne.

„So weit!" rief Angélique betroffen aus. „Cantor ist doch noch viel zu jung. Wollt Ihr aus einem achtjährigen Knaben einen Helden machen?"

„Er wirkt wie elf und würde sich zwischen meinen Pagen nicht verloren fühlen. Mein Haushofmeister ist ein Mann gesetzten Alters und selbst Vater zahlreicher Kinder. Ich werde ihm Euren Knirps ganz besonders ans Herz legen. Und im übrigen, Madame, habt Ihr nicht Beziehungen zur Insel Kreta? Ihr seid es Euch schuldig, einen Eurer Söhne dorthin zu schicken, um nach dem Rechten sehen zu lassen."

Obwohl Angélique entschlossen war, Monsieur de Vivonnes Vorschlag abzulehnen, erklärte sie, es sich überlegen zu wollen.

Plaudernd kehrten die drei Damen durch die große Allee zum Schloß zurück, ständig genötigt, Arbeitern und Lakaien auszuweichen, die, mit Leitern bewaffnet, an den Bäumen und entlang der Hagebuchenhecken Lampions aufhängten. Aus den Lustwäldchen drang das Stakkato hastiger Hammerschläge herüber. Der Park rüstete sich zum Fest.

Der König wollte seinen Triumph auf dem Gebiet der Waffen feiern. Die glorreiche Eroberung Flanderns, der Blitzfeldzug in der Franche-Comté hatten ihre Früchte gezeitigt. Das überraschte Europa richtete seine Blicke auf den jungen Monarchen, der für alle Welt allzu lange der kleine, von den Seinen verratene König gewesen war. Von seinem Prunk hatte man bereits reden hören. Nun entdeckte man den wagemutigen Eroberer und listenreichen Macchiavellisten in ihm. Gleich dröhnenden Gongschlägen sollten rauschende Feste, deren Glanz über die Grenzen seines Landes hinausleuchten würde, die reiche Orchestrierung seines Ruhmes ergänzen.

Als Angélique in türkisblauem, diamantenübersätem Kleide in der Galerie erschien, trat eben der König aus seinen Gemächern. Er war kaum prächtiger gekleidet als sonst, aber in glänzender Laune. Jedermann spürte es: die Stunde der Lustbarkeiten hatte geschlagen.

Die Gittertore des Schlosses taten sich auf, und das Volk strömte mit staunenden Augen durch die Höfe, die großen Salons und von dort in den Park, um den Festzug vorüberziehen zu sehen.

Der König hielt die Hand der Königin. Maria Theresia, rundlich, kindlich und mit ihren schmalen Schultern tapfer die Last einer goldbestickten Robe tragend, die schwerer als ein merowingischer Sargschrein war, wußte sich vor Freude nicht zu fassen. Sie liebte die Prachtentfaltung. Und heute erwies er ihr die ihr gebührende Ehre und führte sie an der Hand. Ihr von Eifersucht gepeinigtes Herz kam ein wenig zur Ruhe; die bösen Zungen des Hofs hatten sich über den Namen der neuen Favoritin nicht einigen können.

Wohl waren auch Mademoiselle de La Vallière und Madame de Montespan im Gefolge, die eine höchst niedergeschlagen, die andere höchst munter wie gewöhnlich, und ebenso jene Madame du Plessis-Bellière, schöner und aparter denn je, aber sie tauchten in der Menge unter, und keine hatte Anspruch auf besondere Ehren.

Über dem prächtigen, gemächlich sich durch die Alleen bewegenden Zuge färbte sich der weite Himmel unter den letzten Strahlen der sinkenden Sonne purpurrot, und von den Rabatten, Bäumen und Laubengängen des Parks erhoben sich die blauen Schatten der Dämmerung. Doch blieb noch immer genügend Licht, den Marmor der Statuen und Brunnenfiguren mit einem leuchtenden Glanz zu umgeben, der ihnen ein seltsames, stumm-geheimnisvolles Leben verlieh.

Und als der Himmel verblaßte und die Dämmerung dichter zu werden begann, blitzten plötzlich unzählige Lichter auf, die sich durch die Boskets und Hainbuchengänge bewegten. Hirten und Hirtinnen erschienen singend und tanzend, während von einem großen Felsen Thyrsusstäbe und Tamburine schwingende Satyrn und Bacchantinnen sprangen und die muntere Gesellschaft umschwärmten, um sie zur Stätte der Theateraufführung zu geleiten.

Die Bühne, auf der das Spiel stattfinden sollte, war am Schnittpunkt der Königsallee mit mehreren anderen Alleen errichtet worden.

Um ihr empfindliches Kleid zu schützen, hielt sich Angélique aus dem nun entstehenden Gedränge heraus und beschloß, auf die Darbietung die gewiß lange dauern würde, zu verzichten. Die Nacht war mild, und der Park von Versailles mit seinen Boskets und sprudelnden Fontänen bot ihr ein feenhaftes Schauspiel. Sie genoß es, allein zu sein. Ein kleiner Marmorpavillon in einer Hainbuchennische, die wie ein besternter Himmel mit Lampions getüpfelt war, zog sie an. Sie stieg drei Stufen hinauf und lehnte sich an eine der schlanken Säulen. Der Duft von Geißblatt und Kletterrosen umschwebte sie. Der Lärm der Menge in der Ferne verebbte.

Als sie sich umwandte, glaubte sie zu träumen. Ein schneeweißes Phantom verneigte sich am Fuß der Stufen vor ihr. Als es sich aufrichtete, erkannte sie Philippe.

Sie hatte ihn seit ihrem Kampf in der Scheune nicht mehr gesehen,

207

seit jener Umschlingung, die eine Bestrafung hatte sein sollen, die ihr jedoch, auch wenn sie sich dagegen sträubte, eine erregende Erinnerung bedeutete. Während der Hof in die Hauptstadt zurückgekehrt war, war der Marschall du Plessis im Norden geblieben und hatte dann die Armee in die Franche-Comté geführt. Nur gerüchtweise erfuhr Angélique von seinen Ortsveränderungen, denn Philippe hatte sich natürlich nicht die Mühe gemacht, ihr zu schreiben.

Sie ihrerseits schrieb ihm zuweilen ein Briefchen, in dem sie von Charles-Henri und dem Leben des Hofs berichtete und auf dessen Beantwortung sie vergeblich hoffte.

Nun war er plötzlich da, lautlos aufgetaucht aus dem Dunkel des Parks, und hob seinen ausdruckslosen Blick zu ihr auf, aber die Andeutung eines Lächelns entspannte seine Lippen.

„Ich begrüße die Baronesse Trauerkleid", sagte er.

„Philippe . . .!" rief Angélique leise. Mit beiden Händen breitete sie ihren schweren Brokatrock aus. „Philippe, an diesem Kleid sind für zehntausend Livres Diamanten."

„Das Kleid, das Ihr damals trugt, war grau mit kleinen hellblauen Schleifchen am Mieder und einem weißen Kragen."

„Ihr erinnert Euch noch?"

„Warum sollte ich nicht?"

Er stieg die Stufen hinauf, sie streckte ihm die Hand entgegen, und nach leichtem Zögern küßte er sie.

„Ich wähnte Euch bei der Armee", sagte Angélique.

„Der König forderte mich durch eine Botschaft auf, nach Versailles zurückzukehren und mich bei dem großen Fest heute abend zu zeigen. Ich soll eine seiner Zierden sein."

Der letzte Satz klang durchaus nicht eitel. Allenfalls drückte er Wohlgefallen an einer Rolle aus, die er wie alle Rollen, die der König ihm zuwies, in striktem Gehorsam annahm. Der König wollte die schönsten Damen und stattlichsten Edelleute um sich versammelt sehen. Er konnte an einem solchen Tage einen der elegantesten Kavaliere seines Hofs nicht entbehren. „Der eleganteste ist er gewiß", sagte sich Angélique, während sie ihn musterte. Er sah wahrhaft prachtvoll aus in seinem Gewand aus weißer, goldbestickter Seide. Der Degengriff

war aus lauterem Gold, und vergoldet waren die Absätze seiner weißledernen Stiefel.

„Zwingt Euch der König, bei der Armee zu bleiben?" fragte sie unvermittelt.

„Nein! Ich habe ihn selbst darum gebeten."

„Weshalb?"

„Ich liebe den Krieg", sagte er.

„Habt Ihr meine Briefe bekommen?"

„Eure Briefe? Hm ... ja, ich glaube."

Angélique schob mit einer jähen Bewegung ihren Fächer zusammen.

„Könnt Ihr überhaupt lesen?" fragte sie verdrossen.

Er starrte sie abweisend an. „Bei der Armee habe ich anderes zu tun,
als mich mit Liebesbriefen und dergleichen läppischem Zeug zu befassen."

„Immer noch so liebenswürdig!"

„Immer noch so aggressiv ... Ich bin entzückt, Euch in bester Verfassung anzutreffen. Eigentlich muß ich Euch ein Geständnis machen:
Euer kriegerischer Geist hat mir ein wenig gefehlt. Der Feldzug war
reichlich eintönig. Zwei oder drei Belagerungen, ein paar Scharmützel
... Ihr wärt bestimmt auf eine Idee gekommen, wie man die Sache
hätte amüsanter gestalten können."

„Wann brecht Ihr wieder auf?"

„Der König hat mir sagen lassen, er wünsche mich künftighin bei
Hofe zu haben. Wir werden also Zeit genug haben, uns zu streiten."

„Auch Zeit für anderes", sagte Angélique und sah ihm in die Augen.

In dieser milden Nacht, fern dem Menschengewühl, fand sie sich zu
allen Kühnheiten bereit. Er war zurückgekehrt, hatte sie gesucht. Er
hatte dem Verlangen nicht widerstehen können, mit ihr zusammen zu
sein. Sich hinter Ironie verschanzend, hatte er ihr gestanden, daß sie
ihm gefehlt habe. Waren sie nicht beide auf dem Wege zu etwas
Wunderbarem?

Philippe schien nicht zu begreifen, doch seine Hände griffen ein
wenig hart nach Angéliques Arm, schoben die schmückenden Reifen
beiseite und streichelten ihre glatte Haut. Dann hob er lässig das
schwere Geschmeide, das Hals und Brust der jungen Frau bedeckte.

„Allzu wohlverteidigte Festung", murmelte er. „Ich habe stets die Kunst der schönen Frauen bewundert, sich halbnackt darzubieten und dennoch unnahbar zu bleiben."

„Das ist die Kunst des Sichschmückens, Philippe. Die Rüstung der Frauen. Sie macht den Reiz unserer Feste aus. Findet Ihr mich nicht schön?"

„Zu schön", sagte Philippe unergründlich. „Gefährlich schön."

„Für Euch?"

„Für mich und für andere. Aber das wollt Ihr ja. Ihr spielt gar zu gern mit dem Feuer. Es ist leichter, aus einem Ackergaul einen Vollblüter zu machen, als das Wesen einer Dirne zu ändern."

„Philippe!" rief Angélique empört. „Wie schade! Ihr wart schon dabei, wie ein richtiger Kavalier zu plaudern."

Philippe lachte.

„Ninon de Lenclos hat mir immer geraten, den Mund zu halten. ,Schweigen, nicht lächeln, schön sein, vorbeigehen und verschwinden, das ist Eurem Wesen gemäß', sagte sie und prophezeite mir die schlimmsten Unannehmlichkeiten, falls ich davon abwiche."

„Ninon hat nicht immer recht. Ich höre Euch gern reden."

„Für die Frauen genügte ein Papagei."

Er nahm ihre Hand, und sie stiegen die Marmorstufen hinunter.

„Ich höre Violinenklang. Die Aufführung muß begonnen haben. Es ist an der Zeit, zum König und seinem Gefolge zurückzukehren."

Sie gingen durch eine Allee, die von kleinen Obstbäumen in silbernen Töpfen gesäumt war. Philippe pflückte einen der rotbäckigen Äpfel. „Mögt Ihr diese Frucht haben?" fragte er.

Fast schüchtern nahm sie sie und lächelte, als sie seinem Blick begegnete.

Es war längst Nacht geworden, als die Vorstellung zu Ende war und der Hof zu neuen Vergnügungen aufbrach. Das tiefdunkle Zeltdach des Himmels und die Kulissen der Hecken und Gehölze bildeten die ideale Szenerie für das Lichtgebäude, vor dem man nun verhielt.

Gleich einer Vision war der Traumpalast in der Biegung einer Allee aufgetaucht. Vergoldete Faune bewachten ihn, die auf Postamenten aus lebendem Grün ländliche Instrumente spielten, während sich aus durchsichtigen Vasen Wasserkaskaden verströmten.

Der König verhielt seinen Schritt, um seinem Wohlgefallen an diesem Anblick Ausdruck zu geben, dann betrat er den von unzähligen an silbernen Gazeschleiern oder Blumengirlanden hängenden Kronleuchtern erhellten Saal aus Tausendundeiner Nacht. Zwischen den Türen rahmten jeweils zwei große Leuchter einen Springbrunnen ein, dessen Wasser sich in mehrere übereinander angeordnete Schalen und schließlich in ein großes Bassin ergoß.

In der Mitte des Saals erhob sich das seine Flügel ausbreitende Pferd Pegasus; mit dem Huf schlug es an einen hohen Felsen und ließ aus ihm die Fontäne der Hippokrene hervorschießen. Über dem Fabeltier, zwischen Laub und Zucker, Sträuchern mit kandierten Früchten, Kräutern aus Kuchen und Kandis, Teichen aus Obstsäften hielten Apoll und die Musen Rat und schienen der kreisförmig um den Pegasusfelsen aufgestellten, blumengeschmückten königlichen Tafel zu präsidieren.

Der Augenblick des Grand Soupers war gekommen. Der König nahm Platz, und die Damen, die er sich zur Gesellschaft erwählt hatte, bildeten einen leuchtenden Kranz um ihn.

Angélique fand sich zwischen Mademoiselle de Scudéry und einer jungen Frau, die sie ein paarmal anschauen mußte, um sich zu überzeugen, daß sie wirklich neben ihr saß.

„Françoise! Ihr hier!"

Madame Scarron lächelte strahlend.

„Ja, meine Liebe! Ich gestehe, daß es mir fast ebenso unwahrscheinlich vorkommt wie Euch, und ich kann an mein Glück kaum glauben, wenn ich daran denke, in welch kläglichen Verhältnissen ich mich noch vor einem Monat befand. Wußtet Ihr, daß ich beinahe nach Portugal gegangen wäre?"

„Nein, aber ich habe sagen hören, daß Monsieur de Cormeil Euch heiraten wollte."

„Ach, sprecht mir nicht von dieser Geschichte! Weil ich seinen Antrag ablehnte, habe ich die Unterstützung fast aller meiner Freunde verloren."

„Monsieur de Cormeil ist doch sehr reich? Ihr hättet ein bequemes Leben gehabt und wärt Eurer ewigen Sorgen ledig gewesen."

„Aber er ist alt und zudem ein Wüstling. Das habe ich denen gesagt, die mir so dringend zuredeten. Sie waren verwundert und verschnupft, weil sie fanden, meine Situation erlaube mir nicht, Ansprüche zu stellen. Nur Ninon hat mir recht gegeben!"

Sie sprach, wenn auch nur halblaut, mit jener Leidenschaftlichkeit, zu der sie sich gelegentlich hinreißen ließ, wenn sie zuversichtlich war. Und Angélique empfand von neuem den Reiz ihrer klaren Persönlichkeit.

Durch ihr schlichtes Äußere stach sie ein wenig von ihrer Umgebung ab, doch ihr geschmackvoll gewähltes rotbraunes Samtkleid, ihre doppelte Halskette aus Gagat und kleinen Rubinen paßten zu ihrem brünetten Typ.

Sie erzählte, daß sie in ihrer äußersten Not schließlich eingewilligt habe, als dritte Hofdame, fast als Zofe die Prinzessin von Nemours zu begleiten, die im Begriff stand, den König von Portugal zu ehelichen. Bei einem ihrer Abschiedsbesuche habe sie Madame de Montespan wiedergesehen und ihr ihre verzweifelte Lage geschildert. Madame de Montespan sei so liebenswürdig gewesen, sich daraufhin für sie zu verwenden, und nun habe ihr der König aufs neue eine Rente bewilligt.

„Und . . . da bin ich nun in Versailles!"

Angélique versicherte ihr mit herzlichen Worten, daß auch sie sich aufrichtig darüber freue.

In diesem Augenblick ging Madame de Montespan hinter ihnen vorbei und legte die Hand auf die Schulter ihres Schützlings.

„Nun? Zufrieden?"

„Ach, liebste Athénaïs, mein Leben lang werde ich Euch dankbar sein!"

In einem Meer von Blumen und Laub eröffnete der König mit Madame und den Prinzessinnen den Ball. Danach traten die edlen Damen und Herren vor und entfalteten in verwickelten Figuren die Pracht ihrer Kleidung. Die alten Tänze waren vom munteren, frivolen Rhythmus der Farandole durchpulst gewesen. Die neuen verblüfften durch ihre fast priesterliche Gemessenheit. Sie waren sehr viel schwieriger zu tanzen, alles lag im Setzen des Fußes und in den abgezirkelten Gesten der Arme und Hände. In unaufhaltsamer, genau festgelegter, fast mechanischer und wie von einem Uhrwerk geregelter Bewegung folgten die Tanzenden gleich lebenden Automaten einer scheinbar heiteren Choreographie, die sich jedoch, ausgehend von der Musik, nach und nach mit einer vagen, geheimen Spannung füllte. Es lag sehr viel mehr verhaltenes Begehren in dem gelassenen Aufeinanderzu, dem flüchtigen Berühren der Hände, den gemessenen und immer unvollendeten Gesten des Sichdarbietens oder der Verweigerung als in der ausgelassensten „Corrante".

Der heißblütige Hof hatte sich diesem scheinbar so gehaltenen Rhythmen begeistert ergeben. Er erkannte unter der heuchlerischen Maske das Nahen der Begierde, die weniger das Kind des Feuers als das der Nacht und der Stille ist.

Angélique tanzte gut und ausgesprochen gern. Zuweilen streiften fremde Finger die ihren, aber sie achtete nicht darauf. Gleichwohl erkannte sie die königlichen Hände, auf die sich gelegentlich eines Rondos die ihren legten. Ihr Blick wanderte zu den Augen des Königs, dann senkte er sich jäh.

„Immer noch böse?" fragte der König mit gedämpfter Stimme.

Angélique tat verwundert.

„Böse? Bei solchem Fest? Was meint Euer Majestät damit?"

„Vermag ein solches Fest den Groll zu mildern, den Ihr seit langen Monaten gegen mich hegt?"

„Sire, Ihr macht mich bestürzt. Wenn Euer Majestät mich derartiger Gefühle verdächtigt, warum hat sie mir gegenüber nie etwas davon verlauten lassen?"

„Ich fürchtete, Ihr könntet mir grüne Erbsen ins Gesicht werfen."

Der Tanz trennte sie. Die Worte des Königs hatten Angélique erregt;

ihr Herz klopfte. Als er wieder an ihr vorüberkam, sah sie, daß die zugleich gebieterischen und sanften Augen eine Erwiderung forderten.

„Das Wort ‚fürchten‘ macht sich schlecht auf den Lippen Eurer Majestät", murmelte sie.

„Der Krieg scheint mir weniger schrecklich als die Strenge Eures hübschen Mundes."

Sobald es anging, verließ Angélique die Tanzfläche und verbarg sich in der letzten Reihe der Galerie zwischen den Witwen, die, mit ihren Fächern spielend, dem Treiben zuschauten. Doch bald schon trat ein Page zu ihr und bat sie, ihm zu folgen. Sie hatte nicht den Mut zu fragen, von wem die Botschaft käme.

Der König erwartete sie draußen im Dunkel einer Allee, in das nur schwacher Lichtschein drang.

„Ihr hattet recht", sagte er in scherzendem Ton. „Eure Schönheit heute abend ermutigt mich. Der Moment ist gekommen, uns wieder zu versöhnen."

„Ist er gut gewählt? Aller Augen sind auf Euer Majestät gerichtet, und gleich wird jedermann nach ihr ausspähen und über ihre Abwesenheit befremdet sein."

„Nein. Man tanzt. Man kann mich immer an einer andern Stelle des Saals vermuten. Und ich habe endlich die lange ersehnte Gelegenheit, ein paar Worte mit Euch zu wechseln, ohne Aufmerksamkeit zu erregen."

Angélique fühlte sich erstarren. Das Manöver war allzu durchsichtig. Madame de Montespan und der König waren abermals übereingekommen, sie in ihr kleines Spiel hineinzuziehen, dessen Kosten sie bisher bestritten hatte.

„Wie widerspenstig Ihr seid!" meinte er sanft, während er ihren Arm nahm. „Habe ich nicht einmal das Recht, Euch meinen Dank abzustatten?"

„Dank? Wofür?"

„Monsieur Colbert hat mir wiederholt versichert, daß Ihr in der Rolle, die er Euch übertragen hat, wahre Wunder verrichtet. Wir sind uns bewußt, daß wir Euch gewisse finanzielle Erfolge verdanken."

„Oh, nur darum handelt es sich?" sagte sie und machte sich los.

„Euer Majestät schuldet mir keinen Dank. Ich werde ja reichlich dafür bezahlt – das genügt mir."

Sie trat einen Schritt zurück, wie um sich aus dem Bann der Persönlichkeit des Königs zu lösen, und sah ihn kühl und offen an.

„Und noch weniger erwarte ich Dank für den Dienst, den ich Euer Majestät und Madame de Montespan unwissentlich erwies", sagte sie mit einer Spur von Ironie in der Stimme. „Marionetten lenkt man – man dankt ihnen nicht."

Der König lächelte schuldbewußt.

„Ah . . . ich verstehe! Ihr nehmt es Madame de Montespan übel, daß sie den Verdacht ihres unerträglichen Gatten auf Euch abgelenkt hat. Immerhin, ein schlauer Plan."

„Der Eurer Majestät gewiß nicht unbekannt war."

„Haltet Ihr mich für einen Intriganten oder Heuchler?"

„Soll ich den König belügen oder sein Mißfallen erregen?"

„So also denkt Ihr über Euren Monarchen?"

„Mein Monarch hat sich mir gegenüber nicht so zu benehmen. Für wen haltet Ihr mich? Bin ich ein Spielzeug, über das man verfügt? Ich gehöre Euch nicht."

Der König packte sie bei den Handgelenken.

„Ihr irrt Euch. Alle meine Damen gehören mir durch Fürstenrecht."

Sie zitterten beide vor Zorn. Trotzig, mit funkelnden Augen, standen sie einander eine Weile gegenüber.

Der König faßte sich zuerst.

„Kommt, wir wollen uns nicht um solcher Kleinigkeiten willen zanken. Glaubt Ihr mir, wenn ich Euch sage, daß ich es Madame de Montespan auszureden versuchte, Euch als Opfer zu wählen? ‚Warum gerade sie?' sagte ich zu ihr. ‚Weil allein Madame du Plessis-Bellière fähig wäre, mich zu übertrumpfen. Ich will nicht, daß man sagen kann, Euer Majestät habe sich um einer Frau willen von mir abgewandt, die es nicht wert ist.' Seht, das ist gewissermaßen ein Beweis, wie hoch sie Euch einschätzt! Sie hielt Euch für naiv genug, um das Spiel unbewußt mitzuspielen. Oder für so tückisch, daß Ihr bewußt darauf eingehen würdet. Sie hat sich getäuscht. Aber es ist nicht recht, mir das kleine Komplott nachzutragen. Weshalb hat es Euch denn so verletzt,

Bagatellchen? Ist es eine solche Schande, für die Mätresse des Königs gehalten zu werden? Würde es Euch nicht vielmehr Berühmtheit eintragen? Vorteile? Schmeicheleien?"

Mit liebkosendem Arm zog er sie an sich und hielt sie fest, während er leise auf sie einsprach und in ihrem Gesicht zu lesen versuchte, das die Dunkelheit vor ihm verbarg.

„Euer guter Ruf wäre befleckt, meint Ihr? Nein, nicht bei Hofe. Er würde nur neuen Glanz gewinnen, glaubt mir . . . Also? Oder soll ich etwa annehmen, daß Ihr Euch schließlich in der Falle fangen ließt? Daß Ihr den Schabernack ernst nahmt . . . ? Ist es das? Enttäuscht?"

Angélique schwieg, die Stirn im Samt des nach Iris duftenden Rockes bergend und das sanfte Umhülltsein durch die Arme genießend, die sie festhielten und ihren Druck verstärkten. Es war lange her, daß sie sich so hatte hätscheln lassen. Wie köstlich, schwach zu sein, sich als Kind zu fühlen und sich ein wenig auszanken zu lassen!

„Ihr, die Ihr einen so klaren Blick habt – Ihr seid einer solchen Täuschung erlegen?"

Sie schüttelte heftig den Kopf, ohne zu antworten.

„Nein, ich wußte es wohl", sagte der König lachend. „Und trotzdem – war es nur Komödie? Wenn ich Euch gestehen würde, daß ich Euch nicht ohne Begehren betrachtet habe und daß mir gar oft der Gedanke gekommen ist . . ."

Angélique löste sich entschlossen.

„Dann würde ich Euch nicht glauben, Sire. Ich weiß, daß Euer Majestät eine andere liebt. Die Erwählte ist schön, nimmt Euch völlig in Anspruch, ist unwiderstehlich und hat nur Vorzüge – abgesehen freilich vom Ärger mit einem argwöhnischen Ehemann."

„Einem Ärger, der nicht gering ist", sagte der König mit einer Grimasse. Er nahm von neuem Angéliques Arm und schlenderte mit ihr durch eine Allee gestutzter Taxushecken.

„Ihr könnt Euch nicht vorstellen, was Montespan alles erfindet, um mir zu schaden. Er wird mich noch vor mein eigenes Parlament zerren. Philippe du Plessis ist bestimmt ein bequemerer Ehemann als dieser Eisenfresser. Aber das ist ein Kapitel für sich", schloß er mit einem Seufzer.

Er blieb stehen und faßte sie an beiden Armen, um ihr voll ins Gesicht zu schauen.

„Schließen wir Frieden, kleine Marquise. Euer König bittet Euch demütig um Vergebung. Laßt Ihr Euch nicht erweichen?"

Sie erbebte. Das über sie geneigte Gesicht mit den vollen, lächelnden Lippen, dem heißen Blick zog sie unwiderstehlich an.

Jäh raffte sie ihren schweren, rauschenden Rock und lief davon. Doch alsbald stieß sie an die dichte Wand der Taxushecke, die nirgends einen Ausweg ließ.

Keuchend lehnte sie sich an den Sockel einer Statue und sah um sich. Sie befand sich in dem kleinen, sammetschwarzen Boskett der Girandole, über dem sich der weiße Federbusch einer von zehn niedrigeren Springbrunnen umgebenen Fontäne abzeichnete, deren Strahlen in schneeigen Bogen in das runde Bassin zurückfielen.

Vom Fest drangen nur ferne Klänge an diesen Ort. Hier herrschte die Stille, einzig gestört vom Raunen des Wassers und den sich nähernden Schritten des Königs.

„Kleines Mädchen", flüsterte er, „warum seid Ihr davongelaufen?"

Aufs neue nahm er sie in seine Arme und nötigte sie, sich wieder an seine wärmende Schulter zu schmiegen, während er seine Wange an ihr Haar lehnte.

„Man hat die Absicht gehabt, Euch Böses anzutun, und Ihr verdientet es nicht. Dabei wußte ich doch, wie grausam die Frauen untereinander sein können. Meine, Eures Monarchen, Pflicht wäre es gewesen, Euch davor zu bewahren. Verzeiht mir, kleines Mädchen."

Angélique überkam ein köstliches Gefühl der Schwäche, ihre Gedanken verwirrten sich. Des Königs Züge waren nicht zu erkennen im Schatten seines großen höfischen Huts, einem Schatten, noch dichter als das nächtliche Dunkel, das sie beide einhüllte, während sie seiner leisen einnehmenden Stimme lauschte.

„Die Menschen, die hier versammelt leben, sind schrecklich, mein Kind. Das müßt Ihr wissen. Ich halte sie unter meiner Fuchtel, denn ich weiß zu genau, welcher Unbotmäßigkeit, welcher mörderischen Tollheit sie fähig sind. Jeder, dem eine Stadt, eine Provinz gehört, ist bereit, sich zum Unglück meines Volks gegen mich zu erheben. Deshalb will ich sie unter meiner Aufsicht haben. Hier, an meinem Hof, in Versailles, sind sie ungefährlich. Keiner von ihnen wird sich vergessen. Aber neben Raubtieren lebt man nicht, ohne Schaden zu nehmen. Man muß Haare auf den Zähnen haben, um zu bestehen. Ihr seid aus anderem Stoff geschaffen, mein hübsches Bagatellchen."

Sie fragte so leise, daß er sich über sie beugen mußte, um zu verstehen:

„Will Euer Majestät mir bedeuten, daß mein Platz nicht bei Hofe ist?"

„Gewiß nicht. Ich möchte Euch hier haben. Ihr seid eines seiner schönsten Kleinode. Euer Geschmack, Eure Anmut, Euer feiner Anstand haben mich bezaubert. Und ich habe Euch gesagt, wie gut ich über Eure geschäftlichen Angelegenheiten denke. Ich möchte nur, daß Ihr den Raubtieren entgeht."

„Ich bin Schlimmerem entgangen", sagte Angélique.

Sanft legte der König die Hand auf ihre Stirn, um sie zu veranlassen, den Kopf zurückzubeugen und ihr Gesicht im Mondlicht zu zeigen. Zwischen dunklen Wimpern schimmerten Angéliques grüne Augen wie eine Quelle, die ihr Geheimnis in den Gründen des Waldes bewahrt. Der König neigte sich über sie und heftete fast scheu seinen Mund auf diese jungen Lippen, die plötzlich von einem bitteren Zug gezeichnet wurden. Er wollte sie nicht erschrecken, aber bald war er nur noch begehrender Mann, bezwungen von seinem Verlangen und von der Berührung dieses weichen Mundes, der, zuerst verschlossen und widerspenstig, sich belebte und sich als wissend offenbarte.

„Aber ... das ist ja eine erfahrene Frau", durchzuckte es ihn.

Neugierig gemacht, betrachtete er sie mit anderen Augen.

„Ich liebe Eure Lippen", sagte er. „Sie lassen sich mit keinen anderen vergleichen. Frauenlippen und Jungmädchenlippen zugleich ... frisch und heiß."

Er versuchte keine weitere Liebkosung mehr. Und als sie sich sacht von ihm löste, hielt er sie nicht fest. Sie blieben, ein paar Schritte voneinander entfernt, unschlüssig stehen.

Plötzlich ließ eine Reihe gedämpfter Detonationen das Laub des Parks erzittern.

„Die Herren Feuerwerker lassen ihre Raketen los. Wir dürfen dieses Schauspiel nicht versäumen. Kehren wir um", sagte der König widerwillig.

Schweigend traten sie den Rückweg zum Ballsaal an. Der von den dumpfen Explosionen des Feuerwerks unterbrochene Lärm der Menge rollte ihnen entgegen wie das Geräusch des Meeres. Die Helligkeit nahm zu, als sie langsam ein Jasmingebüsch umschritten.

Der König ergriff Angéliques Hand und trat einen Schritt zurück, um die junge Frau zu betrachten.

„Ich habe Euch noch nicht zu Eurem Kleid beglückwünscht. Es ist ein wahres Wunder, dem nur Eure Schönheit gleichkommt."

„Ich danke Euer Majestät."

Angélique versank in ihre Reverenz. Der König verneigte sich und küßte ihre Hand.

„Also . . . ? Sind wir wieder Freunde?"

„Vielleicht."

„Ich wage es zu hoffen . . ."

Erregt und verstört entfernte sich Angélique, geblendet von den jäh aufblitzenden vielfarbigen Lichtern. Das dunkle Schloß im Hintergrund schien wie mit feurigem Geschmeide geschmückt.

Die Zuschauer stießen erschreckte Rufe der Bewunderung aus. Im Rahmen des Portals brannte ein Januskopf mit doppeltem Gesicht. Die Fenster des Erdgeschosses trugen leuchtende Kriegstrophäen, die des ersten Stocks die feurigen Bilder der Tugenden. Am Dachfirst versandte eine riesige Sonne ihre Strahlen. Unten, auf gleicher Höhe mit dem Erdboden, schien das Gebäude von einer glühenden Balustrade umgeben.

Die Karosse des Königs fuhr vorbei, von sechs lebhaften Pferden gezogen, auf deren vordersten fackeltragende Reiter saßen. Die Königin, Madame, Monsieur, Mademoiselle de Montpensier und der Fürst Condé hatten in ihr Platz genommen.

Sie machte vor dem Bassin der Latona halt, das einem Feuersee glich, in dem Fabelwesen sich unter einem schillernden Gewölbe einander überkreuzender Garben bewegten.

Schweigend betrachtete der König eine Weile das Spiel der Lichter.

219

Hinter den Kutschen erfüllte die herbeigeeilte Menge die Nacht mit fröhlichen Rufen.

Schließlich wendeten die Wagen und schlugen die große, von Thermensäulen gesäumte Allee ein. Und plötzlich schossen zwischen diesen Säulen Lichtgarben hervor. In den Gründen des Parks barsten Tausende von Raketen mit Donnergetöse. Überall loderten die Bassins wie Vulkankrater auf.

Der Lärm schwoll an, eine Panik entstand. Verängstigte Frauen flüchteten unter die Bäume und in die Grotten. Der ganze Park von Versailles schien in Flammen zu stehen. Die Kanäle, die Teiche färbten sich purpurrot im Widerschein der Lohe, während über ihnen Raketen den Nachthimmel durchschnitten und sich in Kometenschweife oder bunte Raupen verwandelten.

Endlich, im Augenblick, da in einem überwältigenden Finale überall am Horizont neue Raketenbündel emporschossen und ihre Bahnen zu einem feurigen Gewölbe vereinten, schwebten in den Lüften, leuchtenden Schmetterlingen gleich, ein L und ein M, die Initialen des Königs und der Königin.

Der Nachtwind trug sie mit dem rötlichen Rauch des erlöschenden Zauberspuks sacht davon, und der letzte rosige Schimmer des Festes vermischte sich mit dem des Himmels, der sich im Osten färbte. Es begann zu tagen.

Der Monarch befahl, nach Saint-Germain zurückzukehren. Erschöpft folgten ihm die Höflinge zu Pferd oder in ihren Kaleschen. Ein jeder versicherte immer wieder: noch nie habe die Welt ein schöneres Fest gesehen.

Dreiundzwanzigstes Kapitel

Ein unvergeßliches Fest, zwei amouröse Promenaden im Dunkel einer Allee, ein ihr ganzes Wesen erfüllendes Staunen, und gleichwohl ein bitterer Nachgeschmack, der die angenehmen Erinnerungen trübte ...

Das war das Fazit, das Angélique am nächsten Morgen aus der Nacht von Versailles zog.

Eine weitere Sorge drängte sich immer wieder in ihre schweifenden Gedanken: das runde Gesicht des kleinen Cantor, den Monsieur de Vivonne als Pagen zu sich nehmen wollte.

„Regeln wir zunächst diese Frage", beschloß Angélique und riß sich aus ihrem trägen Träumen.

Sie erhob sich vom Diwan, auf dem sie sich von den Anstrengungen der vergangenen Nacht erholt hatte. Als sie die kleine Galerie des Hôtel du Plessis durchquerte, drang Cantors Stimme aus dem obersten Geschoß zu ihr:

> „Marquis, solch' schöne Frau zu finden
> glückt leichter dir als mir ..."

Die junge Frau blieb vor einer dunklen Eichentür stehen. Sie zögerte einen Augenblick. Noch nie war sie bis zu dieser Tür vorgedrungen, die zu Philippes Gemächern führte. Ihr Vorhaben erschien ihr plötzlich sinnlos. Doch die Stimme des Achtjährigen, die da droben von den Liebschaften des Königs Heinrich sang, brachte sie zum Lächeln, und sie besann sich eines Bessern.

Nachdem sie leise angeklopft hatte, öffnete ihr La Violette. Philippe stand vor dem Spiegel, im Begriff, seinen blauen Rock überzuziehen. Er wollte nach Saint-Germain fahren. Angélique mußte ihm binnen kurzem folgen, da sie zur Lustpartie der Königin und einem nachfolgenden kleinen Souper geladen war.

Aus Höflichkeit gab Philippe keinerlei Verwunderung darüber zu erkennen, daß seine Frau sich bei ihm einfand. Er bat sie, Platz zu nehmen, und fuhr in seiner Toilette fort, geduldig darauf wartend, daß sie ihm den Grund ihres Besuchs mitteile.

Angélique fand es schwierig, einen Anfang zu machen. Sie sah zu, wie Philippe seine Ringe überstreifte. Er wählte sie bedächtig aus, schob sie probierend über die Finger und betrachtete mit kritischem Auge die ausgestreckte Hand. Eine Frau hätte kaum größere Sorgfalt auf ihren Schmuck verwenden können.

Was wollte sie von ihm? Einen Rat? Es kam ihr nun fast lächerlich vor. Um das peinlich werdende Schweigen zu brechen, sagte sie schließlich:

„Monsieur de Vivonne hat mich gebeten, ihm meinen Sohn Cantor zu überlassen."

Philippe bekundete keinerlei Interesse. Er stieß einen Seufzer aus und zog die Ringe wieder ab, die ihm nicht zusammenzupassen schienen. Nachdenklich blieb er vor seinen geöffneten Schmuckkästchen stehen, dann warf er ihr, als werde er sich erst jetzt ihrer Gegenwart bewußt, einen flüchtigen Blick zu und sagte gelangweilt:

„Ach, wirklich? Meinen Glückwunsch zu dieser guten Neuigkeit. Die Gunst Monsieur de Vivonnes ist im Wachsen, und seine Schwester, Madame de Montespan, wird dafür sorgen, daß sie lange auf ihrem Gipfelpunkt bleibt."

„Aber Monsieur de Vivonne wird sich auf eine Expedition ins Mittelmeer begeben."

„Ein neuer Beweis für das Vertrauen, das der König ihm entgegenbringt."

„Der Junge ist noch sehr klein."

„Was meint er dazu?"

„Wer? Cantor? Oh . . . er schien geradezu erpicht darauf, die Expedition zu begleiten. Was übrigens nicht verwunderlich ist, da Monsieur de Vivonne ihn verwöhnt und bei jeder Gelegenheit mit Süßigkeiten überschüttet. Aber einem achtjährigen Jungen kommt es nicht zu, über sein Schicksal zu bestimmen. Ich bin unschlüssig . . ."

Philippes Brauen hoben sich in einem Ausdruck des Erstaunens.

„Wollt Ihr, daß er Karriere macht?"

„Ja, aber . . ."

„Lauter aber!" sagte er ironisch.

Sich förmlich überstürzend, sprach sie weiter:

„Monsieur de Vivonne steht im Ruf eines Wüstlings. Er hat der Sippschaft Monsieurs angehört. Jedermann weiß, was das bedeutet. Ich möchte meinen Sohn nicht einem Manne anvertrauen, der ihn womöglich verdirbt."

Der Marquis du Plessis hatte einen großen Solitär und zwei weitere Ringe auf seine Finger geschoben. Er ging zum Fenster und ließ ihre Facetten in einem Sonnenstrahl aufglitzern.

„Wem wollt Ihr ihn sonst anvertrauen?" fragte er in seinem trägen Ton. „Dem seltenen Vogel von reinen Sitten, weder ränkevoll noch gleisnerisch, einflußreich beim König, von ihm mit Ehren überschüttet und . . . den es nicht gibt? Die Lehrzeit des Lebens ist nicht leicht. Den Großen zu gefallen, ist eine schwierige Aufgabe."

„Er ist sehr jung", wiederholte Angélique. „Ich fürchte, er könnte Dinge mit ansehen müssen, die ihm die Unschuld rauben."

Philippe lachte spöttisch auf.

„Wie kann eine ehrgeizige Mutter solche Skrupel haben! Ich war kaum zehn, als Monsieur de Coulmers mich in sein Bett nahm. Und vier Jahre später, als meine Stimme eben offenbart hatte, daß ich zum Mann geworden war, bot mir Madame du Crécy das Asyl ihres Alkovens an – oder richtiger gesagt, sie drängte es mir auf. Sie muß wohl in den Vierzigern gewesen sein . . . Was meint Ihr, verträgt sich dieser Smaragd mit dem Türkis?"

Angélique fand keine Worte. Sie war zutiefst entsetzt.

„Philippe! O Philippe!"

„Ihr habt recht, es geht tatsächlich nicht. Der Glanz und das Grün des Smaragds sind dem Blau des Türkis abträglich. Ein weiterer Diamant gehört hierher."

Er warf ihr einen Blick zu und lachte spöttisch.

„Legt doch diese bestürzte Miene ab. Warum fragt Ihr mich um Rat, wenn Euch meine Betrachtungen zuwider sind? Ignoriert einfach, worin die umfassende Erziehung eines jungen Edelmannes besteht, oder tut wenigstens so. Und laßt Eure Kinder zwischen Musterknaben aufwachsen."

„Ich bin ihre Mutter. Ich kann sie nicht moralisch verkommen lassen. Hat denn Eure Mutter nicht über Euch gewacht?"

„Ach so, richtig, ich vergaß . . .! Wir haben ja nicht die gleiche Erziehung genossen. Wenn mein Gedächtnis mich nicht trügt, seid Ihr barfüßig bei Kohlsuppe und Gespenstergeschichten aufgewachsen. Unter solchen Verhältnissen kann man sich den Luxus einer Mutter leisten. In Paris, bei Hofe, ist das für ein Kind nicht so selbstverständlich."

Er kehrte zum Frisiertisch zurück und öffnete weitere Schmuckkästchen. Sie konnte sein Gesicht nicht sehen, nur seinen blonden Kopf, den eine heimliche, lange getragene Bürde zu beugen schien.

„Nackt und schlotternd", murmelte er, „oft genug hungernd . . . den Lakaien oder Zofen überlassen, die mich verdarben, das war mein Leben hier in diesem Palais, das ich eines Tages erben sollte. Nur wenn es darum ging, mich vorzuzeigen, dann war nichts schön genug für mich. Die prächtigsten Kleider, der weichste Samt, die feinsten Spitzenkragen. Stundenlang befaßte sich der Frisör mit meinem Haar. Doch wenn ich meine Paraderolle ausgespielt hatte, schickte man mich durch die öden Gänge in mein dunkles Kämmerchen zurück. Ich langweilte mich. Niemand nahm sich die Mühe, mir Lesen oder Schreiben beizubringen. Es war eine wahre Erlösung für mich, als ich in den Dienst Monsieur de Coulmers' treten konnte. Mein hübsches Gesicht hatte es ihm angetan . . ."

„Ihr kamt zuweilen nach Plessis . . ."

„Allzu kurze Aufenthalte. Ich mußte vor dem Thron erscheinen und um ihn kreisen. Man kommt nur voran, wenn man sich zeigt. Mein Vater, dessen einziger Sohn ich war, hätte mir nie gestattet, in der Provinz zu bleiben. Er war stolz darauf, daß ich so rasch meinen Weg machte . . . Ich war sehr ungebildet und hatte wenig Verstand, aber ich war schön."

„Deshalb habt Ihr auch nie die Liebe kennengelernt", sagte Angélique wie zu sich selbst.

„O doch! Mir scheint, ich habe reiche und vielfältige Erfahrungen auf diesem Gebiet."

„Das ist nicht Liebe, Philippe."

Sie war wie erstarrt, traurig und voller Mitleid wie vor einem Menschen, der des Notwendigsten beraubt ist. „Der Tod des Herzens ist der schlimmste!" Wer hatte ihr das doch eines Tages gesagt, mit jener verächtlichen Melancholie der Auserwählten? Der Fürst Condé, einer der vornehmsten Edelmänner nach Rang, Vermögen und Ruhm.

„Habt Ihr denn nie ... wenigstens einmal, ganz ausschließlich ... eine Frau geliebt?"

„Doch ... meine Amme. Aber das ist lange her."

Angélique lächelte nicht. Sie blickte ihn eindringlich an, hielt die Hände auf ihren Knien gefaltet.

„Dieses Gefühl", murmelte sie, „das auf ein einzelnes Wesen die Großartigkeit des Universums überträgt, die Süße aller unausgesprochenen Träume, die Schwungkraft und die Macht des Lebens ..."

„Ihr versteht es wunderbar, über diese Dinge zu reden. Nein, meiner Treu, ich glaube nicht, daß ich für mein Teil je ein solches Hochgefühl kennengelernt habe ... Dennoch ahne ich, was Ihr meint. Einmal habe ich die Hand ausgestreckt, aber das Trugbild ist erloschen ..."

Seine Lider verschleierten seinen Blick, und mit seinem glatten Gesicht, dem leisen Lächeln seiner Lippen glich er einer jener liegenden Statuen, die mit rätselvollem Ausdruck auf den Gräbern der Könige zu sehen sind.

Nie war er ihr so fern erschienen wie in dem Augenblick, da er ihr – vielleicht – näherkam.

„Es war auf Schloß Plessis ... Ich war eben sechzehn geworden, und mein Vater hatte mir ein Regiment gekauft. Wir hielten uns wegen der Aushebung in der Provinz auf. Im Verlaufe eines Festes machte man mich mit einem Mädchen bekannt. Sie war in meinem Alter, aber in meinen aufgeklärten Augen war sie noch ein Kind. Sie trug ein graues Kleidchen mit blauen Schleifen am Mieder. Ich schämte mich, daß man sie mir als meine Kusine vorstellte. Doch als ich ihre Hand nahm, um sie zum Tanz zu führen, spürte ich, daß diese Hand in der meinen zitterte, und diese Berührung, dieses Zittern lösten eine ungekannte und köstliche Empfindung in mir aus. Bis dahin war ich es gewesen, der angesichts des gebieterischen Begehrens der reifen Frauen oder der anzüglichen Neckereien der jungen Koketten des Hofs ge-

225

zittert hatte. Jenes kleine Mädchen gab mir ein lächerliches Selbstbewußtsein. Ihre bewundernden Augen spendeten mir Balsam, einen berauschenden Trank, ich fühlte mich zum Manne werden, war nicht mehr Spielzeug; war Herr, nicht mehr Diener ... Indes stellte ich sie spöttisch meinen Kameraden vor: ,Dies' sagte ich, ,ist die Baronesse Trauerkleid.' Da lief sie davon! Ich betrachtete meine leere Hand, und ein unerträgliches Gefühl überkam mich, das nämliche, das ich an dem Tage empfand, da ein eingefangener Vogel, den ich mir zum Freund gemacht hatte, aus meinen Händen davongeflogen war. Alles kam mir grau vor. Ich wollte sie wiederfinden, um ihren Zorn zu besänftigen und noch einmal ihren verklärten Blick zu sehen. Ich wußte nicht, wie ich mich verhalten sollte, denn meine Lehrmeisterinnen hatten mir nicht beigebracht, wie man ein scheues Jüngferchen verführt. Im Vorbeigehen nahm ich aus einer Schale eine Frucht, um sie ihr zu schenken, um einen Vorwand zu haben ... Ich glaube, es war ein Apfel, rosig und goldgelb wie ihr Gesicht. Ich habe sie im Park gesucht. Aber ich habe sie an jenem Abend nicht mehr gefunden ..."

„Was wäre geschehen, wenn wir uns an jenem Abend wiedergefunden hätten?" dachte Angélique. „Wir hätten einander scheu angeschaut ... Er hätte mir einen Apfel geschenkt. Und wir wären Hand in Hand im Mondlicht gewandert ..." Zwei blonde junge Menschen ... durch die flüsternden Alleen jenes Parks, in den die Hirsche aus dem Wald von Nieul kommen ... Zwei von unnennbarem Glücksgefühl überwältigte junge Menschen, jenem Glücksgefühl, das man nur als Sechzehnjähriger empfindet, wenn man sich danach sehnt, in inniger Umarmung auf dem Moos zu sterben. Angélique hätte nie das Geheimnis des Giftkästchens aufgespürt ... Ihr Leben hätte vielleicht einen anderen Verlauf genommen ...

„Und habt Ihr jenes Mädchen nie wiedergefunden?" fragte sie seufzend mit heller Stimme.

„Doch. Sehr viel später. Und seht, in welch verklärtem Licht die Jugend ihre ersten Passionen zu betrachten vermag. Denn sie ist bösartiger, härter, kurz gesagt gefährlicher geworden als alle andern zusammengenommen ..."

Nachdenklich hielt er seine Hände vor sich hin.

„Was meint Ihr zu meinen Ringen? Mir scheint, jetzt passen sie gut zusammen."

„Ja, tatsächlich, Philippe . . . Aber ein einziger Ring am kleinen Finger würde vornehmer wirken."

„Ihr habt recht."

Er nahm die überflüssigen Ringe ab, legte sie in ihre Kästchen zurück, und nachdem er geläutet hatte, gab er dem Kammerdiener Anweisung, nach dem jungen Cantor zu schicken.

Schweigend warteten Angélique und Philippe, bis der Knabe erschien.

Cantor hatte einen festen Schritt. Er bemühte sich, die Sporen an seinen Stiefeln klirren zu lassen, denn er kam von der Reitbahn. Was ihn nicht hinderte, seine unentbehrliche Gitarre mitzuschleppen.

„Nun, junger Mann", sagte Philippe aufgeräumt, „wie man hört, wollt Ihr in den Krieg ziehen?"

Das immer ein wenig verschlossene Gesicht des Jungen hellte sich auf.

„Monsieur de Vivonne hat Euch von unseren Plänen erzählt?"

„Ihr heißt sie gut, wie ich sehe."

„Oh, Monsieur, mich mit den Türken zu schlagen, das wird herrlich werden!"

„Seht Euch vor. Die Türken sind keine Lämmer. Sie werden sich von Euren Liedern nicht bezaubern lassen."

„Ich will ja Monsieur de Vivonne nicht begleiten um zu singen, sondern um auf einem Schiff zu fahren. Ich denke schon lange daran. Ich will aufs Meer!"

Angélique zuckte zusammen, und ihre Hände verkrampften sich. Sie sah ihren Bruder Josselin vor sich, sah seine leuchtenden Augen, hörte ihn leidenschaftlich flüstern: „Ich aber, ich gehe aufs Meer . . ."

So war also die Zeit der Trennung schon gekommen! Man kämpfte für seine Kinder, beschützte sie, plagte sich in der Erwartung, eines Tages in enger Gemeinschaft mit ihnen leben und sich an ihrer Gegenwart erfreuen zu können. Und dann kam dieser Tag – noch nicht einmal erwachsen, kehrten sie den Rücken und gingen davon.

Die Augen des kleinen Cantor waren klar und hell. Er wußte, was er wollte.

„Cantor braucht mich nicht mehr", sagte sie sich. „Ich weiß es genau. Er ist mir so ähnlich. Habe ich je meine Mutter gebraucht? Ich bin durch die Felder und Wälder gestreift, ich habe mich mit eigener Kraft durchs Leben geschlagen. In seinem Alter wäre ich nach Amerika gegangen, ohne mich auch nur einmal umzuschauen . . ."

Philippe legte seine Hand auf Cantors Kopf. „Eure Mutter und ich werden darüber entscheiden, ob es angeht, Euch die Feuertaufe zu geben. Kaum je wird einem Jungen Eures Alters die Ehre zuteil, die Kanonen donnern zu hören. Man muß stark sein!"

„Ich bin stark, und ich habe keine Angst."

„Wir werden sehen, und wir werden Euch unseren Beschluß wissen lassen."

Der kleine Bursche verneigte sich ernst vor seinem Stiefvater und ging gemessenen Schrittes hinaus, von seiner Wichtigkeit durchdrungen.

Der Marquis nahm aus den Händen La Violettes einen Hut aus grauem Samt, von dem er ein paar Staubkörnchen schnippte.

„Ich werde mit Monsieur de Vivonne reden", sagte er, „und mich davon überzeugen, ob seine Absichten hinsichtlich dieses Bürschchens sauber sind. Wenn nicht . . ."

„Lieber möchte ich ihn tot sehen!" rief Angélique heftig.

„Redet nicht wie eine Mutter der Antike. Es paßt nicht zu der Welt, in der wir leben. Ich für mein Teil halte Vivonne für einen Ästheten, der in den kleinen Künstler wie in eine Nachtigall vernarrt ist. Er wird es gut bei ihm haben. Und für den Jungen ist es ein günstiges Sprungbrett. Sein Amt wird Euch keinen Sol kosten. Seid also vernünftig und freut Euch."

Er beugte sich über ihre Hand und küßte sie. Sie suchte seinen fahlen und undurchdringlichen Blick. „Philippe", murmelte sie, „das kleine Mädchen von damals ist immer noch da. Ihr wißt es."

Später, in der rüttelnden Kutsche, die sie in langsamem Trab durch das purpurrot gefärbte abendliche Land nach Saint-Germain brachte, dachte sie an ihn.

Sie wußte jetzt, daß es ihre Erfahrungen mit den Menschen waren, die ihr bei Philippe geschadet hatten. Sie wußte zuviel von ihnen. Sie kannte ihre schwachen Stellen, und sie hatte ihn mit oft erprobten Waffen angreifen wollen, während sie und er sich doch nur in der Unberührtheit ihrer jugendlichen Herzen hätten zusammenfügen können. Es war ihnen bestimmt gewesen, einander mit sechzehn Jahren zu begegnen, als sie beide die Zeit der schamvoll verschwiegenen, brennenden Wißbegier durchlebten, des Ahnens der Mysterien in ihrer noch unbefleckten Reinheit, jenes Entwicklungsstadiums, in dem die von ungekanntem Verlangen bezwungenen jungen Körper sich einander nur scheu und schamhaft nähern, sich mit Wenigem begnügen, mit einer flüchtigen Berührung der Hände, einem Lächeln, und in dem ein Kuß höchste Wonne bedeutet. War es zu spät, um das verlorene Glück wiederzufinden? Philippe irrte auf verderblichen Wegen, Angélique war zur Frau geworden – aber die Kräfte des Lebens sind so vielvermögend, daß alles wieder aufblühen kann, dachte sie, wie nach der kalten Jahreszeit aus der erstarrten Erde der Frühling wieder hervorsprießt.

Und der Funke zündete. Im unerwartetsten Augenblick lohte das glimmende Feuer auf.

An diesem Tag befand sich Angélique im Salon des Hôtel du Plessis. Sie wollte den Raum besichtigen, in dem der große Empfang stattfinden sollte, den sie nächstens für die Spitzen der Gesellschaft der Hauptstadt zu geben gedachte. Einen Empfang, der prunkvoll werden sollte, denn es war nicht ausgeschlossen, daß der König erscheinen würde.

Unzufrieden und mit vielen Seufzern machte Angélique die Runde durch den riesigen Salon, der düster war wie ein Brunnen, und an dessen Wänden steife, dunkle Möbel aus der Zeit Heinrichs IV. aufgereiht waren, deren Umrisse in den grün' chen Tiefen zweier riesiger Spiegel verschwammen. Zu allen Jahreszeiten war es hier eisig. Um die Kälte zu bekämpfen, hatte Angélique gleich bei ihrem Einzug aus ihrem eigenen Hause stammende dicke Perserteppiche auf die Fliesen legen lassen, doch die hellen Farben der mit Rosen verzierten weichen Wolle betonten noch die Strenge der schweren Ebenholzmöbel. Mitten in ihrem Inspektionsgang erschien Philippe, um einige Orden zu holen, deren Behältnisse er in einem Sekretär mit zahllosen Schubfächern aufbewahrte.

„Ihr seht mich in großer Sorge, Philippe", erklärte sie ihm. „Hier zu empfangen, bedrückt mich. Ich mache Euren Vorfahren keinen Vorwurf, aber eine so unbehagliche Wohnung wie die Eure findet man selten."

„Beklagt Ihr Euch über Eure Gemächer?" erkundigte sich der junge Mann.

„Nein, meine Gemächer sind reizend."

„Sie neu tapezieren zu lassen, hat mich eine Menge Geld gekostet", meinte er schroff. „Ich habe dafür meine letzten Pferde verkaufen müssen."

„Habt Ihr es für mich getan?"

„Für wen denn sonst?" knurrte Philippe mürrisch und schloß geräuschvoll ein Schubfach. „Ich heiratete Euch ... widerwillig zwar, aber ich tat es nun einmal. Ihr galtet als anspruchsvoll und schwierig. Ich wollte mich nicht der Geringschätzung einer großspurigen Kaufmannsfrau aussetzen."

„Ihr hattet also vor, mich gleich nach unserer Hochzeit hier unterzubringen?"

„Das erschien mir normal."

„Aber warum habt Ihr mich dann nicht dazu aufgefordert?!"

Philippe näherte sich ihr. Seine Miene war kalt und angespannt, als verschwiege sie nur mit Mühe einen Widerstreit der Gefühle. Indessen schien es Angélique zu ihrer Verblüffung, als ob er erröte.

„Ich glaubte, zwischen uns sei von Anfang an alles so verfahren gewesen, daß ich eine abschlägige Antwort hätte gewärtigen müssen."

„Was wollt Ihr damit sagen?"

„Ihr mußtet ja Abscheu vor mir empfinden nach dem, was sich auf Schloß Plessis zugetragen hatte . . . Ich habe nie den Feind gefürchtet, der König kann es bezeugen . . . Aber ich glaube, ich hätte mich lieber dem Feuer von hundert spanischen Kanonen ausgesetzt, als Euch an jenem Morgen entgegenzutreten, da ich erwachte . . . nach . . . Ach, und überhaupt, all das war Eure Schuld! . . . Ich hatte getrunken . . . Einen Mann, der getrunken hat, reizt man nicht, wie Ihr es getan habt . . . Aus Mutwillen . . . Ihr machtet mich wild. Ihr habt *gegessen!*" schrie er und schüttelte sie. „Ihr habt an jenem Abend mit schamlosem, anomalem Appetit gegessen, obwohl Ihr doch wußtet, daß ich mich anschickte, Euch zu erwürgen!"

„Aber Philippe", sagte sie wie versteinert, „ich schwöre Euch, daß ich vor Angst fast gestorben bin. Ich kann nichts dafür, daß Aufregungen mich von jeher hungrig machen . . . Ihr habt also etwas für mich übrig gehabt?"

„Wie kann man für Euch nichts übrig haben?" schrie er wütend. „Auf was für Ideen kommt Ihr nicht, um Euch bemerkbar zu machen! Ungeladen vor den König zu treten . . . Euch von Wölfen anfallen zu lassen . . . Kinder zu bekommen . . . Sie zu lieben . . . ich weiß nicht, was noch. Oh, Euch fehlt es nicht an Phantasie! . . . Mein Gott! Als ich in Fontainebleau Euer Pferd mit leeren Steigbügeln zurückkommen sah . . . !"

Jäh trat er hinter sie, packte ihre Schultern und preßte sie, als wolle er sie zerbrechen. Drängend fragte er:

„Wart Ihr verliebt in Lauzun?"

„In Lauzun? Nein, weshalb?"

Doch dann errötete sie, da ihr das Begebnis in Fontainebleau einfiel.

„Ihr denkt noch immer an diese Geschichte, Philippe? Ich nicht, und ich vermute, daß Péguillin es ebenso wenig tut. Ich habe mich oft zornig auf mich selbst gefragt, wie solche Torheiten nur möglich sind? Sie ergeben sich aus der Situation, aus der Atmosphäre der Feste, wenn man getrunken hat oder trotzig ist. Ihr wart so hart zu mir, so gleichgültig. Ihr schient Euch nur daran zu erinnern, daß ich Eure Frau war, um mich zu beschimpfen. Vergeblich machte ich mich schön . . . Ich bin nur eine Frau, Philippe, und die Mißachtung ist die einzige Prüfung, mit der eine Frau nicht fertig wird. Sie nagt an ihrem Herzen. Ihr Körper langweilt sich, sehnt sich nach Liebkosungen. In solchen Stimmungen ist man einem Schmeichler wie Péguillin ausgeliefert. Alles, was er über die Schönheit Eurer Augen oder Eurer Haut sagt, wird zur Erquickung wie eine Quelle mitten in der Wüste. Und schließlich wollte ich mich an Euch rächen."

„Euch rächen? Madame, Ihr verwechselt die Rollen! An mir war es, mich zu rächen, nicht an Euch. Habt nicht Ihr damit angefangen, indem Ihr mich zwangt, Euch zu heiraten?"

„Ich habe Euch doch um Verzeihung gebeten."

„So sind die Frauen! Weil sie um Verzeihung gebeten haben, bilden sie sich ein, alles sei ausgelöscht. Nur weil Ihr mich erpreßt habt, bin ich Euer Gatte geworden. Glaubt Ihr, dergleichen ließe sich dadurch löschen, daß Ihr um Verzeihung bittet?"

„Was konnte ich sonst tun?"

„Büßen!" schrie er und hob die Hand, als wolle er sie schlagen. Doch da seine blauen Augen schalkhaft blitzten, lächelte sie.

„Das Bußetun ist zuweilen süß", sagte sie. „Die Zeit der Folterbank und des glühenden Eisens unter den Füßen liegt weit zurück."

„Fordert mich nicht heraus. Ich habe Euch geschont, aber das war ein Fehler. Ich merke bereits, daß Ihr im Begriff seid, mich mit der Eurem Geschlecht eigenen Geschicklichkeit in Eurer Schlinge zu fangen wie ein Wilderer den Hasen."

Lachend bog sie den Kopf zurück und legte ihn an Philippes Schulter. Er hätte nur eine winzige Bewegung zu machen brauchen, um mit seinen Lippen ihre Schläfe oder ihre Lider berühren zu können. Er unterließ es, aber sie spürte, wie seine Hände sich in ihre Schultern verkrampften und seine Atemzüge schneller wurden.

„Meine Gleichgültigkeit hat Euch bedrückt, sagt Ihr? Nun, ich hatte den Eindruck, daß Euch unsere Beziehungen peinlich, um nicht zu sagen zuwider waren."

Angéliques Lachen versiegte.

„Ach, Philippe! Ein klein wenig Herzlichkeit von Eurer Seite, und ich hätte sie beglückend gefunden. Es war ein so schöner Traum, den ich tief in meinem Herzen bewahrte von dem Tage an, da Ihr mir die

Hand gabt und mich vorstelltet: ‚Dies ist die Baronesse Trauerkleid'.
Schon damals liebte ich Euch."

„Das Leben . . . und meine Peitsche haben dafür gesorgt, daß der
Traum zerstört wurde."

„Das Leben vermag neu aufzubauen . . . und Ihr könntet Eure Peitsche
liegenlassen. Ich habe meinen Traum nie aufgegeben. Und selbst als
wir getrennt waren, habe ich insgeheim . . ."

„Ihr habt zuweilen auf mich gewartet?"

„Ich warte immer auf Euch."

Sie spürte, daß Philippes Hände fiebrig über ihre Brüste glitten, daß
das Begehren in ihm aufzukeimen begann.

Er fluchte leise und unterdrückte ein verkrampftes Lachen. Dann
beugte er sich plötzlich über sie und küßte ihre bebende Brust.

„Ihr seid so unerhört schön, so weiblich!" flüsterte er. „Und ich . . .
ich bin nichts als ein linkischer Landsknecht."

„Philippe!" Sie sah ihn betroffen an. „Was redet Ihr da für einen
Unsinn! Böse, grausam, brutal, ja, das seid Ihr. Aber linkisch? Nein.
Dieser Vorwurf wäre mir nie in den Sinn gekommen. Leider habt Ihr
mir nie Gelegenheit gegeben, eine Schwäche bei Euch festzustellen, die
häufig die der übermäßig entflammten Liebenden ist."

„Trotzdem haben ihn mir die Schönen oft genug an den Kopf geworfen. Offenbar habe ich sie enttäuscht. Nach ihren Reden zu urteilen,
müßte ein Mann von der körperlichen Vollkommenheit eines Apoll . . .
übermenschliche Musterleistungen vollbringen."

Angélique lachte aus vollem Herzen, berauscht von der Lust, die auf
sie beide herabzustürzen schien, wie der Jagdfalke aus lichtem Himmel
herniederschießt. Ein paar Sekunden zuvor hatten sie noch in erbitter-
tem Streit gelegen. Jetzt bewegten sich die Finger Philippes ungeduldig
am Halsausschnitt ihres Mieders.

„Gemach, ich bitte Euch. Ihr werdet mir doch nicht meinen Perlen-
einsatz in Stücke reißen, der zweitausend Ecus gekostet hat. Man
möchte meinen, Ihr hättet Euch nie das Vergnügen gemacht, eine Frau
zu entkleiden."

„Nutzlose Mühe, da es doch genügt, einen Rock hochzuheben, um . . ."

Sie legte ihm den Finger auf den Mund.

„Schweigt lieber. Ihr versteht nichts von der Liebe. Ihr versteht nichts vom Glücklichsein."

„Nun, dann lehrt es mich, schöne Frau. Bringt mir bei, was Euresgleichen von einem Liebhaber erwartet, der schön ist wie ein Gott."

Es lag Bitterkeit in seiner Stimme. Sie schlang ihre Arme um seinen Hals, hingegeben, schwer, mit kraftlosen Beinen, und sanft drängte er sie auf den weichen, wollenen Teppich.

„Philippe, Philippe", flüsterte sie, „meint Ihr, es sei die passende Stunde und der passende Ort für eine solche Lektion?"

„Warum nicht?"

„Auf dem Teppich?"

„Jawohl, auf dem Teppich. Ich bin und bleibe ein Landsknecht. Wenn ich nicht mehr das Recht habe, meine eigene Frau in meinem eigenen Heim zu nehmen, dann lehne ich es ab, mich für *das Land der Liebe* zu interessieren."

„Aber es könnte doch jemand kommen?"

„Was tut's! *Jetzt* will ich Euch haben. Ich spüre, daß Ihr heiß, erregt, zugänglich seid. Eure Augen glänzen wie Sterne, Eure Lippen sind feucht . . ."

Er starrte in ihr aufgewühltes Gesicht mit den fiebrig glühenden Wangen.

„Kommt, kleine Kusine, wir wollen ein wenig miteinander spielen – hübscher als in unserer Kindheit . . ."

Angélique gab einen leisen Laut von sich, der ihr Besiegtsein offenbarte, und streckte die Arme aus. Sie war nicht mehr fähig zu widerstehen, dem wirren Begehren zu entrinnen. Sie war es, die ihn an sich zog.

„Nicht zu hastig, mein schöner Geliebter", flüsterte sie. „Laßt mir Zeit, glücklich zu sein."

Leidenschaftlich umfing er sie, von einer niegekannten Neugier überkommen, die sein Ungestüm dämpfte und ihn bestimmte, zum erstenmal der Frau gegenüber voller Rücksicht zu sein. Verwundert beobachtete er, wie Angéliques grüne Augen, deren Härte er fürchtete, sich wie in einem Traum verschleierten. Sie vergaß, sich zu sträuben; der verächtliche Zug um ihre Mundwinkel, den er so oft bemerkt hatte, war verschwunden, doch ihre halbgeöffneten Lippen bebten leise unter seinem keuchenden Atem. Sie war ihm nicht mehr feind. Sie schenkte ihm Vertrauen. Eine Hoffnung keimte in ihm auf im Rausch der Wollust. Der Augenblick des endlichen, beglückenden Zueinanderfindens war nahe, seine Stunde war gekommen, das Instrument dieser köstlichen Weiblichkeit zum Klingen zu bringen, die sich so lange verweigert hatte. Eine heikle Aufgabe, die geduldige Sorgfalt erforderte. Er dachte daran, daß sie ihn gedemütigt und daß er sie fast schmerzhaft gehaßt hatte. Doch während er sie betrachtete, spürte er sein Herz unter dem Drang eines ungekannten Gefühles schmelzen. Wo war die stolze junge Frau, die ihm Trotz geboten hatte?

Er sah, daß sie sich ihm unversehens auslieferte wie eine verängstigte Versehrte, und plötzlich machte sie hilflose kleine Gebärden, als bäte sie um Gnade.

Bald erschauernd, bald rasend vor Verlangen, auf dem Teppich ihres golden glänzenden Haars mechanisch den Kopf hin und her bewegend, löste sie sich sacht von ihrem Ich und wurde in jene überirdischen Bezirke entrückt, wo zwei Menschen sich allein mit ihrer Lust wiederfinden.

An dem tiefen Schauer, der sie jäh durchrann, merkte er, daß der Augenblick nahte, in dem er ihr Geliebter sein würde. Jede Sekunde, die verging, steigerte seine Erregung, erfüllte ihn mit einem nie empfundenen Siegesgefühl, einer verwegenen Kraft, die selbstbewußt hervorbrach, um ihre Belohnung zu empfangen. Er war der siegende Streiter in einem schwierigen Turnier, dessen Preis ihm unzählige Male hätte verlorengehen können, den er jedoch dank seiner Wachsamkeit und Ausdauer gewann.

Er brauchte sie nicht mehr zu schonen. Sie spannte sich in seinen Armen wie ein lebendiger Bogen. Jetzt, an der äußersten Grenze ihres Widerstandes, war sie nur noch Erwartung, Beklommenheit und Glückseligkeit.

Sie ergab sich endlich, und er nahm die heimliche Antwort dieses von ihm geweckten, in Wonnen schwelgenden Körpers wahr. Da ergriff er ganz von ihm Besitz. Er wußte, daß sie dies ihr Leben lang vermißt hatte: ihre eigene Lust, die Befriedigung ihres gefügigen und begehrlichen Körpers, der sich lange sättigte, während sie unter glühenden Seufzern wieder zur Besinnung kam.

„Philippe!"

Er lastete auf ihrem Herzen. Er barg sein Gesicht an ihr, und da sie in die Wirklichkeit des strengen, alten Salons der du Plessis zurückkehrte, begann Angélique seine Stummheit zu beunruhigen. Sie wagte nicht, an seine eigene Berauschtheit zu glauben, an die Trunkenheit, die sie selbst zitternd und so schwach zurückließ, daß sie den Tränen nahe war.

„Philippe!"

Sie brachte es nicht über sich, ihm zu sagen, wie dankbar sie ihm für seine Rücksichtnahme war.

Ob sie ihn enttäuscht hatte?

„Philippe!"

Er hob den Kopf. Sein Gesicht blieb unergründlich, aber Angélique war ihrer Sache sicher. Ein ganz sanftes Lächeln schloß seine Lippen auf, und sie strich mit dem Finger über den blonden Schnurrbart, auf dem feiner Schweiß perlte.

„Mein großer Vetter . . ."

Was geschehen mußte, geschah. Es kam jemand – ein Lakai, der zwei Besucher hereinführte: Monsieur de Louvois und seinen Vater, den gräßlichen Michel Le Tellier. Der Alte ließ vor Entsetzen sein Lorgnon fallen. Louvois wurde puterrot. Empört zogen sich beide zurück.

Am nächsten Morgen erzählte Louvois die Geschichte überall bei Hof herum.

„Am hellichten Tage . . .! Und noch dazu mit dem Ehemann!"

Konnten die Liebhaber und Verehrer der schönen Marquise eine solche Kränkung hinnehmen? Der Ehemann! Ein dem Hause selbst angehörender Rivale! Die Wollust im eigenen Heim . . .!

Madame de Choisy wanderte durch die Galerie von Versailles und rief immer wieder entrüstet aus:

„Am hellichten Tage! . . . Am hellichten Tage!"

Beim Lever des Königs witzelte man darüber.

„Der König hat nicht so darüber gelacht, wie man hätte annehmen können", stellte Péguillin fest.

Er war nicht der einzige, der den geheimen Ärger des Monarchen bemerkt hatte.

„In allem, was Eure Person betrifft, ist er höchst empfindlich", sagte Madame de Sévigné zu Angélique. „Er hat in bester Absicht Eure Versöhnung mit Eurem jähzornigen Gatten gefördert. Aber man sollte das Versöhnen nicht übertreiben. Monsieur du Plessis hat zuviel Eifer an den Tag gelegt, um seinen Herrn zufriedenzustellen. Möglicherweise wird er in Ungnade fallen, weil er nicht begriffen hat, daß gewisse Befehle keine allzu genaue Befolgung erfordern."

„Nehmt Euch vor dem Orden des Heiligen Sakraments in acht, meine Liebe", flüsterte ihr Athénaïs mit einer hämischen Grimasse zu. „Die guten Leute haben einigen Grund, aufgebracht zu sein."

Angélique verteidigte sich mit glühenden Wangen:

„Ich wüßte nicht, was der Orden vom Heiligen Sakrament einzuwenden haben könnte. Wenn ich die Huldigungen meines Mannes unter seinem Dach nicht empfangen darf . . ."

Athénaïs kicherte hinter ihrem Fächer.

„Am hellichten Tage . . . und auf dem Teppich! Das ist ja der Gipfel der Lasterhaftigkeit, meine Liebe! Und nur verzeihlich, wenn es sich um einen Liebhaber handelt."

Philippe, dem die harmlosen Witzeleien wie auch die Sarkasmen gleichgültig waren – vielleicht erfuhr er sie nicht einmal –, kam glimpflich davon. Der König freilich hatte harte Worte für ihn. Er schien sie zu überhören. Im Trubel der letzten großen Feste, die der König vor den Sommerfeldzügen gab, fand Angélique keine Möglichkeit, sich mit ihm auszusprechen.

Seltsam, Philippe war ihr gegenüber wieder eisig geworden, und als sie ihn gelegentlich eines Balls ansprach, gab er ihr eine abweisende Antwort. Schließlich redete sie sich ein, sie habe jenen süßen Augenblick nur geträumt, den sie als einen kostbaren Schatz in leuchtender Erinnerung behielt. Aber die Menschen hatten dieses Geschehnis auf eine Weise in den Schmutz gezogen, die ihr noch immer die Schamröte ins Gesicht trieb. Und Philippe war um kein Haar besser als sie. Sie ahnte nicht, daß er sich mit ihm ungewohnten, wirren Gefühlen herumschlug, in denen sich die Vorwürfe seines Stolzes mit einer Art panischer Angst mischten, die Angélique ihm einflößte. Er hatte geglaubt, sie einzig durch Haß überwinden zu können. Wenn dieses Bollwerk nachgab, würde er der Versklavung verfallen, und er hatte sich geschworen, sich nie von einer Frau versklaven zu lassen. Und nun geschah es ihm, wenn er sich gewisse Nuancen ihres Lächelns, gewisse Blicke vergegenwärtigte, daß er sich krank wie ein Jüngling fühlte. Seine einstige Gehemmtheit überkam ihn von neuem. Verdorben durch ein lockeres Leben, in dem er mehr Abscheu als Befriedigung empfunden hatte, zweifelte er, einen solchen Augenblick übernatürlicher Harmonie im Verlauf einer körperlichen Vereinigung mit einem jener verhaßten und verachtenswerten Geschöpfe genossen zu haben, die in seinen Augen die Frauen waren. Sollte man sich eingestehen, daß dies die sogenannte Liebe war? Oder war es nur ein Trugbild? Die Angst zu versagen, quälte ihn aufs neue. Er würde vor Verdruß sterben, sagte er sich, und auch vor Kummer. Da waren Zynismus und Vergewaltigung doch besser ...

Angélique, die hinter seinem kalten, abweisenden Gesicht niemals solche Herzensqualen vermutet hätte, verspürte wachsende Enttäuschung. Die Festlichkeiten vermochten sie nicht abzulenken. Des Königs Interesse an ihr und seine sie beharrlich suchenden Blicke weckten ihren Ärger. Warum ließ Philippe sie im Stich?

Eines Nachmittags, als der Hof im Freilichttheater Molière applaudierte, verfiel sie in tiefe Melancholie. Ihr war, als sei sie wieder jenes arme, scheue kleine Mädchen zwischen den spöttelnden Pagen, das aus dem Schloß Plessis in die Nacht hinausgelaufen war, das Herz voller Enttäuschung und verhöhnter Zärtlichkeit. Das gleiche Bedürfnis nach Flucht überkam sie nun. „Ich hasse sie alle", dachte sie. Und unauffällig verließ sie das Schloß und ließ ihre Kutsche vorfahren. Später sollte sie sich dieser impulsiven Regung erinnern, die sie Versailles entrissen hatte, und sie „Vorahnung" nennen. Denn als sie am Abend vor dem Palais im Faubourg Saint-Antoine eintraf, fand sie das Haus von geschäftiger Unruhe erfüllt, und La Violette teilte ihr mit, sein Herr sei an die Front in der Franche-Comté geschickt worden und breche am nächsten Morgen in aller Frühe auf.

Philippe speiste allein vor zwei silbernen Leuchtern im schwarzgetäfelten Speisesaal zur Nacht.

Als er Angélique im weiten Mantel aus rosa Taft erblickte, runzelte er die Stirn.

„Was wollt Ihr hier?"

„Habe ich nicht das Recht, hierher zurückzukehren, wenn ich es für angebracht halte?"

„Ihr wart für mehrere Tage nach Versailles befohlen worden."

„Ich hatte plötzlich das Gefühl, mich tödlich zu langweilen. Da habe ich eben all die unausstehlichen Leute sitzen lassen."

„Ich hoffe, daß das nur Ausflüchte sind, denn es wäre unverantwortlich. Ihr würdet womöglich den König erzürnen . . . Wer hat Euch von meiner Abreise verständigt?"

„Niemand. Ich habe von nichts gewußt. Ihr wärt also aufgebrochen, ohne mir auch nur Adieu zu sagen?"

„Der König hatte mich gebeten, über meine Abreise strengstes Stillschweigen zu bewahren, insbesondere Euch gegenüber. Frauen können ja bekanntlich den Mund nicht halten."

„Der König ist eifersüchtig", hätte ihm Angélique fast zugeschrien. Philippe sah, begriff also nichts – oder tat er nur so?

Angélique setzte sich ans andere Ende des Tischs und streifte umständlich ihre Handschuhe aus zartem, mit Perlen besetztem Leder ab.

„Merkwürdig, Philippe. Der Sommerfeldzug hat nicht begonnen. Die Truppen sind noch in ihren Winterquartieren. Ich wüßte im Augenblick niemand, den der König des Krieges wegen aus seiner Umgebung entlassen hätte. Eure Abkommandierung sieht mir sehr nach Ungnade aus."

Philippe hob den Kopf und sah sie schweigend an, so lange, daß sie glaubte, er habe nicht verstanden.

„Der König ist der Herr", sagte er schließlich.

Er stand jäh auf.

„Ich muß mich zurückziehen, es ist spät. Achtet auf Eure Gesundheit während meiner Abwesenheit, Madame. Ich empfehle mich."

Fassungslos blickte sie zu ihm auf. „Wollen wir nicht auf bessere Art voneinander Abschied nehmen?" schien sie zu flehen.

Er wollte nicht verstehen. Sich verneigend, küßte er nur die Hand, die sie ihm entgegenstreckte.

In der Stille ihres Schlafzimmers begann die arme kleine Kusine zu weinen. Sie vergoß die Tränen, die sie damals in ihrem Jungmädchenstolz unterdrückt hatte. Tränen der Verzagtheit, der Verzweiflung.

„Nie werde ich ihn begreifen! Nie werde ich damit fertig werden."

Er zog in den Krieg. Und wenn er nicht zurückkam ...? Oh, er würde zurückkommen! Das war es nicht, worum sie bangte. Aber der schmale Pfad zur Gnade, zum Glück würde längst verweht sein.

Der Mond schien durch das offene, auf den stillen Garten hinausgehende Fenster, und man hörte eine Nachtigall singen. Angélique hob ihr tränenfeuchtes Gesicht. Sie liebte dieses Haus, weil es das Haus war, in dem sie mit Philippe gelebt hatte. Was für eine wunderliche Gemeinschaft war das doch! Mehr ein enttäuschendes Versteckspiel, bei dem man sich nicht fand. Jeder befaßte sich mit seiner Garderobe, hastete zu Anproben zwischen zwei Verpflichtungen bei Hofe, zwei Reisen, zwei Parforcejagden ...

Doch da waren auch jene flüchtigen und gleichsam den gesellschaftlichen Ansprüchen abgerungenen Augenblicke gewesen, da Philippe sich neben sie gesetzt hatte, um ihr beim Stillen des kleinen Charles-Henri zuzuschauen, jene Unterhaltungen, bei denen sie gelacht und einander in die Augen geblickt hatten, jener Morgen, an dem Philippe seine Ringe übergestreift und ihr zugehört hatte, während sie von Cantor erzählte, und jener Tag endlich, an dem sie sich einander hingegeben hatten, an dem er von einer rücksichtsvollen Leidenschaftlichkeit gewesen war, die an Liebe grenzte.

Plötzlich ertrug sie es nicht mehr. Sie zog sich aus, hüllte sich in ihren

Frisiermantel aus hauchdünnem weißem Linnen und lief mit bloßen Füßen durch die kleine Galerie zu Philippes Schlafzimmer.

Ohne zu klopfen trat sie ein. Er schlief, nackt, quer auf dem Bett liegend. Die schweren Spitzenlaken waren halb zur Erde herabgeglitten und entblößten seine muskulöse Brust, die im milden Mondlicht wie aus Marmor gebildet wirkte. Sein Gesicht sah im Schlaf verändert aus. Das kurze, gelockte Haar, das er unter seiner Perücke trug, die langen Wimpern, der leicht aufgeworfene Mund verliehen ihm einen unschuldigen und unbeschwerten Ausdruck, der an griechische Statuen erinnerte. Mit seinem leicht zur Schulter geneigten Kopf, seinen schlaffen Händen wirkte er wehrlos.

Am Fußende des Bettes stehend, hielt Angélique den Atem an, um ihn besser beobachten zu können. Sie war betroffen von soviel Schönheit, von Einzelheiten, die sie zum erstenmal entdeckte: einer kleinen goldenen Kette mit einem Kreuz an seinem Gladiatorenhals, einem Leberfleck an der linken Brust, Narben hier und dort, die Krieg und Duelle hinterlassen hatten. Sie legte die Hand auf sein Herz, um seinen Schlag zu spüren. Er bewegte sich leise. Sie streifte ihren Frisiermantel ab und schmiegte sich sanft an ihn. Die Wärme seines gesunden Körpers, die Berührung seiner glatten Haut berauschten sie. Sie küßte ihn auf die Lippen, nahm seinen schweren Kopf und legte ihn an ihre Brust. Er regte sich und begegnete schlaftrunken ihrem Körper.

„Mein Schätzchen", murmelte er, während er wie ein ausgehungertes Kind ihre Brust mit dem Mund berührte.

Doch fast im gleichen Augenblick fuhr er hoch und sah sie zornig an.

„Ihr . . .? Ihr hier! Welche Schamlosigkeit! Welche . . ."

„Ich bin gekommen, um Abschied von Euch zu nehmen, Philippe. Auf meine Weise Abschied zu nehmen."

„Die Frau hat zu warten, bis es ihren Ehemann nach ihr gelüstet. Schert Euch fort!"

Er packte sie, um sie aus dem Bett zu jagen, aber sie klammerte sich fest und flehte leise:

„Philippe! Philippe, laßt mich bleiben! Behaltet mich heute nacht bei Euch."

„Nein."

Er riß sich wütend von ihr los, doch sie umschlang ihn von neuem, und sie war sensibel genug, um zu spüren, daß ihre Gegenwart ihn gleichwohl erregte.

„Philippe, ich liebe Euch . . . Behaltet mich in Euren Armen!"

„Was versprecht Ihr Euch davon, zum Teufel?"

„Ihr wißt es wohl."

„Schamlose! Habt Ihr nicht genug Liebhaber, die Eure Lust stillen?"

„Nein, Philippe. Ich habe keine Liebhaber. Ich habe nur Euch. Und Ihr geht für lange Monate fort!"

„Das also ist es, was Euch fehlt, kleine Dirne. Ihr habt nicht mehr Würde als eine läufige Hündin!"

Er fluchte und belegte sie mit Schimpfnamen, aber er stieß sie nicht mehr von sich, und sie schmiegte sich eng an ihn, seinen Kränkungen lauschend, als seien es die zärtlichsten Liebesworte. Schließlich seufzte er tief auf und packte sie bei den Haaren, um ihren Kopf zurückzubiegen.

Sie sah ihn lächelnd an. Sie hatte keine Angst. Nie hatte sie Angst gehabt. Das war es, was ihn besiegt hatte. Da umschlang er sie mit einem letzten Fluch.

Es war eine stumme Umschlingung, die auf Philippes Seite die Angst vor dem Schwachwerden verbarg. Doch Angéliques Leidenschaftlichkeit, die geradezu naive Beglückung, die sie empfand, in seinen Armen zu liegen, ihre Geschicklichkeit als liebende Frau, als ergebene Dienerin einer Lust, die sie teilte, überwanden seine Zweifel. Der Funke sprang hervor, wurde zur Glut und verzehrte in Philippes Innerem alles ungute Widerstreben. Mit einem verhaltenen dumpfen Schrei, der die Heftigkeit ihrer Lust verriet, wußte Angélique ihm unbändigen Stolz einzuflößen.

Er gab nichts zu. Den Groll, den Wortkrieg von vorhin konnte er nicht so rasch vergessen. Noch immer versuchte er sie zu täuschen. Und da sie erschlafft neben ihm liegenblieb, sagte er in brutalem Ton zu ihr:

„Geht jetzt!"

Diesmal gehorchte sie mit einer beflissenen und einschmeichelnden Fügsamkeit, die das Bedürfnis in ihm weckte, sie zu schlagen oder in seine Arme zu reißen. Er biß die Zähne zusammen, kämpfte gegen sein Bedauern an, sie gehen zu sehen, und gegen das Bedürfnis, sie zurückzurufen, sie bis zum Morgengrauen bei sich zu behalten, in seinen Arm geschmiegt wie ein bebendes, versonnenes kleines Tier. Torheit! Gefährliche Schwäche. All das würde im Kriegsgetümmel, beim Pfeifen der Kanonenkugeln von ihm abfallen.

Vierundzwanzigstes Kapitel

Bald nach dem Aufbruch des Marschalls du Plessis-Bellière schlug auch für Cantor die Stunde des Abschieds. Im letzten Augenblick noch hatte Angélique ihn zurückhalten wollen. Sie war niedergeschlagen, und düstere Vorahnungen bedrängten sie. Sie hatte begonnen, Philippe regelmäßig nach der Franche-Comté zu schreiben, aber er antwortete nie, und sie empfand sein Schweigen als eine Demütigung, so sehr sie sich auch dagegen wehrte. Wann würde Philippe ihr endlich gestehen, daß er sie liebte? Vielleicht nie. Vielleicht war er unfähig zu lieben – oder sich bewußt zu machen, daß er liebte? Er war kein Freund philosophischer Gedankengänge und innerer Besinnung – er war ein Krieger. Ehrlich davon überzeugt, daß er sie verabscheue, bemühte er sich überdies, es ihr zu beweisen. Aber er würde nicht auslöschen können, was zwischen ihnen aufgekeimt war, die uneingestandene Gemeinsamkeit des Genusses, die sie immer wieder zueinandertreiben würde. Dagegen vermochten weder die scheinheiligen Frömmler etwas noch die spöttischen Lebemänner, weder der König noch Philippe selbst.

Cantor reiste ab.

Wie immer nahmen gesellschaftliche Verpflichtungen Angélique so in Anspruch, daß sie nur selten dazu kam, an jenen nebligen Morgen zurückzudenken, an dem der Junge mit freudig gerötetem Gesicht in die Kutsche des Herzogs von Vivonne gestiegen war, gefolgt von seinem Lehrer Gaspard de Racan.

Er war in ein mit Spitzen und Schleifen geschmücktes Gewand aus grünem Moiré gekleidet gewesen, der mit der Farbe seiner Augen übereinstimmte. Auf seinem gekräuselten Haar hatte ein großer, schwarzer, mit weißen Federn gezierter Samthut gesessen.

Seine bebänderte Gitarre war ihm beim Einstegen hinderlich gewesen. Er hatte sie behutsam an sich gepreßt wie ein kleines Kind sein Lieblingsspielzeug. Sie war Angéliques letztes Geschenk. Eine Gitarre aus Antillenholz mit eingelegtem Perlmutter, die der bekannteste Instrumentenmacher der Hauptstadt für ihn entworfen und gebaut hatte.

Barbe war der Kutsche schluchzend bis in den dunklen Torweg gefolgt. Angélique hatte sich beherrscht. So war das Leben nun einmal. Die Kinder zogen hinaus. Aber bei jeder Etappe zerriß ein weiteres zartes Band im Herzen der Mutter . . .

Sie erkundigte sich von nun an mit verstärktem Interesse nach den Vorgängen im Mittelmeer. Als Verbündete der Venezianer gegen die Türken, die sich der letzten Bastion des Christentums im Mittelmeer zu bemächtigen suchten, waren die französischen Galeeren mit einer Gott wohlgefälligen Mission betraut, und der Herzog von Vivonne samt seinen Truppen verdiente den Namen Kreuzfahrer. Angélique mußte lächeln, wenn sie an den kleinen Cantor dachte, das winzigste und unschuldigste Rädchen der heiligen Expedition. Sie sah ihn im Geiste auf dem Bug eines Schiffes sitzen, von den Bändern seiner Gitarre umflattert.

Ihre spärlichen Mußestunden nutzte sie, um wieder mit Florimond in Kontakt zu kommen. Ob er unter der Trennung von Cantor litt? Oder war er eifersüchtig, weil sein jüngerer Bruder so glänzend vorankam und bereits für würdig befunden worden war, an Schlachten teilzunehmen? Sie merkte bald, daß es Florimond, obwohl er sich ihr gegenüber größter Höflichkeit befleißigte, sehr schwer fiel, auch nur zehn Minuten stillzusitzen. Gar vielerlei Beschäftigungen warteten auf ihn: sein Pferd zureiten, seinen Falken füttern, seine Dogge versorgen, seinen Degen blank putzen, sich vorbereiten, um den Dauphin zur Reitbahn oder auf die Jagd zu begleiten. Geduldig war er nur, wenn eine Lateinstunde beim Abbé de Lesdiguières in Aussicht stand.

„Ich unterhalte mich mit meiner Mutter", pflegte er dann zu seinem
Lehrer zu sagen, der sich in solchen Fällen resigniert zurückzog.

Das Thema der Unterhaltung bildeten in der Hauptsache die Talente
des Messire Florimond auf dem Gebiet des Duells. Obwohl er eher
sensibel und zart wirkte, waren seine Neigungen ausgesprochen jungen-
haft. Er träumte von nichts anderem als davon, sich zu schlagen, zu
siegen, zu töten und seine Ehre zu verteidigen. Nur mit einem Degen
in der Hand fühlte er sich wohl, und er übte sich bereits darin, mit der
Muskete zu schießen. Er fand den Dauphin reichlich träge.

„Ich bemühe mich ein wenig, ihm sein linkisches Wesen abzugewöh-
nen, aber da ist Hopfen und Malz verloren!" seufzte er. „Ich sage Euch
das im Vertrauen, Mutter, und ich möchte nicht, daß es in falsche
Ohren kommt. Es könnte meiner Karriere schaden."

„Ich weiß, ich weiß, mein Sohn", stimmte Angélique lachend zu,
wenn auch ein wenig beunruhigt ob dieses frühreifen Scharfsinns.

Sie wußte überdies, daß der kleine Dauphin Florimond bis ans Ende
der Welt gefolgt wäre, bezwungen von seinen feurigen schwarzen
Augen und seiner soldatischen Vitalität. Ja, Florimond war bezaubernd.
Er gefiel, und er hatte überall Erfolg. Sie hatte ihn im Verdacht, höchst
egoistisch zu sein – wie alle Kinder vermutlich. Und sie gestand sich
melancholisch, daß auch er ihr entwachsen war.

Er fuchtelte mit dem Degen.

„Seht ... seht, Mutter. Ich pariere, ich täusche ... ich mache einen
Ausfall ... da, mitten ins Herz! Mein Gegner liegt am Boden ... Tot!"

Er war schön. Die Lebenslust hatte ihre Flamme in ihm entzündet.
Aber würde er noch das Bedürfnis haben, seinen Kummer an ihrer
Schulter auszuweinen? Kinderherzen reiften rasch in der strahlenden
Sonne des Hofs.

Die Nachricht von der Niederlage am Kap Passero platzte im Juni mitten in ein Fest, das letzte, das der König gab, bevor er zu seinem
lothringischen Feldzug aufbrach.

Man erfuhr, daß die Galeeren Monsieur de Vivonnes auf der Höhe von Sizilien von einer berberischen Flotte angegriffen worden waren. Vivonne hatte in eine Bucht nahe dem Kap flüchten müssen. Er war sehr niedergeschlagen, obwohl es sich nur um ein Scharmützel gehandelt hatte, bei dem lediglich zwei von den zwanzig Galeeren, die er befehligte, versenkt worden waren.

Freilich hatte sich auf einer von ihnen ein großer Teil der Leute seines Hausstands befunden, und Monsieur de Vivonne hatte die Unannehmlichkeit gehabt, seine zehn Tafeldiener, seine vier Kammerdiener, die zwanzig Choristen seiner Kapelle, seinen Hausgeistlichen, seinen Haushofmeister, seinen Stallmeister und seinen kleinen Pagen mit der Gitarre in den Wellen versinken zu sehen.

Fünfundzwanzigstes Kapitel

Kaum jemand sprach Madame du Plessis-Bellière sein Beileid aus, denn der Sohn, den sie am Kap Passero verloren hatte, war ja erst ein Kind gewesen. Zählte denn ein Kind?

Die Sommerstille, die die Lustbarkeiten des Hofs für eine Weile unterbrach, erlaubte ihr, sich in Paris ihrem Kummer hinzugeben.

Sie konnte die grauenhafte Nachricht nicht fassen. Es war unvorstellbar. Cantor konnte nicht sterben. Er war doch das Kind des Wunders! Lange vor seiner Geburt schon hatte er dem Gift getrotzt, mit dem man seine Mutter aus dem Weg hatte schaffen wollen. Unter den modrigen Gewölben des Hôtel-Dieu, zwischen den Ärmsten der Armen hatte er das Licht der Welt erblickt. Er hatte die ersten sechs Monate seines Lebens in einem Stall verbracht, sich selbst überlassen, mit Schorf bedeckt, an einem schmutzigen Halm saugend, um sein Hungergefühl zu dämpfen. Er war von den Zigeunern für sieben Sous gekauft worden . . .

Er hatte das Schlimmste überlebt! Und nun wagte man zu behaupten, dieser robuste, unbezähmbare kleine Körper sei des Lebens beraubt . . . Torheit! Wer so redete, kannte den kleinen Cantor nicht!

Angélique weigerte sich, der bitteren Tatsache ins Gesicht zu sehen. Barbe grämte sich Tag und Nacht; um ihre Gesundheit besorgt, redete Angélique ihr schließlich energisch zu.

„Gewiß, Madame, gewiß", erwiderte die Magd schluchzend. „Madame kann das nicht verstehen. Madame hat ihn nicht wie ich geliebt."

Wie von einem brutalen Schlag getroffen, wandte Angélique sich schweigend ab und kehrte in ihr Zimmer zurück. Sie setzte sich vor das offene Fenster. Es ging auf den Herbst zu, ein feiner Regen fiel herab, der das Licht des sich neigenden Tages zu einem gedämpften Leuchten filterte.

Angélique bedeckte ihr Gesicht mit den Händen. Ihr Herz war schwer. Schwer von einer Reue, die nichts jemals würde auslöschen können. Der Reue darüber, daß sie sich allzu selten die Zeit genommen hatte, den kleinen Cantor auf ihre Knie zu heben, ihn auf seine runden Wangen zu küssen.

Die Physiognomie ihres Kindes blieb ihr rätselvoll. Weil es ihr ähnelte, weil es all ihren kleinen Brüdern de Sancé ähnelte, die sie um sich her hatte aufwachsen sehen, wurde sie sich nicht hinreichend bewußt, daß Joffrey de Peyrac auch Cantors Vater war. Der positive, abenteuerliebende und eigensinnige Geist des großen toulousanischen Grafen fand sich bei ihm wieder . . .

Sie sah ihn vor sich, wie er in den Krieg gezogen war, von stolzer Freude erfüllt unter seinem großen Hut. Sie sah ihn für die Königin singen, hörte seine Engelsstimme:

> „Adieu, mein Herz, adieu mein Lieb,
> Adieu mein Hoffen du . . .!"

Und sie erinnerte sich, wie sie ihn als ganz kleines Bübchen in den Temple heimgetragen hatte, durch ein winterliches Paris, das vom Duft der Krapfen von Mariä Lichtmeß erfüllt gewesen war.

Das müde Hufeklappern eines Pferdes drunten auf dem Pflaster des Hofs riß sie aus ihren Erinnerungen. Gleichgültig schaute sie hinaus und glaubte, in dem Reiter, der schwerfällig aus dem Sattel glitt und die Stufen der Freitreppe heraufkam, Philippe zu erkennen. Aber Philippe war ja bei der Armee an der lothringischen Front, wohin der König sich eben erst begeben hatte.

Ein zweiter Reiter trat unter den Vorbau des Haupteingangs. Diesmal erkannte sie eindeutig die lange Gestalt des Dieners La Violette, die sich unter dem Regen duckte. Es war also wirklich Philippe, der da ankam. Sie hörte seinen Schritt in der Galerie, bevor sie noch Zeit gefunden hatte, ihre quälenden Gedanken zu sammeln, und schon stand er vor ihr, bis zum Gürtel schmutzbespritzt und zum erstenmal in einem recht kläglichen Zustand. Von seinem Filzhut und den Aufschlägen seines Mantels rann das Wasser.

„Philippe!" sagte sie und stand auf. „Ihr seid ja völlig durchnäßt!"

„Es regnet seit heute früh, und ich bin ohne Unterbrechung galoppiert."

Sie läutete.

„Ich werde Euch einen warmen Imbiß bestellen und tüchtig einheizen lassen. Weshalb habt Ihr Euch nicht angemeldet? In Euren Gemächern arbeiten Tapezierer. Da der lothringische Feldzug begonnen hat, rechnete ich mit Eurer Rückkehr nicht vor dem Herbst und hielt den Augenblick für günstig, um einiges ausbessern zu lassen."

Er hörte ihr gleichgültig zu, in der breitbeinigen Haltung, die er in ihrer Gegenwart so oft annahm.

„Ich habe erfahren, daß Euer Sohn tot ist", sagte er schließlich. „Die Nachricht ist erst in der vergangenen Woche zu mir gedrungen."

Es entstand eine Stille, während der das Tageslicht unvermittelt zu erlöschen schien, nachdem die Regenwolken die letzten Strahlen der untergehenden Sonne verschleiert hatten.

„Er hatte davon geträumt, zur See zu gehen", fuhr Philippe fort, „und es ist ihm noch beschieden gewesen, daß sein Traum sich erfüllte. Ich kenne das Mittelmeer. Es ist ein tiefblaues und gleich der Standarte des Königs mit Gold verbrämtes Meer. Ein schönes Leichentuch für einen kleinen Pagen, der so gern sang . . ."

Angélique starrte ihn mit großen Augen an. Tränen liefen ihr über die Wangen. Er hob die Hand und legte sie auf ihr Haar.

„Ihr hattet gewünscht, er möge nicht verdorben werden. Der Tod hat ihm jene Tränen der Scham erspart, die die bestürzten Knaben ins-

248

geheim vergießen. Jedem ist sein Schicksal vorausbestimmt. Das seinige war eitel Freude am Leben und am Gesang. Er hatte eine Mutter, die ihn liebte."

„Ich habe nicht viel Zeit gehabt, mich um ihn zu kümmern", murmelte sie, während sie ihre Tränen abwischte.

„Ihr liebtet ihn", wiederholte er, „Ihr habt für ihn gekämpft. Ihr habt ihm das gegeben, was er zum Glücklichsein brauchte: die Gewißheit Eurer Liebe."

Angélique hörte ihm mit einem wachsenden Gefühl der Verblüffung zu.

„Philippe", rief sie schließlich aus, „Ihr wollt mich doch nicht glauben machen, daß Ihr die Armee verlassen und achtzig Meilen auf vom Regen durchweichten Straßen zurückgelegt habt, nur um ... um mir diese Trostesworte zu bringen."

„Das wäre nicht die erste Dummheit, zu der Ihr mich veranlaßt", sagte er grob. „Aber ich bin nicht nur deswegen gekommen. Ich wollte Euch auch etwas schenken."

Er zog aus seiner Tasche etwas wie ein Etui aus altem, abgestoßenem Leder, das er öffnete. Ein seltsamer Halsschmuck kam zum Vorschein, aus einer grüngoldenen Kette und drei Plättchen aus rosa getöntem Gold bestehend. Die Plättchen trugen drei große, nach ihrer natürlichen Form geschliffene Edelsteine, zwei Rubine und einen Smaragd. Das Ganze war prächtig, aber von barbarischem, altväterischem Geschmack, geschaffen, um von derben Schönen mit blonden Zöpfen getragen zu werden, wie die Königinnen der frühen Capetingerzeit es waren.

„Dies ist der Familienschmuck der Bellière-Frauen", sagte er. „Er hat ihnen in all den Jahrhunderten die Tugend der Beherztheit verliehen. Er ist würdig, von einer Mutter getragen zu werden, die dem Vaterland ihren Sohn geopfert hat."

Er trat hinter sie, um ihn ihr um den Hals zu legen.

„Philippe", flüsterte Angélique atemlos, „was soll das heißen? Was hat das zu bedeuten? Erinnert Ihr Euch der Wette, die wir eines Tages auf den Stufen von Versailles abschlossen?"

„Ich erinnere mich, Madame. Ihr habt sie gewonnen."

249

Er schob ihre blonden Locken auseinander, beugte sich über sie und küßte lange die Rundung ihres weißen Nackens. Angélique rührte sich nicht. Philippe drehte sie zu sich um, um ihr Gesicht zu sehen. Sie weinte.

„Weint nicht mehr", sagte er und drückte sie an sich. „Ich bin gekommen, um Eure Tränen zu trocknen, und nicht um Euch neue vergießen zu lassen. Ich habe es nie ertragen, Euch weinen zu sehen. Ihr seid doch eine große Dame, zum Teufel!"

„Er ist verliebt! Rasend verliebt!" sagte sich Angélique. „Nichts anderes kann dieses Geschenk bedeuten."

Er liebte sie also, und er hatte es ihr mit einer Zartheit gestanden, die Balsam für ihr wundes Herz war. Sie nahm sein Gesicht zwischen ihre Hände und betrachtete es liebevoll.

„Wie konnte ich ahnen, daß sich hinter Eurer schrecklichen Boshaftigkeit soviel Güte verbirgt! Im Grunde seid Ihr ein Poet, Philippe."

„Ich weiß nicht mehr, was ich bin", knurrte er ärgerlich. „Eins nur ist gewiß: daß Ihr mit dem Familienschmuck der Plessis-Bellière um den Hals vor mir steht und daß ich darüber recht beunruhigt bin. Keine meiner Vorfahren vermochte ihn zu tragen, ohne sofort von Krieg und Rebellion zu träumen. Meine Mutter trug kaum die Edelsteine auf ihrer Brust, als sie auch schon im Poitou Armeen für den Fürsten Condé auszuheben begann. Ihr erinnert Euch dessen genau wie ich. Auf was für Ideen werdet Ihr nun kommen? Als ob Ihr eine zusätzliche Dosis Beherztheit nötig hättet!"

Er preßte sie abermals an sich und lehnte seine Wange an die ihre.

„Und Ihr schautet mich immer an mit Euren grünen Augen", murmelte er. „Ich habe Euch gepeinigt, geschlagen, gedroht, und immer wieder habt Ihr den Kopf erhoben wie eine Blume nach dem Unwetter. Es hat mich erbittert, aber auf die Dauer flößte es ein Gefühl der . . . der Zuversicht ein. Welche Beharrlichkeit bei einer Frau! Ich konnte es nicht fassen. Ich war Beteiligter und Zuschauer zugleich bei einem Duell: ‚Wird sie standhalten?' dachte ich. Am Tage der königlichen Jagd, als ich Euch lächelnd des Königs und meinem Zorn trotzen sah, wurde mir klar, daß ich den kürzeren gezogen hatte. Im tiefsten Innern war ich stolz darauf, daß Ihr meine Frau seid."

Er küßte sie mehrmals mit spürbarer Scheu. Da Zärtlichkeit ihm fremd war, hatte er bisher solche Gefühlsäußerungen verabscheut, nach denen ihn heute verlangte. Er zögerte, ihre Lippen zu berühren. Sie war es, die sanft die seinen suchte, und sie dachte, daß diese Kriegerlippen etwas kindlich Frisches und gleichsam Unwissendes hatten und daß sie beide dank der seltsamsten aller Fügungen, nachdem sie durch Schmutz und Unrat gegangen waren, den keuschen und zärtlichen Kuß tauschten, den sie einst in ihrer frühen Jugend im Park von Plessis versäumt hatten.

„Ich muß wieder aufbrechen", sagte er plötzlich und fand zu seiner üblichen brüsken Art zurück. „Ich habe den Herzensangelegenheiten genügend Zeit gewidmet. Kann ich meinen Sohn sehen?"

Angélique ließ die Amme rufen, die mit dem kleinen Charles-Henri auf dem Arm erschien. In seinem Kleidchen aus weißem Samt wirkte er wie ein Falke auf der Faust des Jägers. Mit seinen blonden Locken, die unter dem Perlenhäubchen hervorquollen, seinem rosigen Teint und seinen großen blauen Augen war er ein prächtiges Kind.

Philippe nahm ihn in seine Arme, hob ihn in die Luft und schwang ihn hin und her, aber er vermochte ihm kein Lächeln zu entlocken.

„Ich habe noch nie ein so ernstes Kind gesehen", erklärte Angélique. „Es schaut jedermann offen und einschüchternd an. Aber das hindert es nicht, alle möglichen Dummheiten zu machen, jetzt, da es anfängt zu laufen. Neulich ertappten wir es dabei, wie es das Spinnrad des Stubenmädchens drehte, die Wolle war völlig verwirrt . . ."

Philippe reichte ihr das Kind.

„Ich überlasse es Euch. Ich vertraue es Euch an. Behütet es gut."

„Dies ist der Sohn, den *Ihr* mir geschenkt habt, Philippe. Er ist mir teuer."

Sie beugte sich aus dem Fenster, ihr hübsches Nesthäkchen im Arm, und schaute zu, wie er sich im dunklen Hof auf sein Pferd schwang und davonritt. Philippe war gekommen. Er hatte rings um ihren bitteren Kummer ein lebendiges Glück geschaffen. Er war der letzte, von

251

dem sie Trost erwartet hätte. Aber das Leben war reich an Überraschungen. Und staunend dachte sie darüber nach, daß dieser unlenk-
same Krieger, der ganze Städte mit Feuer und Schwert verheert hatte,
vier Tage lang durch Regen und Wind geritten war, weil er in seinem
Herzen das Echo ihrer Schluchzer vernommen hatte.

Sechsundzwanzigstes Kapitel

Während der Abwesenheit des Königs und des Hofs war Versailles
mehr denn je den Baumeistern, Handwerkern und Künstlern ausgeliefert. Nachdem Angélique sich zwischen Gerüsten und Schuttbergen
hindurchgewunden hatte, entdeckte sie schließlich ihren Bruder Gontran,
der damit beschäftigt war, ein nach dem südlichen Parterre gehendes
kleines Kabinett auszumalen. Hier wurde – ohne genaue Zweckbestim-
mung – eine Zimmerflucht ausgestaltet, für deren erlesene Behaglich-
keit man Marmor, Gold und alles, was es an Kostbarem gab, in über-
reichlichem Maße aufgewandt hatte.

Angélique warf einen zerstreuten Blick auf all die Wunderwerke, die
Stukkaturen aus dreierlei Gold, die verschlungene Schilfrohre und Grä-
ser darstellten, zwischen die der Maler entzückende, blau und rosa
getönte Miniaturen einfügte. Sie fragte ihren Bruder, ob er nächstens
einmal zu ihr kommen könne, um Florimond und Charles-Henri zu
porträtieren. Sie besaß kein Bild von Cantor, und das schmerzliche
Bedauern, das sie darüber empfand, weckte den Wunsch in ihr, die
Züge derer, die noch am Leben waren, auf der Leinwand verewigt zu
sehen. Warum nur hatte sie nicht früher daran gedacht?

Gontran meinte verdrossen, das sei nicht so einfach.

„Ich werde dich gut bezahlen."

„Das ist es nicht, meine Liebe! Gelegentlich will ich dir gern ein Porträt umsonst malen. Aber ich komme hier ja nicht weg. Seitdem ich in
Versailles arbeite, sehe ich meine Frau und meine Kinder nur einmal
die Woche, am Sonntag. Hier fangen wir im Morgengrauen an. Wir

haben eine halbe Stunde für die Mahlzeiten Zeit, und die Poliere passen auf, daß wir für das Verrichten unserer Notdurft nicht länger als fünf Minuten brauchen. Na, die haben nichts zu lachen, die Poliere, bei all den Burschen aus dem Moorland, die an Dysenterie leiden!"

„Ja, aber . . . wo schlaft Ihr? Wo eßt Ihr?"

„Dort drüben sind Schlafräume", sagte Gontran und deutete lässig mit dem Pinsel nach dem Fenster, „und Kantinen, die von der Innung eingerichtet wurden. Wenn man mal einen Tag während der Woche oder auch nur ein paar Stunden freihaben möchte – das kommt gar nicht in Frage!"

„Das ist ja unmöglich! Du bist mein Bruder, und es wird mir nicht schwerfallen, gewisse Erleichterungen für dich zu erwirken . . . vorausgesetzt, daß du einwilligst, eine Vergünstigung zu genießen, du Dickkopf!"

Der Maler zuckte die Schultern.

„Mach, was du willst. Die Grillen der großen Damen sind heilig. Ich werde tun, was man mir sagt. Ich verlange nur, daß man mein Weggehen nicht zum Vorwand benützt, um mir meine Arbeit wegzunehmen und mich auf die Straße zu setzen."

„Du wirst nie auf der Straße sitzen, dafür werde ich sorgen!"

„Ich habe dir bereits gesagt, daß ich weder von Almosen noch von Beziehungen leben will."

„Was willst du denn eigentlich, du ewig Unzufriedener?"

„Ich will mein *Recht*, nichts weiter."

„Schön . . ." Angéliques Blick folgte entzückt den zarten Linien der Miniaturen. „Laß uns nicht von neuem streiten. Kann ich auf dich rechnen?"

„Ja . . ."

„Gontran, ich würde mir gern die Decke anschauen, an der du kürzlich gearbeitet hast. Sie schien mir wundervoll."

„Ich habe den Gott des Krieges gemalt. Und im Nu war der Krieg da."

Er legte seine Palette weg und führte Angélique durch die Galerie zum Ecksalon, der gerade fertig geworden war. Er sah sich argwöhnisch um.

„Hoffentlich bekomme ich keinen Rüffel, weil ich mich auf ein paar Augenblicke entfernt habe. Deine Gegenwart wird mich ja wohl vor Strafe schützen."

„Gontran, du übertreibst. Du fühlst dich überall verfolgt."

„Ich habe gelernt, mich vor Schicksalsschlägen zu fürchten."

„Du solltest lieber lernen, ihnen aus dem Weg zu gehen."

„Das ist nicht leicht."

„Mir ist es gelungen", sagte Angélique stolz. „Ich habe ganz unten angefangen, und ohne mich brüsten zu wollen, kann ich wohl sagen, daß ich ganz oben angelangt bin."

„Weil du allein und nur für dich selbst gekämpft hast. Ich, ich bin nicht allein. Ich möchte in meinen Kampf und meinen Sieg die Masse der Verdammten einbeziehen, aber sie hat ein zu schweres Gewicht, das ich nicht zu heben vermag . . . Man zerstückelt uns, einen nach dem andern. Und der Gärungsstoff der Empörung wird schwinden, bevor er noch wirksam werden konnte."

Mehr noch durch seinen resignierten Ton als durch seine Worte beeindruckt, wußte sie nicht, was antworten.

„Siehst du Raymond zuweilen?" fragte sie.

„Den Jesuiten? Pah? . . . Er würde mich nicht verstehen. Niemand kann mich verstehen. Nicht einmal du . . . Da, schau!"

In der Mitte des Saales angelangt, blickten sie zu der gewölbten Decke mit den weiten, bunten, von vergoldeten Stukkaturen eingerahmten Himmelslandschaften auf. Der Gott Mars schwebte dort in der Apotheose der aufgehenden Sonne, und sein strahlender Körper bildete einen scharfen Kontrast zu den dunklen Gestalten der Wölfe, die seinen Wagen zogen.

„O Gontran!" rief Angélique betroffen aus. „Er ähnelt ja Philippe!" Der Maler lächelte selbstgefällig.

„Allerdings. Mir schien kein anderer Edelmann am Hofe geeigneter als Modell für den göttlichen Krieger. Welch unübertreffliche Schönheit", meinte er, plötzlich in Feuer geratend, „welche Harmonie des Körpers und der Bewegungen – es ist eine wahre Augenweide, ihn zu beobachten."

Er warf ihr einen Blick zu und brach in Gelächter aus.

254

„Du brauchst dich nicht aufzuplustern wie eine Truthenne. Ich will dir nicht schmeicheln, weil er dein Mann ist. Dein Verdienst ist es nicht. Du bist auch schön. Aber er, er hat etwas Zeitloses. Die melancholische Majestät der griechischen Statuen . . ."

„Hast du ihn aus dem Gedächtnis gemalt?"

„Aus dem Gedächtnis vermag ein Maler zuweilen Lebendigeres zu schaffen als vor der Wirklichkeit. Wenn du willst, male ich auch das Porträt deines Sohnes Cantor."

Angéliques Augen füllten sich aufs neue mit Tränen.

„Ist das möglich? Du hast ihn doch kaum gekannt! Du bist ihm höchstens ein- oder zweimal begegnet."

„Ich glaube, ich werde mich seiner erinnern."

Er kniff die Augen zu, um sich einen halbvergessenen Eindruck zu vergegenwärtigen.

„Er sah dir ähnlich, er hatte grüne Augen. Du wirst mir helfen."

Daheim fand Angélique zu ihrer Überraschung Monsieur de Saint-Aignan vor, der vom Kriegsschauplatz zurückgekehrt war und ihr ein Handschreiben des Königs übermitteln sollte.

„Des Königs?"

„Jawohl, Madame."

Angélique trat zum Fenster, um die Botschaft zu lesen.

„Madame", schrieb der König, „Unsere Teilnahme an dem Verlust, der Euch in der Person Eures in so zartem Alter in Unserem Dienst gestorbenen Sohnes betroffen hat, regt Uns dazu an, Uns mit verstärktem Interesse um die Zukunft Eures ältesten Sohnes Florimond de Morens-Bellière zu kümmern. Demgemäß haben Wir den Wunsch, ihn als Pagen unter Monsieur Duchesne, dem obersten Mundschenk, in den Dienst Unseres Hauses zu nehmen. Wir würden Uns glücklich schätzen, wenn er sein neues Amt bei der Armee unverzüglich anträte, und es ist Unser lebhafter Wunsch, daß Ihr ihn auf dieser Reise begleitet. Ludwig."

Verblüfft starrte die junge Frau auf die gebieterischen Züge der Unter-

255

schrift. Florimond Mundschenk des Königs! Die jungen Erben der größten Häuser Frankreichs rissen sich um ein solches Amt, dessen Erwerb sehr teuer war. Diese Ernennung bedeutete eine unerhörte Ehre für den unbekannten kleinen Florimond. Eine Ablehnung stand außer Frage. Doch Angélique zögerte, ihn zu begleiten. Sie zögerte zwei Tage lang. Dann schien es ihr lächerlich, eine Einladung auszuschlagen, die ihr die Möglichkeit geben würde, Philippe wiederzusehen, und die gerade im rechten Augenblick gekommen war, um sie von traurigen Gedanken abzulenken.

Schließlich begab sie sich, um Florimond abzuholen, nach Saint-Germain und fand dort die Hofgesellschaft in angenehmster Aufregung über eine offenbar recht pittoreske Szene vor, die der Marquis de Montespan, ermutigt durch die Abwesenheit des Königs, seiner Gattin in aller Öffentlichkeit gemacht hatte.

Die verschiedenen Zeugen geizten nicht mit Schilderungen von Einzelheiten, und hätte man die Geschichte vertuschen wollen, wäre sie durch den Papagei der Marquise dennoch in alle vier Himmelsrichtungen hinausposaunt worden.

„Hahnrei! Hahnrei!" kreischte der Vogel höchst aufgeregt. Sein Gezeter und Gebrummel war voller Klangmalereien, deren Sinn über jeden Zweifel erhaben war und in denen man, bei jeder Gelegenheit wiederkehrend, ganz deutlich die Worte „Schlampe!" und „Dirne!" vernahm.

Selbst die Dienerschaft gab sich krampfhafte Mühe, sich in der Öffentlichkeit das Schmunzeln zu verbeißen.

Madame de Montespan ließ sich jedoch nichts anmerken. Sie trug den Kopf hoch, und um den Klatschereien die Spitze zu nehmen, tat sie, als amüsiere sie sich über die Geschichte. Doch als sie mit Angélique allein war, brach sie in Tränen aus, während sie sich danach erkundigte, was aus ihrem Gatten geworden sei.

Angélique berichtete ihr, Mademoiselle de Montpensier sei es gelungen, ihn zu besänftigen, und für den Augenblick habe er versprochen, sich ruhig zu verhalten.

Athénaïs trocknete ihre Zornestränen.

„Ach, wenn Ihr wüßtet! Ich kann es einfach nicht mit ansehen, wie er und mein Papagei das Lumpengesindel amüsieren . . . Ich habe dem König geschrieben. Ich hoffe, diesmal wird er durchgreifen."

Angélique machte eine zweifelnde Gebärde. Sie hielt es nicht für angebracht, ihr mitzuteilen, daß sie selbst von Seiner Majestät aufgefordert worden sei, sich der Armee anzuschließen.

Siebenundzwanzigstes Kapitel

Die Kutsche erreichte Tabaux in den Abendstunden. Da es zu dunkeln begann, ließ Angélique sich zur Herberge fahren. Sie hätte sich ins Feldlager begeben können, dessen Lichter weithin in der Ebene nacheinander aufblitzten. Aber sie war übermüdet nach zwei Reisetagen auf bodenlosen Straßen. Florimond schlummerte, das Kinn auf den zerknitterten Spitzeneinsatz gesenkt, das Haar zerzaust. Er war nicht präsentabel. Die Demoisellen de Gilandon schliefen mit hintenüber geneigten Köpfen und offenen Mündern. Malbrant Schwertstreich schnarchte, daß sich die Balken bogen. Einzig der Abbé de Lesdiguières bewahrte trotz des Staubs, der auf seinen Wangen lag, eine distinguierte Haltung. Während des Tages hatte drückende Hitze geherrscht, und alle waren überaus schmutzig.

Die Herberge erwies sich als überfüllt, denn die Nähe der königlichen Armee brachte Leben in die kleinen Marktflecken. Doch für die vornehme Dame, die da in ihrer sechsspännigen Kutsche und mit all ihren Leuten vorfuhr, tat der Gastwirt sein möglichstes. Es fanden sich zwei Zimmer und eine Dachkammer, mit der der Waffenmeister vorliebnahm. Florimond zog mit dem Abbé zusammen, und das Bett des andern Zimmers war breit genug, um Angélique und ihre beiden Begleiterinnen aufzunehmen. Nach gründlicher Reinigung und einem kräftigen Abendbrot nach lothringischer Art mit Speckeierkuchen, Kalbswürstchen, in Butter gedämpftem Rosenkohl und Pflaumenkompott begab sich jedermann frühzeitig zur Ruhe, um morgen für den König und das Hofleben bei der Armee gewappnet zu sein.

Hinter dem Bettvorhang einträglich nebeneinanderliegend, hatten die Demoisellen de Gilandon schon seit geraumer Zeit ihren Schlaf fortgesetzt, und Angélique war eben im Begriff, im Frisiermantel ihr Haar zu bürsten, als jemand leise anklopfte. Nachdem sie „Herein!" gerufen hatte, erschien zu ihrer Überraschung das Schelmengesicht Péguillin de Lauzuns in der Türspalte.

„Da bin ich, Schönste!" Er trat auf Zehenspitzen ein.

„Der Teufel soll mich holen, wenn ich darauf gefaßt war, Euch zu sehen", sagte Angélique ärgerlich. „Woher kommt Ihr?"

„Von der Armee, woher denn sonst? Kaum war die Nachricht von Eurer Ankunft über die Bäcker des Dorfs bis zu mir gedrungen, da schwang ich mich auch schon auf mein stolzes Schlachtroß . . ."

„Péguillin, Ihr werdet mir doch nicht wieder Unannehmlichkeiten verursachen?"

„Unannehmlichkeiten, ich? Was nennt Ihr Unannehmlichkeiten, Undankbare? Übrigens, seid Ihr hier allein?"

„Nein", sagte Angélique und wies mit dem Kinn auf die unschuldigen Köpfe der Demoisellen de Gilandon in ihren Schlafhauben. „Und außerdem – wäre ich's, würde das nichts ändern."

„Laßt Eure bissigen Bemerkungen. Meine Absichten sind rein, wenigstens was mich selbst betrifft."

Er warf einen Märtyrerblick zur Decke hinauf.

„Ich komme nicht in eigener Sache – leider! . . . Nun, reden wir nicht lange. Ihr müßt Eure Jungfrauen hinausbefördern."

Er flüsterte ihr ins Ohr:

„Der König ist da und möchte Euch sprechen."

„Der König?"

„Auf dem Flur."

„Péguillin, Eure Scherze überschreiten das erlaubte Maß. Ich fange an, böse zu werden."

„Ich schwöre Euch, daß . . ."

„Ihr wollt behaupten, der König . . ."

„Pst! Nicht so laut! Seine Majestät möchte Euch im Vertrauen sprechen. Ihr begreift doch, daß sie sich nicht der Gefahr aussetzen darf, von irgend jemand erkannt zu werden."

„Péguillin, ich glaube Euch nicht."

„Das geht zu weit! Schafft sie weg, sage ich Euch, und Ihr werdet sehen, ob ich lüge."

„Wohin soll ich sie denn schaffen? In Malbrant Schwertstreichs Bett vielleicht?"

Angélique erhob sich und band entschlossen die Kordel ihres Schlafrocks zusammen.

„Da der König angeblich auf dem Flur ist, werde ich ihn eben auf dem Flur empfangen."

Sie öffnete die Tür und starrte fassungslos auf die Gestalt, die davorstand. Sie trug eine Maske aus grauem Samt, aber es war kein Zweifel, wer sich dahinter verbarg.

„Madame hat ganz recht", sagte die Stimme des Königs hinter der Maske. „Schließlich ist dieser Flur gar nicht übel. Eben hell genug und menschenleer. Péguillin, mein Freund, wollt Ihr Euch an den Fuß der Treppe stellen und dafür sorgen, daß uns niemand stört?"

Er legte seine Hände auf die Schultern der jungen Frau. Dann nahm er, sich eines Besseren besinnend, die Maske ab und lächelte.

„Nein, keine Reverenz, Madame."

Er schob behutsam ihre Armreifen hoch, um sie bei den Handgelenken fassen und sanft in die Nähe des Öllämpchens ziehen zu können, das vor einer kleinen Muttergottesfigur in einer Nische brannte.

„Es drängte mich, Euch wiederzusehen."

„Sire", sagte Angélique bestimmt, „ich habe bereits Madame de Montespan bedeutet, daß ich es ablehne, mich zu jener Wandschirm-Rolle herzugeben, die sie mir zugeteilt hatte, und ich möchte, daß Euer Majestät begreift . . ."

„Ihr wiederholt dauernd das gleiche, Bagatellchen. Ihr seid intelligent genug, Euch ein anderes Thema auszudenken."

Sie wohlgefällig mit seinem Blick umfangend, fuhr er fort:

„Ihr seht doch genau, daß es sich heute abend weder um einen Wandschirm . . . noch um eine Komödie handelt. Suchte ich Euch in der Absicht auf, die Ihr mir unterschiebt, warum sollte ich mir da die Mühe machen, mich zu maskieren und zu verstecken?"

Die Logik dieses Arguments entwaffnete sie.

„Also?"

„Nun, es ist höchst einfach, Madame. Ich glaubte, Euch nicht zu lieben . . . aber Ihr habt mich durch irgendeine hinterlistige Macht bezaubert, deren Ihr Euch selbst nicht bewußt zu sein scheint. Und ich kann weder Eure Lippen noch Eure Augen vergessen . . . noch, daß Ihr die hübschesten Beine von Versailles habt."

„Auch Madame de Montespan ist schön. Sehr viel schöner als ich. Und sie liebt Euch, Sire. Sie hängt an Euer Majestät . . ."

„Während Ihr . . .?"

Eine heimliche Faszination ging von diesen begehrlichen Augen aus, in denen zwei goldene Funken glommen. Als er seinen Mund auf den ihren heftete, wollte sie sich ihm entziehen und vermochte es nicht. Der König ließ sich nicht beirren, er sprengte ihre verschlossenen Lippen, ihre zusammengepreßten Zähne. Und als es ihm gelungen war, ihren Widerstand zu besiegen, verlor sie die Besinnung, gepeitscht von der Heftigkeit eines herrischen Begehrens, das keine Hindernisse kannte. Ihr Kuß, glühend, verzehrend, wollte nicht enden. Endlich fand sie sich befreit, ihr Kopf war benommen. Kraftlos lehnte sie sich an die Wand. Ihre glänzenden Lippen bebten.

Dem König schnürte das Begehren die Kehle zusammen.

„Ich habe mich nach diesem Kuß gesehnt", sagte er mit gedämpfter Stimme, „Tage und Nächte lang. Euch so zu sehen, mit zurückgebogenem Kopf, die schönen Lider geschlossen, Euren hübschen Hals, der im Halbdunkel pocht . . . Kann ich heute nacht von Euch gehen? Nein, ich bringe es nicht über mich. Die Herberge ist verschwiegen, und . . ."

„Sire, ich flehe Euch an, laßt mich nicht schwach werden! Es würde mich schaudern."

„Schaudern? Ich hatte immerhin die Empfindung, daß Ihr zugänglich wart, und es gibt gewisse Anzeichen des Einverständnisses, die nicht trügen."

„Was konnte ich tun? Ihr seid der König!"

„Und wenn ich nicht der König wäre?"

Angélique, die ihr seelisches Gleichgewicht zurückgewonnen hatte, bot ihm Trotz.

„Hätte ich Euch ein paar Ohrfeigen verabreicht."

Wütend ging der König auf und ab.

„Ihr macht mich zornig, Madame. Was soll diese Geringschätzigkeit? Bin ich in Euren Augen ein solch unvollkommener Liebhaber?"

„Sire, habt Ihr nie bedacht, daß der Marquis du Plessis-Bellière Euer Freund ist?"

Der junge Monarch senkte in leiser Verlegenheit den Kopf.

„Gewiß, er ist mir ein treuer Freund, aber ich glaube nicht, daß ich ihm etwas nehme. Jedermann weiß, daß der schöne Gott Mars nur eine Geliebte hat: den Krieg. Wenn ich ihm Armeen gebe und den Befehl, sie auf die Schlachtfelder zu führen — mehr verlangt er nicht. Herzensangelegenheiten steht er gleichgültig gegenüber. Er hat es oft genug bewiesen."

„Er hat mir auch bewiesen, daß er mich liebt."

Der König erinnerte sich des Hofklatschs und wand sich wie ein gefangenes Tier.

„Mars in Liebe zu Venus entbrannt . . .? Nein, ich kann's nicht glauben! Freilich halte ich Euch durchaus für befähigt, auch ein solches Wunder zu vollbringen."

„Und wenn ich Euch sagte: Sire, ich liebe ihn, er liebt mich. Es ist eine neue und so selbstverständliche, so einfache Liebe. Würdet Ihr sie zerstören?"

Der König betrachtete sie eindringlich; in seinem Innern stritt sich die autoritäre Leidenschaft mit dem menschlichen Gefühl.

„Nein, ich würde sie nicht zerstören. Wenn es so ist, werde ich mich beugen. Adieu, Madame. Schlaft in Frieden. Ich sehe Euch morgen bei der Armee — mit Eurem Sohn."

Achtundzwanzigstes Kapitel

Philippe erwartete sie am Eingang des königlichen Zelts. Gemessen verneigte er sich in seinem Gewand aus blauem, mit goldenen Litzen besetztem Samt, nahm ihre Hand und geleitete sie mit erhobenem Arm zwischen den Gruppen hindurch zu dem mit Spitzen und Silbergerät gedeckten Tisch, an dem der König Platz nehmen würde.

„Ich grüße Euch, mein Herr Gemahl", sagte Angélique mit gedämpfter Stimme.

„Ich grüße Euch, Madame."

„Sehe ich Euch heute abend?"

„Wenn der Dienst des Königs es mir erlaubt."

Sein Gesicht blieb kühl, doch seine Finger drückten die ihren in einer Geste heimlichen Einverständnisses.

Der König sah ihnen entgegen.

„Kein schöneres Paar läßt sich denken als der Marquis und die Marquise du Plessis-Bellière", meinte er, zu seinem Großkämmerer gewandt.

„In der Tat, Sire."

„Überdies sind es zwei liebenswerte und treue Diener", fuhr der König bekümmert fort.

Monsieur de Gesvres' Augenbrauen stiegen um eine Winzigkeit in die Höhe, während er ihm einen verstohlenen Blick zuwarf.

Angélique versank in einer tiefen Reverenz. Der König ergriff ihre Hand, um sie wieder aufzurichten. Sie begegnete seinem musternden Blick, der von ihrem blonden, mit Edelsteinen besetzten Haar über das mit Kornblumengewinden gezierte Kleid bis zu den zierlichen Schuhen aus weißem Satin glitt.

Sie war als einzige Dame zum Souper des Königs geladen, und unter den anwesenden Edelleuten gab es viele, die in langen Feldzugsmonaten nicht das Vergnügen gehabt hatten, eine so hübsche Frau zu betrachten.

„Marquis, du bist glücklich zu preisen", sagte der König, „einen sol-

262

chen Schatz zu besitzen. Kein Mann heute abend – dein Souverän eingeschlossen –, der dich nicht um dein Glück beneidet. Du weißt es zu
schätzen, so wollen Wir hoffen. Pulvergeruch und Siegesrausch haben
dich zuweilen, wie jedem bekannt ist, den Reizen des schönen Geschlechts gegenüber blind werden lassen."

„Sire, es gibt gewisse Lichter, die den Blinden sehend zu machen und
ihn auf den Geschmack anderer Siege zu bringen vermögen."

„Eine gute Antwort", sagte der König lachend. „Madame, sammelt
Eure Lorbeeren ein."

Noch immer hielt er Angéliques Hand in der seinen, und mit einer
jener verführerischen Gesten, die nur ihm eigen waren und die er sich
in der ungezwungenen Lageratmosphäre williger gestattete, legte er
den Arm um Philippes Schultern.

„Mars, mein Freund", sagte er mit leiserer Stimme, „das Schicksal
verwöhnt dich, aber ich werde nicht neidisch sein. Ich schätze deine
Verdienste und deine Treue. Entsinnst du dich jener ersten Schlacht,
als wir knapp fünfzehn waren und der Luftdruck einer Kanonenkugel
mir den Hut vom Kopf riß? Du liefst durch den Kartätschenhagel und
hobst ihn auf."

„Ja, Sire, ich entsinne mich."

„Es war eine Torheit von dir. Und du hast deren seither noch manche
begangen in meinem Dienst."

Der König war ein wenig kleiner als Philippe, aber sie ähnelten einander in den harmonischen Maßen ihrer geschmeidigen und musku-
lösen Körper, die gleich denen der jungen Männer ihrer Zeit trainiert
waren durch gymnastische Übungen, durch das Reiten und das früh
erlernte Kriegshandwerk.

„Der Waffenruhm kann die Liebe vergessen machen, aber kann Liebe
Waffenbrüderschaft vergessen machen?"

„Nein, Sire, ich glaube nicht."

„Das ist auch meine Meinung . . . So, Herr Marschall, genug philosophiert. Madame, setzt Euch zu Tisch."

Als einzige Frau der Tischgesellschaft, zur Rechten des Königs sitzend, vertrat Angélique die Stelle der Königin. Philippe blieb stehen, da er dem Großkämmerer assistierte.

Der heiße Blick des Königs heftete sich auf ihr geneigtes Profil und das schwere, glitzernde Ohrgehänge, das bei jeder ihrer Bewegungen ihre samtige Wange streichelte.

„Habt Ihr Euch Eurer Skrupel begeben, Madame?"

„Sire, die Güte Eurer Majestät verwirrt mich."

„Das Wort Güte ist hier nicht am Platz. Ach, Bagatellchen, was vermögen wir gegen die Liebe?" sagte der König im Ton resignierender Leidenschaft. „Es ist ein Gefühl, das kein Mittelmaß kennt. Wenn ich nicht niedrig handeln kann, bin ich gezwungen, großmütig zu handeln, wie es auch jeder andere täte . . . Habt Ihr gemerkt, wie gut sich Euer Sohn in seinem Amt macht?"

Er wies auf Florimond, der dem Obermundschenk zur Hand ging. Wenn der König zu trinken verlangte, holte der von einem der Aufseher verständigte Obermundschenk vom Anrichtetisch ein Tablett, auf dem je eine Karaffe mit Wasser und Wein und ein Stengelglas standen. Damit begab er sich zum Großkämmerer, wobei ihm der kleine Page mit dem „Probiergefäß" voranging. Es war eine silberne Tasse, in die der Großkämmerer ein wenig Wasser und Wein goß, worauf er sie dem Verwalter der Hofkellerei zum Trinken reichte. Nachdem sich so erwiesen hatte, daß das Getränk des Königs nicht vergiftet war, wurde sein von Florimond ehrfurchtsvoll dargereichtes Glas gefüllt.

Der Kleine vollzog diesen Ritus mit der Ernsthaftigkeit eines Chorknaben.

Der König beglückwünschte ihn zu seiner Gewandtheit, und Florimond bedankte sich, indem er würdevoll seinen Lockenkopf neigte.

„Euer Sohn ähnelt Euch nicht mit seinen schwarzen Augen und Haaren. Er besitzt die brünette Anmut der Menschen aus dem Süden."

Angélique wurde abwechselnd rot und blaß. Ihr Herz begann wild zu klopfen.

Der König legte seine Hand auf die ihre.

„Wie sensibel Ihr seid! Wann werdet Ihr endlich aufhören, Euch zu ängstigen? Habt Ihr immer noch nicht begriffen, daß ich Euch nichts Böses zufügen werde?"

Als er beim Aufstehen den Arm um ihre Taille legte, um ihr den Vortritt zu lassen, verwirrte sie das mehr als jede gewagtere Geste.

Sie ging mit Philippe durch das Lager zurück. In den schmalen Gassen mischte sich das unruhig flackernde Rot der Biwakfeuer mit dem gold-gelben Schein der Kerzen, die in den offenen Zelten der Prinzen und Offiziere angezündet wurden.

Das des Marschalls du Plessis war aus goldbestickter Seide, ein wah-res Wunder militärischer Eleganz, das zwei Sessel aus edlem Holz, einen niedrigen Tisch und Sitzkissen aus golddurchwirktem Stoff ent-hielt. Die den Boden bedeckenden kostbaren Teppiche und ein gleich-falls mit Decken verhüllter Diwan verliehen dem luftigen Raum den reichen Glanz orientalischer Pracht – einer Pracht, die dem schönen Marquis mehr als einmal zum Vorwurf gemacht worden war, denn der König war im Feldlager nicht so gut untergebracht wie er. Doch Angélique fand sich von einem seltsamen Gefühl der Rührung bewegt. Bewies derjenige nicht größere Seelenstärke, unerbittlicheren Willen, der den Feind im Spitzenkragen angriff und am Abend nach der Schlacht mit Ringen an den Fingern, parfümiertem Schnurrbart und glänzenden Stiefeln erschien, als die andern, die den Schweiß, den Schmutz und die Flöhe als unvermeidliche Begleiterscheinungen der Feldzüge hinnahmen?

Philippe schnallte sein Degengehänge ab.

La Violette trat hinzu, um seinem Herrn beim Ausziehen behilflich zu sein. Mit einer ungeduldigen Handbewegung wurde er wieder hin-ausgeschickt.

„Soll ich Eure Frauen rufen lassen?" fragte Philippe.

„Ich glaube nicht, daß es nötig ist."

Sie hatte die Demoisellen Gilandon und Javotte in der Obhut des Gastwirts zurückgelassen und nur Thérèse mitgenommen, ein alles andere als schüchternes Mädchen. Nachdem sie ihrer Herrin beim Anlegen ihres Putzes geholfen hatte, war sie ohnehin verschwunden, und es wäre bestimmt nutzlos gewesen, sich auf die Suche nach ihr zu machen.

„Ihr werdet mir behilflich sein, Philippe", sagte Angélique lächelnd. „Ich glaube, ich muß Euch auf diesem Gebiet noch manches beibringen."

Sie trat zu ihm und legte ihren Kopf mit einer schmeichelnden Geste an seine Schulter.

„Froh, daß ich da bin?"

„Leider ja."

„Warum leider?"

„Ihr nehmt meine Gedanken zu sehr in Beschlag. Ich lerne die ungewohnten Qualen der Eifersucht kennen."

„Weshalb quält Ihr Euch? Ich liebe Euch doch!"

Ohne etwas zu erwidern, zog er sie an sich. Im Halbdunkel erschienen ihr die brennenden Augen des Königs.

Draußen begann ein Soldat auf seiner Querpfeife ein schwermütiges Ritornell zu spielen.

Angélique erschauerte. Wie gut es wäre, auf und davon zu gehen, Versailles und seine Feste zu verlassen, den König nicht mehr sehen zu müssen.

„Philippe", murmelte sie, „wann werdet Ihr heimkehren? Wann werden wir lernen, miteinander zu leben?"

Er schob sie von sich und betrachtete sie ironisch.

„Miteinander leben?" wiederholte er. „Läßt sich das mit der Stellung eines königlichen Feldmarschalls und einer großen Dame bei Hof vereinbaren?"

„Aber ich möchte den Hof verlassen und mich nach Schloß Plessis zurückziehen."

„So seid ihr Frauen! Es gab einmal eine Zeit, in der ich Euch händeringend bat, nach Plessis zurückzukehren, aber Ihr hättet Euch lieber in Stücke zerhacken lassen, als mir zu gehorchen. Jetzt ist es zu spät!"

„Was wollt Ihr damit sagen?"

„Ihr habt gewichtige Ämter. Sie niederlegen, hieße den König verstimmen."

„Des Königs wegen will ich ja fort, Philippe. Der König . . ."

Aufsehend entdeckte sie, daß sein Blick starr geworden war, als sei er ihr plötzlich ferngerückt.

„Der König . . .", wiederholte sie mit stockender Stimme.

Sie wagte sich nicht weiter vor und begann sich mechanisch zu entkleiden.

Philippe schien in tiefes Nachdenken versunken.

„Nach dem, was der König ihm heute abend gesagt hat, wird er begreifen", dachte sie, „wenn er nicht schon begriffen hat . . . seit langem . . . lange vor mir, vielleicht?"

Während sie sich anschickte, mit bebenden Händen ihr Haar zu lösen, trat er zu ihr und stieß die beiden Arme nicht zurück, die sie um seine Schultern schlang.

Die Hände des jungen Mannes suchten die geschmeidigen Formen des schönen Körpers, den sie, nackt unter dünnem Stoff, darbot. Er strich über die gewölbten Hüften, den weichen Rücken und kehrte zu den blühenden, seit ihrer letzten Niederkunft ein wenig schwer gewordenen, doch immer noch festen und gespannten Brüsten zurück.

„In der Tat – ein Bissen für einen König!" sagte er hart.

Angélique preßte ihn heftig an sich.

„Philippe! Philippe!"

Lange Zeit blieben sie stumm und wie von einer unaussprechlichen Besorgnis heimgesucht.

Jemand rief draußen:

„Herr Marschall! Herr Marschall!"

Philippe trat zum Eingang des Zeltes.

„Soeben ist ein Spion festgenommen worden", berichtete der Bote atemlos. „Seine Majestät verlangt nach Euch."

„Geht nicht, Philippe", beschwor ihn Angélique.

„Das wäre noch schöner, wenn ich dem Ruf des Königs nicht Folge leistete", widersprach er lachend. „Krieg ist Krieg, meine Schöne. Nicht Euretwegen, der Feinde Seiner Majestät wegen bin ich hier."

Über einen Spiegel gebeugt, glättete er seinen blonden Schnurrbart und schnallte den Degen wieder um.

„Wie lautete doch jener Refrain, den Euer Sohn Cantor sang? Ach, ja:

> Leb wohl, mein Herz, leb wohl, mein Lieb,
> du meine Augenweide.
> Da wir dem König untertan, ,
> laß scheiden uns denn beide ..."

Vergeblich wartete sie in jener Nacht im golddurchwirkten Zelt auf ihn, und schließlich schlief sie auf dem weichgepolsterten Diwan ein. Beim Erwachen drang das Tageslicht so hell durch die Zeltwände, daß sie annahm, draußen scheine die Sonne. Doch als sie hinaustrat, sah sie, daß es ein nebliger, trüber Morgen war. Es hatte geregnet. Das morastige Lager war so gut wie verlassen. Aus der Ferne drangen Hornrufe und der ununterbrochene Donner der Kanonade herüber.

Malbrant Schwertstreich brachte Angéliques Reitpferd, und ein Soldat wies ihr den Weg zu einer Anhöhe.

„Von da droben, Madame, könnt Ihr die Operationen verfolgen."

Auf der Anhöhe fand sie Monsieur de Salnove vor, der seine Truppen am Rande des Steilhangs verteilt hatte. Zur Rechten vom grau verhüllten Himmel sich abhebend, an dem die Sonne eben zaghaft hervorzubrechen begann, drehte eine Windmühle gemächlich ihre Flügel.

Auf dem Kamm angelangt, hatte Angélique das schon vertraute Panorama eines belagerten Marktfleckens mit seinen Mauern, seinen schiefergedeckten Häusern und gotischen Kirch- und Tortürmen vor sich. Das matt schimmernde Band eines Flusses zog sich mitten hindurch.

Die französischen Batterien waren ein Stück weiter talaufwärts in Stellung gebracht worden; drei Reihen Kanonen waren zu erkennen. Sie sicherten die sturmbereiten Infanterieformationen, deren Pulvertönnchen und Piken das blasse Sonnenlicht funkelnd auffingen. Ein Meldereiter überquerte die Ebene im Galopp. Eine bunt schillernde Gruppe bewegte sich vor den vordersten Linien.

Monsieur de Salnove wies mit dem Stiel seiner Reitpeitsche zu ihr hinüber.

„Der König hat sich am frühen Morgen selbst zu den Vorposten begeben. Er ist überzeugt, daß die Besatzung sich nicht mehr lange halten wird ... Heute nacht haben sich Seine Majestät und seine Stabsoffiziere keine Stunde Schlaf gegönnt. Gestern abend wurde ein Spion festgenommen, von dem wir erfuhren, daß die Garnison noch in der Nacht einen Ausbruchsversuch machen wollte. Tatsächlich hatten sie Anstalten getroffen, aber wir waren auf der Hut, und sie mußten sich zurückziehen. Sie werden sich bald ergeben."

„Dafür kommt mir das Bombardement recht heftig vor", sagte Angélique.

„Das sind die letzten Salven. Der Kommandant kann die Waffen nicht strecken, bevor er seine gesamte Munition verschossen hat. Wir können uns darauf einrichten, heute abend sieggekrönt in Dôle zu soupieren ..."

Der Meldereiter, den sie unten in der Ebene beobachtet hatten, tauchte in der Wegbiegung auf. Im Vorbeireiten rief er:

„Monsieur du Plessis-Bellière ist ..."

Er hielt inne, als er Angélique erkannte, zog die Trense scharf an, so daß das schweißnasse Pferd sich aufbäumte, und kam zurück.

„Was gibt es? Was ist geschehen?" fragte sie erschrocken. „Ist meinem Gatten etwas zugestoßen?"

„Was ist dem Marschall geschehen?" drängte auch Salnove. „Sprecht, Monsieur. Ist der Marschall verwundet?"

„Ja", gab der Fähnrich atemlos Auskunft, „aber es ist nicht schlimm ... Beruhigt Euch. Der König ist bei ihm ... Der Herr Marschall hat sich höchst unbedacht in Gefahr begeben, und ..."

Schon jagte Angélique auf ihrem Pferd den Hügelpfad hinunter. Mehr als einmal war sie in Gefahr, sich den Hals zu brechen, bevor sie den Talboden erreicht hatte. Dann gab sie dem Tier die Zügel frei und galoppierte über die Ebene.

Philippe verwundet! Eine Stimme schrie in ihrem Innern: „Ich wußte es ja, daß es geschehen würde!" Die Stadt, die Kanonen und das Pikenstaket der in starren Karrees angeordneten Infanterie schienen auf sie zuzufliegen. Sie hatte nur Augen für die Gruppe bunter Uniformen dort drüben bei den ersten Kanonen.

Als sie sich näherte, löste sich ein Reiter aus der Gruppe und galoppierte ihr entgegen. Sie erkannte Péguillin de Lauzun. Keuchend rief sie ihm zu: „Philippe ist verwundet?"

„Ja."

Auf ihrer Höhe angelangt, erklärte er:

„Euer Gatte hat sich auf völlig unsinnige Weise in Gefahr begeben! Als der König den Wunsch äußerte, in Erfahrung zu bringen, ob ein Scheinangriff die Übergabe der belagerten Stadt beschleunigen würde, erbot sich Monsieur du Plessis, das Gelände zu rekognoszieren. Er ritt in das Glacis, das seit dem Morgengrauen von den feindlichen Geschützen bestrichen wird."

„Und ... steht es schlimm um ihn?"

„Ja."

Jetzt erst bemerkte Angélique, daß Péguillin sich auf seinem Pferd quer vor ihr aufgepflanzt hatte, um ihr den Weg zu versperren. Eine bleierne Last senkte sich auf ihre Schultern. Ihr Herz erstarrte zu Eis.

„Er ist tot, nicht wahr?"

Péguillin nickte.

„Laßt mich vorbei", sagte sie mit tonloser Stimme. „Ich will zu ihm."

Der Edelmann rührte sich nicht.

„Laßt mich vorbei!" schrie Angélique. „Er ist mein Gatte! Ich habe ein Recht darauf, ihn zu sehen."

Er drängte sein Pferd neben das ihre, legte einen Arm um sie und zog sie in einer mitleidigen Geste an sich.

„Lieber nicht, Kindchen, lieber nicht", murmelte er. „Ach, unser schöner Marquis! ... Eine Kugel hat ihm den Kopf weggerissen!"

Sie weinte. Sie weinte fassungslos, auf dem Diwan liegend, auf dem sie ihn in der vergangenen Nacht vergeblich erwartet hatte.

Die steifen, törichten Trostworte ihrer Umgebung wies sie ab. Ihre Zofen, die Diener, Malbrant Schwertstreich, der Abbé de Lesdiguières, ihr Sohn standen niedergeschmettert vor dem Zelt und hörten auf ihr wildes, hemmungsloses Schluchzen. Sie konnte es nicht fassen, obwohl es nun doch schon keinen Zweifel mehr daran gab, daß dieses Verschwinden ein endgültiges war. Und es war ihr nicht einmal mehr vergönnt gewesen, mit einer mütterlichen Bewegung, nach der sie sich so sehr gesehnt, seine bleiche, eisige Stirn, die nie die Zärtlichkeit kennengelernt hatte, an ihr Herz zu drücken, seine für immer geschlossenen Lider mit den langen Wimpern zu küssen und ihm ganz leise zuzuflüstern: „Ich habe dich geliebt... Du warst der erste, den ich mit der Reinheit meines jungfräulichen Herzens geliebt habe..."

Philippe! Philippe im blauen, im schneeweißen, goldverzierten Gewand, mit blonder Perücke, roten Absätzen. Philippe, der seine Hand auf das Haar des kleinen Cantor legte...

Philippe, den Dolch in der Faust, die würgende Hand an der Gurgel des Raubtiers...

Philippe du Plessis-Bellière, so schön, daß der König ihn Mars genannt und Gontran ihn droben an der Decke des Ecksalons von Versailles in seinem von Wölfen gezogenen Kampfwagen verewigt hatte...

Warum war er nicht mehr? Warum war er entschwunden? „In einem Windhauch", wie Ninon sagte. Im furchtbaren, heißen Hauch des Kriegswindes. Warum hatte er sich so der Gefahr ausgesetzt?

Es fiel ihr ein, daß sich der Meldereiter und der Marquis de Lauzun fast gleichlautend ausgedrückt hatten. „Er hat sich auf unsinnige Weise in Gefahr begeben!" Sie richtete sich ein wenig auf.

„Warum, Philippe?" murmelte sie. „Warum hast du das getan?"

Der seidene Vorhang des Zelteingangs wurde zur Seite geschoben, und Monsieur de Gesvres, der Großkämmerer, verneigte sich vor ihr.

„Madame, der König möchte Euch sein Beileid und seinen tiefen Kummer zum Ausdruck bringen."

„Ich will niemand sehen..."

„Madame, es ist der König."

„Ich will nichts vom König wissen, nichts von der Herde watschelnder und klatschender Enten, die er hinter sich herlockt und die mich anstarren werden, schon jetzt neugierig darauf, wer die Nachfolge des Marschalls antreten wird."

„Madame . . .", stammelte er.

„Hinaus! Hinaus!"

Sie ließ sich zurücksinken und vergrub ihr Gesicht in den Kissen, wie ausgehöhlt vom Schmerz, unfähig, nachzudenken und dem Leben, das jenseits der Zeltwände weiterging, von neuem die Stirn zu bieten.

Zwei Hände, die ruhig nach ihren Schultern faßten und sie sanft aufrichteten, erzeugten eine besänftigende Empfindung in ihr. Für Angélique würde es nie einen besseren Trost geben als eine kräftige und lindernde Männerschulter. Sie glaubte, es sei Lauzun, und schluchzte auf zwischen den Falten des Samtmantels, der nach Iris duftete.

Endlich legte sich ihre Verzweiflung. Sie schlug ihre verweinten Augen auf und begegnete einem ernsten, liebevollen Blick.

„Ich habe meine . . . Begleiter draußen gelassen", sagte der König. „Ich bitte Euch, Madame, laßt Euch nicht von Eurem Schmerz überwältigen. Ich kann es nicht mit ansehen . . ."

Angélique befreite sich sacht. Sie erhob sich, wich ein paar Schritte zurück und lehnte sich an einen der Zeltpfähle. Vor dem Hintergrund des golddurchwirkten Seidenstoffes, in ihrem dunklen Kleid, mit ihrem bleichen, vom Schmerz gezeichneten Gesicht erinnerte sie an eines jener alten Bilder, auf denen erstarrte Figuren zu Füßen des Kreuzes weinen. Doch ihre auf den König gehefteten Augen begannen zu funkeln und bekamen einen harten Glanz.

„Sire, ich beschwöre Euer Majestät, mir die Erlaubnis zu gewähren, mich nach Schloß Plessis zurückzuziehen."

Der König zögerte.

„Ich gewähre sie Euch, Madame. Ich begreife Euer Bedürfnis nach Alleinsein und Zurückgezogenheit. Geht also nach Plessis. Ihr könnt bis Ende Herbst dort bleiben."

„Sire, ich hätte mich gern auch meiner Ämter entledigt."

Er schüttelte sanft den Kopf.

„Handelt nicht unter dem Impuls Eurer Mutlosigkeit. Die Zeit heilt gar manche Wunden. Ich werde Eure Ämter nicht vergeben."

Angélique machte einen schwachen Versuch zu widersprechen. Aber der Glanz in ihren Augen war erloschen, und von neuem rannen die Tränen über ihre Wangen.

„Versprecht mir, daß Ihr zurückkommen werdet", beharrte der König.

Stumm und regungslos stand sie da. Nur das Beben ihrer Kehle verriet die Schluchzer, die sie unterdrückte.

Der König fand sie unerhört schön. Er hatte Angst, sie für immer zu verlieren, und er verzichtete darauf, ihr ein Versprechen zu entreißen.

„Versailles wartet auf Euch", sagte er und ging hinaus.

Dritter Teil

Der König

Neunundzwanzigstes Kapitel

Der Reiter kam die Eichenallee herauf. Er ritt um den von der Herbstsonne vergoldeten Teich und tauchte vor der Miniaturzugbrücke wieder auf, deren Glocke er in Bewegung setzte.

Hinter den kleinen, bleigefaßten Fensterscheiben ihres Schlafzimmers beobachtete Angélique, wie der Mann abstieg. Sie erkannte die Livree der Dienerschaft Madame de Sévignés – ein Bote vermutlich. Einen Samtumhang über die Schultern werfend, lief sie eilends die Treppe hinunter, ohne erst abzuwarten, daß ihr eine Magd die Botschaft in aller Förmlichkeit auf silbernem Tablett überbrachte. Nachdem sie den Mann in die Küche geschickt hatte, wo er sich aufwärmen und stärken konnte, begab sie sich wieder hinauf und setzte sich, das Schreiben beglückt von allen Seiten betrachtend, vor den Kamin. Wenn es auch nur der Brief einer Freundin war – Angélique empfand ihn als willkommene Ablenkung.

Der Herbst war nahezu vorüber. Der Winter stand bevor, und der Winter war, weiß Gott, trübselig auf Plessis. Das hübsche Renaissanceschloß, dazu geschaffen, ländlichen Festen als Rahmen zu dienen, wirkte vor dem Hintergrund des entlaubten Waldes von Nieul wie erstarrt. Wenn es dunkelte, drang zuweilen das Geheul der Wölfe in den Park herüber, und Angélique fürchtete sich vor der Wiederkehr jener grausigen Abende, die sie im vergangenen Jahr nach dem Tode ihres Gatten, fast an den Rand des Wahnsinns gebracht hatten.

Der Frühling hatte ihren Schmerz ein wenig gelindert. Sie war zu Pferde über die Felder gestreift. Doch allmählich hatte das eintönige Landleben ihr Gemüt aufs neue verdüstert. Der Krieg lastete schwer auf den Bauern. Die streitbaren Bewohner des Poitou drohten wieder einmal, die Steuereintreiber in den Fluß zu werfen, und es kam zu blutigen Auseinandersetzungen zwischen katholischen und protestantischen Dörfern. Alldessen überdrüssig geworden, weigerte sich Angélique, den auf sie einstürmenden Klagen ihr Ohr zu leihen. Sie zog sich immer mehr von den Menschen zurück.

Der nächste Nachbar war der Verwalter Molines. Ein Stück weiter lag Monteloup, wo ihr Vater zwischen der Amme und Tante Marthe langsam dem Grabe entgegenging. Und kein anderer Besuch war zu erwarten als der Monsieur du Croissecs, eines grobschlächtigen Landjunkers, der ihr beharrlich den Hof machte und den loszuwerden sie sich vergeblich bemühte.

Ungeduldig erbrach sie das Siegel und begann zu lesen.

„Meine Teuerste", schrieb die Marquise, „ich komme zu Euch mit einem Gemisch aus Vorwürfen und Herzlichkeiten, aus dem Ihr herauspicken mögt, was Euch beliebt, um am Ende, wie ich hoffen will, zu erkennen, wie sehr mein Interesse Euch noch immer gilt. Ihr habt mich in den letzten Monaten schmählich vernachlässigt. Zurückgezogen von der Welt lebend, gewährt Ihr Euren Freundinnen nicht einmal den Trost, Euch in der schweren Zeit, die Ihr durchmacht, zu stärken. Über Eure Flucht ist Ninon ebenso betrübt wie ich. Ich, die ich nach dem Verzicht auf die Liebe mein Herz mit freundschaftlichen Gefühlen angefüllt habe, sehe mich, da meine Freundschaft verschmäht wird, meines einzigen Gutes beraubt.

Genug der Vorwürfe. Ich fahre in diesem Ton nicht fort, weil ich Euch zu sehr liebe – wie es übrigens auch andere tun, die keineswegs alle männlichen Geschlechts sind. Denn dank Eures Charmes, Eures schlichten Wesens findet Ihr selbst vor denen Gnade, die Euch als Rivalin betrachten könnten. Man vermißt Euch. Die Mode zögert und ist unsicher, weil Euer guter Geschmack nicht seine Zustimmung erteilt hat. Daher wendet man sich an Madame de Montespan, die ebensoviel Geschmack besitzt wie Ihr und die Euch nicht vermißt. Endlich herrscht sie allein und kann ihren Triumph zur Schau tragen, ohne sich Hemmungen auferlegen zu müssen. Um so weniger, als ihr Gatte nun den Lohn für seine üblen Späße empfangen hat. Der König hat ihm fünftausend Livres in die Hand gedrückt und ihm befohlen, sich ins Roussillon zu verfügen und einstweilen nicht mehr von der Stelle zu rühren. Ob er das letztere befolgen wird, steht dahin. Im Augenblick ist er jedenfalls dort.

Was Madame de Montespan betrifft, so ist sie schöner denn je, und der König hat nur Augen für sie. Die arme La Vallière ist nur noch ein Schatten, dazu verurteilt, zwischen den Lebenden herumzuirren. Der König war des sentimentalen Romans, der sanften Tränen überdrüssig. Er wollte eine Mätresse haben, die ihm Ehre macht, eine, die anspruchsvoller, härter ist. Hart, das wird sie wohl sein. Alle Welt wird an ihr zerschellen. Ich sehe am Hof keine Frau, die ihr gleichkäme und sie in ihrem Spiel übertrumpfen könnte. Ich meine: im Augenblick, denn *Ihr* seid nicht da. Das weiß sie auch. Sie nennt Euch, wenn sie von Euch spricht, ,diese armselige Kreatur' . . ."

Außer sich vor Zorn hielt Angélique inne, las jedoch weiter, da niemand zur Hand war, demgegenüber sie ihrer Entrüstung hätte Luft machen können.

„Dank ihren Anregungen wird Versailles zu einem wahren Wunderwerk. Ich war vergangenen Montag dort und konnte mich an all den Herrlichkeiten nicht satt sehen. Alles ist himmlisch möbliert, alles ist märchenhaft. Madame de Montespan ist eine strahlende Schönheit, die sämtliche Botschafter zur Bewunderung hinreißt. Sie besitzt Geist, ausgesuchte Höflichkeit und eine ganz persönliche, ungemein reizvolle Ausdrucksweise. Alle Menschen, die in ihrem Dienst stehen, machen sie sich zu eigen. Man erkennt sie daran.

Sie will nur von der Leibgarde eskortiert ausgehen. Als ich dort war, trug die Marschallin de Noailles ihre Schleppe. Die der Königin wurde von einem einfachen Pagen getragen. Sie verfügt über eine Flucht von zwanzig Räumen im ersten Geschoß. Die Königin hat nur elf Räume im zweiten . . ."

Angélique sah nachdenklich auf. Verfolgte die Marquise de Sévigné etwa eine heimliche Absicht, indem sie ihr den Glanz und die Herrlichkeit der Montespan beschrieb? Diese bezaubernde, gütige und duldsame Frau hatte die schöne Athénaïs stets sehr streng beurteilt. Sie bewunderte sie, ohne Sympathie für sie zu empfinden. „Seht Euch vor", hatte sie Angélique wiederholt gewarnt. „Athénaïs ist eine Mortemart. Schön wie das Meer, aber ebenso wild. Sie wird Euch verschlingen, wenn Ihr ihr in die Quere kommt!"

Es war etwas Wahres daran. Angélique hatte es am eigenen Leibe erfahren. Weshalb war es dann Madame de Sévigné so sehr darum zu tun, sie von Athénaïs' Triumph zu überzeugen? Hoffte sie, sie werde sich in ihrem Stolz getroffen fühlen, nach Versailles zurückkehren und um einen Platz kämpfen, auf den sie keinen Wert legte? Madame de Montespan war die Favoritin. Nur für sie hatte der König Augen. Nun, so stand ja alles zum besten …

Es klopfte leise, und Barbe erschien mit dem kleinen Charles-Henri an der Hand.

„Unser braver Cherubim möchte gern seiner Mama guten Tag sagen."

Angélique streifte das Kind mit einem lächelnden Blick. „Gewiß", sagte sie zerstreut.

Sie stand auf und sah aus dem Fenster. Nichts regte sich im Park, von dessen vergilbenden Baumkronen das letzte Sonnenlicht gewichen war.

„Kann er hier ein bißchen spielen?" fuhr Barbe fort. „Es macht ihm soviel Freude! Aber es ist ganz hübsch kalt im Zimmer. Madame hat das Feuer herunterbrennen lassen."

„Leg ein paar Scheite auf."

Der Knabe blieb an der Tür stehen. Er hielt einen Stock in der winzigen Faust, an dem vier Windmühlenflügel befestigt waren. Sein langes Samtkleidchen war vom gleichen Blau wie dem seiner großen Augen. Ein blauer, mit weißen Federn besetzter Samthut saß auf seinen glänzenden, goldblonden Locken, die über seinen Kragen fielen. Angélique lächelte ihm geistesabwesend zu. Es machte ihr Freude, ihn prächtig herauszuputzen, denn er sah wirklich reizend aus. Doch wozu dieser Aufwand, hier, wo niemand ihn bewundern konnte?

„Ich kann den Kleinen also hierlassen, Madame?" beharrte Barbe.

„Nicht doch. Ich habe keine Zeit. Ich muß an Madame de Sévigné schreiben. Ihr Bote reitet morgen zurück."

Mit vorwurfsvollem Blick griff Barbe seufzend wieder nach der Hand ihres Schützlings, der sich fügsam hinausführen ließ. Allein geblieben, schnitt Angélique eine Feder zu, aber sie beeilte sich nicht mit dem Schreiben. Sie wollte vor allem nachdenken. Eine innere Stimme, gegen die es kein Nicht-hören-Wollen gab, sagte ihr immer wieder: Versailles wartet auf dich.

War es wirklich so? Vielleicht vergaß Versailles sie, und das war es ja, was sie gewollt hatte. Doch ihr unausgefülltes Dasein bedrückte sie schwerer als sonst.

Ein Diener erschien und fragte, ob Madame ihr Abendessen in ihrem Zimmer oder im Speisesaal einzunehmen wünsche. In ihrem Zimmer natürlich! Drunten war es eisig kalt, und es grauste ihr davor, sich allein an der langen, mit Silber beladenen Bankettafel niederlassen zu müssen.

Als sie dann am Kamin saß, vor sich auf einem Nipptisch kleine vergoldete Schüsseln, denen köstliche Düfte entstiegen, wurde sie sich plötzlich bewußt, daß sie auf dem besten Wege war, eine verblühende adlige Witwe zu werden.

Kein Mann war neben ihr, der nachsichtig über ihre kindische Naschhaftigkeit lachte, der ihre Hände bewunderte, die sie heute vormittag zwei Stunden lang mit Seerosenessenz und Lotwurzcreme eingerieben und gebleicht hatte. Der ihr Komplimente über ihre Frisur machte.

Angélique lief zu ihrem Spiegel, musterte sich lange und aufmerksam und fand sich vollendet schön.

Sie seufzte bekümmert.

Am nächsten Morgen fuhr eine staubbedeckte Kutsche vor. Monsieur und Madame de Roquelaure, die nach ihren Besitzungen im Armagnac reisten, hatten einen kleinen Umweg gemacht, um der charmanten Marquise du Plessis einen Besuch abzustatten und ihr eine Botschaft Monsieur Colberts zu überbringen.

Die Herzogin von Roquelaure machte regen Gebrauch von ihrem Taschentuch. Sie habe sich unterwegs erkältet, sagte sie. Doch war es nur ein Vorwand, um bittere Tränen zu verbergen, die sie nicht zurückhalten konnte. Sie nutzte einen Augenblick des Alleinseins mit Angélique, um ihr anzuvertrauen, daß Monsieur de Roquelaure ihrer Flatterhaftigkeit überdrüssig geworden sei und beschlossen habe, sie den Versuchungen des Hofs zu entziehen; nun wolle er sie in ihrem abgelegenen Schloß einsperren.

„Er spielt den Eifersüchtigen reichlich spät", seufzte sie, „da meine

Liaison mit Lauzun doch längst zu Ende ist. Seit Monaten kümmert er sich nicht mehr um mich. Ich habe sehr gelitten. Was hat ihm Mademoiselle de Montpensier denn zu bieten?"

„Sie ist die Enkelin Heinrichs IV.!" bemerkte Angélique. „Das ist immerhin etwas. Aber ich kann mir nicht denken, daß Lauzun sich dazu hinreißen läßt, leichtfertig mit dem Herzen einer Prinzessin königlichen Geblüts zu spielen. Es ist gewiß nur eine seiner kleinen Launen."

Madame de Roquelaure versicherte indessen, von Laune könne keine Rede sein. Die verliebte Grande Mademoiselle habe den König bereits um seine Einwilligung zur Heirat mit Lauzun gebeten.

„Und was hat Seine Majestät erwidert?"

„Die übliche Redensart: Wir werden sehen! Man hat jedoch den Eindruck, daß sich der König durch Mademoiselles Leidenschaft und die Zuneigung, die er so lange schon für Lauzun empfindet, schließlich erweichen lassen wird. Aber die Königin, Monsieur und Madame sind außer sich bei dem Gedanken an diese absonderliche Verbindung. Selbst Madame de Montespan ist entrüstet."

„Was geht sie das an? Sie ist nicht von königlichem Geblüt."

„Sie ist eine Mortemart. Sie weiß, was man seinem Rang schuldig ist. Lauzun ist ein unbedeutender gaskonischer Edelmann."

„Armer Péguillin! Ihr scheint nicht mehr viel von ihm zu halten."

Die Tränen Madame de Roquelaures begannen von neuem zu fließen.

Der Brief Monsieur Colberts war in einer andern Tonart gehalten. Auf jeglichen Hofklatsch, für den der Minister nichts übrig hatte, verzichtend, ersuchte er Madame du Plessis, so rasch wie möglich nach Paris zurückzukehren, um sich mit einer den Seidenhandel betreffenden Angelegenheit zu befassen, die nur sie regeln könne.

Noch war Angélique unschlüssig, wie sie reagieren sollte, als sie, zwei Tage später, eine weitere Botschaft empfing. Sie kam von Meister Savary, dem alten Apotheker.

„Soliman Bachtiari Bey, der Abgesandte des Schahinschahs von Per-

sien, ist vor den Toren von Paris", schrieb er, „und Ihr seid nicht da!
Die kostbare Mumia mineralis wird überreicht, verschmäht und womöglich weggeworfen werden, ohne daß Ihr mir auch nur einen Tropfen davon retten könnt. Und Ihr habt mir doch Euren Beistand zugesagt, Verräterin! Die nie wiederkehrende Gelegenheit wird ungenutzt bleiben. Die Wissenschaft ist geprellt, mein Traum wird sich nicht mehr erfüllen . . ."

In diesem Ton ging es auf zwei langen, mit kleinen, peniblen Schriftzügen bedeckten Bogen fort, Beschwörungen wechselten mit Vorwürfen ab.

Nachdem sie den Brief zu Ende gelesen hatte, fand Angélique, daß ihre nichts übrigblieb, als nach Paris zurückzukehren.

Dreißigstes Kapitel

Von Paris aus begab sie sich nach Versailles.

Sie begegnete dem König im Park, am Rande des grünen Rasenteppichs, den der Schnee in einen weißen verwandelt hatte. Trotz der bitteren Kälte verzichtete der Monarch nicht auf seinen täglichen Spaziergang. Wenn die Jahreszeit auch nicht erlaubte, Blumen und Laub zu bewundern, erfreute sich das Auge doch an den schönen Linien der Anlage, an der Harmonie der die Boskets einrahmenden Alleen. Man verweilte vor den neuen Statuen aus schneeweißem Marmor oder bunt bemaltem Blei, deren Rot, Gold und Grün vor dem grauen Hintergrund des Unterholzes leuchteten.

Gemächlich wandelte der Hof um das Bassin des Apoll. Die vergoldete Gruppe des Gottes auf seinem von sechs Streitrössern gezogenen Wagen blinkte in der Sonne und spiegelte sich auf der gefrorenen Wasserfläche.

Madame du Plessis-Bellière wartete an der Einmündung eines Hagebuchenganges mit ihrem Pagen Flipot, der die Schleppe ihres schweren Mantels hielt, ihren beiden Zofen und Malbrant Schwertstreich.

283

Sie ging dem König einige Schritte entgegen und versank in eine tiefe Reverenz. „Welch angenehme Überraschung!" sagte der König, während er leicht den Kopf neigte. „Ich denke, die Königin wird sich ebenso freuen wie ich."

„Ich habe Ihrer Majestät meine Aufwartung gemacht, und Sie hat geruht, mir ihre Befriedigung zum Ausdruck zu bringen."

„Ich teile sie durchaus, Madame."

Mehr Worte waren bei der Begrüßung nicht gefallen, und Angélique begegnete schadenfrohen Blicken, als sie sich unter das Gefolge mischte und liebenswürdig für die Willkommensworte dankte, die hier und dort an sie gerichtet wurden. Dabei musterte sie neugierig die Toiletten der Damen, deren Neuerungen ihr beim ersten Blick auffielen. Ihre eigene schien ihr im Vergleich zu ihnen plötzlich provinziell und unmodern. War es der Einfluß Madame de Montespans, die, endlich zu der Stellung gelangt, in der sie ihre Fähigkeiten zeigen konnte, die Mode und das Hofleben in die Hand nahm und allem den Stempel ihrer Phantasie, ihres originellen, spritzigen Geistes aufprägte?

Später, im Salon der Venus, in dem die königliche Tafel gedeckt war, sah Angélique sie unter den Prinzen sitzen, lachend und plaudernd, durch witzige Bemerkungen Gelächter auslösend und durch ein Wort jedem Gelegenheit gebend, seinerseits zu glänzen. Sie war wirklich eine große Dame. Mit unnachahmlicher Eleganz und bewundernswerter Gelöstheit trug sie nicht nur die Last ihrer neuen Vorrechte, sondern auch die eines königlichen Bastards, der zu Beginn des neuen Jahres erwartet wurde. Die Gesichter in ihrem Umkreis wirkten entspannt.

Überhaupt schien der Hof fröhlicher und weniger steif geworden, und die Etikette war, wenn sie auch nach wie vor peinlich beobachtet wurde, wie vom Hauch der Grazie eines um den lächelnden Gott sich bewegenden antiken Balletts aufgelockert.

Heute war „Großes Gedeck". Das Volk durfte den König speisen sehen. Respektvoll drängte es sich am Saaleingang vorbei und erfreute sich am frohen Gesicht seines Souveräns. In flüsternden Bemerkungen schrieb man diese Aufheiterung der allgemeinen, durch die Geburt des zweiten Prinzen, Philippes, Herzogs von Anjou, ausgelösten

Freude zu, der im September zur Welt gekommen war und mit der
jetzt zehn Monate alten ‚Petite Madame‘ Marie-Thérèse die königliche
Familie aufs glücklichste vervollständigte.

Doch machte man einander auch auf Madame de Montespan aufmerksam. Wahrhaftig, ein schönes und amüsantes Frauenzimmer . . .!

Bürger, Händler und Handwerker verließen das Schloß und machten
sich, in ihre derben Wollmäntel gehüllt und mit von der Kälte gerö-
teten Nasen, auf den Heimweg nach Paris, insgeheim sich geschmei-
chelt fühlend, daß ihr Monarch eine so schöne Mätresse hatte.

Nach Beendigung der Mahlzeit kam Florimond höchst aufgeregt und
stolz zu seiner Mutter gelaufen.

„Habt Ihr gesehen, Frau Mutter, wie gut ich mein Amt verrichte?
Bisher hielt ich nur das Tablett. Jetzt darf ich die Kanne tragen und
den Wein probieren. Ist das nicht herrlich? Wenn eines Tages jemand
versuchen sollte, den König zu vergiften, würde ich für ihn sterben . . .“

Angéliques Genugtuung über sein rasches Vorankommen wurde noch
durch Monsieur Duchesne, den Mundschenk, verstärkt, der ihr erklärte, daß er mit Florimond sehr zufrieden sei. Trotz seiner ungezwungenen Art entledige er sich seiner Pflichten mit großer Gewissenhaftigkeit. Er sei der jüngste Page, aber auch der gewandteste, lege eine
rasche Auffassungsgabe und ein ausgeprägtes Taktgefühl an den Tag
und wisse zur gegebenen Zeit zu reden oder zu schweigen. Ein vollendeter Hofkavalier in spe! Leider sei die Rede davon, ihn aus dem
Dienst des Königs zu nehmen, denn der Dauphin habe sich mit dem
Verlust seines Lieblingskameraden nicht abgefunden. Monsieur de
Montausier sei dieserhalb bereits beim Monarchen vorstellig geworden,
der seinerseits mit dem Obermundschenk gesprochen habe. Es bestehe
die Absicht, den Jungen beide Ämter ausüben zu lassen.

„Das ist zuviel für ihn“, protestierte Angélique. „Er muß schließlich
die Zeit haben, lesen zu lernen.“

„Oh, dann fällt eben das Latein weg! Erlaubt es mir, Frau Mutter,
erlaubt es mir!“ drängte Florimond ungestüm.

Sie zuckte lächelnd die Schultern und versprach, es sich zu überlegen. Nach sechs Monaten sah sie ihn zum erstenmal wieder. Zweimal hatte er sie auf Plessis besucht. Sie fand ihn noch hübscher geworden und von sicherem, anmutigem Auftreten. Ein wenig schmal war er freilich – wie alle Pagen lebte er von den gelegentlich erhaschten Resten der Tafel und schlief wenig und schlecht. Er war gleich ihr schwarz gekleidet, da er um seinen Stiefvater und seinen Bruder trauerte. Im Vorbeigehen sah sich Angélique in den hohen Wandspiegeln, eine Witwengestalt, die Hand auf der Schulter eines verwaisten Pagen, und dieser Anblick machte sie melancholisch.

„Versailles wartet auf Euch", hatte der König gesagt.

Nein, niemand wartete auf sie. Schon nach wenigen Wochen hatte ein Kapitel der Hofchronik seinen Abschluß gefunden und ein neues begonnen, das im Zeichen der Montespan stand. Angélique sah mit einem dumpfen Gefühl der Sehnsucht um sich. Ihr war, als müsse zwischen den plaudernden Gruppen, lässig in seinem Glanz, den Hut im Arm, derjenige auftauchen, der eines der Juwele dieses Hofs gewesen war, der schönste aller Edelleute, der Marquis du Plessis-Bellière, Oberjägermeister, Marschall von Frankreich ...

Sie hielt sich ein wenig abseits. Florimond hatte sie verlassen, um dem gräßlichen kleinen Hund Madames nachzulaufen. Die Königin erschien aus ihren Gemächern und nahm neben dem König Platz. Nach ihr setzten sich im Halbkreis die Prinzen und Prinzessinnen von Geblüt sowie die hochadligen Herren und Damen, die das Recht auf den Schemel hatten. Mademoiselle de La Vallière befand sich am einen Ende des Halbkreises, Madame de Montespan am andern. Strahlend wie immer ließ sie munter ihre weiten, blauseidenen Röcke rauschen.

Die Mundschenke boten kleine Gläser mit Likör, Frangipan, Rossoli, Anisett oder dampfenden blauen, grünen und goldgelben Kräutertee an.

Die Stimme des Königs ließ sich vernehmen:

„Monsieur de Gesvres", sagte er zum Hofmarschall, „wollet die Güte haben, einen Schemel für Madame du Plessis-Bellière bringen zu lassen."

Die Unterhaltung verstummte jäh. In einer einzigen Bewegung wandten sich alle Köpfe Angélique zu. Es schickte sich nicht für die Empfänger einer solchen Ehre, allzu große Freude oder Dankbarkeit zu bekunden. Angélique trat vor, verneigte sich und setzte sich neben Mademoiselle de La Vallière.

Sie nahm von einem Tablett ein Glas Kirschwein. Ihre Hand zitterte ein wenig.

„So habt Ihr ihn also erhalten, diesen ‚göttlichen‘ Schemel", rief Madame de Sévigné Angélique schon von weitem zu und umarmte sie stürmisch. Sie war gleich anderen Gästen zur Aufführung einer Komödie Molières nach Versailles gekommen. „Alle Welt redet davon, keiner weiß sich vor Staunen zu fassen – außer mir. Ich wußte, daß Ihr nur zu erscheinen brauchtet. Was hat denn Madame de Montespan dazu gemeint?"

„Ihr fragt mich zuviel. Ich weiß es nicht."

„Sie muß Euch einen tödlichen Blick zugeworfen haben."

„Ich hätte Euch nicht für so boshaft gehalten", lachte Angélique.

Sie betraten den Theatersaal. Während sie sich zwischen den kleinen vergoldeten Stühlen zu ihrem Platz durchdrängten, antwortete die Marquise: „Ich bin nicht boshaft, aber wie alle am Hofe brauche ich die Boshaftigkeit, um mich meiner Feinde – und Freunde zu erwehren."

Am Eingang entstand Bewegung. Madame de Montespan hielt ihren Einzug.

„Schaut nur, wie sie einherschreitet", flüsterte Madame de Sévigné. „Sieht sie nicht prächtig aus? Endlich hat Versailles eine wirklich königliche Mätresse vom Schlage der Gabrielle d'Estrées und der Diana von Poitiers. Intrigant, den Künsten ergeben, verschwenderisch, anspruchsvoll, von jener Heißblütigkeit und Liebesgier, deren die Frau bedarf, um einen Mann zu beherrschen, und sei er auch König! Unter ihrem Regiment werden wir glänzende Tage erleben."

„Warum seid Ihr dann so sehr darauf erpicht, daß ich an ihre Stelle trete?" fragte Angélique.

Madame de Sévigné verbarg ihr Gesicht hinter dem Fächer, so daß nur noch ihre klugen, von einer plötzlichen Traurigkeit verdunkelten Augen zu sehen waren.

„Weil ich Mitleid mit dem König habe", sagte sie.

Sie schob ihren Fächer zusammen und stieß einen leisen Seufzer aus.

„Ihr habt alles, was sie besitzt, und überdies etwas, das sie nie besitzen wird. Vielleicht wird dieses Etwas Eure Stärke ausmachen ... Falls es nicht Eure Schwäche ist."

Der aufgehende Vorhang unterbrach ihre Unterhaltung. Angélique lauschte zerstreut den ersten Worten. Sie grübelte über Madame de Sévignés Worte. Mitleid mit dem König ...? Das war doch eigentlich ein Gefühl, das er nicht einflößen konnte. Er selbst hatte mit niemand Mitleid. Nicht einmal mit der armen La Vallière! Angélique war tief betroffen gewesen von dem abgezehrten Aussehen und dem verstörten Wesen der Ex-Favoritin. Die Art, wie der König sie zwang, wie ehedem zu erscheinen, Minute für Minute dem Triumph ihrer Rivalin beizuwohnen, grenzte an Grausamkeit. Athénaïs behandelte sie ganz offen mit Geringschätzigkeit. Und – Gipfel der Naivität oder des Zynismus – Angélique hatte sie rufen hören:

„Louise, helft mir, dieses Band anzustecken. Der König erwartet mich. Ich werde noch zu spät kommen."

Fügsam hatte das arme Mädchen die Schleife des Festkleides zurechtgezogen. Was versprach sie sich von ihrer Unterwürfigkeit? Ein Wiederaufleben der Liebe dessen, der nach wie vor die Leidenschaft ihres Herzens blieb? Das war höchst unwahrscheinlich. Sie schien es begriffen zu haben, denn man erzählte, sie habe den König zu wiederholten Malen um Erlaubnis gebeten, sich zu den Karmeliterinnen zurückziehen zu dürfen. Doch der König hatte sich ihrem Wunsch widersetzt.

Angélique beugte sich zu Madame de Sévigné hinunter.

„Warum, meint Ihr, besteht der König wohl darauf, Mademoiselle de La Vallière am Hof zu halten?" flüsterte sie.

Madame de Sévigné, die über Tartüffs Antworten vor Vergnügen zu glucksen begann, schien verwundert, aber sie antwortete mit gedämpfter Stimme:

„Des Marquis de Montespan wegen. Er könnte wieder auftauchen und behaupten, nach dem Gesetz gehöre das Kind seiner Frau ihm.

Louise dient als Fassade. Solange sie nicht offiziell verstoßen ist, kann man jederzeit behaupten, die Gunst Madame de Montespans sei ein verleumderisches Gerücht."

Angélique nickte nachdenklich und kehrte zu den Vorgängen auf der Bühne zurück. Dieser Molière war zweifellos ein Mann von Geist. Doch sie fragte sich während der Aufführung immer wieder, weshalb Monsieur de Solignac und die führenden Köpfe des Ordens vom Heiligen Sakrament beim Erscheinen dieses Stücks rot gesehen hatten. Sie mußten ein reichlich schlechtes Gewissen haben, um sich durch die Figur dieses gesellschaftlich so tief unter ihnen stehenden, ungebildeten Tartüff getroffen zu fühlen, dessen Verstöße gegen die guten Sitten mit ihrer mittelalterlichen Unduldsamkeit nichts zu tun hatten.

In ihrem Appartement fand Angélique ihre beiden Zofen Thérèse und Javotte eben im Begriff, Feuer zu machen. An der Tür stand mit Kreide das ehrende *Für* angeschrieben.

„Soll ich zum König gehen und ihm für seine Wohltaten danken?" überlegte die junge Frau verwirrt. „Seine Aufmerksamkeiten einfach hinnehmen, wäre ungezogen . . . Oder soll ich warten, bis er das Wort an mich richtet?"

Sie ließ sich aus ihrem schwarzen Kleid helfen und legte ein anderes, fahlgraues, mit Silberstickereien geschmücktes an, das für das Große Souper besser paßte. Während sie ihre Frisur neu herrichten ließ, erschien höchst aufgeregt Mademoiselle de Brienne.

„Ich wußte es ja, daß der kleine Apotheker Euch schließlich einen Schemel verschaffen würde. Ach, ich flehe Euch an, sagt mir, was ich tun, was ich ihm versprechen muß, damit er sich auch für mich verwendet!" Viel fehlte nicht, und sie wäre mit bittend erhobenen Händen auf die Knie gesunken.

„Beruhigt Euch", sagte Angélique achselzuckend. „Meister Savary hat nichts damit zu tun. Ich bin gerade erst aus der Provinz zurückgekehrt."

„Wer dann? Hat etwa die Voisin Euch geholfen? Sie soll ja sehr viel vermögen. Sie sei die größte Hexenmeisterin aller Zeiten, sagte man mir. . . . Aber ich wage nicht, zu ihr zu gehen . . . Ich habe Angst, mich um die ewige Seligkeit zu bringen. Gleichwohl, wenn es kein anderes Mittel gibt, zu einem Schemel zu kommen . . . Erzählt mir doch, was sie Euch zu tun geheißen hat! Ist es wahr, daß man ein neugeborenes Kind töten und sein Blut trinken muß? Oder eine aus Kuhfladen hergestellte Hostie schlucken?"

„Hört auf mit diesen Albernheiten, meine Liebe! Ihr geht mir auf die Nerven. Ich habe mit der Voisin nicht mehr zu schaffen als mit dem Apotheker, jedenfalls, was den Schemel betrifft. Der König gewährt ihn nach seinem Belieben denen, die er zu ehren wünscht. Mit Hexerei hat das nichts zu tun."

Mademoiselle de Brienne kniff die Lippen zusammen, völlig in ihre fixe Idee verrannt.

„So harmlos ist das nicht! Der König ist kein Schwächling. Man kann ihn nicht dazu bringen, etwas zu tun, was er nicht will. Nur die Magie vermag ihn zu bezwingen. Denkt an Madame de Montespan. Hat sie es nicht geschafft?"

„Madame de Montespan würde jedem Manne den Kopf verdrehen. In ihrem Fall kann von Magie schon überhaupt nicht die Rede sein."

„Hoho, und ob!" lachte das junge Mädchen höhnisch auf. „Übrigens, warum lügt Ihr? Alle Welt weiß doch, daß Ihr mit dem weißbärtigen kleinen Magier in Verbindung steht. Sogar hierher ist er gekommen, um Euch zu suchen!"

„Meister Savary ist in Versailles?"

„Er ist bei den Handelsdelegierten gesehen worden, denen Seine Majestät in diesem Augenblick Audienz gewährt."

„Hättet Ihr mir das doch früher gesagt! Ich habe gerade noch Zeit, ihn vor dem Souper zu sprechen." Sie nahm ihren Fächer, ihre Pelzstola, raffte ihre Röcke und eilte davon, gefolgt von der sie noch immer bedrängenden Mademoiselle de Brienne.

„Versprecht Ihr mir, mit ihm über mich zu reden?"

„Ich verspreche es Euch", versicherte sie, um sie loszuwerden.

In der Galerie stürzte Meister Savary gestikulierend auf sie zu und zog sie beiseite.

„Da seid Ihr endlich, Treulose!"

„Meister Savary, ich habe eben die Komödie von Molière gesehen, und mein Bedarf an Theater ist für heute gedeckt. Warum spielt Ihr Euch so auf?"

„Weil alles verloren ist – oder fast alles. Es besteht die Gefahr, daß Bachtiari Bey nach Persien zurückkehrt, ohne von Seiner Majestät empfangen worden zu sein ... *mit* der ‚Mumia'. Eine wahre Katastrophe!"

„Was kann ich für Euch tun?"

„Wollt Ihr Euch wirklich für mich einsetzen?" fragte er, zitternd vor unterdrückter Hoffnungsfreude.

„Ich habe es Euch versprochen, Meister Savary."

Sie hielt ihn zurück, als er sich ihr zu Füßen werfen wollte.

„... Aber ich weiß nicht, wie ich Euch helfen soll. Es liegt nicht in meiner Macht, die zwischen Seiner Majestät und dem Botschafter des Schahinschah aufgetauchten Schwierigkeiten aus dem Weg zu räumen."

Der Apotheker überlegte einen Augenblick.

„Ich weiß eine andere Lösung. Begebt Euch nach Suresnes. Dort hat nämlich Seine Exzellenz im Landhaus des Sieur Dionis Quartier genommen. Dionis ist ein ehemaliger Kolonialbeamter, und seine Villa weist türkische Bäder auf, was Bachtiari Bey sehr zugesagt hat."

„Und was soll ich unternehmen, wenn ich dort bin?"

„Zunächst werdet Ihr Euch vergewissern, daß die Mumia sich unter den für den König bestimmten Geschenken befindet. Und dann versucht Ihr, ein paar Tropfen davon zu bekommen."

„Wie Ihr Euch das vorstellt! Meint Ihr denn, diese gewichtige und – wie ich aus seinem unverschämten Benehmen dem König gegenüber schließen muß – jähzornige Persönlichkeit wird mich ohne weiteres empfangen, mir einen so kostbaren Schatz zeigen und ihn mir schenken?"

„Ich hoffe es", sagte der Apotheker, sich listig die Hände reibend.

„Warum geht Ihr nicht selbst hin, wenn die Sache so einfach ist?"

Savary hob die Arme gen Himmel.

„Wie kann man nur etwas so Dummes sagen! Glaubt Ihr, ein alter Bock wie ich dürfe auch nur den Mund auftun, ohne daß Seine Exzellenz ihm mit einem Säbelhieb den Kopf abschlüge! Dagegen könnte ich mir recht gut vorstellen, daß er einer der schönsten Frauen des Königreichs willig sein Ohr leiht."

„Meister Savary, ich glaube, Ihr wollt mich eine ziemlich zweideutige, um nicht zu sagen verwerfliche Rolle spielen lassen."

Der biedere Alte machte keinen Versuch, sich zu rechtfertigen.

„Nun, jeder soll das tun, worauf er sich versteht", meinte er schlau. „Ich bin ein Gelehrter, und es schlägt nicht in mein Fach, Abgesandte zu verführen. Wenn hingegen Gott Euch als Frau, und als eine reizende obendrein, auf die Welt kommen ließ, so hat er damit zweifellos diesbezügliches im Auge gehabt."

Worauf er ihr letzte Instruktionen für ihrer beider Expedition nach Suresnes erteilte. Sie solle sich nicht in der Kutsche, sondern zu Pferd dorthin begeben, da die Nachkommen der Legionen des Darius für dieses edle Tier eine große Leidenschaft hegten. Sie solle sich auch nicht scheuen, sich tüchtig zu parfümieren und die Augenwimpern zu schwärzen.

Angélique nahm ihm das Versprechen ab, daß man gegen Mittag zurück sein werde, zu der Stunde, in der der König mit seinem Gefolge den üblichen Spaziergang durch den Park unternahm, bei dem sie nicht fehlen mochte.

Savary schwor alles, was sie wollte, und verließ sie strahlend.

Einunddreißigstes Kapitel

Die kleine Reiterschar, bei der sich auch eine Amazone befand, erregte kaum Aufsehen, als sie zu früher Morgenstunde durch das Tor des Versailler Schlosses ritt. Er herrschte bereits ein reges Kommen und Gehen von Berittenen, von Handwagen, die mit Kannen frischer Milch beladen waren, von Arbeitern, die ihre Karren zum Bauplatz schoben, und sogar von Kutschen, die die Edelleute der umliegenden Schlösser zum Lever des Königs brachten.

Am Fuße des Hügels stieß man auf Meister Savary, der, in seinen weiten schwarzen Mantel gehüllt, auf einer mitleiderregenden klapprigen Schindmähre saß.

„Euer prächtiges Rennpferd wird bestimmt die Bewunderung Seiner orientalischen Exzellenz erregen", sagte Angélique zu ihm.

Der alte Mann überhörte die Ironie. „Großartig! Großartig!" brummte er in seinen Bart, während er die Gruppe betrachtete, und seine Augen hinter den Gläsern seines großen Lorgnons leuchteten auf.

Am Abend zuvor, während sie – ihrer Trauer wegen sitzend – dem Ball beigewohnt hatte, war Angélique ein Zettel zugesteckt worden:

„Laßt Euch, wenn Ihr morgen aufbrecht, von mindestens vieren Eurer Diener begleiten. Nicht etwa um Eurer Sicherheit, sondern um Eures Ansehens willen. Savary."

Mit Malbrant Schwertstreich, ihren beiden Lakaien, ansehnlichen, munteren Burschen, ihrem Kutscher und Flipot als Lückenbüßer hatte Angélique eilends das gewünschte „Gefolge" aufgestellt. Die vier Bedienten trugen die blau-gelbe Livree der Plessis-Bellière, und ihre Pferde waren kohlschwarz.

Sie selbst ritt die stampfende, glänzend gestriegelte helle Ceres.

„Großartig", wiederholte Savary. „Prächtiger geht es auch im Hoftheater des Sultans von Bagdad nicht zu."

Gemächlich trabte die Kavalkade über die verschneite Straße. Savary begann von Seiner Exzellenz Mohammed Bachtiari Bey zu erzählen.

„Er ist einer der gebildetsten Männer, die ich kenne."

„Ihr kennt ihn also?"

„Ja . . . ich bin ihm früher einmal begegnet."

„Wo?"

„Das tut nichts zur Sache . . ."

Der Apotheker wollte ablenken, aber schließlich gab er Angéliques neugierigem Drängen nach:

„Im Kaukasus. Am Fuße des Berges Ararat."

„Was tatet Ihr dort? Habt Ihr damals schon Eure Mumia gesucht?"

„Pst, Madame! Redet nicht mehr so laut davon. Ich hätte damals schon meine Unachtsamkeit beinahe teuer bezahlt. Bachtiari hatte mich zu fünfundzwanzig Peitschenhieben verurteilt und obendrein dazu, bei lebendigem Leibe bis zum Hals in einem großen Gipskrug eingegraben, auf meinen sicheren Tod zu warten. Im letzten Augenblick wurde ich von einem am Hofe des Schahs von Persien sehr einflußreichen Jesuitenpater gerettet."

„Ihr scheint Seiner Exzellenz diese üble Behandlung nicht nachzutragen?"

„Seine Grausamkeit hindert ihn nicht, ein Freund der Wissenschaften und ein großer Philosoph zu sein. Und auch nicht daran, Geschäftssinn zu haben, was bei den Persern von heute noch seltener ist, die den Handel allmählich syrischen oder armenischen Kaufleuten überlassen haben. Es ist sehr wohl möglich, daß Bachtiari Bey eines Tages den Thron von Persien besteigt."

Der kleine Flipot mischte sich ein:

„Er soll eine Halskette mit hundertsechs Perlen für die Königin bei sich haben und Lapislazuli, so groß wie Taubeneier . . ."

Angélique warf ihm einen argwöhnischen Blick zu.

„Paß mir ja auf deine Finger auf, und kümmere dich fürs erste nur darum, daß du anständig im Sattel sitzt!"

Der Kleine war das Reiten tatsächlich nicht gewohnt; dauernd rutschte er bald nach rechts, bald nach links und hatte seine liebe Not, sich im letzten Augenblick unter den Spötteleien seiner Kameraden rechtzeitig wieder zu fangen.

Angélique ritt neben Savary an der Spitze, der ihr rasch noch ein wenig Persisch beibringen wollte.

„Wenn man zu Euch sagt: Salam aleïkum, so antwortet: Aleïkum as-Salam. Das ist eine Begrüßungsformel. Danke heißt: Barik Allah, was wörtlich bedeutet: Gott segne Euch. Wenn Ihr den Namen Mohammeds aussprechen hört, dann fügt schleunigst hinzu: Ali vali ullah, das heißt: Ali ist ein Freund Gottes. Das freut sie, denn die Perser sind Anhänger des schiitischen Schismas und nicht des sunnitischen wie die Araber und Türken."

„Ich glaube, ‚guten Tag' und ‚danke' werde ich mir merken, aber die Propheten überlasse ich Euch", sagte Angélique. „Was geht denn dort vorne vor?"

Sie waren der Landstraße gefolgt, die um die westlichen Bezirke von Paris herumführte, und eben an einer Wegkreuzung angekommen. Schon aus der Ferne ließ sich eine Menschenansammlung vor einem Podest erkennen, das von den Piken berittener Gendarmerie umgeben war.

„Sieht nach 'ner Hinrichtung aus", sagte Flipot, der ein scharfes Auge hatte. „Ein armer Teufel, der gerade aufs Rad gebunden wird."

Auch Angélique erkannte jetzt das riesige, aufgerichtete Rad, die schwarze Gestalt eines Priesters und die rotgekleideten eines Scharfrichters und seiner Knechte, die sich vom Hintergrund des grauen Himmels und der kahlen Bäume abhoben. Es fanden jetzt häufig Hinrichtungen in der Umgebung von Paris statt, da man allzu große Ansammlungen auf der Place de Grève vermeiden wollte.

Die Strafe des Räderns war im vergangenen Jahrhundert aus Deutschland eingeführt worden. Man band zunächst den Verurteilten mit ausgestreckten Armen und gespreizten Beinen an zwei x-förmig angeordneten Balken fest. An jedem der Balken waren tiefe Einschnitte ausgehöhlt, besonders dort, wo sich die Knie und die Ellbogen des armen Sünders befinden mußten. Eben hob der Scharfrichter eine schwere Eisenstange und schlug mehrmals zu.

„Wir kommen nicht zu spät", frohlockte Flipot. „Man hat ihm erst die Beine gebrochen."

Seine Herrin wies ihn barsch zurecht. Sie war entschlossen, querfeldein zu reiten, um sich den schrecklichen Anblick zu ersparen. Von Savary und ihren Bedienten gefolgt, hatte sie auch bereits die Chaussee

295

verlassen, als sie von Reitern in der grauen Uniform der Gendarmerie eingeholt wurde. Ein junger Offizier rief ihr zu:

„Halt! Niemand darf hier vor dem Ende der Exekution vorbei."

Er näherte sich grüßend, und sie erkannte in ihm einen Kornett der Versailler Polizei, Monsieur de Jarnoux.

„Seid so freundlich, mich passieren zu lassen, Monsieur. Ich habe Seiner Exzellenz dem Botschafter des Schahs von Persien einen Besuch abzustatten."

„Dann erlaubt mir, Euch persönlich zu Seiner Exzellenz zu geleiten", sagte der Offizier, sich im Sattel verneigend.

Und er ritt der Hinrichtungsstätte zu, so daß Angélique nichts anderes übrigblieb, als ihm zu folgen.

Der Offizier geleitete sie unmittelbar vor das Podest, von dem die heiseren Schreie des Delinquenten aufstiegen, dem der Scharfrichter eben mit brutalen Schlägen Arme und Becken gebrochen hatte.

Angélique hielt ihren Blick gesenkt, um es nicht mit ansehen zu müssen. In ehrerbietigem Ton hörte sie Jarnoux sagen:

„Exzellenz, hier ist Madame du Plessis-Bellière, die Euch zu sprechen wünscht."

Als sie verblüfft aufsah, fand sie sich einem Reiter gegenüber, der einen Turban aus weißer, von einer Diamantrosette zusammengehaltener Seide trug. Sein bleiches, ausdrucksvolles Gesicht war von einem schwarzlockigen, glänzenden Bart umrahmt. Unter seinem mit Hermelinpelz besetzten Kaftan aus Silberlamé war ein langes, mit Perlenstickereien verziertes blaßrosa Brokatgewand zu erkennen. Neben ihm hielt, gleichfalls zu Pferd, ein in bunte Seide gekleideter Page aus Tausendundeiner Nacht ein Gefäß aus edlem Metall mit einem Schlauch, der in einem Mundstück endete. Drei oder vier Perser auf regungslosen Reitpferden bildeten die Leibgarde des Botschafters.

Soliman Bachtiari Bey schien die Meldung des Offiziers nicht gehört zu haben. Den Blick auf das Podest gerichtet, verfolgte er mit gespannter Aufmerksamkeit den Ablauf der Hinrichtung, wobei er von Zeit zu Zeit nach seiner Wasserpfeife griff, um einen Zug aus ihr zu nehmen. Der Rauch entwich seinen breiten, sinnlichen Lippen in bläulichen, wohlriechenden Wolken, die sich langsam in der eisigen Luft auflösten.

Respektvoll wiederholte Monsieur de Jarnoux seine Meldung, dann wandte er sich mit einer entschuldigenden Geste zu Angélique, um ihr zu bedeuten, daß Seine Exzellenz kein Französisch verstehe. In diesem Augenblick trat ein Mann zu ihnen, den sie bisher noch nicht bemerkt hatte. Es war ein Geistlicher, der die schwarze Soutane und den breiten Gürtel des Jesuitenordens trug. Er näherte sich Mohammed Bachtiari und sagte ihm einige Worte auf persisch.

Der Botschafter warf einen leeren Blick auf Angélique. Doch alsbald bekamen seine Augen einen interessierten, sanften Ausdruck. Mit schlangenartiger Gelenkigkeit ließ er sich zur Erde gleiten.

Angélique schwankte noch, ob es angebracht sei, ihm die Hand zum Kuß zu bieten, als der Botschafter, ohne sie zu beachten, bereits Ceres' Hals streichelte und Koseworte murmelte. Dann sagte er etwas in gebieterischem Ton.

Der Jesuit dolmetschte.

„Seine Exzellenz bittet um die Erlaubnis, Madame, das Maul Eures Pferdes prüfen zu dürfen. Seine Exzellenz sagt, daß man die Güte eines Rassepferdes am Gebiß und am Gaumen ebenso erkennen könne wie an den Fesseln."

Die junge Frau konnte einen Anflug von Ärger nicht unterdrücken und antwortete kühl, das Tier sei empfindlich, scheu und vertrage Zutraulichkeiten ihm fremder Menschen absolut nicht. Der Mönch übersetzte. Lächelnd murmelte der Perser ein paar Worte ins Ohr der Stute, dann legte er beide Hände auf ihre Nüstern. Ceres zuckte zusammen, ließ sich jedoch ohne Widerstreben das Maul öffnen und das Gebiß untersuchen, ja sie leckte die braune, von Ringen glitzernde Hand, die sie hinterher streichelte.

Angélique war es, als sei sie von einer Freundin verraten worden. Sie vergaß darüber das Rad und den ächzenden armen Teufel auf dem Schafott.

Sie selbst war es, die sich als höchst empfindlich erwiesen hatte, und sie schämte sich ihres Verhaltens, als der Perser die Hände über seinem goldenen Dolch kreuzte und sich mit dem Ausdruck tiefen Respektes mehrmals verneigte.

„Seine Exzellenz sagt, dies sei das erste dieses Namens würdige Pferd,

297

das er seit seiner Landung in Marseille erblicke. Er fragt, ob der König von Frankreich viele dieser Art besitze."

„Ganze Ställe voll", versicherte sie ungeniert.

Der Bey zog die Stirn kraus und sprach schnell und zornig auf den Geistlichen ein.

„Seine Exzellenz ist befremdet, daß man es in diesem Falle nicht für angebracht gehalten hat, ihm einige davon als ein seines Ranges würdiges Geschenk zu schicken. Der Marquis de Torcy hat ihm seine Aufwartung gemacht und ist *samt den Pferden* wieder abgezogen ... unter dem Vorwand, Seine Exzellenz der Botschafter des Schahs von Persien wolle ihm nicht ... sofort ... nach Paris ... folgen ... und er sagt ..."

Die Zungenfertigkeit des Persers wuchs im gleichen Maße wie seine Wut, und sein Dolmetscher hatte alle Mühe, nachzukommen.

„... und er sagt, daß er noch keine seines Ranges würdige Frau zu sehen bekommen habe ... daß man ihm keine zum Geschenk gemacht habe ... daß diejenigen, die er sich habe kommen lassen, nicht einmal einem ‚Cunbal', einem Lastträger aus den Basaren, zugesagt hätten und daß sie widerlich schmutzig gewesen seien ... Er fragt, ob Euer Erscheinen endlich ein Zeichen sei, daß Seine Majestät der König von Frankreich ... sich entschließe, ihn mit den Ehrungen zu bedenken, die ihm zukämen?"

Angélique sah ihn verblüfft an.

„Ihr stellt mir recht merkwürdige Fragen, mein Vater", sagte sie.

Ein leises Lächeln hellte das Antlitz des Jesuiten auf. Trotz seiner strengen Züge schien er noch jung, aber seine krankhafte Gesichtsfarbe zeugte von einem langen Aufenthalt im Nahen Orient.

„Ich begreife durchaus, Madame, wie peinlich es Euch berühren muß, solche Worte aus meinem Munde zu hören. Wollet indessen bedenken, daß ich seit fünfzehn Jahren dem Hof des Schahs von Persien als Dolmetscher angehöre und daß es meine Pflicht ist, die Gespräche so wortgetreu wie möglich zu übersetzen."

In leicht humorigem Ton fügte er hinzu:

„Im Verlauf von fünfzehn Jahren habe ich Gelegenheit gehabt, gar manche ähnlicher Art mit anzuhören ... und wiederzugeben. Aber ich bitte Euch, antwortet Seiner Exzellenz."

Angélique zögerte.

„Ich bin in größter Verlegenheit", sagte sie schließlich. „Ich komme nicht als Abgesandte. Ehrlich gesagt, ich komme sogar ohne des Königs Wissen, der, soviel ich weiß, kein sonderliches Interesse an dieser persischen Botschaft hat."

Das Gesicht des Jesuiten erstarrte, und seine gelben Augen bekamen einen eisigen Ausdruck.

„Das ist eine Katastrophe", murmelte er.

Er fand es sichtlich schwierig, ihre Antwort zu übersetzen. Glücklicherweise wurde Soliman Bachtiaris Aufmerksamkeit durch das immer jammervoller werdende Geschrei des Delinquenten abgelenkt. Während der Unterhaltung hatte der Scharfrichter sein Werk vollendet und den Verurteilten am Wagenrad festgebunden. Gerade war es mit seiner erbarmungswürdigen Last aufgerichtet worden. Stundenlang würde der Unglückliche im eisigen Wind nun mit dem Tod ringen, von Krähen umschwärmt, die sich bereits auf den benachbarten Bäumen versammelten.

Der Perser stieß einen Ausruf des Unwillens aus und erging sich aufs neue in ärgerlichen Reden.

„Seine Exzellenz beklagt sich, daß ihm das Ende der Hinrichtung entgangen ist", sagte der Jesuit, zu Monsieur de Jarnoux gewandt.

„Ich bedaure sehr, aber Seine Exzellenz unterhielt sich mit Madame."

„Es hätte sich geziemt, die Hinrichtung so lange zu unterbrechen."

„Ich lasse ihn um Entschuldigung bitten, mein Vater ... Sagt ihm, daß das in Frankreich nicht üblich sei."

„Kümmerliche Entschuldigung!" seufzte der Pater.

Er bemühte sich indessen, den Zorn seines hohen Brotgebers zu besänftigen, was ihm offensichlich gelang. Das Gesicht des Botschafters hellte sich auf, während er einen Vorschlag äußerte, der, wie ihm schien, alles wieder gutmachen würde.

Der Jesuit blieb stumm. Zum Dolmetschen gedrängt, sagte er widerstrebend:

„Seine Exzellenz bittet Euch, die Hinrichtung zu wiederholen."

„Aber das ist unmöglich, mein Vater", sagte der Offizier verdutzt. „Wir haben keinen weiteren Verurteilten."

Der Mönch übersetzte.

Der Bey deutete auf die Perser hinter ihm.

„Er sagt, Ihr möchtet einen Mann seiner Eskorte nehmen . . . Er besteht darauf . . . Er sagt, wenn Ihr Euch ungefällig zeigt, werde er sich beim König, Eurem Herrn, beklagen und verlangen, daß man Euch den Kopf abschlägt."

Monsieur de Jarnoux traten trotz der Kälte Schweißtropfen auf die Stirn.

„Was soll ich tun, Pater? Ich kann doch nicht auf eigene Faust irgend jemand zum Tode verurteilen?"

„Ich könnte ihm in Eurem Auftrag antworten, die Gesetze Eures Landes erlaubten nicht, daß man einem Ausländer auch nur ein Haar krümme, solange er Euer Gast sei. Wir dürften daher keinen seiner persischen Sklaven opfern, auch nicht mit seiner Zustimmung."

„Gut so. Gut so. Sagt es ihm, ich bitte Euch dringend."

Bachtiari Bey geruhte zu lächeln und schien den Takt der französischen Gesetze zu würdigen. Aber sein Einfall lag ihm doch zu sehr am Herzen, um ihn so ohne weiteres aufzugeben, und plötzlich deutete er erbarmungslos auf Savary. Der Apotheker stieß ein jämmerliches Geheul aus, sprang vom Pferd und warf sich, mit der Stirn den Schnee berührend, zu Boden.

„Aman! Aman*!" schrie er.

„Was geht da vor, mein Vater?" fragte Angélique.

„Der Botschafter hat befohlen, unter Eurer Begleitung einen neuen Verurteilten auszuwählen, da er Euretwegen das Ende des Schauspiels versäumt habe. Er hat sich für diesen Greis entschieden. Im übrigen findet er, ein Mann, der auf einem solchen Pferd zu reiten wage, verdiene es nicht, zu leben."

Halblaut fuhr der Jesuit fort:

„Ein Mann, der obendrein vorzüglich Persisch versteht und spricht . . . Ihr kamt also nicht als Abgesandte, habt aber trotzdem einen Dolmetscher mitgebracht!"

„Meister Savary ist ein vielgereister Drogenhändler und . . ."

„Was hat Euch veranlaßt hierherzukommen, Madame?"

* Gnade! Gnade!

„Die Neugier."

Pater Richard lächelte sarkastisch.

Angélique sagte gereizt: „Ich kann Euch kein anderes Motiv nennen, mein Vater. Meister Savary, laßt den Unsinn und steht auf. Wir sind nicht in Ispahan."

„Wir müssen gleichwohl eine Lösung finden", sagte der Jesuit.

„Ihr haltet es hoffentlich nicht für richtig, mein Vater, daß man einen unschuldigen Menschen einzig zur Unterhaltung eines barbarischen Fürsten foltert und tötet?"

„Natürlich nicht. Aber ich bin empört über den Mangel an Höflichkeit, über das Übelwollen, die Ungeschicklichkeiten, die man sich Bachtiari Bey gegenüber bisher hat zuschulden kommen lassen. Er ist als Freund gekommen, doch nun besteht die Gefahr, daß er als Feind wieder zurückreist und den Schahinschah dahin beeinflußt, ein unversöhnlicher Gegner Frankreichs und, noch schlimmer, der Kirche zu werden. Vergeblich werden wir Ordensgeistlichen, die wir in Persien leben und dort einige zwanzig Klöster besitzen, unseren Einfluß geltend zu machen suchen. Ihr begreift, daß ich ungehalten werde, wenn ich erleben muß, wie ein paar Dummköpfe alle Bemühungen zum Scheitern bringen, die abendländische und christliche Zivilisation in jenen Ländern einzuführen."

„Das sind schwerwiegende Probleme, ich gebe es zu, mein Vater", sagte Monsieur de Jarnoux gelangweilt. „Aber warum liegt ihm eigentlich soviel an dieser Hinrichtung?"

„Der Botschafter kannte diese Art der Todesstrafe nicht. Bei seinem Ausritt heute morgen kam er zufällig hier vorbei und nahm sich sofort vor, dem Schah von Persien bei seiner Rückkehr diese Folterungsmethode genauestens zu beschreiben. Nun ärgert er sich, daß ihm einige Einzelheiten entgangen sind."

„Ich finde Seine Exzellenz recht unvorsichtig", warf Angélique mit einem feinen Lächeln ein.

Der Perser, der mit furchterregender Miene wieder sein Pferd bestiegen hatte, warf ihr einen überraschten Blick zu.

„Ich möchte sogar sagen, daß ich seinen Mut bewundere", fuhr die junge Frau fort.

„Und warum, wenn ich fragen darf?" ließ sich der Jesuit auf einen Wink des Beys vernehmen.

„Nun, hat Seine Exzellenz nicht bedacht, daß der König der Könige versucht sein könnte, von dieser Vorrichtung üblen Gebrauch zu machen? Beispielsweise zu bestimmen, sie solle angesichts ihrer Neuartigkeit, ihrer Originalität ausschließlich zur Hinrichtung der Großen seines Landes dienen? Wie, wenn er sie zur Einweihung gleich an einem der Größten unter den Großen, seinem vornehmsten Untertan, nämlich der hier anwesenden Exzellenz, ausprobierte? Zumal, wenn der Erfolg seiner Mission den Hoffnungen des Königs der Könige nicht entsprechen sollte ...?"

Während der Jesuit dolmetschte, hellte sich das Gesicht des Fürsten zunehmend auf.

Zur Erleichterung aller begann er herzlich zu lachen.

„Fuzul Khanum*!" rief er aus.

Die Hände über der Brust gekreuzt, verneigte er sich mehrmals vor der jungen Frau.

„Er sagt, Euer Rat sei der Weisheit Zoroasters würdig ... Er gebe seine Absicht auf, die Todesstrafe des Rades in seinem Lande einzuführen ... das deren ohnehin eine stattliche Anzahl besitze ... Und er bittet Euch, ihn jetzt zu seiner Wohnung zu begleiten. Er möchte Euch zu einem Imbiß einladen."

Soliman Bachtiari Bey setzte sich an die Spitze des Zuges. Mit einem Schlag war er der Charme und die Zuvorkommenheit selbst geworden. Unterwegs überbot man sich im Austausch von Liebenswürdigkeiten, und Angélique wurde – durch Vermittlung des schmallippigen Jesuiten, der sie wie einen Rosenkranz herunterleierte – mit Titeln wie „zarte Gazelle von Kashan", „Rose der Zend-Avesta von Ispahan" und schließlich „Lilie von Versailles" bedacht.

Sie gelangten rasch zu dem Gebäude, das der Botschafter sich als vorläufiges Quartier bis zu seinem feierlichen Einzug in Versailles und

* Kleine Schelmin, kleine Teufelin

Paris erwählt hatte. Es war ein recht bescheidenes Landhaus inmitten eines Gartens mit vergilbtem Rasen und einigen spärlichen, moosüberwachsenen Statuen. Bachtiari Bey entschuldigte sich wegen der Ärmlichkeit seiner Unterkunft. Er war hier eingezogen, weil der Besitzer türkische Bäder hatte einbauen lassen und er auf diese Weise seine rituellen Waschungen vornehmen und sich sauberhalten konnte. Es grauste ihm bei dem Gedanken, daß kein Pariser Haus über eine Warmbad-Einrichtung verfügte.

Einige persische Bediente eilten herbei, deren jeder mit Säbeln und Dolchen bewaffnet war. Hinter ihnen tauchten zwei französische Edelleute auf. Einer von ihnen, dessen riesige Perücke den kleinen Wuchs seiner Figur auszugleichen suchte, rief in schneidendem Ton:

„Schon wieder eine Kurtisane! Pater Richard, Ihr habt doch hoffentlich nicht die Absicht, diese Kreatur hier unterzubringen. Monsieur Dionis verbittet sich, daß man sein Haus noch länger profaniert."

„Ich sage das nicht", protestierte der andere. „Ich kann es verstehen, daß Seine Exzellenz das Bedürfnis nach Zerstreuung empfindet."

„Ach was", unterbrach ihn der kleine Mann bissig. „Wenn der Fürst sich zerstreuen will, soll er sich gefälligst nach Versailles verfügen und sein Beglaubigungsschreiben übergeben, anstatt sich darin zu gefallen, eine das Schamgefühl verletzende Situation endlos in die Länge zu ziehen."

Als der Jesuit endlich zu Wort kam, stellte er Angélique vor. Der Mann mit der Perücke wurde abwechselnd rot und blaß.

„Ich bitte Euch tausendmal um Verzeihung, Madame. Ich bin Saint-Amon, vom König beauftragt, Seine Exzellenz zum Hof zu geleiten. Vergebt mir meinen Irrtum."

„Ihr seid vollkommen entschuldigt, Monsieur de Saint-Amon. Ich begreife durchaus, daß mein Kommen Anlaß zur Verwechslung gab."

„Ach, Madame, Ihr solltet mich bedauern! Ich weiß mir nicht mehr zu helfen. Ich bringe es nicht fertig, diese barbarischen Individuen mit ihren schamlosen Sitten von der Notwendigkeit größerer Eile zu überzeugen. Und Pater Richard, der doch auch Franzose ist und Geistlicher überdies, steht mir nicht im geringsten bei! Seht Euch nur sein verschmitztes Lächeln an!"

„Oho! Steht Ihr vielleicht mir bei?" gab der Jesuit zurück. „Ihr seid Diplomat. Beweist also ein wenig Diplomatie. Ich bin nur Dolmetscher, allenfalls Berater. Ich habe den Botschafter in privater Eigenschaft begleitet, und Ihr solltet Euch glücklich schätzen, daß ich als Dolmetscher zu Euren Diensten stehe."

„Eure Dienste sind auch die meinen, mein Vater, denn wir sind beide Untertanen des Königs von Frankreich."

„Ihr vergeßt, daß ich in erster Linie Diener Gottes bin!"

„Roms, wollt Ihr sagen. Jedermann weiß, daß in den Augen Eures Ordens der Kirchenstaat mehr gilt als das Königreich Frankreich."

Das Ende des Wortwechsels entging Angélique, denn Bachtiari Bey hatte sie beim Handgelenk genommen und drängte sie ins Innere des Hauses. Sie durchquerten ein Vorzimmer mit Mosaikfußboden und betraten den dahinterliegenden Raum, gefolgt von ihren Pagen, dem des Fürsten, der die unvermeidliche Wasserpfeife trug, und Flipot, der beim Anblick der Wandbehänge, Teppiche und schillernden, bunten Kissen vor Staunen die Augen aufriß. Möbel aus edlen Hölzern, Vasen und Schalen aus blauer Fayence vervollständigten die Einrichtung.

Der Fürst setzte sich mit gekreuzten Beinen und bedeutete Angélique, ein gleiches zu tun.

„Ist es unter Franzosen üblich, sich vor andern Leuten und bei jeder Gelegenheit zu streiten?" fragte er in einem etwas schleppenden, aber vollendeten Französisch.

„Ich stelle erfreut fest, daß Euer Exzellenz unsere Sprache vorzüglich spricht."

„Seit zwei Monaten höre ich den Franzosen zu ... ich hatte genügend Zeit zu lernen. Vor allem weiß ich sehr genau, wie man unangenehme Dinge sagt ... und kenne viele ... Schimpfwörter ... Jawohl. Und ich bedaure es ... denn ich möchte Euch andere Dinge sagen."

Angélique lachte hellauf.

Der Bey betrachtete sie.

„Euer Lachen ist wie eine Quelle in der Wüste."

Er führte das Mundstück seiner Pfeife an die Lippen und rauchte in kleinen Zügen, ohne seinen dunklen, heißen Blick von seiner Besucherin zu wenden.

„Mein Astrologe hat mir gesagt ... heute sei ein ‚weißer‘, ein glück-
bringender Tag. Und Ihr seid gekommen ... Euch will ich es sagen ...
Ich fühle mich unsicher in diesem Land. Seine Sitten sind wunderlich
und unbegreiflich."

Mit einer Handbewegung bedeutete er seinem dösenden Pagen, Schalen mit Fruchtsorbett, Nougat und einer durchsichtigen Paste anzu-
bieten.

Angélique bemerkte zögernd, sie verstehe Seine Exzellenz nicht. Was
denn so wunderlich sei an den französischen Gebräuchen?

„Alles ... Die Fellahs ... wie sagt man ... Leute der Erde ..."

„Bauern."

„Richtig ... Sie starren mich stehend unverschämt an, wenn ich vor-
beikomme. Kein einziger hat auf meiner langen Reise mit seiner Stirn
den Staub berührt ... Euer König, der mich wie einen Gefangenen zu
sich bringen lassen will ... in einer Kutsche ... mit Wachen an den
Wagenschlägen. Und dieser kleine Mann, der mich anzuschreien wagt:
‚Los! Los! Nach Versailles!‘ Als ob ich ein Sischak wäre, ein Packesel,
während ich es mir doch aus Ehrerbietung dem großen Monarchen gegenüber schuldig bin, meine Schritte zu verlangsamen ... Weshalb
lächelt Ihr, o schöne Firuze, deren Augen dem kostbarsten aller Edelsteine gleichen?"

Sie bemühte sich, ihm begreiflich zu machen, daß es sich um Mißverständnisse handle. In Frankreich werfe man sich nicht zu Boden.
Die Frauen machten eine Reverenz. Um es zu demonstrieren, erhob
sie sich und vollführte zur größten Belustigung ihres Gastgebers einige
Knickse.

„Ich verstehe", sagte er. „Es ist ein Tanz ... gemessen und fromm,
den die Frauen vor ihrem Fürsten tanzen. Das gefällt mir sehr. Ich
werde ihn meinen Frauen beibringen ... Der König scheint es letzten
Endes doch gut mit mir zu meinen, da er Euch geschickt hat. Ihr seid
der erste Mensch, den ich unterhaltsam finde ... Die Franzosen sind
recht langweilige Leute."

„Langweilig!" protestierte Angélique. „Euer Exzellenz irrt sich. Die
Franzosen stehen im Ruf, sehr lustig, sehr amüsant zu sein."

„Ent-setz-lich langweilig!" skandierte der Fürst. „Die, die ich bisher

305

gesehen habe, schwitzen Langeweile aus wie der Felsen in der Wüste die kostbare Mumia . . ."

Der Vergleich des Botschafters erinnerte Angélique an Meister Savary und den Anlaß ihres Hierseins. „Die Mumia . . . Ist es möglich, Euer Exzellenz! Seine Majestät der Schah von Persien hat geruht, unserem Monarchen ein wenig von jener so seltenen Flüssigkeit zu schicken?"

Des Botschafters Gesicht verfinsterte sich. Er sah sie an wie ein Sultan den Sklaven, den er des Verrats verdächtigt.

„Woher wißt Ihr, daß sie sich unter meinen Geschenken befindet?"

„Es wird davon gemunkelt, Exzellenz. Der Ruhm dieser Kostbarkeit ist über die Meere gedrungen!"

Bei aller Gelassenheit konnte Bachtiari Bey sein Erstaunen nicht verheimlichen.

„Ich glaubte, der König lege keinen sonderlichen Wert auf die Mumia . . . Womöglich hätte er mir die Kränkung zugefügt, sich in Unkenntnis ihres Wertes über sie lustig zu machen."

„Ganz und gar nicht, Seine Majestät ermißt vielmehr an einem solchen Geschenk die hochherzige Gesinnung des Schahs von Persien. Sie weiß sehr wohl, daß dieses Elixier überaus selten ist. Kein Land der Welt besitzt es außer Persien."

„Keines", bestätigte der Bey, dessen Augen einen schwärmerischen Glanz bekamen. „Es ist das Geschenk Allahs an ein Volk, das das größte unter den großen Völkern war . . . das dank der Fruchtbarkeit seines Geistes noch immer groß ist. Allah hat es gesegnet, indem er ihm das kostbare und geheimnisvolle Elixier übereignete. Seine Quellen sind spärlich geworden, und deshalb bleibt die Mumia einzig den Prinzen von Geblüt vorbehalten. Die Felsen, die sie ausschwitzen, werden von der königlichen Garde bewacht. Jede Quelle ist mit den Siegeln der fünf höchsten Beamten der Provinz verschlossen. Sie haften mit ihrem Kopf dafür, daß kein einziger Tropfen gestohlen wird."

„Wie mag diese Flüssigkeit aussehen?"

Auf Bachtiari Beys Lippen war das Lächeln zurückgekehrt.

„Ihr seid neugierig und ungeduldig wie eine Odaliske, der ihr Herr eine Belohnung zugesagt hat . . . Aber . . . es gefällt mir, wenn Eure Augen leuchten."

Er klatschte in die Hände und gab einer herbeieilenden Wache Anweisungen.

Wenige Augenblicke später traten zwei Diener ein, die ein schweres Kästchen aus Rosenholz mit Gold- und Perlmutterintarsien trugen. Vier Janitscharen, die Lanze in der Faust, rahmten sie ein.

Das Kästchen wurde auf einen Nipptisch vor dem Diwan gestellt, und Bachtiari Bey öffnete es ehrfurchtsvoll. Es enthielt ein Ziergefäß aus massivem blauem Porzellan mit langem, weitem Hals. Der Perser zog den Stöpsel aus Jade heraus, der die Öffnung verschloß, und Angélique beugte sich darüber. Sie sah eine dunkle, irisierende Flüssigkeit, die ihr von öliger Konsistenz erschien und deren durchdringender Geruch sich mit keinem andern vergleichen ließ. War er unangenehm oder angenehm? Sie hätte es nicht zu sagen vermocht.

Betäubt und mit einem jähen Schmerz in den Schläfen richtete sie sich auf.

Während er in leierndem Tonfall Gebete murmelte, neigte der Perser das Gefäß, um ein paar Tropfen in eine silberne Schale zu gießen; er tauchte einen Finger hinein und legte ihn sanft auf Angéliques, dann auf die eigene Stirn.

„Ist es eine Arznei?" fragte sie tonlos.

„Es ist das Blut der Erde", murmelte er mit verzücktem Ausdruck, „die aus den Tiefen gekommene Verheißung ... die geheimnisvolle Botschaft der Geister, die die Welt lenken ... La illaha illalah! Mohammedu rossul ullah*!"

„Ali vali ullah", antworteten die Diener, während sie sich zu Boden warfen.

Nachdem sie sich mit dem verehrungswürdigen Elixier zurückgezogen hatten, traf Angélique Anstalten, sich zu verabschieden. Der Botschafter war sichtlich enttäuscht. Es bedurfte zahlreicher Umschreibungen und mannigfaltiger poetischer Vergleiche, um ihm begreiflich zu machen, daß man in Frankreich Frauen von Stand nicht als gewöhnliche Kurtisanen betrachte, daß man sie nur durch zartes und lange Zeit platonisches Werben erobern könne.

„Unsere persischen Dichter haben ihre Geliebten zu besingen ver-

* Es gibt nur einen Gott. Mohammed ist sein Prophet und Ali sein Vezir.

standen", sagte der Fürst. „So hat in vergangenen Jahrhunderten der
große Saadi gedichtet:

> Den du gefangenhältst, er lebt in ewig jungem Glück:
> Ein immerwährend Paradies läßt ihn nicht altern.
> Seit ich dich erstmals sah, weiß ich, wohin mich zum Gebete wenden:
> Zu deinem Orient steigt meine Inbrunst auf.

Muß man auf solche Weise reden, um die spröden Frauen Frankreichs
zu erobern? Ich werde Euch Firuze-Khanum nennen ... Madame
Türkis ... Das ist der kostbarste aller Edelsteine, das Sinnbild des
alten Persiens der Meder. Blau ist in unserem Lande die beliebteste
Farbe ..."
Bevor sie noch eine ablehnende Geste machen konnte, hatte er einen
schweren Ring von seinem Finger genommen und über einen der ihren
gestreift.
„Madame Türkis ... das ist der Ausdruck meiner Freude, wenn Ihr
die Augen zu mir erhebt. Dieser Stein besitzt das Vermögen, die Farbe
zu wechseln, wenn derjenige, der ihn trägt, ein schlechtes Gewissen
hat oder unaufrichtig ist."
Er sah sie mit einem sanften, ein wenig spöttischen Lächeln an, das
sie faszinierte. Am liebsten hätte sie das Geschenk zurückgewiesen,
aber sie brachte es nicht über sich. Während sie sich über den Stein
neigte, der nun ihre Hand zierte, murmelte sie: „Barik Allah!"
Bachtiari Bey erhob sich. Seine Bewegungen waren von katzenartiger
Geschmeidigkeit und ließen auf ungewöhnliche Körperkraft schließen.
„Eure Fortschritte in der persischen Sprache ... höchst bemerkenswert ... Gibt es viele solcher schönen und bezaubernden Frauen am
französischen Hof?"
„Ebenso viele wie Kieselsteine am Ufer des Meeres", versicherte An-
gélique. Es drängte sie jetzt, von hier wegzukommen.
„Ich lasse Euch also gehen", sagte der Fürst, „da dies der wunderliche
Brauch in diesem seltsamen Lande ist, in dem man Geschenke schickt,
um sie alsbald wieder zurückzunehmen ... Weshalb fügt mir der
König von Frankreich so viele Beleidigungen zu? Der Schah von Per-

sien ist vielvermögend: er kann die französischen Mönche der zwanzig Klöster, die sich dort niedergelassen haben, aus seinem Lande vertreiben, er kann sich weigern, Seide zu verkaufen. Glaubt Euer König, er könne im eigenen Lande Seide herstellen gleich der, die wir besitzen? Überall sonst auf der Welt wachsen nur Maulbeerbäume mit roten Beeren, während in Persien allein sich die Würmer von Maulbeerbäumen mit weißen Beeren nähren und die feinste Seide abgeben ... Wird der Vertrag, den wir abschließen wollten, nicht zustande kommen? Fragt das Euren König. Und jetzt möchte ich meinen Wahrsager konsultieren. Ich wünsche, daß Ihr dabei noch anwesend seid."

Im Vorsaal, wo sie den Jesuiten und die beiden französischen Edelleute antrafen, ließ er sie warten, kehrte jedoch bald in Begleitung zweier Männer zurück, eines weißbärtigen Greises, an dessen mächtigem Turban sich mehrere Tierkreiszeichen erkennen ließen, und eines jüngeren mit tiefschwarzem Bart und riesiger Nase. Der letztere ergriff ungeniert das Wort in ausgezeichnetem Französisch:

„Ich bin Agobian, Armenier griechisch-katholischen Glaubens, Kaufmann, Freund und erster Sekretär Seiner Exzellenz, und dies hier ist der Mollah und Astrolog Hadji Sefid."

Angélique trat einen Schritt auf den Alten zu, hielt jedoch inne, als dieser eine abwehrende Geste machte.

Der mit der Nase sagte erklärend: „Kommt unserem ehrwürdigen Botschaftspriester nicht zu nahe, Madame, denn er ist ein wenig rigoristisch und duldet keine Berührung mit einer Frau. Er soll mit uns kommen, um festzustellen, ob Euer Pferd das ‚nehhusset', den unguten Stern, mitbringt."

Der sittenstrenge Mann schien unter seinem von einem metallenen Gürtel zusammengehaltenen Kaftan aus grober Leinwand nur aus Haut und Knochen zu bestehen. Die Nägel an seinen Händen waren wie die seiner in Sandalen steckenden Füße lang und karminfarben. Offensichtlich spürte er weder die Kälte noch den Schnee, während die Gruppe sich nach den Stallungen begab.

„Worin besteht das Geheimnis, daß er nicht friert?" fragte die junge Frau bescheiden.

Der Greis schloß die Augen und blieb eine Weile stumm. Dann ließ sich seine erstaunlich junge und melodiöse Stimme vernehmen.

Der Armenier dolmetschte:

„Unser Priester sagt, das Geheimnis sei einfach: Man müsse fasten und sich den irdischen Vergnügungen fernhalten. Obwohl Ihr nur eine Frau seid, sagt er, antworte er Euch, da Ihr nicht das Böse brächtet. Auch Euer Pferd sei für Seine Exzellenz nicht unheilvoll. Was um so verwunderlicher, als der Monat, in dem wir uns befinden, zu den Unheilbringern gehört."

Der alte Mann ging kopfschüttelnd um das Pferd herum. Die Anwesenden respektierten seine Meditation und schwiegen, bis er von neuem zu sprechen begann:

„Er sagt, selbst ein höchst unheilvoller Monat könne durch aufrichtige Gebete und die Begegnung verschiedener Sternbilder zum Besseren gewandelt werden. Die Gebete seien dem Allmächtigen besonders lieb, wenn den betreffenden Menschenwesen Leid widerfahren sei. Er meint, der Schmerz habe zwar nicht Euer Gesicht, aber Eure Seele gezeichnet. Daher sei Weisheit über Euch gekommen, wie nur wenige Frauen sie besäßen ... Aber Ihr befändet Euch noch nicht auf dem Wege der Erlösung, da Ihr zu sehr dem Vergänglichen verhaftet seid. Er verzeiht Euch, denn Ihr führt nicht das Böse mit Euch, und Eure Begegnung mit seinem Herrn werde sich deshalb für diesen günstig auswirken ..."

Kaum waren diese beruhigenden Worte ausgesprochen, als sich der Gesichtsausdruck des Mollah plötzlich veränderte. Seine dicken, mit Henna gefärbten Augenbrauen zogen sich jäh zusammen, und seine wässerigen Augen begannen zu blitzen. Der gleiche Ausdruck der Überraschung und des Zorns malte sich auch in den Gesichtern der anwesenden Perser. Der Armenier rief aus:

„Er sagt, eine Schlange habe sich zwischen uns eingeschlichen ... habe die Gastfreundschaft des Fürsten mißbraucht, um ihn zu bestehlen ..."

Der dürre, knotige Finger mit dem roten Nagel wies unerbittlich in eine Richtung.

„Flipot!" schrie Angélique entsetzt auf.

Schon hatten zwei Soldaten den kleinen Lakai gepackt und drückten ihn auf die Knie. Aus seiner umgedrehten Jacke fielen drei Edelsteine, ein Smaragd und zwei Rubine, funkelnden Tropfen gleich in den Schnee.

„Flipot!" wiederholte Angélique bestürzt.

Heftige Worte ausstoßend, trat der Botschafter hinzu, legte die Hand auf den aus seinem breiten Gürtel ragenden goldenen Griff und zog mit einer weitausholenden Bewegung seinen Krummsäbel.

Angélique warf sich mutig dazwischen.

„Was habt Ihr vor! Mein Vater, ich beschwöre Euch, haltet ihn auf. Er will ihm doch nicht etwa den Kopf abschlagen . . ."

„In Ispahan wäre das eine Selbstverständlichkeit", sagte der Jesuit kühl. „Und ich würde den meinen aufs Spiel setzen, wenn ich zu vermitteln versuchte. Bedauerlicher Zwischenfall! Ungeheuerliche Beleidigung! Seine Exzellenz wird niemals begreifen, daß sie diesen kleinen Dieb nicht auf die übliche Weise bestrafen kann."

Er bemühte sich nach Kräften, seinen erlauchten Schüler zurückzuhalten, während Angélique sich gegen die Janitscharen zur Wehr setzte, die sie wegzerren wollten, und drei weitere Wachen Malbrant Schwertstreich abzudrängen versuchten, der bereits seine Waffe gezückt hatte.

„Seine Exzellenz will sich damit begnügen, ihm Hände und Zunge abzuschneiden", sagte der Armenier.

„Seiner Exzellenz steht es nicht zu, meine Diener zu bestrafen . . . Dieser Junge gehört mir. Nur ich allein habe über seine Strafe zu bestimmen."

Bachtiari Beys Augen funkelten sie an, aber er schien sich zu beruhigen.

„Seine Exzellenz fragt, wie Ihr ihn zu züchtigen gedenkt."

„Ich werde . . . ich werde ihm fünfundzwanzig Peitschenhiebe verabfolgen und ihn bei lebendigem Leibe in einem Gipskrug einschließen lassen."

Der Fürst schien zu überlegen. Dann gab er ein paar unartikulierte Laute von sich und kehrte mit seinem Gefolge zum Haus zurück. Die

311

Wachen trieben die Franzosen zum Garten hinaus und verschlossen das Tor, nachdem sie sie ohne viel Federlesens auf die Straße gesetzt hatten.

„Wo sind die Pferde?" fragte Angélique.

„Die Türkenbande hat sie behalten", knurrte Malbrant Schwertstreich. „Ich würde mich wundern, wenn sie die Absicht hätten, sie jemals wieder herauszurücken."

„Wird uns nichts anderes übrigbleiben, als zu Fuß nach Hause zu gehen", meinte einer der Lakaien.

„Ein so schönes Tier wie Ceres!" jammerte der Kutscher. „So ein Unglück! Die Frau Marquise hätte sich mit diesem Pack gar nicht einlassen sollen!"

Angélique stellte fest, daß es viel später geworden war, als sie vermutet hatte. Der Abend nahte. Der Wind blies, und ein leichter Nebel begann die fernen, blinkenden Lichter zu verschleiern, die im Osten Paris ankündigten.

Auf der vereisten Straße klapperten die müden Hufe eines Pferdes, und Meister Savary erschien, seinen Klepper am Zügel hinter sich herziehend.

Er war noch nicht ganz heran, als er schon wie ein Jagdhund geräuschvoll zu schnüffeln begann, während sein Gesicht aufleuchtete.

„Die Mumia! Man hat sie Euch also gezeigt! Oh, ich rieche sie ... ich rieche sie!"

„Was Wunder! Meine Kleider sind wie getränkt mit diesem Gestank. Man wird den Geruch Eurer Mumia nicht los. Ich habe gräßliche Kopfschmerzen. Ihr könnt Euch rühmen, Meister Savary, mich in ein recht unerfreuliches Abenteuer verwickelt zu haben. Wißt Ihr, daß der Botschafter es ganz in der Ordnung gefunden hat, sich meine fünf Pferde anzueignen? Vier sarazenische Halbblutrappen und mein Reitpferd, eine Vollblutstute, für die ich tausend Livres bezahlt habe!"

„Begreiflich! So schöne Tiere! Er mußte sie für ihm zugedachte Geschenke halten."

„Die Gefahr, daß er das Eure wegnehmen könnte, bestand freilich nicht!"

„Haha! Ich wußte, was ich tat", meckerte der alte Apotheker und versetzte seiner Schindmähre einen freundschaftlichen Schlag in die knochige Flanke.

„Und wie sollen wir jetzt wieder nach Versailles kommen? Keine einzige Kutsche fährt auf dieser Straße. Im übrigen würde ich's auch nicht wagen, jemand mein ebenso dummes wie kränkendes Mißgeschick zu gestehen."

„Ich schlage vor, daß Ihr bei mir aufsitzt", sagte Savary, „und daß ich Euch heute abend nach Paris bringe. Was Eure Burschen betrifft, finden sie ein paar Meilen von hier entfernt eine Herberge, wo sie übernachten können. Morgen wird sie schon irgendein Fuhrwerk in die Stadt mitnehmen, wo sie dann nur in Eure Stallungen zu gehen brauchen, um sich wieder in den Sattel zu schwingen."

„Natürlich. Nichts einfacher als das", sagte Angélique, die allmählich in Zorn geriet. „Ihr scheint Euch einzubilden, meine Ställe seien mit Pferden vollgepfropft und ich könne sie mir nichts, dir nichts an alle persischen Fürsten der Welt verschenken . . ."

Savary ließ sich nicht aus der Ruhe bringen. Er grinste verschmitzt wie ein kleiner Kobold.

„Hehe! Ich sehe da an Eurem Finger ein Steinchen, das bestimmt fünf, wenn nicht gar zehn Vollblutpferde wert ist."

Verärgert barg Angélique die Hand, an der der Türkis glänzte, unter ihrem Umhang. Meister Savary schwang sich höchst belustigt in den Sattel, während die Lakaien ihrer Herrin behilflich waren, hinter ihm aufzusitzen.

„Sagt, was Ihr wollt, Madame", fuhr der alte Mann fort, nachdem das Pferd sich in gemächlichen Trab gesetzt hatte, „Ihr habt Euch mit Bachtiari Bey viel besser verstanden, als Ihr zugeben mögt."

„Absolut nicht! Ich kann mich nicht mit einem Manne verstehen, der es für normal hält, mit den Köpfen seiner Mitmenschen zu jonglieren, und der mich, nachdem er mich liebenswürdig bewirtet hat, ohne die leiseste Entschuldigung vor die Tür setzen läßt."

„Das ist unwesentlich und eine Frage der Konvention, Madame. Für die Muselmanen ist das Leben, das sie in vollen Zügen zu genießen behaupten, von geringerem Wert als für die Christen. Allah erwartet uns an der Schwelle des Todes. Einen Sklaven mit einem Säbelhieb ins

Jenseits befördern – bedeutet das nicht, ihm großmütig die Freiheit schenken und ihm zugleich zum Paradies verhelfen? Denn der Koran gewährt es den von ihren Fürsten persönlich hingerichteten Bedienten. Ich bin überzeugt, daß Bachtiari Bey Euren Besuch in angenehmster Erinnerung behalten wird. Aber schließlich seid Ihr ja nur eine Frau!" schloß Meister Savary mit ausgesprochen orientalischer Verächtlichkeit.

Zweiunddreißigstes Kapitel

Völlig erschöpft, schlief Angélique noch am andern Morgen um zehn Uhr tief und fest, als jemand an ihre Tür klopfte.

„Madame, Ihr werdet verlangt."

„Laßt mich in Ruhe!" rief sie.

Sie schlief wieder ein, tauchte wollüstig in einen leisen Schlummer, in dessen unruhigem Auf und Ab sie sich ebenso geschaukelt fühlte wie auf dem Rücken von Meister Savarys Pferd. Schließlich schlug sie widerwillig die Augen auf. Javotte schüttelte sie mit erschrockener Miene.

„Madame, die beiden Offiziere lassen sich nicht abweisen. Sie verlangen, sofort empfangen zu werden."

„Sie sollen warten . . . bis ich ausgeschlafen habe."

„Madame", sagte Javotte mit zitternder Stimme, „ich habe Angst. Diese Kerle sehen mir ganz danach aus, als seien sie gekommen, um Euch zu verhaften."

„Mich verhaften?"

„Sie haben Wachposten an den Ausgängen des Hauses aufstellen lassen und befohlen, man solle Eure Kutsche für Euch anspannen."

Angélique setzte sich auf und bemühte sich, ihre Sinne zu sammeln. Was wollte man von ihr? Die Zeiten waren vorbei, in denen Philippe ihr einen seiner üblen Streiche hätte spielen können. Erst vor zwei Tagen war ihr vom König der „Schemel" gewährt worden . . . Es bestand also kein Grund, die Nerven zu verlieren.

Nachdem sie sich eilends angekleidet hatte, empfing sie die beiden Offiziere, die, wie Javotte richtig vermutete, der königlichen Polizei angehörten. Sie überreichten ihr einen Brief, dessen Siegel sie trotz ihrer zur Schau getragenen Sicherheit mit fiebriger Hand erbrach. Der Inhalt besagte, der Empfänger dieses Schreibens möge der Person folgen, die es ihr überbringe. Da unten auf dem Blatt das Siegel des Königs angebracht war, stellte es, wenn nicht alles trog, tatsächlich einen Verhaftungsbefehl dar. Die junge Frau war wie vor den Kopf geschlagen. Sofort kam ihr der Gedanke, das Opfer eines Komplotts zu sein, das den Namen des Königs mißbrauchte, um ihr desto mehr zu schaden.

Argwöhnisch fragte sie:

„Wer hat Euch diesen Brief übergeben und Euch Befehle erteilt?"

„Unsere Vorgesetzten Madame."

„Und was habe ich zu tun?"

„Uns zu folgen, Madame."

Angélique wandte sich ihren Leuten zu, die sich rings um sie versammelt hatten, und hieß Malbrant Schwertstreich, den Haushofmeister Roger und drei weitere Bediente ihre Pferde satteln. Sie sollten sie zu ihrem Schutz begleiten, falls man versuchen würde, sie in einen Hinterhalt zu locken.

Der ältere der beiden Polizeibeamten mischte sich ein: „Bedaure, Madame, aber wir müssen Euch allein mitnehmen. Befehl des Königs."

Angéliques Herz begann heftig zu klopfen.

„Bin ich verhaftet?"

„Ich weiß es nicht, Madame. Ich kann Euch nur sagen, daß ich Euch nach Saint-Mandé bringen soll."

Die junge Frau zerbrach sich den Kopf, während sie in ihre Kutsche stieg. Saint-Mandé? Was gab es in Saint-Mandé? Ein Kloster vielleicht, in dem man sie für immer einsperren wollte? Und aus welchem Grunde? Vermutlich würde sie es nie erfahren! Was sollte nur aus Florimond werden?

Saint-Mandé ...? Hatte dort nicht der frühere Oberintendant der Finanzen, der berüchtigte Fouquet, sich eines seiner Lusthäuser bauen lassen?

315

Erleichtert seufzte sie auf, denn ihr fiel ein, daß der König Fouquets Besitz nach dessen Verhaftung und Einkerkerung seinem Nachfolger Colbert übereignet hatte. Gewiß steckte Colbert hinter dieser Geschichte. Merkwürdige Art, eine junge Frau in sein Landhaus einzuladen. Sie würde ihm gehörig die Meinung sagen, und wenn er hundertmal Minister war.

Doch dann überkam sie von neuem Besorgnis. Sie hatte in ihrer Umgebung so viele plötzliche und unerklärliche Verhaftungen erlebt. Zuweilen waren die Verhafteten kurze Zeit danach strahlend wieder aufgetaucht. Alles war bereinigt worden. Doch in der Zwischenzeit hatte man ihren Besitz beschlagnahmt und in ihren Papieren gewühlt. Angélique hatte nicht die geringsten Vorkehrungen zur Sicherstellung ihres Vermögens getroffen.

„Das soll mir eine Lehre sein", sagte sie sich. „Wenn ich mit heiler Haut davonkomme, werde ich in meinen geschäftlichen Angelegenheiten vorsichtiger sein."

Nachdem die Kutsche die schmutzigen Straßen von Paris hinter sich gelassen hatte, rollte sie auf der gefrorenen Landstraße rascher dahin. Die ihrer Blätter beraubten und von Eiszapfen starrenden Eichen verrieten die Nähe des Waldes von Vincennes.

Endlich erschien zur Rechten die Fassade des einstigen Wohnsitzes Fouquets, der minder prächtig war als der von Vaux, dessen „unziemlicher" Luxus jedoch einen der Hauptanklagepunkte gegen den Finanzmann gebildet hatte, der seitdem in den tiefsten Gründen einer Festung des Piémont schmachtete.

Ruhig und beherrscht betrat Angélique den Flügel des Schlosses, in dem der derzeitige Oberintendant seine Amtsräume hatte, und wurde in ein kleineres, dürftig ausgestattetes Vorzimmer geführt, in dem sich nur ein einziger Bittsteller befand, den sie noch nie bei Hofe gesehen hatte. Es war ein Ausländer, ein Perser offenbar, seiner dunklen Hautfarbe und den ein wenig schräg stehenden schwarzen Augen nach, die ihm etwas Asiatisches verliehen. Aber er war auf europäische Art gekleidet, soviel der weite, abgetragene Mantel erkennen ließ, in den er sich hüllte. Nur seine Stiefel aus rotem Leder und das mit weißem Schafspelz gesäumte Samtbarett verrieten seine exotische Herkunft. Sie sah, daß er einen Degen trug.

Er erhob sich und verneigte sich tief vor ihr, ohne sich darum zu kümmern, daß sie von zwei Profossen eskortiert wurde. In korrektem, aber die ‚r‘ gewaltig rollendem Französisch bot er ihr an, hinter ihr zurückzustehen. Auf gar keinen Fall lasse er zu, daß eine so reizende Dame länger als ein paar Minuten an einem so trübseligen Orte warte. Beim Sprechen zeigte er eine Reihe blendend weißer Zähne unter einem schmalen, tiefschwarzen Schnurrbart, dessen Spitzen leicht zu den Mundwinkeln herabgebogen waren. In Frankreich trug man, abgesehen von den älteren Herren der Generation des Barons Sancé, schon lange keine so großen Schnurrbärte mehr. Jedenfalls hatte Angélique noch nie einen dermaßen beunruhigenden, verwegenen und barbarischen wie den des Unbekannten gesehen. Er faszinierte sie geradezu. Jedesmal, wenn sie verstohlen zu dem Fremden hinübersah, schenkte er ihr ein strahlendes Lächeln und bestand von neuem darauf, daß sie vor ihm eintreten müsse.

Der ältere der beiden Polizeibeamten wandte sich ihm schließlich zu:

„Madame ist Euch gewiß sehr dankbar, Monseigneur", sagte er, „aber vergeßt nicht, daß der König Euch in Versailles erwartet. An Eurer Stelle würde ich Madame bitten, sich ein paar Augenblicke länger zu gedulden." Der Fremde schien nicht verstanden zu haben und fuhr fort, Angélique mit einem herausfordernden Lächeln zu fixieren, was ihr allmählich peinlich wurde.

Sie wunderte sich weniger über die Unhöflichkeit des Polizisten ihr gegenüber als über die Ehrerbietung, die er dem Unbekannten erwies. Wer er auch sein mochte, er war ein ritterlicher Mann.

Da die Tür des Kabinetts mangelhaft schloß, verriet sich näherndes Stimmengemurmel, daß der vorhergehende Besucher eben verabschiedet wurde, und Angélique spitzte unwillkürlich die Ohren.

„Vergeßt nicht, Monsieur de Gourville, daß Ihr in Portugal der geheime Vertreter des Königs von Frankreich sein werdet und daß Adel verpflichtet", hörte sie Monsieur Colbert sagen.

„Gourville?" dachte Angélique. „War das nicht einer der Komplicen des verurteilten Oberintendanten? Ich glaubte, er sei geflohen und in contumaciam zum Tode verurteilt . . ."

Ein Edelmann, dessen obere Gesichtshälfte eine schwarze Maske verbarg, erschien auf der Schwelle, vom Minister aufs zuvorkommendste geleitet. Mit einer leichten Verbeugung ging er an ihr vorbei.

Monsieur Colbert runzelte die Stirn. Er schwankte einen Augenblick zwischen dem Unbekannten und der jungen Frau, doch als der erstere zur Seite trat, verdüsterte sich die Miene des Ministers noch mehr. Er bedeutete Angélique einzutreten, und schlug ihren Begleitern brüsk die Tür vor der Nase zu.

Er setzte sich und forderte auch seine Besucherin auf, in einem der Sessel Platz zu nehmen. Eine Weile herrschte beklemmendes Schweigen. Während sie seine eisige Miene, seine mürrisch zusammengekniffenen Augenbrauen betrachtete, erinnerte sich Angélique, daß Madame de Sévigné ihn scherzhaft „Nordwind" zu nennen pflegte. Sie lächelte.

Monsieur Colbert zuckte zusammen, fassungslos über Angéliques Unbefangenheit.

„Könnt Ihr mir sagen, Madame", begann er, „aus welchem Grunde Ihr gestern dem Botschafter von Persien, Seiner Exzellenz Bachtiari Bey, einen Besuch abgestattet habt?"

„Wer hat Euch davon in Kenntnis gesetzt?"

„Der König."

Er nahm von seinem Schreibtisch ein Schriftstück auf und wendete es ein paarmal zwischen seinen Fingern ärgerlich hin und her.

„Ich habe heute früh dieses Schreiben vom König bekommen, in dem er mich ersucht, Euch unverzüglich vorzuladen, um von Euch eine Erklärung zu fordern. Was hat Euch also dazu veranlaßt, den Vertreter des Schahs von Persien aufzusuchen?"

„Die Neugier."

Colbert fuhr abermals hoch.

„Damit wir uns recht verstehen, Madame. Die Sache ist ernst! Die Beziehungen zwischen dieser schwierigen Persönlichkeit und Frankreich sind derart prekär geworden, daß diejenigen, die ihm einen Besuch abstatten, in den Verdacht kommen können, sich als Feinde zu betätigen."

„Lächerlich! Bachtiari Bey schien mir darauf erpicht zu sein, den größten Monarchen der Welt zu begrüßen und die Schönheiten Versailles' zu bewundern."

„Ich glaubte, er sei im Begriff, wieder zurückzureisen, ohne auch nur sein Beglaubigungsschreiben überreicht zu haben", sagte der Minister erstaunt.

„Nichts täte er weniger ungern. Ein bißchen mehr Taktgefühl auf seiten all dieser Flegel, die man ihm beigegeben hat, Torcy, Saint-Amon und Konsorten . . ."

„Ihr redet leichtfertig über erfahrene Diplomaten, Madame. Wollt Ihr behaupten, sie verstünden nichts von ihrem Handwerk?"

„Sie verstehen die Perser nicht, das jedenfalls ist sicher. Bachtiari Bey hat auf mich den Eindruck eines . . . wohlmeinenden Mannes gemacht."

„Warum weigert er sich dann zu erscheinen?"

„Weil er meint, daß man ihn nicht gebührend empfängt, daß es kränkend für ihn sei, sich in einer Kutsche mit Wachen an den Wagenschlägen zu präsentieren."

„Das ist doch das übliche Empfangszeremoniell."

„Er mag es nicht."

„Was mag er dann?"

„Paris zu Pferd durchqueren, auf einem Meer von Rosenblättern, von der gesamten Einwohnerschaft begrüßt, die sich vor ihm auf den Boden geworfen hat."

Und da der Minister stumm blieb:

„Kurz gesagt, Monsieur Colbert, es hängt von *Euch* ab."

„Von mir?" sagte er bestürzt. „Aber ich verstehe nichts von den Fragen der Etikette."

„Ich ebensowenig. Aber ich weiß immerhin, daß es besser ist, die Etikette den besonderen Umständen anzupassen, als sich ein für das Königreich günstiges Bündnis entgehen zu lassen."

„Erzählt mir die Sache in allen Einzelheiten", sagte Colbert, während er sich mit einer nervösen Bewegung in den Kragen fuhr.

Angélique gab ihm eine kurze Schilderung ihrer burlesken Unternehmung, wobei sie es jedoch unterließ, die Mumia auch nur mit einem Wort zu erwähnen.

Colbert hörte mit finsterer Miene zu. Er lächelte auch nicht, als sie ihm berichtete, daß Seine Exzellenz gleichsam zu Demonstrationszwecken eine zweite Hinrichtung durch das Rad verlangt hatte.

„Hat er Euch etwas über die Geheimklauseln des Vertrags gesagt?"

„Nein. Er hat lediglich angedeutet, daß alle Eure Manufakturen nie in der Lage sein würden, eine der persischen ebenbürtigen Seide herzustellen ... und er hat auch von den katholischen Klöstern gesprochen."

„Er hat nichts von einem militärischen Gegenzug von arabischer oder moskowitischer Seite gesagt?"

Angélique schüttelte den Kopf.

Der Minister versank in tiefes Sinnen.

Angélique respektierte sein Schweigen, doch dann ergriff sie von neuem das Wort.

„Kurz und gut", meinte sie munter, „ich habe Euch und dem König einen Dienst erwiesen."

„Seid nicht zu voreilig. Ihr habt Euch unglaublich unbedacht und ungeschickt verhalten."

„Wieso? Ich habe keinen Dienstvertrag mit der Armee abgeschlossen, der mir verbietet, nach Belieben Besuche abzustatten, ohne mir jeweils bei meinen Vorgesetzten Rat zu holen."

„Da irrt Ihr Euch, Madame. Erlaubt, daß ich Euch das ohne Umschweife sage. Ihr glaubt, Euch frei bewegen zu können, während Ihr Euch desto größerer Bedachtsamkeit befleißigen müßt, je höher Eure gesellschaftliche Stellung ist. Die Welt der Großen ist voller Fallstricke. Daher hätte nicht viel gefehlt, und Ihr wäret verhaftet worden."

„Ich bin es also nicht?"

„Nein. Ich nehme es auf mich, Euch gehen zu lassen, bis ich die Angelegenheit mit Seiner Majestät geregelt habe. Wollet Euch indessen morgen in Versailles einfinden, denn ich vermute, daß der König Euch anhören möchte, nachdem wir einige Nachforschungen angestellt haben, die erforderlich scheinen. Ich werde mich gleichfalls dorthin begeben und mit Seiner Majestät über die Möglichkeit sprechen, die mir eben in den Sinn gekommen ist und bei der Ihr uns, was Bachtiari Bey betrifft, von Nutzen sein könntet."

Er geleitete sie zur Tür und sagte zu den Polizisten, die ihn fragend ansahen:

„Ihr könnt gehen. Der Auftrag hat sich erledigt."

Die Nachwirkung des glücklichen Ausgangs ihres Zwangsbesuchs war so stark, daß Angélique sich nach dem Verschwinden der beiden Polizeibeamten erst einmal im Vorzimmer niederließ. Als der Fremde nach seiner Unterredung mit Colbert sie dort noch immer sitzen sah, erbot er sich mit seinem rollenden Akzent, ihr eine Mietkutsche zu besorgen. Er selbst habe auch keine andere Möglichkeit, nach Paris zurückzukehren.

Angélique folgte ihm willenlos. Erst in dem Augenblick, als sie vor ihrer eigenen Kutsche stand, kehrte ihr Denkvermögen zurück.

„Vergebt mir, Monsieur. Ich möchte vielmehr Euch bitten, in meine Kutsche zu steigen und mir das Vergnügen zu machen, mit mir nach Paris zurückzufahren."

Der Fremde musterte mit einem kurzen Blick die mit Silber besetzten grauen Schabracken und die Livreen der Bedienten. Er lächelte mitleidig. „Arme Kleine", meinte er. „Wißt Ihr, daß ich sehr viel reicher bin als Ihr? Ich besitze nichts, aber ich bin frei."

„Ein Sonderling", dachte sie, während der Wagen sich in Bewegung setzte.

Sie fühlte sich unsagbar erleichtert. Jetzt war sie bereit, es sich einzugestehen: sie hatte große Angst gehabt. Sie wußte, daß nicht alle Mißverständnisse sich so leicht bereinigen ließen. Und da sie ihre Beklemmung nun überwunden hatte, bemühte sie sich, die Unterhaltung mit ihrem Gast in Gang zu bringen, der sich in einer unangenehmen Lage ihr gegenüber zuvorkommend gezeigt hatte.

„Darf ich Euch nach Eurem Namen fragen, Monsieur? Ich kann mich nicht erinnern, Euch bei Hofe gesehen zu haben."

„Ich Euch wohl – neulich, als Seine Majestät Euch Platz nehmen hieß und Ihr vortratet, so schön, so ernst in Eurem schwarzen Kleid, wie ein lebendiger Vorwurf inmitten dieser aufgeputzten Vögel."

„Ein Vorwurf?"

„Vielleicht drücke ich mich falsch aus. Ihr habt Euch von den andern so abgehoben, wart so anders, daß ich am liebsten aufgeschrien hätte: Nicht sie! Nicht sie! Bringt sie weg von diesem Ort!"

„Gottlob habt Ihr Eure Rufe unterdrückt!"

„Ich mußte es wohl", seufzte der Fremde. „Ich bemühe mich ständig, mir klarzumachen, daß ich in Frankreich bin. Die Franzosen reagieren nicht so spontan wie die andern Völker. Sie denken mit dem Kopf und nicht mit dem Herzen."

„Woher kommt Ihr?"

„Ich bin Fürst Rakoski, und mein Land nennt sich Ungarn."

Angélique nickte höflich. Sie nahm sich vor, bei nächster Gelegenheit Meister Savary, den Vielgereisten, zu fragen, wo Ungarn lag.

Der Fürst erzählte, er habe seinen gesamten Besitz aufgegeben, um sich ganz seinem unglücklichen, gequälten Volk zu widmen. Er habe eine Rebellion organisiert, um den König von Ungarn zu stürzen, der zum deutschen Kaiser geflüchtet sei.

„Dieses Land liegt also in Europa", dachte sie.

„So war Ungarn eine Zeitlang Republik. Dann kam die Unterdrückung. Es war grauenhaft! Ich wurde von meinen Anhängern für ein Stück Brot denunziert. Aber ich konnte fliehen und fand in einem Kloster Unterschlupf. Darauf ging ich über die Grenze, wurde überall gehetzt, bis ich schließlich nach Frankreich kam, wo ich freundschaftliche Aufnahme fand."

„Das freut mich für Euch. Wo lebt Ihr in Frankreich?"

„Nirgends, Madame. Ich irre umher wie meine Ahnen. Ich warte darauf, nach Ungarn zurückkehren zu können."

„Aber dort droht Euch der Tod!"

„Ich werde dennoch zurückkehren, sobald mir Euer König die Mittel bewilligt hat, eine neue Revolte anzuzetteln."

„Wie könnt Ihr erwarten, unser König werde Euch Geld geben, um Euch in die Lage zu versetzen, einen anderen König zu stürzen? Er verabscheut solche Umwälzungen."

„Im eigenen Lande vielleicht. Aber bei den andern ist ein Empörer eine Schachfigur, die vorzuschieben zuweilen Nutzen bringt. Und ich bin voller Hoffnung."

Angélique betrachtete ihn nachdenklich.

„Ihr scheint mir so etwas wie ein Apostel zu sein", sagte sie. „Seht Euch vor! Apostel enden am Kreuz."

Der Fürst gab feurig ihren Blick zurück.

„Ein Apostel muß Junggeselle sein. Ich hingegen möchte eine Familie gründen, aber in Freiheit. Ich denke daran, seitdem ich Euch gesehen habe. Werdet meine Frau und laßt uns gemeinsam fliehen!"

Angélique reagierte auf die natürliche Art der Frauen in einer heiklen Situation: sie lachte und lenkte das Gespräch in eine andere Richtung.

„Ihr werdet fürs erste genug damit zu tun haben, den König für Euren Plan zu gewinnen."

In das Gesicht des Ungarn kam ein fanatischer Zug.

„Er wird mich anhören, weil er das doppelte Spiel der großen Politik treiben kann. Er unterzeichnet den Frieden mit Holland und ermuntert England, jenem den Krieg zu erklären. Er verhandelt mit Portugal, um Spanien, mit dem er ein Bündnis abgeschlossen hat, im Rücken zu treffen. Und er braucht mich, den Fürsten Rakoski, um den deutschen Kaiser zu schwächen. Obwohl er ebendiesen Kaiser im Kampf gegen die Türken unterstützt hat. Er ist ein sehr großer König, verschwiegen und schlau. Niemand kennt ihn. Und er wird aus Euch allen seelenlose Marionetten machen."

Angélique war von den Worten des Ungarn zutiefst betroffen, und sie lauschte ihm fasziniert.

„Wenn man Euch reden hört, weiß man nicht, ob Ihr ihn haßt oder bewundert."

„Ich bewundere ihn als Mensch. Er ist der königlichste aller Könige, die ich kennengelernt habe. Gottlob ist er nicht der meinige. Denn derjenige, der ihn von seinem Thron herunterreißt, muß erst noch geboren werden."

„Ihr habt eine wunderliche Mentalität. Ihr redet wie ein Herumtreiber vom Jahrmarkt von Saint-Germain, der nichts andres im Sinn hat, als mit Königsköpfen Kegel zu spielen."

Der Fürst amüsierte sich über ihre Bemerkung.

„Ich liebe die Fröhlichkeit der Franzosen. Wenn ich durch Paris schlendere, bin ich überrascht, wie vergnügt alle Leute sind, denen ich begegne. Kein Handwerker in seiner Bude, der nicht bei der Arbeit singt oder eine Melodie pfeift. Sie haben mir gesagt, daß sie es täten, um ihr Elend zu vergessen. Die Gesichter, die man hinter den Scheiben der Kutschen sieht, sind weniger vergnügt. Weshalb? Haben die Großen dieses Königreichs nicht einmal das Recht, zu singen, um ihr Elend zu vergessen?"

Die Kutsche war vor dem Hôtel du Beautreillis angelangt. Angélique überlegte, wie sie ihren Gast verabschieden sollte, ohne ihn zu verletzen, als er schon von allein aus dem Wagen sprang und ihr die Hand reichte, um ihr beim Aussteigen behilflich zu sein.

„Dies also ist Euer Haus. Ich hatte ein Palais in Budapest."

„Ihr vermißt es nicht?"

„Erst wenn man sich von seinem Besitz gelöst hat, beginnt man das Leben richtig zu genießen. Madame, vergeßt nicht, was ich Euch gefragt habe."

„Was denn?"

„Ob Ihr meine Frau werden wollt."

„Soll das ein Scherz sein?"

„Nein. Ihr haltet mich für einen Narren, weil ihr den Umgang mit leidenschaftlichen und aufrichtigen Menschen nicht gewohnt seid. Eine lebenslange Leidenschaft kann in einer Sekunde auflodern. Warum sie nicht gleich gestehen? Die Franzosen zwängen ihre Gefühle wie ihre Frauen in Zwangsjacken. Kommt mit mir. Ich werde Euch befreien."

„Ich hänge aber an meiner Zwangsjacke", sagte Angélique lachend. „Adieu, Monsieur, Ihr bringt mich dazu, Dummheiten zu sagen."

Dreiunddreißigstes Kapitel

Am Vormittag nach Versailles zurückgekehrt, begab sich Angélique sofort zur Königin, um in Erfahrung zu bringen, ob sie das bescheidene Amt der stellvertretenden Kammerfrau noch innehabe.

Man sagte ihr, die Königin sei mit ihren Hofdamen ins Dorf Versailles hinuntergegangen, um den Gemeindepfarrer zu besuchen. Die Königin lege den Weg dorthin in der Sänfte, die Damen zu Fuß zurück, sie könnten noch nicht weit sein.

Angélique machte sich auf, sie einzuholen. Während sie das nördliche Parterre überquerte, geriet sie in einen Hagel von Schneebällen, und als sie sich nach dem sonderbaren Spaßvogel umwandte, wurde sie von einem neuen Geschoß voll getroffen. Sie schwankte, glitt aus und fiel der Länge nach in den Schnee.

Aus vollem Halse lachend, tauchte Péguillin de Lauzun hinter einem Gebüsch auf.

Angélique war wütend.

„Ich finde, für solche Dummejungenscherze seid Ihr allmählich wirklich zu alt. Helft mir wenigstens, wieder hochzukommen."

„Ich denke nicht daran!" rief Péguillin, fiel über sie her, rollte sie im Schnee, küßte sie, kitzelte sie mit seinem Muff an der Nase und setzte ihr so zu, daß sie nur noch lachend um Gnade betteln konnte.

„Das ist schon besser", sagte er und stellte sie wieder auf die Füße. „Ich habe Euch mit grimmiger Miene daherkommen sehen, und das paßt weder zu Versailles noch zu Eurem reizenden Gesichtchen. Lacht! Lacht doch!"

„Péguillin, habt Ihr den schweren Schicksalsschlag vergessen, der mich vor kurzem getroffen hat?"

„Ja, den habe ich vergessen", sagte Péguillin leichthin. „Man muß vergessen, wie man uns vergessen wird, wenn wir an der Reihe sind, vor unserem Schöpfer Rechenschaft abzulegen. Im übrigen wärt Ihr nicht an den Hof zurückgekehrt, wenn Ihr nicht die Absicht hättet, zu vergessen. So, genug philosophiert. Kindchen, Ihr müßt mir helfen."

Er nahm sie beim Arm und zog sie mit sich in den Irrgarten der gestutzten Buchsbäume, die der Winter in eine Armee hübsch anzusehender Zuckerbrote verwandelt hatte.

„Der König hat soeben seine Zustimmung zu unserer Eheschließung gegeben", erklärte er geheimnisvoll.

„Welcher Eheschließung?"

„Nun! Zu der zwischen Mademoiselle de Montpensier und jenem unbedeutenden gaskonischen Edelmann, der sich Péguillin de Lauzun nennt. Seid Ihr denn nicht im Bilde? Sie ist unsterblich verliebt in mich. Zu verschiedenen Malen hat sie den König beschworen, seine Einwilligung zu unserer Heirat zu geben. Die Königin, Monsieur und Madame haben Zetermordio geschrien und erklärt, eine solche Verbindung tue der Würde des Throns Abbruch. Pah! Der König ist gerecht und gütig. Er mag mich gern. Außerdem glaubt er, nicht das Recht zu haben, einer Verwandten das Zölibat aufzuerlegen, die sich mit ihren dreiundvierzig Jahren ohnehin keine Hoffnung mehr auf eine illustre Hand machen kann. Schließlich hat er, dem Gezeter jener Weibsbilder zum Trotz, ja gesagt."

„Ist das wirklich Euer Ernst, Péguillin?"

Sie blieb stehen, um betrübt das ihr so vertraute, noch immer jugendliche Gesicht mit den maliziös funkelnden Augen zu betrachten.

„Mein heiliger Ernst!" rief Péguillin aus. „Ich werde Herzog von Montpensier sein und eine prächtige Apanage beziehen. Seine Majestät ist im Begriff, an alle Höfe zu schreiben, um die Vermählung seiner Kusine anzukündigen. Angélique, das übertrifft meine ehrgeizigsten Träume: der Vetter Seiner Majestät zu werden! Ich kann noch gar nicht daran glauben. Das ist es, warum mir himmelangst wird und weshalb Ihr mir helfen müßt."

„Aber es scheint doch alles zum Besten zu stehen."

„Das Glück ist launisch! Solange ich nicht mit Mademoiselle verehelicht bin, werde ich nicht ruhig schlafen. Ich habe viele Feinde: die königliche Familie, die Prinzen von Geblüt, Monsieur de Condé und seinen Sohn, den Herzog von Enghien ... Könntet Ihr von Eurem Charme Gebrauch machen, um auf der einen Seite den Fürsten zu besänftigen, bei dem Ihr einen Stein im Brett habt, auf der andern dem

König zuzureden, der sich womöglich von ihrem Geschrei beeinflussen läßt? Madame de Montespan hat mir bereits ihre Unterstützung zugesagt, aber ich bin mir ihrer nicht so ganz sicher. Ich glaube, bei dieser Art Politik taugen zwei Mätressen mehr als eine."

„Ich bin nicht die Mätresse des Königs, Péguillin."

Der Edelmann neigte den Kopf nach rechts und links wie ein Spottvogel, der etwas häufig Wiederholtes zu hören bekommt.

„Mag sein! Aber vielleicht ist es noch schlimmer", summte er vor sich hin.

Sie hatten den Park hinter sich gelassen und befanden sich vor dem Gittertor des großen Hofes. Aus einer Kutsche, die eben hineinfuhr, rief eine Männerstimme sie an:

„He! Hoho!"

„Ihr seid gefragt, wie ich sehe", sagte Péguillin. „Ich will Euch nicht aufhalten. Kann ich auf Eure Hilfe rechnen?"

„Durchaus nicht. Meine Fürsprache würde Euch mehr schaden als nützen."

„Versagt Euch mir nicht. Ihr unterschätzt Eure Macht. Ihr wollt es nicht zugeben, aber die Spürnase eines gewiegten Hofmannes wie ich täuscht sich nicht. Ich weiß es genau: Ihr vermögt alles beim König!"

„Unsinn, mein Guter. Ich bedaure, daß Ihr den strengen Verweis nicht mit angehört habt, den Seine Majestät mir vor kurzem erst hat erteilen lassen. Meine gestrige Abwesenheit . . ."

„Ach was! Ihr begreift das eben nicht. Ihr seid so etwas wie ein Dorn im Herzen des Königs, schmerzhaft und köstlich, eine Empfindung, die ihn um so mehr verstört, als sie etwas Neues für ihn ist. Ihr seid ihm so nah, daß er sich einbildet, Euch nicht zu begehren . . . Er glaubt, Euch in der Hand zu halten, aber Ihr entzieht Euch ihm . . . Und Eure Abwesenheit verursacht ihm zu seiner Verwunderung unsagbare Qualen."

„Qualen, die den Namen Montespan tragen."

„Madame de Montespan ist ein Leckerbissen, ein sicherer Proviant, ein solides, aus Fleisch und Geist bestehendes Souper, all das, wessen es bedarf, um die Sinne und die Eitelkeit eines Monarchen zufriedenzustellen. Er braucht sie. Er hat sie . . . Ihr aber, Ihr seid der Brunnen

327

in der Wüste, der Traum dessen, der nie geträumt hat ... das Mysterium ohne Geheimnisse ... das Vermißte, das Überraschende, das Erwartete ... Die unkomplizierteste Frau der Welt ... die unbegreiflichste ... die zugänglichste ... die fernste ... die unangreifbare ... die *unvergeßliche*", schloß Péguillin, indem er mit bekümmerter Miene die Faust an sein Spitzenjabot preßte.

„Ihr redet fast ebenso schön wie der persische Botschafter. Allmählich begreife ich, wie Ihr die bedauernswerte Mademoiselle in ein so wunderliches Abenteuer verstricken konntet."

„Versprecht Ihr mir, mit dem König über mich zu reden?"

„Wenn sich die Gelegenheit ergibt, werde ich ein gutes Wort für Euch einlegen. Jetzt aber laßt mich gehen, Péguillin. Ich muß zur Königin."

„Sie braucht Euch weniger als ich. Im übrigen ist hier jemand, der entschlossen zu sein scheint, Euch gleichfalls dem Dienst Ihrer Majestät zu entziehen."

Aus der Kutsche, aus der man sie angerufen hatte, war hastig ein Mann gestiegen, der sich bemühte, sie einzuholen.

„Es ist Monsieur Colbert", fuhr Péguillin fort. „Von mir will er bestimmt nichts. Ich verstehe mich nicht darauf, mit Geld zu jonglieren."

„Ich bin froh, Euch gleich gefunden zu haben", sagte der herantretende Minister. „Ich will zuerst mit Seiner Majestät reden, dann werden wir Euch zu uns rufen."

„Und wenn Seine Majestät nichts mehr von mir hören möchte?"

„Eine momentane Verstimmung ... und eine berechtigte, wie Ihr zugeben müßt. Aber der König wird sich meinen aufklärenden Worten beugen. Kommt, Madame."

Monsieur Colberts Optimismus erwies sich indessen als voreilig. Die Dauer seiner Unterhaltung mit dem König überschritt das Maß der üblicherweise für eine bloße Aussprache benötigten Zeit. Er hatte Angélique gebeten, auf einer Bank im Saal der Friedensgöttin auf ihn zu warten, und während sie dort saß, bemerkte sie die hohe, strenge

328

Gestalt ihres Bruders Raymond de Sancé, der sich durch die buntscheckige Menge der Hofleute drängte.

Seit ihrer Verheiratung mit Philippe war sie ihm nicht mehr begegnet. Kam er, um ihr sein brüderliches Mitgefühl auszudrücken? Er tat es mit großer Herzlichkeit, doch sie spürte sofort, daß er sie nicht deswegen aufgesucht hatte.

„Liebe Schwester, du wunderst dich wohl, daß ich dir, um dich zu sprechen, sogar bis zum Hof nachlaufe, wohin mein Amt mich nur selten führt."

„Ich dachte, du seist zum Hofgeistlichen der Königin ernannt worden."

„Pater Joseph wurde an meiner Stelle ernannt. Meine Vorgesetzten zogen es vor, mich an die Spitze unseres Hauses in Melun zu setzen."

„Das heißt . . ."

„Daß ich Superior der französischen Missionen unseres Ordens im Ausland bin. Insbesondere der Klöster im Orient."

„Aha! Pater Richard . . ."

„Richtig!"

„Bachtiari Bey . . . Seine Weigerung, in eine Kutsche zu steigen, die Dummheiten Monsieurs de Saint-Amon, die Verständnislosigkeit des Königs und die Tragödien in moralischer und materieller Hinsicht, die sich daraus ergeben müssen . . ."

„Deine Kombinationsgabe habe ich von jeher bewundert, Angélique."

„Vielen Dank, mein lieber Raymond. Aber in diesem Fall müßte ich schon mehr als beschränkt sein, wenn ich nicht sofort begriffen hätte."

Raymond lächelte.

„Ich will mich kurz fassen", sagte er dann. „Pater Richard, mit dem ich mich vorhin unterhielt, meint, du seist der einzige Mensch, der die Dinge wieder ins Lot bringen könne."

„Es tut mir leid, Raymond, aber du kommst im ungeeignetsten Augenblick. Ich befinde mich am Rande der Ungnade."

„Der König hat dich doch ehrenvoll empfangen. Man hat mir gesagt, du habest einen Schemel erlangt."

„Das ist schon richtig. Aber du weißt ja, wie launisch die Stimmungen der Großen sind", seufzte Angélique.

„Du sollst weniger die Stimmungen des Königs als die des Botschafters beeinflussen. Pater Richard weiß seit seiner Ankunft in Frankreich nicht mehr ein noch aus. Man hat die Dummheit begangen, dem Fürsten Saint-Amon entgegenzuschicken, der sich zwar Diplomat nennt, aber der reformierten Kirche angehört, deren Glaubenssätze mit den Lebensgewohnheiten der Orientalen unglücklicherweise nicht in Einklang zu bringen sind. Daraus ergab sich eine Anhäufung von Mißverständnissen, die zu einer Situation geführt haben, in der weder der König noch der Fürst nachgeben kann, ohne an Prestige zu verlieren. Nun, dein gestriger Besuch hat eine wesentliche Entspannung herbeigeführt. Der Botschafter schien begierig, Versailles kennenzulernen, er hat voller Ehrfurcht über den König gesprochen und offenbar eingesehen, daß die französischen Sitten, wenn sie sich auch von denen seines Landes unterscheiden, nicht unbedingt auf seine Person gerichtete demütigende Absichten bergen müssen. Pater Richard führt diesen Fortschritt auf deinen Einfluß zurück und hat mich veranlaßt, dich zu bitten, deine erfolgreiche Vermittlerrolle weiterzuspielen. Es hat den Anschein, als trätest du Seiner Exzellenz weder schüchtern noch mit der unziemlichen Neugier gegenüber, die die meisten Franzosen bei solcher Gelegenheit an den Tag legen."

„Warum sollte ich mich auch so töricht benehmen?" fragte Angélique. Mit der Fingerspitze streichelte sie den glitzernden Türkis. „Dieser Perser ist ein bezaubernder Mann . . . abgesehen von seiner Manie, jedermann den Kopf abschlagen zu wollen. Aber hast du dir nicht überlegt, Raymond, daß in seiner Gesellschaft meine Seele gefährdeter sein könnte als mein Leben?"

Der Jesuit betrachtete seine Schwester belustigt.

„Es handelt sich nicht darum, deine Tugend aufs Spiel zu setzen, sondern deinen Einfluß geltend zu machen."

„Welch feine Nuancierung! Die sechsundzwanzig Klöster in Persien sind also ein paar dem Abgesandten des Schahinschah gewidmete schmachtende Blicke wert?"

Das ebenmäßige Gesicht des Paters de Sancé verzog sich nicht und bewahrte das leicht ironische Lächeln in den Mundwinkeln.

„Ich sehe, daß du nichts zu befürchten hast", sagte er, „denn du läßt dich nicht so leicht aus der Fassung bringen. Ich sehe überdies, daß du dir eine neue Waffe zugelegt hast, seitdem wir uns zuletzt sahen: den Zynismus."

„Ich lebe am Hofe, Raymond!"

„Du sagst das in so vorwurfsvollem Ton. Wo möchtest du sonst leben, Angélique? Welche Welt ist dir nach deiner Ansicht gemäß? Die Provinz? Das Kloster?"

Er lächelte, aber sein harter, leuchtender Blick hatte etwas Messerscharfes, das die Seelen durchbohrte.

„Du hast recht, Raymond. Jeder soll das tun, was ihm gemäß ist, um mit Meister Savary zu reden. In dieser persischen Angelegenheit steht also viel auf dem Spiel?"

„Wenn Soliman Bey unverrichteterdinge zurückkehrt, wird man uns zweifellos aus unseren Klöstern vertreiben, die im vergangenen Jahrhundert auf Betreiben Monsieur de Richelieus unter großen Schwierigkeiten gegründet wurden. Sogar im Kaukasus, in Tiflis, Batum und Baku besitzen wir Häuser."

„Nehmt ihr viele Bekehrungen vor?"

„Es kommt uns nicht auf Bekehrungen an, sondern darauf, da zu sein. Ganz abgesehen von den armenischen katholischen Minderheiten, die unsrer bedürfen."

Monsieur Colbert, der unvermittelt zu ihnen stieß, schnitt ihre Unterhaltung ab.

„Nichts zu machen", sagte er niedergeschlagen. „Der König ist so aufgebracht gegen Euch, daß es mich wundert, Euch noch hier am Hof zu sehen. Er will nichts von Eurer Vermittlung wissen."

Angélique bewegte spielerisch ihren Fächer, auf dessen Seide allegorische Darstellungen der fünf Erdteile gemalt waren.

„Habe ich es Euch nicht gesagt?" fragte sie lächelnd.

Sie stellte ihren Bruder vor. Monsieur Colbert hegte den Mitgliedern des Jesuitenordens gegenüber ein instinktives Mißtrauen, dessen er sich nicht erwehren konnte. Er spürte, daß sie ihm an Schlauheit ebenbürtig und durchaus fähig waren, ihm bei Gelegenheit Schach zu bieten. Doch seine Miene hellte sich auf, als er merkte, daß der Jesuit Wasser auf seine Mühle goß.

„Ich glaube den wesentlichen Anlaß der Ungehaltenheit des Königs über dich zu kennen", sagte Raymond. „Du weigerst dich, ihm den Grund deines Besuchs in Suresnes zu nennen."

„Ich werde ihn niemand nennen."

„Wir zweifeln nicht daran, ich kenne deinen Dickkopf. Und wie könnten wir hoffen, wenn du ihn selbst dem König verweigerst, daß du uns gegenüber nachgiebiger wärst? Wir müssen uns also irgend etwas ausdenken, das dein unqualifiziertes Verhalten einigermaßen erklärt . . . Da fällt mir ein: Wie wäre es, wenn wir als Grund vorbrächten, was ich dir eben auseinandersetzte? Du hast dich auf meine Bitte hin nach Suresnes begeben, um mit Pater Richard Kontakt aufzunehmen, dessen heikle Situation ihn daran hindert, mich selbst zwischen den argwöhnischen Muselmanen zu empfangen. Was haltet Ihr davon, Monsieur Colbert?"

„Die Erklärung könnte plausibel klingen, wenn sie geschickt vorgebracht wird."

„Pater Joseph von unserem Orden ist Almosenpfleger des Königs. Ich werde ihn sofort aufsuchen. Was meinst du, Angélique?"

„Ich finde, daß ihr Jesuiten wirklich bemerkenswerte Leute seid, wie mein Freund, der Polizist Desgray, zu sagen pflegte."

Raymond und Colbert verließen sie mit eiligen Schritten, und belustigt sah sie den beiden nach, während sie sich durch die Galerie entfernten, deren aus kostbaren Hölzern zusammengesetztes Parkett die ungleichen Gestalten – untersetzt der Staatsmann, schlank und hochgewachsen der Mönch – reflektierte.

Die vor kurzem noch so belebten Gänge waren plötzlich wie verödet. Angélique wurde sich ihres Hungers bewußt. Es war spät geworden, und der Hof hatte sich zum Diner des Königs begeben. Sie beschloß, ein gleiches zu tun, und erhob sich, als sie neben sich eine fast schüchterne Stimme hörte.

„Ich habe Euch gesucht", sagte die Grande Mademoiselle.

Angélique war zutiefst verwundert. Was für ein Ereignis mochte den selbstsicheren Ton der Enkelin Heinrichs IV. in solcher Weise verwandelt haben? „Natürlich, ihre Heirat!" dachte sie und beeilte sich, ihre Reverenz zu machen.

Mademoiselle forderte sie auf, sich neben sie zu setzen, und ergriff bewegt ihre Hände.

„Wißt Ihr schon die Neuigkeit, meine Liebe?"

„Wer wüßte sie nicht und freute sich nicht darüber? Eure Hoheit wollen mir erlauben, meine aufrichtigsten Glückwünsche auszusprechen!"

„Habe ich nicht eine glückliche Wahl getroffen? Sagt doch, gibt es noch einen zweiten Edelmann, bei dem sich so viele innere Werte mit soviel Geist verbinden? Findet Ihr ihn nicht bezaubernd? Bringt Ihr ihm nicht starke freundschaftliche Gefühle entgegen?"

„Gewiß", sagte Angélique, die sich des Zwischenfalls in Fontainebleau entsann. Doch Mademoiselle hatte ein kurzes Gedächtnis, und ihre Äußerungen waren bar jeglichen Hintergedankens.

„Wenn Ihr wüßtet, in welcher Ungeduld und Bangigkeit ich lebe, seitdem der König seine Zustimmung gegeben hat!"

„Warum? Beruhigt Euch und gebt Euch unbesorgt der Freude hin. Der König kann sein Wort nicht zurücknehmen."

„Wäre ich davon nur ebenso überzeugt wie Ihr!" seufzte Mademoiselle de Montpensier.

Sie senkte den stolzen Kopf mit ungewohnter Anmut. Ihr Busen war noch genauso schön wie damals, als der Maler van Ossel das Porträt geschaffen hatte, das den um sie werbenden europäischen Fürsten geschickt worden war. Ihre Hände waren graziös, und ihre schönen blauen Augen schimmerten beseligt wie die eines jungen Mädchens, das zum erstenmal liebt.

Angélique lächelte ihr zu.

„Euer Hoheit ist so schön!"

„Wirklich? Es ist lieb von Euch, mir das zu sagen. Mein Glücksgefühl ist so groß, daß es sich auf meinem Gesicht widerspiegeln muß. Aber ich habe solche Angst, der König könnte sein Wort zurücknehmen, bevor der Ehevertrag aufgestellt ist. Diese einfältige Maria Theresia, mein Vetter Orléans und sein Teufelsstück von Frau haben sich verbündet, um meine Pläne zunichte zu machen. Sie zetern von früh bis spät. Da Ihr mich gern habt, bemüht Euch, beim König ihrem Gerede entgegenzuwirken."

„Ach, Hoheit, ich . . ."

„Ihr habt großen Einfluß auf die Meinung des Königs."

„Wer kann sich rühmen, großen Einfluß auf die Meinung des Königs zu haben?" rief Angélique unwillig aus. „Ihr kennt ihn doch! Ihr solltet wissen, daß er sich nur nach seinem eigenen Urteil richtet. Er hört sich die Meinungen an, doch wenn er einen Entschluß faßt, so nicht, weil er sich hat beeinflussen lassen, wie Ihr sagt, sondern weil dieser Entschluß nach seinem Dafürhalten der richtige ist. Nie ist es so, daß der König Eurer Ansicht beipflichtet, sondern umgekehrt: Ihr pflichtet der Ansicht des Königs bei."

„Ihr weigert Euch also, ein gutes Wort für mich einzulegen? Obwohl ich Euch damals nach bestem Vermögen beistand, als Ihr in den Fall Eures ersten Gatten verwickelt wart, den man der Hexerei beschuldigte?"

Wieder einmal rührte Mademoiselle gefühllos an die alte Wunde. Angélique drehte ihren Fächer so nervös zwischen den Fingern, daß sie ihn fast zerbrochen hätte. Schließlich versprach sie, die Meinung des Königs in dieser Angelegenheit zu erforschen, falls sich die Gelegenheit dazu bieten sollte, und bat um Erlaubnis, sich zurückziehen zu dürfen, um eine Suppe und ein Stück Brot zu bestellen, denn sie habe heute noch nichts gegessen und nicht einmal die Zeit gefunden, auch nur ein Glas Wein nach der Messe zu trinken.

„Was fällt Euch ein!" sagte die Grande Mademoiselle und nahm sie beim Arm. „Der König wird den Dogen von Genua mit seinem Gefolge im Thronsaal empfangen. Anschließend findet ein Ball, ein Lottospiel und ein großes Feuerwerk statt. Der König wünscht, daß alle Damen anwesend sind, denn er möchte Ehre mit ihnen einlegen, vor allem mit Euch. Wir würden ihm womöglich Anlaß geben, ein ebenso zorniges Gesicht zu ziehen wie gestern, als Ihr davongelaufen wart, wer weiß, wohin."

Vierunddreißigstes Kapitel

In der folgenden Nacht wachte Angélique auf und zog zähneklappernd die Decken über sich, die während ihres unruhigen Schlafs zur Erde geglitten waren. Sie fror dermaßen, daß sie nahe daran war, einer der beiden im Nebenzimmer schlafenden Demoisellen de Gilandon zu rufen und sie zu bitten, Feuer zu machen.

Das Appartement, das ihr in Versailles zur Verfügung stand, wies zwei Zimmer, ein Kabinett und einen kleinen Baderaum auf, dessen zur Mitte hin geneigter Mosaikfußboden das Abfließen des Wassers erlaubte. Das Badewasser wurde über einem Kohlenbecken ständig warmgehalten.

Angélique beschloß, sich durch ein Fußbad mit Thymianblüten aufzuwärmen. Sie schob die Vorhänge des Alkovens auseinander und tastete mit den Füßen nach ihren Pantoffeln aus blauer, mit Schwanendaunen gefütterter Seide.

Chrysantème bellte: „Ruhig!" flüsterte sie.

In der Ferne ließ sich das silbern klingende Schlagwerk einer Penduluhr vernehmen. Angélique wußte, daß sie nicht lange geschlafen hatte. Es war erst Mitternacht, die Zeit, da in dem großen Versailler Schloß für eine kurze Weile Stille herrschte, wenn es weder Ball noch Festbankett oder nächtliches Feenspiel gab.

Angélique bückte sich, noch immer auf der Suche nach ihren Pantoffeln, und entdeckte dabei zur Linken neben dem Alkoven, wie von einem feinen Lichtpinsel umrissen, das Rechteck einer kleinen Tür, die sie zuvor noch nie bemerkt hatte. Erst der Schein einer flackernden Kerze dahinter machte sie erkennbar. Jemand stand dort, dessen Hand nach dem unsichtbaren Schloßriegel tastete. Sie vernahm ein leichtes Klicken. Der Lichtstreifen verbreitete sich, während der Schatten eines Mannes auf den Wandteppich fiel.

„Wer kommt da? Wer seid Ihr?" fragte Angélique mit lauter Stimme.

„Ich bin Bontemps, der erste Kammerdiener des Königs. Ängstigt Euch nicht, Madame."

„Was wollt Ihr von mir?"

„Seine Majestät wünscht Euch zu sprechen."

„Zu dieser Stunde?"

„Jawohl, Madame."

Wortlos hüllte sich Angélique in ihren Schlafrock. Das kleine Appartement *für* Madame du Plessis-Bellière war luxuriös, aber es hatte seine Fallen.

„Wollt Ihr einen Augenblick warten, Monsieur Bontemps? Ich möchte mich ankleiden."

„Bitte sehr, Madame. Habt indes die Güte, Eure Zofen nicht zu wecken. Seiner Majestät ist daran gelegen, daß äußerste Diskretion gewahrt wird und die Kenntnis von der Existenz dieser Geheimtür auf wenige zuverlässige Personen beschränkt bleibt."

„Ich werde darauf bedacht sein."

Sie zündete ihre eigene Kerze an Bontemps' Leuchter an und betrat das anstoßende Kabinett.

„Du läßt dich nicht so leicht aus der Fassung bringen", hatte Raymond zu ihr gesagt. Das stimmte. Die harten Prüfungen ihres Lebens hatten sie gelehrt, daß es besser war, der Gefahr ins Gesicht zu sehen, als sich ihr furchtsam zu entziehen. Ihre Zähne klapperten, aber nur aus Nervosität und vor Kälte.

„Monsieur Bontemps, habt die Liebenswürdigkeit, mir das Kleid zuzuhaken."

Der Kammerdiener bückte sich und stellte seinen Leuchter auf einen Schemel. Angélique empfand Achtung vor diesem umgänglichen Manne, der etwas Natürlich-Vornehmes hatte, fern jeglicher Unterwürfigkeit, und dessen Stellung nicht immer beneidenswert war. Er trug die Verantwortung für den Haushalt des Königs, für die Unterkünfte und die Verpflegung des gesamten Hofstaats. Ludwig XIV., dem er unersetzbar war, lud auf ihn die Sorge für tausend Kleinigkeiten ab. Um ihn nicht in unpassenden Augenblicken belästigen zu müssen, zögerte Bontemps auch nicht, Forderungen an seinen Herrn aus eigener Tasche zu bezahlen, so daß ihm der König nicht weniger als siebentausend Pistolen schuldete, die er für den Spieltisch und das Lotto vorgestreckt hatte.

Über den Spiegel geneigt, legte Angélique ein wenig Rouge auf. Ihr

336

Mantel befand sich in dem von ihren Kammermädchen bewohnten Nebenzimmer. Achselzuckend sagte sie:

„In Gottes Namen. Ich bin bereit, Monsieur Bontemps."

Nur mit Mühe zwängte sie ihre schweren Röcke durch die Geheimtür. Nachdem diese geräuschlos wieder geschlossen worden war, befand sie sich in einem schmalen, kaum mannshohen Gang. Bontemps führte sie eine kleine Wendeltreppe hinauf, dann wieder drei Stufen hinunter. Ein endlos langer, gewundener Schlauch tat sich vor ihnen auf, von Kabinetts oder kleinen Salons unterbrochen, die dürftig mit einem Bett, einem Schemel oder einem Schreibtisch möbliert und für wer weiß welche geheimnisvollen Gäste und Zusammenkünfte bestimmt waren.

Ein ungeahntes Versailles offenbarte sich ihr: das der Spitzel und Bedienten, der Incognitobesuche, der heimlichen Unterredungen und Abmachungen. Ein obskures Versailles, das sich wie ein unsichtbares Labyrinth um goldglänzende, strahlend helle Säle zog.

Nachdem sie eine letzte Kammer durchquert hatten, in der eine Bank und ein viereckiger Wandteppich die Besucher einer unterirdischen Stadt zu erwarten schienen, tat sich die Tür zum Kabinett des Königs auf. Zwei sechsarmige Leuchter spiegelten sich in der schwarzen Marmorplatte des Schreibtischs und verrieten die Anwesenheit des Monarchen, der sich angelegentlich über seine Arbeit neigte.

Vor dem Kamin, in dem ein Feuer knisterte, schlummerten zwei große Windhunde. Leise knurrend hoben sie die Köpfe, um sich alsbald wieder auszustrecken.

Bontemps schürte das Feuer, legte ein Scheit auf und zog sich diskret zurück.

Lautlos schloß sich hinter ihm die Tür.

Ludwig XIV. sah auf. Angélique bemerkte, daß er lächelte.

„Nehmt Platz, Madame."

Erwartungsvoll setzte sie sich auf den äußersten Rand eines Sessels. Die Stille dauerte noch eine Weile an. Kein Geräusch drang durch die schweren blauen, mit goldenen Lilien verzierten Vorhänge an den Fenstern und Türen.

Endlich erhob sich der König und pflanzte sich mit verschränkten Armen vor Angélique auf.

„Nun? Kein Wort des Vorwurfs? Man hat Euch doch schließlich aus dem Schlaf gerissen? Was macht Ihr mit Eurem Groll?"

„Sire, ich stehe Eurer Majestät zur Verfügung."

„Was verbirgt sich hinter dieser plötzlichen Unterwürfigkeit? Welche bissige Antwort? Welche Grobheit?"

„Euer Majestät ist im Begriff, das Bild einer Harpyie zu entwerfen, dessen ich mich schäme. Ist das die Meinung, die Ihr von mir habt, Sire?"

Der König wich ihrer Frage aus.

„Pater Joseph hat mir über eine Stunde lang Eure Verdienste gerühmt. Er ist ein verständiger Mann von offenem Geist und großem Wissen, ich gebe viel auf seinen Rat. Es stünde mir daher schlecht an, Euch die Absolution zu verweigern, wenn die großen Geister der Kirche den Mantel der Nachsicht über Euch breiten. Was veranlaßt Euer spöttisches Lächeln?"

„Ich war nicht darauf gefaßt, zu dieser nächtlichen Stunde hierherbeschieden zu werden, um die Vorzüge Eures gestrengen Hofgeistlichen preisen zu hören."

Der König mußte lachen.

„Kleine Teufelin!"

„Soliman Bachtiari Bey nennt mich Fuzul-Khanum."

„Was heißt das?"

„Das gleiche. Und damit ist bewiesen, daß der König von Frankreich und der Botschafter des Schahs von Persien der gleichen Meinung sein können."

„Davon reden wir später."

Er streckte seine Hände aus.

„Bagatellchen, bezeigt Eurem Souverän Eure Ergebenheit."

Lächelnd legte Angélique ihre Hände in die des Königs.

„Ich verpfände dem König von Frankreich, dessen Lehnsfrau und Vasallin ich bin, meine Treue."

„So ist es recht. Nun kommt mit mir."

Er nötigte sie aufzustehen und führte sie auf die andere Seite des Tischs.

Eine große Landkarte lag dort ausgebreitet, die im Gitter der Breiten-

338

grade und Meridiane und zwischen den fliegenden Windgöttern, die in alle vier Himmelsrichtungen bliesen, einen langgestreckten blauen Fleck aufwies. Auf diesem Fleck standen in gestickten weißen und goldenen Buchstaben vier zauberische Worte geschrieben: „Mare nostrum – Mater nostra", eine alte Bezeichnung, die die Geographen noch immer für das Mittelmeer, die Wiege der Zivilisation, gebrauchten: „Unser Meer – Unsere Mutter".

Der König deutete mit dem Finger auf ein paar Stellen.

„Hier Frankreich . . . da Malta. Da Kandia, das letzte Bollwerk des Christentums. Dann fallen wir der Macht der Türken anheim. Und seht, hier ist Persien, dieser Löwe auf der aufgehenden Sonne, zwischen dem Halbmond der Türkei und dem Tiger Asiens."

„Hat Euer Majestät mich zu so später Stunde kommen lassen, um mit mir über Persien zu reden?"

„Wäre es Euch lieber, wir würden über etwas anderes reden?" fragte der König leise.

Über die Landkarte gebeugt, schüttelte Angélique den Kopf und vermied es, seinem Blick zu begegnen.

„Nein! Sprechen wir von Persien. Was für ein Interesse kann das Königreich Frankreich an diesem fernen Lande haben?"

„Ein Interesse, dessen Gegenstand Euch nicht gleichgültig ist, Madame: die Seide. Wißt Ihr, daß sie drei Viertel unserer Einfuhr ausmacht?"

„Das ist unglaublich. Brauchen wir denn soviel Seide in Frankreich? Wozu?"

Der König lachte schallend.

„Wozu? Das fragt mich eine Frau? Aber meine Liebe, glaubt Ihr, wir könnten unsere Brokate, unseren Atlas, unsere Strümpfe zu fünfundzwanzig Livres, unsere Bänder, unsere Meßgewänder entbehren? Nein, eher würden wir aufs Brot verzichten. Die Franzosen sind nun einmal so. Ihr großes Geschäft sind weder Gewürze, noch Öl, Getreide, Kurzwaren oder sonstige Dinge: es ist die Mode. Monsieur de Richelieu hat zu Zeiten meines Vaters versucht, eine gewisse Strenge der Kleidung vorzuschreiben. Ihr kennt das Resultat: Er hat nichts anderes erreicht, als daß der Preis der rar gewordenen und unter der Hand

339

verkauften Stoffe stieg. Und eben diesem Übelstand soll durch einen neuen Handelsvertrag mit dem Schah von Persien Abhilfe geschaffen werden: die Franzosen brauchen Seide, aber sie ist zu teuer. Es ist ein ruinöses Geschäft."

Sorgenvoll zählte er auf:

„Zoll an die Perser ... Wegegeld an die Türken für den Durchgang der Ware ... Provisionen an die verschiedenen Vermittler in Genua, Metz oder in der Provence ... Wir müssen eine neue Lösung finden."

„Erwägt nicht Monsieur Colbert, die kostspieligen Importe durch einheimische Fabrikation zu ersetzen? Er hat mir gegenüber davon gesprochen, daß er die Manufakturen von Lyon erweitern will."

„Das ist ein Projekt auf lange Sicht. Die Maulbeerbäume, die auf meine Anweisung hin im Süden gepflanzt worden sind, werden erst in vielen Jahren ihren Zweck erfüllen."

„Und sie werden auch keine der persischen gleichwertige Seide liefern. Es sind Bäume mit schwarzen Beeren, während in Persien die Seidenwürmer mit den Blättern weißbeeriger Maulbeerbäume gefüttert werden, die auf den Hochflächen wachsen."

„Wer hat Euch so trefflich belehrt?"

„Seine Exzellenz Bachtiari Bey."

Der König seufzte resigniert.

„Ich muß mich wohl den Vorstellungen Monsieur Colberts und Pater Josephs beugen. Ihr scheint tatsächlich der einzige Mensch zu sein, der fähig ist, mit dem Fürsten auszukommen und dieses Gewirr ... aus Seide in Ordnung zu bringen."

Sie schauten einander lachend an, wie durch stillschweigendes Einvernehmen verbundene Komplicen. Die Augen des Königs leuchteten auf.

„Angélique ...", sagte er mit verhaltener Stimme.

Dann besann er sich eines anderen und fuhr in natürlichem Tone fort:

„Alle, die ich bisher zu ihm schickte, haben mir nichts als Dummheiten erzählt. Torcy und Saint-Amon schildern ihn als einen ungehobelten Barbaren, unfähig, sich unseren Gebräuchen anzupassen, und ohne Respekt für den König, dessen Gast er ist."

„Ich bin überzeugt, Sire", warf Angélique ein, „hättet Ihr die Möglichkeit, ihm an Stelle Eurer Bevollmächtigten persönlich gegenüberzutreten, dann wären die Schwierigkeiten nicht aufgetaucht. Ihr besitzt die Gabe, mit einem einzigen Blick in das Innerste eines jeden zu dringen."

„Leider können die Könige gewisse Schritte nicht selbst unternehmen. Aber sie müssen es verstehen, die richtigen Menschen ihren Fähigkeiten gemäß mit der Erledigung ihrer Angelegenheiten zu betrauen."

Einen Augenblick sah er nachdenklich auf die Karte nieder, dann wandte er sich ihr wieder zu.

„Ihr wart so gütig, im rechten Augenblick zurückzukehren, Madame, um uns behilflich zu sein."

„Heute morgen hat Euer Majestät anders gesprochen . . ."

„Ich gebe es zu. Ein Dummkopf, wer behauptet, sich nie geirrt zu haben. Ich weiß, was ich erreichen und was ich vermeiden muß. Euch zu ihm zu schicken, ist das sicherste Mittel, zu diesem Ziel zu gelangen. Denn wenn es uns nicht gelingt, den Botschafter von unserem Wohlwollen zu überzeugen, wird der Schah unsere Jesuiten ausweisen und seine Seide behalten. Das Schicksal der einen wie der anderen liegt in Euren Händen."

Angélique sah auf ihre Hand hinunter, an der der Türkis im Schein der Kerzen glänzte.

„Was habe ich zu tun? Welche Rolle soll ich spielen?"

„Die Absichten des Fürsten erforschen und mich danach über die Art unterrichten, in der man ihn behandeln muß, ohne einen Fehlgriff zu tun. Und wenn möglich im voraus erkunden, was für Fallen dieser Mensch uns stellen könnte."

„Kurz gesagt, ihn verführen. Soll ich versuchen, ihm wie Dalilah das Haar abzuschneiden?"

Der König lächelte:

„Ich überlasse Euch die Entscheidung, was zweckmäßig ist."

Angélique nagte an ihrer Unterlippe und spürte, daß dieses Vertrauen, weit davon entfernt, sie zu ehren, leisen Unwillen in ihr auslöste. „Das Unternehmen ist nicht so einfach. Es verlangt viel Zeit."

„Das macht nichts aus."

„Ich dachte, jedermann läge daran, daß der Botschafter sobald wie möglich sein Beglaubigungsschreiben überreicht."

„Jedermann . . . außer mir. Mir liegt daran, zuvor die moskowitische Botschaft zu empfangen, die schon auf dem Wege hierher ist. Danach kann ich offener mit dem Perser reden. Denn wenn die Moskowiter ihr Einverständnis erklären, könnte für die Seide eine neue Route auf dem Landweg festgelegt werden. Es bestünde dann nicht mehr die Gefahr, daß sie von den Türken, Genuesen und tutti quanti gestohlen würde."

„Die Warenballen würden nicht mehr übers Meer zu uns gelangen?"

„Nein. Sie würden dem alten tartarischen Reiseweg der Kaufleute von Samarkand nach Europa folgen. Seht! Dies ist die Seidenstraße, die ich benutzen möchte: durch die Steppen Transkaukasiens, die Ukraine, Bessarabien, Ungarn. Dann durch das Gebiet meines Vetters, des Kurfürsten von Bayern. Letzten Endes fahren wir billiger dabei, denn wir entgehen den Plünderungen der Berber und sparen die unmäßigen Zölle, die wir auf dem Seeweg bezahlen müssen."

Während sie, über die Landkarte gebeugt, nebeneinanderstanden, waren sich ihre Köpfe näher gekommen. Angélique spürte an ihrer Wange die Berührung seines Haars.

Verwirrt richtete sie sich auf. Es fröstelte sie. Um den Tisch herumgehend, ließ sie sich wieder dem König gegenüber nieder; dabei bemerkte sie, daß während der Unterhaltung das Feuer erloschen war. Ein Kälteschauer lief ihr über den Rücken. Sie ärgerte sich, daß sie ihren Mantel nicht mitgenommen hatte. Aber es half nichts; sie mußte warten, bis der König sie verabschiedete.

Er schien es damit jedoch nicht eilig zu haben, vielmehr setzte er ihr, ganz von seinem Thema gefangen, Colberts Pläne bezüglich der Manufakturen von Lyon und Marseille auseinander. Endlich hielt er inne.

„Ihr hört mir nicht mehr zu. Was habt Ihr?"

Angélique, die Ellbogen fröstelnd an ihren Körper pressend, wagte nicht zu antworten. Der König war ungewöhnlich abgehärtet; er ignorierte Kälte, Hitze und Müdigkeit und duldete keine Empfindlichkeit bei denen, die die Ehre hatten, sich in seiner Gesellschaft zu befinden. Beklagte man sich, so forderte man seine Übellaunigkeit heraus und mußte sich unter Umständen darauf gefaßt machen, in Ungnade zu fallen.

„Was ist?" beharrte der König. „Ihr scheint Euch gefährlichen Über-

342

legungen hinzugeben? Ich hoffe, Ihr tut mir nicht den Schimpf an, den Auftrag abzulehnen, den ich Euch soeben erteilte."

„Nein, Sire, nein. Läge das in meiner Absicht, hätte ich Euch nicht angehört. Hält mich Euer Majestät der Illoyalität fähig?"

„Ich traue Euch alles zu", antwortete der König düster. „Ihr gedenkt mich also nicht im Stich zu lassen?"

„Gewiß nicht."

„Was ist Euch also? Warum schaut Ihr plötzlich so merkwürdig drein?"

„Mir ist kalt."

Der König warf ihr einen verwunderten Blick zu.

„Kalt?"

„Das Feuer ist erloschen, Sire. Wir befinden uns mitten im Winter, und es ist zwei Uhr früh."

Ludwigs Gesicht drückte belustigtes Erstaunen aus.

„Hinter Eurer Stärke verbirgt sich also Empfindlichkeit? Ich bin es nicht gewohnt, daß sich jemand in dieser Hinsicht beklagt."

„Man getraut sich nicht, Sire. Man fürchtet zu sehr, Euer Mißfallen zu erregen."

„Ihr hingegen . . ."

„Ich fürchte es ebenfalls. Aber noch mehr fürchte ich mich davor, krank zu werden. Wie könnte ich dann die Befehle Eurer Majestät ausführen?"

Der König sah sie versonnen lächelnd an, und zum erstenmal hatte sie das Gefühl, daß dieses stolze Herz einer unvermuteten Empfindung fähig war: der Zärtlichkeit.

„Schön", sagte er in entschlossenem Ton, „ich möchte mich noch eine Weile mit Euch unterhalten, aber ich will nicht, daß Ihr Schaden an Eurer Gesundheit nehmt."

Er knöpfte seinen Leibrock aus dickem braunem Samt auf, zog ihn aus und legte ihn um ihre Schultern.

Sie spürte, wie die Ausströmungen seiner männlichen Körperwärme sie einhüllten, vermengt mit jenem leichten, durchdringenden Irisparfüm, das der Monarch bevorzugte und das ihr seine verwunderliche und beklemmende Gegenwart zu Bewußtsein brachte. Es bereitete ihr ein geradezu sinnliches Vergnügen, die mit goldenen Borten besetzten Aufschläge des weiten Kleidungsstücks über der Brust zusammenzuziehen.

Für eine Weile schloß sie die Augen.

Als sie sie wieder aufschlug, sah sie den König vor dem Kamin knien. Er schichtete Holzscheite auf und stocherte in der Glut, um das Feuer aufleben zu lassen.

„Bontemps gönnt sich ein wenig Ruhe", meinte er, wie um sich seiner unangemessenen Haltung wegen zu entschuldigen, „und ich möchte, was unsere Unterredung betrifft, keinen anderen ins Vertrauen ziehen."

Er richtete sich wieder auf und rieb sich die Spuren der Arbeit von den Händen. Angélique erschien er wie ein Fremder, der in diesem Augenblick im Raum aufgetaucht war. In Hemdsärmeln, mit seiner langen, bestickten Weste, deren Schnitt seinen kräftigen Oberkörper erkennen ließ, wirkte er wie ein junger Bürgersmann. Wie ein umgänglicher, ein wenig schüchterner Jüngling, der in seiner Kindheit gar manches Mal Not gelitten, der das harte Lagerleben kennengelernt hatte, aber auch die Flucht auf bodenlosen Landstraßen, die zerfallenden Schlösser, in denen 1649 der flüchtende Hof auf Strohschütten kampiert hatte. War es damals gewesen, daß der kleine König mit den durchlöcherten Schuhen gelernt hatte, Feuer zu machen, um sich aufzuwärmen?

Angélique betrachtete ihn jetzt mit anderen Augen. Er merkte es und lächelte sie an.

„Für ein paar Nachtstunden wollen wir die Regeln der Etikette beiseite lassen. Das Los der Könige ist hart, weil sie der Menschheit aller Jahrhunderte über ihr Tun und Lassen Rechenschaft schulden. Die Etikette ist für sie, für ihre Umgebung und für diejenigen, die auf sie blicken, eine notwendige Geißel, die sie davor bewahrt zu strauchen und es ihnen ermöglicht, in jedem Augenblick dem Bilde zu entsprechen, das man sich von ihnen macht. Aber die Nacht ist eine ebenso notwendige Zuflucht. In ihr finde ich zuweilen beglückt zu meinem eigentlichen Gesicht zurück", schloß er, indem er die Hände an seine Schläfen legte.

„Ist dies das Gesicht, das er seinen Mätressen zeigt?" fragte sich An-

344

gélique. Und plötzlich drängte sich ihr der Gedanke auf, daß Madame de Montespan dessen nicht würdig sei.

„In der Nacht werde ich wieder Mensch", fuhr der König fort. „Ich liebe es, mich in dieses Kabinett zurückzuziehen, um in der Stille zu arbeiten, zu sinnen, müßig zu sein, mit meinen Hunden zu schwatzen, ohne daß jede meiner Äußerungen sorgfältig registriert wird."

Seine Hand streichelte den edlen Kopf des Windspiels, das sich an ihn drängte.

„In der Nacht kann ich empfangen, wen ich will, ohne daß dieses Zeichen meines Interesses sofort die Aufregung der Koterie, eine Palastrevolution oder gar politische Umtriebe hervorruft ... Ja, die Nacht ist eine unersetzliche Komplicin der Könige!"

Er verstummte. Er stand vor ihr und lehnte sich zwanglos an den Tisch, die Beine halb gekreuzt. Seine Hände bedurften nicht der Stütze. Sie blieben ruhig, sparsam mit Gesten. Und Angélique bewunderte, daß dieser Mann, der kaum schlief, der den ganzen Tag über repräsentierte, arbeitete, Besuche empfing, tanzte, jagte, sich für die schwierigsten Probleme interessierte und sein Augenmerk auf die geringsten Einzelheiten richtete, keinerlei Nervosität verriet.

„Ich liebe Euren Blick", sagte der König unvermittelt. „Eine Frau, die einen Mann auf solche Weise ansieht, flößt ihm unbändigen Mut, unbändigen Stolz ein, und wenn dieser Mann König ist, macht sie ihm Lust, die ganze Welt zu erobern."

Angélique mußte lachen.

„So viel fordern Eure Völker gar nicht von Euch, Sire. Ich meine, es genügt ihnen, wenn Ihr ihnen innerhalb ihrer Grenzen den Frieden sichert. Frankreich erwartet von Euch nicht die Anstrengungen Alexanders."

„Da irrt Ihr Euch. Reiche kann man nur auf die gleiche Weise sichern, wie man sie erobert: durch Festigkeit, Wachsamkeit und Mühen. Glaubt im übrigen nicht, daß ich die Verpflichtungen, von denen ich Euch sprach, als drückende Last empfände. Der Beruf des Königs ist edel, groß und köstlich für den, der sich fähig fühlt, alles, was er unternimmt, zu einem guten Ende zu führen ... Aber nun genug davon, ich habe Eure Aufmerksamkeit, Eure Geduld schon zu lange in Anspruch genommen. Und ich sehe den Augenblick kommen, wo Ihr mir voll ins Gesicht schaut und sagt: Ich bin müde!"

„O Sire! Ich habe das Gefühl, daß Ihr mich für einen der ungezogensten Menschen des Hofes haltet. Ich habe Euch doch mit so leidenschaftlicher Anteilnahme zugehört."

„Ich weiß es. Verzeiht mir meine Neckerei. Auch weil Ihr so wunderbar zuzuhören versteht, habe ich Euch gern bei mir. Ihr werdet sagen: Wer hört dem König nicht zu? Jedermann schweigt, wenn er spricht. Das ist richtig. Doch gibt es verschiedene Arten zuzuhören, und ich spüre nur allzu häufig die Unterwürfigkeit meiner Gesprächspartner, ihre törichte Bereitschaft, mir zuzustimmen. Ihr aber, Ihr hört mit dem Herzen zu, mit allen Euren Verstandeskräften und mit dem Willen, zu begreifen. Das weiß ich zu schätzen. Oft fällt es mir schwer, jemand zu finden, demgegenüber ich mich aussprechen kann, und doch ist es so nützlich. Im Reden arbeitet der Geist seine Gedanken aus. Die Unterhaltung, die ihn anregt und befeuert, führt ihn unmerklich von Gegenstand zu Gegenstand, weiter als einsames Nachdenken es vermöchte, und eröffnet ihm tausend neue Aspekte. Doch genug für heute. Ich will Euch nicht länger festhalten."

Hinter der Geheimtür schlief Bontemps auf einer Bank den leichten, unbequemen Schlaf der Diener. Er war sofort auf den Beinen. In umgekehrter Richtung legte Angélique noch einmal den Weg durch das nächtliche Labyrinth zurück, und bevor sie sich von dem Kammerdiener trennte, übergab sie ihm den Leibrock seines Herrn.

In ihrem Zimmer war die Kerze, die sie brennend zurückgelassen hatte, im Verlöschen, und ihr flackerndes Licht warf breite Schatten an die Decke. In ihrem Schein entdeckte Angélique eine bleiche Maske vor dem dunklen Hintergrund der Wand und zwei Hände, durch deren Finger die Perlen eines Rosenkranzes liefen. Die ältere der Demoisellen de Gilandon wachte gottesfürchtig in Erwartung der Rückkehr ihrer Herrin. „Was tut Ihr hier, Kleine? Ich habe Euch nicht gerufen", sagte Angélique ärgerlich.

„Der Hund bellte. Ich wollte mich erkundigen, ob Ihr etwas wünscht, und da Ihr keine Antwort gabt, fürchtete ich, Ihr könntet krank sein."

„Ich hätte ja auch schlafen können. Ihr habt zuviel Phantasie, Marie-Anne. Muß ich Euch anempfehlen, verschwiegen zu sein?"

„Das ist selbstverständlich, Madame. Braucht Ihr irgend etwas?"

„Da Ihr nun einmal auf seid, facht das Feuer an und legt ein paar Kohlen in das Becken, um mein Bett anzuwärmen. Ich bin völlig durchgefroren."

„Wenigstens bildet sie sich auf diese Weise nicht ein, daß ich aus einem anderen Bett komme", dachte sie. „Aber was mag sie sich dann vorstellen? Hoffentlich hat sie Bontemps nicht erkannt, als er mir die Tür hielt . . ."

Der kurze Schlummer, den sie ersehnte, wurde ihr nicht beschieden. In knapp drei Stunden würde Madame Hamelin, die Alte mit dem Spitzenhäubchen, durch die Gänge des Schlosses gehen, um die Vorhänge des königlichen Alkovens zurückzuziehen. Und Ludwig XIV. würde sein Tagewerk beginnen.

Noch hatte Angélique seine harmonische, ein wenig schleppende Stimme im Ohr, die die Frucht seiner zugleich so verborgenen und umfassenden Gedanken darlegte. Sie sagte sich, daß er etwas Heroisches an sich habe, gleich den Fürsten der italienischen Renaissance. Denn wie sie war er jung, selbstsicher, verführerisch, liebte den Ruhm und begeisterte sich für das Schöne . . .

Das Raunen seiner Stimme verfolgte sie, und sie fühlte sich durch diese Nacht an ihn gefesselt, stärker als sie es durch seine Küsse gewesen war.

Fünfunddreißigstes Kapitel

Auf einen Wink Bachtiari Beys zog sich der Armenier Agobian mit einer tiefen Verbeugung zurück und ließ Angélique mit seinem Herrn allein.

Angélique hatte einen anstrengenden Vormittag hinter sich. In aller Frühe hatte sie sich nach Suresnes begeben und war in der Villa des Sieur Dionis mit allen Ehren empfangen worden, die das bescheidene Quartier des Botschafters der nunmehr offiziellen Abgesandten des Königs zu bieten vermochte. Ein „djerid naz", ein persischer Reiterkampf, war für sie veranstaltet worden, bei dem sich der Fürst als ebenso geschickter und hartnäckiger Widersacher erwies wie bei der folgenden Unterredung, die noch einmal um die ärgerlichen Mißverständnisse zwischen ihm und dem französischen Hofe kreiste. Doch Angélique war es schließlich gelungen, ihn zu besänftigen, und mit einem nicht mißzuverstehenden feurigen Blick hatte er zum Abschluß gesagt: „Wenn meine Mission erfolgreich sein sollte, dann weiß ich, was ich mir von Eurem König als Geschenk erbitten werde . . ."

Hinter dem Türvorhang entstand eine Bewegung, und man vernahm die schrillen Töne von Querpfeifen.

„Da kommen meine Diener für das Bad. Nach dem anstrengenden djerid naz ist es eine Wohltat, Waschungen vorzunehmen", sagte Bachtiari Bey.

Zwei schwarze Sklaven trugen ein großes Kupferbecken mit heißem Wasser herein, gefolgt von weiteren Bedienten, die Handtücher und Flakons mit wohlriechenden Essenzen und Salben brachten.

Bachtiari Bey folgte ihnen in den anstoßenden Raum, wo sich vermutlich die türkischen Bäder befanden, die der Sieur Dionis hatte einrichten lassen. Angélique hätte gar zu gern einen Blick hineingeworfen, aber ihre Neugier erschien ihr anstößig. In gewissen Momenten war ihr bei Bachtiari Beys Blicken nicht ganz geheuer gewesen, und je tiefer sie in seine morgenländische Mentalität eindrang, desto mehr wurde sie in ihrer Empfindung bestärkt, daß ihre Vermittlerrolle Gefälligkeiten, um nicht zu sagen Verpflichtungen einschloß, die zu erfüllen sie keineswegs gesonnen war.

Sie spielte mit dem Gedanken, sich zurückzuziehen. Sie würde zu verstehen geben, daß die französischen Sitten ihr nicht erlaubten, länger als zwei Stunden allein mit einem Manne zusammenzusein. Sofern der Perser nicht etwa in Zorn geriet und in ihrem Aufbruch nicht eine neue Kränkung sah, was die Situation, die sie bereinigen sollte, natürlich aufs neue verschlimmern würde.

Als sie sich anschickte aufzustehen, stürzte der kleine Page herzu. Offenbar war er beauftragt, sich um sie zu kümmern. Er brachte ein Tablett mit Süßigkeiten, holte eilends weitere Kissen, die er ihr hinter den Rücken und unter die Arme schob, ergriff eine kleine, mit glühenden Kohlen gefüllte Räucherpfanne, streute eine Handvoll Pulver darauf und reichte sie ihr kniend dar, um sie den blauen, wohlriechenden Rauch einatmen zu lassen.

Nein, es war wirklich besser, sie ging. Dieser von schweren, ungewohnten Düften erfüllte Raum, dieser Fürst mit seinen schwarzen, brennenden Augen, seiner gefährlichen Anmut, seiner Würde, hinter der sich unvermutete Zornanfälle verbargen – sie hatten viel zuviel Verführerisches.

Der kleine Page gab sich verzweifelte Mühe. Er nahm die Deckel der vergoldeten Schalen ab, entkorkte die Flakons aus blauem Porzellan und ermunterte die Besucherin, wie ein Vogel zwitschernd, sich zu bedienen. Als letztes Mittel führte er ihr eine kleine silberne Tasse an die Lippen, die eine gelbgrüne Flüssigkeit enthielt. Sie trank und fand, daß sie nach der Angelika schmeckte, die auf den Wiesen des Poitou wuchs. Die Vielfalt der Süßigkeiten lockte sie, sie kostete von allem, verlangte nach dem Halbgefrorenen mit Früchten, das in einem Eiskästchen kühl gehalten wurde, und wollte sogar aus dem Nargileh rauchen. Doch als der kleine Page ihre Absicht begriff, rollte er voller Entsetzen die Augen und brach dann in helles Gelächter aus. Angélique ließ sich von ihm anstecken. Sie fand es plötzlich herrlich, nichts anderes tun zu müssen, als nach Herzenslust von all dem Überfluß zu naschen.

Sie war noch dabei, sich lachend die vom Konfekt klebrig gewordenen

Fingerspitzen abzulecken, als Bachtiari Bey auf der Schwelle erschien. Er war sichtlich erfreut.

„Ihr seid bezaubernd", murmelte er. „Ihr erinnert mich an eine meiner Favoritinnen. Sie war naschhaft wie eine Katze"

Er nahm eine Frucht aus einer Schale und warf sie dem kleinen Pagen zu, der die Belohnung auffing und flink den Raum verließ.

„Der kleine Mohrenkönig muß mir etwas teuflisch Starkes zu trinken gegeben haben", sagte sich Angélique. Doch was sie verspürte, hatte nichts mit Trunkenheit zu tun. Es war ein Gefühl des Wohlbehagens, das alle ihre Sinne weckte.

Bachtiaris verändertes Aussehen entging ihr nicht. Er trug nur eine weißseidene, an den Waden anliegende, nach oben hin sich weitende Hose, die von einem mit Edelsteinen besetzten Gürtel gehalten wurde. Sein nackter, glatter, mit parfümierten Salben massierter Oberkörper war wohlgestaltet und kräftig wie der eines Raubtiers. Er trug keinen Turban mehr. Seine schwarzen, ölglänzenden Haare waren nach hinten gebürstet und fielen bis auf die Schultern herab. Mit einer heftigen Bewegung entledigte er sich seiner bestickten Sandalen und streckte sich auf den Kissen aus. Während er nachlässig die Pfeife an seine Lippen führte, sah er Angélique unverwandt an.

Es war ihr klar, daß die Erörterung von Protokollfragen jetzt nicht mehr am Platze gewesen wäre. Worüber konnte man nur reden?

Am liebsten hätte sie sich gleichfalls auf den Kissen ausgestreckt, doch ihr steifer Schnürleib hinderte sie daran. Der barbarische Panzer, der ihr die Taille zusammenpreßte und sie zwang, sich aufrecht zu halten, erschien ihr in diesem Augenblick wie ein zwar ungebetener, aber notwendiger Mahner zur Besonnenheit. Andrerseits war es ganz ausgeschlossen, einfach aufzustehen und ohne eine Erklärung zu gehen. Sie hatte keine Lust dazu, absolut keine! Also würde sie sitzenbleiben. Dank ihrem Schnürleib. Der Schnürleib war eine treffliche Erfindung! Bestimmt hatte ihn der Orden vom Heiligen Sakrament ausgeheckt. Bei diesem Gedanken brach Angélique abermals in ein Gelächter aus, das den Perser entzückte.

„Ich dachte an Eure Favoritinnen", sagte sie. „Beschreibt mir ihre Kleidung. Tragen sie die gleichen Kleider wie wir?"

350

„Wenn sie allein oder in Gesellschaft ihres Herrn und Gebieters sind, kleiden sie sich in einen leichten, bauschigen ,sarualh' und eine ärmellose Tunika. Zum Ausgehen hüllen sie sich in einen schwarzen, undurchsichtigen ,tscharde' mit einem Gazeschleier vor den Augen. Aber beim intimen Zusammensein tragen sie nur einen hauchdünnen Schal aus feinem Belutschistan-Ziegenhaar."

Angélique hatte den Süßigkeiten nicht widerstehen können und mit spitzen Fingern ein Stück Nougat ausgewählt.

„Welch merkwürdiges Leben", sagte sie. „Was für Gedanken mögen sie sich machen, all diese eingesperrten Frauen? Und die Favoritin, die so naschhaft wie eine Katze war . . . was hat sie zu Eurer Reise gesagt?"

„Unsere Frauen haben in diesen Dingen nichts zu sagen. Und was die Favoritin betrifft . . . sie ist tot."

„Oh, wie schade", meinte Angélique, die vor sich hin zu summen begann, während sie an dem Nougat knabberte.

„Sie ist unter der Peitsche gestorben", fuhr Bachtiari Bey seelenruhig fort. „Sie hatte ein Verhältnis mit einer der Palastwachen."

„Oh!" rief Angélique abermals aus.

Vorsichtig legte sie das Naschwerk auf ihren Teller zurück und starrte den Fürsten mit entsetzt aufgerissenen Augen an.

„Ist das so üblich? Erzählt mir doch. Wie bestraft Ihr sonst noch Eure ungetreuen Frauen?"

„Man bindet sie Rücken an Rücken mit ihren Liebhabern zusammen und setzt sie so auf der höchsten Spitze des Palastturms aus, wo ihnen die Geier die Augen aushacken und sie langsam verenden. Ich bin auch schon gnädiger verfahren, indem ich zweien von ihnen mit meinem Dolch die Kehle durchschnitt. Diese waren nicht untreu gewesen, sondern hatten sich mir aus Launenhaftigkeit verweigert."

„Sie sind glücklich zu preisen", sagte Angélique sentenziös. „Ihr habt sie von Eurer Gegenwart befreit und ihnen das Paradies geschenkt."

Bachtiari Bey war verdutzt und mußte lachen.

„Kleine Firuze . . . Kleiner Türkis . . . Alles, was über Eure Lippen kommt, ist überraschend und lebendig wie die Blüte des Schneeglöckchens in der Einöde am Fuße des Kaukasus. Ihr werdet mich am Ende noch lehren, die Frauen des Abendlandes zu lieben ... Der Mann soll viel reden, habt Ihr gesagt ... Reden und seine Geliebte besingen ... Aber danach? Wann kommt die Stunde des Schweigens? Wann die Stunde der Seufzer?"

„Wenn es der Frau beliebt!"

Der Perser fuhr zornig auf.

„Das ist verkehrt!" sagte er hart. „Eine solche Demütigung kann man einem Manne nicht zufügen ... Die Franzosen sind tapfere Krieger ..."

„Im Kampf der Liebe müssen sie sich beugen."

„Das ist verkehrt", wiederholte er. „Die Frau hat sich ihrem Gebieter bedingungslos zu unterwerfen."

Mit einem geschmeidigen Satz war er neben ihr, und im nächsten Augenblick fand sie sich auf den weichen Kissen ausgestreckt, die sie mit ihren durchdringenden Düften umgaben. Bachtari Bey neigte sich mit einem grausamen Lächeln über sie. Angélique stemmte sich gegen seine Schultern, um ihn zurückzustoßen. Die Berührung mit seinem braunen, kraftvollen Körper ließ sie erschauern.

„Die Stunde ist noch nicht gekommen", sagte sie.

„Nehmt Euch in acht. Für die geringste Unbotmäßigkeit verdient die Frau den Tod."

„Ihr habt nicht das Recht, mich zu töten. Ich gehöre dem König von Frankreich."

„Der König hat Euch mir zur Lust geschickt."

„Nein! Um Euch Ehre zu erweisen und um Euch besser kennenzulernen, denn er vertraut meinem Urteil. Auf dem Gebiet der Liebe hat er mir nichts zu sagen."

„Wer denn?"

Sie sah ihn mit ihren smaragdfarbenen Augen offen an.

„Ich allein."

Der Fürst lockerte seine Umarmung ein wenig und betrachtete sie verblüfft.

Angélique war unfähig, sich aufzurichten. Die Kissen waren zu nachgiebig. Sie mußte lachen. Ihre Sinne waren durchaus nicht umnebelt, im Gegenteil, alles erschien ihr strahlend hell und klar, als sei der Raum von Sonnenlicht durchflutet.

„Es liegt eine Welt zwischen dem Ja und dem Nein einer Frau . . .
Sagt sie ja, so bedeutet es einen großen Sieg, und die Männer meines
Volks kämpfen gern, ihn zu erringen."

„Ich begreife", sagte der Fürst nach einigem Überlegen.

„Dann helft mir, mich aufzurichten", sagte sie und reichte ihm lässig
die Hand.

Er gehorchte.

Sie fand, daß er einem großen gezähmten Tier glich. Sein funkelnder
Blick ließ nicht von ihr ab. Seine Kraft blieb gespannt, bereit, beim
ersten Anzeichen von Schwäche hervorzubrechen.

„Was für Eigenschaften muß ein Mann besitzen, um das Ja der Frau
zu erreichen?"

„Er soll verwegen und schön sein wie Ihr", hätte sie beinahe erwidert, von seiner Gegenwart beunruhigt. Fiebrige Schauer überliefen
ihren Körper, aber es war kein Mißbehagen, eher eine Art verlangen-
der Erregung, die nur eine zugleich raffinierte und wilde Umschlingung
würde lösen können. Sie war sich voll bewußt, wie verführerisch in
diesem Augenblick ihr Lächeln, ihre feuchten Lippen, ihr ein wenig
schwimmender Blick wirkten, und sie genoß es, in solcher Weise begehrt zu werden, wenn sie sich im stillen auch fragte, wie lange sie
dieses gefährliche Spiel noch würde spielen können.

Bachtiari Bey füllte selbst eine kleine silberne Tasse und reichte sie
ihr. Sie erkannte sofort die grüne Flüssigkeit wieder.

„Es ist das Geheimnis einer jeden Frau", sagte sie, „zu wissen, warum
ein Mann ihr gefällt. Der eine, weil er braun, der andere, weil er blond
ist."

Unbekümmert streckte sie den Arm aus und schüttete den Inhalt der
Tasse auf den prachtvollen persischen Teppich.

„Schaitun*", murmelte der Fürst zwischen den Zähnen.

„Der eine, weil er sanft ist, der andere, weil er in einem Wutanfall
seinen Dolch ziehen und töten kann . . ."

Endlich war es ihr geglückt aufzustehen. Sie versicherte Seiner Exzellenz, daß sie über ihren Besuch tief beglückt sei und daß sie sich bemühen werde, seine Beschwerden, die sie begründet finde, dem König

* Teufelin.

zu übermitteln. Mit zornig funkelnden Augen erwiderte Bachtiari Bey, in seinem Lande sei es üblich, die Freundschaft zu beweisen, indem man um so länger Gast bleibe, je tiefer sie sei.

Angélique schüttelte den Kopf. Eine Locke hing ihr in die Stirn, und ihre Augen blitzten mutwillig. Seine Exzellenz habe vollkommen recht, aber sie müsse die gleiche Regel befolgen: Da sie ihrem eigenen König in Dankbarkeit und Freundschaft verbunden sei, müsse sie sich sofort zu ihm begeben und so lange wie möglich bei ihm bleiben.

„Ischak!*" rief er mürrisch aus.

Eine psalmodierende Stimme ließ sich draußen vernehmen.

„Ich vermute, es ist die Stunde Eures Abendgebets", meinte Angélique. „Um keinen Preis der Welt möchte ich Euch von Euren Pflichten abhalten. Was würde der Mollah dazu sagen!"

„Schaitun!" wiederholte der Botschafter.

Angélique strich ihre Röcke glatt, brachte ihr Haar in Ordnung und nahm ihren Fächer.

„Ich will also in Versailles Euren Standpunkt vertreten. Kann ich dafür Euer Versprechen mitnehmen, Exzellenz, daß Ihr die katholischen Klöster in Persien schützen werdet?"

„Das habe ich bereits für den geplanten Vertrag ins Auge gefaßt. Werden sich Eure Religion und Eure Priester nicht gedemütigt fühlen, wenn sie ihr ... Heil der Fürsprache einer Frau verdanken?"

„Ist denn Euer Exzellenz nicht durch den Schoß einer Frau zur Welt gekommen?"

Der Perser fand keine Worte und wich in ein Lächeln aus, ohne seine Bewunderung zu verhehlen.

„Ihr wäret würdig, Sultanin-baschi zu sein."

„Was ist denn das?"

„Das ist der Titel, den man derjenigen verleiht, die geboren wurde, um die Könige zu beherrschen. In jedem Serail gibt es deren nur eine. Man hat sie nicht erwählt. Sie ist es aus sich selbst heraus geworden, weil sie alle Fähigkeiten besitzt, Seele und Leib des Fürsten zu fesseln. Er tut nichts, ohne sie zu befragen. Sie herrscht über die anderen Frauen, und nur ihr Sohn wird der Erbe sein."

* Mauleselin

Er geleitete sie zum seidenen Türvorhang.

„Die erste Tugend der Sultanin-baschi ist ihre Furchtlosigkeit. Die zweite, daß sie den Wert dessen ermißt, was sie schenkt."

Mit einer raschen Bewegung streifte er seine Ringe ab und ließ sie in ihre Hände gleiten. „Das ist für dich ... Du bist die köstlichste ... Du verdienst, wie ein Idol geschmückt zu werden."

Angélique war wie geblendet von den in feines Gold gefaßten Rubinen, Smaragden und Diamanten. Mit einer ebenso jähen Bewegung gab sie sie ihrem Besitzer zurück.

„Unmöglich!"

„Du fügst mir eine neue Kränkung zu."

„Wenn in meinem Lande eine Frau nein sagt, dann sagt sie auch nein zu Geschenken."

Bachtiari Bey stieß einen Seufzer aus, aber er drängte sie nicht. Angélique sah lächelnd zu, wie er die Ringe nacheinander wieder über seine Finger streifte.

„Seht", sagte sie und streckte die Hand aus, „ich behalte diesen hier, denn Ihr habt ihn mir als Zeichen unseres Bündnisses geschenkt. Seine Farbe hat sich nicht verändert."

„Madame Türkis, wann sehe ich Euch wieder?"

„In Versailles, Exzellenz", erwiderte sie vergnügt.

Draußen kam ihr alles häßlich und trübselig vor: die schmutzige Straße, die kahlen Bäume, der verhangene Himmel. Sie fror. Sie hatte den Winter vergessen, hatte vergessen, daß sie in Frankreich lebte und daß sie nach Versailles zurückkehren mußte, um über ihre Unternehmung Bericht zu erstatten, um sich in Szene zu setzen, sich unaufhörlich Klatschgeschichten anzuhören, einen leeren Magen, schmerzende Beine zu haben und ihr Geld beim Spiel zu verlieren.

Mißgestimmt nagte sie an ihrem Taschentuch und war nahe daran, in Tränen auszubrechen. Wie schön war es vorhin in den Kissen gewesen. Sie hätte „es" gern gewollt, hätte gern vergessen, sich ungehemmt und bedenkenlos der Liebe hingegeben. Ach, warum hatte sie einen Kopf? Warum war sie nicht wie ein Tier, das sich keine Fragen stellte?

Ihr Groll gegen den König wuchs. Während ihres Besuchs hatte sie sich des Gefühls nicht erwehren können, daß der König sich ihrer wie einer Abenteurerin bediente, deren Körper bei seinen diplomatischen Machenschaften eine Rolle zu spielen hatte. Richelieu hatte es im vergangenen Jahrhundert glänzend verstanden, intelligente, leidenschaftliche, vom Dämon der Intrige besessene Verschwörerinnen in seine Dienste zu spannen. Sie liebten es, sich um großer Pläne willen, deren Ziel ihnen oft genug unbekannt blieb, in Gefahr zu begeben, sich zu kompromittieren, ja sich zu prostituieren. Madame de Chevreuse, einstige Freundin Annas von Österreich, war deren überlebende Vertreterin. Ewig auf der Lauer nach einer neuen Rolle, nach den Möglichkeiten eines Komplotts, weckte sie bei den jüngeren Mitgliedern der Hofgesellschaft nur noch leicht belustigtes Mitgefühl. Angélique sah sich bereits als dahinwelkende Konspiratorin, der niemand mehr zuhört, im Schatten eines jener aus der Mode gekommenen, mit Straußenfedern gezierten breitkrempigen Soldatenhüte mürrisch von den Erinnerungen an weit zurückliegende Taten zehren.

Das war es, was der König aus ihr machen wollte! Jetzt, da er „seine" Montespan hatte, kümmerte es ihn wenig, wem Angélique ihre Gunst zuwandte. Sie hatte der königlichen Sache zu „dienen"!

Ihre Nerven waren bis zum Zerreißen gespannt. Sie ließ sich zu Savary fahren, weil sie ein Mittel von ihm erbitten wollte, um schlafen zu können, ohne von wollüstigen Scheherazadeträumen heimgesucht zu werden.

Der Apotheker malte eben mit einem kleinen Pinsel lateinische Namen auf dickbauchige Holzgefäße, in denen er seine Kräuter und Pulver aufbewahrte. Er hatte sie mit lebhaften Farben angestrichen, um seine Ungeduld zu meistern. Er dachte nur an seine „Mumia". Bei Angéliques Kommen stürzte er ihr in der Hoffnung entgegen, daß sie ihm das kostbare Fläschchen schon bringe.

„Wartet doch wenigstens ab, bis der Botschafter es Seiner Majestät überreicht hat! Und ich garantiere auch nicht, daß ich danach seiner habhaft werden kann."

„Ihr könnt. Ihr könnt alles! Und vergeßt nicht: Gepränge, Gepränge
beim Empfang! Und viele Blumen! Besonders Geranien und Petunien,
die Lieblingsblumen der Perser."

In ihrer Kutsche erst fiel ihr ein, daß sie vergessen hatte, ihn um ein
Mittel für ihre Nerven zu bitten. Sie hatte auch vergessen, mit Bachtiari Bey über den Seidenvertrag zu reden.

Nie würde sie eine gute Botschafterin abgeben.

„Der König hat nein gesagt", flüsterte ihr jemand zu, als sie kaum den
Fuß auf die erste Stufe der Treppe gesetzt hatte, die zu den königlichen Gemächern führte.

„Wozu?"

„Zur Heirat Péguillins mit Mademoiselle. Alles ist aus. Gestern haben
sich der Fürst Condé und sein Sohn, der Herzog von Enghien, Seiner
Majestät zu Füßen geworfen und ihr klargemacht, welche Schande eine
so unstandesgemäße Verbindung bedeuten würde. Die europäischen
Höfe würden sich darüber lustig machen. Der König, der im Begriff
sei, die Welt vor seiner Größe erzittern zu lassen, werde sich in den
Ruf bringen, keinen Sinn für die Bedeutung seiner Familie zu haben.
Es ist anzunehmen, daß der König diese Ansicht teilte. Jedenfalls hat
er nein gesagt und heute früh die Grande Mademoiselle davon in
Kenntnis gesetzt. Sie ist in Tränen ausgebrochen und hat sich verzweifelt ins Palais du Luxembourg zurückgezogen."

„Arme Mademoiselle!"

Im Vorzimmer der Königin traf Angélique auf Madame de Montespan,
die, von ihren Damen umgeben, eben ihre Toilette beendete. Louise
de La Vallière kniete vor ihr, um letzte Hand an die Drapierung einer
Schärpe aus weißer Seide zu legen. Sie schien sich ihrer einer Zofe zu-
kommenden Beschäftigung mit größter Selbstverständlichkeit hinzugeben.

357

„Ja, so ist es richtig!" rief Madame de Montespan aus. „Bravo, Louise, Ihr habt genau den richtigen Schwung hineingebracht. Ihr seid mir beim Ankleiden wirklich unentbehrlich. Der König ist ja so anspruchsvoll. Aber Ihr habt Feenhände. Freilich, Ihr habt auch Frauen von Geschmack gedient, die Euch geformt haben − Madame de Lorraine und Madame d'Orléans. Was meint Ihr zu dieser Schärpe, Madame du Plessis, die Ihr uns mit so großen Augen anstarrt?"

„Wundervoll", murmelte Angélique.

Mit der Fußspitze versuchte sie einen der kleinen Hunde der Königin abzuwehren, der sie ankläffte, seitdem sie eingetreten war.

„Offenbar mißfällt ihm Euer schwarzes Kleid", sagte Athénaïs, während sie sich in ihrer roten Robe wohlgefällig vor dem Spiegel drehte. „Schade, daß Ihr genötigt seid, Trauer zu tragen. Es steht Euch gar nicht, nicht wahr, Louise?"

Mademoiselle de La Vallière, die noch immer vor ihrer Rivalin kniete, wandte Angélique ihr mageres Gesicht mit den blaßblauen Augen zu.

„Madame du Plessis sieht in Schwarz noch schöner aus als sonst", sagte sie leise.

„Etwa schöner als ich in Rot?"

Louise de La Vallière schwieg.

„Antwortet!" schrie Athénaïs, und ihre Augen verdüsterten sich wie das Meer unter einem Gewittersturm. „Dieses Rot paßt nicht zu mir, gesteht es nur!"

„Blau steht Euch besser."

„Konntet Ihr das nicht eher sagen, dummes Ding! Herunter damit... Désoeillet, Papy, helft mir heraus! Catherine, bringt mir das Atlaskleid, das ich mit den Diamanten trage."

Madame de Montespan war im Begriff, unter ungeduldigen Ausrufen, in die sich das wütende Kläffen des Hundes mischte, aus ihren Röcken hervorzutauchen, als der König eintrat, schon im Staatsgewand, jedoch noch ohne die dazu passende Perücke. Von Bontemps gefolgt, kam er aus den Gemächern der Königin. Seine Augenbrauen zogen sich unwillig zusammen. „Noch nicht fertig, Madame? Beeilt Euch. Die moskowitische Gesandtschaft wird sogleich erscheinen. Ich wünsche Euch an meiner Seite zu haben!"

358

Das schöne Gesicht der Montespan rötete sich. Solchen Ton war sie von ihrem königlichen Liebhaber nicht gewohnt.

Er hob die Stimme, um das hysterische Gezeter des Hündchens zu übertönen. „Übrigens, damit ich es nicht vergesse, wir reisen morgen nach Fontainebleau. Trefft rechtzeitig Eure Vorbereitungen."

„Und ich, Sire?" fragte Mademoiselle de La Vallière. „Soll ich mich ebenfalls für die Reise nach Fontainebleau vorbereiten?"

Der Monarch warf einen finsteren Blick auf die abgezehrte Gestalt seiner ehemaligen Mätresse.

„Nein", sagte er grob, „das ist nicht nötig. Bleibt in Versailles ... oder geht nach Saint-Germain."

„Ganz allein? Ohne jede Gesellschaft ...?"

Der König packte das Hündchen, das ihn zur Verzweiflung brachte, und schleuderte es ihr auf den Schoß.

„Da! Das ist Eure Gesellschaft. Das muß Euch genügen."

Wortlos ging er an Angélique vorbei, besann sich jedoch und fragte kurz:

„Habt Ihr Euch gestern nach Suresnes begeben?"

„Nein, Sire", erwiderte sie im gleichen Ton.

„Wo seid Ihr gewesen?"

„Auf dem Jahrmarkt von Saint-Germain."

„Warum?"

„Um Waffeln zu essen."

Der König errötete bis zum Haaransatz. Wütend verließ er den Raum, und Bontemps fing diskret die Tür auf, die er hinter sich zuwarf. Madame de Montespan war mit ihren Damen durch die andere Tür verschwunden, um das blaue Atlaskleid zu suchen.

Angélique trat zu der leise schluchzenden Mademoiselle de La Vallière.

„Warum laßt Ihr Euch so quälen?" fragte sie mitleidig. „Warum nehmt Ihr diese Demütigungen hin? Madame de Montespan spielt mit Euch wie die Katze mit der Maus. Eure Fügsamkeit weckt ihre grausamen Instinkte."

Das arme Mädchen hob seine tränennassen Augen zu ihr auf.

„Auch Ihr habt mich verraten", sagte sie mit erstickter Stimme.

Bekümmert erwiderte Angélique: „Ihr irrt Euch. Ich habe Euch nicht verraten, und mein Rat ist ehrlich gemeint: Verlaßt den Hof. Zieht Euch in Würde zurück. Warum laßt Ihr Euch zum Gespött dieser herzlosen Menschen machen?"

Eine reine Flamme verwandelte für einen Augenblick das verhärmte Gesicht der einstigen Favoritin.

„Meine Schuld war offenkundig, Madame. Und Gott will, daß meine Buße ebenso offenkundig sei."

„Glaubt Ihr, Gott verlange solche Martern?"

Louise de La Vallière warf einen scheuen Blick auf die Tür, durch die der König den Raum verlassen hatte.

„Vielleicht liebt er mich noch?" flüsterte sie. „Vielleicht kehrt er eines Tages zu mir zurück?"

Angélique versagte es sich, die Schultern zu zucken.

Ein Page war eingetreten, der sich vor ihr verneigte. „Wollet mir folgen, Madame. Seine Majestät wünscht Euch sofort zu sprechen."

Zwischen dem Schlafzimmer des Königs und dem Beratungssaal befand sich das Perückenkabinett, in dem Ludwig eben unter Assistenz des Hoffriseurs Binet und seiner Gehilfen eine Perücke auswählte. Rings umher wurden in Glasschränken die verschiedensten Haargebilde aufbewahrt, deren Formen nach ihrer Bestimmung variierten, je nachdem, ob der König zur Messe oder auf die Jagd ging, ob er Botschafter empfing oder einen Spaziergang durch den Park unternahm. Hier und dort waren Köpfe aus Gips aufgestellt, die Anproben und Umgestaltungen dienten.

An diesem Tage bestand Binet darauf, daß sein erhabener Klient die „á la royale" genannte Perücke aufsetzte, ein hochaufragendes, mähnenartiges, höchst majestätisch wirkendes Gebilde, das eher für Statuen geschaffen schien als für einen lebendigen Menschen.

„Wir wollen sie uns für bedeutsamere Gelegenheiten aufheben", sagte der König. „Etwa für den Empfang dieses schwierigen persischen Botschafters."

Er warf einen Blick auf Angélique, die sich verneigte.

„Tretet näher, Madame. Ihr wart gestern in Suresnes, nicht wahr?"
Er hatte zu seiner Höflichkeit zurückgefunden und bemühte sich,
Angéliques Gereiztheit zu besänftigen.

Als gewiegter Höfling zog sich Binet mit seinen Gehilfen in den Hintergrund des Raumes zurück und machte sich auf die schwierige Suche
nach der zweckdienlichsten Perücke.

„Nennt mir die Gründe Eures unziemlichen Benehmens", sagte der
König mit gedämpfter Stimme. „Ich liebe es zwar, wenn Eure Augen
zornig funkeln und Eure kleinen Nasenflügel beben ... und ich war
auch ein bißchen kurz angebunden, das gebe ich zu, aber ..."

Angélique unterbrach ihn:

„Ihr wart ... abscheulich. Ihr wirktet wie ein Hahn, der seine Hühnerschar zurechtweist."

„Madame! Ihr sprecht mit dem König!"

„Nein. Mit dem Manne, der leichtfertig mit den Herzen der Frauen
spielt."

„Welcher Frauen?"

„Mademoiselle de La Vallières ... Madame de Montespans ... dem
meinen ..."

„Ein gar köstlich Spiel, das Ihr mir vorwerft. Doch wie steht es um
die Herzen der Frauen? La Vallière hat zuviel davon. Madame de
Montespan hat keines ... Ihr ...? Könnte ich doch sicher sein, daß ich
mit Eurem Herzen spielte ... Aber es ist ja nicht betroffen."

Sie sah zu ihm auf. Der melancholische Ton seiner Stimme rührte sie.

„Das ist ein böser Tag", sagte er. „Die Verzweiflung Mademoiselles
über die Entscheidung, die ich hinsichtlich ihrer Heirat zu treffen genötigt war, hat mich außer Fassung gebracht. Sie empfindet freundschaftliche Gefühle für Euch, wie ich glaube. Ihr werdet sie trösten."

„Und Monsieur de Lauzun?"

„Ich kenne die Reaktion des armen Péguillin noch nicht. Ich vermute,
daß er enttäuscht und sehr unglücklich ist. Aber ich werde ihn zu entschädigen wissen. Habt Ihr Bachtiari Bey gesprochen?"

„Ja, Sire", erwiderte Angélique.

„Und wie stehen unsere Angelegenheiten?"

„Sehr gut, glaube ich."

In diesem Augenblick wurde die Tür aufgerissen, und Lauzun erschien verstörten Blicks auf der Schwelle.

„Sire", sagte er brüsk, ohne sich wegen seines unziemlichen Erscheinens zu entschuldigen, „ich komme, um Euer Majestät zu fragen, womit ich diesen Schimpf verdient habe!"

„Nun, nun, mein Freund, beruhigt Euch", sagte der König sanft. Der Zorn seines Günstlings schien ihm verzeihlich.

„Nein, Sire, nein, ich kann eine solche Demütigung nicht hinnehmen . . ."

Mit einer jähen Bewegung zog er seinen Degen und reichte ihn dem König.

„Ihr habt mir die Ehre genommen, nehmt mein Leben . . . nehmt es . . . Ich will es nicht mehr . . . ich verabscheue es!"

„Faßt Euch, Graf."

„Nein, es ist aus . . . Nehmt! Tötet mich, Sire, tötet mich!"

„Ich kann Euch nachfühlen, wie sehr mein Entschluß Euch treffen muß, aber ich werde Euch schadlos halten: Ich werde Euch so hoch erheben, daß Ihr der Verbindung nicht mehr nachtrauern werdet, die ich Euch untersagen mußte."

„Ich will Eure Geschenke nicht, Sire . . . Ich kann von einem Fürsten nichts annehmen, der sein Wort widerruft."

„Genug, Graf", sagte der König eisig, „geht jetzt. Ich verzeihe Euch Eure Aufwallung, aber ich wünsche Euch erst wieder zu sehen, wenn Ihr Euch gefügt und unterworfen habt."

„Unterworfen! Haha!" lachte Lauzun höhnisch. „Das ist Euer Lieblingswort, Sire. Ihr braucht nur Sklaven . . . Gestattet Ihr ihnen in einer Laune, ein wenig den Kopf zu erheben, müssen sie ihn schleunigst wieder senken und sich in den Staub werfen, sobald diese Laune vergangen ist . . . Ich bitte Euer Majestät, mich von meinen Ämtern zu entbinden. Ich habe Euch gern gedient, aber ich bin nicht gewillt, mich zu demütigen."

Und Lauzun ging ohne Gruß hinaus.

Der König warf einen kühlen Blick auf Angélique.

„Kann ich mich zurückziehen, Sire?" fragte die junge Frau verlegen.

Er nickte.

„Und vergeßt nicht, zu Mademoiselle zu gehen und sie zu trösten, sobald Ihr wieder in Paris seid."

„Ich werde es tun, Sire."

Der König trat vor den hohen, in vergoldete Bronze gefaßten Stehspiegel.

„Wären wir im August, Monsieur Binet, so würde ich sagen, daß ein Gewitter im Anzug sei."

„Allerdings, Sire."

„Leider sind wir nicht im August", seufzte der König. „Habt Ihr Eure Wahl getroffen, Monsieur Binet?"

„Diese hier: eine sehr vornehm wirkende Perücke, deren Lockenreihen längs des Scheitels flach verlaufen statt anzusteigen. Ich nenne sie ‚auf Botschafterart'."

„Ausgezeichnet. Eure Einfälle sind stets der Gelegenheit angemessen, Monsieur Binet."

„Madame du Plessis-Bellière hat mir in diesem Sinne oft Komplimente gemacht ... Wollet ein wenig den Kopf neigen, Sire, damit ich die Perücke säuberlich aufsetzen kann."

„Ich entsinne mich. Durch Vermittlung von Madame du Plessis seid Ihr in meinen Dienst getreten ... Sie hat Euch mir empfohlen. Sie kennt Euch offenbar schon sehr lange."

„Sehr lange, Sire."

Der König betrachtete sich im Spiegel.

„Was meint Ihr zu ihr?"

„Sire, sie allein ist Euer Majestät würdig."

„Ihr habt mich falsch verstanden, Monsieur. Ich sprach von der Perücke."

„Sire, ich ebenfalls", erwiderte Binet und senkte die Augen.

Sechsunddreißigstes Kapitel

In der Galerie war der Hof in großer Toilette erschienen, aber noch wußte niemand, zu wessen Ehren. Unter den Wartenden entdeckte Angélique den ungarischen Fürsten Rakoski, dem sie in Saint-Mandé begegnet war. Er trat sofort zu ihr, um sie zu begrüßen. Heute war er wie ein wohlhabender Edelmann gekleidet, trug Perücke und rote Absätze. Doch den Degen ersetzte ein Dolch mit ziseliertem und juwelenbesetztem Griff.

„Da ist ja der Erzengel", sagte er entzückt. „Madame, könnt Ihr mir ein kurzes Zwiegespräch gewähren?"

Ob er mich wieder bitten wird, seine Frau zu werden, überlegte sie. Doch da inmitten einer solchen Versammlung kaum zu befürchten war, daß er sie auf seinem Sattel entführen würde, folgte sie ihm willig in eine nahe Fensternische, wobei sie bewundernd die blauen Steine des Dolchgriffs betrachtete.

„Euer Dolch ist sehr schön", sagte sie.

„Er ist das einzige, was mir von meinem Reichtum geblieben ist", sagte er in zugleich verlegenem und herausfordernd stolzem Ton. „Er und mein Pferd Hospadar. Hospadar ist stets ein treuer Kamerad gewesen. Ich habe ihn glücklich über sämtliche Grenzen gebracht, aber seitdem ich mich in Frankreich aufhalte, mußte ich ihn in einem Versailler Stall unterstellen, denn wo immer die Pariser ihn sehen, verfolgen sie mich mit Spötteleien."

„Weshalb?"

„Wenn Ihr Hospadar kennenlernt, werdet Ihr es verstehen."

„Und was habt Ihr mir zu sagen, Fürst?"

„Nichts. Ich möchte Euch nur eine Weile anschauen. Euch aus der lauten Menge herausholen, um Euch für mich allein zu haben."

„Euer Ehrgeiz ist groß, Fürst. Selten ist die Galerie von Versailles so überfüllt gewesen."

„Ich sehe und bedaure es. Was habt Ihr bei diesem Karneval zu schaffen."

Angélique starrte ihn verblüfft an. Gespräche mit dem Fremden schienen eine unerwartete, beunruhigende Wendung zu nehmen. Offenbar blieben ihm trotz seines ausgezeichneten Französisch die Feinheiten der Sprache verschlossen.

„Aber . . . ich bin Hofdame. Ich muß mich in Versailles zeigen."

„Ist diese Rolle nicht recht nichtig?"

„Sie hat ihren Reiz, Herr Apostel. Was wollt Ihr! Frauen können keine Revolutionen anzetteln. Sich zeigen, immer wieder zeigen und den Hof eines großen Königs schmücken, das liegt ihnen mehr. Ich für meine Person kenne nichts Unterhaltsameres. Das Leben in Versailles ist anregend. Jeder Tag bringt neue Festlichkeiten. Wißt Ihr beispielsweise, wen man heute erwartet?"

„Nein. Man hat mir lediglich durch einen Schweizer die Aufforderung geschickt, mich heute bei Hofe einzufinden. Ich hoffte auf eine Unterredung mit dem König."

„Hat er Euch bereits empfangen?"

„Mehrmals sogar. Er ist kein Tyrann, Euer König, vielmehr ein edelmütiger Freund. Er wird mir die Mittel gewähren, mein Vaterland zu befreien."

Angélique blickte sich um. Das Gedränge nahm von Minute zu Minute zu. Ihr smaragdgrünes Kleid war nicht fehl am Platze. Dem kleinen Mestizen Aliman, den sie als Pagen gekauft hatte, begannen dicke Schweißtropfen über das dunkle Gesicht zu rinnen, während er den mit schweren Silberschnüren besetzten Mantel des Kleides hielt. Sie bedeutete ihm, ihn für eine Weile loszulassen. Es war ein Fehler gewesen, einen so kleinen Knaben zu erwerben. Sie würde einen älteren, kräftigeren kaufen müssen. Oder aber einen gleichaltrigen, der zusammen mit Aliman die Schleppe tragen konnte. Ja, das war zu erwägen. Einen rabenschwarzen und einen goldbraunen, in verschiedene oder auch gleiche Farben gekleidet, das wäre höchst amüsant. Sie würde tollen Erfolg mit ihnen haben!

Da Rakoski eben innehielt, ließ sie einfließen:

„All das ist schön und gut, aber es sagt mir nicht, wen wir durch unsere Gegenwart zu ehren gebeten worden sind. Es war von einer moskowitischen Abordnung die Rede."

Der Ausdruck des Ungarn veränderte sich, seine Augen waren nur noch zwei schwarze, zornfunkelnde Striche.

„Die Moskowiter, sagt Ihr? Niemals werde ich den Anblick der Räuber meines Vaterlandes ertragen!"

„Ich glaubte, Ihr grolltet nur dem deutschen Kaiser und den Türken."

„Wißt Ihr nicht, daß die Ukrainer unsere Hauptstadt Budapest besetzt halten?"

Angélique gestand, daß sie nichts davon wisse und daß sie nicht einmal eine Vorstellung habe, wer die Ukrainer seien.

„Ich bezweifle nicht, daß ich ganz besonders dumm bin", fügte sie mit einem Anflug von Ironie hinzu, „aber ich wette um hundert Pistolen, daß die Mehrzahl der Franzosen es ebensowenig weiß wie ich."

Rakoski schüttelte melancholisch den Kopf.

„Ach, wie fern euch unsere Kümmernisse sind, euch, auf die wir voller Hoffnung unsere Blicke richten! Auch wenn man einer fremden Sprache mächtig ist, hat man noch längst nicht die Schranken zwischen den Völkern beseitigt. Ich spreche doch gut Französisch, nicht wahr?"

„Vorzüglich", stimmte sie zu.

„Und dennoch versteht mich niemand bei euch."

„Der König versteht Euch, dessen bin ich gewiß. Er ist über alles orientiert, was die Nationen der Welt betrifft."

„Aber er wägt sie auf der Waage seines eigenen Ehrgeizes. Hoffen wir, daß ich nicht zu leicht befunden worden bin."

Er unterbrach sich. Auch um sie her verstummte das Summen der Gespräche, und aller Blicke richteten sich auf den Eingang der Galerie, in dem eben Monsieur de Gesvres, der Großkämmerer, aufgetaucht war und mit lauter Stimme verkündete:

„Messieurs, der König!"

Man vernahm das dumpfe Geräusch, mit dem die Hellebarden der Wachen auf den Fußboden stießen und gleich darauf den festen Schritt des sich nähernden jungen Monarchen.

Bei seinem Erscheinen zogen die anwesenden Edelleute, sich verneigend, die Hüte, während die Damen in tiefe Reverenzen versanken. An ihren Reihen entlang schritt langsam der König, zur Linken von der Königin begleitet. Dann kamen Monsieur und Madame d'Orléans und der Fürst Condé. Ihnen folgten die Hofdamen, geführt von Madame de Montespan, und dahinter eine Reihe von Würdenträgern.

„Hier werden wir wenig sehen", flüsterte Angélique ihm zu. „Kommt mit."

Sie begann, sich zur Mitte der Galerie durchzudrängen, wo der königliche Zug haltgemacht hatte, während aus dem Treppenhaus schon eine seltsame, vom dumpfen Ton der Tamburine akzentuierte Musik ertönte. Zu beiden Seiten der Treppe tauchten mit langen bunten Röcken und Pelzmützen bekleidete Musiker auf. Die einen klimperten auf dreieckigen, mit drei Saiten bespannten Gitarren, die andern auf runden, mandolinenartigen Instrumenten, die dunkel und melancholisch klangen. Die Tamburine waren breit und flach und wie die der Zigeuner mit silbernen Plättchen geziert.

Ein Gemurmel des Staunens erhob sich, als gemessenen Schritts eine weitere Gruppe von Männern in schweren Kaftanen aus Brokat und Samt mit goldenen und silbernen Stickereien erschien. Die Damen erschauerten beim Anblick der langen und dichten Bärte, die von den riesigen Pelzmützen bis zu den Gürteln reichten und den imposanten Gestalten etwas Gewalttätiges und Verwegenes verliehen. Die Scheiden ihrer Säbel waren in barbarischer Pracht mit riesigen Edelsteinen besetzt.

Hinter ihnen schritten Diener, die die Geschenke trugen. Dreier Männer bedurfte es, um die schweren Bärenfelle zu halten, und sechs anderer für einen einzigen der zusammengerollten riesigen Teppiche. Auf einer mit Samt ausgeschlagenen Trage funkelten Unmengen von Juwelen.

Dann folgten der Pope in Meßgewand und Mitra und hinter ihm ein beleibter Mann mit bartlosem Gesicht; sein Schädel war kahl rasiert, von einer langen schwarzen Strähne abgesehen, deren Spitze sich um das linke Ohr ringelte. Am rechten Ohr trug er einen schweren, in Gold gefaßten Saphir. Sein massiger Oberkörper steckte in einem roten Seidenhemd, das über eine schwarzseidene türkische Pluderhose fiel. Eine gelbe Seidenschärpe war mehrfach um seine Hüften geschlungen. Ein kurzer Krummsäbel und ein Goldreif am linken Handgelenk vervollständigten seine Ausstattung.

Angélique suchte vom Gesicht des Fürsten Rakoski die Antwort auf die Frage abzulesen, die sie sich stellte. Er schien wie versteinert.

„Die Moskowiter!" stieß er niedergeschmettert hervor.

Dann packte er ihr Handgelenk und preßte es, daß sie fast aufgeschrien hätte. Er flüsterte ihr zu:

„Wißt Ihr, wer der Mann in der Mitte ist . . .? Der ukrainische Hetman Doroschenko, der als erster in Budapest einzog."

Sie spürte seine tiefe Erregung.

„Diese Schmach ist . . . untilgbar", murmelte er totenbleich.

„Fürst, ich beschwöre Euch, verursacht keinen Skandal. Vergeßt nicht, daß Ihr Euch am französischen Hof befindet."

Er hörte ihr nicht zu. Er starrte den Ankommenden entgegen, als sähe er sie aus der Weite einer Steppe heranrücken, und nicht unter dem vergoldeten Deckengetäfel von Versailles. Plötzlich verschwand er zwischen den französischen Edelleuten.

Angélique atmete erleichtert auf. Sie hatte befürchtet, der Hitzkopf könnte das erregende Schauspiel verderben. Sie wäre auch betrübt gewesen, wenn der Fürst durch eine Unüberlegtheit den Zorn des Königs auf sich gezogen hätte. Der Monarch handelte recht unbedacht, wenn er einem Rebellen Zutritt zu seinem Hof gewährte. Bei solchen Leuten muß man auf alles gefaßt sein!

Nach jeweils drei Schritten grüßte die moskowitische Abordnung auf orientalische Weise. Die demütigen Verneigungen standen in schroffem Gegensatz zu den stolzen Blicken der Männer, und Angélique konnte sich des Gefühls nicht erwehren, daß sich hinter ihren geschmeidigen Bewegungen eine gefährliche, nur mühsam gebändigte Kraft verbarg. Ein Schauer durchlief sie. Rakoskis wunderliche Hysterie hatte sich auf sie übertragen. Sie machte sich auf etwas Ungewöhnliches gefaßt. Es würde hereinbrechen wie ein Gewitter, wie ein Blitz, dessen Gewalt die Mauern sprengen würde.

Sie warf einen Blick zum König hinüber und stellte erleichtert fest, daß er seinerseits völlig gelassen war, majestätisch, wie allein er es zu sein verstand. Die Perücke „auf Botschafterart" des Sieur Binet konnte durchaus mit den moskowitischen Mützen konkurrieren.

Monsieur de Pomponne trat vor. Da er Botschafter in Polen gewesen war, beherrschte er die russische Sprache und diente als Dolmetscher. Nach den üblichen Begrüßungsformeln überreichte die Abordnung die aus dem fernen Rußland mitgebrachten Geschenke.

Immer wieder brachen die Anwesenden in Rufe des Staunens und der Bewunderung aus. Die Damen faßten sich ein Herz und berührten entzückt die Teppiche und Seidenstoffe; am meisten jedoch beeindruckte ein mächtiger blauer Beryll . . .

Indessen erklärten die Moskowiter, sie hätten, da sie von der Leidenschaft des großen abendländischen Königs für seltene Tiere wüßten, aus Sibirien einen weißen Tiger von überaus seltener Art mitgebracht, der im Marmorhof darauf warte, endlich seinen neuen Herrn zu begrüßen.

Die Ankündigung löste große Begeisterung aus, und der Hof folgte dem König und dem moskowitischen Botschafter zur Treppe.

In diesem Augenblick ereignete sich der Zwischenfall. Ein absonderliches Tier, kohlrabenschwarz, als habe die Hölle es ausgespien, ein kleines, zottiges Pferd, tauchte auf der obersten Stufe auf. Sein Reiter richtete sich in den Steigbügeln auf und schrie etwas in einer fremden Sprache, dann wiederholte er es auf russisch und schließlich auf französisch.

„Es lebe Ungarn!"

Er hob den Arm. Sein Dolch pfiff durch die Luft und bohrte sich zu Füßen des ukrainischen Hetmans zitternd ins Parkett.

Dann wendete der Reiter sein seltsames Pferd und galoppierte wieder die Treppe hinunter.

„Zu Pferd! Unglaublich! Ein galoppierendes Pferd auf einer Treppe . . .!"

Die Franzosen sahen nur dies: ein ungewöhnliches reiterisches Bravourstück. Die Moskowiter starrten mit unergründlichen Mienen auf den Dolch. Der König sprach in bedächtigem Ton mit Monsieur de Pomponne und bat ihn, sein Bedauern zu übermitteln. Sein Palast, sagte er, stehe dem Volke offen, denn das Volk habe das Recht, seinen König zu sehen. Er nehme auch Ausländer bei sich auf. Leider vergelte man trotz der Wachsamkeit der Polizei seine großzügige Gastfreundschaft bisweilen mit peinlichen Zwischenfällen wie dem, der sich soeben ereignet habe. Narren, Betrunkene, deren wunderliche Einfälle man nie vorhersehen könne, ließen sich zu verwegenen und unbegreiflichen Handlungen hinreißen. Gottlob sei der Zwischenfall bedeutungslos. Der Mann werde verfolgt und in Bicêtre eingesperrt werden, falls er geisteskrank sei. Wenn nicht, nun ja, dann werde man ihn hängen! In keinem Fall bestünde Anlaß zur Beunruhigung.

Die Moskauer bemerkten schroff, der Mann habe Ungarisch gesprochen. Sie wünschten, seinen Namen zu wissen.

„Gott sei Dank, sie haben ihn nicht erkannt!" dachte Angélique. Nur mit Mühe vermochte sie ihre Nervosität zu unterdrücken. Ihre Umgebung fand die Geschichte höchst amüsant. Doch der Dolch steckte noch immer im Fußboden, eine stumme Drohung, die zu beseitigen sich niemand entschließen konnte. Schließlich schlängelte sich ein kleiner Page, buntscheckig wie ein Papagei, durch die Menge, und der Dolch verschwand. Es war Aliman, der ihn auf ein Zeichen Angéliques an sich genommen hatte.

In entspannter Stimmung setzte sich die Menge von neuem in Bewegung, wie von einem Bann befreit, der sie für Sekunden in seinem Eishauch hatte erstarren lassen ...

Madame de Sévigné schrieb an ihren Vetter Bussy-Rabutin:

„Freut Euch mit uns: Wir haben heute einen großen Skandal erlebt am französischen Hof. Ich habe gesehen und begriffen, wie sich im Vorzimmer der Könige Kriege entzünden. Vor meinen Augen sah ich die Fackel brennen. Ich bin noch ganz erregt und geradezu stolz. Stellt Euch vor, ein Mann auf einem Pferd ist in Versailles erschienen. Nichts Ungewöhnliches, werdet Ihr sagen. Dieser Mann ist zur großen Galerie heraufgestiegen, die Ihr kennt und in der der König die moskowitische Gesandtschaft empfing. Ihr meint, daß auch das nichts Absonderliches sei? O doch, denn er ist im Galopp heraufgeritten. Was sagt Ihr nun? Daß ich geträumt habe? Keineswegs, fünfhundert Menschen können es bezeugen.

Er schleuderte einen Dolch. Nein, ich träume noch immer nicht, und Ihr braucht Euch auch nicht um meine Gesundheit zu sorgen.

Der Dolch landete vor den Füßen des Botschafters, und niemand wußte, was damit anfangen. Das war der Augenblick, in dem ich die Kriegsfackel auflodern sah. Der Fuß, der sie löschte, ist gar leicht. Er gehörte Madame du Plessis-Bellière, die Ihr bei mir kennengelernt und der Ihr ein wenig den Hof gemacht habt. Dieser Bericht wird Euch daher doppelt erfreuen.

Sie hatte den Einfall, ihrem kleinen Pagen, einem behenden Negerknaben, einen Wink zu geben, und der hat das Ding verschwinden lassen wie ein Zauberkünstler vom Pont-Neuf.

Alle Welt atmete auf. Die Friedensgöttin ist wiedergekehrt, einen Lorbeerzweig in der Hand, und wir wandelten in den Park und bewunderten wilde Tiere.

Was sagt Ihr zu diesem kleinen Bericht?

Madame du Plessis gehört zu jenen Frauen, die den Königen nützlich sind. Ich glaube, der König hat das seit langem begriffen. Um so schlimmer für unsere triumphierende Canto* . . .

Aber wir können sicher sein, daß sie sich nicht kampflos entthronen lassen wird. Ich verspreche mir davon noch viel Unterhaltsames in Versailles."

Angélique war nicht zu der Fahrt nach Fontainebleau geladen worden und deshalb nach Paris zurückgekehrt. Allein in ihrem Schlafzimmer, empfand sie, wie so häufig in letzter Zeit, die Stille ihres schönen Hauses bedrückend. Sie wohnte viel lieber in Versailles; die kurzen Nächte zwischen dem Ende eines Balls und der Frühmesse, in denen man sich im Schoß des riesigen, in flüchtigen Schlummer versunkenen Schlosses geborgen fühlte, hatten ihren eigenen Reiz. Selbst die Stille schien noch von Leidenschaften und Intrigen zu raunen. Man konnte sich als Teil eines Ganzen fühlen. Niemand blieb seinem Schicksal überlassen.

„Seinem traurigen Schicksal", dachte Angélique, während sie unruhig im Zimmer auf und ab ging. Warum war sie nicht aufgefordert worden, an dem Ausflug nach Fontainebleau teilzunehmen? Fürchtete der

* So nannte Madame de Sévigné in ihren Briefen Madame de Montespan

König, Madame de Montespans Mißfallen zu erregen? Was hatte er mit ihr im Sinn? Auf welchen Schicksalsweg drängte er sie mit fester, tückischer Hand? Welche Zukunft war ihr bestimmt?

Mitten im Zimmer blieb sie stehen und sagte laut vor sich hin:

„. . . Der König!"

Ihr Blick fiel auf Rakoskis Dolch auf dem Tisch. Noch vor ihrer Abfahrt hatte sie die Demoisellen de Gilandon unauffällig nach dem Schicksal des Fürsten forschen lassen und zu ihrer Erleichterung erfahren, daß er allen Versuchen zum Trotz, ihn noch im Hofe des Schlosses zu stellen, zum Walde hin entkommen war. Auch die Wachen, die ihn verfolgt hatten, waren unverrichteterdinge zurückgekehrt.

Wiederum dachte sie an den König, diesmal mit leiser Schadenfreude. Kein Zweifel, als er Rakoski zu diesem Empfang geladen hatte, war es in der Absicht geschehen, Katz und Maus mit ihm zu spielen. Er hatte das Maß der Unterwürfigkeit seiner Sklaven feststellen wollen. Nun wußte er, wie es um die des Fürsten stand. Und um die Lauzuns. Ob Péguillin verhaftet werden würde? Und wo konnte Rakoski Zuflucht finden? Überall würde man ihn an seinem verwegenen kleinen Pferd erkennen, das denen der Hunnen glich, die vor Zeiten vor den Mauern von Paris erschienen waren.

Angélique trat zu ihrem mit Perlmutter ausgelegten Ebenholzsekretär, entnahm einem seiner zahllosen Schubfächer ein Kästchen, öffnete es und legte die Waffe hinein. In diesem Kästchen verwahrte sie ein seltsames Sammelsurium von Gegenständen: einen Schildpattkamm, den Ring, den ihr der Bandit Nicolas geschenkt hatte, den Schmuck aus dem Temple, die Granatkamee, die sie als Meisterin Bourgeaud an ihrem schlichten Kleid zu tragen pflegte, ein Paar Ohrringe, die ihr von Audiger am Tage der Eröffnung ihrer gemeinsamen Schokoladenstube verehrt worden waren, und eine säuberlich zugeschnittene Feder des Schmutzpoeten, den man gehenkt hatte. Noch ein zweiter Dolch lag da – der von Rodogone, dem Ägypter.

Hätte ein neugieriger Bediener zu erforschen versucht, was für Schätze Madame du Plessis-Bellière so geflissentlich in diesem Kästchen verbarg, wäre er bei ihrem Anblick höchst enttäuscht gewesen. Doch für sie hatten diese wunderlichen Gegenstände eine tiefe Bedeutung:

sie waren gleichsam von den Gezeiten eines düsteren Meeres heran-
getragene, an die Ufer ihrer Vergangenheit gespülte Muscheln. Unzählige Male hatte sie sich ihrer entledigen, sie wegwerfen wollen, und
nie hatte sie es über sich gebracht.

Angélique sah auf das Kästchen hinunter. Der blaue Stein an ihrem
Finger schimmerte sanft neben den gleichfarbigen, die in den goldenen
Griff von Rakoskis Dolch eingelassen waren.

„Ich stehe unter dem Zeichen des Türkis", dachte sie.

Zwei dunkelbraune Gesichter überlagerten sich vor ihren Augen. Das
des im Überfluß lebenden persischen Fürsten und das des ungarischen
Rebellen, der auf alles verzichtet hatte.

Sie verspürte das Bedürfnis, ihn wiederzusehen. Was er getan, brachte
es ihr zu Bewußtsein. Sein toller Streich war nicht lächerlich, sondern
kühn und mutig gewesen. Warum hatte sie aus seinen Worten nicht
die tiefe Weisheit der Helden herauszuhören vermocht? Sie war so
sehr an die Albernheiten ihrer täglichen Gespräche gewöhnt, daß sie
die Fähigkeit verloren hatte, einen echten Menschen zu erkennen.

Armer Rakoski! Wo mochte er sein?

Siebenunddreißigstes Kapitel

Als Monsieur Colbert durch Angélique davon in Kenntnis gesetzt
worden war, daß Bachtiari Bey zur Begrüßung des Königs nicht kommen wolle, weil man ihn nicht mit dem gebührenden Pomp empfange,
hatte der Minister die Arme zum Himmel erhoben.

„Dabei werfe ich ihm dauernd seine Verschwendungssucht vor!"

Ludwig XIV. hatte dagegen hell aufgelacht.

„Da seht Ihr, Colbert, mein guter Freund, wie unberechtigt Eure Vor-
haltungen sind. Wenn ich für Versailles mit vollen Händen Geld aus-
gebe, hat das seinen guten Grund. Das Schloß wird auf diese Weise
zu einem Anziehungspunkt für die Menschen selbst der entlegensten
Nationen; sie möchten den großen Monarchen kennenlernen, dessen

Ruhm sie bezaubert hat. Meiner Meinung nach sollten wir in unseren persönlichen Dingen bescheiden sein, zu gleicher Zeit aber stolz und anspruchsvoll, was die Stellung betrifft, die wir bekleiden."

An dem Tage, an dem die persische Gesandtschaft vor dem vergoldeten Gittertor von Versailles erschien, breiteten Tausende von blühenden Pflanzen, die man in ihren Kübeln aus den Treibhäusern geholt und in die Parterres eingegraben hatte, unter dem grauen Winterhimmel einen buntblühenden Teppich aus. Die große Galerie war in ihrer ganzen Länge mit Rosenblättern und Orangenblüten bestreut.

Bachtiari Bey schritt zwischen prächtigem Mobiliar und kostbaren silbernen Geräten hindurch, deren schönste Stücke zu seinen Ehren vereinigt worden waren. Man zeigte ihm das ganze Schloß, dessen Schätze dem Vergleich mit denen aus Tausendundeiner Nacht standhielten. Und der Rundgang endete im Baderaum, dessen für den König bestimmte riesige violette Marmorwanne den Perser zu überzeugen vermochte, daß die Franzosen das Vergnügen der Reinigung nicht in dem Maße verschmähten, wie er geglaubt hatte. Die tausend Springbrunnen des Parks gewannen ihn vollends.

Es war ein glanzvoller Tag für Angélique. Mit glatter Höflichkeit das Unziemliche seines Verhaltens virtuos verschleiernd, vernachlässigte Bachtiari Bey die Königin und die anderen Damen und richtete seine Komplimente ausschließlich an sie.

Der Vertrag über die Seide wurde in freundschaftlichster Atmosphäre unterzeichnet.

Während sich am späten Nachmittag des denkwürdigen Tages ein Teil der Hofgesellschaft im Park erging, um noch einmal das Wunder der für einen kurzen Wintertag erblühten Parterres zu bestaunen, näherte sich ein Page Madame du Plessis-Bellière und teilte ihr mit, der König wünsche sie im Kristallkabinett zu sprechen.

Dieses Kabinett gehörte zu den Gemächern des Königs und diente als Rahmen für intimere Empfänge, für die die Salons zu weitläufig waren. Es galt als große Ehre, in diesen Raum beschieden zu werden.

Beim Eintreten erblickte Angélique die auf Sesseln, Konsolen und Tischen ausgebreiteten Geschenke Bachtiari Beys – sie kam sich wie in Ali Babas Höhle versetzt vor.

Der König plauderte mit Monsieur Colbert, dessen mürrisches Gesicht sich unter der Auswirkung einer tiefen inneren Befriedigung aufgehellt hatte. Beide lächelten der jungen Frau entgegen.

„Der Augenblick ist gekommen, Madame, wo Ihr Eure Belohnung empfangen sollt", sagte der König. „Ich bitte Euch, wählt unter diesen Wundern dasjenige aus, das Euch am meisten zusagt."

Er nahm ihre Hand und führte sie vor die aufgebauten Geschenke. Sich selbst behielt er einen prachtvollen roten Sattel mit goldenen und silbernen Verzierungen und Steigbügeln vor. Das Schachbrett aus Ebenholz und Elfenbein war für die königliche Schatzkammer bestimmt. Desgleichen die wunderliche persische Pfeife, das Nargileh aus ziseliertem Gold, von dem nicht anzunehmen war, daß es Angélique locken werde. Zur Wahl blieben Shawls aus Belutschistan, Teller und Speiseschüsseln aus massivem Gold, große, langhaarige Meschedteppiche, Gebetsteppiche aus Tauris und Ispahan, Bonbonnieren mit Pistaziennougat, Flaschen mit feinen Rosen-, Jasmin- und Geraniumessenzen und natürlich die erlesensten Edelsteine.

Unter den schmunzelnden Blicken des Königs wanderte Angélique von einem Gegenstand zum andern. Plötzlich errötete sie und fragte besorgt, was mit der „Mumia" geschehen sei.

„Der Mumia? Diesem gräßlichen, stinkenden Gebräu?"

„Ja. Ich hatte Euch doch empfohlen, sie mit dem Ausdruck tiefster Dankbarkeit entgegenzunehmen."

„Habe ich das vielleicht nicht getan? Ich versicherte Seiner Exzellenz, daß nichts mich mehr erfreuen könne, als dieses seltene Elixier zu besitzen. Allerdings hätte ich, mit Verlaub gesagt, nicht gedacht, daß es eine so ekelhafte Flüssigkeit geben könnte. Ich ließ Duchnesne ein Glas davon trinken. Auch Bontemps hat einen Fingerhut voll versucht. Es soll grauenhaft schmecken. Duchnesne ist es sehr schlecht bekommen.

Er gestand mir, daß er sich übergeben mußte. Da er fürchtete, daß er vergiftet sei, hat er ein wenig Orvietan genommen. Ich habe sogar den leisen Verdacht, daß der Schah von Persien mit diesem Geschenk etwas Böses gegen mich im Schilde führte."

„Nein, nein, ganz bestimmt nicht", beteuerte Angélique, die endlich in einem Winkel das mit Elfenbein inkrustierte Kästchen aus Rosenholz entdeckte, das Bachtiari Bey ihr gezeigt hatte. Sie öffnete es und nahm den Jadestöpsel ab, der das Gefäß aus blauem Porzellan verschloß. Der verblüffende Geruch stieg ihr in die Nase und rief ihr die wollüstige Atmosphäre des Salons des persischen Botschafters in die Erinnerung zurück.

„Sire, darf ich Euch um die große Gunst bitten, mir dieses Kästchen zu überlassen? Als . . . Erinnerung an jene Besuche, bei denen ich das Vergnügen hatte, dem Ruhm Eurer Majestät zu dienen. Ich möchte nichts anderes haben", schloß sie hastig und ein wenig verwirrt.

Der König und Colbert sahen einander verblüfft an, wie vernünftige Männer, die Zeugen einer Weiberlaune sind.

„So manches hat mich an dieser Gesandtschaft beunruhigt und verwundert", sagte endlich der König. „Aber das Verwunderlichste ist doch die Wahl, die Madame du Plessis für ihre Belohnung getroffen hat."

Angélique lächelte und bemühte sich, ungezwungen zu erscheinen.

„Ist dieses Kästchen nicht ein Traum?"

„Hier sind zwei andere, die genauso schön sind und außerdem noch Süßigkeiten enthalten."

„Ich ziehe dieses vor, Sire. Darf ich es wegschaffen lassen?"

„Es wäre sinnlos zu versuchen, eine Frau von etwas abzubringen, das sie sich in den Kopf gesetzt hat", seufzte der König und hieß zwei Bediente das Kästchen in die Gemächer Madame du Plessis' zu tragen.

„Seht Euch vor, daß Ihr das Flakon nicht umdreht", rief Angélique ihnen nach.

Am liebsten wäre sie mitgegangen, aber der König bedeutete ihr zu bleiben. Er trat zu den persischen Seidengeweben, schob ein paar Kaschmirshawls beiseite und zog einen geschmeidigen, zarten, sandfarbenen Umhang hervor.

„Seine Exzellenz der Botschafter hat mich persönlich auf die besondere Webart dieses Stoffs aufmerksam gemacht. Er wird angeblich aus Kamelhaaren hergestellt, und der Regen soll an ihm abgleiten. Es ist eine Art Überkleidung, die allen Unbilden der Witterung trotzt. Die der Fürsten ist weiß oder goldfarben, die des Volks braun oder schwarz. Ihr seht, ich bin über die persischen Sitten ebenso unterrichtet wie Ihr."

Mit einer sanften Geste legte er ihr den Mantel um.

„Ich weiß, daß Ihr leicht fröstelt", sagte er leise und lächelte, während seine Hände auf ihren Schultern verweilten.

Dieser Anblick war es, der sich Madame de Montespan bei ihrem Eintritt bot. Auch sie war ins Kristallkabinett gebeten worden, um sich einen Schmuck nach ihrem Geschmack auszusuchen.

„Habe ich mich etwa zu sehr beeilt, Sire?" meinte sie in einem Ton, der zu spitz klang, um noch scherzhaft zu wirken.

„Keineswegs, meine Schöne. Hier sind Eure Schätze, in denen Ihr nach Herzenslust wühlen könnt."

„Sofern Madame du Plessis-Bellière mir etwas übrigläßt."

„Die Reste sind noch recht beachtlich."

Der König mußte lachen.

„Seid Ihr etwa eifersüchtig? Madame du Plessis ist so bescheiden gewesen, daß ich ihr noch diesen Mantel aufgedrängt habe."

„Immerhin habt Ihr sie zuerst wählen lassen", erwiderte Athénaïs scharf. Ihr Zorn und ihr Stolz waren immer stärker als ihre Schlauheit.

„Madame du Plessis ist meine Botschafterin beim Abgesandten des Schahs gewesen. Laßt Euch das gesagt sein, daß es von jeher mein Wille war, die Diener des Königreichs zuerst zu belohnen. Meine Favoritinnen kommen erst in zweiter Linie."

Sein Ton ließ keinen Widerspruch zu. Madame de Montespan beherrschte sich mühsam.

„Ich sehe es zu gern, wenn Ihr eifersüchtig seid", fuhr der König fort und faßte sie kräftig um die Hüften. „Ihr scheint in Flammen aufzulodern."

Er beugte sich über sie und küßte sie genießerisch auf den Nacken, den Schulteransatz.

377

„Darf ich mich zurückziehen, Sire?" sagte Angélique mit einer Reverenz.

„Einen Augenblick noch, bitte."

Der König nahm ihre Hand und hob mit gestrenger Miene den Zeigefinger.

„Versprecht mir, daß Ihr Euch mit dieser gräßlichen Mixtur, auf die Ihr so großen Wert legt, nicht die Haut einreibt."

„Ich werde mich davor hüten, Sire."

„Kann man wissen, auf was für extravagante Ideen eine hübsche Frau verfällt! Jedenfalls vergiftet Euch nicht und verderbt Euch nicht den Teint."

Mit den Fingerspitzen strich er liebkosend über ihre Wange. „Es wäre schade."

„Der König hat mit dieser Geste mein Todesurteil unterzeichnet", dachte Angélique, die im Hinausgehen spürte, wie Madame de Montespans Blick sich gleich einem Messer zwischen ihre Schulterblätter bohrte.

Um sobald wie möglich die seltsame Kostbarkeit Savary übergeben zu können, erkundigte sie sich nach etwa vorgesehenen Festlichkeiten, die ihre Anwesenheit in Versailles erfordert hätten, und stieg, als sie erfuhr, daß nichts dergleichen bevorstand, beruhigten Gewissens in ihre Kutsche, in die sie zuvor das Kästchen hatte bringen lassen.

Gegen halb zwölf Uhr in der Nacht langte sie bei Meister Savary an und trommelte an den Türladen.

Der Apotheker war noch auf. Bei Angéliques Anblick erblaßte er, und sein Kinnbärtchen begann zu zittern. Geheimnisvoll lächelnd, bedeutete Angélique den Dienern, das Kästchen auf dem Ladentisch abzustellen. Mit fiebriger Hand nahm Savary den Deckel ab, zog den Stöpsel heraus und sog gierig den Geruch der Flüssigkeit ein.

Diesmal konnte Angélique ihn nicht daran hindern, sich vor ihr auf den Boden zu werfen.

„Mein ganzes Leben lang", versicherte er, „mein ganzes Leben lang

378

werde ich mich Eurer Gefälligkeit erinnern, Madame. Ihr habt die Mumia nicht nur vor profanen Händen bewahrt, Ihr habt sie auch ungemindert in die meinen gelegt, in die eines Gelehrten, der ihr jahrhundertealtes Geheimnis enthüllen wird. Die kommenden Zeiten werden Euch dafür segnen."

„Faßt Euch, Meister Savary", sagte Angélique, die sich ärgerlich gab, um ihre eigene Gemütsbewegung zu verbergen. „Ihr habt allen Grund, mir dankbar zu sein. Um Euretwillen habe ich mich beim König in den Ruf einer grillenhaften und albernen Person bringen und auf prachtvolle Geschenke verzichten müssen, die mich sehr gereizt hätten!"

Doch der Apotheker hörte ihr schon längst nicht mehr zu. Geschäftig war er in den rückwärtigen Raum gestürzt und kam mit Phiolen, Trichtern und Tropfenzählern zurück. Angélique stellte belustigt fest, daß sie überflüssig geworden war, ja daß er sie überhaupt nicht mehr sah. Sie raffte den weiten Mantel zusammen, den ihr der König geschenkt hatte, und war im Begriff, sich zurückzuziehen, als sich von der Straße her Stimmengewirr vernehmen ließ und ein Bote eintrat.

„Gottlob konnte ich Euch einholen, Madame", rief er atemlos. „Der König hat mich Euch nachgeschickt. Ich habe mich bei Passanten erkundigt, und so ist es mir geglückt, Euch hier aufzufinden."

Er händigte ihr eine Botschaft aus, in der sie aufgefordert wurde, sich umgehend nach Versailles zu begeben.

„Hat das denn nicht bis morgen Zeit?"

„Der König hat mir persönlich aufgetragen, Euch umgehend nach Versailles zu geleiten, einerlei, zu welcher Stunde."

„Die Porte Saint-Honoré wird geschlossen sein!"

„Mein Geleitbrief wird sie uns öffnen."

„Wir setzen uns der Gefahr aus, von Räubern überfallen zu werden."

„Ich bin bewaffnet", sagte der Mann. „Ich habe zwei Pistolen in meiner Satteltasche und meinen Degen."

Es war ein Befehl des Königs. Angélique konnte sich ihm nicht entziehen, und so machte sie sich in Begleitung des Boten auf den Weg.

Der Morgen begann eben zu dämmern, als sie in Versailles anlangten. Fröstelnd durchquerte Angélique die langen, verlassenen Flure, in denen da und dort Schweizerwachen dösten, regungslos wie Statuen.

Im Kabinett des Königs indessen war eine Reihe von Männern um den Monarchen versammelt, deren übernächtige und verdrossene Gesichter ebenso wie die in den Leuchtern fast schon heruntergebrannten Kerzen von einer langen Sitzung zeugten.

Als die junge Frau hereingeführt wurde, verstummte das noch immer hitzig geführte Gespräch. Der König forderte sie auf, sich zu setzen. Das Schweigen dauerte an. Um sich zu sammeln, befaßte sich der König mit dem vor ihm liegenden Brief.

Endlich sagte er:

„Die Angelegenheit der persischen Gesandtschaft hat einen überraschenden Abschluß gefunden, Madame. Bachtiari Bey ist gen Süden aufgebrochen, aber er schickt mir eine eilige Mitteilung, die Euch betrifft, und . . . Hier, lest selbst."

In der vermutlich von dem Armenier Agobian übersetzten und in kunstvollen Schriftzügen ausgefertigten Botschaft dankte der Gesandte dem großen abendländischen Monarchen noch einmal für die ihm erwiesene Prachtentfaltung und Güte.

Daran schloß sich eine genaue Aufzählung der Geschenke Seiner Majestät König Ludwigs XIV. für den Schahinschah, die mit der überraschenden Bemerkung endete, daß Seine Majestät es trotz so bewiesener Großzügigkeit leider unterlassen habe, diesen Geschenken den höchst kostbaren Türkis hinzuzufügen, den Seine Exzellenz als persönliche Belohnung für ihre loyalen Dienste erwartete.

Es folgte eine hinreichend detaillierte Beschreibung des besagten Türkis, um zu erkennen, daß es sich um eine Frau handelte und daß diese Frau keine andere als Angélique sein konnte.

Bachtiari Bey habe sich in dem Glauben befunden, die abendländischen Bräuche erlaubten ihm nicht, über einen so kostbaren Schatz zu verfügen, bevor er selbst dessen Besitzer seine guten Absichten bewiesen habe. Er wundere sich indessen, daß die „höchst zartsinnige Marquise", „die klügste Frau der Welt", „die Lilie von Versailles", „der Stern des französischen Hofs" sich nicht unter den letzten Geschenken befinde, die Monsieur de Lorraine und der Marquis de Torcy ihm im Augenblick seiner Abreise überreicht hätten, da die Verträge doch zur Zufriedenheit aller und des Königs von Frankreich im besonderen unterzeichnet seien. Er sei schließlich in der Annahme aufgebrochen, sie werde aus Scheu erst in der Dunkelheit mit ihrer Kutsche und ihren Gepäckwagen zu ihm stoßen. Doch bei der ersten Etappe sei der Verdacht in ihm aufgekeimt, daß man ihn habe täuschen wollen.

Ob man etwa mit ihm das gleiche Spiel getrieben habe wie mit dem Esel, dem man eine Rübe vor die Nase halte, um sie verschwinden zu lassen, sobald er die Brücke überschritten habe? Ob der abendländische Monarch doppelzüngig sei? Ob man den Verträgen und Versprechungen etwa ebenso mißtrauen müsse? Und in diesem Ton ging es weiter.

Die lange Reihe von Fragen ließ keinen Zweifel an dem Ingrimm des jähzornigen Fürsten zu, und die Drohungen, alles rückgängig zu machen, die Franzosen und Christen nach seiner Rückkehr bei seinem Herrn anzuschwärzen, waren hinter mancherlei diplomatischen Floskeln nur notdürftig verhüllt.

„Nun, und?" fragte Angélique, nachdem sie zum Ende gekommen war.

„Nun, und?" wiederholte der König vorwurfsvoll. „Vielleicht seid Ihr so freundlich, mir zu sagen, was für ein schamloses Benehmen Ihr in Suresnes an den Tag gelegt habt, daß man uns mit einer so unerhörten Drohung kommt?"

„Mein Benehmen, Sire, war das einer Frau, die man beauftragt, einen Potentaten zu besänftigen, um nicht zu sagen zu verführen, um ihn nachgiebig zu stimmen und damit dem König einen guten Dienst zu erweisen."

„Wollt Ihr etwa behaupten, ich sei es gewesen, der Euch dazu ermuntert hat, Euch zu prostituieren, um für unsere Verhandlungen ein günstiges Klima zu schaffen?"

„Die Absicht Eurer Majestät schien mir eindeutig."

„Wie kann man nur einen solchen Unsinn reden! Eine Frau von Geist und Charakter hat zwanzig Möglichkeiten, einen Fürsten zu besänftigen, ohne sich deshalb gleich wie eine Dirne aufzuführen. Ihr seid also die Mätresse dieses Barbaren gewesen? Antwortet!"

Angélique nagte an ihrer Lippe, um sich das Lachen zu verbeißen, und warf einen Blick über die Versammlung.

„Sire, Eure Frage bringt mich angesichts dieser Herren in Verlegenheit. Erlaubt mir, Euch zu sagen, daß ich die Antwort einzig meinem Beichtiger schuldig bin."

Der König fuhr auf, seine Augen blitzten. Monsieur Bossuet, Hofprediger und seiner schönen Beredsamkeit wegen vom Monarchen geschätzt, legte sich ins Mittel.

„Sire, darf ich Euch darauf hinweisen, daß in der Tat einzig der Priester das Recht hat, Gewissensgeheimnisse zu erfahren."

„Auch der König, Monsieur Bossuet, wenn er für die Handlungen seiner Untertanen verantwortlich gemacht wird. Bachtiari Bey hat mir durch seine Unverschämtheit Verdruß bereitet. Falls er jedoch gewisse Pfänder erhalten hat . . ."

„Er hat keine erhalten, Sire", versicherte lächelnd Angélique.

„Ich möchte es gerne glauben", brummte der König und ließ sich wieder nieder, ohne seine Erleichterung ganz verbergen zu können.

Monsieur Bossuet erklärte in bestimmtem Tone, man müsse, was immer geschehen sein möge, an die Gegenwart denken. Es handle sich, kurz gesagt, um die Frage, wie der Zorn Bachtiari Beys zu beschwichtigen sei, ohne auf seine Wünsche einzugehen.

Jedermann äußerte aufs neue seine Meinung. Monsieur de Torcy schlug vor, den Botschafter festzunehmen, ins Gefängnis zu werfen und dem Schah von Persien mitzuteilen, daß sein Mittelsmann in Frankreich am Wechselfieber gestorben sei. Fast hätte Monsieur Colbert ihn am Kragen gepackt. Diese Militärs hatten keine Ahnung von der Bedeutung des Handels für die Entwicklung eines Landes! Gleich Monsieur de Torcy meinte Monsieur de Lionne, man brauche sich wegen dieser fernen Muselmanen nicht übermäßig den Kopf zu zerbrechen, doch Monsieur Bossuet machte ihm mit salbungsvoller Beredsamkeit klar, daß die Zukunft der Kirche im Orient vom guten Ausgang dieser Botschaftsaffäre abhänge. Schließlich schlug Angélique vor, Meister Savary um Rat zu fragen, der viel gereist sei und bestimmt wisse, wie man einen empfindlichen Perser zu behandeln habe. Der König war sofort damit einverstanden. Angélique sollte sich unverzüglich zu dem Apotheker begeben, ihm die Situation darlegen und umgehend mit ihm oder der Lösung zurückkehren.

„Monsieur de Lorraine wird Euch begleiten. Wir werden den Aufbruch des Hofs nach Saint-Germain bis zum Abend verschieben. Auf bald, Madame. Helft uns, die Fehler wiedergutzumachen, an denen auch Ihr nicht ganz ohne Schuld seid. Monsieur Colbert, wollet in Versailles bleiben. Ich muß Euch nach der Messe sprechen."

Die Kutsche begegnete den ersten Arbeitertrupps, die mit geschulterten Schaufeln zu den Bauplätzen des Schlosses zogen, dessen mit Blattgold überzogene Kamine und Dachrinnen unter den ersten Sonnenstrahlen glitzerten.

Als sie am späten Vormittag bei Meister Savary eindrang, war dieser nur mit Mühe zu bewegen, seine Experimente zu unterbrechen.

„Man ruft mich reichlich spät zu Hilfe", zierte er sich. „Gleich zu Anfang hätte man mich um Rat fragen sollen." Schließlich erklärte er sich dennoch bereit, dem Königreich seine teuer erkauften Erfahrungen als Reisender und Sklave in der Barbarei zur Verfügung zu stellen.

In Versailles schien ihn die Konfrontierung mit einem Areopag so hochgestellter Persönlichkeiten nicht im geringsten einzuschüchtern.

Er erklärte, es gebe nur eine einzige Begründung, mit der man Bachtiari Beys Ansinnen zurückweisen könne, ohne ihn allzusehr zu kränken. Seine Majestät solle schreiben, sie bedaure unendlich, die Wünsche ihres liebwerten Freundes nicht erfüllen zu können, doch da Madame du Plessis „Sultanin-baschi" sei, werde er gewiß die Unmöglichkeit einsehen, seiner Bitte zu willfahren.

„Was bedeutet ‚Sultanin-baschi'?"

„Das ist die Lieblingssultanin, Sire, die Frau, die der König unter allen erwählt, der er die Aufsicht über seinen Harem überträgt und die er zuweilen sogar an seinen Regierungssorgen teilnehmen läßt."

„Und wenn mich nun Bachtiari Bey darauf verweist", fragte der König bedenklich, „daß im Abendland die Königin der Sultanin – wie sagtet Ihr doch? – baschi entspricht?"

383

Savary genoß sichtlich die Überlegenheit des Wissenden. Er reckte sich auf wie ein Zwerghahn unter Genossen einer größeren, aber plumperen Rasse.

„Der Einwand Eurer Majestät ist durchaus berechtigt. Sie kann indessen beruhigt sein. Im Orient sieht sich ein Fürst genötigt, der dynastischen Erfordernisse wegen eine Prinzessin königlichen Geblüts zu ehelichen, die er für gewöhnlich nicht selbst gewählt hat. Das hindert ihn nicht, eine andere in den Rang der Favoritin zu erheben, und sie ist es, die tatsächlich alle Macht in den Händen hält."

„Merkwürdige Sitten", meinte der König. „Aber da Ihr versichert, daß uns keine andere Begründung zur Verfügung steht . . ."

Blieb nur noch, die Botschaft abzufassen. Savary wollte selbst den Text aufsetzen und las ihn nach getaner Arbeit vor:

„. . . Erbittet Euch darum jede andere Frau meines Landes", schloß er. „Sie soll Euch gehören. Die jüngste, die schönste, die blondeste . . . wählt, was Euch behagt."

„Halt, halt, gemach, Monsieur Savary!" rief der König aus. „Ihr verwickelt mich da in ein höchst sonderbares Handelsgeschäft."

„Euer Majestät muß einsehen, daß sie sich eine Ablehnung nur erlauben kann, wenn sie gleichwertigen Ersatz demjenigen zur Verfügung stellt, den sie so grausam enttäuscht."

„Meiner Treu, daran hatte ich nicht gedacht. Eure Argumente erscheinen mir begründet", sagte der König belustigt.

Erleichtert stellte man fest, daß der König sein Kabinett mit entspanntem Gesicht verließ. Der Hof hatte sich bereits auf ernste politische Ereignisse gefaßt gemacht: auf eine Kriegserklärung zum mindesten. Um die Neugierigen zufriedenzustellen, erzählte der König auf launige Art und ohne Angéliques Namen zu nennen, von den letzten Forderungen des orientalischen Fürsten. Von der Schönheit der französischen Frauen verführt, wünschte er, ein liebenswertes Andenken aus Fleisch und Knochen mitzunehmen. „Vor allem aus Fleisch", bemerkte Brienne, hoch entzückt über seine witzige Bemerkung.

„Die Schwierigkeit liegt in der Wahl dieses Andenkens", fuhr der König fort. „Ich habe große Lust, Monsieur de Lauzun mit dieser delikaten ‚Aushebung' zu betrauen. Er ist Experte auf diesem Gebiet."

Péguillin verneigte sich spöttisch.

„Nichts leichter als das, Sire. Unserem Hof fehlt es nicht an liebenswerten Dirnen."

Mit dem Zeigefinger hob er Madame de Montespans Kinn.

„Wie wär's mit der hier? Sie hat bereits bewiesen, daß sie den Fürsten gefällt ..."

„Unverschämter!" zischte die Marquise und schlug ihm wütend die Hand herunter.

„Nun, dann vielleicht jene dort", fuhr Péguillin ungerührt fort, auf die Fürstin von Monaco deutend, die einmal seine Mätresse gewesen war. „Sie erscheint mir geeignet. Es mag das einzige Glück sein, dem sie noch nicht nachgejagt ist. Vom Pagen bis zum König ist ihr alles recht ... sogar die Frauen."

Unwillig mischte sich der König ein:

„Etwas mehr Dezenz, Monsieur, in Euren Worten!"

„Wozu Dezenz in den Worten, Sire, wenn die Handlungen sie vermissen lassen?"

In einem Getöse von Peitschenknallen, Räderknarren und Gewieher sammelten sich die Kutschen im Hof. Versailles schloß für ein paar Tage seine vergoldeten Gittertore und hohen Fenster. Der Hof begab sich nach Saint-Germain.

Meister Savary drückte beglückt die dicke Geldbörse ans Herz, die Monsieur de Gesvres ihm im Auftrag des Königs überreicht hatte. „Das kommt meinen wissenschaftlichen Experimenten zustatten. Was haben wir doch für einen großen König! Wie gut weiß er, Verdienste zu belohnen!"

Im Vorbeifahren schob Monsieur de Lionne den Kopf aus dem Fenster seiner Kutsche heraus:

„Ihr könnt Euch rühmen, mir eine wunderliche Aufgabe verschafft zu haben! Mich nämlich hat der König beauftragt, den . . . Ersatz für den persischen Botschafter auszuwählen. Was wird nur meine Frau dazu sagen! Nun, ich habe eine sehr intelligente, ehrgeizige kleine Schauspielerin aus der Truppe Monsieur Molières im Auge . . . Ich glaube, ich werde sie überreden können."

„Ende gut, alles gut", schloß Angélique mit einem müden Lächeln.

Sie hatte größte Mühe, ihre Augen offenzuhalten. Seit genau vierundzwanzig Stunden war sie ununterbrochen unterwegs. Allein der Gedanke, wieder in die Kutsche steigen und noch einmal den Weg von Versailles nach Paris zurücklegen zu müssen, verursachte ihr Kreuzschmerzen.

Im Schloßhof erwartete sie ihr Oberkutscher, den Hut in der Hand. Höchst würdevoll teilte er ihr mit, es sei das letzte Mal, daß er die Ehre habe, ihre Kutsche zu fahren. Er fügte hinzu, er habe seinen Beruf stets mit Sinn und Verstand ausgeübt, Gott aber mißbillige die Narrheit, und außerdem sei er nicht mehr jung genug. Er schloß mit der Erklärung, zu seinem großen Bedauern sehe er sich genötigt, den Dienst bei der Frau Marquise aufzukündigen.

Achtunddreißigstes Kapitel

Die Bettler warteten im Raum hinter der Küche. Während sie sich eine weiße Schürze umband, sagte sich Angélique, daß sie die Pflicht der Damen von Rang, jede Woche mit eigenen Händen Almosen auszuteilen, allzusehr vernachlässigt habe. Infolge ihrer unsinnigen Fahrten zwischen dem Hof und Paris und den ewigen Festen waren die Erholungspausen im Hôtel du Beautreillis selten geworden.

Da sie fand, daß ihr der König endlich einen Ruhetag schulde, hatte sie den Vormittag dazu benutzt, in Geschäften der Familie du Plessis an Molines zu schreiben und ihre Botschaft Malbrant Schwertstreich anzuvertrauen, der sich ins Poitou begeben und ihr die Ergebnisse seiner Besprechungen mit dem Verwalter berichten sollte.

Danach hatte sie sich zum Sieur David Chaillou begeben, der sich als Oberaufseher der Schokoladenbetriebe in der Stadt glänzend bewährte, und im Anschluß daran ihre Lagerhäuser mit den Produkten der Antillen inspiziert.

Bei ihrer Rückkehr hatte sie die Demoisellen de Gilandon und einige Bediente beim Richten der Gaben für die Armen vorgefunden, denn es war der Tag der Almosenverteilung.

Angélique nahm die mit kleinen Broten gefüllten Körbe. Anne-Marie de Gilandon folgte ihr mit einem Kasten, in dem sich Scharpie und Medikamente befanden. Zwei Mägde trugen Becken mit heißem Wasser.

Das trübe Licht des Wintertages tauchte die Gesichter der Armen in ein gleichförmiges Grau. Einige hockten auf Bänken und Schemeln, andere lehnten längs der Mauer.

Zunächst teilte sie die Brote an sie aus. Für die Familienmütter, die sie wiedererkannte, ließ sie einen kleinen Schinken oder eine Wurst bringen, die sie mitnehmen konnten und die ihnen ein paar Tage reichen würden. Alle hatten sie bereits eine Schale Suppe gegessen. Es waren neue Gesichter unter ihnen. Vielleicht hatten ein paar von den „Stammgästen" es aufgegeben zu kommen, weil sie Angélique nie mehr zu sehen bekamen. Die Leute der Bettlerzunft waren solcher Sentimentalitäten fähig.

Angélique kniete nieder, um einer mit Geschwüren behafteten Frau die Füße zu waschen.

Die Frau hielt ein schwächliches Kind auf dem Schoß. Ihr Blick war hart und verschlossen, und sie preßte ihre Lippen auf eine Art zusammen, die Angélique vertraut war.

„Du möchtest mich etwas fragen?"

Die Frau zögerte. Die Scheu der geschlagenen Hunde nimmt oft den Ausdruck des Zornes an.

Mit einer jähen Bewegung reichte sie ihr das Kind. Angélique untersuchte es. Es hatte Eiterbeulen im Nacken, von denen zwei aufgegangen waren.

„Es muß verbunden werden."

Die Frau schüttelte heftig den Kopf. Der alte Pain-Sec, ein Krüppel, der an Krücken ging, kam ihr zu Hilfe.

„Sie möchte, daß der König es berührt. Du bist doch mit dem König bekannt. Erklär dem Mädchen, wo er vorbeikommt, damit sie sich an seinen Weg stellen kann."

Nachdenklich strich Angélique über Stirn und Schläfen des Kindes. Verängstigte Eichhörnchenaugen blinzelten aus seinem Jammergesichtchen. Der König sollte es berühren? Warum nicht? Seit Chlodwig, dem ersten christlichen König des Frankenreichs, vererbte sich das Privileg, die Skrofulösen zu heilen, auf jeden seiner Nachfolger. Gott hatte ihnen diese Gabe verliehen und ihnen am Tage des ersten Weihefestes durch eine Taube das heilige Wundöl gesandt.

Kein Monarch hatte sich je dieser Pflicht entzogen, am wenigsten Ludwig XIV. An jedem Sonntag, in Versailles, in Saint-Germain oder in Paris, empfing er die Kranken. Er hatte ihrer mehr denn fünfzehnhundert allein in diesem Jahr berührt, und man sprach von zahllosen Heilungen.

Angélique riet der Frau, sich in der folgenden Woche wieder bei ihr einzufinden. Bis dahin werde sie mit Monsieur Vallot, dem Leibarzt des Königs, gesprochen haben, der täglich in seidener Robe dem Souper Seiner Majestät beiwohnte und nach vorheriger Untersuchung darüber entschied, welche Kranken dem König vorgestellt werden sollten.

Dann legte sie dem Kind mit einem Wundwasser getränkte Kompressen auf, das Meister Savary ihr empfohlen hatte.

Der alte Pain-Sec gehörte zu ihren „Stammgästen". Seit Jahren kam er regelmäßig ins Hôtel du Beautreillis. Angélique behandelte seine Geschwüre und wusch ihm die Füße. Zwar sah er die Notwendigkeit des letzteren nicht ein, aber er ließ sie gewähren, da sie nun einmal soviel Wert darauf legte. In seinen struppigen grauen Bart brummelnd, berichtete er ihr die Chronik seiner „Pilgerfahrten". Denn er war alles andere als ein gewöhnlicher Bettler. Er war ein Pilger der heiligen Reliquien, wovon die Muscheln an seinem Hut, die zahllosen Rosenkränze und die an einem Stock befestigte dicke Glocke zeugten. Zwar führten ihn seine Wanderungen kaum aus der Ile-de-France heraus, aber dafür kannte er von diesen einträglichen Rundreisen her auch das kleinste Schloß.

Pain-Sec beurteilte die Großen nach der Qualität ihrer Küche. Das war ein Gesichtspunkt, der mehr taugte als mancher andere, und Angélique machte es Spaß, sich seine Chronik anzuhören.

„Was gibt's zu berichten, Pain-Sec?" fragte sie.

„Heut früh", sagte Pain-Sec und steckte widerwillig seine Füße in das Becken mit warmem Wasser, „bin ich von Versailles zurückgekommen. Zu Fuß. Ein bißchen Bewegung tut gut. Auf einmal bellt mein Köter, und ein Landstreicher kommt aus dem Wald spaziert. Ihn anschauen und mir sagen: Das is' 'n Bandit, war eins. Aber ich fürcht' mich vor keinem, was? Wegzunehmen gibt's bei mir nichts. Er kommt auf mich zu und sagt: ‚Du ißt Brot, gib mir ein Stück ab. Ich geb' dir Gold dafür.' ‚Erst vorzeigen', sag' ich. Er zeigt mir zwei Goldstücke. Ich geb' ihm den ganzen Kanten für den Preis. Danach fragt er mich nach dem Weg nach Paris. ‚Trifft sich gut', sag' ich, ‚ich bin auch auf dem Weg dahin.' Ein Weinhändler mit leeren Fässern auf seinem Karren kommt vorbei und nimmt uns mit. Unterwegs schwatzen wir, und ich erzähl' ihm, daß ich in Paris alle Welt kenne, die feinen Leute und so. ‚Ich möcht' zu Madame du Plessis-Bellière', sagt er zu mir. ‚Trifft sich gut, ich will auch zu ihr', sag' ich zu ihm. ‚Sie ist meine einzige Freundin', sagt er zu mir."

Angélique, die ihm eben einen Verband anlegte, hielt inne.

„Du phantasierst, Pain-Sec. Ich habe keine Freunde unter Banditen."

„Ich hab's ja nicht behauptet. Ich erzähl' dir nur, was er mir gesagt hat. Und wenn du mir nicht glaubst, frag ihn selbst. Er ist hier."

„Wo denn?"

„Dort in der Ecke. Scheint dem Bruder nicht zu passen, wenn man ihm zu sehr unter die Nase schaut!"

Der Mann, auf den er wies, schien sich tatsächlich mehr hinter dem Pfeiler des Gesinderaums zu verstecken, als sich an ihn zu lehnen. Angélique hatte ihn beim Verteilen der Brote nicht bemerkt. Er war in einen weiten, zerfetzten Mantel gehüllt, dessen Kragen er hochgeschlagen hatte, so daß er sein Gesicht zur Hälfte verbarg. Sein Aussehen wirkte auf die Herrin des Hauses wenig vertrauenerweckend. Sie stand auf und während sie auf ihn zuschritt, erkannte sie plötzlich in einer jähen Regung von Angst und Freude Rakoski.

„Ihr!" hauchte sie.

Sie packte ihn unwillkürlich bei den Schultern und spürte, wie abgezehrt sein Körper unter dem viel zu weiten Mantel war.

„Woher kommt Ihr?" flüsterte sie.

„Der gute Mann dort hat es Euch gesagt: aus den Wäldern!"

Seine tief eingesunkenen Augen leuchteten noch immer, aber seine Lippen im struppigen Bart waren bleich.

Sie rechnete es sich rasch aus: mehr als ein Monat war seit dem Empfang der moskowitischen Botschaft vergangen. Mein Gott! Das war doch nicht möglich! Mitten im Winter!

„Bleibt hier", sagte sie. „Ich werde mich um Euch kümmern."

Als die Armen versorgt waren, ließ sie den ungarischen Fürsten in ein behagliches Zimmer führen, das mit einem florentinischen Bad verbunden war. Rakoski bemühte sich, durch allerlei Späße über seinen jämmerlichen Zustand hinwegzutäuschen. Er reckte sich zu majestätischer Haltung in seinen Lumpen, die er wirksam zu drapieren wußte, und erkundigte sich nach dem Ergehen, den Erfolgen seiner Gastgeberin, als befinde er sich im Vorzimmer des Königs. Doch nachdem er sich gewaschen und rasiert hatte, sank er erschöpft auf sein Bett und verfiel sofort in tiefen Schlaf.

Angélique ließ ihren Haushofmeister kommen.

„Roger", sagte sie, „der Mann, den ich eben aufgenommen habe, ist unser Gast. Ich kann Euch seinen Namen nicht sagen, aber Ihr sollt wissen, daß wir ihm sicheres Obdach schulden."

„Die Frau Marquise kann sich auf meine Verschwiegenheit verlassen."

„Auf die Eure schon, aber ich denke an das Hausgesinde. Schärft also allen meinen Leuten ein, daß sie von diesem Manne nicht mehr Aufhebens machen dürfen, als wenn er unsichtbar wäre. Sie haben ihn nicht gesehen. Er existiert nicht für sie."

„Ich habe verstanden, Frau Marquise."

„Sagt ihnen außerdem, daß ich sie alle belohnen werde, wenn er gesund und mit heiler Haut mein Haus verläßt. Sollte ihm aber unter meinem Dach etwas zustoßen –", Angélique ballte die Fäuste, und ihre

Augen funkelten, „– so schwöre ich, daß ich euch alle hinauswerfen werde . . . alle, vom ersten bis zum letzten! Ist das klar?"

Maître Roger verneigte sich. Er verbürge sich für aller Verschwiegenheit, sagte er, keiner von ihnen werde so töricht sein, sich durch leichtfertiges Gerede den Vorzug zu verscherzen, im Dienste der Frau Marquise zu stehen.

So konnte sie sich in dieser Hinsicht beruhigt fühlen. Aber Rakoski Obdach zu gewähren und ihm dazu zu verhelfen, unbehelligt über die Grenze zu entkommen, war nicht ein und dasselbe. Sie wußte nicht, was für Anweisungen Ludwig XIV. zur Verfolgung des Rebellen gegeben hatte. Wollte er Rakoski wirklich hängen lassen, oder war seine Drohung nur ein diplomatisches Zugeständnis an den moskowitischen Botschafter gewesen? Auf alle Fälle war es sicherer, das Schlimmste anzunehmen und danach zu handeln.

Sie entwarf verschiedene Pläne und überlegte, wieviel Geld und wie viele Freunde ihr zur Verfügung standen, um das heikle Unternehmen zu einem glücklichen Ende zu führen. Während sie noch in ihre Gedanken versunken war, schlug die kleine Stutzuhr in ihrem Zimmer elf.

Als sie sich erhob, um sich für die Nacht vorzubereiten, entfuhr ihr ein leiser Schrei. Rakoski stand auf der Schwelle ihres Zimmers.

„Wie fühlt Ihr Euch, Monsieur?" fragte Angélique, schnell gefaßt.

„Wundervoll."

Der Ungar näherte sich ihr und dehnte vor Wohlbehagen seinen langen, abgemagerten Körper, der in die von dem seinerseits nicht eben fülligen Haushofmeister zur Verfügung gestellten Kleidungsstücke zweimal hineingepaßt hätte.

„Mir ist wohler, seitdem ich mich meines Bartes entledigt habe. Ich hatte das Gefühl, ganz sacht in die Haut eines Moskowiters zu schlüpfen."

„Pst!" sagte sie lachend. „In der Familie eines Gehängten spricht man nicht vom Galgen."

Und plötzlich durchschauerte es sie. Sie mußte an den Schmutzpoeten denken, den sie gleichfalls zu retten versucht hatte. Es war ihr nicht gelungen. Des Königs Polizei hatte sich als stärker erwiesen. Der Schmutzpoet war auf der Place de Grève gehenkt worden.

Jetzt aber besaß sie andere Möglichkeiten. Sie war vermögend, einflußreich. Sie würde es schaffen.

„Habt Ihr noch Hunger?"

„Wie ein Wolf", knurrte er und streichelte seine Magengrube. „Mir scheint, ich werde bis zu meinem letzten Seufzer Hunger haben."

Sie führte ihn in den anstoßenden Salon, wo sie eigens für ihn einen Tisch hatte decken lassen. Die Kerzen an beiden Enden beleuchteten eine mit Kastanien gefüllte, knusprig braun gebratene Pute. Schüsseln mit warmen und kalten Gemüsen, einem Aalgericht, Salaten und Früchten umgaben sie aufs appetitlichste. Zu Ehren des armen Mannes aus den Wäldern hatte Angélique besonders schönes Tafelgeschirr herausgegeben.

Rakoski stieß einen wilden Schrei der Bewunderung aus. Dann stürzte er zum Tisch und begann, wie ein Wolf einzuhauen.

Erst nachdem er die beiden Flügel und ein Bein verschlungen hatte, deutete er mit einem abgenagten Knochen auf den Platz ihm gegenüber.

„Eßt auch Ihr", sagte er mit vollem Mund.

Sie lachte, sah ihn wohlgefällig an und schenkte ihm Burgunderwein ein. Danach füllte sie ihren eigenen Humpen und setzte sich, wie er sie geheißen hatte. Rakoski wischte sich die Hände ab, trank, hob die Deckel auf, füllte seinen Teller, trank abermals und machte sich mit beiden Händen an die Vertilgung des Vogelrumpfs. Seine schwarzen, leidenschaftlich glühenden Augen waren auf Angélique gerichtet, deren Gesicht das sanfte Licht der Kerzen aus dem warmen Dunkel heraushob.

„Ihr seid schön!" sagte er zwischen zwei Bissen. „Ich habe Euch vor mir gesehen, während ich durch den Wald irrte. Eine tröstliche Vision... Die schönste aller Frauen ... die lieblichste ..."

„Ihr hattet Euch in den Wald geflüchtet? Während all der Zeit ...?"

Der Fürst begann sich allmählich gesättigt zu fühlen. Er leckte sich über die Finger und glättete sorgfältig seinen Schnurrbart, dessen Spitzen er nach unten drehte. Die Entbehrungen und Strapazen der vergangenen Wochen hatten das gesunde Braun seines Teints in fahles Gelb verwandelt, das den asiatischen Charakter seiner schmalen Augen noch unterstrich. Aber ihr feuriger, ein wenig sarkastischer Ausdruck hatte nichts Geheimnisvolles. Er warf seine langen, glänzenden schwarzen Haare zurück, die gelockt waren wie die der Zigeuner.

„Ja. Wohin hätte ich sonst gehen können? Er tat sich als einzige Zuflucht vor mir auf. Ich hatte das Glück, in ein Moor zu geraten, das mich zu einem Weiher führte, in dem ich lange herumwatete, was zur Folge hatte, daß die Hunde, die man auf mich hetzte, meine Spur verloren ... Ich hörte ihr Bellen und die Rufe der Knechte, die sie anfeuerten. Jagdwild zu sein, ist nicht jedermanns Sache. Aber Hospadar, mein kleines Pony, wollte nicht aus dem Wasser heraus, trotz der Eiszapfen, die sich an seinem Fell bildeten. Er spürte, es wäre unser Verderben gewesen. Gegen Abend wußten wir, daß unsere Verfolger es aufgegeben hatten ..."

Angélique schenkte ihm ein.

„Wovon habt Ihr gelebt? Wo fandet Ihr Unterschlupf?"

„Ich stieß auf verlassene Holzhauerhütten, ich konnte Feuer machen. Nach zwei Tagen zog ich weiter. Als ich nahe daran war aufzugeben, entdeckte ich am Waldrand einen kleinen Weiler. In der Nacht schlich ich hin und stahl mir ein Lamm. Davon lebte ich eine Weile. Hospadar nährte sich von Moos und Beeren. Er ist ein Pferd der Tundren. Als das Lamm verzehrt war, stahl ich mir von neuem Nahrung im Weiler. Tagsüber verkroch ich mich in einer Hütte, die ich mit Hilfe meines Hirschfängers gezimmert hatte. Die Bewohner des Weilers machten sich keine Gedanken über den Rauch, den sie zuweilen aufsteigen sahen. Was die gestohlenen Tiere betraf, so hielten sie die Wölfe für die Schuldigen ... Die Wölfe? Manchmal umschlichen sie unseren Schlupfwinkel. Ich verjagte sie mit brennenden Reisern. Eines Tages beschloß ich weiterzuziehen. Ich wollte in südlicher Richtung den Wald verlassen und mich in eine Gegend begeben, wo vermutlich niemand von uns hatte reden hören. Aber ... wie soll ich Euch das erklären ... Der Wald ist eine harte Realität für einen Menschen der Steppe. Kein Wind, kein Geruch, der mich hätte leiten können. Der Winternebel, der Schnee, der Abend- und Morgenrot verschleierte. Der Wald ist eine abgeschlossene Welt wie das Schloß der Träume ... Eines Tages erstieg ich eine Anhöhe. Ich sah den Wald um mich her, er war wie das Meer. Nur Bäume und die weiten, nackten Flächen der Moore. Und mitten darin eine Insel ... eine weiße und rosafarbene Insel, erschreckend in ihrem Glanz. Eine von Menschenhand errichtete Insel ... Es wurde mir klar, daß ich zu meinem Ausgangspunkt zurückgekehrt war. Es war Versailles!"

Er hielt inne, mit geneigtem Kopf, wie gebeugt unter der Last der Niederlage.

„Lange Zeit starrten wir auf dieses Wunder. Ich begriff, daß ich nie dem Willen eines Mannes entrinnen würde, dem dies gelungen war: Versailles! Es schien mir, als sei zu Füßen des Schlosses ein bunter Teppich ausgebreitet. Inmitten des winterlichen Waldes blühte es rot, mauve, blau und gelb."

„Das waren Blumen", sagte Angélique leise. „Es war der Empfang des persischen Botschafters."

„Ich glaubte, einer durch den Hunger hervorgerufenen Wahnvorstellung verfallen zu sein ... Ich war erschöpft und entmutigt, denn ich sah, was ich längst ahnte: Euer König ist der größte König der Welt."

„Dennoch habt Ihr gewagt, ihn herauszufordern. Wie unsinnig war diese Handlung! Welche Beleidigung! Euer Dolch zu Füßen des Königs – im Angesicht des versammelten Hofs!"

Lächelnd neigte sich ihr Rakoski zu.

„Die Beleidigung war die Antwort auf eine Beleidigung. Hat Euch meine Geste nicht ein klein wenig Spaß bereitet?"

„Vielleicht ... Aber Ihr seht, wohin es Euch führt. Auch Eure Sache wird darunter leiden."

„Allerdings ... Wir haben von unseren orientalischen Vorfahren zwar die Leidenschaftlichkeit, aber leider nicht die Klugheit geerbt. Wenn es einem leichter fällt, zu sterben als zu dulden, ist man zu törichten Handlungen wie zu großen Heldentaten bereit. Aber ich habe es noch nicht aufgegeben, mich mit der Tyrannei der Könige zu messen. Und da dachte ich mit einem Male an Euch."

Er schüttelte leise den Kopf.

„Nur in eine Frau kann ein Geächteter Vertrauen setzen. Männer haben zuweilen diejenigen ausgeliefert, die sie um Asyl baten. Frauen nie. Ich nahm mir vor, Euch zu treffen, und es ist mir gelungen. Jetzt müßt Ihr mir zur Flucht verhelfen. Ich möchte nach Holland fliehen. Das ist eine Republik, die ihre Freiheit teuer erkauft hat. Sie nimmt die Verfolgten willig auf."

„Was habt Ihr mit Hospadar gemacht?"

„Ich konnte nicht mit ihm den Wald verlassen. Er hätte mich verraten. Jedem wäre das kleine Hunnenpferd aufgefallen. Ich konnte ihn auch nicht im Wald den Wölfen preisgeben ... Da schnitt ich ihm mit meinem Messer die Schlagader durch."

„Nein!" schrie Angélique auf, und die Tränen traten ihr in die Augen.

Rakoski trank in einem Zug seinen Humpen leer. Dann erhob er sich langsam und trat zu ihr. Halb auf dem Tisch sitzend, neigte er den Kopf und betrachtete sie eindringlich.

„In meinem Lande", sagte er ernst, „habe ich gesehen, wie Landsknechte kleine Kinder vor den Augen ihrer Mütter ins Feuer warfen. Ich habe gesehen, wie man Kinder mit den Füßen an Ästen aufhängte. Ihre Mütter mußten ihrem Todeskampf zuschauen, mußten das Jammern der unschuldigen kleinen Märtyrer mit anhören ... Was bedeutet angesichts dessen der Tod eines treuen kleinen Pferdes? Keine falsche Empfindsamkeit! Seht, ich hatte Euch gesagt, daß ich nichts mehr besäße als mein Pferd und meinen Dolch. Aber auch das war noch zuviel. Jetzt ist mir nichts mehr von allem geblieben!"

Angélique nickte, unfähig, etwas zu äußern. Sie ging zu ihrem Sekretär, nahm den Dolch mit den Türkisen aus dem Kästchen und reichte ihn ihm. Das Gesicht des Ungarn hellte sich auf.

„In Eure Hände ist er gelangt! Gott hat mich geleitet, indem er Euch zu meinem einzigen Stern in diesem Lande machte ... Ich erblicke darin ein Pfand meines Sieges. Warum weint Ihr, mein Schutzengel?"

„Ich weiß es nicht. All das kommt mir so grausam und zugleich unvermeidlich vor."

Der Fürst schob den Dolch in seinen Gürtel.

„Nichts ist unvermeidlich auf dieser Welt", versicherte er, „wenn nicht der Kampf des Menschen um ein Dasein in Eintracht mit seinem Geist."

Er reckte sich plötzlich, stand da mit gespreizten Beinen und ausgestreckten Armen, ein Bild tiefsten Wohlbehagens.

Nach unerhörten körperlichen Strapazen hatte er kaum ein paar Stunden gebraucht, um die Kraft und die Geschmeidigkeit eines sprungbereiten Raubtieres zurückzugewinnen.

„Doch im Augenblick ist der Geist zerrüttet", fuhr er mit seinem Wolfslächeln fort. „Ich spüre nur meinen gierigen Körper."

„Seid Ihr noch immer hungrig?"

„Ja . . . nach Euch."

Er betrachtete sie gespannt und tauchte seine leuchtenden, durchdringenden Augen in die ihren. „Weib . . . beglückend schönes Weib, nehmt meine Liebe ernst. Ich bin kein Hanswurst."

„Gewiß, das habt Ihr bewiesen", sagte sie, bewegt lächelnd.

„Meine Worte sind ebenso ernstgemeint wie meine Taten. Die Liebe, die ich für Euch empfinde, ist in mir mit all ihren Wurzeln, in meinen Armen, meinen Beinen, in meinem ganzen Körper. Dürfte ich Euch an mich pressen, ich würde Euch wärmen."

„Aber mir ist nicht kalt."

„Doch, sehr kalt. Ich spüre, wie verloren und erstarrt Euer Herz ist, und ich vernehme sein fernes Rufen . . . Kommt zu mir."

Er umschlang sie ohne Ungestüm, doch mit einer Kraft, die sie schwach machte. Rakoskis Lippen suchten auf ihrem Nacken, hinter dem Ohr die empfindliche, erregende Stelle. Sie war unfähig, ihn abzuweisen.

Ihr Haar vermengte sich. Sie spürte, wie sein seidiger Schnurrbart ihre Brüste berührte. Es war, als trinke er an einer köstlichen Quelle.

Eine heiße Wolke stieg in ihr auf, ihre Kehle war wie ausgedörrt, ihre Hände zitterten. Jede Sekunde, die verstrich, fesselte sie enger an diesen harten, unbesiegbaren Körper. Als er sie losließ, schwankte sie, verwirrt und des Halts beraubt. Rakoskis Augen brannten in einem fordernden Glanz.

Angélique wich ihnen aus, wandte sich ab und ging in ihr Zimmer. Im Spiegel sah sie ihr Gesicht. Blaß hob es sich aus dem Dämmer des Raums. In ihrem dunklen Blick war der Widerschein einer Erwartung, deren sie sich für eine Sekunde schämte. Plötzlich begann sie sich zu entkleiden, von Ungeduld erfüllt. Mit fiebrigen Händen riß sie ihr enges Mieder auf und ließ ihre schweren Röcke fallen. Sie spürte ihren warmen, geschmeidigen Körper aus dem Spitzenhemd hervortauchen.

Auf dem Bett kniend, löste sie ihr Haar. Die klaren Wogen einer starken animalischen Leidenschaft überfluteten sie. Er hatte alles verloren. Sie würde ihm keinen Widerstand entgegensetzen. Wollüstig ließ sie das Haar über ihren bloßen Rücken fließen. Mit zurückgebeugtem Kopf und geschlossenen Augen glättete, verteilte sie es.

Rakoski sah ihr von der Türschwelle aus zu. Dann näherte er sich ihr mit langsamen, lautlosen Schritten, und plötzlich durchzuckte es sie: seine hohe, magere Gestalt ähnelte auf verblüffende Weise der ihres ersten Mannes, des Grafen Peyrac, den man auf der Place de Grève verbrannt hatte. Er war nur ein wenig kleiner und hinkte nicht.

Sie streckte die Arme nach ihm aus und rief ihn ungeduldig zu sich. Er umschlang sie von neuem.

Von heller, wilder Lust erfaßt, erlag sie dem süßen Bann seiner Liebkosungen.

„Ein Mann – wie gut das tut!" dachte sie.

Neununddreißigstes Kapitel

Es war die dritte Nacht, die sie an diesen hageren, männlichen Körper geschmiegt verbrachte, in der Wärme ihres bequemen Bettes, hinter dicht zugezogenen Vorhängen. Mit unverminderter Intensität genoß sie das Bewußtsein, daß er neben ihr lag. Und wenn der Morgen nahte und der Schlaf leichter wurde, war sie die erste, die das Bedürfnis empfand, sacht über seine regungslose Hand, über sein weiches Haar zu streichen. Wenn er von ihr ging, würde sie von neuem frieren, von neuem einsam sein. Sie überlegte sich nicht, ob sie ihn liebte. Das war bedeutungslos.

Er erwachte jäh, mit der Plötzlichkeit eines Mannes, der gewohnt ist, auf der Hut zu sein. Jedesmal war sie über dieses fremde Gesicht verblüfft: einen kurzen Augenblick verspürte sie das Entsetzen der Frauen einer besiegten Stadt, die im Bett des Eroberers aufwachen. Doch schon nahm er sie verlangend in seine Arme. Sie war nackt. Sie wurde es nie

überdrüssig, nackt und fügsam zu sein. Ihr Körper schien nach Liebkosungen zu dürsten. Und der Mann, der sich nicht vorzustellen vermochte, daß sie, die Schöne, Umworbene, lange Zeit hatte einsam leben
können, entdeckte verwundert, daß sie zärtlich und leidenschaftlich,
unermüdlich im Genuß war, mit einer seltsam staunenden Scheu Liebe
fordernd und gewährend.

„Du erschließt dich mir immer mehr", flüsterte er ihr ins Ohr. „Ich
habe dich für stark, ein wenig gefühllos und allzu klug gehalten, um
wirklich sinnlich zu sein. Und doch besitzest du die köstlichsten Gaben!
Komm mit mir und werde meine Frau."

„Ich habe zwei Söhne."

„Wir nehmen sie mit uns. Wir machen Steppenreiter und Helden aus
ihnen."

Angélique versuchte, sich das Engelchen Charles-Henri als Märtyrer
der ungarischen Sache vorzustellen, und sie mußte lachen, während sie
lässig ihr Haar über ihre Schultern breitete. Rakoski preßte sie leidenschaftlich an sich.

„Wie schön du bist! Ich kann nicht mehr ohne dich leben. Fern von
dir würde meine Kraft versiegen. Du darfst mich nicht mehr allein
lassen . . ."

Jäh richtete er sich auf. „Wer kommt da?"

Mit einer heftigen Bewegung schob er die Bettvorhänge zurück. Er
sah, wie im Hintergrund des Zimmers die Tür aufging. Péguillin de
Lauzun erschien auf der Schwelle. Hinter ihm zeichneten sich die
Silhouetten einiger Musketiere des Königs ab, überragt von ihren
hohen Federbüschen.

Der Marquis trat näher, grüßte mit seinem Degen und sagte höflich:
„Fürst, ich verhafte Euch im Namen des Königs."

Der Ungar starrte ihn schweigend an, dann erhob er sich ungeniert
aus dem Bett.

„Mein Mantel hängt über der Lehne jenes Sessels", sagte er ruhig.
„Seid so gütig, ihn mir zu reichen. Laßt mir Zeit, mich anzukleiden,
und ich werde Euch folgen, Monsieur."

Angélique war, als ob sie träume. Die Szene glich aufs Haar der
Zwangsvorstellung, die sie seit drei Nächten quälte.

Wie erstarrt blieb sie liegen, ohne sich des reizvollen Anblicks bewußt zu sein, den sie bot.

Lauzun betrachtete sie bewundernd, warf ihr einen huldigenden Kuß zu und straffte sich bedauernd von neuem:

„Madame, es tut mir leid, aber ich habe Befehl, auch Euch zu verhaften."

Vierzigstes Kapitel

Es klopfte an der Zellentür, und jemand trat mit gedämpften Schritten ein. Angélique wandte sich auf ihrem wurmstichigen Arbeitsstuhl nicht um. Gewiß war es wieder eine dieser Nonnen, die ihr mit gesenktem Blick und übertrieben unterwürfigen Gesten irgendeinen ungenießbaren Brei brachten. Sie rieb sich die von der feuchten Kälte des Raums erstarrten Hände, dann nahm sie die Nadel von neuem auf und stieß sie zornig in den vor ihr liegenden Stickrahmen.

Schallendes Gelächter neben ihr ließ sie zusammenfahren. Die junge Nonne, die lautlos neben sie getreten war, schien ihre Beschäftigung äußerst heiter zu finden.

„Marie-Agnès!" rief Angélique überrascht aus.

„O meine gute Angélique! Wenn du wüßtest, wie komisch du bei dieser Beschäftigung aussiehst!"

„Ich mache sehr gern Stickarbeiten. Unter anderen Umständen, natürlich . . . Aber wie kommt es, daß du hier bist? Wieso hat man dich hereingelassen?"

„Ich brauchte nicht hereingelassen zu werden. Ich bin hier zu Hause. Du befindest dich seit vier Wochen in meinem Kloster."

„Bei den Karmeliterinnen der Montagne Sainte-Geneviève."

Marie-Agnès nickte.

„Aber wirf mir nicht vor, daß ich dich nicht schon längst aufgesucht habe. Erst heute früh erfuhr ich den Namen des räudigen Schafes, das in unseren stillen Mauern der großen Herde ferngehalten werden soll."

„Was für eine prächtige Formulierung!"

„Man hat sie gebraucht, um dich bei uns makellosen Lämmern einzuführen."

Die grünen Augen, die denen Angéliques so ähnlich waren, funkelten in ihrem bleichen, von Kasteiungen ausgehöhlten Gesicht.

„Du bist hier, um deine schweren und mannigfaltigen Verstöße gegen die Moral zu büßen."

„Welche Heuchelei! Wäre ich wegen unmoralischer Handlungen hier, müßten sich alle Frauen des Hofs längst hinter Schloß und Riegel befinden."

„Jedenfalls bist du vom Orden des Heiligen Sakraments angezeigt worden."

Angélique fuhr auf, aber Marie-Agnès ließ sie nicht zu Worte kommen.

„Du weißt ja", fuhr sie fort, „daß der wohllöbliche Orden es sich angelegen sein läßt, allerorten die Unzucht zu verfolgen. Durch seine Mitglieder wird der König genauestens über das Privatleben seiner Untertanen informiert. Überall haben sie Späher, die ihre Opfer – nun, wie soll ich's ausdrücken – nicht einmal in Ruhe schlafen lassen."

„Willst du damit sagen, daß ich in meinem Hause Bediente habe, die vom Orden des Heiligen Sakraments bezahlt werden, um ihn über mein Privatleben zu unterrichten?"

„Genau das. Und du bist in dieser Hinsicht eine Leidensgefährtin aller hohen Persönlichkeiten des Hofs und der Stadt."

Nachdenklich legte Angélique den Stickrahmen beiseite.

„Solltest du auch wissen", fragte sie argwöhnisch, „wer mich beim König denunziert hat?"

Die beiden Schwestern sahen sich an, und plötzlich war wieder ein Hauch der alten Vertrautheit da, die während ihrer Kindertage in Monteloup zwischen ihnen bestanden hatte.

Marie-Agnès hob leicht die Schultern.

„Wenn du mich nicht verrätst . . .", sagte sie. „Aller Wahrscheinlichkeit nach verdankst du es der trefflichen Dame de Choisy, daß du so schnell den Klauen des Teufels entrissen wurdest."

„Madame de Choisy?"

„Ja. Überleg dir genau, ob sie nie versucht hat, dir eine Magd, einen Lakaien aufzuschwatzen?"

„Großer Gott!" seufzte Angélique bitter. „Hätte es sich nur um einen einzigen Bedienten gehandelt! Drei, vier, ein halbes Dutzend sogar ... Kurz gesagt, das ganze Personal meiner Söhne besteht aus ihren Schützlingen."

Marie-Agnès schüttete sich aus vor Lachen.

„Wie einfältig du bist, meine gute Angélique! Ich habe ja immer gesagt: du bist viel zu naiv, um bei Hofe zu leben. Der Hof ist der Schmelztiegel der menschlichen Leidenschaften. Gott braucht harte Streiter in dieser Hölle, und die Stärke des frommen Ordens liegt in der Verschwiegenheit seiner Glieder beschlossen. Um die Seelen zu retten, schrecken sie vor keinem Mittel zurück."

Angélique erhob sich und trat, von den spöttisch-mitleidigen Blicken ihrer Schwester gefolgt, zu dem schmalen, vergitterten Fenster. Einen Augenblick sah sie in den kahlen, winterlich verwahrlosten Garten hinaus, dann wandte sie sich um.

„Du hast recht", sagte sie. „Madame de Choisy hat mir schon früher Fallstricke zu legen versucht. Ich erinnere mich, daß sie mir in Fontainebleau einen Befehl des Königs überbrachte, unverzüglich das Schloß zu verlassen. Später kam ich dahinter, daß dieser Befehl nie ergangen war und mein Verschwinden ein Fehler, der mir hätte verhängnisvoll werden können. Ich begreife nur nicht, warum Menschen, denen ich nichts getan habe, so darauf aus sind, mir zu schaden ..."

„Du hast etwas in deinem Wesen, was den Haß der Tugendsamen weckt", sagte Marie-Agnès nachdenklich.

„Vielleicht hat es aber auch etwas damit zu tun, daß mein Fall eine politische Seite hat", warf Angélique ein. „Rakoski ist ein ausländischer Revolutionär, und ..."

„Das hat nichts zu sagen. Ein Liebhaber ist in den strengen Augen der Mucker nichts als ein Liebhaber. Seine Persönlichkeit kann ihm nicht als Entschuldigung dienen ... falls es nicht etwa der König ist. Und vielleicht ist es letzten Endes das, was dich so rasch aus dieser Zelle befreit."

Angélique war zu sehr mit ihren Gedanken beschäftigt – wo war

Rakoski? Was mochte mit ihm geschehen sein? –, um den Sinn der Worte ihrer Schwester sofort zu erfassen. Doch schon im nächsten Augenblick sah sie ungläubig auf.

„Befreit?" fragte sie zögernd. „Was soll das heißen?"

„Daß du frei bist", erwiderte lächelnd Marie-Agnès. „Solignac hat den Befehl des Königs gebracht, und die Priorin hat mich beauftragt, dir mitzuteilen, daß es dir freisteht, unsere gastlichen Mauern zu verlassen."

Mit ironischer Miene ließ sie sich Angéliques stürmische Umarmung gefallen. Dann sagte sie dämpfend: „Freu dich nicht zu früh. Meine Botschaft hat einen Pferdefuß. Monsieur de Solignac läßt dir sagen, daß du dich von Versailles fernzuhalten und in der Stille deiner vier Wände ein musterhaftes Leben zu führen hast."

„Und was soll ich tun?"

„Wenn du mich fragst – das Gegenteil. Geh sobald wie möglich nach Versailles und verlang den König zu sprechen."

„Aber ich setze mich seinem Zorn aus, falls diese Anweisung wirklich von ihm stammt."

„Du kannst es dir erlauben", sagte Marie-Agnès leichthin. „Jedermann weiß, daß der König in dich verliebt ist. Genau besehen, war sein durch die Kommentare der Choisy und Solignacs geschürter Zorn die Auswirkung seiner eigenen königlichen Eifersucht. Versetz dich nur in seine Lage. Man erzählt sich, daß du ihn mit Hoffnungen hinhältst, daß deine Tugend sogar dem Ansturm des Sonnenkönigs widersteht, und dabei gehst du mit einem bettelarmen geächteten Ausländer schlafen. Welche Enttäuschung für den König! Welche Enttäuschung für die Frömmler! Du täuschst deine Leute auf schamlose Weise. Kurz, du machst dich überall unmöglich."

„Dein Scharfblick ist verblüffend, Marie-Agnès. Du findest mich dumm, und du hast recht. Warum habe ich dich am Hof nicht bei mir! Was willst du bei den Karmeliterinnen? Als du damals ins Kloster gingst, war ich überzeugt, es sei aus purer Laune geschehen. Aber du bleibst dabei. Und immer, wenn ich dir begegne, wundere ich mich, dich in Nonnenkleidung zu sehen."

„Du wunderst dich?" wiederholte Marie-Agnès.

Sie hob den Kopf, und das gelblich-fahle Licht der dicken Kerze, die in einer Ecke des Raumes brannte, traf ihre weit geöffneten Augen.

„Ich hatte ein Kind, erinnerst du dich, Angélique? Ich bin einmal Mutter gewesen, und dir habe ich's zu verdanken, daß ich nicht daran starb. Aber das Kind, mein Sohn . . .? Ich habe es der Wahrsagerin Mauvoisin überlassen. Und gar oft denke ich an das kleine, unschuldige Wesen, das ich gebar und das die Schwarzkünstler von Paris vielleicht auf dem Altar des Teufels geopfert haben. Denn das tun sie bei ihren finsteren Messen. Ich weiß es. Die Leute bitten sie, ihnen zu Liebe, zu Macht, zu Geld zu verhelfen, zu Ehren, die sie erstreben. Und die schreckliche Prozedur wird vollzogen. Ich denke an mein Kind . . . Jede Nacht träume ich von ihm. Und wenn ich noch härter büßen könnte, ich würde es freudig tun . . ."

Angélique fröstelte, während sie die Rue de la Montagne Sainte-Geneviève hinunterging. Die Straßen von Paris waren jetzt beleuchtet. Der neue Polizeipräfekt, Monsieur de La Reynie, hatte es sich, wie es hieß, zum Ziel gesetzt, aus Paris eine saubere, helle Stadt zu machen, in der die ehrbaren Frauen auch nach Einbruch der Dunkelheit unbesorgt würden ausgehen können. In gewissen Abständen verbreiteten große, mit einem Hahn, dem Sinnbild der Wachsamkeit, gekrönte Laternen ein rötliches, beruhigendes Licht.

Ob es Monsieur de La Reynie jedoch gelingen würde, den über der Stadt lagernden Schatten des Hasses und des Verbrechens zu beseitigen? Die Worte ihrer Schwester hatten in Angélique lähmendes Grausen ausgelöst. Sie fühlte sich von allen Seiten bedroht. Paris und Versailles erschienen ihr plötzlich als die Pforten der Hölle . . .

Im Hôtel du Beautreillis empfingen sie einige wenige Ihr treu gebliebene Bediente. Die andern waren auf und davon gegangen. An der Verlassenheit ihres Hauses erkannte sie das Ausmaß der königlichen Ungnade, und zum erstenmal dachte sie beunruhigt an Florimond. Barbe sagte ihr, man habe nichts von dem Jungen gehört. Sie wisse nur, daß er sein Amt als Mundschenkpage in Versailles verloren habe.

„Ist das wirklich wahr?" fragte die junge Frau bestürzt. Würde man sich auch an Florimond halten?

Malbrant Schwertstreich und der Abbé de Lesdiguières waren nicht wieder erschienen. Die Demoisellen de Gilandon hatten das Haus verlassen.

„Das war das Beste, was sie tun konnten! Ich bin sicher, daß diese schnippischen, hochnäsigen Dinger mich angezeigt haben."

Der kleine Charles-Henri sah seiner Mutter aus großen blauen Augen lächelnd entgegen. Sie nahm ihn auf den Schoß und drückte ihn an sich. Schon ihrer Kinder wegen durfte sie sich nicht entmutigen lassen. Sie hatte schon einmal um sie gekämpft, hatte sie mit ihren letzten Kräften vor dem Abgrund bewahrt, der aus dem Dunkel der Nächte seine eisigen Schatten bis in die Adelspaläste und Bürgerhäuser warf.

Sie gab Barbe das Kind zurück.

Während sie sich in ihr Zimmer begab, fühlte sie sich von einem Schauder ergriffen.

Vor dem Einschlafen, schon aufgenommen in die Schwerelosigkeit des nahenden Schlummers, flüsterte sie ein wunderliches Gebet:

„O Gott, wenn das Feuer des Himmels auf diese Stadt herabfallen soll, erbarm dich meiner und meiner Kinder. Bewahre uns vor ihm und führe mich zu den grünen Weiden, wo mein Liebster meiner wartet . . ."

Einundvierzigstes Kapitel

Versailles erstrahlte im Glanz eines warmen, frühlingsmäßigen April-
tages, der das Schloß in jenes rosafarbene und goldene Licht tauchte,
das den mit schlafenden Gewässern gesättigten Landstrichen eigen ist.

„Wie schön Versailles ist!" sagte Angélique begeistert zu sich.

Ihr Lebensmut war zurückgekehrt, ihre rätselhafte Beklemmung geschwunden.

Beim Anblick des Schlosses inmitten der Gärten mußte man an die
Milde des rächenden Gottes glauben – und an die des Königs, der
dieses Wunder errichtet hatte.

Eines freilich stand fest. Monsieur de Solignac hatte nicht gelogen, als
er erklärte, Angélique sei bis auf weiteres vom Hofe verbannt. Bontemps, dem sie eine Botschaft hatte zustecken können und mit dem sie
sich am Teich von Clagny traf, bestätigte es.

„Ein paar Tage lang duldete Seine Majestät nicht, daß man Euren
Namen nannte. Man hütet sich immer noch, ihn auszusprechen. Ihr
habt den König tief gekränkt, Madame ... Ja, wirklich ... Ihr wißt
nicht, in welchem Maße."

„Ich bin untröstlich, Bontemps. Könnte ich nicht mit ihm sprechen?"

„Ihr seid unvernünftig, Madame. Ich sagte doch, daß er Euren Namen
nicht hören will."

„Aber wenn er mich sähe, Bontemps, wenn Ihr mir dazu verhelfen
würdet, ihn zu sprechen, meint Ihr nicht, er wäre Euch ... ein ganz
klein wenig dankbar?"

Der Kammerdiener rieb sich nachdenklich die Nasenspitze. Er kannte
die Gemütsart seines Herrn besser als dessen Beichtiger, und er wußte,
wie weit er gehen konnte, ohne sein Mißfallen zu erregen. Sein Entschluß war gefaßt.

„Gut, Madame. Ich werde mein Bestes tun, Seine Majestät zu bestimmen, sich insgeheim mit Euch zu treffen. Wenn Ihr Euch so verhaltet,
daß sie Euch verzeiht, wird sie auch mir verzeihen."

Er empfahl ihr, in der Grotte der Thetis zu warten. Der Ort würde heute verlassen sein, da sich der gesamte Hof am großen Kanal befand, um eine Flottille von Miniatur-Galeoten einzuweihen.

„Die Barken werden in Richtung Trianon fahren, und der König kann sich absondern, ohne aufzufallen. Überdies kann er die Grotte der Thetis direkt erreichen und braucht nicht durch das Schloß zu gehen. Freilich ist es unbestimmt, wann er dort sein wird. Geduldet Euch, Madame."

„Das werde ich. Die Grotte ist ja ein angenehmer Aufenthaltsort. Monsieur Bontemps, was Ihr heute für mich tut, werde ich Euch nie vergessen."

Der Kammerdiener verneigte sich. Er ließ sich derlei gerne sagen und hoffte, auf die richtige Karte gesetzt zu haben. Er hatte Madame de Montespan nie ausstehen können.

Die Grotte der Thetis, eine der größten Sehenswürdigkeiten von Versailles, lag im Norden des Schlosses, in einem Felsmassiv. Angélique betrat sie durch eine der drei Gittertüren, deren vergoldete Stäbe Sonnenstrahlen darstellten und drei Halbreliefs mit dem in die Fluten tauchenden Wagen Apolls trugen, denn die Sonne ruht sich am Ende ihres Laufs bei Thetis aus.

Das Innere war ein wahrer Traumpalast. Die Pfeiler aus Tuffstein, die mit Perlmutter ausgekleideten Nischen, in denen Tritonen in Muscheln bliesen, wurden von in Muschelwerk eingefaßten Spiegeln unzählige Male wiedergegeben, so den Anschein grenzenloser Weite erweckend.

Angélique ließ sich auf den Rand einer großen Muschel aus jaspisfarbenem Marmor nieder. Rings um sie her schwangen reizende Seenymphen ihre Leuchter, deren Arme sprühende Wasserstrahlen versandten. Das Gezwitscher von Tausenden von Vögeln erfüllte die Gewölbe. Staunend entdeckte Angélique die anmutigen kleinen Geschöpfe aus Perlen und Perlmutter, die mit silbrigen Flügeln umherzuflattern schienen und durch ihren harmonischen, von hydraulischen Orgelpfeifen erzeugten Gesang Leben vortäuschten.

406

Sie tauchte die Hand in das quellklare Wasser. Sie wollte nicht denken. Es war nutzlos, sich Sätze zurechtzulegen, die sich später als unangebracht erweisen würden. Sie verließ sich auf ihre Eingebung. Doch
je länger sie wartete, desto mehr wuchs ihre Beklommenheit. Es war
ja der König, mit dem sie zusammentreffen würde.

„Wenn ich mich nicht zusammennehme, bin ich verloren", sagte sie
sich. „Ich darf keine Angst haben. Die Angst fordert die Niederlage
heraus . . . und der König hält mein Schicksal in seiner Hand."

Sie zuckte zusammen. Sie hatte auf dem Mosaikfußboden Schritte zu
hören geglaubt. Aber es war niemand zu sehen. Ihr Blick kehrte zum
Haupteingang zurück, der nach Westen ging und dessen Pfeiler der
sich neigende Nachmittag rosig zu färben begann. Über dem Schluß-
stein war aus kleinen Muscheln, die wie Perlen wirkten, ein L angebracht, darüber eine mit Lilien aus Perlmutter verzierte Krone, die im
Halbdunkel golden glänzte.

Angélique konnte den Blick von diesem Symbol nicht lösen, und als
sie die Gegenwart eines Menschen spürte, zögerte sie, sich umzuwenden. Schließlich tat sie es langsam, und als sie den König erblickte,
richtete sie sich auf, blieb regungslos stehen und vergaß sogar ihre
Reverenz.

Der König war durch eine der kleinen Geheimtüren der Grotte eingetreten, die zu den nördlichen Parterres führten und gelegentlich der
„Empfänge bei Thetis" von der Dienerschaft benutzt wurden. Er trug
ein Gewand aus amarantfarbenem Taft mit schlichten, aber durch die
schönen Spitzen der Halsbinde und der Manschetten hervorgehobenen
Stickereien. Sein Gesicht verhieß nichts Gutes.

„Nun, Madame", sagte er sachlich, „fürchtet Ihr Euch nicht vor meinem Zorn? Habt Ihr nicht begriffen, was ich Euch durch Monsieur de
Solignac bedeuten ließ? Wollt Ihr einen Skandal hervorrufen? Muß
ich Euch vor Zeugen erklären, daß Eure Anwesenheit bei Hofe unerwünscht ist? Seid Ihr Euch bewußt, daß ich mit meiner Geduld am
Ende bin? Nun antwortet . . . !"

Angélique hatte Mühe, seinem strengen Blick standzuhalten.

„Ich wollte Euch sprechen, Sire", sagte sie leise.

Welcher Mann hätte in solcher Umgebung dem erregenden, geheimnisvollen Reiz dieser smaragdgrünen Augen zu widerstehen vermocht? Des Königs Naturell ließ ihn nicht ungerührt bleiben. Er sah, daß die Gemütsbewegung der jungen Frau nicht geheuchelt war und daß sie an allen Gliedern bebte.

Plötzlich ließ er die Maske der Strenge fallen.

„Warum . . . oh, warum habt Ihr das getan?" rief er in fast schmerzlichem Ton. „Dieser schmähliche Verrat . . ."

„Sire, ein Geächteter bat mich um Asyl. Gesteht den Frauen das Recht zu, nach ihrem Herzen zu handeln und nicht nach unmenschlichen politischen Grundsätzen. Welches Verbrechen auch immer dieser Fremde begangen haben mag, er war ein Unglücklicher, der vor Hunger umkam."

„Ihr hättet ihn aufnehmen, ihn nähren, ihm zur Flucht verhelfen können, dagegen wäre nichts zu sagen gewesen. Aber Ihr habt ihn zu Eurem Liebhaber gemacht. Ihr habt Euch wie eine Dirne benommen..."

„Ihr gebraucht harte Ausdrücke, Sire. Ich erinnere mich, daß Euer Majestät sich vor Zeiten mir gegenüber nachsichtiger zeigte, als in Fontainebleau Monsieur de Lauzun Anlaß zu einem peinlichen Vorfall mit meinem Gatten gab. Und damals trug ich größere Schuld als heute."

„Mein Herz hat sich inzwischen gewandelt", sagte der König.

Er senkte den Kopf.

„Ich . . . ich will nicht, daß Ihr andern gewährt, was Ihr mir versagt."

Er begann auf und ab zu gehen, abwesend die perlmutterglänzenden Vögel, die pausbäckigen Tritonen berührend. Mit schlichten Worten gestand er als eifersüchtiger Mann seine bitteren Gefühle, seine Enttäuschung, seine Schlappe, ja der sonst so Verschlossene ließ sich dazu hinreißen, seine Absichten zu enthüllen.

„Ich wollte mich gedulden. Ich wollte Euch bei Eurer Eitelkeit, bei Eurem Ehrgeiz fassen. Ich hoffte, Ihr würdet mich allmählich besser kennenlernen, Euer Herz werde schließlich weich werden . . . Seit Jahren, ja seit nahezu vier Jahren begehre ich Euch. Seit dem ersten Tag, da ich Euch als Göttin des Frühlings sah. Damals schon war Euch der köstliche kecke Ton eigen, die Mißachtung der gesellschaftlichen Konventionen . . . Ihr kamt, Ihr tratet vor den König, ohne dazu aufgefordert zu sein . . . Wie schön und herausfordernd Ihr wart! Ich wußte, daß ich Euch rasend begehren würde, und die Eroberung erschien mir leicht. Durch welche Kunstgriffe habt Ihr mich zurückgestoßen? Ich weiß es nicht. Ich stehe entblößt vor Euch. Eure Küsse waren weder Verheißungen noch Geständnisse. Eure Vertraulichkeiten, Euer Lächeln, Eure ernsten Worte waren Schlingen, in denen nur ich mich verfing. Ich habe grausame Qualen gelitten, weil ich Euch nicht in meine Arme schließen konnte, weil ich es nicht wagte, aus Angst, Ihr würdet Euch mir noch mehr entziehen... Was nutzt alle Geduld, alle Behutsamkeit. Seht, welche Geringschätzung Ihr mir noch immer entgegenbringt, während Ihr Euch einem nichtswürdigen Wilden aus den Karpaten hingebt. Wie könnte ich Euch das verzeihen! – Warum zittert Ihr so? Ist Euch kalt?"

„Nein. Mir ist angst."

„Vor mir?"

„Vor Eurer Macht, Sire."

„Eure Ängstlichkeit verletzt mich."

Er trat zu ihr und umfing sie sanft.

„Fürchtet Euch nicht vor mir, ich beschwöre Euch, Angélique. Ich möchte Euch nur Freude, Glück, Vergnügen bereiten. Was gäbe ich nicht darum, Euch lächeln zu sehen? Ich grüble vergeblich, womit ich Euch beglücken könnte. Zittert nicht, Liebste. Ich tue Euch nichts Böses. Ich kann es nicht. Der vergangene Monat ist für mich die Hölle gewesen. Überall hielt ich nach Euch Ausschau. Und unaufhörlich stellte ich Euch mir in den Armen dieses Rakoski vor. Ach, ich hätte ihn am liebsten umgebracht!"

„Was habt Ihr mit ihm getan, Sire?"

„Sein Schicksal ist es also, das Euch am Herzen liegt, nicht wahr?" fragte er höhnisch. „Um seinetwillen habt Ihr den Mut aufgebracht, zu mir zu kommen? Nun, Ihr könnt beruhigt sein, Euer Rakoski ist nicht einmal im Gefängnis. Und wie falsch Ihr mich einschätzt, mögt Ihr daraus ersehen, daß ich ihn mit Wohltaten überhäufte. Ich habe ihm alles gewährt, was er von mir zu erlangen suchte. Er ist mit dem nötigen Geld nach Ungarn zurückgekehrt, um dort Unruhe zu stiften, da es ihm einmal Spaß macht, zwischen dem deutschen Kaiser, dem König von Ungarn und den Ukrainern Zwietracht zu säen. Es paßte in meine Pläne, denn für den Augenblick kann ich in Mitteleuropa keine Koalition brauchen. Es steht also alles zum besten."

Angélique hatte nur den einen Satz in sich aufgenommen: Er ist nach Ungarn zurückgekehrt. Es traf sie wie ein Schlag. Sie wußte nicht, ob ihre Bindung zu Rakoski sehr tief war, aber keinen Moment hatte sie die Möglichkeit ins Auge gefaßt, ihn ganz zu verlieren. So war er also in jene fernen und barbarischen Länder zurückgekehrt, die ihr einem anderen Planeten zugehörig schienen. Der König hatte ihn jäh aus ihrem Leben gerissen, sie würde ihn nicht mehr wiedersehen. Niemals mehr. Sie hätte am liebsten vor Zorn aufgeschrien. Sie wollte Rakoski wiedersehen. Weil er ihr Freund war. Er war gesund, lauter und leidenschaftlich. Sie brauchte ihn. Niemand hatte das Recht, auf solche Art über ihrer beider Leben zu bestimmen, als seien sie Marionetten oder Sklaven. Der Zorn trieb ihr das Blut ins Gesicht.

„Wenigstens habt Ihr ihm viel Geld gegeben", schrie sie, „damit er die Könige verjagen, sein Volk von den Tyrannen befreien kann, die es knechten, die mit den Menschenleben spielen wie mit Drahtpuppen und es hindern, frei zu denken, zu atmen, zu lieben . . ."

„Schweigt!"

Der König packte ihre Schultern mit eisernem Griff.

„Schweigt!"

Er sprach mit verhaltener Stimme.

„Ich beschwöre Euch, beleidigt nicht den König, Liebste. Denn ich bin König. Ich könnte Euch nicht vergeben. Schreit mir nicht Euren Haß ins Gesicht. Ihr peinigt mich bis aufs Blut. Ihr dürft die gefährlichen Worte nicht aussprechen, die uns trennen würden. Wir müssen wieder zueinander finden, Angélique. Hört auf. Kommt."

Er zog sie mit sich und nötigte sie, sich auf den Rand eines Marmorbeckens zu setzen. Sie keuchte, ihre Kehle war wie zusammengeschnürt. Die Kraft des Königs bezwang sie und dämpfte ihren Jähzorn.

Er strich mit der Hand, die sie liebte, über ihre Stirn, und seine Beherrschung übertrug sich auf sie.

„Ich bitte Euch, verliert nicht Eure Nerven. Madame du Plessis würde es sich nie verzeihen."

Sie ergab sich. Erschöpft, zerschlagen, lehnte sie ihren Kopf an ihn.

Durch die Pforte der Grotte drang der Schein der untergehenden Sonne herein und ließ das Haar des Monarchen rot und golden aufglänzen. Noch nie war sich Angélique in solchem Maße seiner unwiderstehlichen Kraft bewußt geworden.

Seitdem sie am Hofe lebte, seit jenem ersten Morgen, da sie sich nach Versailles begeben hatte, um dort zur Frühlingsgöttin gekrönt zu werden, seit jenem Tage hatte sie sich, ohne sich darüber klar zu sein, in der Hand des Königs befunden. Das widerspenstigste Tier freilich, das er je gezähmt hatte. Aber es würde ihm gelingen. Er bewies in allen Dingen die Geduld, die Schlauheit und Kaltblütigkeit der auf der Lauer liegenden großen Raubtiere. Er setzte sich neben sie und preßte sie an sich, während er sanft auf sie einsprach.

„Eine wunderliche Liebe ist das zwischen uns, Angélique."

„Ist es nur Liebe?"

„Auf meiner Seite, ja. Was sonst, wenn nicht Liebe?" sagte er leidenschaftlich. „Angélique . . . Dieser Name beschäftigt mich unaufhörlich. Wenn ich bei der Arbeit bin, schließe ich plötzlich die Augen, ein leiser Schwindel erfaßt mich und der Name tritt auf meine Lippen . . . Angélique! Nie habe ich Qualen gelitten, die mich in solchem Maße von meinen Pflichten abgelenkt haben. Zuweilen erschrecke ich über die Liebe, die ich in mich eindringen ließ. Die Schwäche, die sie mir verursacht, ist wie eine Wunde, von der ich nicht mehr zu genesen fürchte. Ihr allein könntet mich heilen. Ich träume, ja, es kommt vor, daß ich träume . . . von der Nacht, in der ich Eure warme, duftende Haut an der meinen spüren werde, von dem ungekannten Ausdruck, den Eure Augen bekommen werden, wenn Ihr in meinen Armen liegt . . . Aber ich träume von noch köstlicheren Dingen, die mir nur dann unschätzbar erscheinen, wenn sie von Euch kommen. Von einem liebevollen, verschmitzten Lächeln, das Ihr mir aus der Menge heraus am Tage eines Botschafterempfanges schenkt, wenn ich nichts als der König bin, der in seinem schweren Mantel durch die Spiegelgalerie schreitet. Von einem Blick, der sich über meine Sorgen beunruhigt . . . Von einem Blick, der mein Vorhaben billigt . . . Von einem übellaunigen, schmollenden Gesicht, das mir Eure Eifersucht beweist. Von all solchen gewöhnlichen und wohltuenden Dingen, die mir fremd geblieben sind."

„Habt Ihr sie nicht durch Eure Geliebten kennengelernt?"

„Sie waren meine Geliebten und nicht meine Freundinnen. Ich wollte es so. Aber jetzt ist es anders . . ."

Er betrachtete sie, verschlang ihre Züge mit einem Blick, in dem nicht nur Begehren lag, sondern auch Zärtlichkeit, Bewunderung, Ergebenheit. Für Angélique war dieser Ausdruck so ungewohnt, daß sie die Augen nicht von den seinen zu wenden vermochte. Sie wurde sich bewußt, daß auch er nur ein einsamer Mensch war, der vom Gipfel seines einsamen Berges nach ihr schrie. In stummer Leidenschaftlichkeit sahen sie einander fragend an. Das Raunen der Wasserorgel, deren zarte Töne sich mit dem Rauschen des Wassers zu einem unaufhörlichen ländlichen Konzert vereinigten, war um sie wie eine unwirkliche Glücksverheißung.

Angélique hatte Angst zu erliegen. Sie brach den Zauber, indem sie sich langsam abwandte.

„Was steht nur zwischen uns, Angélique?" fragte der König leise. „Was trennt uns? Was ist da für ein Hindernis in Euch, an dem ich mich immer wieder stoße?"

Die junge Frau fuhr sich über die Stirn und lachte gezwungen.

„Ich weiß nicht. Vielleicht ist es der Stolz? Vielleicht die Angst? Ich glaube, mir fehlen die Voraussetzungen für den harten Beruf der königlichen Mätresse."

„Harter Beruf? Ihr liebt die krassen Ausdrücke!"

„Vergebt mir, Sire. Aber laßt mich in aller Offenheit sprechen, solange es noch Zeit ist. Glänzen, sich in Szene setzen, die Bürde der Eifersüchteleien, der Intrigen und . . . der Seitensprünge Eurer Majestät auf sich nehmen, sich nie selber gehören, ein Gegenstand sein, über den man verfügt, ein Spielzeug, das man wegwirft, wenn es nicht mehr gefällt – es bedarf großen Ehrgeizes oder großer Liebe, um das hinzunehmen. Mademoiselle de La Vallière ist daran zerbrochen, und ich bin nicht so robust wie Madame de Montespan."

Sie stand unvermittelt auf.

„Bleibt ihr treu, Sire. Sie ist Euch an Kraft ebenbürtig, ich nicht. Führt mich nicht mehr in Versuchung."

„Ihr fühlt Euch also in Versuchung geführt?"

Er schlang seine Arme um sie, zog sie an sich und drückte seine Lippen auf das goldfarbene Haar.

„Eure Besorgnisse sind töricht . . . Ihr beurteilt mich nach dem äußeren Schein. Welcher Frau gegenüber hätte ich mich nachsichtig zeigen können? Die zärtlichen sind tränenselig und dumm. Die ehrgeizigen müssen die Zuchtrute spüren, um nicht alles zu verschlingen. Aber Ihr . . . Ihr seid geschaffen, Sultanin-baschi zu werden, wie jener dunkelhäutige Fürst sagte, der Euch entführen wollte. Diejenige, die die Könige beherrscht . . . Und ich bin gewillt, Euch diesen Titel zu gewähren. Ich beuge mich. Ich liebe Euch auf hunderterlei Weise. Ich liebe Eure Schwäche, Eure Wehmut, die ich aufhellen, Euren Glanz, den ich in Besitz nehmen möchte, Eure Klugheit, die mich reizt und verwirrt, die mir jedoch unentbehrlich geworden ist wie jene kostbaren, in ihrer Vollkommenheit fast zu schönen Gegenstände aus Gold und Marmor, die man um sich haben muß als Pfänder des Reichtums und der Stärke. Ihr habt mir ein ungewohntes Gefühl eingeflößt: Vertrauen.“

Er hatte ihr Gesicht zwischen seine beiden Hände genommen und hob es zu sich auf.

„Ich erwarte alles von Euch, und ich weiß, wenn Ihr einwilligt, mich zu lieben, werdet Ihr mich nicht enttäuschen. Aber solange Ihr mir nicht gehört, solange ich nicht Eure Augen in meinen Armen habe erlöschen sehen, solange ich Euch nicht in der Ohnmacht der Liebe habe seufzen hören, werde ich mich fürchten. Ich habe Angst, Ihr könntet heimlichen Verrat begehen. Und deshalb sehne ich den Augenblick herbei, in dem Ihr Euch ergebt. Denn danach werde ich nichts mehr fürchten, weder Euch noch die ganze Welt . . . Habt Ihr Euch das je ausgemalt, Angélique? Ihr und ich vereint . . . Wie viele Pläne könnten wir verwirklichen! Was könnten wir alles erreichen! Ihr und ich vereint . . . wir wären unbesiegbar.“

Sie erwiderte nichts, bis ins Innerste aufgewühlt wie von einem schrecklichen Sturm. Aber sie hielt die Lider geschlossen und bot den Augen des Königs nur ein totenblasses Gesicht, in dem er nichts zu entziffern vermochte. Er wurde sich klar, daß der Augenblick der Gnade vorüber war. Er seufzte, ließ sich jedoch nichts anmerken.

„Ihr wollt nicht antworten, bevor Ihr nachgedacht habt? Das ist nur vernünftig. Und Ihr tragt mir auch nach, daß ich Euch verhaften ließ, das spüre ich. Nun, ich gewähre Euch noch vier Tage der Buße, um Euren Groll zu besänftigen und in der Stille über meine Worte nachzudenken. Kehrt bis zum nächsten Sonntag in Euer Pariser Haus zurück. An diesem Tag wird Versailles Euch wiedersehen, schöner denn je, noch mehr geliebt, wenn das möglich ist, und trotz Eurer Verirrungen stärker noch über mein Herz triumphierend. Leider habt Ihr mich zu der Erkenntnis gebracht, daß auch der König weder Liebe noch Zuneigung erzwingen kann, nicht einmal Erwiderung des Begehrens. Aber ich werde mich gedulden. Ich gebe die Hoffnung nicht auf. Der Tag wird kommen, wo wir uns nach Kythera einschiffen. Ja, Liebste, der Tag wird kommen, an dem ich Euch nach Trianon führe. Ich habe dort ein Häuschen aus Porzellan errichten lassen, in dem wir uns hin und wieder ausruhen können. Niemand hat es bisher gesehen. Ihr sollt es als erste kennenlernen, denn ich habe es heimlich für Euch bauen lassen, um Euch eines Tages zu ihm zu führen und Euch dort zu lieben, fern dem Lärm, fern den Intrigen, vor denen Ihr Euch fürchtet . . . Sagt nichts. Laßt mich wenigstens hoffen. Ihr kommt am Sonntag."

Er nahm sie bei der Hand und führte sie zum Eingang der Grotte.

„Sire, darf ich Euch fragen, was mit meinem Sohn geschehen ist?"

Die Miene des Königs verfinsterte sich.

„Ach ja, das ist ein weiteres, von Eurer ungebärdigen Familie verursachtes Ärgernis. Ich mußte mich seiner Dienste begeben."

„Weil ich in Ungnade gefallen bin?"

„Durchaus nicht. Ich hatte nicht die Absicht, ihn darunter leiden zu lassen. Aber er hat durch sein Verhalten mein Mißfallen erregt. Zweimal hat er schlankweg behauptet, Monsieur Duchesne, mein Obermundschenk, wolle mich vergiften! Er sagte, er habe ihn ein Pulver in meine Nahrung schütten sehen, und er hat ihn dessen in aller Öffentlichkeit beschuldigt. Sein feuriger Blick und sein bestimmter Ton verrieten sofort, daß er der Sohn seiner Mutter ist. ‚Sire, eßt nicht von diesem Gericht und trinkt nicht von diesem Wein', erklärte er klipp und klar, als eben die Probe gemacht worden war. ‚Monsieur Duchesne hat Gift hineingetan.' "

414

„Mein Gott!" rief Angélique entsetzt aus. „Sire, ich finde keine Worte, um meine Bestürzung auszudrücken. Der Junge ist überreizt und hat eine blühende Phantasie."

„Als er zum zweitenmal ausfällig wurde, mußten wir einschreiten. Ich wollte einen Jungen nicht zu hart bestrafen, dessen Mutter ich zugetan bin. Monsieur fand Gefallen an ihm und wollte ihn in seine Dienste nehmen. Ich habe eingewilligt. Euer Sohn ist daher gegenwärtig in Saint-Cloud, wo mein Bruder die Frühjahrsmonate zu verbringen gedenkt."

Angélique verfärbte sich.

„Ihr habt meinen Sohn zu dieser schmutzigen Gesellschaft gehen lassen?!"

„Madame!" donnerte der König. „Schon wieder einer Eurer ungehörigen Ausdrücke!"

Doch er besänftigte sich und mußte lachen.

„Man muß Euch nehmen, wie Ihr nun einmal seid. Kommt, übertreibt die Gefahren nicht, die Euren Jungen bei dieser, wie ich zugeben muß, recht lockeren Sippschaft bedrohen. Sein Hofmeister begleitet ihn auf Schritt und Tritt, ebenso sein Hofkavalier. Ich wollte mich Euch gefällig erweisen, und ich würde es bedauern, hätte ich etwas Falsches getan. Natürlich möchtet Ihr sofort nach Saint-Cloud? Dann bittet mich um die Erlaubnis, damit ich Euch etwas gewähren kann", schloß er und nahm sie von neuem in seine Arme.

„Sire, erlaubt mir, mich nach Saint-Cloud zu begeben."

„Ich tue noch mehr. Ich werde Euch eine Botschaft an Madame anvertrauen, die Euch auf diese Weise empfangen und einen oder zwei Tage bei sich behalten wird. Da könnt Ihr dann nach Herzenslust mit Eurem Sohn zusammensein."

„Euer Majestät ist so gut zu mir."

„Weil ich Euch liebe", sagte der König ernst. „Vergeßt es nicht mehr, Madame, und spielt nicht mit meinem Herzen . . ."

Zweiundvierzigstes Kapitel

Florimonds Augen waren offen und klar auf sie gerichtet.

„Ich versichere Euch, Frau Mutter, daß ich nicht lüge. Monsieur Duchesne vergiftet den König. Ich habe es zu wiederholten Malen gesehen. Er schiebt ein weißes Pulver unter den Fingernagel und schnippt es in den Humpen Seiner Majestät, sobald er selbst den Wein gekostet hat und bevor er ihn dem König reicht."

„Hör mal, mein Junge, das ist ganz unmöglich. Im übrigen ist der König nach diesen angeblichen Vergiftungen nie unpäßlich gewesen."

„Das weiß ich nicht. Vielleicht handelt es sich um ein langsam wirkendes Gift?"

„Florimond, du gebrauchst Ausdrücke, deren Sinn du nicht verstehst. Ein kleiner Junge spricht nicht von so ernsten Dingen. Vergiß nicht, daß der König von zuverlässigen Dienern umgeben ist."

„Wer kann das wissen!" murmelte Florimond sentenziös.

Er sah seine Mutter auf eine herablassend-nachsichtige Weise an, die sie an Marie-Agnès erinnerte. Seit einer Stunde mühte sich Angélique, ihn zu dem Geständnis zu bringen, daß er gelogen hatte, und sie war noch um keinen Schritt weitergekommen. Der Junge hatte zu lange von ihr entfernt gelebt. Jetzt ging er selbstsicher seinen eigenen Weg.

„Aber wie bist du eigentlich auf diese Geschichte gekommen?"

„Alle Welt redet von Gift", sagte der Junge treuherzig. „Kürzlich bat mich die Herzogin von Vitry, die Schleppe ihres Mantels zu tragen. Sie ging zur Voisin nach Paris. Ich lauschte an der Tür, während sie die Wahrsagerin befragte. Nun, sie verlangte Gift, das sie in die Fleischbrühe des alten Herzogs schütten wollte, und außerdem ein Pulver, um die Liebe von Monsieur de Vivonne zu gewinnen. Und der Page des Marquis de Cessac hat mir erzählt, sein Herr habe sich nach einem geheimen Mittel erkundigt, um im Spiel zu gewinnen, und zu gleicher Zeit Gift für seinen Bruder, den Grafen Clermont-Lodève, verlangt, dessen Erbe er ist. Nun", schloß Florimond triumphierend, „der Graf Clermont-Lodève ist in der vergangenen Woche gestorben."

„Bist du dir klar darüber, in was für Ungelegenheiten du geraten kannst, wenn du leichtfertig solche Verleumdungen verbreitest?" fragte Angélique, sich mühsam beherrschend. „Niemand mag einen Pagen in seinem Dienst haben, der so unbesonnen in den Tag hinein schwatzt."

„Aber ich schwatze doch nicht", rief Florimond aus und stampfte dabei mit seinem roten Absatz auf den Fußboden. „Ich versuche, Euch die Sache vorzutragen, Euch allein. Aber ich glaube . . . ja, ich glaube wirklich, Ihr seid dumm", schloß er und wandte sich mit einer Bewegung gekränkter Würde ab.

Er starrte durchs offene Fenster in den blauen Himmel und bemühte sich, seine bebenden Lippen wieder in Gewalt zu bekommen. Auf keinen Fall wollte er weinen wie ein kleines Kind. Trotzdem traten ihm Tränen des Verdrusses in die Augen.

Angélique wußte nicht mehr, wie sie ihm beikommen sollte. In diesem Jungen steckte etwas, das zu durchschauen ihr nicht gelang. Zweifellos log er ohne Not und mit bestürzender Unbefangenheit. Was bezweckte er damit?

Ratlos wandte sie sich an den Abbé de Lesdiguières und ließ ihren Verdruß an ihm aus:

„Dieser Junge ist unerträglich. Ich muß Euch ernstlich tadeln."

Der junge Geistliche errötete bis zum Rand seiner Perücke.

„Madame, ich tue mein Bestes. Florimond ist durch sein Amt mit Geheimnissen in Berührung gekommen, die er ergründen möchte . . ."

„Lehrt ihn lieber, sie zu respektieren", meinte Angélique kühl. Ihr fiel ein, daß der Abbé einer der Schützlinge von Madame de Choisy war. In welchem Maße mochte er ihr nachspioniert und sie denunziert haben?

Nachdem Florimond seine Tränen hinuntergeschluckt hatte, erklärte er, er müsse die kleinen Prinzessinnen beim Spaziergang begleiten, und bat, sich zurückziehen zu dürfen. Mit betont würdevollen Schritten verließ er den Raum durch die Fenstertür, doch sobald er die Stufen der Freitreppe hinter sich hatte, galoppierte er auf und davon, und sie hörten ihn singen. Er glich einem der von dem schönen Frühlingstag wie berauschten Schmetterlinge. Der Park von Saint-Cloud mit seinen weiten Rasenflächen begann vom Gesang der Grillen zu schwirren.

„Was meint Ihr zu dieser Geschichte, Monsieur de Lesdiguières?"

„Madame, ich habe Florimond nie bei einer Lüge ertappt."

„Ihr wollt Euren Zögling verteidigen und bekräftigt damit eine sehr schwerwiegende Behauptung."

„Kann man's denn wissen?" sagte der kleine Abbé, den Ausdruck des Jungen aufgreifend. Er preßte seine Hände in einer ängstlichen Geste zusammen. „Bei Hof muß man allen Ergebenheitsbeteuerungen mißtrauen. Wir sind von Spähern umgeben . . ."

„Es steht Euch schlecht an, von Spähern zu reden, Herr Abbé, der Ihr von Madame de Choisy bezahlt worden seid, um mich zu überwachen und zu verraten!"

Der Abbé wurde leichenblaß. Er begann zu zittern und sank schließlich auf die Knie.

„Madame, vergebt mir! Es ist wahr. Madame de Choisy hatte mich zu Euch geschickt, um Euch zu beobachten, aber ich habe Euch nicht verraten. Das schwöre ich Euch . . . Ich hätte es nicht über mich gebracht, Euch auch nur das leiseste Unrecht zuzufügen. Euch nicht, Madame! Vergebt mir!"

Angélique wandte sich ab; ihr Blick glitt aus dem Fenster.

„Glaubt mir, Madame!" flehte der junge Mann.

„Ich glaube Euch", sagte sie müde. „Wer hat mich aber dann beim Orden vom Heiligen Sakrament denunziert? Malbrant Schwertstreich? Ich kann es mir freilich nicht vorstellen."

„Nein, Madame. Euer Stallmeister ist ein biederer Mann. Madame de Choisy hat ihn bei Euch untergebracht, um seiner Familie einen Gefallen zu erweisen, die in ihrer Provinz lebt."

„Und die Demoisellen de Gilandon?"

Der Abbé de Lesdiguières zögerte, noch immer auf den Knien.

„Ich weiß, daß Marie-Anne kurz vor Eurer Verhaftung bei ihrer Gönnerin war."

„Also sie ist es. Dieses verdammte kleine Frauenzimmer! Ein schönes Geschäft, auf das Ihr da eingegangen seid, Herr Abbé. Ich zweifle nicht, daß Ihr es noch zum Bischof bringt, wenn Ihr so weitermacht."

„Das Leben ist schwer, Madame", murmelte der Abbé leise. „Bedenkt, was ich Madame de Choisy verdanke. Ich war das jüngste von zwölf Kindern, der vierte Junge. Wir hatten im väterlichen Schloß nicht immer satt zu essen. Ich fühlte mich zum Priesterberuf hingezogen. Madame hat mir den Besuch des Seminars ermöglicht. Als sie mich in die Gesellschaft brachte, forderte sie mich auf, ihr die Schändlichkeiten zu berichten, deren Zeuge ich sein würde, um die Macht des Bösen bekämpfen zu können. Ich fand diese Aufgabe edel und begeisternd. Doch dann kam ich zu Euch, Madame . . ."

Noch immer kniend, hob er seine sanften Rehaugen zu ihr auf, und er tat ihr um der romantischen Leidenschaft willen leid, die sie in diesem arglosen Herzen geweckt hatte.

„Steht auf, Abbé", sagte sie ungehalten. „Ich verzeihe Euch, weil ich glaube, daß Ihr aufrichtig seid."

„Ich hänge an Euch, Madame, und ich liebe Florimond wie einen Bruder. Werdet Ihr mich von ihm trennen?"

„Nein. Ich bin trotz allem beruhigt, wenn ich Euch bei ihm weiß. Die Hofgesellschaft Monsieurs ist die letzte, bei der ich ihn hätte sehen mögen. Jedermann kennt die verwerflichen Neigungen des Prinzen und seiner Umgebung. Ein so hübscher und lebhafter Junge wie Florimond ist in diesem Kreise gefährdet."

„Das ist nur zu wahr, Madame", sagte der Abbé, der aufgestanden war und sich verstohlen die Knie abstaubte. „Ich mußte mich bereits mit Antoine Maurel, Sieur de Volone, duellieren. Er ist der größte Schurke der ganzen Gesellschaft. Er stiehlt, flucht, er ist Atheist und Sodomit, er verkauft Knaben wie Pferde und geht ins Parterre der Oper, um seine traurigen Geschäfte zu machen. Er hat ein Auge auf Florimond geworfen und will ihn verderben. Ich bin dazwischengetreten. Im Duell verletzte ich ihn am Arm, worauf er die Partie aufgab. Ich habe mich auch mit dem Grafen Beuvron und dem Marquis d'Effiat duelliert. Seither habe ich überall austrompetet, der Junge stehe unter dem Schutz des Königs, und ich würde mich bei Seiner Majestät beschweren, wenn ihm auch nur der geringste Schaden zugefügt werde. Man weiß, daß Ihr seine Mutter seid und daß Euer Einfluß beim König nicht gering ist. Schließlich habe ich erreicht, daß er zum Spielkameraden der kleinen Prinzessinnen bestimmt wurde. Da ist er vor dieser absonderlichen Gesellschaft einigermaßen sicher. O Madame, man muß seine Augen und Ohren an so manche Dinge gewöhnen! Beim Lever von Monsieur spricht man über junge Leute wie Verliebte über Mädchen. Aber das schlimmste sind die Frauen, denn mit ihnen kann man sich nicht einmal duellieren. Die Damen de Blanzac, d'Espinoy de Melun, de Grancey verfolgen mich in den Schlaf wie die hundertköpfige Hydra. Ich weiß nicht, wie ich sie loswerden soll."

„Ihr wollt doch nicht etwa sagen, daß sie hinter Florimond her sind?"

„Nein, ich selbst bin der Gegenstand ihrer Annäherungsversuche."

„Oh, mein armer Kleiner!" rief Angélique halb bekümmert, halb belustigt aus. „Was habt Ihr Euch alles auf den Hals geladen!"

„Macht Euch um mich keine Sorgen, Madame. Es ist mir klar, daß Florimond Karriere machen muß, und das kann er nur in der Umgebung der Großen. Ich bemühe mich, seinen Geist und sein Herz zu stärken, um ihn vor der schlimmsten Verderbnis zu bewahren. Man vermag alles, wenn die Seele gefestigt ist und wenn man Gott um Beistand bittet. Und ich meine, hierin liegt der eigentliche Sinn meiner Erzieherrolle beschlossen. Ist es nicht so?"

„Gewiß, aber Ihr hättet eben von Anfang an die Übersiedlung nach Saint-Cloud nicht zulassen sollen."

„Ich konnte mich der Entscheidung des Königs nicht widersetzen, Madame. Und mir schien, er wäre hier weniger gefährdet als in Versailles."

„Was wollt Ihr damit sagen?"

Der Abbé näherte sich ihr, nachdem er sich ängstlich umgeschaut hatte.

„Ich bin überzeugt, Duchesne wird ihm etwas antun, aus Furcht, er könnte noch mehr ausplaudern."

„Ich will nichts mehr hören, Herr Abbé. Ihr seid nicht bei Verstand, wenn Ihr Euch von diesen albernen Geschichten beeinflussen laßt. Monsieur Duchesne steht im Ruf eines Ehrenmanns und an die Wichtigkeit Junker Florimonds, des letzten Pagen im Tafeldienst Seiner Majestät, vermag ich vorläufig nicht zu glauben. Es ist lächerlich."

„Eines Pagen, der Euer Sohn ist, Madame. Wißt Ihr denn nicht, daß Ihr viele Feinde habt? Ich beschwöre Euch, verschließt nicht willentlich die Augen vor beängstigenden Tatsachen. Auch Euch sucht man in

420

den dunklen Brunnen zu stoßen. Setzt Euch mit allen Mitteln zur Wehr. Ich stürbe vor Kummer, wenn Euch ein Unglück widerführe."

„Es mangelt Euch nicht an Beredsamkeit, mein kleiner Abbé", sagte Angélique in freundlichem Ton. „Ich muß mit Monsieur Bossuet über Euch sprechen. Ein bißchen Überspanntheit ist der Kunst der frommen Rede nicht abträglich. Ich bin überzeugt, Ihr werdet es zu etwas bringen, und ich will Euch dabei nach Kräften behilflich sein."

„O Madame, Ihr laßt Euch vom grausamen Zynismus des Hofs anstecken!"

„Ich bin nicht zynisch, mein Kleiner. Aber ich möchte, daß Ihr mit beiden Beinen auf der Erde steht."

Der Abbé de Lesdiguières setzte zu neuerlicher Widerrede an, aber es kam jemand in den Empfangsraum, in dem sie sich befanden, und unterbrach ihre Unterhaltung. Er verneigte sich und ging hinaus, um sich auf die Suche nach seinem Zögling zu machen.

Angélique kehrte in die Salons zurück. Die Türen zu den Terrassen waren weit geöffnet worden, um die milde Luft hereinströmen zu lassen. In der Ferne war die Silhouette von Paris zu erkennen.

Wie der König es ihr in Aussicht gestellt hatte, ließ Madame durch ihren Haushofmeister Madame du Plessis bitten, bis zum nächsten Tage in Saint-Cloud zu bleiben. Die junge Frau ging nicht eben begeistert darauf ein. Die Atmosphäre des Hofs von Monsieur war, trotz allen Charmes und Luxus allzu anrüchig und beunruhigend. Der Prinz umgab sich mit Freundinnen, die ebensowenig salonfähig waren wie seine „mignons". Ihre Intrigen und ewigen Streitigkeiten belustigten ihn, der sich auf alle Klatschgeschichten mit der Neugier eines Portiers stürzte. Es fehlte ihm nicht an Intelligenz, und er hatte bei den Feldzügen Mut bewiesen, aber er war schon zu verdorben, um sich noch aus dem Netz von Lastern, schrankenlosem Egoismus und Nichtigkeiten befreien zu können.

Angélique sah sich nach Monsieurs bösem Schatten um, dem Prinzen von Sodom, „schön, wie man die Engel malt", jenem Chevalier de

Lorraine, der seit Jahren seine Stellung als Favorit behauptete und der eigentliche Herr des Palais-Royal und des Schlosses von Saint-Cloud geworden war. Sie wunderte sich, ihn nicht zu sehen, und erkundigte sich bei Madame de Gordon Huxley nach ihm, einer sympathischen Schottin, die zum Gefolge Madames gehörte.

„Was, Ihr wißt nicht?" rief diese aus. „Wo wart Ihr denn? Monsieur de Lorraine ist neuerdings in Ungnade. Er hat erst ein Weilchen im Gefängnis gesessen, dann wurde er nach Rom in die Verbannung geschickt. Das bedeutet einen großen Sieg für Madame. Seit Jahren bemüht sie sich vergeblich, mit ihrem schlimmsten Feind fertig zu werden. Endlich hat ihr nun der König Gehör geschenkt."

Angélique konnte lange nicht einschlafen; die Ohren summten ihr von all den anstößigen Geschichten, die man ihr zugeraunt hatte. Sie sorgte sich um Florimond und hatte das beklemmende Gefühl, sich in einem Netz von Drohungen zu befinden, das sich immer dichter um sie schloß.

Im Morgengrauen wurde sie durch ein leichtes Klopfen an der Tür wach. Sie öffnete und stand Madame gegenüber. In einen weiten Gazeschleier gehüllt, lächelte die Prinzessin ihr zu.

„Euch suche ich, Madame du Plessis. Wollt Ihr mich auf meinem Spaziergang begleiten?"

„Ich stehe Euer Hoheit zu Diensten", erwiderte Angélique mit einer Reverenz.

Sie stiegen die Treppen des stillen Palastes hinab, dem die Gestalten der auf ihre Hellebarden gestützten, reglos vor sich hin dösenden Wachen den Charakter eines Dornröschenschlosses verliehen.

Über dem taufeuchten Park begann es zu tagen. Aus den Baumkronen steigende Nebelschleier verhüllten Paris in der Ferne. Es war empfindlich kühl. Zum Glück hatte Angélique ihren bequemen Mantel, das Geschenk des Königs, umgetan.

„Ich liebe es, zu früher Stunde spazierenzugehen", sagte die Prinzessin, indem sie mit lebhaftem Schritt in eine Allee einbog. „Ich schlafe sehr wenig. Ich habe die ganze Nacht gelesen, und danach erschien es mir sträflich, noch die Augen zuzutun, denn der Morgen dämmerte bereits."

Sie ließen sich auf der Marmorbank eines Rondells nieder. Die Prinzessin hatte sich seit der Zeit, da Angélique an ihrem Spielzirkel im Louvre teilgenommen hatte, kaum verändert.

Klein, von elfenhafter Zierlichkeit und mit zartem, rosigem Teint begabt, wirkte sie edler als die Bourbonen und Habsburger ihrer Familie. Unverhohlen verachtete sie deren derben Appetit, ihre Unwissenheit und Plumpheit. Freilich aß sie selbst wie ein Vögelchen, schlief noch weniger, und ihr Interesse für Literatur und Kunst war nicht geheuchelt. Sie hatte als erste Molière gefördert und begann den empfindsamen Racine zu patronisieren. Obwohl Angélique die kluge Prinzessin bewunderte, war sie ihr immer fremd geblieben. Neben ihr kam sie sich fast schwerfällig vor. Madame hatte sich die Einsamkeit, in der sie lebte, zwar selbst geschaffen, aber sie litt dennoch unter ihr. Der stille, verlorene Ausdruck ihrer blauen Augen zeugte davon.

„Madame", fuhr die Prinzessin nach kurzem Schweigen entschlossen fort, „ich wende mich an Euch, weil Ihr im Ruf steht, eine reiche, hilfsbereite und verschwiegene Frau zu sein. Könntet Ihr mir viertausend Pistolen leihen?"

Angélique hatte Mühe, ihr Erstaunen zu verbergen.

„Ich brauche diese Summe, um meine Reise nach England vorzubereiten", erklärte Prinzessin Henriette. „Nun, ich stecke bis über die Ohren in Schulden, habe bereits einen Teil meines Schmucks versetzt, und es ist nutzlos, den König um Hilfe anzugehen, obwohl ich mich um seinetwillen nach England begebe. Der Auftrag, den er mir erteilt hat, ist von äußerster Wichtigkeit. Es handelt sich darum, meinen Bruder Karl davon abzuhalten, dem zwischen den Holländern, Spaniern und Teutonen geschlossenen Bündnis beizutreten. Ich muß glänzen, bezaubern, betören, auf jede Weise für Frankreich einnehmen, und das wird schwierig sein, wenn ich da drüben durch ein allzu enges Kleid in meiner Bewegungsfreiheit gehemmt sein werde, um es bildlich auszudrücken. Ihr versteht, was ich meine. Ihr wißt ja, was eine solche Mission erfordert. Man muß mit vollen Händen Geld ausgeben können, muß die Gewissen, die Gutwilligkeit, die Unterschriften kaufen.

Wenn ich mich geizig zeige, werde ich nichts ausrichten können. Und ich muß etwas ausrichten."

Sie sprach schnell und leicht, ihre Wangen glühten, aber hinter ihrer Ungezwungenheit verbarg sich Verlegenheit. Das war es, was Angélique bewog, sich großmütig zu erweisen. „Euer Hoheit wolle mir verzeihen, daß ich nicht alle Wünsche erfüllen kann. Es würde mir sehr schwerfallen, sofort viertausend Pistolen aufzubringen. Aber ich kann mit Bestimmtheit dreitausend versprechen."

„Liebste, Ihr glaubt nicht, wie Ihr mir helft!" rief Madame aus, die sich sichtlich nicht soviel erhofft hatte. „Ihr könnt versichert sein, ich werde Euch dieses Geld sofort nach meiner Heimkehr zurückgeben. Mein Bruder liebt mich, er wird mir bestimmt Geschenke machen. Wenn Ihr wüßtet, welche Bedeutung das für mich hat! Ich habe dem König versprochen, seine Wünsche zu erfüllen. Ich bin es ihm schuldig, denn er hat im voraus bezahlt."

Sie hatte Angéliques Hände ergriffen und drückte sie dankbar. Die ihren waren kalt und zart. Die Nervosität trieb die Prinzessin an den Rand der Tränen.

„Würde ich scheitern, wäre es schrecklich. Ich habe die Verbannung des Chevaliers de Lorraine nur dadurch erreicht, daß ich mich zu diesem Gegendienst bereit erklärte. Hätte ich keinen Erfolg, kehrte er zurück. Ich könnte das Leben mit diesem Wüstling nicht mehr ertragen, der es darauf abgesehen hat, in meinem Hause zu herrschen. Gewiß, ich bin kein Engel. Aber die Verworfenheit Monsieurs und der Seinen überschreitet jedes erträgliche Maß. Ich kann nicht mehr. Aus der gegenseitigen Abneigung ist Haß geworden, und das ist allein das Werk des Chevaliers..."

Angélique machte keinen Versuch, ihren Wortschwall zu unterbrechen. Sie spürte, daß die Prinzessin überreizt war. Offensichtlich hatte sie bis zuletzt gebangt, ob sie das Darlehen bekommen würde. Sie war es gewohnt, von ihren besten Freundinnen verraten und im Stich gelassen zu werden. Die Hilfsbereitschaft einer Fremden mußte ihr wie ein Wunder erscheinen.

„Ihr versprecht mir, daß ich vor meiner Abreise über diese Summe verfügen kann?" fragte sie, von neuem beunruhigt.

„Ich verbürge mich dafür, Euer Hoheit. Ich muß mich mit meinem Verwalter besprechen, aber auf jeden Fall wird man Euch heute in acht Tagen dreitausend Pistolen übergeben."

„Wie gut Ihr seid! Ihr macht mich wieder zuversichtlich. Ich wußte nicht mehr, an wen ich mich wenden sollte. Monsieur behandelt mich seit der Abreise des Chevaliers wie ein Stück Vieh . . ."

In kurzen, abgerissenen Sätzen setzte sie ihre vertraulichen Mitteilungen fort. Sie würde sie später gewiß bereuen. Die Erfahrung hatte sie gelehrt, daß sie sich immer den falschen Menschen erschloß. Sie würde sich sagen, daß diese Madame du Plessis entweder gefährlich oder dumm war. Doch im Augenblick genoß sie das seltene Gefühl, einen offenbar freundschaftlich gesinnten Menschen neben sich zu haben, der ihr Gehör schenkte. Sie schilderte, wie sie jahrelang gekämpft hatte, um sich, ihre Familie und ihren Hofstaat aus dem Sumpf zu befreien, in dem sie zu versinken drohten. Aber von Anfang an war alles verfehlt gewesen. Nie hätte sie Monsieur heiraten dürfen.

„Er ist neidisch auf meinen Verstand, und seine Angst, man könnte mich lieben und achten, wird mir mein ganzes Leben vergällen."

Sie hatte die Hoffnung gehegt, Königin von Frankreich zu werden. Davon sagte sie freilich nichts. Das war einer der stillen Vorwürfe, die sie Monsieur machte: daß er nicht sein Bruder war. Und vom König sprach sie mit einem Anflug von Bitterkeit.

„Ohne seine Angst, mein Bruder Karl könnte sich mit Holland verbünden, hätte ich nie etwas erreicht. Meine Tränen, meine Schande, mein Kummer, all das kümmerte ihn wenig. Er beobachtet den Abstieg seines Bruders ohne Mißfallen."

„Ist die Empfindlichkeit Eurer Königlichen Hoheit nicht ein klein wenig übertrieben?" fragte Angélique. „Der König kann doch nicht froh sein über . . ."

„O doch! O doch! Ich kenne ihn genau. Es ist recht vorteilhaft für einen Regenten, wenn die, die ihm von Geburt nahestehen, im Laster versinken. Die eigene Größe tritt dadurch nur um so strahlender hervor. Die ‚mignons' meines Gatten stellen keine Bedrohung der königlichen Macht dar. Sie verlangen nur nach Geld, Geschenken und einträglichen Ämtern. Der König gewährt freigebig. Monsieur de Lorraine bekam alles von ihm, was er wollte. Er verbürgte sich für die Treue Monsieurs. Der König brauchte nicht zu befürchten, daß er sich in einen Frondeur verwandeln könnte wie sein Onkel Gaston von Orléans. Aber diesmal habe ich nicht locker gelassen. Ich habe darauf hingewiesen, daß ich die Tochter eines Königs bin und einen Bruder besitze, der mich rächen werde."

Sie holte tief Atem und legte die Hand auf ihr heftig pochendes Herz.

„Endlich habe ich gesiegt, und dennoch ist meine Angst nicht geschwunden. Ich bin von soviel Haß umgeben. Monsieur hat mir wiederholt gedroht, mich zu vergiften."

Angélique zuckte zusammen.

„Madame, Ihr solltet Euch nicht solch krankhaften Vorstellungen hingeben."

„Krankhafte Vorstellungen? Ich möchte meinen, daß man es eher einen klaren Blick für Tatsachen nennen kann. Man stirbt leicht heutzutage!"

Angélique mußte an Florimond und die Mahnungen des kleinen Abbé denken. Sie wurde von einer jähen Angst gepackt.

„Wenn das die Überzeugung Euer Hoheit ist, sollte sie alles tun, um sich zu schützen, und ihren Verdacht der Polizei mitteilen."

Madame starrte sie an, als habe sie den absonderlich aussehenden Bewohner einer unbekannten Welt vor sich, dann brach sie in Gelächter aus.

„Ihr reagiert auf eine primitive Art, die ich von Euch wahrhaftig nicht erwartet hätte! Die Polizei? Meint Ihr damit jene ungeschliffenen Kerle, die Monsieur de La Reynie unter sich hat, diesen Desgray beispielsweise, der beauftragt war, meinen Ratgeber, den Bischof von Valence, zu verhaften? Meine Liebe, ich kenne sie nur zu gut, und sie sind es bestimmt nicht, die ihre langen, roten Nasen in unsere Angelegenheiten stecken werden."

Sie stand auf und strich mit einer raschen Bewegung ihr Kleid aus grobem, blaugrauem Seidenstoff glatt.

„Denkt daran, daß es bei Hofe keine andere Möglichkeit gibt, als sich selbst zu schützen . . . oder zu sterben", schloß sie in ruhigem Ton.

Schweigend kehrten sie zum Schloß zurück. Der Park war schön anzusehen mit seinen weiten, grünen Rasenflächen und exotischen Bäumen, deren Kronen der Wind bewegte. Die prunkvolle, abgezirkelte Strenge der Gärten von Versailles war hier nicht zu finden. Madame hatte ihn im englischen Stil anlegen lassen, und das war vielleicht der einzige Punkt, in dem Monsieurs und ihr Geschmack übereinstimmten. Wenn der König nach Saint-Cloud kam, litt er unter dem, was er „diese scheußliche englische Unordnung" nannte.

Die junge Prinzessin lächelte melancholisch. Nichts vermochte sie mehr von dem dunklen Angstgefühl abzulenken, das sie Tag und Nacht beherrschte.

„Wenn Ihr wüßtet", murmelte sie. „Wie gern, ach, wie gern möchte ich in England bleiben und nie wieder hierher zurückkehren!"

Die Kranken drängten sich in den Empfangsräumen des Hôtel du Beautreillis. Daß Angélique sich für ihr Erscheinen vor dem König einsetzen wollte, erschien ihnen bereits sichere Gewähr für ihre Heilung. Sie versprach ihnen, daß sie am kommenden Sonntag an der Zeremonie teilnehmen würden. Sie hatte sich erkundigt und wußte, was für Schritte zu unternehmen waren, aber da ihre Vorbereitungen für die Rückkehr zum Hof sie voll beschäftigten, kam sie auf den Gedanken, Madame Scarron um die Freundlichkeit zu bitten, ihren kleinen Trupp zum Arzt des Königs zu führen. Dabei wurde sie sich bewußt, daß sie die junge Witwe lange nicht mehr gesehen hatte. Das letztemal . . . ja, das war bei jenem Fest in Versailles im Jahre 1668 gewesen. Zwei Jahre! Was mochte aus Françoise inzwischen geworden sein? Mit schlechtem Gewissen stieg Angélique vor der Tür des bescheidenen Hauses in der Rue Babette, in dem Madame Scarron seit Jahren ihre Armut verbarg, aus ihrer Sänfte.

Sie klopfte umsonst. Gleichwohl glaubte sie an verschiedenen Anzeichen zu erkennen, daß sich jemand im Hause befand. Eine Magd vielleicht? Aber warum öffnete sie nicht? Schließlich gab Angélique es auf. An der nächsten Kreuzung wurden die Träger durch zwei Wagen, die einander auswichen, gezwungen, für einen Moment stehenzublei-

427

ben. Als Angélique unwillkürlich noch einen Blick in die Straße zurückwarf, die sie eben verlassen hatte, sah sie zu ihrer Überraschung, daß Madame Scarron in ihrer Haustür erschien. Sie war maskiert und in einen dunklen Mantel gehüllt, aber die graziöse Gestalt der schönen jungen Witwe war eindeutig zu erkennen.

„Das ist ja ein starkes Stück", rief Angélique aus und bedeutete den Lakaien, ohne sie ins Hôtel du Beautreillis zurückzukehren. Dann schlüpfte sie aus der Sänfte, zog ihre Kapuze tief in die Stirn und folgte, ein Geheimnis witternd, Madame Scarron. Die junge Frau ging rasch, trotz der beiden schweren Körbe, die sie unter ihrem Umhang trug. Vor den Stufen des Palais-Royal mietete sie eine jener ‚vinaigrettes‘ genannten Sänften, die von einem einzigen Mann gezogen wurden. Nach kurzem Zögern entschloß sich Angélique, die Verfolgung zu Fuß fortzusetzen. Eine ‚vinaigrette‘ fuhr nie rasch, und unter den Straßenpassanten fiel sie weniger auf.

Sie hatte genügend Zeit, ihren Entschluß zu bereuen. Der Spaziergang nahm kein Ende. Nachdem die Seine überquert war, folgte die Sänfte einer endlos langen Straße, die sich allmählich in einen bodenlosen Weg verwandelte, um schließlich in der Gegend von Vaugirard fast ins freie Feld zu münden. Als das Gefährt um eine Ecke bog, verlor Angélique es für ein Weilchen aus den Augen, und als sie selbst die Quergasse erreichte, sah sie enttäuscht die ‚vinaigrette‘ schon leer zurückkommen.

Da sie den weiten Weg nicht umsonst gemacht haben wollte, lief sie dem Manne nach und drückte ihm ein Silberstück in die Hand. Für eine so fürstliche Summe war er gern bereit, ihr das Haus zu zeigen, in das er seinen Fahrgast hatte eintreten sehen.

Es war eines der neuen kleinen Häuser, die in wachsender Zahl am Stadtrand zwischen den Kohlfeldern der Gemüsegärtner und Schafweiden errichtet wurden. Angélique betätigte den bronzenen Türklopfer. Nach einer Weile wurde das Guckloch geöffnet, und die Stimme einer Magd fragte, was man wolle.

„Ich möchte Madame Scarron sprechen."

„Madame Scarron? Die wohnt nicht hier...", erwiderte die Stimme, und das Guckloch wurde wieder geschlossen.

All diese Geheimnisse reizten Angéliques Neugier. „Meine Liebe, du kennst mich schlecht", sagte sie zu sich, „wenn du meinst, daß ich die Sache so leicht aufgebe."

Es gab nur ein einziges Mittel, Françoise zu zwingen, sich zu zeigen, und sie würde es anwenden . . .

Dreiundvierzigstes Kapitel

Von neuem begann sie aus Leibeskräften an die Tür zu trommeln, bis das Guckloch sich abermals auftat.

„Ich habe Euch doch gesagt, daß es hier keine Madame Scarron gibt", kreischte die Magd.

„O doch. Sagt ihr, daß ich im Auftrag des Königs komme."

Die Hand am Gitter schien zu zögern. Schließlich klirrte eine Kette, der Riegel wurde knirschend zurückgeschoben, und die Tür öffnete sich um einen Spalt. Angélique schlüpfte ins Innere. Mit ängstlichem Ausdruck sah Françoise Scarron von der Höhe der Treppe herab.

„Angélique, um Gottes willen, was hat das zu bedeuten?"

„Ihr scheint nicht eben erfreut, mich zu sehen! Dabei habe ich mir solche Mühe gegeben, Euch aufzustöbern. Wie geht es Euch?"

Angélique stieg lächelnd die Stufen hinauf, aber die angstvolle Spannung ihrer Freundin wich auch jetzt nicht.

„Der König schickt Euch?" fragte sie. „Warum gerade Euch? Hat sich bezüglich der letzten Anweisungen etwas geändert?"

„Ich glaube nicht", erwiderte Angélique auf gut Glück. „Aber Ihr bereitet mir einen recht merkwürdigen Empfang. Seid Ihr mir böse, weil ich Euch so lange vernachlässigt habe? Wir werden uns aussprechen. Gehen wir hier hinein."

„Nein, nein!" rief Madame Scarron energisch und schob sich mit ausgebreiteten Armen vor die Tür des Zimmers, das Angélique betreten wollte. „Nein, klärt mich erst auf."

„Wir werden doch nicht auf der Treppe stehenbleiben, Françoise.

Was ist mit Euch? Ich erkenne Euch nicht wieder. Wenn Ihr Sorgen habt, laßt mich an ihnen teilnehmen."

Madame Scarron wollte nichts hören.

„Sagt mir genau, was der König Euch aufgetragen hat."

„Der König hat mit der Sache nichts zu tun, ich gestehe es ein. Ich wollte Euch sprechen, und sein Name hat mir als Sesam-öffne-dich gedient."

Madame Scarron verbarg ihr Gesicht in beiden Händen.

„Mein Gott, das ist entsetzlich! Ich bin verloren!"

Da sie bemerkte, daß die Bedienten aus dem Hausflur neugierige Blicke heraufwarfen, drängte sie Angélique schließlich in den kleinen Salon.

„Kommt in Gottes Namen herein, da das Unglück nun einmal geschehen ist . . ."

Das erste, was die Besucherin erblickte, war eine Wiege dicht am Fenster. Näher tretend entdeckte sie ein pausbäckiges Kindchen, das ein paar Monate alt sein mochte und sie freundlich anlächelte.

„Das also ist Euer Geheimnis, Françoise! Es ist entzückend, und Ihr macht Euch meinetwegen unnütze Gedanken. Ihr könnt Euch auf meine Verschwiegenheit verlassen."

So war die unüberwindliche Tugend der jungen Witwe also doch zu Fall gebracht worden . . . Sie, die ihr Fortkommen auf ihren guten Ruf gegründet hatte, mußte tief unglücklich sein.

„Ihr habt gewiß schwere Tage hinter Euch. Weshalb habt Ihr Euch nicht Euren Freundinnen anvertraut? Wir hätten Euch doch beigestanden."

Françoise Scarron schüttelte müde lächelnd den Kopf.

„Nein, Angélique. Ihr vermutet falsch. Schaut Euch dieses Kind genau an. Dann werdet Ihr begreifen."

Der Säugling starrte sie aus saphirblauen Augen an, die ihr tatsächlich vertraut vorkamen. „Blau wie das Meer", dachte sie. Plötzlich begriff sie. Sie hatte den Sohn Madame de Montespans und des Königs vor sich.

„Ja, so ist es", sagte Madame Scarron, ihre Gedanken erratend. „Ihr seht nun, in was für einer Situation ich mich befinde! Nur um des

430

Königs willen habe ich die Aufgabe übernommen, mich insgeheim um dieses Kind zu kümmern, von dessen Existenz kein Mensch erfahren darf. Nach Recht und Gesetz könnte der Marquis de Montespan es beanspruchen. Er wäre durchaus dazu fähig. Ihr könnt Euch vorstellen, was für einen Skandal das gäbe! Ach, ich lebe überhaupt nicht mehr . . .''

Sie nötigte Angélique auf ein Kanapee. Nachdem der erste Ärger verflogen war, empfand sie es nun im Grunde ihres Herzens als eine Erleichterung, sich ein wenig aussprechen zu können. Sie schilderte, wie Louvois sie dem König empfohlen hatte, als im Augenblick der Geburt des königlichen Bastards die Notwendigkeit aufgetaucht war, eine ebenso fähige wie verschwiegene Betreuerin für ihn zu finden. Madame Scarron war für geeignet befunden worden und hatte eingewilligt.

„Der König war mit dieser Wahl zunächst nicht einverstanden. Ich glaube, er mag mich nicht sehr, er hat mich zu häufig gesehen. Aber Monsieur de Louvois und Athénaïs redeten ihm zu. Athénaïs und ich sind seit langem verbunden. Sie weiß genau, was sie von mir erwarten kann, und da sie viel für mich getan hat, wäre es undankbar gewesen, wenn ich mich geweigert hätte. Seitdem lebe ich zurückgezogener, als wenn ich den Schleier genommen hätte. Wenn ich dabei wenigstens Ruhe fände! Aber ich muß mich hier um das Haus kümmern, muß die Amme, die Wiegefrau, die Bedienten überwachen, die weder wissen, wer ich bin noch wer das Kind ist. Und gleichwohl muß ich mich weiterhin zeigen und daheim mein Leben weiterführen, damit niemand von meiner neuen Stellung etwas ahnt. Ich trete durch eine Tür ein und gehe heimlich durch eine andere hinaus, und wenn ich meine Freundinnen besuche, lasse ich mich zuvor vorsichtshalber schröpfen, um nicht zu erröten, wenn ich die Fragen, die man mir stellt, mit Lügen beantworten muß. Der Herr möge mir vergeben! Lügen! Das ist nicht das geringste Opfer, das der Dienst am König mir abverlangt."

Sie sprach in dem humorvollen Ton, mit dem sie immer ihre Klagen zu mildern verstanden hatte. Angélique vermutete, daß ihr gewichtiges Amt sie im Grunde beglückte. Die Stellung war trotz aller Schwierigkeiten beneidenswert, da sie ihr eine Hauptrolle im Leben des Königs verschaffte.

Da das Kindchen zu plärren begann, stand Françoise auf, um nach ihm zu sehen. Sie glättete die Decken und das Kopfkissen mit jenen knappen Hausfrauenbewegungen, die ihr bei allen Verrichtungen eigen waren. Ihrem Wesen lag es fern, über den Charme des Kleinen in Rührung zu geraten; dergleichen überließ sie der Amme. Aber man konnte sicher sein, daß sie für die gesunde Entwicklung seines Körpers, seines Verstandes und seiner Seele sorgen würde. Sie war eine vollkommene Erzieherin.

„Seine Gesundheit läßt zu wünschen übrig", erklärte sie Angélique. „Er ist mit einem leicht verkümmerten Bein auf die Welt gekommen. Man befürchtet, er könnte einmal hinken. Ich habe mit dem Arzt des Königs darüber gesprochen, der in das Geheimnis eingeweiht ist. Er meint, die Quellen von Barèges würden eine Deformierung verhindern, und im Sommer soll ich ihn dorthin begleiten. Ihr seht, daß meine Aufgabe mir keine Freizeit läßt. Und es besteht auch keine Aussicht, daß sich das bessern wird, im Gegenteil. Vermutlich werde ich bald eine doppelte Verantwortung übernehmen müssen."

„Die Gerüchte über eine neue Schwangerschaft Madame de Montespans sind also begründet?"

„Leider!"

„Warum leider?"

„Athénaïs hat es mir voller Verzweiflung bestätigt."

„Sie sollte sich freuen. Ist es nicht ein Beweis für die Gunst des Königs?"

Madame Scarron seufzte und warf Angélique einen Blick zu, die die Augen abwandte.

Eine gespannte Stille trat ein.

„Sie ist in einer schrecklichen Verfassung", fuhr die junge Witwe schließlich fort. „Sie kommt alle Augenblicke hierher, nicht um ihren Sohn zu sehen, sondern um sich mir anzuvertrauen und ihrem Zorn freien Lauf zu lassen. In Versailles ist sie gezwungen, Haltung zu bewahren. Es ist für niemand ein Geheimnis, daß der König eine andere liebt."

Sie wandte sich ihr von neuem zu.

„. . . Daß er Euch liebt, Angélique."

Angélique lachte spöttisch auf.

„Es ist für niemand ein Geheimnis, daß der König mich hat verhaften
und einsperren lassen. Wahrhaftig ein schöner Liebesbeweis!"

Madame Scarron schüttelte den Kopf. Sie hätte sich gerne mehr davon
erzählen lassen, doch in diesem Augenblick knirschten draußen die Räder einer Kutsche. Es wurde ungeduldig an die Haustür geklopft, und
gleich darauf erscholl im Flur die gebieterische Stimme der Montespan.

Françoise wurde bleich. Am liebsten hätte sie ihre Besucherin auf dem
Boden versteckt. Doch Angélique protestierte.

„Machen wir uns nicht lächerlich. Wovor fürchtet Ihr Euch? Ich werde
ihr schon die nötigen Erklärungen geben. Schließlich hat zwischen uns
nie ausgesprochene Feindschaft bestanden."

Sie trat ein wenig beiseite. Madame de Montespan schoß mit vollen
Segeln herein. Ungestüm warf sie ihren Fächer, ihren Beutel, ein Pa-
stillendöschen, ihre Handschuhe und ihre Uhr auf einen Nipptisch.

„Das ist wirklich zuviel", sagte sie. „Eben erfahre ich, daß er sich
kürzlich mit ihr in der Grotte der Thetis getroffen hat . . ."

Sie wandte sich um und bemerkte Angélique. Offenbar hatte sie stets
das Bild ihrer Rivalin vor Augen, denn ihr Verhalten verriet, daß sie
ein paar Sekunden lang glaubte, das Opfer einer Halluzination zu sein.
Angélique nutzte die Situation, um die Offensive zu ergreifen.

„Ich muß Euch tausendmal um Verzeihung bitten, Athénaïs. Als ich
dieses Haus betrat, wußte ich nicht, daß ich in Euer Eigentum eindrang.
Ich wollte Françoise sprechen, deren Kommen und Gehen meine Neugier weckte. Ich bin ihr bis hierher gefolgt."

Madame de Montespan war puterrot geworden. Aus ihren Augen
schossen Blitze. Sie bebte vor verhaltenem Zorn.

„Glaubt mir", fuhr Angélique fort, „wenn ich Euch versichere, daß
Madame Scarron alles getan hat, um mich daran zu hindern, in Euer
Geheimnis zu dringen. Es ist in verläßlichen Händen. Ich allein trage
die Schuld."

„Das glaube ich gern", rief Athénaïs hämisch lachend aus. „Françoise
ist nicht so dumm, Ungeschicklichkeiten solcher Art zu begehen."

Sie ließ sich in einen Sessel fallen und streckte der jungen Witwe ihre
Füße hin, die in Schuhen aus rosa Satin steckten.

„Zieht sie mir aus! Sie martern mich."

Madame Scarron ließ sich vor ihr auf die Knie nieder.

„Und man soll mir ein Becken mit warmem Benzoëwasser heraufbringen."

Ihr Blick kehrte zu dem Eindringling zurück, spitzte sich zu.

„Was Euch betrifft ... man weiß ja, was sich hinter Eurem scheinheiligen Wesen verbirgt. Neugierig wie eine Portiersfrau, die allen Leuten nachschnüffeln muß. Zu geizig, einen Lakaien für solche schmutzigen Aufgaben zu bezahlen. Der Kupplerberuf, den Ihr früher in Eurem Schokoladengeschäft ausgeübt habt, steigt Euch offenbar wieder in die Nase."

Angélique wandte sich ab und ging zur Tür. Da Athénaïs einen solchen Ton anzuschlagen beliebte, schien es ihr besser, das Feld zu räumen. Sie fürchtete sich nicht vor ihr. Aber sie empfand krankhaften Abscheu vor Szenen zwischen Frauen, in deren Verlauf man einander tausend zutreffende oder falsche Beschuldigungen ins Gesicht schleudert, die giftige Wunden hinterlassen.

„Bleibt!"

Die gebieterische Stimme ließ sie innehalten. Es fiel schwer, dem Mortemart-Ton zu widerstehen. Angélique fühlte sich als Vasallin. Aber sie bäumte sich auf. Da die andere die Klingen kreuzen wollte – schön, dann würde man sie eben kreuzen. Danach würde die Situation klarer sein. In völliger Gelassenheit wartete sie ab, ihr Blick ruhte auf der Marquise de Montespan, der Madame Scarron eben die Seidenstrümpfe heruntergestreift hatte. Leise Verächtlichkeit lag in Angéliques Augen und eine lässige Grazie in ihrer Haltung, die nur ihr eigen war.

Madame de Montespans zorngerötetes Gesicht wurde bleich. Sie spürte, daß es ihr nichts half, ihre Rivalin zu beschimpfen. Ihre Stimme klang erregt.

„,Die un-ver-gleich-li-che Haltung der Madame du Plessis-Bellière ... So müssen Königinnen schreiten ... Und dieses Geheimnisvolle, das sie umgibt und sie unter uns zu etwas Besonderem macht ...' – so spricht der König von Euch. ,Habt Ihr bemerkt', sagte er zu mir, ,wie selten sie lächelt? Und dennoch kann sie vergnügt sein wie ein Kind. Aber der Hof ist ein trübseliger Ort!' Der Hof! Ein trübseliger Ort!... Zu solchen törichten Äußerungen bringt Ihr den König. Durch Euer träumerisches Wesen, Eure Naivität, Euer zimperliches Getue habt Ihr ihn bezaubert. ‚Ihr Geheimnis', habe ich ihm einmal gesagt, ‚liegt darin, daß sie sich vor ihrer Ehe mit du Plessis wer weiß wo herumgetrieben und ihre Reize in üblen Spelunken verkauft hat.' Wißt Ihr, wie er reagierte? Er hat mich geohrfeigt." Sie brach in hysterisches Gelächter aus. „Es war Zeit, daß er mich ohrfeigte. Am nächsten Morgen überraschte man Euch mit diesem schnurrbärtigen asiatischen Banditen im Bett. Hab' ich gelacht ... Hahahah!"

Der königliche Säugling schreckte aus dem Schlaf und begann von neuem zu plärren. Madame Scarron nahm ihn aus der Wiege und trug ihn zu seiner Amme. Als sie zurückkam, weinte Madame de Montespan in ihr Taschentuch.

„Zu spät!" schluchzte sie. „Seine Liebe hat diesen Schlag überstanden, den ich für tödlich hielt. Er bestrafte Euch und sich zugleich, und ich mußte die Auswirkungen seiner üblen Laune über mich ergehen lassen. Man könnte meinen, ohne Euch ginge das Königreich zugrunde. ‚Ich hätte gern Madame du Plessis um Rat gefragt', sagte er bei jeder Gelegenheit. Es war mir einfach unerträglich. Er verachtet die Frauen, kümmert sich nicht im geringsten um ihre Ansichten, ist im höchsten Grade besorgt, daß man sagen könnte, er habe dies oder jenes getan, weil eine Frau es ihm anempfahl. Wenn er mir eine Gunst gewährt, die Beförderung irgendeines meiner Schützlinge, tut er, als sei es ein Schmuck, den er mir schenkt, um mich für meinen Titel als königliche Mätresse zu entlohnen, nicht weil er etwas auf mein Urteil gibt. Während *sie* ... sie hat er nach ihrer Ansicht über Probleme der Politik gefragt ... der internationalen Politik", kreischte Madame de Montespan, als verschlimmere dieses Beiwort die Sache noch. „Er behandelt sie wie einen Mann."

„Das müßte Euch eigentlich beruhigen", sagte Angélique kühl.

„Nein. Denn Ihr seid die einzige Frau, die er jemals so behandelt hat."

„Unsinn! Ist nicht eben erst Madame d'Orléans mit einer wichtigen diplomatischen Mission in England betraut worden?"

„Madame ist die Tochter eines Königs und die Schwester Karls II. Doch wenn sie sich einbildet, durch ihre Dienste seine Freundschaft und

435

womöglich seine Liebe zurückzugewinnen, täuscht sie sich gewaltig. Der König bedient sich ihrer, aber verachtet sie, weil sie intelligent ist. Er mag keine intelligenten Frauen."

Madame Scarron mischte sich ein, um die Atmosphäre zu entspannen.

„Welcher Mann liebt intelligente Frauen?" seufzte sie. „Meine Lieben, Ihr streitet Euch sehr zu Unrecht. Der König braucht Abwechslung, wie alle Männer. Gesteht ihm diese verbreitete Schwäche zu. Mit der einen mag er am liebsten plaudern, mit der andern schweigen. Eure Stellung ist beneidenswert, Athénaïs. Schätzt sie nicht gering ein. Wer alles will, läuft Gefahr, alles zu verlieren, und Ihr werdet eines schönen Tages höchst überrascht feststellen, daß der König Euch aufgegeben hat, um einer Dritten willen, die ihn herumgekriegt hat, ohne daß Ihr Euch dessen versaht."

„Ganz richtig", stimmte Angélique vergnügt zu. „Vergessen wir nicht, Françoise, daß Ihr es seid, die der König eines Tages heiraten wird. So hat es die Hellseherin vorausgesagt. Und wir werden uns schön dumm vorkommen, Athénaïs und ich, weil wir so böse Worte gewechselt haben."

Während sie ihren Mantel raffte, um zur Treppe zu gehen, schloß sie in versöhnlichem Ton: „Lassen wir es dabei bewenden, Madame. Wir sind noch vor kurzem Freundinnen gewesen."

Wie von der Tarantel gestochen, fuhr Athénaïs de Montespan hoch, stürzte sich auf Angélique und packte sie an den Handgelenken.

„Glaubt nicht, daß das, was ich eben sagte, ein Eingeständnis der Niederlage ist und daß ich Euch den Sieg überlassen werde. Der König gehört mir. Ihr werdet ihn nie bekommen! Ich werde ihm diese Liebe aus dem Herzen reißen. Und wenn es mir nicht gelingt, dann werde ich Euch aus dem Leben reißen. Kein Mann liebt den Schatten einer Toten."

Sie bohrte ihre Nägel in die Unterarme der jungen Frau, und in ihren Augen loderte kalter Haß auf. Angélique hatte zuweilen in ihrer Umgebung die zerstörerischen Wirkungen dieses ätzenden Gefühls beobachtet, aber nie war es ihr in einem solchen Maße begegnet. Der Abscheu, den sie Madame de Montespan einflößte, ergoß sich wie glühende Lava über sie, und eine tiefe Erbitterung keimte in ihr auf, die sich in

436

Wut verwandelte. Sie riß sich los und versetzte der Mätresse des Königs eine kräftige Ohrfeige. Athénaïs kreischte auf. Madame Scarron warf sich zwischen sie.

„Hört auf!" sagte sie. „Ihr entwürdigt Euch, Mesdames. Denkt daran, daß wir Landsmänninnen sind. Wir stammen alle drei aus dem Poitou."

Ihre Stimme hatte etwas überraschend Gebieterisches. Auch später konnte sich Angélique nie erklären, warum diese Anspielung auf die Bande der Heimat ihren Zorn mit einem Schlag gelöscht hatte. Sie verließ den Raum und stieg zitternd vor Erregung die Treppe hinunter. Die Krallen der Furie hatten an ihren Armen tiefe violette Spuren hinterlassen, in denen sich Blutstropfen zu bilden begannen. Sie blieb im Vorplatz stehen, um sie abzutupfen. Madame Scarron kam ihr nach. Sie war zu klug, diejenige ohne ein versöhnliches Wort gehen zu lassen, die morgen vielleicht die neue Favoritin von Versailles sein würde.

„Angélique, sie haßt Euch!" flüsterte sie. „Seht Euch vor. Und wißt, daß ich Euch zugetan bin."

„Eine Verrückte", sagte Angélique vor sich hin, um sich zu beruhigen.

Aber es war viel schlimmer. Sie wußte genau, daß es sich nicht um eine Verrückte handelte, sondern um eine Frau von sehr klarem Verstand, die zu allem fähig war und die sie haßte. Niemand hatte sie bisher gehaßt. Philippe allenfalls, in den kurzen Augenblicken, in denen er gegen die Anziehungskraft angekämpft hatte, die sie auf ihn ausübte. Aber das war nicht jener erstickende, vielfache Haß gewesen, der sie nun wie der betäubende Hauch giftiger Blumen umschloß. Und in dem Wind, der über die sandigen Hügel von Vaugirard blies, glaubte sie die schwermütige Stimme des Pagen zu hören:

> „Die Königin ließ binden
> von schönen Lilien einen Strauß.
> Und der Geruch der Blumen
> löscht' der Marquise Leben aus."

Vierundvierzigstes Kapitel

Der König hatte vormittags die Kranken berührt und dabei an die Schützlinge Angéliques außer der üblichen Geldspende neue Kleider verteilen lassen. Danach war er mit dem Hof zu einem Rundgang durch die Gärten aufgebrochen, um die neuesten Anlagen seines Gartenkünstlers Le Nôtre zu bewundern. Während dieses Spaziergangs hatte die Gesellschaft die Kunde erreicht, daß im Lustwäldchen des Marais Erfrischungen auf sie warteten, und man hatte sich alsbald dorthin auf den Weg gemacht.

Obwohl Angélique sich bewußt im Hintergrund hielt, waren sich die in der Auslegung königlicher Stimmungsschwankungen und sonstiger Zeichen erfahrenen Höflinge längst darüber klargeworden, daß sich ihre Ungnade in einen Triumph verwandelt hatte. Das ins Grünliche spielende Blau ihres Kleides glich dem Himmel, wie man ihn über der Ile-de-France im Frühling sieht. Ihre Wangen hatten den frischen Glanz des Lenzes. Als von der Liebe eines gekrönten Hauptes angerührte Frau, erwählt, ausgezeichnet von einem Gott, von Haß, Neid und Eifersucht umgeben, schien sie allen fast einschüchternd schön. Man wagte kaum, sie anzusprechen.

Madame de Montespan dagegen suchte sich in einem sprühenden Hin und Her witziger Worte den Anschein strahlender Laune zu geben. Nichts an ihr verriet ihre Beunruhigung. Von einer Schar beflissener Höflinge umflattert, wandelte sie unter einem mit goldenen und silbernen Spitzen besetzten Sonnenschirm aus rosa und blauem Taft dahin, den ihr Negerknabe über sie hielt.

Die kleinen Hunde der Königin purzelten mit schrillem Gekläff die Treppe der Latona herunter hinter ihr her. Ihnen folgten die Zwerge, traurig und häßlich, und diesen wiederum mit ihren Damen die Königin. Der Schirm der Montespan verstimmte sie, da sie sich gleichfalls gern gegen die stechende Sonne geschützt hätte und keinen von solcher Eleganz besaß.

Das Wäldchen des Marais bot unter seinem frühlingshaft zartgrünen

Laub einen angenehm kühlen Aufenthalt. In seiner Mitte erhob sich ein Baum aus Bronze, dessen Blätter in weitem Bogen Wasser versprühten. Rings umher schossen raunende Wasserstrahlen aus silbernen Schilfbüscheln, in denen versteckt vier goldene Schwäne lagen.

Man ließ sich an den aufgestellten Tischen oder auf im Grünen versteckten Rasenbänken nieder. Angélique saß neben Mademoiselle de Brienne, die sie mit ihrem Geschwätz langweilte.

Langsam schweifte ihr Blick über die plaudernden Gruppen.

„Wo ist Lauzun?" fragte sie verwundert. „Ich habe ihn noch nicht bemerkt."

„Wie, Ihr wißt nicht? Er ist doch im Gefängnis. Er hat sich beim König und bei Madame de Montespan vollends unmöglich gemacht. Ich weiß nicht mehr, welches Amt es war, das man ihm verweigerte und für das sie ihm ihre Fürsprache zugesichert hatte. Jedenfalls hat er sie mit wüsten Schimpfworten belegt, ist zum König gegangen, hat seinen Degen zerbrochen und gesagt, er wolle ihm nicht mehr dienen."

„Die Folge: ein neuerlicher Aufenthalt in der Bastille."

„Ja, aber diesmal ist es schlimmer. Man erzählt sich, daß er in eine Festung des Piémont gebracht werden soll, nach Pignerol. Dort wird er in Gesellschaft jenes berüchtigten Intendanten sein . . . wie hieß er doch?"

„Fouquet", sagte Monsieur de Louvois, der neben ihnen auftauchte und mit spitzen Fingern ein Törtchen verspeiste. „Ja . . . das ist lange her! Man vergißt es allmählich, und dabei ist das Eichhörnchen immer noch lebendig in seinem Käfig."

Angélique verspürte jedesmal ein Mißbehagen, wenn sie den Namen Fouquet hörte. Sie hatte diesen Mann nur einmal gesehen, der wie ein böser Geist über der Katastrophe ihres Lebens schwebte. Es lag weit zurück, aber es ließ sich nicht auslöschen. Der alte, triefäugige Pain-Sec fiel ihr ein, der sich unter ihren Kranken befunden hatte. Sein trüber Blick war ihr beharrlich gefolgt, und sie hatte erschauernd in ihm gelesen: Aus den vernebelten Tiefen seiner Erinnerung mußte ein Bild aufgestiegen sein, der Schatten einer Frau, die in Lumpen ging, auf bloßen Füßen, und ein Messer in ihrem Gürtel trug.

Jene Zeit lag so fern, daß sie kaum mehr wirklich schien. Doch Pain-

439

Sec hatte die Kluft vom Damals zum Heute übersprungen, er verkörperte ein Stück jener Wirklichkeit, die sie immer von neuem aus ihrem Bewußtsein verdrängte. „Marquise der Engel", so hatte man sie in der Tour de Nesle genannt ...

„Marquise der Engel!" rief mit spöttischem Lachen Barcarole, der Zwerg der Königin, und schüttelte seine Glöckchen.

Er war auf einen der Marmortische gesprungen und hatte zwischen den Schüsseln zu tanzen begonnen. Sein groteskes Treiben brachte die Königin und ihre Damen zum Lachen.

Mademoiselle de Brienne entfernte sich diskret. Monsieur Louvois tat desgleichen. Sie hatten den König auf Angéliques Platz zukommen sehen. Ludwig XIV. setzte sich neben sie, aber sie bemerkte es nicht. Sie hatte den Kopf zurückgebeugt und die Lider geschlossen. Sie vergegenwärtigte sich von neuem die Szene des Vormittags, die armen Kranken, wie sie in der Morgensonne knieten, ihre lehmfarbene, ewig fröstelnde Haut, ihre grauen Lumpen. Auch sie war einmal eine solche Frau gewesen und hatte inmitten gleichgültiger Menschen ein halbtotes Kind an ihre Brust gedrückt. Tränen traten über ihre Wimpern. Der König zuckte zusammen.

„Schönste, was bedeuten diese Tränen?"

Sie schüttelte leise den Kopf und wurde sich bewußt, wo sie war. Von allen, wenn auch mehr oder weniger heimlich, beobachtet, konnten sie sich keine anderen Gesten erlauben als die der gesellschaftlichen Unterhaltung. Mit ihrem kleinen Spitzentaschentuch tupfte sie sich über die Augen.

„Ich dachte an die Armen, Sire. Welchen Platz nehmen sie im Königreich ein?"

„Seltsame Frage! Was meint Ihr damit?"

„Euer Majestät hat mir einmal auseinandergesetzt, daß jedermann im Lande zur Erhaltung der Monarchie beitrage."

„Gewiß. So muß es auch sein. Der Bauer liefert durch seine Arbeit die Nahrung für diesen großen Körper. Der Handwerker verfertigt die Gegenstände, die der Bequemlichkeit des Volkes dienen, während die Kaufleute die verschiedenen Produkte stapeln, um sie jedem einzelnen in dem Augenblick zu liefern, in dem er sie braucht. Die Finanzleute sammeln die öffentlichen Gelder, die zum Unterhalt des Staates dienen. Die Richter gewährleisten durch Anwendung der Gesetze die Sicherheit unter den Menschen. Die Geistlichen lenken, indem sie die Völker in der Religion unterweisen, den Segen des Himmels herab."

„Und die Armen, Sire? Die Armen, deren es so unsagbar viele gibt . . .?"

Die Vision nahm sie von neuem gefangen, löschte die Farben der bezaubernden Szenerie, tilgte das Echo der Pastorale in den Gebüschen . . .

. . . Ich bin bis zur Erschöpfung durch den Morast gewatet. Ich habe den Fluß der Unterwelt durchquert, und nachdem ich kraft eines unerklärlichen Wunders ans Ufer der irdischen Herrlichkeiten gelangt bin, erinnere ich mich . . .

Die Armen, die nicht wissen, wohin sie gehen, noch was sie tun sollen, die Armen, die ihre Not den Kriegen verdanken, die durch Eintreibungen und Ungerechtigkeiten vervielfacht werden – in der Verwandtschaft mit ihnen liegt mein Geheimnis. Sie ist das unsichtbare Siegel, das ich auf der Stirn trage, unter meinen Juwelen.

Kann ich je das schauerliche Lachen der Bettler in den Untergründen von Paris vergessen, jenes Lachen, das beängstigender ist als Schluchzen und Klagen, das verzweifelte Gelächter der Armen, das das Feuer des Himmels herablenken wird . . .?

Sie schlug die Augen auf und begegnete dem eindringlich auf sie gerichteten Blick des Königs.

„Euer Gesicht!" murmelte er. „Es gibt kein zweites Frauengesicht wie das Eure."

Er rührte sich nicht, sorgsam darauf bedacht, sich den forschenden Augen des Hofs nicht zu verraten. Und wenn er seine Stimme dämpfte, so klang sie nur um so rührender.

„Woher kommt Ihr? Welchem Ziel strebt Ihr zu, Madame? Was steht alles in Eurem Gesicht geschrieben! Die ganze Schönheit . . . der ganze Schmerz der Welt!"

Die Zwerge der Königin vollführten einen Heidenspektakel. Barcarole hatte sie in eine groteske Sarabande hineingerissen, inmitten der über diesen Mummenschanz mehr oder weniger entzückten Hofgesellschaft. Ihr grelles Gekreisch übertönte die Weisen der Violinen.

Der König betrachtete Angélique fasziniert.

„Euch anschauen bedeutet zuweilen Beglückung, zuweilen Kümmernis. Ich sehe Euren Hals, an dem eine zarte Ader pocht. Ich möchte ihn mit meinen Lippen, mit meiner Stirn berühren. Alles in mir sehnt sich nach der Wärme Eurer Gegenwart. Eure Abwesenheit hüllt mich in Einsamkeit wie in einen eisigen Panzer. Ich bedarf Eures Schweigens, Eurer Stimme, Eurer Kraft. Und dennoch möchte ich Euch schwach werden sehen. Ich möchte Euch an mich geschmiegt schlafen sehen, erschöpft von einem zärtlichen Kampf. Und Euch erwachen sehen, neu gekräftigt, mit rosigen Wangen. Ihr errötet leicht, und man hält Euch für verletzbar. Aber Ihr seid härter als der Diamant Lange Zeit habe ich Eure verborgene Heftigkeit geliebt. Jetzt zittere ich, sie könnte Euch mir eines Tages entreißen ... O mein Herz! Meine Seele!"

Angélique lächelte.

„Warum lächelt Ihr?" fragte er.

„Ich mußte an den jungen Poeten denken, dem Euer Majestät gewogen ist, Jean Racine. Er pflegt zu sagen, daß er Euch seine besten Eingebungen verdanke, und wenn ich Euch zuhöre, begreife ich es ..."

Sie hielt inne, denn Monsieur Duchesne verneigte sich vor ihnen. Drei Mundschenken hielten sich hinter ihm. Sie boten dem König und Angélique in dünnen Porzellanbechern Sorbett an worauf sie sich unter Bücklingen entfernten.

„Ihr spracht von Racine", nahm der König das Gespräch wieder auf, „und Ihr habt mir ein artiges Kompliment gemacht. Aber ich glaube, insofern ist etwas Wahres daran, als die Dichter nur Dichter sind, weil sie die Menschen ihrer Zeit und aller Zeiten darzustellen vermögen. Jeder Mensch trägt in sich jenen geschlossenen Kreis der Liebe. Doch wenn man unter nichtswürdigen Kreaturen lebt, ist es besser, ihn ein Leben lang verschlossen zu halten. Für Euch indessen, Angélique, werde ich es vielleicht eines Tages wagen, ihn zu öffnen ..."

Ein jäher Schreck ließ ihn innehalten. Der Becher, den Angélique zum Munde führte, schwankte. Der Sorbett ergoß sich über ihr Kleid auf die Erde, das Porzellan zerbrach in tausend Scherben. Der Sieur Barcarole hatte bei einem seiner übermütigen Sprünge die junge Frau angestoßen.

„Der Teufel hole diese Wichte!" rief der König zornig aus. Er griff nach seinem Stock und versetzte dem Ungeschickten ein paar Hiebe über den Rücken. Schreiend machte sich der Kleine aus dem Staube, und die Königin, die ihren Schützling zu verteidigen suchte, wurde grob zurechtgewiesen. Einer der kleinen Hunde stürzte herzu, um die Reste des Sorbetts aufzulecken.

Indessen drängten sich an die zwanzig Damen, mit Servietten oder Wasserkannen bewaffnet, um Angélique, um die Flecken auf ihrem Kleide zu beseitigen. Ihre Gunst war heute allzu offensichtlich gewesen. Eine jede wollte sich ihr gefällig erweisen. Man war sich einig, daß die Sonne den Schaden rasch beheben werde. Dann brach die ganze Gesellschaft nach den Terrassen auf, um dort die letzten Sonnenstrahlen zu genießen.

Das Hündchen lag röchelnd im Gras. In einem unbeobachteten Augenblick hatte Barcarole Angélique veranlaßt, mit ihm zu der verlassenen Stätte zurückzukehren; nun beugte er sich über das von Krämpfen geschüttelte Tierchen.

„Jetzt hast du hoffentlich begriffen, Marquise der Engel", sagte er. „Es krepiert, weil es die Creme gefressen hat, die für dich bestimmt war. Bei dir hätte es freilich nicht so schnell gewirkt. In diesem Augenblick würde es dir vielleicht gerade ein wenig übel werden. Aber heute nacht würde es schlimm, und morgen früh wärst du tot."

„Du redest Unsinn, Barcarole. Die Prügel des Königs haben dir den Verstand verwirrt."

„Du glaubst mir nicht?" fragte grimmig der Zwerg. „Dummkopf! Hast du denn nicht gesehen, wie der Hund den Sorbett von der Erde aufleckte?"

„Nein. Ich war viel zu sehr mit meinem Kleid beschäftigt. Und selbst wenn es so wäre, könnte der Hund trotzdem an etwas anderem eingegangen sein."

„Du glaubst mir nicht", wiederholte Barcarole erregt, „weil du mir nicht glauben willst."

„Aber wer sollte mir nach dem Leben trachten?"

„Dumme Frage! Meinst du, die andere, die, der du den Platz neben dem König nimmst, hat dich aus Dank in ihr Herz geschlossen?"

„Madame de Montespan? Nein, Barcarole, das ist ausgeschlossen. Sie ist hart und böse, sie scheut nicht vor Verleumdung zurück, aber sie würde es nicht wagen, so weit zu gehen!"

„Warum nicht? Was sie einmal in ihren Krallen hat, läßt sie nicht mehr los."

Er hob das Hündchen auf, das eben den letzten Atemzug getan hatte, und schleuderte es ins Dickicht.

„Duchesne hat den Schurkenstreich verübt. Und Naaman, der Neger-knirps der Montespan, hat mich gewarnt. Sie mißtraut ihm nicht. Weil er mit so komischem Akzent spricht, bildet sie sich ein, daß er kein Französisch versteht. Er schläft in einem Winkel auf einem Kissen. Sie behandelt ihn nicht viel anders als einen Hund. Gestern war er im Boudoir, als sie Duchesne empfing, der ihr mit Leib und Seele er-geben ist. Sie hat ihn beim König als Haushofmeister untergebracht. Naaman hat die beiden deinen Namen aussprechen hören. Er hat die Ohren gespitzt, weil er dich kennt. Du hast ihn ja zuerst gekauft, und er liebt Florimond, der mit ihm gespielt und ihm Süßgkeiten geschenkt hat. Sie sagte zu Duchesne: ,Morgen muß es erledigt sein. Ihr werdet während des Festes schon Gelegenheit finden, ihr persönlich ein Ge-tränk zu bringen, in das Ihr vorher dies geschüttet habt.' Es war ein Fläschchen, das sie ihm gab, ein Fläschchen von der Voisin. Die Hexe war meine Meisterin gewesen, und ich weiß, was ich von ihr zu halten habe. Hoho! Sie kennt eine Menge Mittel, die den Gesundesten mit Schnellpost ins Jenseits schicken."

Angélique schwirrte der Kopf von tausend Gedanken, die sich all-mählich wie die Klötzchen eines Geduldspiels zusammenfügten.

„Wenn es stimmt, was du sagst, hat Florimond also nicht gelogen, und sie ist darauf aus, auch den König zu vergiften. Was bezweckt sie damit?"

Der Zwerg schnitt eine Grimasse, die Zweifel ausdrückte.

„Vergiften?" Er schüttelte grinsend den Kopf. „Eher läßt sie in sein Essen ein Pülverchen streuen, um ihn ganz für sich zu gewinnen. Soll sie nur. Deshalb sucht er doch sein Glück, wo er will. Aber verdrücken wir uns. Womöglich kommt Duchesne mit seinen Leuten zurück."

Sie verließen das Lustwäldchen und schlugen eine in Dunkel getauchte Allee ein. Gleich einem mißförmigen Schatten trippelte Barcarole neben Angélique einher.

„Und was wirst du jetzt tun, Marquise?"

„Ich weiß es nicht."

„Ich hoffe, du wirst die großen Mittel anwenden."

„Was nennst du die großen Mittel?"

„Sich auf die gleiche Art zur Wehr setzen. Auge um Auge, Zahn um Zahn, wie man so sagt. Tu der Montespan was ins Glas, da das ihre Methode ist. Und was den Duchesne betrifft . . . nun, den werden eines Abends in der Gegend des Pont-Neuf ein paar rostige Rapiere fertigmachen. Brauchst nur zu befehlen."

Angélique schwieg. Der Abendnebel senkte sich auf ihre bloßen Schultern und machte sie frösteln. Ihre Zweifel waren noch nicht restlos beseitigt.

„Bleibt dir nichts andres übrig, Marquise", flüsterte Barcarole. „Sonst bist du erledigt. Denn sie will den König behalten, und, auf Mortemart-Ehre, wie sie sagt, der Teufel persönlich wird ihr dabei helfen."

Fünfundvierzigstes Kapitel

Ein paar Tage darauf vereinigte ein Fest die königliche Familie im Park von Versailles. Mit dem Hofstaat Monsieurs war auch Florimond erschienen. Von dem Abbé de Lesdiguières begleitet, näherte er sich seiner Mutter, die sich am Bassin der Latona mit dem König unterhielt. Der Junge benahm sich stets ungezwungen, wenn er den Großen gegenübertrat. Er wußte, daß sein anmutiges, von braunen Locken eingerahmtes Gesichtchen und sein offenes Lächeln jeden für ihn einnahmen. Er machte seine Reverenz vor dem König und küßte seiner Mutter die Hand.

„Da ist ja der Abtrünnige", sagte der König wohlwollend. „Seid Ihr zufrieden mit Eurem neuen Amt, mein Junge?"

„Sire, im Hause Monsieurs lebt es sich angenehm, aber ich ziehe Versailles vor."

„Eure Offenheit rührt mich. Darf man wissen, was Ihr von Versailles am meisten vermißt?"

„Die Gegenwart Eurer Majestät ... Und dann die Fontänen, die Wasserkünste."

Er hatte das Richtige getroffen. Nichts lag Ludwig XIV. so sehr am Herzen wie seine Wasserkünste und die Bewunderung, die sie erregten. Mochte sie auch von einem elfjährigen Pagen kommen, die Schmeichelei war ihm angenehm. „Ihr werdet sie eines Tages wiedersehen, ich verbürge mich dafür, wenn Ihr gelernt habt, nicht mehr zu lügen."

„Zu schweigen, vielleicht", sagte Florimond beherzt. „Gelogen habe ich nie."

Angélique und der Abbé, der sich bescheiden im Hintergrund hielt, machten die gleiche beunruhigte Bewegung. Der König betrachtete prüfend das kleine, stolz zu ihm erhobene Gesicht.

„Dieser Junge, der Euch so wenig ähnelt, ist unverkennbar Euer Sohn – er bietet die Stirn, wenn er es für angebracht hält. Von der ganzen Hofgesellschaft schauen nur er und Ihr den König so an."

„Ich bitte Euer Majestät um Vergebung."

„Das ist zwecklos. Ihr seid keine Spur zerknirscht, weder was ihn noch was Euch betrifft. Aber, zum Teufel", fuhr er besorgt fort, „ich weiß nicht mehr, was ich von dieser Geschichte halten soll. Man sagt gewöhnlich, die Wahrheit komme aus dem Mund der Kinder. Warum zweifle ich an diesem hier? Ich muß mir Duchesne vornehmen ... und Erkundigungen über ihn einziehen. Er ist mir von Madame de Montespan empfohlen worden, aber das allein genügt wohl nicht, um sich auf einen Menschen verlassen zu können."

Es war in diesem Augenblick, daß ein Diener dem König kniend einen Korb mit Früchten darbot, rotbäckigen Äpfeln, honigfarbenen Birnen und zartrosa Pfirsichen. Dem Mann konnten die letzten Worte des Königs nicht entgangen sein, aber kein Zug in seinem glatten, ausdruckslosen Lakaiengesicht rührte sich.

Angélique sah ihm nach, während er sich entfernte. Ein leises Gefühl des Unbehagens stieg in ihr auf, dessen Ursache sie sich nicht zu erklären vermochte. Es war, als fiele plötzlich ein leiser Schatten auf die Farbenpracht dieses Frühlingstages. Warum konnte sie nicht unbeschwert wie die andern den Zauber dieser Stunden genießen?

Sie hörte die Stimme des Königs und wandte sich zu ihm. Doch es dauerte lange, bevor sie ihr Unbehagen vergaß.

Der Festtag nahm einen glanzvollen Verlauf. Man war unter sich und freute sich der Dinge, die Auge, Ohr und Magen geboten wurden. Die Lichter waren schon angezündet, der letzte schwache Schein des Tageslichts spiegelte sich in dem zwischen Wiesen eingebetteten Kreuz des großen Kanals, als eine kleine Hand Angéliques Rechte umklammerte.

„Médême! Médême Plessis!"

Sie senkte die Augen und erkannte den Negerknaben Naaman. In seinem Gesicht waren in der Dämmerung nur die rollenden weißen Augen zu sehen.

„Médême! Jemand dein Sohn Florimond slesten Weg geschickt. Er vielleicht sterben!"

Wegen seines Akzents verstand sie anfangs nur Florimonds Namen.

„Florimond? Was ist mit ihm? So rede doch!"

„Komm, Médême! Schnell! Sonst serr slest für ihn."

Angélique folgte ihm hastig in Richtung des Schlosses. Auf halbem Wege bemerkte sie den Abbé de Lesdiguières. Er lehnte neben einer der großen, mit Geranien bepflanzten Marmorvasen, die die Terrasse säumten, und blickte in sich versunken über die Rasenflächen des Parks.

„Abbé", rief sie ihn keuchend an, „wo ist Florimond?"

Erschrocken fuhr er herum.

„Er ist vor kurzem hier vorbeigekommen, Madame. Er sagte mir, man habe ihn mit einem Auftrag zu den Küchen geschickt, er sei bald zurück. Ihr wißt ja, er liebt es, umherzulaufen und sich nützlich zu machen."

„Ja! Ja!" nickte Naaman. „Is hören, wie jemand sagt: ,Is den jung

Florimond bösen Weg geschickt. Jetzt man kann ruhig sein. Der klein Swätzer nix mehr reden.'"

Da war er wieder, der drohende Schatten. Angélique spürte, wie er sich eisig über sie legte. „Der kleine Schwätzer wird nicht mehr reden . . ." Was bedeutete das? Ihr Herz begann plötzlich wie rasend zu pochen.

Sie packte den Abbé bei den Schultern und schüttelte ihn: „Sagt mir, um Himmels willen, welchen Weg er gegangen ist!"

„Zu den Küchen, hat er gesagt", stammelte der Abbé. „Er wollte über die Treppe der Diana gehen, weil das kürzer sei . . ."

Naaman stieß einen schrillen Schrei aus wie ein in der Schlinge gefangener Affe. Er hob beide Hände mit gespreizten Fingern in einer Geste des Entsetzens.

„Treppe von Diana? Oh, serr, serr slest!"

Hals über Kopf stürzte er davon, dem Schlosse zu. Hinter ihm her liefen der Abbé und Angélique. Die mütterliche Angst verlieh der jungen Frau Flügel, denn trotz ihrer hinderlichen Kleidung hielt sie einigermaßen Schritt mit ihnen und holte sie ein, als der Abbé in der Halle vor den Appartements des Südflügels mit einem Posten verhandelte.

„Ein kleiner, rotgekleideter Page?" fragte die Wache und hob die Schultern. „Kann sein, kann aber auch nicht sein, daß so einer hier vorbeigelaufen ist. Ich hab' ein wenig dem Fest zugesehen."

Verlegen fügte er hinzu: „Es kommt hier auch selten jemand entlang, seitdem die Treppe der Diana wegen der Anbauarbeiten abgerissen wurde."

„Abgerissen?" stammelte der Abbé. „Das hat Florimond nicht gewußt!

„Ihr wollt doch nicht etwa sagen, daß sie der Junge benutzen wollte?" rief der Wachtposten mit einem Fluch.

Doch schon stürzten Naaman, der Abbé und Angélique den zur Treppe führenden Gang hinunter, der sich um diese Stunde in einem so tiefen Dunkel verlor, daß man das Gerüst an seinem Ende nicht ahnen konnte. Die Arbeiter hatten die Baustelle längst verlassen. In diese Finsternis voller Fallstricke war Florimond blindlings hineingelaufen. Angéliques Beine versagten den Dienst.

„Wartet", rief die Wache. „Wartet, ich bringe Euch meinen Feuerschwamm. Ihr fallt sonst ins Leere. Es gibt einen Steg, aber man muß ihn kennen."

Angélique tastete sich durch das Gewirr von Balken und Schutt voran. Der Posten holte sie ein.

„Halt!" rief er. „Da, seht!"

Die Flamme seines Feuerzeugs beleuchtete unmittelbar vor ihnen einen gähnenden, zwei Stockwerke tiefen Abgrund.

„Der Steg!" sagte der Posten entsetzt. „Man hat den Steg weggenommen. Wenn der arme Knirps hier wirklich vorbeigekommen ist ..."

Angéliques Knie gaben nach. Sie sank zu Boden und beugte sich über das Dunkel, das ihren Sohn verschlungen hatte.

„Florimond!"

Dumpf hallte ihre Stimme zwischen den Mauern; sie erkannte sie selbst nicht wieder. Kalte, feuchte Kellerluft schlug ihr aus dem Abgrund entgegen. Nur das Echo des großen Schlosses anwortete ihr.

„Florimond!"

Der Posten suchte mit der kümmerlichen Flamme die Finsternis zu erforschen.

„Es ist nichts zu sehen. Man müßte Leitern, Seile und Lichter holen. Steht auf, Madame. Es hat keinen Sinn, hier liegenzubleiben. Wir werden Euch stützen."

Von wildem Schmerz überwältigt, ließ sich Angélique zu einer Bank in der dunklen Vorhalle führen. Aus einem der Appartements trat eine Magd mit einem Leuchter. „Ist Euch nicht wohl, Madame? Ich habe ein Fläschchen mit Riechsalz in meiner Tasche."

„Ihr Sohn ist in die Gerüste gestürzt", erklärte die Wache. „Bleibt hier mit Euren Kerzen. Ich werde Hilfe holen."

Doch Angélique hob jäh den Kopf.

„Horcht!" flüsterte sie.

Aus der Ferne näherte sich überstürzter Galopp, der Galopp kleiner, roter Pagenabsätze. Gleich darauf tauchte aus dem auf der anderen Seite in die Halle mündenden Gang Florimond auf. Er wäre vorbeigerannt, ohne sie zu sehen, wäre der Wachposten nicht so geistesgegenwärtig gewesen, ihn mit seiner Hellebarde aufzuhalten.

„Laßt mich! Laßt mich!" schrie Florimond. „Ich habe mich verspätet, ich muß schleunigst in der Küche bestellen, was Monsieur de Carapert mir aufgetragen hat."

Er entwand sich dem Zugriff des Abbés und war schon unter der Hellebarde durchgeschlüpft, als ihn die Wache im letzten Augenblick derb am Kragen packte.

„Gemach, Bürschchen! Zur Begegnung mit dem Sensenmann kommt man nie zu spät. Beruhige dich, Knirps, und danke der Heiligen Jungfrau und deinem guten Engel."

Noch völlig außer Atem, erzählte Florimond, was sich ereignet hatte. Er war schon auf dem Wege zu den Küchen gewesen, als er Monseigneur, den Herzog von Anjou, das achtzehn Monate alte dritte Kind des Königs angetroffen hatte. Offenbar war es seinen Ammen entwischt und irrte nun, einen Apfel in der Hand, allein durch das Labyrinth der dunklen Gänge.

Hilfsbereit hatte er den dicken königlichen Sproß auf seine Arme genommen und in sein Gehege zurückgebracht. Dann war er von neuem davongestürzt, um seinen Auftrag aufzuführen.

Angélique nahm ihn auf den Schoß und preßte ihn an sich. Zusammenhanglose Gedanken schossen ihr durch den Kopf:

„Wäre auch er, nach Cantor, von mir gegangen, ich hätte es nicht überlebt ... Das letzte Band, das mich mit dir verknüpft, Liebster, wäre zerrissen gewesen. Oh, wann kehrst du zurück, um mich zu erlösen ...?"

Sie wußte nicht einmal, wem sie sich in den Gründen ihres aufgewühlten Herzens mitteilte.

Nie würde sie die trügerisch sanfte Dämmerung dieses Abends in Versailles vergessen, in der sich die kleinen schwarzen Hände eines Sklaven an ihr Kleid geklammert hatten: „Médême, komm. Dein Sohn vielleicht sterben!"

Sie sah sich suchend nach Naaman um. Er war verschwunden. Jetzt, da Messire Florimond gesund und wohlbehalten war, mußte er sich wieder zu seiner Herrin verfügen. Gewiß würde er seine Abwesenheit mit ein paar Ohrfeigen von beringter Hand büßen müssen.

Die Magd hatte Wein und Gläser geholt.

Angélique zwang sich zu trinken, obwohl ihre Kehle noch immer wie zugeschnürt war.

„Ihr andern, trinkt auch", sagte sie. „Trinkt, Soldat. Ohne Euch und Euer Feuerzeug wären wir vielleicht alle abgestürzt."

Der Wächter trank in einem Zug das Glas leer, das sie ihm reichte.

„Ich sage nicht nein", knurrte er, „denn mich hat's ganz schön mitgenommen. Aber daß der Steg nicht da ist, begreife ich nicht. Ich muß die Sache meinem Hauptmann melden."

Angélique drückte ihm und der Magd drei Goldstücke in die Hand, dann kehrte sie, vom Abbé gefolgt, und Florimond fest an der Hand haltend, zu ihrem Appartement zurück, wo sie aufs neue die Kräfte verließen.

„Man hat meinen Sohn umbringen wollen!" Sie wurde diesen Gedanken nicht los.

„Florimond, wer hat dich mit einem Auftrag zum Küchenbau geschickt?"

„Monsieur de Carapert, ein Beamter des königlichen Tafeldienstes. Ich kenne ihn gut."

Die junge Frau fuhr sich mit der Hand über die feuchte Stirn. Würde sie je die Wahrheit erfahren?

Sie hörte im anstoßenden Salon den Abbé mit gedämpfter, verstörter Stimme Malbrant Schwertstreich den Vorfall berichten.

„Hat dich dieser Monsieur de Carapert nicht darauf aufmerksam gemacht, daß der Weg über die Treppe der Diana gefährlich ist?"

„Nein."

„Er hat es dir bestimmt gesagt, und du hast nur nicht richtig zugehört!"

„Nein, das ist nicht wahr", protestierte Florimond gekränkt. „Er hat sogar ausdrücklich gesagt: ,Geh über die Treppe der Diana. Du kennst den Weg. Da kommst du am schnellsten zum Küchenbau.'"

Ob er log, um sich herauszureden? Aber der quälende Gedanke bohrte weiter: Man hatte ihren Sohn umbringen wollen. Der Steg war heimlich beseitigt worden. Welche Erklärung konnte es sonst geben...?

„Was soll ich tun?" fragte sie und sah zu ihrem Stallmeister auf, der leise eingetreten war. Malbrant war immerhin ein gereifter, erfahrener Mann und machte mit seinem weißen Haar einen verläßlichen Eindruck. Seitdem er den Bericht des Abbés gehört hatte, waren seine struppigen Augenbrauen sorgenvoll zusammengezogen.

„Wir müssen nach Saint-Cloud zurückkehren, Madame. Im Hause Monsieurs ist der Kleine sicher."

„Wer hätte das früher gedacht", meinte Angélique mit einer müden Handbewegung. „Aber ich glaube, Ihr habt recht."

„Vor allem darf er nie wieder in die Klauen dieses Duchesne geraten."

„Ihr glaubt, daß er dahintersteckt?"

„Ich möchte meine Hand dafür ins Feuer legen. Eines Tages komme ich ihm bestimmt auf die Schliche, und dann werde ich ihm gründlich das Handwerk versalzen."

Florimond begriff allmählich, daß er einem Attentat entgangen war, und war stolz darauf.

„Sicher, weil ich dem König gesagt habe, ich hätte ihn wegen Monsieur Duchesne nicht angelogen. Picard, der Diener, der ihm Früchte reichte, muß mich gehört haben. Er hat es Monsieur Duchesne bestimmt wiedererzählt."

Der Diener ... Richtig, der Diener mit den Früchten. Er war das letzte Glied der Kette ...

„Aber es war doch Monsieur de Carapert, der dich in die Küche schickte."

„Monsieur de Carapert tut alles, was Duchesne ihm sagt. Haha! Er bekommt langsam Angst vor mir, der gestrenge Monsieur Duchesne!"

„Wann merkst du dir endlich, daß du nicht so in den Tag hineinreden sollst!" fuhr ihn Angélique gereizt an. Sie war glücklich gewesen, ihn wohlbehalten bei sich zu wissen. Jetzt mußte sie sich bezwingen, um ihn nicht zu ohrfeigen. „Ist dir klar, daß du in diesem Augenblick mit gebrochenen Gliedern unter dem Gerüst liegen könntest?"

„Ich wäre tot", sagte Florimond philosophisch. „Basta! Das passiert einem jeden."

Die Zofen Thérèse und Javotte traten ein und brachten das Ballkleid Madames.

„Nehmt ihn mit", sagte Angélique zu dem kleinen Abbé. „Ich weiß nicht mehr, wo mir der Kopf steht. Paßt auf ihn auf. Laßt ihn nicht allein."

Doch kaum war der Junge in Begleitung Malbrants und seines Erziehers verschwunden, als sie auch schon bereute, ihn weggeschickt zu haben.

Sie bat Thérèse, ihr zur Beruhigung ein Glas Branntwein einzuschenken. Sie zögerte zu trinken. Womöglich war auch das Getränk vergiftet? Als sie dennoch getrunken hatte, begann sie die Situation klarer zu sehen.

„Wenn ich volle Gewißheit hätte", sagte sie sich, „würde ich das Nötige tun."

Barcaroles Ratschläge kamen ihr in den Sinn. Duchesne aus dem Weg zu räumen, wäre ein leichtes. Malbrant Schwertstreich würde es bei Gelegenheit besorgen, oder statt seiner gedungene Banditen. Und wenn es ihr gelänge, eine der Damen der Montespan zu gewinnen, wüßte sie wenigstens über die ihr drohenden Gefahren Bescheid. Sie dachte an jene Désoeillet, in die Athénaïs großes Vertrauen setzte, ein Mädchen, das als bestechlich galt und das sie schon beim Falschspielen ertappt hatte.

Mit Hilfe eines weiteren Glases Branntwein war sie in der Lage, zu tanzen und während des Balls Haltung zu bewahren, doch als sie nach dem kleinen Souper bei der Königin in ihr Appartement zurückkehrte, steigerte sich ihr Angstgefühl bis zur Unerträglichkeit. Sie hatte die Empfindung, in ihrem Zimmer nicht allein zu sein. Sie wandte den Kopf und hätte vor Entsetzen fast aufgeschrien. Zwei kohlschwarze Augen starrten sie aus dem Dunkel einer Fensternische an. Eine kleine Gestalt kauerte dort wie eine lauernde Katze.

„Barcarole!"

Der Zwerg verließ sein Versteck und schob lautlos seinen mißgestalteten Körper heran.

„Der Zauberer ist mit seiner Gevatterin in Versailles", flüsterte er mit seiner heiseren Stimme. „Komm mit, Schwesterchen. Es gibt da noch gewisse Dinge, die du erfahren mußt, wenn dir dein Leben lieb ist."

Willenlos folgte sie ihm durch die Tapetentür, deren Existenz ihr durch Bontemps enthüllt worden war. Barcarole hatte keinen Leuchter. Er sah im Dunkeln wie die Tiere. Angélique stolperte und stieß sich an den winkligen Mauern des schmalen Geheimganges. Während sie sich

453

halb gebückt mit den Händen vorwärts tastete, glaubte sie zu ersticken, lebendig eingemauert zu sein.

„Hier ist es", raunte Barcarole.

Sie hörte, wie seine Finger über das Getäfel strichen.

„Schwesterchen, weil du eine von den Unsrigen bist, will ich's dir zeigen. Aber sieh dich vor! Was auch geschehen mag, was du auch hören oder sehen magst, du darfst keinen Laut von dir geben."

„Verlaß dich auf mich."

„Selbst wenn du Zeuge eines Verbrechens wirst?"

„Ich werde mich nicht mucksen."

„Wenn du dich muckst, ist es um uns beide geschehen."

Das leise Knirschen einer Klinke wurde vernehmbar, und der Umriß einer Tür zeichnete sich in der Finsternis ab. Angélique preßte ihr Gesicht an den winzigen Spalt. Zuerst vermochte sie nichts zu unterscheiden. Dann hob sich ganz allmählich aus seltsamen Dämpfen das Mobiliar eines Zimmers ab, in dem zwei dicke Kerzen spärliches Licht verbreiteten. Schatten bewegten sich. Ein auf seinen Fersen hockender Mann in priesterlichem Gewand psalmodierte ein paar Schritte von ihnen entfernt, ein dickes Meßbuch in den Händen, sich in monotonem Rhythmus vor- und rückwärts beugend. Seine Stimme klang wie die eines betrunkenen Mesners.

Als Angélique in einer der vor ihm knienden Frauen die Wahrsagerin Mauvoisin erkannte, begriff sie, was diese Szene zu bedeuten hatte.

Schwankend wich sie zurück und mußte sich an die Mauer lehnen.

Barcarole ergriff ihre Hand und drückte sie heftig. Er flüsterte:

„Komm, du brauchst nichts zu befürchten. Sie können nicht wissen, daß du da bist."

Eine zweite Frau löste sich aus dem dunklen Hintergrund und kniete neben der Mauvoisin nieder. Sie lüftete ihren Schleier, und Angélique erkannte die Montespan.

Der Singsang des Priesters war verstummt. Sich verbeugend, reichte er ihr ein Buch, auf das sie ihre Hände legte. Mit unsicherer, schülerhafter Stimme leierte sie eine Beschwörung herunter: „Im Namen Astorahs und Asmodées, der Fürsten der Freundschaft: Ich begehre die Freundschaft des Königs und des Dauphins. Sie bleibe mir erhalten, die Königin sei unfruchtbar, der König verlasse sein Bett und seinen Tisch um meinetwillen, meine Rivalinnen mögen zugrunde gehen …"

Angélique vermochte kaum ihren Ohren zu trauen. Wie konnte sich die kluge, stolze Athénaïs zu einer so finsteren Groteske hergeben? Doch das war ja nicht die Athénaïs, die sie kannte. Eine von ihren Leidenschaften um ihren Verstand gebrachte Frau war es, die den tieferen Sinn des grausigen Vorgangs nicht mehr erfaßte.

Die aus Räucherbecken quellenden, den scharfen Geruch des Weihrauchs ausströmenden Dämpfe verdichteten sich, dann lösten sie sich zu einem leichten Nebel, der die Gesichter einhüllte und ihnen etwas Unwirkliches verlieh.

Madame de Montespans Stimme ließ sich vernehmen:

„Habt Ihr das Hemd?"

„Richtig, das Hemd!" sagte die Voisin und rieb sich im Aufstehen die Knie. „Wir haben uns große Mühe damit gegeben, Ihr werdet es merken. Ich habe es meiner Kleinen anvertraut, es liegt im Korb. Margot, bring den Korb."

Ein etwa zwölfjähriges Mädchen tauchte aus dem Nebel auf, stellte einen Korb auf den Teppich und entnahm ihm behutsam ein Nachthemd aus rosa Schleiergewebe mit hauchzarten Silberstickereien.

„Gib acht, faß es möglichst wenig an. Nimm die Platanenblätter, die ich bereitgelegt habe …"

In ihrem Versteck ballte Angélique die Fäuste. Sie hatte in den Händen des Mädchens eines ihrer schönsten Hemden wiedererkannt.

„Thérèse!" rief jemand.

Angéliques Zofe erschien mit arroganter Miene.

„Nehmt das, Mädchen", sagte die Voisin. „Und seht Euch vor. Ich gebe Euch ein paar Platanenblätter mit, damit Ihr das Hemd besser anfassen könnt … Laß den Korb offen, Margot, ich will noch etwas hineintun."

Sie verschwand im hinteren Teil des Raums und kam mit einem kleinen Bündel blutbespritzter weißer Wäsche zurück.

Angélique vermochte kaum die Entsetzensschreie zu unterdrücken, die ihr über die Lippen wollten. Es traf also zu: Im wahnwitzigen Rausch dieser Schwarzen Messen wurden wirklich kleine Kinder gemordet!

Sie schloß die Augen: nichts mehr sehen, nichts mehr hören! Die trunkene Stimme des Priesters sagte:

„Gebt acht, daß die Wachen nicht in den Korb hineinschauen."

Die Voisin erwiderte spöttisch lachend:

„Keine Gefahr. Die Protektion, die ich hier genieße, läßt sie eher Bücklinge vor mir machen, wenn sie mich vorbeikommen sehen."

Plötzlich herrschte Stille. Angélique öffnete wieder die Augen. Alles war dunkel. Barcarole hatte die Tür geschlossen.

„Jetzt wissen wir genug. Und du bist nicht fähig, mehr zu ertragen. Machen wir uns aus dem Staub. Womöglich spürt uns die Ratte Bontemps auf, die des Nachts überall herumschnüffelt."

In Angéliques Appartement zurückgekehrt, stellte er sich auf die Fußspitzen, um die Flasche Zwetschgenwasser zu erreichen und zwei Gläser vollzuschenken.

„Trink das. Siehst käsebleich aus. Bist nicht so daran gewöhnt wie ich. Zwei Jahre lang bin ich bei der Voisin Pförtner gewesen. Ich kenn' sie genau. Schon mit neun Jahren hat sie angefangen, Chiromantie zu studieren. Sie hat mir gesagt, daß die meisten von denen, die unter dem Vorwand zu ihr kommen, sich aus der Hand lesen zu lassen, schließlich damit herausrücken, daß sie von jemand befreit werden möchten. Anfangs pflegte sie zu erwidern, die Leute, deren sie sich zu entledigen wünschten, würden sterben, wann es Gott gefiele. Doch weil man sie deswegen für ungeschickt hielt, hat sie ihre Taktik geändert. Und jetzt ist sie reich! Haha!"

Barcarole schnalzte mit der Zunge, nachdem er getrunken und sich von neuem eingeschenkt hatte.

„Was mir nicht behagt, ist diese Geschichte mit dem Hemd. Es gehört dir, wie?"

„Ja."

„Hab' ich mir gedacht, als ich die Thérèse, deine Zofe, mitten in diesem Hexensabbat auftauchen sah. Jetzt weißt du, was die Montespan für diesmal ausgeheckt hat."

„Da ich gewarnt bin", murmelte Angélique, „werde ich die Falle vermeiden. Im übrigen weiß ich, wen ich um Rat fragen kann."

Barcarole starrte sie spöttisch an.

„Hast du noch immer nicht genug? Nur einen Rat gibt's: Auge um Auge, Zahn um Zahn."

„Schweig still!" schrie Angélique außer sich.

Sie nahm eine Figur von der Konsole und warf sie nach ihm. Die Figur zersplitterte an der Wand. Barcarole machte eine Kapriole und verschwand durch die Tür. Sein spöttisches Gelächter hallte noch eine Weile im Gang nach.

Sechsundvierzigstes Kapitel

Als am Abend des folgenden Tages Thérèse mit dem bewußten rosafarbenen Hemd das Schlafzimmer betrat, saß Angélique im Frisiermantel vor ihrem Toilettentisch. Im Spiegel beobachtete sie die Zofe, die die Bettdecke für die Nacht zurückschlug und danach behutsam das Hemd darüberlegte.

„Thérèse!"

„Frau Marquise?"

„Weißt du, daß ich mit dir sehr zufrieden bin?"

Das Mädchen wiegte sich mit einem falschen Lächeln in den Hüften.

„Das freut mich sehr, Frau Marquise."

„Ich möchte dir deshalb ein kleines Geschenk machen. Du hast es verdient. Da du kokett bist, sollst du das Hemd haben, das du eben gebracht hast. Nimm es."

Verächtlich horchte sie auf das tiefe Schweigen hinter ihr, dann wandte sie sich um.

Das aschfahl gewordene Gesicht des Mädchens war ein schreckliches Geständnis.

In einer jähen Regung des Zorns und der Entrüstung sprang Angélique auf.

„Nimm es", wiederholte sie mit zusammengepreßten Zähnen. „Nimm es."

Mit funkelnden Augen ging sie auf die Zofe zu. „Du willst es nicht nehmen? Ich weiß, warum! Öffne deine Hände, Verworfene!"

Verstört ließ Thérèse die zerdrückten Platanenblätter fallen, die sie zwischen ihren Fingern verborgen gehalten hatte.

„Die Platanenblätter! Die Platanenblätter des Satans", schrie Angélique, während sie sie mit dem Absatz zerstampfte.

Mit voller Kraft schlug sie dem Mädchen mehrmals ins Gesicht.

„Hinaus! Hinaus! Scher dich zum Satan, deinem Meister!"

Die Arme vor dem Gesicht, stürzte Thérèse heulend davon.

Angélique zitterte an allen Gliedern.

Javotte, die eine Weile später mit einem Tablett hereinkam, fand sie noch in der Mitte des Raumes stehend, den Blick ins Leere gerichtet.

Schweigend stellte das Mädchen die Konfektschale und die Karaffe mit Fruchtsaft auf den Nachttisch.

„Javotte", sagte Angélique plötzlich, „liebst du David Chaillou noch immer?"

Die Kleine errötete. Ihre sanften grauen Augen richteten sich verschämt auf ihre Herrin.

„Wir haben uns lange nicht mehr gesehen, Frau Marquise."

„Aber du liebst ihn noch, nicht wahr?"

Javotte senkte seufzend den Kopf.

„Ja. Aber er schaut mich kaum mehr an, Frau Marquise. Er ist ein großer Herr geworden durch sein Restaurant und die Schokoladenstube. Es heißt, daß er die Tochter eines Notars heiraten wird."

„Die Tochter eines Notars! Was soll ihm die? Eine Frau wie dich braucht der Tor. Du wirst ihn heiraten."

„Ich bin nicht reich genug für ihn, Madame."

„Du wirst es sein, Javotte. Dafür laß mich sorgen. Ich werde dir vierhundert Livres Rente geben. Und eine schöne Aussteuer dazu. Laken, Hemden aus Cambraibatist, Damasttischtücher ... Du wirst eine so gute Partie sein, daß er aufs neue den Reiz deiner rosigen Wangen und deiner hübschen Nase zu schätzen wissen wird. Ich weiß, daß er dafür nicht unempfindlich ist."

Die kleine Zofe sah sie strahlend an.

„Das wollt Ihr für mich tun, Madame?"

„Was würde ich nicht für dich tun, Javotte! Du hast meine kleinen Söhne ernährt, als die Amme in Neuilly sie fast hatte verhungern lassen."

Sie schlang ihre Arme um die runden Schultern des Mädchens, und es tat ihr wohl, diesen jungen Körper an sich zu drücken.

„Bist du brav geblieben, Javotte?"

„Ich habe mein möglichstes getan, Madame. Ich habe zur Jungfrau Maria gebetet. Aber Ihr wißt, wie das ist. Hier, zwischen all diesen schamlosen Lakaien und den schönen Herren, die einem sanfte Augen machen, ist es manchmal schwierig . . . Wohl habe ich mich küssen lassen . . . Aber nie habe ich die Sünde begangen."

Angélique drückte sie noch fester an sich, voller Bewunderung für die Standhaftigkeit dieser Waise inmitten des verderbten Versailles.

„Erinnerst du dich noch, Javotte", flüsterte sie, „an jenen Abend, als wir uns in dem kleinen Haus in der Rue des Francs-Bourgois einrichteten? Ach, was waren wir glücklich! Ich hatte Florimond ein Holzpferd geschenkt und meinem kleinen Cantor . . . einen Kreisel, glaub' ich."

„Nein, ein bemaltes hölzernes Ei, in dem immer noch kleinere Eier steckten."

„Richtig. Wir haben Krapfen gebacken. Und als der Totenausrufer vorbeikam, hab' ich ihm einen Topf Wasser auf den Kopf geschüttet. Er sollte mit seinem Klagegeschrei unser Fest nicht stören."

Sie mußte lachen, aber ihre Augen waren voller Tränen.

„Gottlob warst du es nicht, Javotte", flüsterte sie. „Ich hätte es nicht ertragen. Nun geh, mein Kind. Morgen fahre ich nach Paris zum Sieur David Chaillou, und bald wirst du heiraten."

„Soll ich Madame beim Auskleiden behilflich sein?" fragte Javotte und schickte sich an, das Hemd aufzunehmen.

„Nein, laß nur. Geh, ich möchte allein sein."

Siebenundvierzigstes Kapitel

François Desgray, Polizeileutnant, Stellvertreter des Generalleutnants Monsieur de La Reynie, wohnte nicht mehr auf der Kleinen Brücke, sondern in einem der neuen Gebäude des Faubourg Saint-Germain.

Angélique klopfte an ein schmuckloses, doch vornehm wirkendes Portal, und nachdem sie einen Hof überquert hatte, in dem zwei gesattelte Pferde ungeduldig stampften, wurde sie in einen kleinen Warteraum geführt. Sie war in einer Sänfte gekommen, um nicht erkannt zu werden. Die Abwesenheit des Hofs, der Madame d'Orléans zur flandrischen Küste geleitete, von wo aus sie sich nach England einschiffen sollte, erleichterte ihr Vorhaben. Zwar war sie zur Teilnahme an dieser Reise aufgefordert worden, aber sie hatte den König gebeten, sie von ihr zu entbinden, und da er sich in einem Stadium der Liebe befand, in dem er alles zu gewähren bereit war, was sie verlangte, selbst wenn er dabei litt, hatte er zugestimmt. Die freie Zeit, über die sie nun verfügte, wollte sie dazu benützen, die nötigen Maßnahmen zu ihrer Sicherung zu treffen.

Es war ein langer, lichter Frühlingsabend; am Himmel von Paris jagten sich die Schwalben. Die untergehende Sonne warf goldene Tupfen in den Salon. Doch die Heiterkeit der Natur vermochte Angéliques Beklommenheit nicht zu lösen. Ihre Finger spielten nervös mit einem auf ihrem Schoß liegenden Päckchen.

Sie mußte sich ziemlich lange gedulden. Endlich verabschiedeten sich die vor ihr gekommenen Besucher. Sie hörte Stimmen im Hausflur, von neuem trat Stille ein, und erst nach einigen weiteren Minuten ungeduldigen Wartens erschien ein Diener und führte sie ins obere Stockwerk, in dem sich das Amtszimmer des Polizeibeamten befand.

Sie hatte sich vorher überlegt, welche Haltung sie dem alten Freunde gegenüber annehmen sollte, den sie seit langen Jahren nicht mehr gesehen hatte. In der panischen Angst, die sie zu ihm trieb, hätte sie sich ihm am liebsten an den Hals geworfen, aber es war ihr klargeworden, daß sich in ihrer Stellung dergleichen nicht schickte. Zuviel Zeit war inzwischen verstrichen, die sie voneinander entfernt hatte, und auch er war gewiß ein anderer geworden.

Als Desgray hinter seinem langen Arbeitstisch aufstand, wußte sie, wie sehr sie recht gehabt hatte. Nichts mehr von der alten Unbekümmertheit war an dem vom Scheitel bis zur Sohle geschniegelten Beamten zu entdecken. Er schien ein wenig Fett angesetzt zu haben, aber er war noch immer ein gutaussehender Mann, der sich im Gegensatz zu früher einer gemessenen Haltung befleißigte. Sie reichte ihm die Hand. Er verneigte sich, ohne sie zu küssen.

Sie setzten sich, und Angélique kam sofort auf den Zweck ihres Besuchs zu sprechen, um auch die leiseste Möglichkeit des Wiedererwachens allzu intimer gemeinsamer Erinnerungen von vornherein zu unterbinden.

Eine Freundin, erklärte sie, habe sie von einem gegen sie gerichteten Komplott in Kenntnis gesetzt. Ihre Feinde hätten eins ihrer Hemden „präparieren" lassen, um ihren Tod zu bewirken. Da sie nicht wisse, inwieweit man solchen Gerüchten Glauben schenken könne, erbitte sie seinen Rat. Desgray öffnete das Paket ohne viel Umstände. Er nahm eine Art Zange von seinem Schreibtisch und faltete mit ihr das Hemd auseinander.

„Ihr müßt reizend darin aussehen", sagte er mit dem Lächeln und in dem Ton des einstigen Polizisten Desgray.

„Ich möchte mich lieber nicht darin sehen", gab sie zurück.

„Nicht jeder wird Eure Ansicht teilen."

„Vor allem meine Feinde nicht."

„Ich hatte nicht unbedingt Eure Feinde im Sinn." Nachdenklich betrachtete er das zarte Gewebe. „Dieses Hemd scheint mir durchaus unbedenklich zu sein."

„Ich sage Euch doch, daß sich in ihm eine Schlinge verbirgt."

„Geschwätz! Eure Freundin leidet an zu üppig blühender Phantasie. Wenn Ihr selbst etwas gesehen oder gehört hättet, wäre es etwas anderes."

„Aber ich . . ."

Sie beherrschte sich rechtzeitig. Sie wollte sich nicht dazu hinreißen lassen, Namen zu nennen, die Mätresse des Königs hineinzuziehen.

Aber es war zu spät, sie hatte Desgrays Argwohn geweckt. Mit Überwindung sagte sie:

„Nun ja, vielleicht habt Ihr nicht so unrecht. Meine Befürchtungen haben keinen bestimmten Anlaß. Es war töricht von mir."

„Nicht doch! Wir pflegen jedem Gerücht nachzugehen. Die Hexen besitzen wunderliche Geheimnisse. Es ist eine üble Sippschaft, von der wir Paris befreien möchten. Ich werde diesen reizenden Gegenstand untersuchen lassen."

Mit der Behendigkeit eines Zauberers packte er das Hemd wieder ein und ließ es verschwinden. Ein unergründliches Lächeln spielte um seine Lippen.

„Ihr hattet kürzlich Unannehmlichkeiten mit dem Orden vom Heiligen Sakrament. Die Frömmler entrüsteten sich über Euren lockeren Lebenswandel. Da sie aber mit solchen Waffen nicht kämpfen, sind sie offenbar nicht Eure einzigen Feinde."

„Es scheint so."

„Ihr habt Euch also zwischen Gott und dem Teufel einklemmen lassen?"

„Ihr trefft den Nagel auf den Kopf."

„Das überrascht mich keineswegs. Ihr habt es immer so gehalten."

Angélique fühlte Ärger in sich aufsteigen. Sie war es nicht mehr gewohnt, von gesellschaftlich unter ihr stehenden Leuten so vertraulich behandelt zu werden. Gereizt erwiderte sie:

„Das ist meine Sache. Ich habe lediglich den Wunsch zu erfahren, ob mir Gefahr droht und welcher Art sie ist."

„Die Wünsche der Frau Marquise sollen erfüllt werden", versicherte Desgray mit einer tiefen Verbeugung.

Vierzehn Tage später schickte er ihr eine Botschaft nach Versailles. Angélique hatte Mühe, sich freizumachen. Sobald sie konnte, fand sie sich bei ihm ein.

„Nun?" fragte sie gespannt. „Handelt es sich um einen Scherz?"

„Wenn es ein Scherz sein sollte, dann war es ein schlechter."

Der Polizeibeamte nahm einen Bericht vom Tisch auf und las ihn vor:
„. . . ‚Das Hemd wurde ausprobiert. Es ergab sich, daß es mit einer unsichtbaren und unbekannten Substanz getränkt war, die mit den intimsten Körperteilen in Berührung kommen sollte. Sie löste dort eine vermutlich venerische Krankheit aus, die das Blut infizierte, auf der ganzen Haut eitrige Wunden erzeugte, dann ins Gehirn drang und Delirium, Bewußtlosigkeit, schließlich den Tod zur Folge hatte. Diese Symptome entwickeln sich ungemein rasch, und der Tod tritt innerhalb eines Zeitraums ein, der nicht größer als zehn Tage ist.' Unterzeichnet von einem der vereidigten Ärzte des Hospitals von Bicêtre."

Die junge Frau starrte ihn entsetzt an.

„Wollt Ihr damit sagen", stammelte sie, „daß Ihr einen lebendigen Menschen dieses Hemd habt tragen lassen?"

Desgray machte eine wegwerfende Handbewegung.

„Es gibt Geisteskranke in Bicêtre, die nicht mehr viel zu verlieren haben. Stoßt Euch nicht daran. Wichtig ist nur, daß das Ende einer dieser Unglücklichen die Gefährlichkeit Eurer Feinde beweist. Ihr solltet binnen kurzer Frist nach einem grauenhaften und schmählichen Todeskampf sterben."

Schweigend belauerte er den Eindruck, den seine Worte auf sie machten. Als sie taumelnd aufstand, erhob er sich gleichfalls, ohne sie aus den Augen zu lassen, und verstellte ihr den Weg zur Tür.

„Wer ist Eure Feindin?" fragte er barsch. „Und wer ist die von ihr bezahlte Hexe?"

„Ich . . . ich weiß es nicht."

„Ihr irrt Euch."

Der metallische, schneidende Ton des Polizeibeamten empörte sie. Schließlich war sie das Opfer und nicht die Schuldige.

„Monsieur Desgray, Eure Gefälligkeit ist mir sehr nützlich gewesen. Natürlich werde ich die Kosten ersetzen, die Eure Nachforschungen verursacht haben."

Desgrays Miene entspannte sich zu einem kaustischen Lächeln, das sich nicht auf seine Augen ausdehnte.

„Ich weiß noch nicht, wieviel das macht, ein Menschenleben und eine Woche Todeskampf. Ich werde es ausrechnen lassen. Vorläufig, Madame, schuldet Ihr der Polizei einen Achtungsbeweis. Monsieur de La Reynie hat mich beauftragt, Euch zu sagen, daß er Euch dringend zu sprechen wünscht."

„Ich werde mich bei Gelegenheit mit ihm unterhalten."

„Die Gelegenheit ist gegeben", sagte Desgray. Er ging zu einer Tür und öffnete sie.

Monsieur de La Reynie trat ein. Angélique war dem Generalleutnant der Polizei schon früher begegnet und schätzte ihn seines ruhigen, besonnenen Wesens wegen. Obwohl er die Vierzig noch nicht erreicht hatte, stand er beim König schon in hohem Ansehen. Sein Blick verriet eine klare, ausgeprägte und besonnene Intelligenz, und sein Mund, den ein schmaler Schnurrbart beschattete, zeugte von Güte. Doch Angélique hatte aus ihren düsteren Erfahrungen gelernt, der Güte der Polizisten zu mißtrauen. Sie hielt Monsieur de La Reynie für einen gefährlicheren Gegner als Desgray.

Er küßte ihr die Hand und führte sie zuvorkommend zu dem Sessel zurück, von dem sie eben aufgestanden war. Er selbst setzte sich auf den Platz Desgrays, der, beide Hände auf den Tisch gestützt, stehenblieb und den Blick nicht von der jungen Frau wandte.

„Madame", begann de La Reynie, „ich bin tief bestürzt bei dem Gedanken an das Attentat, dessen Opfer Ihr beinahe geworden wärt. Wir werden alles daransetzen, Euch zu schützen. Wenn nötig, werde ich mich an den König wenden, um mir die nötigen Vollmachten erteilen zu lassen."

„Wozu? Belästigt um Gottes willen den König nicht mit dieser Geschichte!"

„Euer Leben steht auf dem Spiel, Madame. Der König würde es mir sehr verübeln, wenn es mir nicht gelänge, Eure Feinde zu entlarven. Erzählt mir, wie die Dinge sich zugetragen haben."

Widerwillig ließ Angélique von neuem die Erklärung hören, die sie bereits Desgray gegeben hatte. De La Reynie hörte schweigend zu. Dann fragte er knapp:

„Der Name jener Person, die Euch in Kenntnis gesetzt hat?"

„Es ist mir nicht möglich, ihn zu nennen."

„Es ist unumgänglich, daß wir sie vernehmen."

Desgray lächelte.

„Madame du Plessis-Bellière kann sie nicht nennen", bemerkte er in sanft-ironischem Ton, „weil diese Person nicht existiert. Madame du Plessis vermutet eine Gefahr, weil sie selbst bestimmte Dinge gesehen oder gehört hat, über die sie sich nicht äußern will."

„Was hat es für einen Sinn, zu schweigen, Madame?" sagte La Reynie höflich. „Ihr könnt Euch auf unsere Verschwiegenheit verlassen."

„Ich weiß nichts, Herr Generalleutnant, und jene Person, die mich gewarnt hat – ich bin nicht einmal sicher, ob ich sie wiederfinden würde. Ich weiß nicht, wo sie wohnt . . ."

„Die Frau Marquise lügt", sagte Desgray. „Sie hat eine trockene Zunge."

Er holte ein Tablett mit zwei Gläsern und einer Karaffe. Mechanisch nahm Angélique das Glas mit Alkohol entgegen, denn sie wußte, daß sie es brauchte, um ihre Kaltblütigkeit zurückzugewinnen. Sie trank ohne Hast und überlegte dabei.

Die Polizeibeamten warteten geduldig.

„Ich möchte Euch meinerseits die Frage stellen, Herr Generalleutnant, was für ein Interesse ich daran haben könnte, zu schweigen, wenn ich mehr über das wüßte, was man gegen mich im Schilde führt?"

„Nun, zu verhindern, daß gewisse Schändlichkeiten an den Tag kommen, in die Ihr verstrickt seid und die auf Eurem Gewissen lasten", meinte Desgray hart.

„Herr Generalleutnant, Euer Untergebener überschreitet seine Befugnisse. Ich bin entrüstet über den Empfang, der mir hier zuteil wird. Ich möchte doch meinen, daß Euch bekannt ist, welche Stellung ich bei Hof einnehme."

La Reynie beobachtete sie stumm, und sein offener Blick zeugte von tiefer Kenntnis der menschlichen Seele. Auch er glaubte ihr nicht.

„Was wißt Ihr?" wiederholte er sanft.

„Es ist Eure Sache, zu wissen!" rief sie zornig.

Nervös drehte sie das kleine Likörglas zwischen ihren Händen und trank es dann in einem Zug leer. Desgray füllte es sofort von neuem. Trotz ihrer Erregung wagte sie noch nicht aufzustehen.

„Daß Ihr diesen groben Menschen deckt, verblüfft mich, Monsieur de La Reynie. Ich werde mich beim König beklagen."

Der Polizeibeamte stieß einen Seufzer aus.

„Der König hat mich mit einer recht schwierigen Aufgabe betraut, die ich nach bestem Vermögen erfüllen muß. Nicht nur in seiner Stadt, auch in seinem Reich soll Ordnung herrschen, soll das Verbrechen auch dort verfolgt werden, wo es sich in unzugänglichen Bereichen verschanzt. Nun, ein Verbrechen liegt vor – oder jedenfalls eine verbrecherische Absicht. Ich habe den grausigen Beweis gesehen. Ich bin selbst in Bicêtre gewesen. Ihr solltet uns helfen, Madame, wie wir bereit sind, Euch zu helfen. Ich wiederhole: Euer Leben steht auf dem Spiel."

„Und wenn ich Euch sage, daß mich das wenig kümmert?"

„Das steht Euch nicht zu ... noch weniger, Euch selbst Recht zu verschaffen."

Lastende Stille trat ein.

„Es wird viel zuviel von Hexen geredet", fuhr La Reynie fort. „Bisher habe ich in diesen Wahrsagerinnen und Zauberern nur Possenreißer gesehen, die den Müßiggängern für Handdeutung und was dergleichen Firlefanz mehr ist das Geld aus der Tasche ziehen. Aber ich beginne zu vermuten, daß man den einen wie den andern einen anderen Namen geben muß ..." Murmelnd fügte er hinzu: „... daß sie Mörder sind! Kaltblütige, nichtswürdige Mörder!"

Angélique spürte, daß ihr der kalte Schweiß auf der Stirn perlte. Mit zitternder Hand fuhr sie sich übers Gesicht, und in dem um Hilfe flehenden Blick, den sie auf die beiden Männer warf, sahen sie den Widerschein einer bösen Vision.

„Sprecht, Madame", sagte La Reynie behutsam.

„Nein, ich werde nichts sagen."

„Es gibt also etwas zu sagen."

Sie schwieg, und Desgray füllte ihr Glas.

„Schön", sagte La Reynie trocken. „Ihr wollt nicht reden. Nun, so werden eben andere reden. Eines Tages werden wir den Schleier lüften ..."

Mit einem schrillen, ernüchterten Lachen warf Angélique den Kopf zurück.

„Niemals, Monsieur de La Reynie! Niemals!"

Jahre später sollte Monsieur de La Reynie das Kabinett des Königs betreten und die Akte aufschlagen, die als „Gift-Akte" in die Geschichte eingehen würde. Alle großen Namen Frankreichs würden in ihr eine Rolle spielen, die Stufen des Throns mit höllischem Sud bespritzend. Mit unbarmherziger Hand würde der Polizeibeamte den blutgierigen Seelen und verworfenen Herzen der vornehmen Gesellschaft den goldenen Panzer herunterreißen. Doch vor einem Namen würde er zurückschrecken müssen, vor jenem Namen, den auch Angélique jetzt verschwieg.

Vielleicht würde ihm in jener Sekunde diese verstörte Frau mit dem harten, ernüchterten Lachen erscheinen, die ihm höhnisch zurief: „Niemals!"

Schwankend erhob sie sich. Der Likör war stark, aber Desgray hatte sich getäuscht, wenn er sich einbildete, auf diese Weise ihre Zunge lösen zu können. Das Getränk machte sie schweigsam und eigensinnig.

Sie lehnte sich an den Tisch. Ihre Zunge wollte ihr nicht gehorchen.

„Macchiavell hat gesagt, Ihr Herren . . . ja, Macchiavell hat gesagt: ‚Wären die Menschen gut, so könntest du selber gut sein und die Gebote der Justitia befolgen, aber da sie schlecht sind, mußt du oft gleichfalls schlecht sein . . .'"

Die Polizeibeamten wechselten einen Blick.

„Lassen wir sie", murmelte Monsieur de La Reynie.

Er verbeugte sich vor Angélique, die keine Notiz davon nahm. Schwankend ging sie zur Tür. Desgray folgte ihr und geleitete sie zum Vorplatz.

„Gebt acht auf der Treppe, damit Ihr die Stufen nicht verfehlt."

Sie hielt sich am Geländer fest und wandte sich zu ihm um.

„Euer Verhalten ist empörend, Monsieur Desgray. Ich bin zu Euch wie zu einem Freund gekommen. Ihr aber habt ein beleidigendes Verhör mit mir angestellt, als hieltet Ihr mich für schuldig. Wessen?"

„Euch ausgerechnet mit denen solidarisch zu erklären, die Euren Tod wollen. Man besticht eine Zofe, Gift in die Tasse einer Rivalin zu schütten, einen Lakaien, an der Straßenecke dem Widersacher aufzulauern, der einem lästig geworden ist . . ."

„Haltet Ihr mich einer solchen Tat für fähig?"

„Wenn Ihr's nicht seid, so sind's die Euren, wie jener liebenswerte Fabeldichter La Fontaine sagen würde, den Ihr protegiert."

„Und Ihr meint, weil ich zwischen Ihnen lebe, werde ich wie sie?"

Sie verbesserte sich sogleich in Gedanken: „. . . bin ich schon wie sie geworden?"

Gegen Desgrays anklagenden Blick gab es keine Abwehr. Sie sah sich plötzlich so, wie er sie sah, in ihrem Kleid und ihrem Putz, die allein schon so viel kosteten, wie eine Handwerkerfamilie in einem Jahr verbrauchte. Sie war die gar schöne Marquise du Plessis, doch schon von den ersten winzigen Spuren des Welkens gezeichnet, verursacht durch die durchwachten Nächte und die anstrengenden Feste, mit den brennenden Lidern einer Frau, die zuviel trinkt, der Schminke und dem Puder, die man aus Gewohnheit täglich ein bißchen stärker aufträgt, bis man nur noch eine Komödiantinnenmaske hat, dem Dünkel, der zur Natur, der Stimme, die lauter und härter wird . .

Mühsam sich beherrschend, stieg sie die Treppe hinunter.

Wie gern hätte sie gerufen: „Desgray, mein Freund Desgray, zu Hilfe! Zu Hilfe, meine Vergangenheit! Zu Hilfe, meine verlassene Seele . . . Erbarmt sich denn niemand meiner, die ich alles besitze! So kann ich doch nicht fortgehen, mit der Last meiner Juwelen auf meinen Händen und Schultern, auf dem Herzen diese tödliche Last der Einsamkeit . . ."

In jäher Verzweiflung wandte sie sich nach ihm um, und fast wäre sie rückwärts die Treppe hinuntergestürzt. Er fing sie gerade noch auf.

„Ihr seid betrunken. Ich lasse Euch nicht weiter hinuntergehen. Ihr würdet Euch sämtliche Knochen brechen."

Er faßte sie energisch unter dem Arm und führte sie einige Stufen wieder hinauf. Dann drängte er sie in ein Zimmer. Sie stammelte:

„Das habt Ihr verschuldet, Halunke, mit diesem üblen Gebräu, das Ihr mir zu trinken gabt."

Desgray schlug Feuer, um zwei Kerzen anzuzünden. Er hielt den

Leuchter dicht vor Angéliques Gesicht und betrachtete es neugierig. Seine Mundwinkel zuckten, als verbeiße er sich ein Lachen.

„Hübsche Sprache, Marquise", sagte er gedämpft. „Man beginnt sich also der Vergangenheit zu erinnern?"

Angélique schüttelte zornig den Kopf.

„Glaubt nicht, daß Ihr mich zum Reden bringt wie damals. Kein Wort werde ich sagen . . . kein Wort."

Mit einer heftigen Bewegung stellte Desgray den Leuchter auf einem Tischchen ab und begann, erregt auf und ab zu gehen.

„Ich weiß es wohl, bei Gott, daß Ihr kein Wort sagen werdet . . . Auf der Folterbank, auf dem Rad würdet Ihr kein Wort sprechen. Aber wie kann man da etwas für Euch tun? Wie kann man Euch schützen? Während wir noch die Spuren suchen, finden und unsere Fallen stellen, seid Ihr längst ins Jenseits befördert worden. Ist es der erste Anschlag gewesen? Nein, nicht wahr? . . . Was ist denn? Was habt Ihr?"

„Oh, ich muß mich übergeben", stöhnte Angélique taumelnd.

Desgray packte sie und hielt ihr die Stirn.

„Nur zu! Danach wird Euch wohler sein. Nehmt keine Rücksicht auf den Teppich."

Es gelang ihr, sich zu beherrschen. Sie machte sich los und lehnte sich an die Wand, bleich, mit geschlossenen Augen.

„Oh, ich möchte speien!" flüsterte sie. „Ich möchte mein Leben ausspeien. Sie wollen mich töten? Nun, sollen sie doch! Dann kann ich wenigstens schlafen, ausruhen, brauch' an nichts mehr zu denken."

„Nichts dergleichen", sagte Desgray. Die Muskeln unter der Haut seiner Wangen traten wie Stränge hervor, sein Gesicht bekam einen wilden Ausdruck.

Er packte sie bei den Armen und schüttelte sie.

„Habt Ihr mich verstanden? Ihr werdet die Dinge nicht laufen lassen! Ihr werdet Euch zur Wehr setzen. Sonst seid Ihr verloren, das wißt Ihr genau."

„Was kümmert mich das!"

„Ihr habt kein Recht, so zu reden. Ihr nicht. Ihr habt nicht das Recht zu sterben. Was ist aus Eurer Kraft geworden? Eurem Kampfgeist, Eurem klaren Verstand, Eurer Begierde, zu leben und zu triumphieren.

Was ist aus ihnen geworden? Haben die am Hof Euch auch die genommen?"

Er schüttelte sie, als wolle er sie aus einem bösen Traum wecken, und sie ließ es geschehen, in ihr Schicksal ergeben, willenlos, mit hängendem Kopf. Er trat ein paar Schritte zurück und betrachtete sie zornig.

„Herrgott!" fluchte er. „Das also hat man aus der Marquise der Engel gemacht! Sie haben ganze Arbeit geleistet, fürwahr, sie können stolz darauf sein. Arrogant, starrköpfig und dennoch nicht mehr Schwung als eine Schnecke."

Desgrays Zorn umgab sie mit einem seltsamen Fluidum, das allmählich durch ihre Depression drang und ihr neuen Auftrieb brachte, ein unerklärliches frohes Gefühl, weil hinter dem harten, korrekten Beamten der alte Desgray mit seiner explosiven Verve, seinem schroffen Wesen, jenem ätzenden, unabhängigen Geist zum Vorschein kam, der allein ihm eigen war.

Von neuem ging er auf und ab, im Dunkel des Raums verschwindend, um plötzlich im Licht wieder aufzutauchen, noch immer außer sich.

„Und das?" fragte er. Er blieb vor ihr stehen und hob das Brillantkollier und die Perlenkette, die Angéliques Hals und Brust zierten. „Kann man auch nur den Kopf heben mit solchem Trödel im Nacken? Das ist hundert Livres schwer! Kein Wunder, daß man das Rückgrat beugt, daß man auf Knien kriecht, sich zu Boden wirft ... Nehmt es ab. Ich will Euch nicht mehr damit sehen."

Seine Hände legten sich auf ihren Nacken, suchten nach dem Verschluß von Kollier und Kette und schleuderten sie verächtlich auf die Kommode. Dann griff er nach ihren Handgelenken, um nacheinander die Armbänder abzunehmen und sie auf das glitzernde Häufchen der Ketten zu werfen. Die Operation dämpfte seinen Zorn und begann, ihn zu belustigen.

„Beim Ewigen Vater, dem Schutzpatron der Rotwelschen, ich komme mir vor wie ein Straßenräuber von Paris. Hier gibt's was Feines, Brüder. Auf zur Traubenlese!"

Als er ihre Wange streifte, um die Ohrgehänge zu lösen, roch sie den Tabakgeruch seiner kräftigen Hände. Ihre langen Wimpern, die sie gesenkt hielt, bebten. Sie sah auf und gewahrte dicht vor sich den brennenden Blick des Polizisten Desgray, der sich an der unter der Asche noch schwelenden Glut der Vergangenheit entzündete und sie zu jenem Herbsttag zurückversetzte, an dem er sie in dem kleinen Hause auf der Brücke von Notre-Dame auf so wunderliche Weise der Verzweiflung entrissen und ihre Hoffnung neu gestärkt hatte. Die warmen, ein wenig groben männlichen Hände strichen sanft über ihre bloßen Schultern.

„So! Man fühlt sich leichter, wie?"

Angélique erschauerte wie ein Tier, das jäh aus langer Regungslosigkeit erwacht. Die Hände verstärkten ihren Druck.

„Ich kann nichts tun, um Euch zu beschützen", sagte Desgray mit leiser, rauher Stimme, „aber ich will wenigstens versuchen, Euch neuen Mut einzuflößen. Und ich glaube, ich bin der einzige auf der Welt, der dazu imstande ist. Das ist meine Spezialität, wenn ich mich recht erinnere."

„Wozu!" wiederholte sie müde.

Sie war erschöpft, und alles flößte ihr Angst ein.

„Früher waren wir Freunde. Jetzt kenne ich Euch nicht mehr, und Ihr kennt mich nicht mehr."

„Man kann sich von neuem kennenlernen."

Er hob sie hoch, ließ sich in einem Sessel nieder und setzte sie in der entfalteten Blumenkrone ihrer schweren Röcke wie eine Puppe auf seine Knie. Der unbestimmbare, schwimmende Ausdruck ihrer Augen machte ihn krank.

„Welche Wirrnis!" dachte er. Und gleichwohl war sie da, hinter dem Gitter der verlorenen Jahre, und er würde sie wiederfinden.

Wiederfinden hinter jenen verlorenen Jahren, die nie hätten abreißen dürfen. Warum war sie wiedergekommen? Er rief sie an, in einem drängenden, uneingestandenen Gefühl, das sein Herz schwellen ließ.

„Mein Kleines!"

Sein Ruf weckte Angélique von neuem, und sie bog den Kopf zurück, um dieses Gesicht zu betrachten. Desgray huldigte der Zärtlichkeit? Desgray streckte die Waffen? Undenkbar! Seine dunklen, leuchtenden Augen waren den ihren ganz nah.

„Eine einzige Stunde", flüsterte er, „für eine einzige Frau, in einem einzigen Leben, kannst du dir das leisten, Polizist? Eine einzige Stunde lang schwach und töricht zu sein!"

„O ja!" sagte sie plötzlich mit naiver Freude. „O ja, tut es, bitte!"

Sie schlang die Arme um seinen Hals, lehnte ihre Wange an die seine.

„Wie gut das ist, bei Euch zu sein, Desgray! O wie gut!"

„Sie sind spärlich gesät, die Dirnen, die mir diesen Vers vorgesungen haben", brummte Desgray. „Wären lieber anderswo gewesen. Aber du, du bist nie wie die andern gewesen!"

Immer wieder suchte er die Berührung mit ihrer warmen Wange und sog mit geschlossenen Augen den erregenden Duft ein, der ihrer Haut und dem Ausschnitt ihres Mieders entströmte.

„Ihr habt mich also nicht vergessen, Desgray?"

„Wie könnte man Euch vergessen?"

„Ihr habt gelernt, mich zu verachten . . ."

„Mag sein. Und wenn's so wäre, was ändert es schon? Immer bist du's, die da ist, Marquise der Engel, unter der Seide, unter dem Atlas, unter dem goldenen und diamantenen Zeug."

Sie warf den Kopf zurück, als habe sie aufs neue ihre Ketten verspürt. Ihr Mißbehagen wich nicht, und sie atmete schwer, bedrückt durch eine Last, die vielleicht nur die der verdrängten Tränen war. Sie griff nach ihrem steifen Mieder und seufzte.

„Das Kleid drückt auch."

„Wir werden es ausziehen", sagte er beruhigend.

Die sie umfangenden Arme schlossen sie in einen Kreis der Geborgenheit ein. Der Alpdruck schwand. In diesem Augenblick konnte nichts ihr etwas anhaben.

„Du mußt aufhören, dich zu ängstigen", murmelte Desgray. „Die Angst fordert die Niederlage heraus, du bist genauso stark wie die andern. Du vermagst alles. Was kann dir, die du den Großen Coesre umgebracht hast, noch Angst einflößen? Meinst du nicht, es wäre, schade, ‚ihnen' die Partie zu überlassen? Sind ‚sie' das wert? Bei Gott, ich kann's mir nicht denken. Luder in Spitzen, das sind sie, und du weißt es genau. Feinden dieser Art liefert man sich nicht aus."

Er sprach ganz leise auf sie ein wie auf ein Kind, dem man Vernunft beibringt, indem er sie mit einer Hand festhielt, während er mit der andern kunstgerecht die Nadeln ihres Brusteinsatzes und die Bänder ihrer Röcke löste. Sie erkannte seine sicheren Zofenbewegungen wieder, die, wenn sie auch eine Menge über die Vielfältigkeit der amourösen Abenteuer des Polizisten Desgray aussagten, immerhin den Frauen das beruhigende Gefühl verliehen, in den Händen eines Mannes zu sein, der sich darauf verstand.

Kaum hatte sie sich zu fragen begonnen, ob sie ihn gewähren lassen solle, als sie sich auch schon halbnackt zwischen seinen Armen fand. Ein Spiegel an der Wand strahlte das Bild ihres weißen Körpers zurück, der aus dem Wall von blauem Samt und Spitzen auftauchte, den die heruntergestreiften Kleidungsstücke zu ihren Füßen bildeten.

„Und hier ist die Schöne von damals!"

„Bin ich denn immer noch schön, Desgray?"

„Noch schöner, zu meinem Unglück. Aber dein kleines Näschen ist kalt, deine Augen sind traurig, dein Mund ist hart. Man hat ihn nicht genügend geküßt."

Er nahm zu einem raschen Kuß von ihren Lippen Besitz. Er ging nicht brutal mit ihr um, weil er spürte, daß sie zerbrochen war, der Liebe entwöhnt durch ihre quälenden Ängste. Doch je mehr sie sich beruhigte, desto kühner wurden seine Liebkosungen, und er mußte lachen, als er das zaghafte Lächeln sah, das sich auf ihrem blassen, eben noch so trostlosen Gesicht abzuzeichnen begann. Unter den schmeichelnden Bewegungen seiner Hand drängte sie sich dichter an ihn heran und schmiegte sich sanft an seine Schulter.

„Nicht mehr so stolz wie vorhin, Marquise, hm? Was bleibt, wenn die prächtigen Hüllen gefallen sind? Eine kleine Katze mit glänzenden grünen Augen, die fordern. Eine an der Tafel des Königs gefütterte rundliche kleine Wachtel . . . Früher warst du magerer. Man spürte die Knochen unter deiner Haut . . . Jetzt bist du hübsch gepolstert. Kleine Wachtel! Täubchen! Girre ein wenig. Du möchtest es doch so gerne."

Desgray war noch ganz der alte. Sein korrekter Aufzug verbarg dasselbe Herz, dieselbe kräftige Brust wie einstmals sein schäbiger Kittel. Es waren dieselben gebieterischen, bedachten Hände, derselbe ein wenig spöttische Raubvogelblick, der auf ihre Übergabe lauerte, sich über ihre Ungeduld, ihr Liebesverlangen, die gestammelten Geständnisse amüsierte, über die sie später erröten würde.

Endlich trug er sie zum Alkoven im Hintergrund des Raumes, fern den Leuchtern, und sie genoß das Dunkel, in das er sie hüllte, die Kühle des Bettes, die Anonymität des männlichen Körpers, der sich zu ihr gesellte. Tastend begegnete sie seiner behaarten Brust, sie entdeckte von neuem einen vergessenen Geruch, und in dem Rausch, der sie überkam, erinnerte sie sich, daß Desgray der einzige Liebhaber war, der sie nicht geschont hatte, und sie spürte, daß er es auch in dieser Nacht nicht tun würde. Sie wehrte sich nicht. Seltsam, dieser Mann, der sie zuweilen eingeschüchtert und gereizt hatte – als Liebhaber flößte er ihr unbegrenztes Vertrauen ein. Bei ihm fühlte sie sich geborgen. Er allein beherrschte die Kunst, der Liebe und den Frauen ihren Platz zuzuweisen. Einen guten Platz, wo seine weder geringschätzig behandelten noch vergötterten Mätressen sich als frohe Gefährtinnen jener heidnischen Sinnesfreuden fühlten, die das Blut erhitzen und den Kopf leicht machen.

Sie überließ sich widerstandslos der Woge der Sinnlichkeit, die sie mitriß. Bei Desgray konnte man es sich erlauben, vulgär zu sein. Man konnte schreien, delirieren, sinnlos lachen oder weinen.

Er kannte alle Mittel, Begierde und Wollust einer Frau zu wecken und zu steigern. Er verstand es, abwechselnd zu fordern oder zu ermuntern. In seiner Gewalt verlor Angélique jedes Zeitgefühl. Er gab sie erst frei, als sie erschöpft war, flehend und trunken zugleich, ein wenig bedauernd, ein wenig verschämt, und im tiefsten Grunde verwundert über ihr eigenes Vermögen.

„Desgray! Desgray!" wiederholte sie mit verhaltener, heiserer Stimme, die ihn rührte. „Ich kann nicht mehr . . . Oh, wieviel Uhr ist es?"

„Bestimmt sehr spät."

„Ich muß gehen."

„Nein. Du mußt schlafen."

Er preßte sie an sich, denn er wußte, daß ein kurzer Schlaf die letzten Spuren ihrer Angst beseitigen würde.

„Schlaf, schlaf! Du bist sehr schön! Du verstehst dich auf alles: auf die Liebe und darauf, die Polizisten zum besten zu haben . . . Du hast den König von Frankreich zu deinen Füßen ... und das Leben vor dir. Du weißt sehr wohl, daß dich etwas erwartet, dort, auf dem Grunde des Lebens. Du wirst nicht darauf verzichten. Du weißt genau, daß du die stärkere bist ..."

Er murmelte weiter und hörte die leichten und regelmäßigen Atemzüge des tiefen Schlafs, in den sie wie ein Kind jäh versunken war. Dann drehte er sich ein wenig, um seine harte Stirn zwischen ihre warmen, prallen Brüste zu schmiegen.

„Eine einzige Stunde für eine einzige Frau in einem einzigen Leben", dachte er. „Kannst du dir das erlauben, Polizist? Verliebt zu sein? Es wäre besser für dich, sie wäre tot, und du hast ihr das Leben zurückgegeben, du Tor!"

Achtundvierzigstes Kapitel

„Und nun, Desgray, was soll ich tun?"

„Das weißt du genauso gut wie ich."

Er war ihr beim Ankleiden behilflich, in der Morgendämmerung, die das Kerzenlicht verbleichen ließ.

„Was du tun sollst? Die Magd bestechen, damit sie vergiftet, die Zofe, damit sie spioniert, den Lakaien, damit er meuchlings mordet."

„Ihr gebt mir merkwürdige Ratschläge, Polizist."

Desgray sah ihr mit einem wilden Ausdruck in die Augen.

„Weil du es bist, die recht hat", sagte er. „Die Justiz dringt nicht bis dorthin, wo du lebst. Monsieur de La Reynie weiß es wie ich. Sich an uns zu wenden, ist eine Farce. Man zwingt uns nur, ehrbare Leute zu verhaften wie den biederen Bischof von Valence, den Berater Madames, der für seinen günstigen Einfluß auf Monsieur bestraft werden mußte. Eines Tages kommen wir da droben an, wo über alle Gericht gehalten wird. Aber soweit ist es noch nicht. Und deshalb sage ich dir: du hast recht. In einer schlechten Welt muß man schlecht sein. Töte, wenn es nötig ist. Ich will nicht, daß du stirbst."

475

Er drückte sie an sich und starrte über ihren blonden Kopf hinweg.

„Du mußt wie die andern werden. Hast du eine Vorstellung, was ihr Angst machen könnte, dieser Frau? Wovor sie sich fürchtet?"

„Woher wißt Ihr, daß es eine Frau ist?" fragte Angélique erschrocken.

„Das mit dem Hemd ist der Einfall einer Frau. Und ich wüßte nicht, warum ein Mann den Wunsch haben sollte, dich aus dem Weg zu räumen. Gewiß ist sie's nicht allein, aber sie ist die treibende Kraft. Du weißt, warum sie dich haßt, und du weißt, was sie befürchtet. Du sollst ihr beweisen, daß du genauso stark bist wie sie, ihr begreiflich machen, daß sie aufhören muß, mit dem Verbrechen zu spielen. Es ist unbekömmlich. Es könnte ihr eines Tages auf den Magen schlagen."

„Ich glaube, ich habe eine Idee", murmelte Angélique.

„Bravo!"

Er trat hinter die junge Frau, um die Schleifen des dritten Rocks zu befestigen.

„So wird man zu einer gefährlichen Frau", sagte er mit seinem bissigen Lächeln. „Und so macht man aus einem verhärteten Mann ein kleines Lamm. Was steht der Frau Marquise noch zu Diensten? Was für einen Rat soll ich ihr noch erteilen? Welche Dummheit soll ich begehen?"

Er ging um sie herum mit den Bewegungen eines gewandten Schneiders, indem er da und dort eine Falte zurechtzog oder ein Stäubchen wegschnippte, Manipulationen, deren nachlässige Eleganz im Gegensatz zum wütenden Ausdruck seines Gesichtes standen.

„Sichere wenigstens dein Leben, damit ich mir verzeihe."

Angélique sah ihn voll an, und er konnte beobachten, wie auf dem Grunde ihrer klaren Augen gleich einem Licht ihre unbezähmbare, besonnene weibliche Kraft aufflammte.

„Ich werde es sichern, Desgray. Das verspreche ich Euch."

„Schön. Ich habe also mit dieser Angelegenheit meine Zeit nicht vergeudet. Und jetzt die Halskette."

Die geschickten Hände legten den Schmuck wieder um ihren Hals, ihre Handgelenke, ihre Arme.

„Und klick! Und klick!" schloß er, indem er ihr die Ohrgehänge befestigte. „Nun ist die königliche Stute aufgeschirrt."

Sie versetzte ihm einen kleinen Schlag mit dem Fächer.

„Unerträglicher Polizist!"

Doch sie selbst begann nun ihre neuerwachte Kraft zu fühlen und richtete ihren Oberkörper unter der prunkvollen Last auf. So würde sie Madame de Montespan die Stirn bieten können. Wenn sie es wollte, das wußte sie, konnten ihre Kopfhaltung, ihr Gang zumindest ebenso einschüchternd wirken wie die der Mortemart. Und sie besaß die Liebe des Königs, bereits auch die beflissene Ergebenheit eines Hofs, der nur dem König angenehm sein wollte und mit einem Schlag das verblichene Idol verwerfen würde. Die blauen Augen würden angesichts des Glanzes der grünen Augen gezwungen sein, sich zu senken.

Mit erhobenem Kopf rauschte Angélique zur Tür. Desgray hielt sie auf, indem er seine Hände wuchtig auf ihre Schultern legte.

„Nun hör zu", sagte er. „Ich meine es ernst, was ich dir zu sagen habe. Ich will dich nicht mehr sehen ... nie mehr. Ich habe für dich alles getan, was ich konnte. Nun tu du das deinige. Du hast die Hilfe der Polizei zurückgewiesen, und es ist besser so. Du willst nicht, daß ich meine lange Nase in deine Angelegenheiten stecke, und vielleicht hast du recht. Nur, zum Freund Desgray laufen, wenn's brennt, das ist nun vorbei. Verstanden?"

Sie sah zu ihm auf und las in seinen dunklen Augen das Geständnis, das dieser hart gewordene, gute Mann ihr nie machen würde. Sie nickte, ein wenig bleich geworden.

„Mein Weg ist mir vorgezeichnet, und ich brauche einen kühlen Kopf, um ihn gehen zu können", fuhr Desgray fort. „Du würdest mich zu Torheiten verleiten. Ich will dich nicht mehr sehen. Wenn du eines Tages der Polizei Enthüllungen zu machen hast, wende dich an Monsieur de La Reynie. Er ist befähigter als ich, die großen Damen des Hofs zu empfangen." Er neigte sich über sie, bog ihren Kopf zurück und drückte einen brutalen Kuß auf ihre Lippen.

„Jetzt ist es tatsächlich aus. Verstanden?" dachte sie. „Adieu, Galgenvogel. Adieu, mein Freund!"

Allein weitergehen oder sterben – das war die Alternative. Indessen sollten die Ratschläge, die sie empfangen hatte, nicht in den Wind gesprochen sein.

Der Zufall kam ihr gleich am nächsten Tag zu Hilfe, als sie in der Kutsche von Paris nach Saint-Germain fuhr. Eine Droschke war in den Graben gestürzt, und beim Näherkommen erkannte Angélique in der jungen Frau, die ungeduldig auf der mit Ginster bewachsenen Böschung wartete, eine der Damen des Gefolges der Montespan, Mademoiselle Desoeillet. Sie ließ halten und winkte sie freundlich heran.

„Ach, Madame, ich befinde mich in größter Verlegenheit", rief das junge Mädchen aus. „Madame de Montespan hat mich zu einer dringenden Erledigung weggeschickt, bei der ich mich nicht verspäten darf, und nun liege ich hier schon eine halbe Stunde fest. Dieser dumme Kutscher hat einen großen Stein mitten auf der Straße übersehen."

„Ihr wolltet nach Paris?"

„Ja . . . das heißt die halbe Strecke. Ich habe an der Straßenkreuzung des Bois-Sec eine Verabredung mit einer Person, die mir eine Botschaft für Madame de Montespan aushändigen soll. Und wenn ich mich zu sehr verspäte, ist diese Person womöglich nicht mehr dort. Madame de Montespan wäre furchtbar ungehalten."

„So steigt ein. Ich werde die Kutsche wenden lassen."

„Madame, Ihr seid zu gütig."

„Ich kann Euch nicht hier stehenlassen, und ich erweise Athénaïs gern einen Gefallen."

Mademoiselle Desoeillet raffte ihre Röcke und setzte sich respektvoll auf den äußersten Rand der Bank. Sie schien verwirrt und unruhig. Sie war ein ausgesprochen hübsches Mädchen und besaß jene gewisse Keckheit, die Madame de Montespan ihrer Umgebung mitzuteilen wußte. Ihre Damen konnte man an ihrer gewählten Sprache, ihrem Geist und ihrem Geschmack erkennen. Sie machte Frauen von Welt nach ihrer Vorstellung aus ihnen, gewandt, intrigant und skrupellos.

Angélique beobachtete Mademoiselle Desoeillet verstohlen. Sie hatte schon früher mit dem Gedanken gespielt, sich gerade mit diesem Mädchen zu verbünden, dessen Schwäche sie erkannt hatte. Sie war eine leidenschaftliche Spielerin, und sie spielte falsch. Allerdings mußte man ein geübtes Auge haben, um ihr auf die Schliche zu kommen. Angélique hatte einst von ihren Bekannten vom Hof der Wunder gewisse in den Spielhöllen gebräuchliche Kniffe gelernt und ihren Blick für ihre Anwendung geschärft.

„Hier ist es", sagte das Mädchen und preßte die Nase an die Fensterscheibe. „Gott sei Dank! Die Kleine ist noch da."

Sie ließ das Fenster herunter, während Angélique dem Kutscher zu halten gebot.

Ein Mädelchen von etwa zwölf Jahren, das am Waldsaum gewartet hatte, näherte sich eilig der Kutsche und reichte Mademoiselle Desoeillet ein Päckchen. Eine Weile verhandelte sie flüsternd mit der Kleinen und übergab ihr schließlich eine Geldbörse, zwischen deren Maschen Goldstücke glänzten. Angéliques erfahrenes Auge rechnete aus, welche Summe sie enthalten mochte. Das Ergebnis veranlaßte sie, die Stirn zu runzeln.

„Was mag dieses Päckchen enthalten, daß es einen so hohen Preis wert ist?" fragte sie sich, während sie den Gegenstand verstohlen betrachtete, den Mademoiselle Desoeillet in ihrem Beutel barg. Sie glaubte, ein Fläschchen zu erkennen.

„Wir können weiterfahren, Madame", sagte das Mädchen sichtlich erleichtert, daß sie ihren Auftrag glücklich ausgeführt hatte.

Während die Kutsche auf dem Wegekreuz wendete, sah Angélique unwillkürlich zu der Kleinen zurück, deren weiße Haube sich von der grünen Wand des Waldes abhob.

„Wo habe ich dieses Kind nur schon gesehen?" überlegte sie mit Mißbehagen.

Sie schwieg eine Weile, während die Kutsche von neuem die Richtung nach Saint-Germain einschlug. Je mehr Zeit verstrich, desto mehr wurde sie in ihrem Vorsatz bestärkt, die Gelegenheit zu nutzen, um das Mädchen für sich zu gewinnen. Plötzlich stieß sie einen kleinen Schrei aus.

„Was ist, Madame?" erkundigte sich Mademoiselle Desoeillet.

„Nichts! Nichts! Eine Nadel ist aufgegangen."

„Darf ich Euch behilflich sein?"

„Nein, nein, bemüht Euch nicht. Es ist schon gut."

Angélique bemühte sich, zu ihrem Gleichmut zurückzufinden. Das Gesicht der Kleinen . . . sie wußte nun, woher sie es kannte. Sie hatte es im Schein zweier Kerzen in jener unheilvollen Nacht gesehen. Es war die Tochter der Voisin, die, die den Korb getragen hatte.

„Kann ich Euch helfen, Madame?" beharrte das Mädchen.

„Nun, dann seid mir behilflich, den Verschluß meines Rocks zu lockern."

Das Mädchen beeilte sich, ihr gefällig zu sein. Angélique dankte ihr lächelnd.

„Ihr seid sehr lieb. Wißt Ihr, daß ich oft Eure Geschicklichkeit beim Ankleiden Eurer Herrin bewundert habe . . . und Eure Geduld?"

Mademoiselle Desoeillet lächelte ihrerseits. Angélique sagte sich, daß die kleine Dirne, falls sie über die üblen Absichten ihrer Herrin orientiert war, sich über die Komplimente amüsieren mußte, die sie ihr machte. Vielleicht bewahrte sie sogar in ihrem Beutel das für eben diese Madame du Plessis-Bellière bestimmte Gift auf, die sie so liebenswürdig nach Hause brachte? Das Schicksal liebte solche Scherze. Grund genug, sich ins Fäustchen zu lachen. Aber das Lachen würde ihr schon vergehen!

„Was ich an Euch am meisten bewundere", fuhr Angélique in sanftem Ton fort, „ist Eure Geschicklichkeit beim Spiel. Ich habe Euch am vergangenen Montag beobachtet, als Ihr den Herzog von Chaulnes so glänzend schlugt. Er hat sich noch nicht davon erholt, der Arme. Wo habt Ihr denn so gut das Falschspielen gelernt?"

Mademoiselle Desoeillets Lächeln erlosch. Nun war es an ihr, um Haltung zu ringen.

„Madame, was sagt Ihr da?" stammelte sie. „Falschspielen? Ich . . . das ist doch unmöglich. Nie würde ich mir erlauben . . ."

„Nein, mit mir nicht, mein Kind", sagte Angélique, ihrem Ton absichtlich eine vulgäre Schärfe verleihend.

Sie nahm die Hand des Mädchens, drehte sie um und fuhr leicht über ihre Fingerspitzen.

„Man weiß, wozu Gliedmaßen mit so zarter Haut imstande sind. Ich habe gesehen, daß Ihr Euch eines kleinen Stückchens Walfischhaut bedientet, um die markierten Karten leichter zu fühlen, die Ihr benützt. Sie waren so unauffällig markiert, daß allein Hände wie die Euren sie wiedererkennen konnten. Die groben Finger des Herzogs von Chaulnes hätten gewiß Mühe, etwas Verdächtiges an ihnen zu finden . . . es sei denn, man wiese ihn darauf hin."

Das Mädchen ließ ihre Maske fallen. Sie war nur noch eine kleine Abenteurerin von dunkler Herkunft, die ihre ehrgeizigen Träume versinken sah. Sie wußte, daß die einzigen Dinge, über die man am Hof nicht scherzte und die von tragischer Bedeutung werden konnten, die Etikette und das Spiel waren. Der Herzog von Chaulnes, bereits über die Tatsache verärgert, daß er sich von einem Mädchen einfacher Herkunft hatte schlagen lassen und ihr tausend Livres schuldete, nähme niemals den Schimpf hin, angeführt worden zu sein. Die Schuldige würde, wenn man ihre Machenschaften enthüllte, schmählich vom Hof verjagt werden.

„Madame, Ihr habt mich beobachtet und Ihr könnt mich zugrunde richten!" jammerte Mademoiselle Desoeillet und sank auf die Knie.

„Steht auf. Was für ein Interesse sollte ich daran haben, Euch zugrunde zu richten? Ihr betrügt sehr geschickt. Man muß wissende Augen haben wie die meinen, um es zu bemerken, und ich glaube, Ihr könnt noch eine ganze Weile gewinnen . . . vorausgesetzt natürlich, daß ich die Augen zudrücke."

Das Mädchen verfärbte sich.

„Madame, was kann ich für Euch tun?"

Sie hatte ihren „Mortemart"-Ton aufgegeben, und ihre Stimme verriet die vorstädtische Herkunft.

Angélique sah gelassen zum Fenster hinaus, während die Demoiselle weinend ihr Leben zu erzählen begann. Sie war die uneheliche Tochter eines Edelmannes, dessen Namen sie nicht kannte, der jedoch über eine Mittelsperson für ihre Erziehung gesorgt hatte. Ihre Mutter, zuerst Stubenmädchen, hatte es schließlich zur Pächterin eines Spielhauses gebracht – woraus sich die andere Seite ihrer Erziehung ergab. Nacheinander den Nonnen eines Pensionats und dem guten Beispiel der

Spielhölle überlassen, hatte sie dank ihrem impulsiven Wesen, ihrem hübschen Äußeren, ihrer wenn auch sehr lückenhaften Bildung Angehörige der guten Gesellschaft für sich zu interessieren verstanden, die ihr weitergeholfen hatten. Athénaïs, deren Stärke es war, Menschen ihrer Wesensart aufzuspüren, hatte sie in ihren Dienst genommen. Jetzt gehörte sie zum Hofe, aber es war ihr nicht gelungen, gewisse Gewohnheiten völlig abzulegen. Da war das Spiel . . .

„Ihr wißt, wie das ist, wenn es einen wieder gepackt hat. Ich kann mir nicht erlauben zu verlieren, ich bin zu arm. Nun, jedesmal, wenn ich ehrlich spiele, verliere ich. Ich stecke bis über die Ohren in Schulden. Was ich neulich beim Spiel mit dem Herzog von Chaulnes gewann, hat gerade gereicht, um meinen dringendsten Verpflichtungen nachzukommen, und ich wage es nicht, mich an Madame de Montespan zu wenden. Sie hat schon oft für mich bezahlt, aber sie hat mir vor ein paar Tagen gesagt, daß es ihr jetzt reiche."

„Wie hoch sind Eure Schulden?"

Mit abgewandten Augen nannte das Mädchen eine Zahl. Angélique warf ihr eine Börse auf die Knie. Mademoiselle Desoeillet griff mit zitternder Hand danach, aber ihre Wangen bekamen wieder Farbe.

„Madame, was kann ich für Euch tun?" wiederholte sie.

Angélique wies auf den Beutel.

„Zeigt mir, was Ihr da drinnen habt."

Nach einigem Zögern holte die Desoeillet ein dunkelfarbiges Fläschchen hervor.

„Wißt Ihr, ob diese Mixtur für mich bestimmt ist?" fragte sie, nachdem sie sie eine Weile betrachtet hatte.

„Was meint Ihr damit, Madame?"

„Es ist Euch doch wohl bekannt, daß Eure Herrin mich zweimal zu vergiften versucht hat. Warum sollte sie es nicht ein drittes Mal tun? Glaubt Ihr, ich hätte in der Kleinen, die Euch dieses Zeug verkauft hat, nicht die Tochter der Wahrsagerin Mauvoisin erkannt?"

Die Desoeillet wurde noch um einen Schein blasser. Schließlich erklärte sie, sie wisse von nichts. Madame de Montespan beauftrage sie, in aller Heimlichkeit von der Wahrsagerin hergestellte Arzneien abzuholen. Aber sie sei nicht orientiert.

„Nun, Ihr werdet Euch bemühen, es zu sein", sagte Angélique kühl, „denn ich rechne darauf, daß Ihr mich künftig über alle Gefahren in Kenntnis setzt, die auf mich lauern. Sperrt die Ohren auf und haltet mich über alles mich Betreffende auf dem laufenden."

Sie drehte und wendete das Fläschchen zwischen ihren Fingern. Mademoiselle Desoeillet streckte ängstlich die Hand aus, um es wieder an sich zu nehmen.

„Nein, ich möchte es behalten."

„Aber das ist unmöglich, Madame. Was wird meine Herrin sagen, wenn ich ohne das Fläschchen zurückkomme? Sie wird sich an die Mauvoisin halten, und was ich auch als Erklärung vorbringe, mein Verrat wird schließlich an den Tag kommen. Sie braucht nur zu erfahren, daß Ihr mich in der Kutsche zurückgebracht habt . . ."

„Das stimmt . . . Trotzdem – ich brauche einen Beweis, irgend etwas. Ihr müßt mir helfen", sagte sie und bohrte ihre Fingernägel in das Handgelenk des Mädchens, „oder ich werde Euer Leben ruinieren, darauf könnt Ihr Euch verlassen."

Angesichts ihrer zornfunkelnden Augen suchte die unglückliche Desoeillet verzweifelt nach einem Ausweg, der die Nachsicht rechtfertigen würde, deren sie bedurfte.

„Ich glaube, ich weiß etwas . . ."

„Was wißt Ihr?"

„Die Arznei, die ich eben abgeholt habe, muß harmlos sein, denn sie ist für den König bestimmt. Madame de Montespan wendet sich auch an die Voisin, wenn sie ein Mittel braucht, um die Glut ihres Liebhabers anzufachen . . ."

„. . . und das Duchesne in seinen Becher gießen muß."

„Ihr wißt einfach alles, Madame! Es ist entsetzlich. Madame de Montespan hält Euch für eine Hexenmeisterin. Ich habe es gehört, als sie heute unter vier Augen mit Duchesne sprach."

„Ihr habt an der Tür gelauscht?"

„Ja, Madame."

„Was habt Ihr gehört?"

„Zuerst verstand ich nicht viel. Aber allmählich wurde meine Herrin lauter, weil sie so zornig war. Und da hat sie gesagt: ‚Diese Frau ist

eine Zauberin, oder die Voisin betrügt uns ... Alle Versuche sind fehlgeschlagen. Sie scheint auf mysteriöse Art gewarnt worden zu sein. Von wem? Jedenfalls muß es ein Ende haben. Ihr werdet die Voisin aufsuchen und ihr bedeuten, daß der Spaß lange genug gedauert hat. Ich habe sie gut bezahlt ... Sie muß unbedingt ein wirksames Mittel finden, andernfalls wird sie es sein, die bezahlt. Aber ich will ihr persönlich meine Wünsche schreiben. Das wird Eindruck auf sie machen.'
Dann setzte sie sich an ihren Sekretär, faßte ein Schreiben für die Voisin ab und übergab es Duchesne. ,Ihr werdet ihr dieses Briefchen zeigen', sagte sie. ,Wenn sie es gelesen und von meinem Willen Kenntnis genommen hat, verbrennt Ihr das Blatt an der nächsten Kerze ... Ihr werdet sie nicht verlassen, bevor sie Euch das Nötige gegeben hat ... Hier ist ein Taschentuch, das der bewußten Person gehört. Ein Page hat es gefunden und mir gebracht, weil er glaubte, es gehöre mir ... Man kann ihre Zofen nicht mehr bestechen, seitdem diese Thérèse davongelaufen ist, als sei der Teufel hinter ihr her. Im übrigen hat sie wenig Zofen und gar keine Gesellschafterinnen. Eine seltsame Frau. Ich weiß nicht, was der König Besonderes an ihr findet ... abgesehen von ihrer Schönheit, natürlich ...' Sie sprach von Euch, Madame."

„Ich habe es begriffen. Und wann soll sich Duchesne mit der Voisin treffen?"

„Heute abend."

„Um wieviel Uhr? An welchem Ort?"

„Um Mitternacht in der Schenke zum Goldenen Horn. Es ist eine recht verlassene Gegend zwischen der Stadtmauer und dem Quartier Saint-Denis. Die Voisin wird von ihrem Haus in Villeneuve, das nicht weit entfernt ist, zu Fuß dorthin gehen."

Angélique lehnte sich befriedigt in ihren Sitz zurück.

„Schön. Ihr habt Euch mir nützlich erwiesen, Kleine. Ich werde mich bemühen, für ein Weilchen zu vergessen, daß Ihr allzu geschickte Hände habt. Da sind wir ja in Saint-Germain angekommen. Ihr werdet hier aussteigen. Ich will nicht, daß man uns zusammen sieht. Legt Euch ein wenig Rouge und Puder auf. Ihr seid bleich, daß einem angst werden kann."

Hastig bemühte sich Mademoiselle Desoeillet, ihrem entstellten Ge-

sicht wieder Farbe zu geben. Dann sprang sie unter Dankbarkeits-
und Ergebenheitsbeteuerungen aus der Kutsche.

Nachdenklich sah Angélique der leichtfüßig davoneilenden Gestalt
im rosafarbenen Kleid nach.

Dann streckte sie den Kopf zum Fenster hinaus und rief dem Kutscher zu:

„Nach Paris."

Neunundvierzigstes Kapitel

Nachdem sie einen groben Rock und eine Schoßjacke aus Barchent
übergezogen und um ihr Haar ein Tuch aus schwarzem Satin geschlungen hatte, wie die Kleinbürgersfrauen es trugen, ließ sie Malbrant Schwertstreich rufen, der noch am Vormittag aus Saint-Cloud
geholt worden war.

Er fand sich in ihrem Zimmer ein und erkannte sie in ihrer Maske-
rade erst, als sie das Wort an ihn richtete.

„Malbrant, Ihr werdet mich begleiten."

„Ihr seid völlig unkenntlich, Madame."

„Es wäre unangebracht, mich in großer Aufmachung dort einzufinden, wohin ich mit Euch gehen will. Habt Ihr Euren Degen? Nehmt
auch Euer Rapier und eine Pistole mit. Ihr werdet mich in der Gasse
hinter dem Haus erwarten. Ich werde die Tür der Orangerie benutzen."

„Zu Euren Diensten, Madame."

Wenig später saß Angélique hinter Malbrant Schwertstreich auf, und
sie ritten zur Vorstadt Saint-Denis. Vor der Winkelschenke „Zu den
Drei Kumpanen" hielten sie an.

„Laßt Euer Pferd hier, Schwertstreich. Gebt dem Wirt ein Silber-

485

stück, damit er ein Auge auf es hat, sonst riskieren wir, es nicht mehr vorzufinden. Pferde verschwinden gar leicht in dieser Gegend."

Der Stallmeister tat, wie ihm geheißen. Später folgte er ihr durch ein Gewirr winkliger Gäßchen, ohne Fragen zu stellen. An seinem weißen Schnurrbart kauend, beschränkte er sich darauf, über den Schlamm zu knurren, der sich trotz der Sonne in den Vertiefungen des unebenen Pflasters staute. Vermutlich war die Gegend dem alten Haudegen, den sein Abenteuerleben überallhin geführt hatte, gar nicht so unbekannt.

In den Gründen seines zerfallenden Palastes aus Lehm und Stein fanden sie den Großen Coesre, den beinlosen Cul-de-Bois. Er thronte wie gewöhnlich auf seiner Holzplatte. Wenn er den Wunsch verspürte, den Schauplatz zu wechseln, ließ er sich von seinen Schergen in einer ausgedienten Sänfte transportieren, deren Vergoldungen unter der dicken Schmutzkruste kaum mehr zu erkennen waren. Aber Cul-de-Bois war auf Ortsveränderungen nicht erpicht. Sein Schlupfwinkel war so dunkel, daß auch am Tag die Öllampen brennen bleiben mußten. Hier fühlte sich Cul-de-Bois wohl. Er schätzte weder Helligkeit noch Unruhe.

Es war nicht leicht, bis zu ihm vorzudringen. Zwanzigmal hatten sich den Besuchern finstere Gestalten in den Weg gestellt und in barschem Ton gefragt, was das „Bürgervolk hier zu schaffen habe". Erst auf das Kennwort waren sie widerwillig zur Seite getreten.

Endlich stand Angélique vor ihm. Sie hatte eine wohlgefüllte Börse für ihn mitgebracht, aber Cul-de-Bois warf nur einen verächtlichen Blick darauf.

„Wird allmählich Zeit", knurrte er verdrießlich. „Machst dich rar, Marquise der Engel."

„Hab' ich dir nicht immer das Nötige geschickt, Cul-de-Bois? Haben dir die Diener nicht das Spanferkel zu Neujahr gebracht und den Truthahn und drei Fäßchen Wein zu Mittfasten?"

„Diener! Diener! Ich brauche deine verdammten Diener nicht! Meinst du, ich hätte nichts anderes zu tun als mich zu mästen, Suppe in mich hineinzuschütten, Fleisch zu kauen? Zu schlemmen hab' ich, soviel ich will, und Goldfüchse, davon hagelt es nur so. Aber dich, dich kriegt man nicht oft zu sehen. Zu sehr damit beschäftigt, herumzustolzieren, die Schöne zu spielen, wie? So sind die Frauenzimmer ... Wissen nicht, was Respekt heißt."

Der König der Rotwelschen war zutiefst entrüstet. Er warf Angélique weniger Geringschätzung als Vernachlässigung vor. Er hielt es für ganz selbstverständlich, daß eine vornehme Dame des Hofs durch zwanzig Zoll tiefen Schmutz watete und bei den Gaunern ihr Leben aufs Spiel setzte, um ihn zu begrüßen, wie es ihn auch nicht im geringsten gewundert hätte, wenn der König von Frankreich vor seiner gespenstischen Behausung aus einer Hofkarosse gestiegen wäre, um ihm einen Besuch abzustatten. Unter Königen, sozusagen ...

„Man könnte sich mit dem König vertragen, wenn er nur wollte. Was schickt er uns seine Polente auf den Hals? Die Polente ist gut für die Bürger. Für die Einfältigen. Die Einfältigen müssen anständig sein. Das sollte er kapieren. Unsereiner muß arbeiten. Wovon sollen wir sonst leben? Das Gefängnis! Der Strick! Und ich sperr' dich ein, und ich häng' dich auf! Und die Galeeren für die Diebe, das Haupthospital für die Bettler. Und was weiß ich, was noch! Er will uns ausrotten, dieser verfluchte La Reynie."

Es war eine lange Reihe von Klagen, die er in bitterbösem Ton vorbrachte. Die schönen Tage des Hofs der Wunder waren vorüber, seitdem Monsieur de La Reynie den Titel eines Generalleutnants der Polizei angenommen und in den Gassen von Paris Laternen hatte anzünden lassen.

„Und der da?" fragte er schließlich, indem er mit dem Pfeifenrohr auf Malbrant Schwertstreich deutete. „Wer ist denn der?"

„Ein Freund. Du kannst beruhigt sein. Ich brauche ihn für eine kleine Komödie. Aber er kann sie nicht ganz allein spielen. Ich brauche noch drei oder vier andere."

„Die gut Komödie spielen können? Mit einem Degen oder einem Knüppel? Das läßt sich machen."

Sie setzte ihm ihren Plan auseinander. Es handele sich um einen Mann, der der Wahrsagerin Mauvoisin in einer Kneipe an der Stadtmauer von Villeneuve einen Brief auszuhändigen habe. Es gehe darum, ihn abzufangen, wenn er nach seiner Unterredung mit der Zauberin herauskäme. Die draußen lauernden Schläger sollten über ihn herfallen . . . „Und kicks!" warf Cul-de-Bois mit einer Handbewegung nach seinem Hals ein.

„Nein. Kein Blutvergießen. Ich will kein Verbrechen. Ich will nur, daß dieser Mann redet und ein Geständnis ablegt. Malbrant wird sich darum kümmern."

Der Stallmeister horchte auf.

„Wer ist der Mann?"

„Duchesne, der Obermundschenk. Ihr kennt ihn."

Malbrant schlug sich erfreut an die Brust.

„Das ist ein Geschäft, das mir sehr behagt. Ich möchte ihm schon eine ganze Weile ein paar Worte flüstern."

„Damit ist's noch nicht getan. Ich brauche noch einen Komplicen bei der Voisin, jemand, der sie begleitet, der dabei ist, wenn Duchesne ihr den Brief übergibt. Der Betreffende muß vor allem flinke Hände haben, um den Brief an sich bringen zu können, bevor er verbrannt wird."

„Das läßt sich machen", sagte Cul-de-Bois abermals, nachdem er einen Augenblick überlegt hatte.

Er ließ einen gewissen Feu-Follet rufen, einen bleichen Galgenvogel mit feuerrotem Haar, der nicht seinesgleichen hatte, wenn es darum ging, die tiefsten Taschen auszuplündern und das Diebesgut in seinen Ärmeln zu verstecken. Aber sein rotes Haar hatte ihn immer wieder verraten, und nach zahlreichen Zwangsaufenthalten im Châtelet und einigen Sitzungen auf der Folterbank, die ihn in einen hinkenden Krüppel verwandelt hatten, wußte man nicht mehr, was man mit ihm anfangen sollte. Vor den Nasen einer ganzen Kompanie einen Brief verschwinden zu lassen, würde für ihn ein Kinderspiel sein.

„Ich muß diesen Brief haben", sagte Angélique nachdrücklich. „Ich werde ihn mit Gold aufwiegen."

Das scheinbar Schwierigste an der Sache, nämlich die Voisin dazu zu bringen, sich auf einem so verschwiegenen Weg von einem der Ihren begleiten zu lassen, schien den Gaunern durchaus nicht unmöglich. Unter dem Hausgesinde der Wahrsagerin hatten sie zahlreiche Komplicen, über die Feu-Follet es erreichen zu können glaubte, von der Voisin damit beauftragt zu werden, ihr heute abend die Laterne oder die Tasche zu tragen. Denn obwohl sie Zutritt zur Gesellschaft gefunden hatte, blieb sie mit einem Fuß in der Gaunerzunft. Sie wußte, daß es immer von Nutzen war, mit dem Großen Coesre verbündet zu sein.

„Nicht nur sie hat's kapiert, was?" sagte Cul-de-Bois und warf Angélique einen verschmitzten Blick zu. „Wer uns die Treue bricht, mit dem ist es aus. Die falschen Brüder entwischen uns nicht."

Er richtete seinen mächtigen, in einen Soldatenrock mit goldenen Schnüren gezwängten Oberkörper auf und stützte sich auf seine behaarten Fäuste, so daß er wie ein Gorilla aussah, an den auch sein grobes Gesicht mit dem beängstigenden Blick erinnerte.

„Die Macht der Gaunerzunft ist ewig", brüllte er. „Mit ihr wirst du nie fertig, König. Sie wird immer wieder aus den Gossen der Stadt auftauchen."

Angélique zog ihren Mantel enger um sich. Sie spürte, daß sie bleich wurde. Im rauchigen Schein der Öllampen schien ihr das Gesicht des Großen Coesre unter dem Hut mit den Straußenfedern das Zeichen der Verdammnis zu tragen. Doch sie zitterte nicht aus Angst. Zwar kannte die Gaunerzunft Verrätern gegenüber keine Gnade, aber sie ließ die Ihren nicht im Stich. Der „Kumpan", der sich loyal verhalten und einmal vor ihr den Eid der Bettler abgelegt hatte, durfte stets auf die Hilfe ihrer Mitglieder rechnen. War er arm, so bekam er seinen Napf Suppe, war er mächtig, erhoben sich die Rapiere gegen seine Feinde.

Das Band war unzerreißbar. Barcarole hatte es bewiesen. Auch Cul-de-Bois entzog sich nicht diesem Gesetz. Nein, Angélique fürchtete sich nicht vor ihnen. Aber die donnernde Stimme des Großen Coesre weckte schreckliche Erinnerungen in ihr. Ihr schien es, als würde sie durch sie in schwindelndem Fall von der Höhe, die sie erklommen, in die ausweglose Verzweiflung der Hölle hinabgestürzt.

„Nie werde ich davon loskommen", dachte sie.

Es war ihr, als trage sie in den Falten ihres Mantels den untilgbaren Ruch des Elends und ihrer Vergangenheit mit sich nach Hause. Alle Parfüms, alle Diamanten der Welt, alle Gunstbezeigungen des Königs würden ihn nicht auslöschen können.

Nach Hause zurückgekehrt, ließ sich Angélique vor ihrem Sekretär nieder. Der Besuch im Faubourg Saint-Denis beschäftigte sie mehr als der Gedanke an das, was heute nacht im Kirchspiel Villeneuve geschehen würde. Da alles bis ins einzelne festgelegt war, konnte sie nichts mehr tun als abwarten und so wenig wie möglich daran denken. Gegen zehn Uhr suchte Malbrant Schwertstreich sie auf. Er trug eine Samtmaske und war in einen grauen Mantel gehüllt. Sie sprach leise mit ihm, als ob man sie in der Stille ihres prunkvollen Zimmers hätte belauschen können, in dem sie vor kurzem die Liebe Rakoskis empfangen hatte.

„Ihr wißt, was ich von Duchesne will. Deshalb habe ich Euch bestimmt. Er soll die Absichten der Dame enthüllen, die ihn schickt, und die Namen derjenigen nennen, die mir schaden könnten ... Aber vor allem brauche ich den Brief. Beobachtet Duchesne durchs Fenster der Schenke. Wenn er auch nur Miene macht, ihn zu vernichten, bevor Feu-Follet ihn hat an sich nehmen können, stürzt Ihr Euch mit Euren Männern auf ihn. Versucht auch, des Giftes habhaft zu werden, das die Voisin ihm übergeben wird ..."

Sie wartete.

Zwei Stunden nach Mitternacht drang von neuem das knarrende Geräusch der kleinen Geheimtür, durch die Malbrant Schwertstreich das Haus verlassen hatte, zu ihr, dann das seines schweren und raschen Soldatenschrittes.

Er trat ein und legte schweigend mehrere Gegenstände auf das Tischchen vor ihr. Sie sah ein Taschentuch, ein Fläschchen, einen Lederbeutel und ein zusammengefaltetes Papier: den Brief.

Die Schrift Madame de Montespans sprang ihr in die Augen, und im gleichen Moment überkam sie ein wildes Triumphgefühl. Der Inhalt des Billetts war niederschmetternd.

„... Ihr habt mich betrogen", schrieb die Marquise in ihrer schönen, vornehmen Handschrift und einer unmöglichen Orthographie, denn ihre Bildung war ziemlich vernachlässigt worden. „Die Persohn lebt noch immer, und der König ist ihr jeden Tag mehr zugetåhn ... Eure

Versprechungen sind das fiele Gelt nicht wert, daß ich Euch schon gezalt habe. Über 1000 Ecus biß zum heutigen Tag für Arzneien, die weder Liebe noch den Tot bewirken . . . Seit Euch bewust, daß ich Euren Ruhf runieren und den Hof dafon abbringen kann, Euch zu empfangen . . . Übergebt meinem Boten daß Nötige. Dießmal mus es gelingen . . ."

„Großartig! Wunderbar!" rief Angélique atemlos aus. „Diesmal muß es gelingen . . . Ja, meine schöne Athénaïs, durch diesen Brief seid Ihr mir ausgeliefert."

Unten auf der Seite war ein roter Fleck. Angélique strich mit dem Finger über ihn hin und spürte, daß er noch feucht war. Betroffen sah sie zu dem Stallmeister auf.

„Und Duchesne? Was habt Ihr mit ihm gemacht?" fragte sie mit vor Erregung heiserer Stimme. „Wo ist er?"

Malbrant Schwertstreich wandte die Augen ab.

„Wenn die Strömung stark ist, muß er jetzt irgendwo flußabwärts in der Gegend von Grenelle sein."

„Malbrant, was habt Ihr getan! Ich habe Euch gesagt, daß ich kein Verbrechen will."

„Stinkendes Aas muß beseitigt werden", murmelte der Mann mit noch immer gesenkten Lidern.

Plötzlich sah er ihr voll ins Gesicht. Seine dunkelbraunen Augen kontrastierten seltsam mit seinem langen weißen Haar.

„Hört mich an, Madame", erklärte er und neigte sich zu ihr. „Was ich Euch sagen werde, mag Euch wunderlich erscheinen, da es aus dem Munde eines alten, hartgesottenen Sünders und Taugenichts kommt. Aber dieser Kleine, Euer Sohn, an dem hänge ich. Es ist nun einmal so. Ich habe alles mögliche getan in meinem Leben, Unnützes und Schädliches für mich und die andern. Die Waffen sind das einzige, auf das ich mich verstehe, weil ich mit ihnen umgegangen bin. Aber meine Geldkatze zu füllen, das hab' ich nie fertiggebracht. Das Alter kommt, das Gebein fängt an, müde zu werden, und Madame de Choisy, die meine gottselige Tante, meine fromme Schwester und meinen Domherrn-Bruder kennt, hat zu mir gesagt: ‚Malbrant, alter Strolch, wollt Ihr Euch ein gutes Lager und gute Kost verdienen, indem Ihr zwei begüterten kleinen Edelmännern das Waffenhandwerk beibringt?' Sag'

491

ich zu mir: ‚Warum nicht? Gönne deinen alten Narben ein bißchen Ruhe, Malbrant.' Und ich bin in Euren Dienst getreten, Madame, und in den Eurer Jungen . . . Ich hab' selbst vielleicht Jungen gezeugt, aber es hat mich nie interessiert, ich muß es zugeben. Florimond aber, nun, das war was anderes. Ihr wißt es vielleicht nicht, Madame, wenn Ihr auch seine Mutter seid, aber dieser Junge ist mit einem Degen in der rechten Hand geboren. Er hält das Schwert wie der Erzengel Michael selber. Und wenn ein alter Raufbold wie ich einer solchen Begabung für die Waffen, einem solchen Genie begegnet, nun ja, dann . . . Da begriff ich, daß ich mein Leben vertan habe und daß ich allein auf der Welt stehe, Madame. Und in diesem Kleinen sah ich den Sohn, den ich vielleicht irgendwo bekommen habe, den ich nie kennenlernen und den ich nie lehren werde, mit den Waffen umzugehen. Es schlummern Dinge in einem, von denen man nichts weiß und die plötzlich lebendig werden."

Er neigte sich noch mehr zu ihr hinunter, so daß er ihr seinen scharfen Pfeifenraucheratem ins Gesicht blies.

„Und dieser Duchesne, er hat ihn umbringen wollen, unseren Florimond."

Angélique schloß die Augen und fühlte sich bleich werden.

„Denn vorher", fuhr der Waffenmeister fort, „konnte man sich sagen: es ist nicht sicher. Aber jetzt ist es sicher. Er hat es gestanden, er hat es hinausgeschrien, als es ihm an den Kragen ging. ‚Gewiß wollte ich diese kleine Kröte loswerden', brüllte er. ‚Er hat mich beim König angeschwärzt, seinen Argwohn geweckt . . . unsere Pläne zuschanden gemacht. Madame de Montespan drohte mir, mich davonzujagen, weil es mir an Geschicklichkeit fehle.'"

„Es stimmt also, daß er Pulver in das Getränk des Königs streute?"

„Er tat es auf Geheiß der Favoritin. Alles stimmt. Auch daß er Florimond drohte, ihn umzubringen, falls er ihn weiterhin denunziere. Und daß er Gift in einen Sorbett geschüttet hat, der für Euch bestimmt war. Und daß die Montespan die Voisin aufsuchte und ein Mittel haben wollte, um Euch aus dem Weg zu räumen. Carapert, einer der Beamten des Tafeldienstes, war ihr Komplice. Er hat den Jungen mit einem Auftrag über den im Bau begriffenen Flügel zu den Küchen geschickt. ‚Fünfzehn Klafter tief', hab' ich ihm ins Gesicht geschrien, ‚fünfzehn Klafter hinunter auf einen Steinboden, in tiefster Dunkelheit! So, nun spring auch du hinunter, Mistvieh, der du einem Kind das Leben nehmen wolltest!'"

Malbrant Schwertstreich hielt inne und wischte sich die Stirn. Der Zorn machte ihn heiß. Er schielte nach Angélique, deren Ausdruck starr blieb.

„Wir mußten das stinkende Aas loswerden", wiederholte er leiser. „Er bot bei Gott keinen erfreulichen Anblick. Und was hättet Ihr gewonnen, wenn man ihn hätte laufen lassen? Einen weiteren erbitterten Feind. Es gibt deren schon genug, glaubt mir. Wenn man so was unternimmt, Madame, muß man's bis zum Ende durchführen."

„Ich weiß."

„Die andern waren auch dafür. Gute Kameraden, die ihre Sache trefflich gemacht haben. Der Rotschopf Feu-Follet hatte sich mit dem Knecht der Wahrsagerin ins Benehmen gesetzt, um als Fackelträger angeheuert zu werden. Der Knecht hatte ihn ihr als idiotisch und taubstumm vorgestellt. Das erleichterte die Sache. Sie geht nicht gern allein zu einer geheimen Verabredung, und ein taubstummer Bursche, der nichts hört und nichts kapiert, aber nötigenfalls mit dem Messer umzugehen versteht, das war es, was sie suchte. So hat sie Feu-Follet mitgenommen. Wir andern, wir haben draußen aufgepaßt. Dann sah ich, daß es zwischen Duchesne und der Voisin anfing schiefzugehen. Wegen des Briefs, den man nicht mehr fand. Da haben wir uns eingemischt. Die Voisin hat sich still und leise aus dem Staub gemacht, und wir haben uns den Kerl tüchtig vorgenommen. War nicht einfach . . . Zäh wie Leder. Das ist alles, was wir erbeutet haben: das Taschentuch, das Fläschchen, der kleine Beutel, der dem Anschein nach Zauberpulver enthält, und dann die paar Äußerungen, die ich Euch berichtet habe."

„Gut so." Angélique erhob sich, ging zum Sekretär und entnahm ihrer Kassette eine Börse mit Goldstücken.

„Das ist für Euch, Malbrant. Ihr habt mir einen guten Dienst geleistet."

Der Waffenmeister ließ die Börse mit einer raschen Bewegung verschwinden.

„Zu den Ecus sag' ich nie nein. Danke, Madame. Aber glaubt mir, wenn ich Euch versichere, daß ich es auch umsonst getan hätte. Der kleine Abbé wußte es. Wir haben uns gefragt: Was tun? Ihr steht allein im Leben, ist's nicht so? Ihr tatet gut daran, Euch mir anzuvertrauen."

Angélique senkte den Blick. Die Stunde war gekommen, Mitverschworene zu kaufen, Verschwiegenheit zu bezahlen, die ein ganzes Leben lang währen mußte. Von diesem Abenteurer, den sie kaum kannte, würden sie immer die Schreie Duchesnes trennen, der Fall eines Körpers, den man in die Seine wirft.

„Meine Verschwiegenheit? Ich habe sie gar vielen Menschen gegenüber bewiesen, die sie weniger verdienten als Ihr. Selbst auf dem Grund einer Flasche finde ich nicht wieder, was ich einmal habe vergessen wollen. Es liegt ein Stein drüber. Schluß."

„Ich danke Euch, Malbrant. Morgen schicke ich Euch mit der vereinbarten Summe noch einmal zum Faubourg Saint-Denis. Dann werdet Ihr nach Saint-Cloud zurückkehren. Ich bin froh, Florimond unter Eurem Schutz zu wissen. Jetzt könnt Ihr gehen. Ruht Euch aus."

Der Mann grüßte auf seine übliche Musketierart. Die Reste edelmännischer Erziehung vermischten sich in seinen Umgangsformen mit der mürrischen Lässigkeit, die er sich von Schenke zu Schenke, von Duell zu Duell im Verlaufe eines Daseins erworben hatte, in dem es ihm nicht gelungen war, seinen Platz zu finden. Der verfehlte Mann des Krieges, der ausgelassene Kamerad, der nicht merkte, wie die Jahre dahinschwanden, der von Degenstößen und vom Wein lebte, der nie ganz Halunke, aber auch nie ganz rechtschaffen war, er hielt nun Rückblick über die verflossene Zeit. Was war übriggeblieben? Nichts! Aber er wußte, was er nicht auch noch verlieren wollte: die Gesellschaft eines kleinen Jungen, der seine dunklen Augen zu ihm erhob und sagte: „Malbrant, zeig mir", und den Schutz dieser gar schönen Dame, die weder geringschätzig noch vertraulich war, sondern gerade so, daß man sich ihr gegenüber als Mensch fühlte und nicht als Diener.

Ehe er die Türklinke niederdrückte, um sich zurückzuziehen, betrachtete er sie mit einer Mischung aus Bewunderung und Besorgnis. Nicht als ob sie ihm Angst einflößte. Es war vielmehr umgekehrt. Um ihretwillen war er in Sorge. Er fürchtete, sie könnte schwach werden. Es gab Dirnen, die ohne mit den Wimpern zu zucken über Leichen gingen. Er kannte deren. Die „Andere" beispielsweise. Aber diese hier war nicht von der gleichen Art, obwohl sie zu kämpfen verstand.

Er sah, daß sie ihren Mantel nahm, nachdem sie die Gegenstände und den Brief, den er ihr eben gebracht, in ein Kästchen eingeschlossen hatte.

„Madame, wohin wollt Ihr?"

„Ich muß ausgehen."

„Gefährlich. Die Frau Marquise gestatte mir, sie zu begleiten."

Sie nickte zustimmend.

Draußen war es noch finster, finsterer als zu anderen Nachtstunden, denn die dicken Fünf-Stunden-Kerzen waren heruntergebrannt und die Laternen ausgelöscht.

Angélique brauchte nicht sehr weit zu gehen. Nach kurzer Zeit hob sie den bronzenen Klopfer eines Hoftors, und als der verschlafene Pförtner die Nase aus dem Gitterfenster seiner Loge steckte, verlangte sie Monsieur de La Reynie zu sprechen.

Fünfzigstes Kapitel

Der König war noch nicht von der Messe zurück, als Angélique sich unter die Menge der Höflinge mischte, die auf die Majestäten im Merkursaal von Versailles warteten, wohin diese tags zuvor zurückgekehrt waren. Bei der Übersiedlung von Saint-Germain nach Versailles mochte ihre Abwesenheit, so hoffte Angélique, unbemerkt geblieben sein. Sie fand sich zu durchaus geziemender Stunde ein, und ihr sorgfältig geschminktes Gesicht verriet nichts von den Anstrengungen und Ängsten der Nacht. Sie eroberte sich allmählich die unglaubliche Widerstandskraft der Damen von Welt, die ihnen gleich den Komödiantinnen erlaubte, mühelos in eine andere Haut zu schlüpfen und sich aus einer von durchwachter Nacht und vierstündiger Fahrt erschöpften Frau in eine große Dame mit glattem Teint und strahlendem Lächeln zu verwandeln. Sie grüßte nach rechts und links, erkundigte sich höflich nach diesen und jenen.

Man unterhielt sich noch angelegentlich über die herrliche Reise nach Flandern, an deren Ziel Madame sich nach England eingeschifft hatte, um ihrem Bruder Karl II. einen Besuch abzustatten. Es hieß, Madame werde bald wieder zurück sein, und ihre Verhandlungen nähmen einen günstigen Verlauf. Die reizende, üppige Bretonin Mademoiselle de Kerouaille, die Madame in ihrem Gepäck mitgenommen habe, sei nicht das geringste der politischen Mittel gewesen, die den jungen Karl II. dazu bestimmen sollten, sich aus dem Dreibund zu lösen und seinem Schwager Ludwig XIV. die Freundeshand zu reichen. Lächelnd wies man darauf hin, daß Mademoiselle de Kerouaille zwar über ein hübsches Gesicht verfüge, daß ihre Rundlichkeit jedoch manchen Männern mißfallen dürfe. Aber Madame kenne den Geschmack des englischen Monarchen genau, der, wie es scheine, für das Zarte nicht viel übrig habe und die Substanz dem Gefühl vorziehe.

Unauffällig zog sich Angélique an eins der Fenster der großen Galerie zurück. Es war schön draußen. Von den Parterres drang das Geräusch der vielen von den Gärtnern gehandhabten Rechen herauf, und sie erinnerte sich jenes ersten Morgens, an dem sie neben Barcarole die Sonne über Versailles hatte aufgehen sehen, „wo ein jeder einsamer und gefährdeter ist als an irgendeinem anderen Ort der Erde".

Mit erhobenem Kopf und sicheren Schritten durchquerte sie dann die große Galerie, um zum Südflügel zu gelangen, und betrat dort das Appartement, das ihr Bruder Gontran einstmals ausgemalt hatte.

Madame de Montespan saß vor dem Frisiertisch in ihrem Ankleideraum.

Ihre Damen, die sich schwatzend um sie bemühten, verstummten beim Anblick Angéliques.

„Guten Tag, meine liebe Athénaïs", sagte sie in munterem Ton.

Die Favoritin fuhr auf ihrem mit Seide bezogenen Schemel herum. Schon seit geraumer Zeit hatten sie das Stadium des Scheinfriedens überschritten. Keine von ihnen gab sich mehr die Mühe zu heucheln, nicht einmal in der Öffentlichkeit. Athénaïs de Montespans blaue

Augen musterten argwöhnisch die Rivalin. Gewiß verbarg sich hinter deren Liebenswürdigkeit etwas Ungewöhnliches.

Angélique ließ sich auf ein kleines Sofa nieder, das mit der gleichen Seide bezogen war wie der Schemel und das Lesepult. Die Möbel waren reizend, aber sie fand, daß die blauen Blumenmuster schlecht zu den goldenen Schilfrohren paßten, die die Wände gliederten.

„Ich habe interessante Neuigkeiten für Euch."

„Wirklich?"

Mademoiselle Desoeillet wurde bleich. Der große, mit Perlen besetzte Schildpattkamm, den sie über das blonde Haar ihrer Herrin hielt, begann zu zittern. Die andern Mädchen machten neugierige Augen. Madame de Montespan wandte sich wieder ihrem Spiegel zu.

„Wir hören", sagte sie kühl.

„Wir ist zuviel. Es genügt, wenn Ihr allein mir zuhört."

„Ihr wollt, daß ich meine Damen hinausschicke? Unmöglich."

Angélique lächelte liebenswürdig.

„Mag sein, aber ich bin sicher, daß auch Ihr es vorziehen würdet."

Madame de Montespan runzelte die Stirn. In Angéliques Stimme klang etwas mit, was sie zögern ließ.

„Ich bin weder geschminkt noch frisiert, und der König erwartet mich zum Spaziergang durch den Park."

„Daran soll es nicht liegen! Ich kann Euch fertig frisieren, während Ihr Euren Puder auflegt", sagte Angélique und stand auf.

Bereitwillig trat sie hinter Madame de Montespan und griff mit geschickter Hand in das schwere, korngelbe Haar.

„Ich werde Euch Meister Binets neueste Schöpfung komponieren. Sie wird Euch bestimmt wundervoll stehen. Gebt her, Kleine", sagte sie und nahm der erstarrten Mademoiselle Desoeillet den Kamm aus der Hand.

Athénaïs verabschiedete ihre Zofen.

„Geht, meine Damen!"

Während Angélique mit langsamen Bewegungen das seidige, diskret parfümierte Haar ausbreitete und mit dem Kamm in der Mitte teilte, beobachtete die Favoritin im Spiegel ihre Rivalin, deren Schönheit sie nicht leugnen konnte. Es war eine reine, gefährliche Schönheit. Angéliques Teint war makellos, ihr Gesicht wirkte stets wie gepudert, und ihrer vollendet geformten kleinen Nase schienen der Wein und die scharfen Ragouts nichts anzuhaben. Dieser Teint, der sie hätte entstellen können, war ihre Stärke und paßte wunderbar zu ihren grünen Augen. Ihr Haar war vielleicht nicht mehr ganz so blond wie einst, aber seine natürliche, gelockte Beschaffenheit, die reiche und lebendige Tönung glich diesen kleinen Mangel aus.

„Jeden Mann, der ihr Haar betrachtet, muß das Verlangen überkommen, es zu streicheln", sagte sich Athénaïs, von Eifersucht gefoltert.

Im Spiegel fing Angélique den Blick ihrer Feindin auf. Ohne sie aus den Augen zu lassen, beugte sie sich über sie und sagte mit gedämpfter Stimme:

„Monsieur Duchesne ist heute nacht ermordet worden."

Sie bewunderte die Haltung Madame de Montespans, die kaum zusammenzuckte und ihren trotzigen, ruhigen Ausdruck bewahrte.

„Ach! Warum hat mir noch niemand diese Neuigkeit mitgeteilt?"

„Niemand hat es bisher erfahren – außer mir. Interessiert es Euch zu hören, wie die Sache sich zugetragen hat?"

Mit ruhiger Hand teilte sie die glänzenden Strähnen und rollte sie nacheinander um ein Elfenbeinstäbchen.

„Er kam von der Wahrsagerin Mauvoisin, der er eine Botschaft gebracht und von der er einen kleinen Beutel bekommen hatte, ein Fläschchen ... Niemand wird es je erfahren ... es sei denn, Ihr legt Wert darauf. Gebt acht, meine Liebe, Ihr verschmiert Euer Rouge."

„Kleine Dirne!" murmelte die Montespan mit zusammengebissenen Zähnen. „Ihr habt es gewagt, soweit zu gehen!"

„Und Ihr?"

Mit einer heftigen Bewegung warf Angélique Kamm und Stäbchen auf den Frisiertisch. Ihre Hände legten sich auf die weißen, runden, ein wenig fülligen Schultern, die der König so gern küßte, und in einer zornigen Aufwallung bohrte sie ihre Nägel hinein.

„Und Ihr, was habt Ihr nicht alles gewagt! Ihr wolltet meinen Sohn töten ... wolltet mich auf die ungeheuerlichste und schändlichste Weise umbringen! ... Ihr habt mir den Teufel auf den Hals gehetzt. Aber der Teufel kehrt sich gegen Euch. Hört mir genau zu. Duchesne ist tot.

Er wird nicht mehr reden. Niemand wird je erfahren, zu wem er heute nacht ging, was er dort wollte und von wem der Brief stammte, den er der Voisin übergab."

Madame de Montespan wurde plötzlich sanft. „Der Brief", sagte sie mit veränderter Stimme. „Der Brief . . . hat er ihn verbrannt?"

„Nein!"

Angélique zitierte ironisch:

„Die Person lebt noch immer, und der König ist ihr jeden Tag mehr zugetan. Eure Versprechungen sind das viele Geld nicht wert, das ich Euch schon gezahlt habe . . . Über tausend Ecus bis zum heutigen Tag für Arzneien, die weder Liebe noch den Tod bewirken . . ."

Athénaïs wurde leichenfahl, aber sie reagierte mit der ihr eigenen Impulsivität und befreite sich aus Angéliques Griff.

„Laßt mich los, Furie! Ihr tut mir weh."

Angélique nahm den Kamm wieder auf. Madame de Montespan puderte ihr zerkratztes Dekolleté.

„Was verlangt Ihr für diesen Brief?"

„Ich werde ihn Euch nie zurückgeben", erwiderte Angélique. „Haltet Ihr mich für so dumm? Dieser Brief und die Gegenstände, von denen ich Euch sprach, befinden sich in den Händen eines hohen Beamten. Ihr werdet mir verzeihen, daß ich Euch seinen Namen nicht nenne. Aber Ihr sollt wissen, daß er häufig vom König empfangen wird . . . Habt die Güte, mir die Nadeln mit den Perlenköpfen zu reichen, damit ich Euer Chignon feststecken kann."

Madame de Montespan folgte mechanisch ihrer Anweisung.

„Am Tage meines Todes", fuhr Angélique fort, „kaum daß die betrübliche Kunde meines plötzlichen und unerklärlichen Endes diesem Beamten zu Ohren gekommen ist, wird er sich zum König begeben und ihm den Brief und die Gegenstände aushändigen, die ich bei ihm deponiert habe. Ich zweifle nicht, daß Seine Majestät Eure Handschrift und Eure prächtige Orthographie erkennen wird."

Die Favoritin gab es auf, sich zu verstellen. Sie hatte allerlei Dosen und Fläschchen geöffnet, um ihr Gesicht herzurichten, aber nun gehorchten ihr die Hände nicht mehr. Fiebrig fuhren sie hierhin und dorthin. Schläfen, Wangen und Lider beschmierend.

„Und wie, wenn Eure Drohung mich kalt ließe", rief sie plötzlich aus, „wenn ich es vorzöge, alles zu riskieren, nur um Euch ... tot zu wissen!"

Sie sprang mit geballten Fäusten auf, ihre Augen funkelten vor Haß. „Tot", wiederholte sie. „Das ist das einzige, worauf es mir ankommt. Denn wenn Ihr am Leben bleibt, nehmt Ihr mir den König. Ich weiß es. Oder vielmehr der König wird es sein, der Euch nimmt. Das kommt auf dasselbe heraus. Er begehrt Euch leidenschaftlich. Eure kokette Art wühlt ihm das Blut auf, bringt ihn um den Verstand. Ich zähle nicht mehr. Bald wird er mich verwünschen, denn Euch möchte er an meiner Stelle sehen, hier, in diesen Gemächern, die er für mich einrichten ließ. Da meine Ungnade ohnehin feststeht, ob Ihr nun tot oder lebendig seid ... sollt Ihr wenigstens sterben!"

Für eine Sekunde fühlte sich Angélique von dem lodernden Haß, der ihr aus der Stimme und dem Blick der Favoritin entgegenschlug, überwältigt. Doch schon in der nächsten hatte sie zur Gewißheit ihres Triumphes zurückgefunden.

Ungerührt sagte sie:

„Es besteht ein Unterschied zwischen vorübergehender Ungnade, die dem König Euch gegenüber gewisse Gewissensbisse verursachen würde und Euch die Hoffnung ließe, ihn zurückzuerobern, und dem Grausen, das Ihr ihm einflößen würdet, wenn er von Euren Verbrechen erführe, der Verbannung oder der lebenslänglichen Gefängnisstrafe, die er über Euch verhängte. Ich zweifle nicht, daß eine Mortemart die richtige Wahl zu treffen versteht."

Athénaïs verkrampfte ihre Hände. Das Zurschaustellen ihrer Wut und ihrer Ohnmacht hatte in seiner Zügellosigkeit etwas Primitives.

„Die Hoffnung, ihn zurückzuerobern ...", wiederholte sie. „Nein. Habt Ihr ihn einmal in Eurer Gewalt, besitzt Ihr ihn fürs ganze Leben. Das weiß ich. Ihr kennt ihn nicht wie ich. Ich war allmächtig über seine Sinne. Ihr aber seid allmächtig über sein Herz. Und es will etwas heißen, glaubt mir, über das Herz eines Mannes allmächtig zu sein, der gewohnt ist, es fest in seiner Gewalt zu haben."

Sie musterte ihre Rivalin, als sähe sie sie zum erstenmal, und erkannte durch ihre gefährliche und heitere Schönheit hindurch eine unbekannte

Waffe, von der sie bisher nichts geahnt hatte. Und die Stolze sprach ein erstaunliches Wort:

„Ich bin Euch unterlegen."

Angélique zuckte kühl die Schultern.

„Spielt nicht das unglückliche Opfer, Athénaïs. Es steht Euch schlecht zu Gesicht. Setzt Euch lieber, damit ich Eure Frisur beenden kann."

Madame de Montespan fuhr zornig zurück.

„Rührt mich nicht an. Ich verabscheue Euch."

„Zu Unrecht. Die Frisur steht Euch ausgezeichnet, aber es wäre schade, wenn wir nicht auch die linke Seite in Locken legen würden."

Wie einer Magd warf Athénaïs ihr grimmig den Kamm zu.

„Vollendet! Und beeilt Euch."

Angélique rollte eine lange blonde Locke um ihren Finger, ließ sie mit einer geschmeidigen Bewegung am Hals herabgleiten, so daß sie auf der perlmutterglänzenden Brust ruhte, über dem Ausschnitt des Mieders. Sie prüfte die Wirkung im Spiegel und begegnete den zornblitzenden Augen ihrer Feindin. Matt gesetzt! Doch für wie lange?

„Laßt mir den König", murmelte Athénaïs unvermittelt. „Laßt ihn mir. Ihr liebt ihn nicht."

„Und Ihr?"

„Er gehört mir. Ich bin zur Königin geschaffen."

Angélique rollte zwei weitere Locken ein und strich eine dünne, noch blondere Strähne über die Schläfe, die einem Hobelspan aus fahler Seide glich. Binet hätte es nicht besser gemacht.

„Meine liebe Athénaïs", sagte sie schließlich, „Ihr appelliert vergebens an meine freundschaftlichen Gefühle. Ich hege keine für Euch. Ich habe Euch einen Handel angeboten. Entweder laßt Ihr mich in Frieden und gebt es auf, mir nach dem Leben zu trachten, dann könnt Ihr auf meine Verschwiegenheit rechnen, was Eure Beziehungen zu Wahrsagerinnen und bösen Geistern betrifft. Oder Ihr verfolgt mich mit Eurer Rachsucht weiter und löst selber die Blitze aus, die Euch vernichten müssen. Glaubt auch nicht, Ihr könntet mich hintergehen, indem Ihr mir auf andere Weise zu schaden versucht. Ich werde immer wissen, von welcher Seite solche Streiche kommen, und nicht erst warten, bis ich tot bin, um Euch das Handwerk zu legen ... Der König liebt mich, sagt

Ihr? Malt Euch seinen Zorn aus, wenn er erfährt, daß Ihr versucht habt, mich umzubringen. Der hohe Beamte, Bewahrer meiner Geheimnisse, hat selbst das Hemd untersucht, das Ihr für mich hattet präparieren lassen. Er wird vor dem König bezeugen, was Ihr gegen mich im Schild führtet. Noch einen Rat, meine Liebe. Ihr seid wundervoll frisiert, aber unmöglich geschminkt. An Eurer Stelle würde ich noch einmal von vorn beginnen."

Nachdem sie gegangen war, kamen die Mädchen verschüchtert wieder herein und umringten besorgt ihre vor dem Frisiertisch sitzende Herrin.

„Ihr weint, Madame!"

„Nun ja, Törinnen! Seht Ihr denn nicht, wie ich geschminkt bin?"

Die Verzweiflung über ihre Niederlage unterdrückend, betrachtete Madame de Montespan im Spiegel ihr fleckiges, von Tränenspuren gezeichnetes Gesicht. Ein Seufzer entfuhr ihr.

„Sie hat recht, die Dirne", murmelte sie. „Es ist unmöglich. Ich muß es noch einmal machen."

Beim Spaziergang des Königs entging niemand die Veränderung, die mit Madame du Plessis-Bellière vorgegangen war. Etwas Strahlendes ging von ihr aus. In ihrer Haltung und in der stolzen Art, wie sie den Kopf zurückwarf, verriet sich eine fast beängstigende Kraft. Die Empfindung, die Madame de Montespan verspürt hatte, teilte sich allen mit. Man war einer Täuschung erlegen. Diese kleine, gewiß recht schöne Marquise verfügte über mehrere Masken, die sich auswechseln ließen. Man mußte sich der neuen Lage stellen und auf alles gefaßt sein. Diejenigen, die es für leicht gehalten hatten, sich ihre Gunst zu erwerben, erkannten, daß sie keine La Vallière sein würde. Und wer darauf gesetzt hatte, daß Madame de Montespan die „Provinzlerin" aus dem Weg räumen würde, fühlte sich angesichts ihrer hochmütigen Blicke und des Lächelns, das sie dem König schenkte, in seinem Glauben erschüttert.

502

Das Verhalten des letzteren beseitigte vollends jeglichen Zweifel. Er versuchte nicht einmal mehr, sich zu verstellen. Er hatte nur noch Augen für sie.

Madame de Montespan nahm an dem Spaziergang nicht teil. Niemand hielt sich darüber auf, und man fand es durchaus selbstverständlich, daß Angélique an des Königs Seite ging.

Nach der Rückkehr beschied der König die junge Frau in sein Arbeitskabinett, wie er es so manches Mal getan hatte, wenn er bei Besprechungen mit seinen Ministern über Fragen des Handels ihres Rates bedurfte.

Aber diesmal war der Monarch allein, und sobald die Tür sich wieder geschlossen hatte, trat er zu ihr und nahm sie in seine Arme.

„Schönste", sagte er, „wann werdet Ihr endlich meine Qualen enden? Ihr habt mich heute morgen zum Sklaven gemacht, behext. Ich sah nur noch Euch. Ihr wart für mich gleichsam die Sonne, das Gestirn, das ich nicht erreichen, der kühle Quell, über den ich mich nicht beugen kann. Ihr seid da. Ihr umgebt mich mit Eurem Glanz, Eurem Duft, und ich kann meine Hand nicht auf Euch legen. Weshalb? Weshalb soviel Grausamkeit?"

Er preßte sie an sich, glühend vor Verlangen, das sich in Zorn verwandelte, da er es nicht mehr zu beherrschen vermochte.

„Glaubt nicht, daß Ihr lange so mit mir spielen könnt. Wenn Ihr Euch nicht endlich ergebt, werde ich Euch zwingen. Meint Ihr, ich hätte nicht genügend Kraft, um mit Euch fertig zu werden?"

„Ihr würdet mich zu Eurer Feindin machen."

„Dessen bin ich nicht so gewiß. Es war ein Irrtum anzunehmen, Euer Herz könnte für mich erwachen, wenn ich nur genügend Geduld bewiese. Ihr laßt Euch nicht von Euren Gefühlen leiten. Ihr wollt Euren Gebieter bis ins tiefste Innere erforschen, bevor Ihr Euch an ihn bindet. Weil er Euch zu der Seinen gemacht hat, werdet Ihr ihm zugetan. Wenn ich erst Euren Körper besitze, dann besitze ich auch Euer Herz."

Leise fuhr er fort:

„Ach, ich sehne mich danach, die Geheimnisse Eures Körpers zu ergründen."

Angélique zitterte. Sie fühlte sich vom Taumel des Verlangens erfaßt. Doch noch wehrte sie sich.

„Wenn Ihr mir erst gehört", murmelte der König, „werdet Ihr mich nicht mehr verlassen, denn Ihr und ich, wir sind dazu geschaffen, uns zu vereinen und über die Welt zu herrschen."

„Madame de Montespan hegt eine ähnliche Gewißheit", bemerkte Angélique mit müdem Lächeln.

„Madame de Montespan! Was bildet sie sich ein? Daß sie mich beherrscht? Glaubt sie, daß ich blind sei? Daß ich ihr schlechtes Herz nicht kenne, ihre Portiersintrigen, ihren maßlosen, lästigen Ehrgeiz? Ich nehme sie als das, was sie ist: schön . . . und gelegentlich amüsant. Ist es ihre Gegenwart, die Euch ängstigt? Ihr sollt wissen, daß ich diejenigen hinwegfegen werde, die Euch unerwünscht sind. Wenn Ihr mich heute bittet, Madame de Montespan zu entfernen, wird sie morgen Versailles verlassen haben."

Angélique gab sich den Anschein, als nehme sie seine Worte als Scherz.

„Sire, sogar ein solcher Machtexzeß erschreckt mich."

„Das soll er nicht. Ich übergebe Euch mein Zepter. Ich weiß, daß es in würdigen Händen ist. Seht, es ist Euch wiederum gelungen, meine Festigkeit in eine andere Richtung zu lenken, und von neuem stelle ich es Eurer Vernunft anheim, selbst die Stunde zu bestimmen, in der Ihr Euch meiner erbarmt. Ich will es der Zeit überlassen, Eure Besorgnisse über mich zu beschwichtigen. Gleichwohl, glaubt Ihr nicht, wir würden uns vertragen?" Sein Ton war demütig geworden, während er ihre Hände in den seinen hielt.

„Ja, ich glaube es, Sire."

„So werdet Ihr mich Euch eines Tages gen Kythera, der Insel der Liebe, führen lassen . . . Eines Tages . . . versprecht es mir."

Von seinen Küssen besiegt, hauchte sie:

„Ich verspreche . . ."

Eines Tages würde sie vor ihm niederknien und zu ihm sagen: „Hier bin ich ..." Und sie würde ihre Stirn auf seine königlichen Hände legen. Sie wußte, daß sie auf schicksalhafte Weise diesem Augenblick entgegenging, und nun, da sie die Gefahren aus dem Weg geräumt hatte, die ihr Leben bedrohten, lastete diese Liebeserwartung auf ihr und erfüllte sie abwechselnd mit einem Gefühl des Grausens und des Triumphs. Würde es morgen, würde es später sein? Von ihr hing die Antwort ab, und dennoch wartete sie ab, dem Schicksal die Entscheidung überlassend. Und das Schicksal erklärte sich. Ein schreckliches Ereignis, das den Hof von Frankreich in Trauer versetzte und die Welt erschütterte, sollte Angéliques Unterwerfung beschleunigen.

Sie hatte drei Tage in Paris verbracht, um mit Monsieur Colbert über Geschäfte zu verhandeln, und da sie sich an diesem Abend besonders lange bei dem Minister aufgehalten hatte, beeilte sie sich, nach Hause zu kommen.

Vor dem Hôtel du Beautreillis gewahrte sie die Gestalt eines Bettlers im bläulichen Dunkel der mondlosen Juninacht. Als er auf den Kutschenschlag zuhumpelte, erkannte sie Pain-Sec.

„Geh nach Saint-Cloud! Geh nach Saint-Cloud!" sagte er mit seiner heiseren Stimme.

Sie wollte den Schlag öffnen, aber er drängte sie zurück.

„Geh nach Saint-Cloud, sag' ich dir. Da passiert allerlei ... Bin gerade mit dem Karren des Essighändlers von dort gekommen ... 's gibt Spaß dort drüben heut nacht. Geh nur hin ..."

„Ich bin nicht eingeladen, mein guter Pain-Sec."

„'s ist noch jemand dort, den sie nicht eingeladen haben ... Gevatter Tod. Und zu seinen Ehren veranstalten sie sogar das Fest. Schau dir's an ..."

Angélique dachte plötzlich an Florimond, und der Atem stockte ihr.

„Was geht vor? Was weißt du?"

Doch der alte Vagabund humpelte bereits eilig davon.

Von Befürchtungen bestürmt, die um so quälender waren, als sie den schrecklichsten Vermutungen Raum ließen, rief Angélique dem Kutscher zu, nach Saint-Cloud zu fahren. Der neue Kutscher, der bei der Herzogin von Chevreuse in Dienst gestanden hatte, besaß sehr viel mehr Gleichmut als sein Vorgänger. Trotzdem gab er zu bedenken, es sei gefährlich, zu dieser Nachtstunde ohne Eskorte durch die Wälder zu fahren. Ungeduldig ließ Angélique drei Lakaien und den Haushofmeister Roger wecken. Diese schwangen sich auf ihre Pferde und rahmten wohlbewaffnet die Kutsche ein, die in Richtung der Porte Saint-Honoré davonrollte.

Einundfünfzigstes Kapitel

Die schwüle Luft des Parks war vom Gezirpe der Grillen erfüllt. Das durchdringende, nicht abreißende Geräusch ging Angélique auf die Nerven. Sie hielt sich die Ohren zu und lehnte sich tief in ihren Sitz zurück. Erst als hinter einer Biegung der Allee das breit hingelagerte Landhaus Monsieurs auftauchte, neigte sie sich vor und blickte hinaus. Hinter den hohen Fenstern huschten brennende Leuchter vorbei. Zahlreiche Kutschen standen auf dem Parterre; die Tore waren weit geöffnet. Tatsächlich, da ging etwas vor, aber es war kein Fest.

Zitternd sprang sie aus dem Wagen und lief zum Portal. Kein Page erschien, um ihr den Mantel zu halten oder sich nach ihren Wünschen zu so ungewöhnlicher Stunde zu erkundigen. Gleichwohl war der Vorsaal von Menschen erfüllt, die mit bestürzten Mienen kamen und gingen und in gedämpftem Ton miteinander sprachen. Angélique entdeckte Madame de Gordon-Huxley, die sich eilig zwischen den Gruppen hindurchdrängte.

„Was geht denn vor?" fragte sie flüsternd.

Die Schottin machte eine unbestimmte, verstörte Geste.

„Madame liegt im Sterben", erwiderte sie und verschwand hinter einer Tapetentür.

Angélique hielt einen Diener an.

„Madame liegt im Sterben? Das ist doch nicht möglich. Gestern war sie noch bei bester Gesundheit. Ich habe sie in Versailles tanzen sehen."

„Sogar heute nachmittag noch lachte und plauderte Ihre Hoheit vergnügt", murmelte der Diener ängstlich. „Dann hat sie ein Glas Cichorienwasser getrunken, worauf sie sofort von Übelkeit befallen wurde."

In einem der Boudoirs lag Madame Desbordes, eine der Kammerfrauen der Prinzessin, auf einem Kanapee. Jemand hielt ihr Riechsalz unter die Nase. Sie erholte sich eben von einem Ohnmachtsanfall.

„Das ist der sechste seit heute nachmittag", erklärte Madame de Gamaches. „Die Arme hat das Cichorienwasser zubereitet und macht sich nun Vorwürfe, das furchtbare Unglück verschuldet zu haben."

Madame Desbordes kam allmählich zu sich. Sie brach in hysterisches Schluchzen aus.

„Beruhigt Euch", beschwor sie Madame de Gamaches. „Ihr habt nicht die geringste Schuld. Bedenkt doch, wenn Ihr das Getränk auch bereitet habt, so habe ich es hinaufgetragen, und Madame de Gordon hat es ihr in ihrer eigenen Tasse gereicht."

Draußen im Gang sprach Mademoiselle de Montpensier erregt auf Monsieur ein, der eben aus den Räumen Madames gekommen war.

„Herr Vetter, Ihr müßt daran denken, daß Madame im Sterben liegt und ihr priesterlichen Beistand verschaffen."

„Sie hat ja ihren Beichtvater bei sich", meinte Philippe von Orléans gelassen.

Gelangweilt zog er den Knoten seiner Halsbinde zurecht. Von allen Anwesenden war er ganz offensichtlich am wenigsten beeindruckt. Allenfalls schien ihn die Einmischung der Grande Mademoiselle zu verdrießen, deren energische Art ihn zum Zuhören zwang.

Sie zuckte wütend die Achseln.

„Ihr Beichtvater! Ich wäre in schöner Verlegenheit, wenn ich mit einer solchen Null vor Gott treten müßte. Ihr wißt genausogut wie ich, daß dieser Kapuziner sich nur durch einen der schönsten Bärte des Königreichs auszeichnet. Mehr hat er nicht zu bieten ... Aber wenn man stirbt ... Habt Ihr einmal darüber nachgedacht, was es bedeutet, zu sterben, Herr Vetter?"

Monsieur betrachtete seine Fingernägel und seufzte ungeduldig.

„Nun, so wißt, daß dieses Los auch Euch bestimmt ist", rief die Grande Mademoiselle schluchzend aus, „und dann wird's höchste Zeit sein, Euch die Nägel zu pflegen. Ach, Liebste!" fuhr sie fort, da sie Angélique erblickte. Mit einer Geste der Verzweiflung zog sie sie an sich und ließ sich auf eine Bank sinken.

„Wenn Ihr wüßtet, was für ein trauriger Anblick das ist, all diese Leute, die bei Madame ein und aus gehen, schwatzend und spektakelnd, als warteten sie auf den Beginn einer Komödienvorstellung. Und dazu dieser Beichtvater, der nur seinen Bart zu streicheln und albernes Zeug zu reden versteht . . ."

„Beruhigt Euch, Kusine", sagte Philippe von Orléans versöhnlich. „Laßt sehen. Wer wäre wohl würdig, in den Gazetten als Beistand von Madame in ihrer letzten Stunde genannt zu werden . . ."

Eine der Hofdamen empfahl den Pater Feuillet, einen Domherrn von Saint-Cloud, dessen Verdienste bekannt seien.

„Sein übler Charakter auch", gab der Bruder des Königs kühl zurück. „Ruft ihn immerhin, wenn es Euch gut dünkt. Ich jedenfalls gehe. Im übrigen habe ich bereits von Madame Abschied genommen."

Er drehte sich auf seinen hohen Absätzen herum und schritt mit seinem Gefolge der Treppe zu. Florimond, der sich darunter befand, blieb für einen Moment zurück und küßte seiner Mutter die Hand.

„Das ist eine sehr traurige Geschichte, Frau Mutter, nicht wahr?" sagte er in dem gedrechselten Ton, den die Pagen ihren Herren ablauschten. „Man hat Madame vergiftet."

„Florimond, ich beschwöre dich, fang nicht schon wieder mit deinen Vergiftungen an!"

„Doch, doch! Sie ist vergiftet worden. Jedermann sagt es."

„Der Page hat recht", bestätigte eine der jungen Hofdamen der Prinzessin. „Als Madame zu Bett gebracht worden war, sagte sie uns selbst, sie sei überzeugt, vergiftet worden zu sein."

„Redet keinen Unsinn!" fuhr die Grande Mademoiselle sie an. „Wer sollte denn ein Interesse daran haben, eine so reizende Frau zu vergiften? Madame hatte keine Feinde."

Man verstummte, aber jedermann dachte sich sein Teil, Mademoiselle de Montpensier nicht am wenigsten. Ein Name schwebte auf aller Lippen: der des Ehemannes des Opfers oder doch der seines verdrängten Favoriten.

Mademoiselle fächelte sich nervös, dann stürzte sie dem Pater Feuillet entgegen, der hereingeführt wurde.

„Ohne mich, Herr Abbé, würde die arme Prinzessin wie eine Ketzerin ins Jenseits hinüberwechseln. Kommt, ich begleite Euch."

In gedämpftem Ton berichtete Madame de Gamaches, warum Monsieur den Pater Feuillet nicht mochte. Er war ein aufrechter, strenger Priester, auf den man mit Vorliebe den Psalmenvers anwandte: „Ich redete von deinen Geboten vor den Königen und errötete nicht." Während der Fastenzeit zu einem Imbiß beim Bruder des Königs geladen, hatte dieser ein Biskuit genommen und ihn dabei gefragt: „Das bedeutet doch nicht das Fasten brechen, nicht wahr?" „Eßt einen Ochsen und seid ein Christ", hatte der Domherr geantwortet.

Die junge Hofdame kicherte.

Ein von den Gemächern der Prinzessin her sich näherndes Stimmengewirr ließ die Damen aufhorchen.

Der König erschien, von einem Schwarm schwarzgekleideter Ärzte begleitet, mit denen er sich unterhielt. Die Königin folgte, danach die Gräfin von Soissons, Mademoiselle de La Vallière, Madame de Montespan und Mademoiselle de Montpensier.

Im Vorbeigehen entdeckte der König Angélique, ließ die Ärzte stehen und zog sie, unbekümmert um die Blicke, die ihnen folgten, in eine Fensternische.

„Meine Schwägerin ist aufgegeben", sagte er.

Er wirkte verstört, sein Blick schien um ein Trostwort zu betteln.

„Sire, besteht denn wirklich keine Hoffnung mehr? Die Ärzte..."

„Die Ärzte haben so lange erklärt, daß es nur eine harmlose Unpäßlichkeit sei, bis ihnen die Geschichte über den Kopf wuchs und sie nicht mehr ein noch aus wußten. Ich habe versucht, ihnen den Verstand wieder zurechtzurücken. Ich bin kein Arzt, aber ich habe ihnen mindestens dreißig Mittel vorgeschlagen; sie antworteten, daß man abwarten müsse. Sie sind Esel", schloß er und warf einen finsteren Blick in die Richtung der Heilkünstler mit den spitzen Hüten, die in kleinen Gruppen leise weiterdiskutierten.

„Aber wie konnte nur ein solches Unglück geschehen? Madame schien doch bei bester Gesundheit. Sie war so frohgemut aus England zurückgekehrt . . ."

Wortlos sah er sie an, und sie las in seinen Augen den schrecklichen Verdacht, der ihn quälte. Sie senkte den Kopf, da sie nicht wußte, was sie ihm sagen sollte. Am liebsten hätte sie seine Hand ergriffen, aber sie wagte es nicht.

„Ich möchte Euch um einen Gefallen bitten, Angélique", murmelte er. „Bleibt hier, bis . . . bis zum Ende, und dann bringt mir die Nachricht nach Versailles. Ihr werdet kommen, nicht wahr? Ich brauche Euch . . . Liebste."

„Ich werde kommen, Sire."

Ludwig XIV. seufzte tief.

„Ich muß jetzt gehen. Die Fürsten dürfen keinen Sterbenden sehen. Das ist Vorschrift. Auch wenn ich einmal sterbe, wird meine Familie den Palast verlassen, und ich werde allein bleiben . . . Ich bin beruhigt, daß Madame Monsieur Feuillet bei sich hat."

Angélique blieb allein. Während draußen Wagentüren zufielen, Pferde wieherten und Räder über den Kies davonrollten, setzte sich Angélique auf eine Bank, um zu warten. Florimond erschien von neuem, aufgeregt, wie Kinder es sind, die sich in ein Drama verwickelt sehen, das sie innerlich nicht berührt. Er vertraute ihr an, Monsieur läge zu Bett und schlafe friedlich. Gegen Mitternacht erschien Madame de La Fayette, die sich bei der Prinzessin aufhielt, und teilte ihr mit, Madame habe von ihrer Anwesenheit in Saint-Cloud erfahren und wünsche sie zu sehen.

Das Zimmer war noch immer von Menschen erfüllt, doch seit der Ankunft Pater Feuillets befleißigte man sich eines der Situation angemesseneren Benehmens. Man flüsterte nur noch. Der Priester trat stumm vom Bett zurück, um Angélique Platz zu machen. Madame hatte sich in der kurzen Zeit, seitdem sie sie zum letztenmal gesehen hatte, so völlig verändert, daß sie kaum wiederzuerkennen war. Ihr Gesicht wirkte wächsern, und ihr Körper schien innerhalb weniger Stunden zum Skelett abgemagert zu sein. Ihre Backenknochen sprangen vor, ihre Nase war spitz. Tiefe Ringe umgaben die durch unsagbare Qualen vergrößerten Augen.

„Madame", sagte Angélique leise, „wie Ihr leidet! Welch ein Jammer, Euch so leiden zu sehen!"

„Es ist gütig von Euch, mir das zu sagen. Jedermann erklärt mir, daß ich meinen Zustand übertreibe. Gleichwohl, wäre ich nicht Christin, ich würde mir das Leben nehmen, so unerträglich sind meine Schmerzen."

Mühsam Atem holend, fuhr sie fort:

„Aber es ist gut, daß ich leide, sonst hätte ich Gott nichts anderes vorzuweisen als ein recht nichtiges Leben. Madame du Plessis, ich bin froh, daß Ihr gekommen seid. Ich habe nicht vergessen, daß Ihr mir einen großen Dienst erwiesen habt und daß ich in Eurer Schuld stehe."

Sie forderte Monsieur de Montaigu, den englischen Botschafter, durch ein Zeichen auf, zu ihr zu treten. Dem Gespräch, das die Prinzessin in englischer Sprache mit ihm führte, glaubte Angélique entnehmen zu können, daß der Botschafter beauftragt wurde, ihr nach Madames Tode die dreitausend Pistolen zurückzugeben, die sie ihr schuldete.

Der Engländer war zutiefst bestürzt, denn er wußte, wie verzweifelt sein königlicher Herr sein würde, wenn er den Tod seiner Schwester, seiner kleinen Ninette, erführe, die er immer zärtlich geliebt hatte. Offenbar fragte er die Sterbende, ob sie nicht eine verbrecherische Absicht vermute, denn das Wort Gift war zu vernehmen, das in beiden Sprachen ähnlich klingt.

Pater Feuillet mischte sich mahnend ein:

„Madame, beschuldigt niemand und bringt Gott Euer Leben als Opfer dar."

Die Prinzessin nickte leise. Eine Weile lag sie regungslos mit geschlossenen Augen.

Angélique wollte sich zurückziehen, doch die eisige Hand Henriettes von England hielt die ihre mit kaum spürbarem Druck noch immer fest, und sie wagte nicht, sich ihr zu entziehen.

Madame schlug die Augen von neuen auf. Ihr Blau wirkte verwaschen, aber sie fixierten Angéliques blasses Gesicht mit eindringlicher, wacher Aufmerksamkeit.

„Der König ist gekommen", sagte sie. „Er war von der Königin, von Madame de Soissons, Mademoiselle de La Vallière und Madame de Montespan begleitet . . ."

„Ich weiß."

Madame verstummte. Ihre Augen hielten die Angéliques noch immer fest, und Angélique mußte plötzlich daran denken, daß Madame den König geliebt hatte. Der Flirt war so weit gegangen, daß die beiden Komplicen, um den Verdacht der damals noch lebenden Königin-Mutter abzulenken, auf den Einfall gekommen waren, eine der Hofdamen Madames als schützenden Wandschirm zu benützen. Diese Hofdame war Louise de La Vallière gewesen. Jedermann kannte den weiteren Verlauf. Die hochmütige Prinzessin war von der schlichten Gesellschafterin entthront worden. Allzu stolz, hatte sie nur insgeheim und in den Armen ihrer besten Freundin, der Montespan, geweint – die nun ihrerseits den Platz an der Seite des Königs eingenommen hatte. In diesen letzten Stunden ihres Lebens hatte sie den König, seine Frau und seine drei Mätressen, die gewesenen und die zukünftige, an ihrem Bett gesehen, in einer seltsamen Zusammenfassung ihres zu demütigendem Scheitern verurteilten ehrgeizigen Liebestraums.

„Ich weiß", sagte Angélique abermals leise.

Und sie lächelte ihr schmerzlich zu. Madame hatte nicht nur gute Eigenschaften gehabt. Aber sie war nie kleinlich und böse gewesen, und sie hatte sich stets freundlich, tatkräftig und klug gezeigt. Allzu klug. Nun, da sie starb, war sie von Feinden und Gleichgültigen umgeben.

Henriettens Blick verschleierte sich. Mit kaum vernehmbarer Stimme sagte sie:

„Ich wünschte um seinetwillen, daß er Euch liebte . . . Euch . . . weil . . ."

Sie konnte nicht vollenden und machte eine müde Bewegung. Ihre Hand fiel kraftlos auf die Decke zurück. Angélique verließ das Zimmer. Auf der Bank im Vorsaal begann sie, Gebete murmelnd, von neuem zu warten.

Gegen zwei Uhr morgens schwirrte Florimond wie eine Schwalbe herein, ließ sich neben ihr nieder und teilte ihr flüsternd mit, Madame liege in den letzten Zügen. Bald darauf hastete Madame de Gordon-Huxley vorbei und rief:

„Madame ist tot!"

Wie sie es dem König versprochen, schickte sich Angélique sogleich an, nach Versailles zu fahren. Gern hätte sie Florimond mitgenommen, um ihn der Unruhe des Trauerhauses zu entreißen, aber als sie den Jungen in der Eingangshalle fand, hockte er auf einer Truhe und hielt ein neunjähriges Mädelchen an der Hand.

„Das ist die kleine Mademoiselle", erklärte er. „Niemand kümmert sich um sie. Da muß ich ihr eben Gesellschaft leisten. Sie begreift noch nicht, daß ihre Mutter tot ist. Madame war eine Prinzessin, aber eben doch ihre Mutter, nicht wahr? Wenn sie es begreift, wird sie weinen. Ich muß hierbleiben, um sie zu trösten."

Angélique fuhr ihm über das dichte Haar. Es gehörte sich für einen guten Vasallen, den Schmerz seiner Fürsten zu teilen und ihnen in ihrem Kummer beizustehen. Sie selbst begab sich ja zum König. Mit tränenfeuchten Augen küßte sie die kleine Prinzessin, die tatsächlich über den Verlust ihrer Mutter, die sie kaum kannte und die sich wenig um sie gekümmert hatte, kaum bewegt schien.

Auch andere Kutschen rollten über die nächtliche Straße nach Versailles. Angélique ließ sie in gestrecktem Galopp überholen. Als sie vor dem Schloß vorfuhr, herrschte noch völlige Dunkelheit. Nur im Kabinett des Königs, in das man sie führte, brannte Licht. Er hatte sie erwartet.

„Nun?"

„Es ist zu Ende, Sire. Madame ist verschieden."

Er neigte den Kopf und gab nichts von den Gefühlen zu erkennen, die ihn bewegten.

„Glaubt Ihr, daß sie vergiftet worden ist?" fragte er endlich.

Angélique machte eine vage Geste.

„Alle Welt vermutet es", fuhr der König fort. „Aber Ihr, die Ihr mehr Verstand besitzt, sagt mir Eure Ansicht."

„Madame fürchtete seit langem, durch Gift zu sterben. Sie vertraute es mir an."

„Sie fürchtete? Wen fürchtete sie? Hat sie Namen geäußert?"

„Sie wußte, daß der Chevalier de Lorraine sie haßte und ihr seine Verbannung nicht verzieh?"

„Und weiter ...? Redet ... redet doch. Wer wird je offen zu mir sprechen, wenn nicht Ihr?"

„Madame sagte, Monsieur habe ihr in seinem Zorn oft gedroht."

Die Muskeln seiner Wangen traten hart hervor.

„Wenn mein Bruder ...", murmelte er.

Er hob den Kopf.

„Ich habe Anweisung gegeben, mir unverzüglich den Oberaufseher des Tafeldienstes von Saint-Cloud, Maurel, vorzuführen. Er muß jeden Augenblick kommen. Aha, ich höre Schritte. Sie sind es vermutlich. Ich möchte, daß Ihr unserer Unterredung beiwohnt. Bleibt hinter jener Portiere."

Angélique hatte sich kaum hinter den Vorhang zurückgezogen, den er ihr gewiesen hatte, als sich schon die Tür öffnete und der besagte Maurel, von Bontemps und einem Offizier der Leibgarde begleitet, eintrat. Es war ein Mann mit harten Zügen, dem es neben betonter berufsmäßiger Unterwürfigkeit nicht an Arroganz fehlte. Trotz des über ihn verhängten Haftbefehls schien er durchaus gefaßt. Mit einer Geste bedeutete der König dem Kammerdiener zu bleiben. Der Offizier zog sich zurück.

„Seht mich an", sagte der König ernst zu Maurel. „Ihr könnt darauf rechnen, daß Ihr am Leben bleibt, wenn Ihr aufrichtig seid. Nur von Euch hängt es ab, ob Ihr dieses Schloß lebend oder tot verlaßt."

„Sire", erwiderte der Oberaufseher ruhig, „nach Eurem geheiligten Wort wäre ich ein Tor, wenn ich zu lügen wagte."

„Schön ... Antwortet jetzt. Ist Madame an einer Vergiftung gestorben?"

„Jawohl, Sire."

„Wer hat sie vergiftet?"

„Der Marquis d'Effiat und ich."

Der König stutzte.

„Wer hat Euch diesen grausigen Auftrag erteilt, und von wem erhieltet Ihr das Gift?"

„Der Chevalier de Lorraine hat uns zu diesem Anschlag angestiftet. Er hat uns aus Rom die giftige Droge geschickt, die ich zubereitete und die d'Effiat in das Getränk Ihrer Königlichen Hoheit geschüttet hat."

Es schien, als brauche der König für seine nächsten Worte übermenschliche Kraft:

„Und mein Bruder –", er mühte sich, seine Stimme in der Gewalt zu behalten, „– mein Bruder . . . hat er von dem Anschlag Kenntnis gehabt?"

„Nein, Sire."

„Könnt Ihr das beeiden?"

„Sire, ich schwöre vor Gott, den ich beleidigt habe . . . Monsieur hat von dem Geheimnis nichts gewußt . . . Wir konnten nicht auf ihn rechnen . . . er hätte uns ins Verderben gestürzt."

Ludwig XIV. richtete sich auf.

„Das war es, was ich wissen wollte . . . Geht, Elender. Ich schenke Euch das Leben, aber verlaßt mein Land und wißt, daß Ihr, solltet Ihr abermals seine Grenzen überschreiten, ein toter Mann seid!"

Maurel zog sich zurück; hinter ihm schloß Bontemps die Tür. Der König stand auf und verließ seinen Platz hinter dem Arbeitstisch.

„Angélique!"

Es klang wie der Schrei eines verwundeten, taumelnden Menschen. Sie lief zu ihm. Er drückte sie an seine Brust. Sie spürte das Gewicht der müden königlichen Stirn an ihrer Schulter.

„Angélique, mein Engel!"

„Ich bin da."

„Diese Greuel", murmelte er, „diese gemeinen, trügerischen Menschen!"

Und dabei wußte er nicht alles. Eines Tages würde er wissen. „Eines

Tages werden wir den Schleier lüften", hatte La Reynie gesagt. Dann würde er sich allein in einem Meer von Schande, von unfaßlichen Verbrechen finden.

„Laßt mich nicht allein."

„Ich bin da!"

„Wohin ich auch den Blick wende, es gibt niemand, dem ich Vertrauen schenken kann."

„Ich bin da . . ."

Endlich schien er sie zu hören. Er hob den Kopf und sah ihr tief und fragend in die Augen.

„Ist es wahr? Angélique, Ihr werdet mich nicht mehr verlassen?"

„Nein."

„Ihr werdet meine Freundin sein . . . werdet mir gehören?"

Sie nickte. Ganz langsam hob sie die Hand und strich sanft über sein müdes Gesicht.

„Ist es wahr?" wiederholte er hoffnungsvoll. „Ach, es ist wie . . ."

Er suchte nach einem Wort, um seinem Staunen Ausdruck zu verleihen; er sah den neuen Tag, der einen rosigen Schimmer auf die Vorhänge warf.

„Es ist wie die Morgenröte . . . Ein Pfand des Lebens, der Stärke . . . das Ihr mir nach dieser schrecklichen Nacht gebt, in der der Tod uns heimgesucht hat. Ach, mein Herz! Ihr werdet mein sein! Mein! Ich werde diesen Schatz besitzen . . ."

Er preßte sie in heftiger Leidenschaft an sich. Sie spürte, wie seine beharrliche Kraft sich ihr mitteilte, und gleich ihm hatte sie die Gewißheit, daß ihr Bund sie der Welt gegenüber unbesiegbar machen würde. Am Ende eines langen Kampfes sahen sie das Problem sich lösen, und in ihre gemarterten Herzen kehrte plötzlich belebender Friede ein . . .

Bontemps mußte mehrmals an die Tür klopfen.

„Sire, es ist Zeit."

Angélique löste sich aus den Armen, die sie nicht freigeben wollten.

„Sire, es ist Zeit", wiederholte sie.

„Ja. Ich muß wieder König werden. Aber ich fürchte, wenn ich Euch gehen lasse, werdet Ihr mir wieder entwischen."

Sie schüttelte den Kopf mit einem traurigen und müden kleinen Lächeln. Die Strapazen dieser Nacht machten sich im Zittern ihrer Lider bemerkbar, und die leichte Verwirrung ihres Haars verlieh ihr das Aussehen einer erschöpften Liebenden. Der König wurde bleich.

„Ich liebe Euch", sagte er mit dumpfer Stimme. „O mein Engel, ich liebe Euch, geht nicht mehr von mir!"

Nach der üblichen Zeremonie des königlichen Levers begab sich die Hofgesellschaft wie an jedem Morgen zur Messe des Königs. Dieser schritt mit ausdruckslosem Gesicht zu seinem Platz. Während Monsieur Bossuet gemessen die Kanzel bestieg, war ersticktes Schluchzen zu hören. In dem vergoldeten Licht, das durch die Fenster fiel, sah man sein kräftiges, rotes Gesicht und seine hohe Gestalt in Spitzenchorhemd und schwarzem Käppchen.

Er ließ eine gute Weile Stille herrschen, dann fiel seine Hand schwer herab, während seine mächtige Stimme zu den Gewölben der Hofkapelle aufstieg:

„O unheilvolle Nacht! O Nacht des Grauens, in der plötzlich gleich einem Donnerschlag jene Kunde widerhallte: Madame liegt im Sterben! Madame ist verschieden! ... Madame ist vom Morgen bis zum Abend vergangen wie das Gras. Am Morgen stand sie in Blüte, und in welcher Anmut, das wißt Ihr. Am Abend sahen wir sie verdorrt ... Welche Plötzlichkeit! In neun Stunden ist das Werk vollbracht ... O Eitelkeit der Eitelkeiten ..."

Zweiundfünfzigstes Kapitel

Inmitten der Schaluppen im Bassin verankert, zwischen zwei kleinen englischen Fahrzeugen, einer neapolitanischen Feluke und einer biskayischen Galeere, schaukelte das große Schiff wie ein Schmetterling auf dem grünen Teppich.

Es war eine mit kleinen bronzenen Kanonen bestückte Miniaturfregatte, deren mit Lilien, Muscheln und Meeresgöttern verzierter Rumpf golden glänzte. Die Taue waren aus rosa oder purpurner Seide, das Schanzkleid und die Behänge aus Damast und Brokat, mit goldenen und silbernen Fransen besetzt. An den Segeln und den blau und goldfarben bemalten Masten wehten die Wimpel, die Fahnen und Stander in einer heiteren, bunten Symphonie, und überall blinkten in Gold und Silber das Wappen und die Initialen des Königs.

Von diesem Kleinod, diesem glitzernden Spielzeug aus machte Ludwig XIV. heute seinem Hof die Honneurs. Den Fuß auf die Treppe aus vergoldetem Holze setzend, wandte er sich den Damen zu. Wer würde erwählt werden, um an seiner Seite den Wasserweg zu den Wiesen des Trianon einzuweihen?

In pfauenblauen Atlas gekleidet, hatte sich der König dem strahlenden Sommertag angepaßt. Er lächelte und streckte die Hand nach Angélique aus. Vor den Augen des ganzen Hofs stieg sie anmutig die Stufen hinauf und ließ sich unter dem brokatenen Zeltdach des Achterdecks nieder. Der König setzte sich neben sie. Nach ihnen nahmen die Geladenen des Königsschiffs Platz. Madame de Montespan befand sich nicht unter ihnen. Sie präsidierte – eine Ehre, durch die sie sich nicht täuschen und die sie zornbleich werden ließ – der Gesellschaft der großen Galeere. Die Königin befand sich in der neapolitanischen Feluke.

Der Rest der Hofgesellschaft teilte sich in die Schaluppen. Auf einer mit rot und weiß gestreiftem Damast bespannten Barke nahm die Kapelle Platz.

Und gemächlich glitt, beim Klang der Violinen und Oboen, die kleine

Flottille über die glatte Fläche des großen Kanals. Die Fahrt dauerte
viel zu kurz. Man genoß die Kühle des Wassers in der drückenden
Hundstagszeit. Dicke weiße Wolken begannen sich am allzu blauen
Himmel zusammenzuballen.

„Es sieht nach einem Gewitter aus", bemerkte Angélique, bemüht,
durch ein banales Gesprächsthema über ihre Beklemmung hinwegzutäuschen.

„Fürchtet Ihr etwa, Schiffbruch zu erleiden?" fragte der König, der
sie nicht aus den Augen ließ.

„Vielleicht..."

Die Gesellschaft landete vor einer üppigen, grünen Rasenfläche, auf
der Zelte und Tische mit Speisen und Getränken aufgebaut worden
waren. Man tanzte, plauderte und spielte. Im Verlauf eines Blindekuh-
spiels wurden Angélique die Augen verbunden, und Monsieur de
Saint-Aignan zog sie lachend mit sich fort und wirbelte sie sodann im
Kreis, um sie die Orientierung verlieren zu lassen. Als er sie losließ
und sich eilig auf Fußspitzen davonschlich, erschien ihr die Stille um
sie herum ungewöhnlich.

„Laßt mich nicht im Stich!" rief sie lachend.

Sie wartete eine Weile, begann hierhin und dorthin zu tasten, blieb
von neuem stehen und lauschte auf die Geräusche in ihrer Umgebung.
Dann näherte sich ein Schritt im Gras, und eine Hand knotete das
Band auf.

„Oh!" rief sie geblendet aus.

Sie befand sich nicht mehr auf der Wiese, auf der sich die Hofgesellschaft vergnügte, deren Gelächter jetzt aus der Ferne herüberdrang.
Vor ihr, auf dem Gipfel einer in drei Terrassen sanft ansteigenden Er-
hebung war ein ihr unbekanntes kleines Palais aufgetaucht. Aus weißem
Ton errichtet, mit einem Säulenvorbau aus rosa Marmor geschmückt,

hob es sich vom grünen Hintergrund eines Akazienwäldchens ab, dessen berauschender Duft sich der erhitzten Luft mitteilte.

„Das ist Trianon", murmelte der König.

Er stand allein neben ihr. Er schlang seinen Arm um sie, und langsam stiegen sie zu dem Gebäude hinauf.

„Diese Stunde war unausbleiblich, nicht wahr, Angélique?" sagte der König leise. „Wir mußten endlich zueinanderfinden."

Seine Stimme klang erregt, und sie spürte, daß die gebieterische Hand, die ihre Schulter umfaßte, zitterte. Nie hatte er sich völlig seiner Schüchternheit den Frauen gegenüber begeben können. Im Augenblick der vollendeten Eroberung überkam ihn die Scheu.

„O meine Geliebte! Meine schöne Geliebte!"

Angélique kämpfte nicht mehr. Das kleine Palais bot das Obdach seiner Stille dar. Die Kraft, die sie fortriß, gehörte nicht zu denen, die man zurückdrängen konnte. Nichts vermochte den aus Blumen, Abgeschiedenheit, Dämmerlicht geschaffenen Kreis zu durchbrechen, der sie beide gefangenhielt.

Eine Glastür hatte sich hinter ihnen geschlossen. Der Raum war mit erlesenem Geschmack eingerichtet. Verwirrt sah Angélique nur, daß er bezaubernd war und daß in einem Alkoven ein großes Bett mit zurückgezogenen Vorhängen wartete.

„Ich habe Angst!" flüsterte sie.

„Ihr braucht Euch nicht zu ängstigen, Liebste."

Den Kopf willenlos an seine Schulter gelehnt, ließ sie ihn ihre Lippen in Besitz nehmen, ließ sie ihn ihr Mieder öffnen, die zarten Rundungen ihrer Brüste entblößen, sich an der Berührung ihres warmen Körpers erhitzen. Sanft drängte er sie, rührend und gleichsam selbst verletzt durch die aufflammende Heftigkeit seiner Begierde.

„Komm, komm!" flehte er leise.

Seine Sinnlichkeit war wild und hemmungslos. Eine Flut, ein Sturm trieb ihn zu der Frau, nach der er sich sehnte, eine überwältigende, blinde Gier, die verblüffte, wenn man sich angesichts dieses entfesselten Mannes der heiteren Beherrschtheit des Monarchen erinnerte.

Vor dem Bett schlug Angélique die Augen auf. Der König würde sich ihr bedenkenlos ausliefern, und sie fühlte sich stark, mütterlich und

520

wissend genug, um ihn in ihren Armen zu empfangen und mit ihren Liebkosungen die unaussprechliche Qual dieses kraftvollen Körpers zu stillen.

Aber diese spontane Regung erstarb alsbald. Alles in ihr verkrampfte sich, ihre weit aufgerissenen Augen starrten ins Dunkel.

„Das Gewitter!" murmelte sie.

In der Ferne grollte der Donner. Der König sah ihren verstörten Blick.

„Warum fürchtet Ihr Euch?"

Doch er spürte in seinen Armen nur noch eine harte, widerspenstige Form. Sie entwand sich ihm und lief zum Fenster, preßte ihre glühende Stirn gegen die kühlen Scheiben.

„Was ist nun wieder?" fragte er.

Seine Stimme bebte vor verhaltenem Zorn.

„Diesmal ist es nicht mehr Scham. Euer Zögern offenbart einen Zwiespalt, den ich seit langem spüre. Zwischen uns steht ein Mann!"

„Ja."

„Wer ist es?"

Sie fuhr herum, plötzlich verwandelt, mit geballten Fäusten und funkelnden Augen.

„Joffrey de Peyrac, mein Gatte, den Ihr auf der Place de Grève bei lebendigem Leibe verbrennen ließet!"

Langsam hob Angélique die Hände zu ihrem Gesicht. Ihr Mund war halbgeöffnet, sie schien nach Atem zu ringen.

„Joffrey de Peyrac", wiederholte sie. „Was habt Ihr ihm angetan, diesem Sänger, diesem Genie, diesem großen hinkenden Narren, der Toulouse in seinen harmlosen Bann schlug? Wie könnte ich Toulouse, wie könnte ich ihn vergessen . . .!"

Sie verstummte, sah nur dies eine Bild, die riesenhafte, dunkelpurpurne, gelblich rote Blüte eines an einem Winterabend verlöschenden Scheiterhaufens. Vor ihr war nur noch das Feuer und die Nacht.

Ein jäher Schluchzer schüttelte sie, und ihr Blick verdüsterte sich.

„Sein Palais ward dem Erdboden gleichgemacht, sein Sohn hat keinen Namen mehr, seine Freunde haben ihn verleugnet, seine Feinde vergessen. Ihr habt ihm alles genommen . . . Nur eines werdet Ihr nicht haben: mich, seine Frau . . ."

Draußen hatte der Regen zu rinnen begonnen. Das Gewitter lastete noch immer auf der Natur – eine kurze, stürmische Nacht mitten am hellichten Tage.

„Vielleicht habt Ihr all das vergessen", fuhr sie mit gedämpfter Stimme fort. „Was bedeutet schließlich ein Mensch für einen so mächtigen Monarchen wie Euch? Ein Staubkorn, dessen Asche in die Seine geweht wurde. Ich aber kann es nie und nimmer vergessen. Ich bin in den Louvre gegangen und habe Euch angefleht, doch Ihr habt mich zurückgestoßen. Ihr wußtet, daß er unschuldig war, aber Ihr wolltet seine Verurteilung, weil Ihr seinen Einfluß auf das Languedoc fürchtetet. Weil er reicher war als Ihr! Weil er nicht knechtisch zu Euren Füßen kroch. Ihr habt die Richter bestochen, damit sie ihn verdammten. Ihr habt den einzigen Zeugen ermorden lassen, der ihn hätte retten können. Ihr habt ihn foltern, habt ihn zugrunde gehen lassen. Und mich . . . mich und meine beiden Kinder habt Ihr der Verlassenheit und dem Elend ausgeliefert . . . Wie könnte ich all das vergessen!"

Sie weinte in kurzen Schluchzern, tränenlos, und im Geist erlebte sie noch einmal namenlose Schrecken, unvergeßliche Kümmernisse. In ihrem prunkenden Kleid wirkte sie ebenso verstört und erbarmungswürdig wie damals die arme Marquise der Engel aus den Untergründen von Paris.

Der König stand ein paar Schritte von ihr entfernt wie vom Blitz getroffen.

Die Minuten dehnten sich endlos. Reden? Schweigen? Weder Worte noch Schweigen vermochten die Vergangenheit zu tilgen. Sie richtete zwischen ihnen eine unübersteigbare Mauer auf.

Als die ersten Sonnenstrahlen durch die Fensterscheiben drangen, ließ der König den Blick über die Gärten schweifen. Mit gemessenen Schritten ging er zum Sessel, griff nach seinem Hut und setzte ihn auf. Dann wandte er sich zu Angélique.

„Kommt, Madame. Die Hofgesellschaft wartet gewiß auf uns."

Da sie sich nicht rührte, wiederholte er nachdrücklicher:

„Kommt. Wir wollen uns nicht unnötig verspäten. Wir haben schon zuviel gesagt."

Die junge Frau schüttelte den Kopf.

„Nein, nicht zuviel. Einmal mußte ich es sagen."

Sie fühlte sich wie zerschlagen, aber sie mühte sich, die würdevolle Haltung des Königs nachzuahmen. Sie ging zum Spiegel und brachte ihr Haar und ihre Kleidung in Ordnung. In ihr war eine große Leere.

Im gleichen Rhythmus hallten ihrer beider Schritte in dem Säulengang aus rosa Marmor wider – und doch waren sie einander fremd, für immer getrennt!

Dreiundfünfzigstes Kapitel

„Und was wird nun geschehen?" fragte sich Angélique.

Der Tag hatte seinen gewöhnlichen Verlauf genommen. Nach dem Gewitter-Intermezzo war man ins Schloß zurückgekehrt. Ball, kleines Souper, Spiel . . . Angélique grübelte. Sollte sie sich entfernen, die Flucht ergreifen oder auf ein Zeichen des Königs warten? Es war ausgeschlossen, daß er es bei dieser Situation belassen würde. Aber wann und wie würde er reagieren?

Der neue Tag brachte neue, vielfältige Vergnügungen. Der König zeigte sich nicht. Er arbeitete. Angélique wurde hofiert. Daß sie und der König sich am gestrigen Abend absentiert hatten, war nicht unbemerkt geblieben und allgemein als bedeutungsvoll empfunden worden. Madame de Montespan hatte Versailles verlassen, um ihre Wut zu verbergen. Über der Angst vor einer noch unmittelbareren Gefahr vergaß Angélique die Gefahren, die ihr von seiten ihrer Rivalin drohten. Was sollte aus Florimond, aus Charles-Henri werden, wenn der König ihr seine Gunst entzog?

Sie ließ sich dazu bestimmen, an einem Spieltisch Platz zu nehmen, und verlor innerhalb einer Stunde tausend Pistolen. Dieses Mißgeschick schien ihr beispielhaft für die schwierige Lage, in die sie sich gebracht hatte. Durch die Zurückweisung der Liebe des Königs hatte sie alle ihre Trümpfe aus der Hand gegeben. Tausend Pistolen . . .! Das hatte sie von der dummen Gewohnheit, mit dem Würfelbecher in der Hand zu leben. Sie hatte im Grunde nichts für das Spiel übrig, aber es verging kein Tag bei Hofe, an dem sie nicht gezwungen wurde, an einer Partie teilzunehmen.

Daß dieses Leben hier nun zu Ende war, daß sie Versailles würde verlassen müssen, davon war sie überzeugt.

An einem Fenster der großen Galerie stehend, entsann sie sich jenes ersten Morgens, da sie neben Barcarole den Park von Versailles hatte erwachen sehen, dessen Königin sie hätte sein können – Versailles und seine Wasserspiele, seine Alleen, seine Hagebuchengänge, sein Volk von Statuen und seine Lustwäldchen, die Stätten köstlicher Feste. Dort drüben, am Ende der Königsallee, vom Horizont sich abhebend, schienen die Masten und Segel der kleinen Flottille inmitten der Felder und Wälder der Ile-de-France zur Reise nach fernen, märchenhaften Gestaden zu locken . . .

Bontemps traf sie traumverloren an. Er flüsterte ihr zu, der König wünsche sie zu sprechen und erwarte sie.

Die Stunde hatte geschlagen.

Der König war ruhig wie gewöhnlich. Nichts in seinem Gesicht verriet die Erregung, die ihn erfaßte, als er Angélique den Raum betreten sah. Gleichwohl wußte er, daß der Ausgang der Partie, die sie nun spielen würden, unendlich bedeutsam für ihn war. Nie hatte er einen Sieg so heiß ersehnt. Und nie war er im voraus seiner Niederlage so sicher gewesen.

„Sie wird sich von mir wenden", dachte er verzweifelt, „und mein Herz wird unter der Asche verstummen."

„Madame", sagte er mit klarer Stimme, nachdem sie sich gesetzt hatte, „Ihr habt gestern verletzende und ungerechte Beschuldigungen gegen mich erhoben. Ich habe einen Teil der Nacht und des heutigen Tages damit verbracht, noch einmal die Akten jenes schon so weit zurückliegenden Prozesses durchzusehen. Manche seiner Einzelheiten waren meinem Gedächtnis entschwunden. Doch nicht die Sache an sich. Wie die meisten Fälle, die ich zu Beginn meiner Regierung bereinigen mußte, hat dieser sich tief in mein Gedächtnis eingegraben. Er war eines der Probleme auf meinem Schachbrett, auf dem ich damals eine schwierige Partie spielte, bei der es um meine Krone und um meine Macht ging."

„Nie hat mein Gatte Eure Krone und Eure Macht bedroht. Einzig der Neid . . ."

„Fangt nicht wieder an, mir beleidigende Dinge an den Kopf zu werfen", sagte er sanft, doch in einem Ton, der sie erstarren machte. „Und unterbinden wir sofort jeglichen Streit, indem wir die Tatsachen des Problems feststellen. Ja, ich wiederhole es — Graf Peyrac bedrohte meine Krone und meine Macht, weil er einer der Größten unter meinen Vasallen war. Nun, die Großen waren immer meine schlimmsten Feinde, und sie sind es geblieben. Angélique, Ihr seid nicht dumm. Es gibt keine Leidenschaft, die Eure Vernunft völlig auszulöschen vermöchte. Vergegenwärtigt Euch die damaligen Zustände: das Königreich von inneren Umtrieben zerrüttet, ein auswärtiger Krieg, in dem Frankreich infolge dieser Wirren schlimmste Einbußen erlitt, ein Fürst meines Blutes, der leibliche Bruder meines Vaters, Gaston d'Orléans, an der Spitze meiner Gegner, der Fürst Condé mit ihm verbündet! Als einzige verläßliche Stützen des Throns meine verachtete und geschmähte Mutter und der allgemein verhaßte Kardinal Mazarin. Beide im übrigen Ausländer: der Kardinal war Italiener, wie Ihr sicherlich wißt. Meine Mutter war in ihrem Herzen und in ihren Gewohnheiten Spanierin geblieben. Auch die wohlmeinendsten Franzosen ertrugen ihre Art schwer. Ihr könnt erraten, wie die übelwollenden sich verhielten. Inmitten all dieser Wirrnis ein Kind, ich, mit einer überwältigenden Macht bekleidet und dennoch zu schwach und von allen Seiten bedroht."

„Ihr wart kein Kind mehr, als Ihr meinen Gatten verhaften ließet."

„Begebt Euch Eures Starrsinns, ich bitte Euch! Seid Ihr denn gleich allen Frauen unfähig, ein Problem in seinen Zusammenhängen zu sehen? So schmerzlich für Euch die Folgen der Verhaftung und des Todes des Grafen Peyrac auch gewesen sein mögen — es ist nur ein kleines Detail des umfassenden Bildes der Revolten und Kämpfe, das ich Euch zu vermitteln suche . . ."

„Da der Graf Peyrac mein Gatte war, müßt Ihr schon erlauben, daß sein Schicksal mir als ein Detail erscheint, das wesentlicher ist als die Gesamtheit Eures Bildes."

„Die Geschichte hat sich also ausschließlich nach der Meinung von Madame de Peyrac zu richten", spöttelte der König, „und ‚mein' Bild ist das der ganzen Welt."

„Madame de Peyrac hat sich nicht nach der Geschichte der ganzen Welt zu richten", gab sie zornbebend zurück.

Der König betrachtete sie, die sich halb aufgerichtet hatte, das Feuer der Rebellion auf den Wangen, und er lächelte melancholisch.

„Eines Abends, es ist noch gar nicht so lange her, habt Ihr Eure Hände auf die meinen gelegt und den alten Lehnseid dem König von Frankreich gegenüber erneuert. Worte, die ich gar oft gehört habe und denen der gleiche Verrat, das gleiche Versagen auf dem Fuße folgten. Die Sippschaft der Großen wird immer geneigt sein, das Haupt zu erheben, Forderungen zu stellen und sich von einem Herrn, der ihr zu streng scheint, um eines anderen willen abzuwenden. Ich mache mir keine Illusionen mehr. Auch was Euch betrifft. Immer habe ich, bei aller Anziehungskraft, die ich auf Euch ausübte, etwas wie Widerstand in Euch gespürt. Das also war es."

Nach einem Augenblick des Nachdenkens fuhr er fort:

„Ich will nicht versuchen, Euer Mitleid für den bedrängten kleinen König von damals zu wecken. Das Mitleid der anderen hat mir stets Leiden gebracht. Ich habe mir deshalb vorgenommen, Furcht und Gehorsam einzuflößen. Es war ein langer und mühseliger Weg von damals bis heute. Ich habe es erleben müssen, daß mein Parlament eine Armee gegen mich aufstellte und Turenne ihre Führung übernahm, daß der Herzog von Beaufort und der Fürst Condé die Fronde organisierten, die Herzogin von Chevreuse die fremden Armeen des Erzherzogs von Österreich und des Herzogs von Lothringen veranlaßte, nach Paris zu ziehen, daß die Herzogin von Longueville die Normandie und die Fürstin Condé die Provinz Guyenne aufwiegelten. Ich habe erleben müssen, daß mein erster Minister unterlag und zur Flucht gezwungen wurde, daß die Franzosen einander unter den Mauern von Paris bekämpften und daß meine Kusine, die Grande Mademoiselle, die Kanone der Bastille auf meine eigenen Truppen feuern ließ. Billigt mir wenigstens als mildernden Umstand zu, daß ich in der Schule des tiefsten Mißtrauens und des Verrats erzogen worden bin. Ich habe durchaus zu vergessen vermocht, wenn es nötig war, nicht aber die Lehren einer so bitteren Erfahrung!"

Angélique ließ ihn reden, die Hände verschränkt, den Blick in die Weite gerichtet. Er spürte, daß sie ihm entrückt war, und diese Abtrünnigkeit schmerzte ihn mehr als alle diejenigen, die ihm widerfahren waren.

Indessen sagte sie obenhin:

„Wen verteidigt Ihr eigentlich? Was soll's?"

Ludwig XIV. lehnte sich in seinen Sessel zurück.

„Meinen guten Ruf! Eure unvollständige Kenntnis von den Ereignissen, die mich geformt haben, hat Euch dazu verleitet, ein falsches und kränkendes Bild vom König zu zeichnen. Ein König, der seine Macht mißbraucht, um den kleinlichsten Gefühlen Genüge zu tun, ist des geheiligten Titels nicht würdig, den er von Gott und seinen großen Vorfahren empfangen hat. Aus purer Willkür und Mißgunst das Leben eines Menschen zu ruinieren, ist nicht die Art eines wirklichen Souveräns. Wenn ich dergleichen in der Überzeugung tat, daß die Verurteilung eines einzelnen einem erschöpften Volke Leiden ersparen würde, deren es bereits allzu viele erduldet hatte, so war das ein Akt der Klugheit."

„Wodurch hat mein Gatte je die Ordnung Eures Reiches gefährdet?"

„Allein durch sein Dasein."

„Allein durch sein Dasein?"

„So hört mich an! Als ich mit fünfzehn Jahren majorenn geworden war, kannte ich zwar die Größe meiner Bürde, vermochte aber meine eigenen Kräfte noch nicht zu ermessen. Ich ermunterte mich, indem ich mir sagte, daß ich kaum mit einem so leidenschaftlichen Wunsch das Rechte zu tun, den Thron errungen und verteidigt hätte, wenn es mir nicht auch bestimmt wäre, die Mittel dazu zu finden. Sie wurden mir gewährt, und ich begann, in meinem Hause Ordnung zu schaffen. Während ich innerhalb weniger Jahre über das Schicksal derjenigen entschied, die so lange das meine verwirrt hatten, nahm der Starrsinn der

527

lange Zeit hindurch mit der Ile-de-France rivalisierenden Provinz Aquitanien meine Aufmerksamkeit immer mehr in Anspruch. Ihr wart damals ihre Königin, meine Liebe. Man rühmte die Wunder von Toulouse und sprach davon, daß Ihr dank Eurer Schönheit im Begriff wäret, eine neue Eleonore von Aquitanien zu werden. Es entging mir nicht, daß diese Provinz eine andere, fast fremdländische Kultur hatte. Durch den Kreuzzug der Albigenser grausam gedemütigt, später lange Zeit englisch und fast völlig dem ketzerischen Glauben anheimgefallen, ertrug sie nur gezwungen die Schutzherrschaft der französischen Krone. Allein sein Titel machte den Grafen von Toulouse zu einem gefährlichen Lehnsmann. Und was für ein Mann war es überdies, der ihn trug! Intelligent, von exzentrischem und verführerischem Wesen, begütert, einflußreich und gelehrt. Ich sah ihn, und die Unruhe wich nicht mehr von mir. Ja, er war reicher als ich, und das konnte ich nicht dulden, denn in unserem Jahrhundert hängt die Macht vom Gelde ab, und früher oder später hätte sich diese Macht zwangsläufig mit der meinen gemessen. Von da an hatte ich nur noch ein Ziel im Auge: diese Kraft zu brechen, die da in meinem Lande einen zweiten Staat und womöglich bald ein zweites Königreich schuf. Glaubt mir, wenn ich Euch versichere, daß ich nicht den Menschen angreifen, sondern nur die Vorrechte des Grafen mindern, seine Macht zerstückeln wollte. Doch bei näherem Betrachten entdeckte ich eine schwache Stelle in der Existenz des Grafen Peyrac, die es mir erlaubte, einen andern mit der heiklen Aufgabe zu betrauen, die dem König, dem Wächter des Thrones, obliegt. Euer Gatte hatte einen Feind. Ich habe nie in Erfahrung bringen können, weshalb, aber Fouquet, mein Oberintendant Fouquet, hatte gleichfalls seinen Untergang beschlossen."

Angélique hörte mit verkrampften Händen zu. Ein zweites Mal erlebte sie im Geiste jenes Geschehen, das ihrem leuchtenden Glück ein jähes Ende bereitet hatte. Sie war nahe daran, dem König den Grund von Fouquets Haß zu erklären – doch wozu! Durch Reden wurde das Zerstörte nicht wieder lebendig. Sie schüttelte mehrmals den Kopf. Ihre Schläfen waren feucht.

„Ich tue Euch weh, Liebste!" sagte der König leise.

Er schwieg, niedergedrückt von der Last eines Schicksals, das sie erst zu Feinden gemacht hatte, um sie dann bis zum Rande der Leidenschaft zusammenzuführen.

Er stieß einen tiefen Seufzer aus.

„Da überließ ich die Sache Fouquet", fuhr er fort. „Ich war sicher, daß sie gut geführt werden würde, und ich hatte recht. Dieser geriebene Bursche verstand es, sich den Urteilsspruch des Erzbischofs von Toulouse zunutze zu machen. Ich muß gestehen, daß ich seine Methoden mit Interesse beobachtete. Auch er besaß Geld und Einfluß. Auch er war nicht weit davon entfernt, sich für den Herrn des Landes zu halten. Geduld! Auch er würde an die Reihe kommen, und es war mir nicht unlieb, daß er zuvor meine Feinde durch das gleiche indirekte Verfahren ausschaltete, das ich später ihm gegenüber anwenden wollte. Als ich jetzt die Prozeßakten noch einmal durchlas, begriff ich, wohin Eure Entrüstung zielte. Ihr spracht von der Ermordung eines der Entlastungszeugen, des Paters Kircher. Leider hat es damit seine Richtigkeit. Alles lag in den Händen Fouquets und seiner Agenten. Er ließ den Pater Kircher ermorden, der vielleicht Eurem Gatten das Leben gerettet hätte. Fouquet wollte den Tod des Grafen Peyrac. Und als er ans Ziel gelangt war, griff ich ein..."

Der König versank in Nachdenken.

„Ihr seid in den Louvre gekommen, um mich um Gnade anzuflehen. Auch daran erinnere ich mich. Ebenso wie an den Tag, da ich Euch zum erstenmal sah, strahlend in Eurem goldenen Kleid. Haltet mich nicht für allzu vergeßlich. Ich habe ein recht gutes Gedächtnis für Gesichter, und Eure Augen gehören zu denen, die man nicht so leicht vergißt. Als Ihr Jahre später in Versailles erschient, habe ich Euch sofort wiedererkannt. Ich habe immer gewußt, wer Ihr seid, Angélique. Aber Ihr fandet Euch am Arm Eures zweiten Gatten ein, des Marquis du Plessis-Bellière, und Ihr schient Angst davor zu haben, daß Eure Vergangenheit durch eine Anspielung auf das Gewesene wiederauferstehen könnte. Ich glaubte damals Euren Wünschen zu entsprechen, indem ich Euch die Vergebung gewährte, um die Ihr mich batet. War es falsch gehandelt?"

„Nein, Sire. Ich danke Euch dafür."

„Muß ich glauben, daß Ihr zu jener Zeit bereits den grausamen Plan erwogt, Euch durch den Herzenskummer, den Ihr mir heute bereitet, für den zu rächen, den der König Euch damals zugefügt hat?"

„Nein, Sire, nein, es ist nicht recht, mir solche Niederträchtigkeit zuzutrauen. Sie wäre überdies nutzlos", sagte Angélique errötend.

Der König lächelte leise.

„Ich erkenne Euch in dieser Bemerkung. Rache ist immer unfruchtbar, und Ihr seid nicht die Frau, die ihre Kräfte um eines eitlen Zieles willen vergeudet. Aber Ihr habt es gleichwohl erreicht: Ihr laßt mich hundertfach gemartert, hundertfach bestraft zurück."

Angélique wandte sich ab.

„Was vermag ich gegen das Schicksal?" sagte sie müde. „Ich wollte – ja, ich gestehe es schamhaft – ich wollte vergessen. Ich liebte das Leben so sehr. Ich fühlte mich zu jung, um mich an einen Toten zu binden. Die Zukunft lächelte mir zu und lockte mich mit tausend Versuchungen. Aber die Jahre sind verstrichen, und ich merke, daß ich nichts gegen die Vergangenheit vermag, daß ich nie etwas gegen sie vermögen werde. Er war mein Gatte! Ich liebte ihn mit meinem ganzen Sein, mit dem Herzen und dem Verstand, und Ihr habt ihn bei lebendigem Leibe auf der Place de Grève verbrennen lassen."

„Nein!" sagte der König dumpf.

„Er ist auf dem Scheiterhaufen verbrannt", fuhr Angélique erbittert fort. „Ob Ihr es gewollt habt oder nicht. Mein Leben lang werde ich das Knistern der Glut hören, die ihn auf Euren Befehl verzehrte."

„Nein", sagte der König abermals, und seine Stimme klang hart und trocken, als stieße die Spitze seines Stocks auf das Holz des Fußbodens.

Diesmal hörte sie es und sah ihn verstört an.

„Nein", wiederholte der König kaum vernehmbar zum drittenmal, „er wurde nicht verbrannt. Nicht er wurde an einem Februartag des Jahres 1661 von den Flammen des Scheiterhaufens verzehrt, sondern der Leichnam eines Gehenkten, den man mit ihm vertauscht hatte. Auf meinen Befehl –", er akzentuierte die Worte, „– auf meinen Befehl wurde Graf Joffrey de Peyrac im letzten Augenblick vor einem schimpflichen Schicksal bewahrt. Ich selbst habe damals den Henker über meine Pläne wie auch über die der strengen Geheimhaltung wegen zu ergreifenden Maßnahmen unterrichtet, denn es lag nicht in

530

meiner Absicht, ihn öffentlich zu begnadigen. Wenn ich Joffrey de Peyrac retten wollte, so verurteilte ich doch den Grafen von Toulouse. Mein Vorhaben stieß auf tausend Schwierigkeiten. Schließlich einigten wir uns auf einen Plan, dessen Durchführung die besondere Lage einer Schenke der Place de Grève ermöglichte. Sie besaß einen Keller, von dem aus ein unterirdischer Gang zur Seine führte. Am Morgen der Hinrichtung brachten meine Mittelsmänner den in ein weißes Gewand gehüllten Leichnam dorthin. Als der Zug später den Platz erreichte, ließ der Henker den Verurteilten unter dem Vorwand, ihm eine Stärkung verabreichen zu lassen, für ein paar Augenblicke in die Schenke treten und der Austausch konnte vorgenommen werden, ohne daß die Menge etwas merkte. Während das Feuer einen namenlosen, durch eine Kapuze unkenntlich gemachten Leichnam verzehrte, wurde Graf Peyrac durch den unterirdischen Gang zum Fluß geführt, wo eine Barke ihn erwartete . . ."

So waren sie also wahr, die Gerüchte, die Ahnungen, die Legenden, die sich allmählich um den Tod des Grafen Peyrac gebildet hatten . . . die seltsamen vertraulichen Mitteilungen des Fleischers von der Place de Grève, die wirren Hoffnungen und Träume Angéliques . . .

Angesichts ihres bleichen, erstarrten Gesichts runzelte der König die Stirn.

„Ich habe damit nicht gesagt, daß er noch am Leben ist. Begrabt diese Hoffnung, Madame. Der Graf ist fraglos gestorben, aber nicht unter den Umständen, für die Ihr mich verantwortlich macht. Er ist durch eigene Schuld gestorben. Ich hatte ihm das Leben geschenkt, nicht aber die Freiheit. Er wurde in einer Mittelmeerfestung eingekerkert, im Château d'If. Von dort entwich er vier Jahre später, aber ein so tollkühnes Unternehmen konnte kein gutes Ende nehmen. Das Meer warf seinen von den Klippen zermalmten Leichnam an Land."

Der König berichtete in sachlichem Ton. Er wollte Angélique aus ihrer trügerischen Hoffnung reißen, bevor er ihr einen neuen tödlichen Schlag versetzte.

531

„Hier sind die Dokumente, die die Richtigkeit dessen bezeugen, was ich Euch sage. Die Berichte des Gouverneurs des Château d'If, unter anderen diejenigen, die seine Flucht und die Wiedererkennung der Leiche betreffen ... Mein Gott! Schaut mich nicht so fassungslos an. Konnte ich denn ahnen, daß Ihr ihn noch in solchem Maße liebt? Einen seit Jahren verschwundenen Menschen liebt man nicht mehr. Aber so sind die Frauen. Immer jagen sie Hirngespinsten nach. Habt Ihr Euch nie klargemacht, wieviel Zeit seither vergangen ist? Wenn Ihr ihm heute begegnet, würdet Ihr ihn ebensowenig wiedererkennen wie er Euch. Ihr seid eine andere Frau geworden, wie er ein anderer Mann. Ich hätte Euch nicht für so unvernünftig gehalten."

„Die Liebe ist immer unvernünftig", sagte sie mit heiserer Stimme. „Sire, darf ich eine Bitte an Euch richten? Vertraut mir diese Dokumente an."

„Was wollt Ihr damit?"

„Sie in Ruhe durchlesen, um meinen Schmerz zu lindern."

„Ich lasse mich durch Eure Scheinheiligkeit nicht täuschen ... Bestimmt habt Ihr wieder eine neue Narrheit im Sinn. Hört mir gut zu: Ich verbiete Euch, hört Ihr, ich verbiete Euch, bis auf weiteres Paris zu verlassen, andernfalls zieht Ihr Euch meinen Zorn zu."

Angélique senkte den Kopf. Sie preßte das Aktenbündel wie einen Schatz an ihr Herz.

„Erlaubt Ihr mir, sie zu lesen, Sire? Ich verspreche, sie Euch in ein paar Tagen wieder zustellen zu lassen."

„Gut. Möge die Lektüre Euch klarmachen, daß die Vergangenheit nicht wieder lebendig werden kann. Schaut in die Zukunft, das ist eine erfreulichere Einstellung. Ihr werdet verzweifelt sein, weinen – dann werdet Ihr wieder zur Vernunft zurückfinden ... Vielleicht wird Euch diese Krise heilsam sein."

Sie schien ihn nicht zu hören. Ihre langen Wimpern warfen zarte Schatten auf ihre Wangen.

„Wie sehr seid Ihr doch Frau!" murmelte er. „Mit jenem kindlichen und trotzigen Zug der Verliebten und jenem Liebesvermögen, das unergründlich ist wie das Meer. Ach, warum seid Ihr nicht für mich erschaffen worden! Geht jetzt, Liebste. Lebt wohl. Laßt mich allein."

Angélique erhob sich mechanisch und ging zur Tür.

Sie vergaß ihre Reverenz, und sie übersah, daß er sich erhob und seine Hände nach ihr ausstreckte, während ein Ruf auf seinen Lippen erstarb:

„Angélique . . . !"

Sie durchquerte den Park in der Stunde des Morgengrauens. Sie hatte das Bedürfnis zu gehen, um ihrer Erregung Herr zu werden. Die Dokumente an ihr Herz drückend, halblaut vor sich hin sprechend, schritt sie dahin, und die wenigen, die ihr im schwefelgelben Licht der Alleen begegneten, mochten sie für närrisch oder betrunken halten. Nichtsdestoweniger grüßten sie Madame du Plessis-Bellière, die neue Favoritin, mit tiefster Ehrerbietung.

Doch Angélique sah weder sie noch die Bäume, die Statuen, die Blumen. Sie ging mit raschen Schritten, auf der Suche nach Stille, nach Einsamkeit.

In einem kleinen Lustwäldchen, in dessen Mitte auf der Oberfläche eines dunklen Bassins Seerosen blühten, blieb sie schließlich außer Atem stehen.

Ihr Herz pochte in unregelmäßigen Schlägen.

Angélique ließ sich auf einer Marmorbank nieder und sah zum Himmel auf.

Der unergründliche Instinkt, der im Herzen der Frauen lebt, hatte in ihr eine Gewißheit geweckt. Da Joffrey nicht auf dem Scheiterhaufen gestorben war, mußte er noch am Leben sein! Wenn das Schicksal ihn auf so wunderbare Weise dem Feuer entrissen hatte, dann nur, um ihn Angélique zurückzugeben, und nicht, um ihn vier Jahre später umkommen zu lassen. Nein, das konnte sie nicht glauben. Irgendwo auf dieser weiten Welt, an einem unbekannten Ort der Erde lebte er, wartete er auf sie, und müßte sie mit blutenden Füßen diese Erde durchwandern, sie würde ihn suchen und wiederfinden. Man hatte sie von ihm getrennt, aber ihr Leben war noch nicht vollendet. Der Tag würde kommen, an dem sie ihn erschöpft erreichen, an dem sie weinend an

533

seine Brust sinken würde. Sie vergegenwärtigte sich weder sein Gesicht noch seine Stimme, aber sie streckte durch das Dunkel der Trennung und der Vergessenheit die Arme nach ihm aus und schrie wie im Fieberwahn:

„Er ist nicht tot! Er ist nicht tot!"